崔曼莉

著

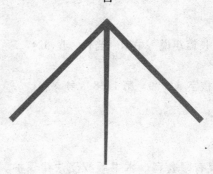

浮沉²

陕西师范大学出版社

图书在版编目（CIP）数据

浮沉.2/崔曼莉著.—西安：陕西师范大学出版社，2009.9

ISBN 978-7-5613-4790-4

Ⅰ.浮… Ⅱ.崔… Ⅲ.长篇小说—中国—当代 Ⅳ.I247.5

中国版本图书馆 CIP 数据核字（2009）第 146808 号

图书代号：SK9N0803

上架建议：畅销书|商战职场小说

浮沉 2

作　　者：	崔曼莉
责任编辑：	周　宏
特约编辑：	张应娜
封面设计：	蒋宏工作室
版式设计：	风　筝

出版发行：陕西师范大学出版社

　　　　　（西安市陕西师大 120 信箱　邮编：710062）

印　　刷：三河市鑫金马印装有限公司

开　　本：787×1092　1/16

印　　张：21

字　　数：350 千字

版　　次：2009 年 11 月第 1 版

印　　次：2012 年 7 月第 9 次印刷

ISBN 978-7-5613-4790-4

定　　价：32.00 元

2008 年 5 月,《浮沉》第一部出版,并成为畅销书。大家都说,我的创作前景一片光明、很是风光。但实际上,我面临着诸多问题。工作与身体不多谈了。在小说方面,除了完成创作了五年的长篇小说《琉璃时代》、写《浮沉》第二部的初稿,我一直觉得,我有问题没有解决。这个问题是什么,我不知道,我只是寻找它,并且努力解决。

这是异常折磨的一年,直到 2009 年 8 月,借上海全国书展,我回到了故乡南京,意外地成就了一次心灵的历程。

我想通了很多问题,或者说,很多问题就这样明白起来。对我来说,写个故事——复杂的情节、鲜明的人物,都不太难。难的是,我内心的感动。我知道很多读者喜欢《浮沉》,并不简单只是为了看一个故事。他们给我写邮件,和我在线上、线下交流,他们说看到乔莉就像看到了自己。同样地,我创作《浮沉》,也不是为了写一个故事。这几年来,身边的一些朋友,他们的故事、他们的人生,所给我的感受,都在《浮沉》中有所体现。那么《浮沉》第二部,最打动我的是什么?我在《琉璃时代》中,曾经写了一句话:有些人永远掌握自己的命运,不交于他人,甚至一个时代。

这也是《浮沉》中强调的精神。但是,作为作者,我还需要另外的感动。我之前一直认为,强者之所以强,是因为内心的坚定与努力。而现在,我认为一个能成为强者的人,必定有一颗柔软的心。冷酷不是一种力量,而是一种脆弱。陆帆的坚强,缘于他的柔软;云海的多智,缘于他的小心;而乔莉的勇敢,则缘于她对生活抱有一种极大的热情。

我努力让我的心变得柔软，哪怕生活给了一些不好的内容。但它们都是我生命的某个部分。对好的和不好的，我都心存感激。从上海去南京的火车上，我为合集《情感纪》写了后记：之前，我对写作乐此不疲的时候，我把太多的热情投注在小说技巧，而不是文学本身上。幸好，我在写每部作品的时候，都要抓住最初的感动。现在，我明白了，感动不仅开始于最终目标，也是全部的过程。

从故乡回到北京之后，《浮沉》第二部的创作变得顺利与清晰。随着心境的改变，故事也越来越流畅。我尽量写每一个字的时候，都持有这份感动与热情：不管是资本运作，还是国企改制，或是乔莉的命运与感情……不仅为小说，不仅为读者，也为了这一次生命的旅程。我在博客中写下：原来故乡是这样的地方，不仅是回忆，也是未来。我所要的东西，故乡全部都有。

而所有的问题，都不再是问题。我是个写作者，为写作而写作。不管别人怎么看待《琉璃时代》的文学气质，或者《浮沉》巨大的销量，又或者《情感纪》中的诗歌，对我来说，因感动而生的作品，因思考而写的文字，都是我生命的部分。我的读者是这个时代最有力量的人，他们会为我成立群落，但也借此交友与体会人生；他们会向我请教问题，但也会向我提供他们的故事。我不是他们的偶像，却是他们的战友。借《浮沉》中的一句话：我们是一个团队！我们是在这个时代努力生活，并努力掌握自己命运的一群人。丘吉尔说，善于遗忘的民族，是伟大的民族。我想告诉读者们，即使我们是一个团队，我也只希望，写作让我的生命变得丰富，让你们的某段时间变得丰富。除此之外，我别无所求。人要掌握自己的命运是艰难的，正因为如此，我们的生命才有趣味。

要保持我们的趣味，不管是阅读，还是写作；要保持某种感动，不管是工作，还是生活；要保持有意义的感觉，不管昨天如何、今天如此、明天未知；要把握我们的每一天、每一刻、每一秒的好时光。

崔曼莉

2009 年 10 月 19 日

赛思公司（总部在美国）

詹姆斯：CEO。

赛思中国

何乘风：大中华区执行总裁。

欧阳贵：分管销售的VP。

施蒂夫：分管市场的VP。

陆　帆：英文名弗兰克。销售总监。

狄云海：英文名杰克。销售经理。

白　重：销售经理。

孙　诺：英文名马丁。销售经理。

乔　莉：英文名安妮。销售。

琳　达：销售。

薇薇安：市场总监。

瑞贝卡：市场经理。

车雅尼：英文名妮妮，后改为米兰达。SK前
　　　　销售部员工，后跳入赛思中国。

翠　西：市场部助理。

刘明达：英文名本尼。售前。

秦　虹：英文名凯茜。售前。

强国军：售前。

SK（Siltcon Kilo）中国公司

汪　洋：大中华区执行总裁。

付国涛：销售总监。

薄小宁：销售。

晶通电子

王贵林：厂长。

于志德：原副厂长，因受贿潜逃。

陈秘书：秘书。

方卫军：总工程师。

联欧国际

杨列宁：财务顾问。

中亚永通

徐　亮：财务顾问。

BTT 公司

刘　俊：CEO

瑞恩公司

周　祥：英文名 Joe。销售总监，赛思中国前
　　　　销售。

顾海涛：销售。

新信公司

詹德明：英文名乔治。CEO。赛思中国前销售
　　　　经理。

其　他

老　乔：乔莉的父亲。

乔妈妈：乔莉的母亲。

方　敏：乔莉的高中同学、闺蜜。

树袋大熊：乔的 MSN 网友。

CONTENTS **目录** ....

郑重声明 本文为虚构之作，如有雷同，纯属巧合。

第一章

祸起萧墙
垃圾式的炮灰

2008 年春节刚过,石家庄晶通宾馆的一个大包间内,正举行着一场宴会。

圆桌主人席前,站着一个圆圆胖胖的中年男人,他叫王贵林,是晶通电子十余年的老厂长。此刻他满脸笑容,端着一只酒杯,左右环顾身边的两个人:赛思中国大中华区总裁何乘风、SK(Siltcon Kilo)大中华区总裁汪洋。他刚刚给这两位外企最高执行官出了一道难题:虽然晶通电子拥有七亿的改制资金,但这笔钱,他不打算用在技术改造上,可技术不改,企业最终是死路一条,他询问两位 CEO:谁能够帮他再搞到七个亿,谁就是这笔七亿大单的主人。

此言一出,房间陷入了死一般的寂静。不论是赛思中国还是 SK(Siltcon Kilo)的员工,甚至晶通电子的小陈秘书,谁都没有想到,王贵林会突然说出这样的话。所有的人都看着何乘风与汪洋。而何乘风却看着王贵林,这位绰号"胖头鱼"的国企厂长,显然在开一个比天还大的玩笑。七个亿?!他们只是外企,不是银行。可是很显然,这个笑话一点也不冷,并不是没有实际的可操作性。

何乘风又看了一眼汪洋,这位 SK(Siltcon Kilo)的大中华区总裁,正轻松地端起面前的杯子。不等汪洋开口,何乘风抢先笑道:"王厂长,君子一言?"

"驷马难追!"王贵林伸出了酒杯。

汪洋也伸出了酒杯:砰!三只玻璃杯在空中发出清脆的声响!三个人都含笑轻轻喝下了一口!

"啪、啪、啪!"晶通的小陈秘书拍了几下巴掌,打破了酒桌上的宁静。其他的人也跟着鼓起掌来。赛思中国分管销售的 VP 欧阳贵拉着长长的下巴,嘴角却浮起了笑容。赛思的销售总监陆帆,分管晶通项目的销售乔莉,以及 SK(Siltcon Kilo)

的销售总监付国涛、分管晶通项目的薄小宁，都满脸欢笑。好像刚才不是碰杯，而是合作协议的达成。何乘风站起身，"各位，我们都敬一下王厂长，感谢他在春节期间为我们设下的晚宴！"

汪洋也站了起来，众人纷纷起立，碰杯声、祝贺声不绝于耳。一时间，晚宴达到了一个小小的高潮。

此后晚宴高潮不断，一时宾主尽欢，直喝到十一点，才宣告结束。

众人来到停车场，依依不舍地话别：付国涛紧紧拉住欧阳贵的手，希望欧总在江湖上多多照顾；小陈紧挨着乔莉，叮嘱她常来石家庄做客；唯有陆帆与薄小宁站在一旁，只是客气地点了点头。一时话毕，赛思中国与SK（Siltcon Kilo）的人分别上了自己的车，朝下榻的宾馆驶去。

乔莉坐在陆帆旁边，抑制着内心的激动。天啊！七个亿啊！就算打不下这笔大单，她也可以在里面学到不少东西！以前常听说大销售帮客户运作资金的事，没想到，这种好事居然掉在了她的头上。她很想和陆帆交流交流，但是陆帆的表情很冷淡，乔莉也不想表现得过于幼稚，只得强装平静，坐在一旁。

车到了酒店。何乘风与欧阳贵已经先到一步，正站在大堂中。陆帆快步上前，朝二人点了点头，"何总、欧总。"

"你和安妮连夜回北京，"何乘风一改晚宴上的春风满面，沉声说，"明天销售例会只召集主要销售，我们的时间很紧了。"

陆帆面色凝重，点了点头。欧阳贵拉着长长的下巴，脸色铁青，"你转告琳达，BTT从虚打转为实打，要不惜代价，想办法签单！"

"是，"陆帆说，"那我们上去收拾行李，两位晚安。"说完，他朝电梯走去。乔莉连忙向二位老总道了声晚安，紧跟上去，"弗兰克，我们现在就走？"

"对。"

"那晶通……"

陆帆看了看表，"现在是十二点，如果我们三点到北京，还有四个小时可以休息。"

"那七个亿……"

陆帆皱起眉，看了一眼乔莉，乔莉连忙闭上嘴，再也不敢多问了。她飞快地跑回房间，把打开的洗漱用品收回包中，把挂好的衣服取出来，装进行李箱。等她匆匆地下到楼下大堂，何乘风与欧阳贵已经不见了，大堂空荡荡的，只有一个值班的服务生。乔莉走到门口，见酒店外一片黑暗，只有几盏柔弱的路灯，冷冷地照着马路。

这一晚觥筹交错、打单、谈判、钩心斗角，轰轰烈烈的瞬间都不见了。乔莉突然觉得如此不真实，她积累了所有的热情同团队最高首领奔赴石家庄，本以为要大干一场，却没想到饱餐一顿后，就什么都不知道了。

脚步声响起，她转过头，看见了陆帆。乔莉紧紧跟着他，走出了酒店，来到停车场。

二人上了车，陆帆一句话也不说，飞快地驶出了酒店，上了大街，朝北京方向飞驰。也不知走了多远，突然砰的一声，一朵烟花升上了夜空，映亮了整个夜晚。

凌晨四点，车到了乔莉居住的小区门外。陆帆朝她点点头，示意她下车。乔莉问："何总和欧总不回来吗？"

"这是他们的事情。"陆帆冷冷地说。

"哦。"乔莉不知要说什么，又问，"明天开会？"

"是的。"陆帆的语气已经明显开始不耐烦。乔莉连忙下了车，取下行李。陆帆目送着她走进小区，这才掉转车头，朝西边驶去。整个一夜，他的心情恶劣极了，王贵林的话，毁掉了销售数字本季度的所有希望。如果不竭尽所有的力量去开单，恐怕这个季度就无法向美国人交代了。

怎么会没有钱呢？陆帆实在忍不住，给云海打了一个电话，电话嘟了三声之后，云海晕乎乎的声音响了起来："弗兰克，什么事？"

"杰克，"陆帆说，"明天一早，通知所有的主要销售，我们要开会！"

"你说什么？！"云海顿时清醒过来，"你们不是在石家庄吗？"

陆帆简单地说了情况。"这不可能！"云海在电话中叫了起来，"他完全可以通过政府解决资金问题，也可以从银行和机构贷款。政府根本不会让这么大一个企业垮掉！再怎么样，也轮不上我们和 SK（Siltcon Kilo）帮他运作，他想干什么？！"

"现在管不了他想干什么，"陆帆说，"晶通电子短期内不会有进展。何总让我和安妮连夜回北京，杰克，我们必须开小会了。"

云海听见"开小会"三个字，心中一沉，但语气却放得平稳了，"放心吧，弗兰克，这个季度能应付。"

"我们还有一个月的时间，"陆帆说，"如果季度数字还是不好，恐怕总部的耐心也不会太长了。"

"嗯，"云海说，"何总和欧总什么时间回来？"

"他们再待两天，估计再看看情况。"

"好，我明天一早通知他们。"

"明天十点在会议室，"陆帆恶狠狠地说，"所有能到的人，都尽量请他们到。下面能怎么样，就看我们这个月的结果了。"

乔莉此时已经倒在了床上。她觉得冷，用被子紧紧地裹住自己，虽然七个亿在她的脑海里激荡，怎么赶也赶不走，她还是努力命令自己立即休息。明天一早还要开会呢。也不知过了多久，光线从窗外射了进来，她看了一眼时间，天啊，已经八点半了。她连忙爬起来，收拾完毕后提着电脑朝公司赶去。

正是春节之后的上班高峰，地铁里挤满了人。乔莉的手心、脚心都是滚烫的。到了公司，她赶紧去茶水间，准备倒杯开水治疗感冒，正忙着，瑞贝卡走了进来。

"嗨，安妮！"瑞贝卡穿着粉红色的羊毛衫，挂着一条长长的粉色项链，嘴唇上抹着粉亮的唇彩，"告诉你个好消息！"

"什么好消息？"

"我要结婚了。"

"真的？！"乔莉太意外了，"你不是春节的时候才去了男朋友家吗？这么快就要结婚了？"

"对啊，我们就是春节订的婚，"瑞贝卡举起左手，一枚钻戒在她的无名指上闪闪发光，"五月份正式结婚。"

"恭喜恭喜！"

"我有事找你呢。"

"什么？"

"我想请你当伴娘。"

"伴娘？"乔莉一愣，"我合适吗？"

"合适合适，"瑞贝卡连声说，"再没人比你更合适了，没结婚，还是单身，又是我们赛思中国最漂亮的销售。"她拽着乔莉的胳膊，撒起娇来，"你一定要答应我哟。"

乔莉被她晃得一阵头晕，笑道："我帮你我帮你，你别晃我了。"

瑞贝卡这才发现她说话瓮声瓮气的，"你病了？"

"有点。"

瑞贝卡退后了一步，皱起了眉，"要不要紧呀？"

"没事儿，"乔莉说，"我不和你多说了，一会儿还要开会。"

"好吧，"瑞贝卡说，"有空我们一起吃饭，我和你商量婚礼细节。"

乔莉点头答应。都说有了爱情的女人才最美，和瑞贝卡认识这么久，乔莉第一次发现她这么漂亮，而且生机勃勃。乔莉看了一眼手表，九点四十五了，她连忙回到座位上，整理好资料，赶到了会议室。一进门，琳达已经坐在了里面，还有几个主要的销售，乔莉朝大家笑了笑，"早啊。"几个人奇怪地瞅了她一眼，应了声"早"，便没有人再说话了。

乔莉找了个靠边的位置坐下，刚打开电脑，陆帆推门走了进来。他看见乔莉，微微一愣。乔莉忙说："老板早。"

"是谁通知你的？"陆帆问。

乔莉也愣了，"没有啊，昨天晚上……"她忽然意识到自己弄错了什么，结结巴巴地说，"昨天晚上……不是说早上要开会么？"

"今天是小会，"陆帆说，"你的资料我都已经看过了，你先回去吧。"

乔莉的脸刷地红了！她忙点点头，捧着电脑走了出去，刚走了几步，遇上了云海。云海笑道："早！"

"早。"

云海赶着开会，也没多聊，抬脚走了。乔莉回了自己的座位，觉得脸颊滚烫，不知是发烧还是害臊。昨晚何总明明是说，让弗兰克带着几个主要销售开会，也没人通知她，自己怎么就糊里糊涂地跑进了会场呢？！

不知道大家怎么想，尤其是琳达。乔莉觉得很丢人，不过她到销售部大半年了，还没有看过主要销售开小会，什么事情这么要紧？看刚才的阵势，在北京的主要销售一个不差啊。难道，他们是讨论晶通？乔莉猜不透原因，想早点和陆帆沟通一下。可等到中午，会议还没有结束，一个阿姨到门口接了外卖，送进了会议室，不一会儿，又把空饭盒送了出来。

乔莉也有点饿，她来到休息间，拿了块面包，打了杯咖啡，打算随便补充点能量。正吃着，翠西走了进来。她看了一眼乔莉的咖啡，她是从来不喝这种难喝至极的三合一的，最次也得是楼下的星巴克嘛。她笑了笑说："吃午饭？"

乔莉点了点头，翠西加了水，和她有一搭没一搭地聊了几句，不知不觉聊起了瑞贝卡。乔莉笑道："听说她要结婚了。"

"什么嘛，"翠西嘴一撇，"大过年的，跑到人家家里哭闹，还能不结吗？"

乔莉一愣，翠西看了一眼四周，低声说："我告诉你呀，大年初三她还打电话跟我哭呢，说她男朋友不同意结婚，哭得要死要活的。"

乔莉不知要说什么，问："后来呢？"

"那男的给她闹得受不了了呗，瑞贝卡跟了他七年，哪个女人跟了七年不想要回报的？听说连不结婚就跳楼的话都说了出来，这才订了婚。"翠西冷笑道，"你说，这样的婚是不是不如不结？做女人，不能这么笨，不然吃苦的还是自己。"

乔莉想起早上瑞贝卡心花怒放的样子，不由得呆了。翠西眼珠子一转，似有意似无意地说："我还听说，瑞贝卡正写一份市场费用的报告，她还让我把晶通花的钱都算出来呢，哎，我说，你们晶通这个项目，钱花得可真不少，什么时候见收益啊？"

乔莉看了她一眼。翠西假意叹气道："我是觉得现在谈收益还早，可有什么办法呢，人家是市场经理，我只是助理，只能听别人的。"

乔莉已经听出这话中的意思。自从"炮轰"施蒂夫之后，她无时无刻不在担心市场部的报复，晶通电子迟迟不能签单，迟早要授人以柄。她佯装听不懂翠西的话，笑了笑说："公司不能只花钱不赚钱，所以瑞贝卡这么做也是合理的，要我说，当销售真没意思，等以后有机会，我也去市场部，跟着你们混。"

"好啊，太欢迎了！"翠西冷笑一声，心里却大为不爽，心说你不就是个小销售吗，用得着和我摆这副油盐不进的样子？市场部上自施蒂夫，下至瑞贝卡，个个恨你恨得要死，你再不知道拉拢拉拢我，真蠢到家了！想到这儿，她抬手把星巴克的纸杯扔进了垃圾筒，"我喝完了，你慢慢吃。"

"好啊，"乔莉说，"回见啊。"

翠西转身走了，乔莉也咽下最后一口面包。她长长地叹了口气，如果翠西说的是实话，就证明市场部要动手了。不行，我得尽快和弗兰克沟通。想到这儿，她站起来，走到会议室附近。会议室大门紧闭，似乎有人在里面走来走去，显然，会议还在进行中。

乔莉有些心乱。她觉得形势在变化，可说不出这种变化出在哪儿，但是直觉告诉她，这变化似乎和晶通电子有直接关系。

下午五点，销售会议才告结束。琳达和几个经理回到了办公区。大约会开得太长，几个人都有些冷冷的。乔莉明知此时去找陆帆有些不妥，但她实在按捺不住，给陆帆打了个电话。

电话没有人接，她干脆站起来，去他的办公室找他。她觉得自己的体温更高了，两只脚像踩在两堆软软的棉花垛上。快到办公室时，她看见陆帆和云海正在说话，她不好打扰他们，等云海走开了，这才走上前说："老板。"

"有事吗？"陆帆看着她。他知道她为什么而来，但这时他的压力已经大到了一个临界点，他没有一点精力去照顾她的情绪了。

"我，我想问问晶通电子。"

陆帆面无表情。

"我想问问接下来我能做什么。"

"欧总还没回来，"陆帆三言两语地说，"你先看看其他客户。"

"其他客户？"乔莉吃了一惊。

"对！"陆帆觉得直压不住心头的烦躁，整整一天，他都在对付这帮老销售，一方面要他们临危受命，团结起来一起战斗；另一方面，又要防着他们临阵反水，不知道翻出什么样的天来。他有些恶声恶气，"当时分给你的除了晶通电子，不是还有几家大客户吗？你马上和他们联系，看看他们有什么需求。"

"可是，他们？"

"他们怎么了？"

乔莉把"他们很烂"的话咽了回去。当初为了晶通电子，陆帆把所有销售不要的客户都分给了她，讲起来都是很大的集团公司，可是要么是年年亏损的单位，就像改制前的晶通电子，不要说技术改造了，连工资都发不上了；要么是几年前曾经被拿下过的客户，已经一次性地花过钱了，近几年都不会再买其他产品，也没有升级换代的需要。乔莉看着陆帆，眼神有些着恼：你现在叫我联系他们，有用吗？！是不是太晚了？！

陆帆见她神情暗怒，不由心中一软。很明显，她在生病，脸色异常灰暗，眼睛也烧得有些水汪汪的。他耐下心来，柔声说："你不用着急，可以先看一看，晶通电子要等欧总回来，还有，你也可以找点国企改制的资料研究研究。"

乔莉机械地点点头。陆帆又说："这些天我会非常忙，你有事可以找云海，或者随时给我电话和邮件。"

乔莉又点点头，两人顿时陷入了沉默。陆帆转过身，朝办公室走去，乔莉也转过身，回到了座位上。

她有一种被抛弃的感觉。

晶通电子到底怎么了？这七个亿到底是跟还是不跟，他总得和她有个商量吧。既然陆帆让她去找云海，那么，她就可以去问云海。想到这儿，她给云海打了一个电话。

云海似乎在忙，简单地说："我现在有事，这样吧，我晚上去东边，顺路送你，我们车上聊？"

"好。"

"那六点半停车场见。"

乔莉放下电话，心头稍安定了一些，至少云海的态度一如既往，没有改变。到了下班时间，乔莉正忙着收拾，刘明达不知从什么地方冒了出来。"安妮，从石家庄回来了？"

"是啊。"

"你脸色不好，是不是病了？"

"还好。"

"我送你去医院吧。"

"不用。"

"那我送你回家？"

"我搭杰克的车走，"乔莉笑了笑，"谢谢你。"

刘明达一愣，顿时不高兴了。这些做销售的，怎么像苍蝇一样？他沉默不语，见乔莉背着包、提着电脑，费力地往外走，本想上前帮她一把，可一想到等会儿她要坐云海的车走，便又忍住了。两年前她刚到公司做前台的时候，是多么水灵的一个女孩，现在两年一过，她也二十七了，又这么积极地要干销售，弄得脸色这么难看，年纪也越来越大……刘明达摇了摇头，一个念头忽然冒了出来：我还有必要继续追她吗？他觉得很沮丧，而且很难受，慢慢地走回了座位。

乔莉哪里知道刘明达心中的千回百转。她来到停车场，上了云海的车。云海见她脸色灰暗，不由一愣，"你病了？要不要去医院？"

"不用，小病！"乔莉撑着坐好，笑道，"你们今天开了一天会？"

"嗯。"

"有什么重要的事情吗？"

云海笑了笑，一脚轻一脚重地跟在冗长的车队后面，"这车堵的，看来只有等奥运过后才能顺畅了。"

乔莉见他不肯答话，只得又说："弗兰克让我看看其他客户，还说他这段时间会特别忙，到底出了什么事情？"

"没有什么事情，"云海笑道，"只不过我们要加紧开单嘛，因为马上要到季度末了。"他看了乔莉一眼，"你的客户怎么样？"

"别提了，除了晶通电子，其他那些哪叫客户呀，根本不可能有进展的。"

云海没有回答，忽然叫了起来，"哎呀，安妮，我的茶叶呢？"

"哦，"乔莉这才想起，春节回家前，答应给云海带家乡的龙井茶。她连忙笑道："我带了带了，在家呢。"

"有空给我啊，"云海说，"我可是你老板面前的红人。"

"好。"乔莉听他这么说，不觉乐了。

"不过光给红人不好吧，你有行贿的嫌疑啊，"云海笑道，"其他部门的人你也应该多发几包。你看，整个销售部、市场部，还有售后，就你一个杭州人，尤其是售后的那帮小姑娘，对你可是敬仰得很。你怎么也得让大家尝尝，和大家交流交流。"

乔莉应了一声。云海又道："这就叫见者有份，你可不知道，那些 customer support（客户支持）的系统里面，很多客户的乱七八糟的问题都有记录，不知道你那几个已经不可能有进展的大客户，会不会有什么怪想法，还有那些发不出工资的大企业，会不会打电话来咨询问题呢？"

乔莉顿时明白了云海的用意，一下子倦意全消，她看着云海，"杰克，你是说……"

"你年纪虽然轻点儿，却是负责晶通电子的销售，公司上上下下，连何总都得听你安排，谁敢不让你三分啊，"云海呵呵笑道，"再加上几包茶叶打点，你让她们帮忙查点东西，没人不帮。"

"可万一拿不出来呢？"

"那你找我呀，"云海笑道，"我这个杂事管家，什么都拿得到。"

"太棒了！"乔莉大喜过望，"谢谢你呀，杰克！不过，石家庄那边你有什么建议？"

"心急吃不得热豆腐，"云海踩了脚刹车，"你现在没开一单，还是抓时间破零要紧。"

乔莉心中一沉，云海这话没错，自己到销售部半年了，目前还是个"零"销售。她猛地意识到，只要晶通电子还有一线希望，她就还能在赛思中国混下去，但是，这个时间并不长，她必须抢在这个不靠谱的希望彻底破灭之前，争分夺秒地开单，打破零的纪录。否则，不要说市场部从中搅局，按销售的规矩来说，她再有几个月卖不出东西，恐怕公司就得让她直接滚蛋了。

她看着云海有条不紊地起步、刹车、再起步、再刹车，不禁问："你晚上去东边是约会？"

"我房子在装修，所以到妹妹家住一段时间。"

"你还有个妹妹？"

"是啊，她比我小十岁，已经结婚了。"

乔莉笑了，"她有你这样一个大哥，很幸福啊！"

"嗨，"云海感慨地一笑，"我十几岁就住校了，她在家里就像独生女一样，我这个大哥也得让她三分。"

"你房子是新买的？"

"买好几年了，现在的房价哪儿买得起。"

"听说要跌了。"

"那也得奥运之后再看吧。"云海把车停在乔莉的小区门外，天已经黑了，街道上灯火通明。云海见乔莉的脸色有些怪异，可能烧得厉害，满面暗红。他连忙问："你真的不用去医院？"

"不要紧，"乔莉笑道，"谢谢你送我回来。"她拿着包下了车，目送云海离去后，便朝附近的超市走去。此时正是一天体温最高的时候，她觉得头重脚轻，但心里却有一股莫名的力气支撑着。她来到超市，找到一家最好的茶叶店，买了五斤小包装的龙井，然后朝回走，等她打开房门，这才觉得有点坚持不住了，但她还是纹丝不乱，锁好门、放下包、换上鞋，然后从冰箱里拿了一瓶矿泉水，走到沙发边，慢慢地倒了下去。

屋子里没有开灯，她也不想打开。北京暖气刚停不久，她穿着大衣，还是觉得很冷。迷迷糊糊中，她很想给家里打个电话，听听父亲或母亲的声音。但是她怕父母担心，还是忍住了。她把两条腿架在茶几上，觉得脸上有些东西，伸手一摸，手居然湿了。她默默地躺着，任由眼泪流淌下来。

第二天中午，何乘风回到了公司。乔莉以为他会对晶通作一个明确的指示，但是没有消息。两天之后，欧阳贵也回来了，也没有再提石家庄。她的几层领导，都对晶通电子讳莫如深。乔莉清楚就算自己去问，也问不出个所以然，所以，她只能咬住牙，保持沉默。晶通电子像一块被抛进大海的巨石，她除了难觅石头的踪迹，连翻滚的风浪也渐渐地停息了。

这么大一个项目，由于客户缺少资金，被迫中途放弃的消息，像闻风而走的蔓草野藤，迅速传遍了整个赛思中国。公司上自大中华区总裁，下至销售总监和经理，还搭上市场部和一票售前，兴师动众地又是去海南开会，又是炮轰新上任的VP，再到三百人的石家庄行业大峰会，花了无数的钱，造了无数的声势，结果，就像放了一个屁，出来的时候确有味道，可惜很快化入空中，什么都没有了。

各部门都拿此说事，暗笑销售部的荒唐与无能。而销售部已是人仰马翻，所有的销售，都铆足了劲儿拼命冲数字。那些主要的销售们，更是想尽一切办法找代理商压货，或直接找客户提前签单。陆帆几乎没有一天不在出差的，而云海则坐镇家中，调配支持。销售们彼此心照不宣，马上就要到季度总结了，丢了晶通电子，再拿不出一个像样的成绩单，这麻烦恐怕就不是陆帆能扛的了。既然不想集体散伙，还是各用点心思吧。所有的人都努力着，乔莉也不例外，不过她无单可开，只是忙着寻找客户。

她先用龙井茶通了点小关系，从售后支持那里拿到了一些记录。果然从记录中，她找到了分给她的几个客户，其中有两家，是希望产品做些小调整，另外还有一家，也处于晶通电子当年的局面，虽然只买过赛思一点产品，但还是希望赛思能够提供详细而深入的技术支持。

她连忙和这几家客户联系，同时请强国军配合，针对他们的需求做出方案。但是强国军已经不想帮她了。自从跟了她之后，因为她是零销售，所以他也跟着倒霉，每个月只拿 70% 的工资。这对老强来说，损失实在有点太大了。他一方面对乔莉唯唯诺诺，答应她做方案，另一方面却把所有的心思都用在琳达身上，琳达正在全力攻打 BTT，强国军希望自己的效劳，能让琳达开口，重新把他要回去。

乔莉也深知强国军为什么不愿帮忙，别无他法，她只好求助于刘明达。刘明达虽然对她的态度有了变化，但不帮忙还是于心不忍。他是打心眼里不赞成女人做销售的。各个 IT 公司，都会传出一些奇怪的销售案子，或者销售们的桃色绯闻。女人当销售，付出太大了。于是，他一面假意做方案，拖延时间；一面极力游说乔莉脱离销售，转跳市场工作。

因为乔莉得罪了赛思中国分管市场的 VP 施蒂夫，刘明达也知道，她想留在赛思转市场的可能性是不大了。他帮她联系其他公司市场部的人，让他们帮忙推荐乔莉。乔莉到了此时，也不好太过拒绝。可刘明达联系了一个多月，都因为乔莉没有这方面的工作经验而没有结果，再说他的关系也够不上最硬的那一层，所以试了几次，都不了了之。倒是有家公司的副总正在招秘书，问乔莉有没有兴趣，乔莉一听便谢绝了。刘明达只得帮她随便做了几个方案。如今的乔莉，是上没有陆帆与云海的支持，下没有售前的帮助，几乎全靠她一个人联系跟进。而销售部其他的事情，她也帮不上忙，渐渐地，除了每周的例会，销售开碰头会也不找她，售前、市场部的协调会也不喊她，她慢慢地成了公司里一个独来独往的人。大家似乎都感觉到乔莉干不长了，同事们连吃饭和闲聊，都不怎么喊她。到了季度结束，乔莉又拿了一半工资，再度成为赛思销售部唯一的零销售。

乔莉决定改变策略，除了继续和客户保持联系，也开始在网上更新简历，和猎头保持沟通，同时用"工作鼻子"搜索职位。幸好春天是各个公司进人出人最多的时候，她面试了几家小公司，是销售位置。还有一家稍大的公司，是市场部，而其他两三家和赛思中国能平级的外企，无一例外是希望她应征秘书岗位。

乔莉觉得自己在赛思中国工作了一年，似乎又回到了原点。当初如果不是程轶群挽留，她也是转到一家小公司当销售，没想到这一年时间过去之后，她又面临这样的选择：是去大公司当秘书，还是到小公司当销售？

这天一大早，她正忙着更新简历，突然人事部的同事打来电话，"安妮，有空吗，帮个忙吧？"

乔莉很意外，已经很久没有人找她了，"什么事情呢？"

"我们要招个售前，需要一个销售面试，他们都特忙，你帮忙面试一下吧。"

"好，"乔莉问，"需要面试哪些内容？"

"你就聊一聊，看看工作经验、技术什么的，还有这个人好不好合作，我会给你发邮件，里面有简历还有 feedback form（反馈表格），你看一下就知道了。"

"什么时间？"

"上午十点。"

"好。"乔莉答应了。她站起身，走到休息间，想拿杯酸奶，却看见云海正在吃面包，云海打招呼说："嗨，安妮，早啊。"

"早。"

"今天天气真好，"云海用力吸了吸鼻子，"到底是春天了。"

"是啊，"乔莉见他表情夸张，不禁笑了，"弗兰克出差还没有回来？"

"他一时半会儿回不来，"云海站起身，拿起杯子，"我一会儿有会，不多聊了。"

乔莉自嘲地笑了笑，其实她只是出于对陆帆的关心，没想到云海立即躲开，其实弗兰克回不回来又有什么打紧，难不成，他们还会留下她吗？她苦笑一声，正准备拿杯酸奶，突然，云海的脑袋又伸了进来，"晚上我去东边，要搭车说一声。"

"好。"乔莉心中一暖，应了一声。她吃了点东西，便回到了座位。现在无论是开单，还是找新工作，都是时间紧、任务重，她不能把精力浪费在同事的评论和态度上。她打开电脑，查收了人事部的邮件。邮件是一个表格和一份简历，简历上是个女生，在售前的职位上女生是非常少见的。这是一张教育背景与技术背景非常过硬的简历：中科大计算机系本科、硕士，某知名外企一年售前工作经验。简历上还贴了一张相片，是一个眉清目秀的漂亮女生。

乔莉不由长叹一声。如果她有这样的一份简历，到哪里都能有一口饭吃吧。IT行业，虽然技术不是万能的，可是没有技术，也确实万万不能。她摇了摇头，调整了一下情绪，还是别羡慕别人了，做好自己的事情吧。她仔细地看了看表格，心中大致有了数。差不多十点，她拿着电脑，来到预定好的小会议室，不一会儿，应聘的女生到了，她一见到乔莉，就主动伸出手，"嗨，我叫秦虹，大家都叫我凯茜。"

"你好，"乔莉觉得秦虹比照片上还要漂亮，而且气质相当不错。两个人手一握，秦虹便用力地握了乔莉一下，让乔莉觉得她十分强干。乔莉说："我叫安妮，是公司的销售。"

"认识你很高兴，"秦虹说，"我们现在开始吗？"

乔莉笑了。正如简历上说的，秦虹性格外向，有良好的沟通能力，在聊到一些技术问题时，乔莉发现她谈得非常好，不仅有条理，而且还很吸引人。

一时面试结束，秦虹站起身，又与乔莉握了一次手，乔莉发现，她还是用力地握了自己一下。这让乔莉对她很有好感，这是个精明强干的员工。送走了秦虹之后，她在面试表格上写了很好的评语，这个女生不论技术还是谈吐，都很出色，自己很快要离开公司了，就当最后为赛思中国做点事情吧。

她把表格发还给人事部，这时 Outlook 窗口一动，一封新邮件显示出来。乔莉怔了一下，明显察觉到自己的耳朵有一阵嗡嗡的声音。这不可能，她想，我没有这么脆弱，这封邮件早在我意料之中的。

邮件最下方，是瑞贝卡发出的，Boss,Attached is the marketing spending ROI analysis of the first half year.（老板，附件里是上半年的市场投入和回报分析。）

接着，是薇薇安上报给施蒂夫，以及 CC 的回复：Steve, We have made major achievements in the first half year. XXX clients were covered with... However, misled by the information provided by sales team, we have invested significant resource and funding on Jing Tong case without any return. Our ROI on marketing fund is dragged down below company global average mainly due to this case.（施蒂夫，我们上半年市场工作取得了重大进展。XXX 家客户获得了支持……但是，由于销售团队的误导，我们在晶通电子项目上投入了大量资金和人力，却没有取得任何回报。这使得我们的市场投入回报低于公司的全球平均水平。）

最后，是施蒂夫的批示，并发给了陆帆，同时转发给了何乘风、欧阳贵、乔莉：Our marketing resource is very limited. Only cases with controlled risk and high ROI (Return on investment) can be supported directly by marketing fund. Apparently, Jing Tong Case was not such a case, given the financial distress of the client. This is a major setback for marketing execution in the first half year. Please give me an explanation on how this misspending happened. （我们的市场资源是非常有限的。只有高投资回报和可控风险的项目才能得到

直接支持。显然，由于你的团队没有做好调查，导致晶通电子这样处于财务困境的项目消耗了市场资金。这是公司市场工作上半年的严重失误。我要求你的团队对此做出解释。）

乔莉盯着最后一句话：我要求你的团队对此做出解释。

解释？怎么解释，乔莉漠然地笑了。半年前和父亲通话时，那个警告清晰地在耳边响起："这件事情干成了是大功一件，你不可居功，要把它让给你的老板，只有这样，他才会让你坚持做完；如果这件事情干不成，他会把责任全部推到你头上。所以，不管成败，你都要紧紧拉住他，这样到时候，就算是你错，他也有部分责任，你才能躲过一劫。"

姜还是老的辣！乔莉不禁佩服父亲的深谋远虑。同时，她也很吃惊自己的心境。她不知道想到过多少次，如果遇到市场部的报复会怎么样，她唯一没有想到的，是自己会这么冷漠。她随手关了邮件，管他们怎么解释呢，反正她已经做好了最坏的打算：大不了她不干了！

从毕业到现在，她存了约十万块钱，这些钱足够她在北京失业一年左右。如果真的不行，她就去一家小公司当销售，如果还不行，她想办法转市场。万不得已，她还可以干秘书，如果连秘书也找不到，她就从目前比较好的公寓搬出去，租个干净点的民宅。这样一来，就节约了大量的生活成本。如果半年之内还找不到合适的职位，她还能考研嘛……

正前思后想的工夫，电话响了，她拿了起来，令她意外万分，居然是陆帆，"安妮，我是弗兰克，"陆帆的声音听起来异常疲惫，"我这段时间很忙，没有多问你的情况，你自己呢，要好好安排你的工作。我下周四回来，到时候我们好好谈一谈。"

"好的，老板。"乔莉算了算日期，今天是周二，从今天到下周四，还有九天时间，这很可能是她在赛思中国最后的日子了。

下班之后，乔莉没有回家，一个人背着包在外游荡。初春的北京分外寒冷，三环之上，车来车往。她默默地走着，慢慢地踱着步，也不知走出去多远，街上路上，还有周围的房屋，全都亮起了灯。她感觉到手机在振动，打开来一看，是杭州家里的号码。

她觉得鼻子微微发酸，开春之后，父亲老乔的眩晕症发作得厉害，一直在医院打点滴，乔妈妈一个人忙于照顾老伴，舞也不跳了，牌也不打了。乔莉很内疚，觉得自己不仅不能回报养育之恩，反而在千里之外，惹他们挂念，让他们为自己担惊受怕。

她摁下接听键，用轻松的语气说："喂，老妈啊。"

"去去，你才老呢，"乔妈妈一听女儿叫老妈就乐了，"你爸在医院不放心，让我问问你工作怎么样了。"

"挺好的。"

"那个什么晶通的，顺利吗？"

"很顺利。"

"哦，"乔妈妈念叨着，"工作上有什么问题就给你爸打电话，他现在身体好多了，已经能够下床走路了。生活上好好照顾自己，不要整天北京北京的，北京有什么好，要是在那边发展得不顺利，就回杭州嘛，家里亲戚都在这边，你还怕找不到一个工作？再说你在杭州，我也放心一点，什么事都有个照应。"

"好啦，老妈，"乔莉柔声说，"我工作生活都挺好的，主要担心你和爸爸。"

"我们有什么好担心的，你爸的眩晕症反正每年犯一次，老毛病了，我们什么事情都好，你不要管我们，小囡家家的，自己都管不好，还管我们老的来。"

母女俩又聊了一会儿，这才挂上了电话。乔莉抬起头，看着环路两旁的万家灯火，这偌大的北京城，容得下许多人家，凭什么容不下她一个乔莉？！父母远在千里之外，她既然不想回家，就不能就此认输，一定要在北京把事业做好，买房成家，把二老接来照顾。自己不过二十六七岁，一切刚刚开始，怎能遇事就丧气起来。天大地大，这么多人在北京都能活，偏自己就活不了？！

想到这儿，她一咬牙，快步走到地铁站，上车回到了家。照例是收拾屋子，淘米煮饭，又去小区里散了会儿步，这么一趟折腾下来，已是晚上十一点半了。

她在床上躺了会儿，毫无睡意，又爬起来上网，树袋大熊居然也在线上。

她发了个笑脸，树袋大熊回了一个，然后给她发了个网址，她打开一看，是个算命网页。只要输入两个人的名字一点 GO，就会算出两人的关系。树袋大熊问："你的中文名字叫什么？"

乔莉反问："你叫什么？"

"我叫熊啊。"

"那我就叫兔子。"

"我叫树袋大熊，请问你叫什么兔？"

乔莉扑哧一笑，想了想，写了四个字："花毛小兔。"

不一会儿，树袋大熊又发来一个网址，乔莉打开一看，上面有两个名字：树袋大熊、花毛小兔，测试结果：终身伴侣。

乔莉写："这也能算终身伴侣？"树袋大熊回道："这是它说的，不是我说的。"

乔莉郁闷的心情好了不少，她灵机一动，把自己的名字和陆帆的名字输了进去，一点 GO，结果是：心上人。

心上人？！乔莉苦笑起来，谁是谁的心上人？我是他的，还是他是我的？这也太不准了。她想了想，把狄云海的名字输了进去，结果是：事业上的伙伴。

唉，乔莉又叹了口气，这还是不准，什么事业上的伙伴，他是陆帆的，可不是我的。

这时，树袋大熊问："我们的饭局一直没有兑现，你什么时候请我吃熊掌？"

"好，"乔莉写道，"等我找到新工作，就请你去。"

"你要换工作了？为什么？"

"一言难尽，"乔莉写道，"我的客户被放弃了，公司可能也不想用我了。"

"哦，那你有什么打算？"

"找工作。"

"好啊，"树袋大熊写道，"为了我能吃上熊掌，我天天为你加油。"

"好，"乔莉写道，"我天天努力，争取让你早日吃上熊掌。"

乔莉一边努力找工作，一边等待下周四和陆帆最后的交流。转眼三天过去了，又是周五，她一早来到公司，刚刚坐下，电话铃响了。她拿起来"喂"了一声，一个非常陌生，又带着一点熟悉的男人的声音，"安妮，"男人顿了一下，"我是施蒂夫。"

"哦，施总，"乔莉惊诧至极，"您？"

"你什么时候有时间，我找你有点事情，"施蒂夫的口气十分温和，用带着点港味的普通话说，"上午十点？"

"好的，"乔莉答应着，"十点我去您办公室。"

电话断了，乔莉还有点回不过神来。刚才是真的吗？施蒂夫找她？这半年来，他们几乎没有当面说过话，每次见到他，都是公司开大会的时候。市场部不是已经发邮件给总部，希望就晶通电子做出解释了吗，他怎么还会屈尊找她一个小销售谈话？

难道？！乔莉心中闪过一丝不祥的预感，施蒂夫找自己，想直接发难？可是就算赶她走，也轮不上他啊？难道，他还要找自己更大的麻烦？乔莉想来想去，也想不出一个答案，最后把心一横，谈就谈嘛，先听听他说什么也好。

她打开电脑，查收了一下邮件，关于晶通电子的费用问题，没有一封回复，市场部砸下的大石头，到现在还没回应。难道他要我给他一个解释？乔莉心想，连陆帆都没回，我有什么可说的，大不了一问三不知，打死也不开口，他拿我也没办法。反正我没几天好干了，谁怕谁啊。想到这儿，她拿起杯子，准备去倒杯水，突然看见强国军慢吞吞地走了过来，乔莉脸一红，忙坐下来，把头埋在电脑上。

自从强国军跟了她之后，就再也没拿满过工资。强国军的家庭负担不比年轻人，老婆单位效益不好，孩子又上高中，乔莉很想让他转一个销售，可这事儿一不由她说了算，二也不应该由她开口，只能这样将就着。这一个多月，受她牵连，强国军也成了无所事事的人，乔莉每次看见他都很不好意思，不自觉地想躲着。

强国军也看见了乔莉，他也不好意思上前，转身回了自己的隔段。

第一章 祸起萧墙

他是来找琳达的。接连几个月，都是70%的工资，月月六七千的损失，实在不是小数目，他老婆已经怀疑他在外有外遇，闹着要到公司查账。眼看这边晶通电子泡汤，乔莉自身难保，那边琳达是月月飘红，每月超额完成任务，老强是又急又气。他想找陆帆，陆帆天天出差，找云海，被他几句话就圆回去。老强心急上火，口腔里长了好几个溃疡，痛得要命。他思前想后，唯一的办法就是找琳达，让琳达出面把自己要回去。

他跟琳达的时间很长了，却没有摸准她的脾气。他还有点怕她，觉得她精明，而且年龄越大，脾气越怪，再加上平日他信奉祸从口出的道理，除了业务，两个人几乎没有其他交流。这次来求她，他还真有点不知怎么开口，可是不说吧，也不能一直白替琳达干活，压力实在太大。大约十点刚过，强国军又来了一次，见乔莉不在，他才走到琳达的办公桌旁。

琳达早瞄见了他期期艾艾的样子，她坐在桌边，慢条斯理地挂上电话，抿嘴一笑说："老强，有事？"

"琳达，BTT的案子怎么样了，还有什么要我帮忙的？"

"有啊，我还有两个方案，要你看看呢。"

"哦。"

琳达斜了他一眼，"那行了，回头我发给你。"

"哦。"

"下午之前给我。"

"哦。"

琳达看着他想说又说不出来的模样，扑哧笑了，"老强，我们都是老同事了，老让你免费帮忙，真不好意思啊。"

"这，这个，"强国军不知她这话是什么意思，心里一惊，"我……我愿意的，不，我不是愿意的，我是说，是说……"他把心一横，说，"你是不是说说，让我回来？"

"回来？"琳达冷笑一声，"现在全公司上上下下，只有我能拿全奖，你回来，那本尼怎么办？我总不能一脚把他踢出去吧。"

"哦，哦。"强国军失望地站着，脸上的表情无比凄苦，半晌才说，"那，那算了。"

"算什么算，"琳达把他逗弄得够了，这才笑道，"本尼再好，到底是年轻人，比不上你。再说了，老强，不是我说你，你和本尼能一样吗，他一个人吃饱全家不饿，你行吗？"

"对对，对啊，"强国军听了这话，宛如天上掉下的甘露，连忙说，"我压力很大，琳达，你帮帮忙，跟弗兰克说说，让我回来。"

"这事儿你得自己找他，"琳达低声说，"本尼跟着我，也没犯什么错，我总不能开口叫他走吧。这样，你去找弗兰克，就直接诉苦，说跟着乔莉没有发展，我也找他一次，就说BTT还希望你一起来，增加一个援手，看看他的态度再做打算。"

"好，好，"强国军知道她这么说，这事儿就成了一半，忙高兴地说，"谢谢你。"他觉得这话还不足以表达谢意，又说，"我爱人还说给你买点礼物，我说她买的东西你肯定看不上，你和她不是一个档次的。"

琳达听了这话，又好气又好笑，又觉得十分受用。她笑了笑，突然问："晶通电子怎么样了？"

"不再提了。"

"奇怪，"琳达说，"又打雷又刮风，半点雨都没有下，真的这么收了？"

"不收怎么办，对方一分钱都没有。"

"一分钱没有怎么了，"琳达冷笑道，"没钱的生意多的是。"她见强国军狐疑地盯着自己，忙转移话题说，"行了，我一会儿把BTT的方案发给你，你看看有什么能改的，就先动动，我一会儿要走，不跟你多说。"

"好好，你忙你忙。"强国军连忙告退，没想到刚出销售区，就碰到了乔莉。乔莉脸色凝重，见他只点了个头，便朝自己的座位走去。强国军怕她看出自己是来找琳达的，话都没有多说一句，赶紧溜回去了。

乔莉哪里留意到强国军的表情了，她坐回座位上，对着电脑，大脑像马达一样开动起来，把刚才在施蒂夫办公室谈的话，仔仔细细地回忆了一遍。

这是她第二次踏入这间办公室。这是赛思中国最敞亮的一间办公室，是前任总裁程轶群留下的。何乘风不知为什么，选择了另一间较小的办公。乔莉走了进去，坐在老板桌前，不禁暗自感慨。她和程轶群在这张办公桌前的谈话不足十分钟，却决定了她留在赛思中国的命运，决定了她从前台转为秘书，又从秘书转为销售的命运。

"你喝点什么？"施蒂夫笑容满面。

"不用，"乔莉有些吃惊，"谢谢施总。"

施蒂夫见乔莉看着桌上的相框，便介绍说："这是我太太，还有我的孩子。"

乔莉笑了，不由得想起一年多前在这里见到程轶群全家福的情景。施蒂夫并不知道她与这间办公室的渊源，"你第一次来我这儿，怎么样，布置得还可以吧？"

"挺好。"

"我听瑞贝卡说，你们是差不多时间从秘书转出去的，你进了销售部，她进了市场部，下个月，瑞贝卡会再升一级。她的进步很快，你呢，有什么感想？"

"销售工作很锻炼人，"乔莉拿不准他的思路，恭敬地说，"瑞贝卡很有才干，我要向她学习。"

"我们香港人呢，和台湾人不一样。台湾人喜欢拉帮结派，什么事都要自己人。

其实，这和中国传统的家族制有什么区别？大家出来做事，为的就是利益，不能升职加薪，关系再好，谁又会为你卖命？职业生涯是很有限的，你现在年轻，觉得走错了一两步没有什么，可你从现在到退休，也不过三十多年，走错了一步，就要赔上许多弯路。我像你这么大的时候，也有很多同事，现在有的在当总裁，有的还在当小职员，这就是差别。"

乔莉听着这番推心置腹的话，更猜不透他的用意了。她努力把嘴角朝两边拉起，露出笑容。施蒂夫不慌不忙地说："晶通电子的邮件你看了吗，你觉得弗兰克他们会怎么解释？"

"这，"乔莉笑了笑，"他们会给出一个合理的解释吧。"

"是吗？"施蒂夫耸了耸肩膀，佯装吃惊，"你是负责晶通电子的销售，不管这个解释是什么，公司的损失，总要有人来承担吧。"

"是的，"乔莉点点头，"那真是没办法。"

施蒂夫有点吃惊了。他觉得不可能有人真为老板卖命，他打量着乔莉，有点明白，这个小姑娘十分精明，没有实际的好处，她是不会向自己表明态度的。想到这儿，他笑了笑，"如果销售部把这个责任交给你来承担，我认为这不公平。"

乔莉一愣，惊讶中又有点迷惑。施蒂夫第一次在她的眼中看到了职场新人的稚嫩，他的心里滑过一丝得意，就像老狐狸活捉了一只兔子，"你曾经向美国总部告过我的状，是不是认为我会恨你？这封市场部的邮件，就是为了报复你，赶你走？你要是这么想，就大错特错了。我毕竟是赛思大中华区的VP，我要为全公司负责，为中国区的每一个员工的真正利益负责。你告我，是为了晶通电子，为了工作，我不会和你计较！相反，我欣赏你，年轻人就是要有冲劲，有干劲，这样才能有进步。"

乔莉沉默不语。她真的听不懂施蒂夫的话。施蒂夫对自己这番演讲十分满意，连表情都开始陶醉了，"公司上上下下，谁都知道，晶通电子，其实是何乘风在主导，陆帆和整个销售部在配合，你只是名义上负责这个项目。但现在出了问题，他们就把所有的责任推在你的身上，这是不规范的。"

他紧接着又说："何总在石家庄峰会的时候去了美国，曾经向总部说明过你的情况。总部对你印象深刻，觉得你年轻，同时，也觉得你没有经验。"

乔莉闻言大惊失色，如果这话是真的，那晶通电子的责任，自己要一背到底了。"安妮，你有没有想过，"施蒂夫打量着她，慢慢地说，"你现在的销售业绩是零，这是一件非常不好的事，如果你因为这件事离开赛思中国，谁会聘用一个零销售的销售？而且，你有向总部告状的历史，很多人会认为，你不能处理好和管理层的关系。"

乔莉再也把握不住自己，心神大乱，她看着施蒂夫，"那，施总，您有什么建议？"

"如果我是何总，或者是弗兰克，我会想办法帮你完成一两个单子，就算你要离开，我也会容你一段时间，找个新工作。或者，我会尊重你的意见，看看是不是往市场或者行政方面转，我不知道，你有没有收到此类的信息。我是很遗憾公司要损失一个人才，我想尽力留住你，恐怕也不在我的能力范围之内，我只是希望你有一个比较好的去处。"

乔莉的情绪十分复杂。是啊，她到现在，没有听到过任何类似的话。从石家庄回来这么长时间了，何乘风也好，陆帆也罢，就连云海，也渐渐和她断了来往。没有人在意她的死活。她苦笑一声。施蒂夫今天说的话，是她在赛思中国当销售以来，听到的最温暖人心的话，可惜，这话却是从施蒂夫，一个最不可能说的人的嘴里说了出来。

"我有个朋友，"施蒂夫说，"他在新达集团下面一家子公司当总经理，他说想要买一批新产品，新达集团好像在你的名下吧？怎么样，我找个机会约约他？"

"好，"乔莉打死也想不到，施蒂夫叫她来，居然是为了帮她拉生意。她又感激又迷茫又有点隐约的不安，忙连声道谢，"太谢谢您了！"

"如果你对市场工作感兴趣，随时告诉我，"施蒂夫说，"我在 IT 行业多少有些关系，可能对你有所帮助。"

"好好，"乔莉又连连称谢，"谢谢施总。"

"行了，"施蒂夫笑道，"我想说的都说完了，你可以走了。"

乔莉站了起来，想说什么，又不知道要说什么。她尴尬地站了两秒，突然说："施总，上次邮件的事，我很抱歉。"

"你是因为工作，"施蒂夫看着她内疚的表情，嘿地笑了，"我帮你，也是站在工作的角度，希望你能够意识到，对公司来说，没有好的销售人员，是一个麻烦，而一个好的销售，是可以通过各种方式培养的。"他笑着加重了语气，"我不过是不忍心，看见一个职场新人，被人当枪使，使完了，就像一个垃圾，随时要被扔出去！"

乔莉的表情僵硬了，施蒂夫最后一句话，像一根刺，深深地扎伤了她的心。她真的那么可笑吗，在赛思中国，乔莉，安妮，不过是一个垃圾式的小炮灰？

第二章

告别零销售
白猫黑猫，抓到老鼠就是好猫？

乔莉带着无比复杂的心情离开了施蒂夫的办公室。这间曾令她感激不尽，并为自己带来无限愿景的办公室。突然她意识到，程轶群的帮助不过是举手之劳，他从没有在意过她的命运，不仅他没有，何乘风、陆帆、狄云海，谁也没有在意过她的命运。父亲说得对：除了她自己，没有人能为她的职业生涯负责——你只在自己的船上。

现在，到了她负责的时候了！不管她做过什么想过什么，现在，她要为自己买单了！

她冷冷地坐着，施蒂夫说得没有错。她需要的就是尽快开单。既然何乘风、陆帆等人不再管她，接受施蒂夫的帮助也没什么。再说，她不过是个快滚蛋的销售，还能有什么可利用的价值？也许施蒂夫那个人，还真是个不错的人。不管怎样，她没时间了：她要开单，越快越好。

她拿起电话，拨了施蒂夫的分机号，"施总，您好，我是安妮。"

"有事情吗？"

"您什么时间有空？我想尽快约新达集团！"

施蒂夫的声音格外客气，"好的，我来约，有消息通知你。"

乔莉挂上电话，觉得心里的重压松动了一点，又被一种说不出的内容填满了。这时，MSN亮了一下，她迅速打开来，是方敏，"嗨，你好吗，还是一个人吗？"

"挺好的，你怎么样？"

"我要当妈妈了，"方敏喜悦的感觉透过文字传过来，"一个多月了哟。"

"恭喜啊，恭喜恭喜！"

"你也要加快嘛，现在的男人都很挑的，剩女比剩男多，要是过了三十岁就更难了。"

"好。"

"年龄越大，生孩子越难，我有个朋友，三十七了，第一胎，很难哟。"

"是。"

方敏似乎没有感受到，对话框这头的乔莉，已经被她说得心烦意乱。结婚结婚，为什么对男女这么不公平？同样二十六七的年纪，似乎全天下人都会为女人的婚事瑟瑟发抖，而男人，却能吃得下饭，睡得着觉。

她没有精力想这些问题，礼貌地打断了方敏。还有六天，陆帆就要回来了，不知道施蒂夫能不能在六天之内，帮忙搭上新达。新达集团下面有十几家分公司，到底是哪一家要买产品呢？她正思量着，电话响了，施蒂夫告诉她，今晚约定了新达的人。乔莉大喜过望，连声道谢。恰巧琳达从她身旁路过，见她欣喜不已地抱着电话，心中一动，走了过去，"嗨，安妮！"

乔莉吓了一跳，本能地扯过一叠文件，"啊，你好。"

琳达瞄了一眼文件夹上的名字：国企改制，不由得很是诧异。怎么，晶通电子还有戏吗？难怪欧阳贵对这个话题讳莫如深，不肯透露半点消息，看来事情还在秘密地进行着。她笑了笑，"搭上了什么好客户了？"

"没，"乔莉道，"还是晶通。"

"你这块肥地什么时候丰收啊？"

"不知道呢，"乔莉尴尬地笑了笑，"还在做。"

"我听说下个月，你们要去石家庄出长差？"

乔莉哪猜得到这是琳达在诈她，又不好意思说不知道这件事，只得含糊地点头说："嗯，大概是的。"

"哦！"琳达不由有气，好你个陆帆，把晶通的消息瞒得滴水不漏，哄着我们这些大销售四脚朝天在外面开单，保得你这个月数字上升，我们却压了一身货，还不知道怎么往外销呢。她气得一扭身走了，乔莉不知道她的心思，还在那儿想，怎么下个月要去石家庄出长差啊，谁告诉她的？唉，看来赛思真的没自己什么事情了，还是赶紧开单走人吧，要不然人人见面都提晶通电子，时间长了，连个谎话都没法圆了。

乔莉一下班，略施脂粉，就赶到了饭店。施蒂夫的饭局约在一家饭店的顶层旋宫，从那儿可以俯瞰北京城。她独自坐在位子上等候着。初春的天黑得很快，不一会儿，人还没有到，窗外已垂下了夜幕，亮起了无数星星点点的灯光。

乔莉出神地望着下方的车河，一条又一条，在城市中盘亘交错。"嗨！"一个声音响了起来，"这是 28 号座吗？"

乔莉转过头，一张快乐的脸映入眼帘，似乎很陌生，又似乎很熟悉。

"安妮，"来人伸出手，"詹德明。"

"你是乔治，"乔莉惊喜地站了起来，"当初……"

"当初你刚到赛思当前台，我就离开了，"詹德明用力地握了一下她的手，"你记性真好，还能记得我。"

"你可是公司的大销售，"乔莉笑了，"我怎么会不记得。"

"我再有名，也没有你有名，"詹德明坐在她的对面，乐道，"一个小前台，转入销售，负责七亿大单，炮轰公司VP，你现在可是IT行业的名人。"

乔莉的脸红了，詹德明继续说："不过被你轰过的VP挺喜欢你啊，还给你介绍客户。"

"哦，"乔莉不知如何解释，"事情是这样的……"

詹德明摆摆手，"事情是怎么样的我不想知道，"他眨了下眼，"知道得越多，死得越快。"他打量着她，一晃两年没见，这个当年学生气的小姑娘长大了，成熟了，还多了女人味。听说她和弗兰克之间关系很深，现在连施蒂夫也出面帮她，难道她这么快就成了琳达二号？他不自觉地耸了下肩膀，他才懒得管这些，反正有美女陪就好，如果这个美女还有机会，他当然不会拒绝。

他，詹德明，在北京有两套房，一辆奥迪A6，年纪只有三十三。就算不是钻石王老五，也是铂金级的，有的是女人想当他的女朋友，有的是女人给他机会上床。他觉得那个"三不"理论正确到了极点：不主动、不拒绝、不负责。

"我记得你是杭州人，"詹德明说，"到底是南方女孩，皮肤就是好，看起来像大学毕业生。"

乔莉笑了，"一般啦。"

"爸爸妈妈都在杭州？"

"是啊。"

"身体怎么样？"

"挺好的。"

这时服务员走过来，请他们点菜，乔莉说人还没有到齐，詹德明却让服务员把菜单拿来，点了一道红豆糕，并让他们打包送来。不一会儿，服务员拿了点心盒过来，詹德明把盒子递给了乔莉，乔莉睁大了眼睛。"别这么看着我，"詹德明指了指自己的心脏，"我会心跳加速的。"

乔莉抿嘴一笑，詹德明说："这里的红豆糕非常好吃，你拿回去当早点，反正我买单，你就不用客气了。"

乔莉没想到他如此和蔼可亲，"你现在在新达吗？还是做销售？"

詹德明从口袋里掏出一张名片：新信科技发展有限责任公司，执行总裁。他解释说："这是我自己的公司，刚刚被新达收购。"乔莉这才明白，原来这位赛思中国的前销售经理，就是自己今天的客户。她连忙调整状态，想聊一聊购买产品的事情。这时一阵笑声传来，施蒂夫和一个中年男人双双走到了桌边。乔莉与詹德明都站了起来，施蒂夫介绍了一下。这位中年男人是新达集团的副总裁，也是香港人，和施蒂夫是多年好友。新信刚被新达收购，所以购买软硬件产品要通过总公司，故而被副总裁介绍给了施蒂夫。

乔莉这才明白，为什么詹德明要买东西不直接找赛思的销售，原来也要通过上级公司。她估计詹德明把这事当人情卖给了副总裁，顺带拍一把马屁，不然怎么把客户与销售掉了个个儿，反而由詹德明掏钱请吃饭了。

"乔治，"施蒂夫说，"这次合作，要请你多关照安妮。"

"施总开口说话，我哪有不答应的，"詹德明说，"我明天就把合同准备好，再找安妮商量具体细节。"

施蒂夫微微一笑，新达集团的副总裁说："安妮小姐，你们施总对你这么好，你要敬他一杯酒啦。"

乔莉没有想到事情会这么顺利，她倒了一杯酒，"施总，我敬您。"

施蒂夫喝了一小半，"我能帮你的，就到这一步，剩下的事情，你和乔治好好沟通，你们都是年轻人，要互相帮助。"

乔莉连忙点头称是，詹德明哈哈一笑，这笔生意，就再也没有多谈了。席间詹德明十分活跃，一会儿与施蒂夫聊香港经济，一会儿与乔莉谈杭州风景，上自国家大事，下至女人养颜，就没有他聊不到的话题。饭局氛围出奇的好，乔莉十分轻松，觉得这是她当销售以来吃得最舒心的一顿饭了。

晚饭结束后，詹德明执意开车送乔莉回家。二人沿着环路慢慢朝东边开，乔莉喝了一点酒，把窗户打开了一些，春天的风温柔地吹了进来。

"天气真好，"乔莉说，"春天就是不一样了。"

"你喜欢兜风吗？"詹德明突然问。

乔莉摇摇头，又点了点头。

"兜过几环？"

乔莉又摇了摇头。

詹德明踩足了油门，沿二环走了一段，一拐进了三环，乔莉以为他往家的方向走，没有在意，到了东边，他突然又朝四环开，乔莉觉得不对了，"你去哪儿？"

"我们到五环，"詹德明说，"然后一环一环往里兜？"

乔莉睁大了眼睛，"Are you crazy？"

詹德明转过头，朝她快乐地一笑，车便顺着四环朝五环飞驰而去。

天啊，这将是多么漫长的一段旅程，尤其是在北京，和一个周末的夜晚。乔莉也不好开口拒绝，索性放松了身体，靠在座位上。开就开吧，就这样开下去吧，没有目的，也没有原因。

詹德明将一张唱片放进CD，熟悉的歌声传来，乔莉惊讶地看着他，他瞄了乔莉一眼，"怎么，没听过？"

"哦，听过。"

"这是齐柏林飞艇的，英国老牌摇滚乐队，"詹德明笑道，"你们年轻人不懂啦。"

乔莉默然，她望着窗外黑糊糊的远景和一排排孤单的路灯。詹德明又说："五环不热闹，到了四环就不一样了。"

这支歌，乔莉曾经在陆帆车上听到过，天下居然有这么巧的事！乔莉忽然想起，传说中陆帆也曾带着戚萌萌在五环兜风，直至完全拜倒在戚萌萌的裙下。

乔莉是陆帆的下属，此时却和陆帆对立的朋友在一起：吃饭喝酒，打单兜风。乔莉突然觉得人生有点荒唐，而且在这荒唐中，还藏着一点点冷酷，一点点忧伤。

下周四，陆帆就要回来了，到时候，他会和她怎么谈？乔莉忽然问："乔治，你知道卖冰棍和卖软件的区别吗？"

"哈哈，"詹德明大笑道，"不都是卖皮鞋嘛，有什么区别？！"

"那分为几个层次？"

"哎，弗兰克没给你培训过？"詹德明抽出一支烟，询问地看着乔莉，乔莉点了点头。他把烟点上，深深地吸了一口。他喜欢这样的生活，开着车，带着一个女孩在环路上兜风。这是一种征服的魅力，表明他不仅可以征服一座城市，还可以征服许多女人。

詹德明的嘴角闪过一丝残酷的微笑，他吐出一口烟，"公司这些课，说来说去都是大道理，什么共赢多赢，那是在美国，在中国，没区别也没层次，谁能把东西卖出去，谁就是好销售。"

"白猫黑猫，能抓着老鼠就是好猫。"乔莉笑了笑。

詹德明奇怪地看了她一眼，"难道不是吗？"

这一晚，詹德明真的把五环都转够了，才把乔莉送回家。乔莉倒在床上就睡着了。第二天上午，她昏昏沉沉地听见手机在响，"喂？"

"我是乔治，"詹德明精力充沛的声音响了起来，"还在休息？"

"詹总，"乔莉连忙翻身坐起，"有事吗？"

"第一，遵照指示，合同已经发到你的邮箱；第二，请问乔总中午吃什么？"

"合同？！你已经发到我的邮箱了？"

"是啊，我五分钟前发的。"

"我马上去收。"乔莉拿着手机跳下床，便去开电脑包，詹德明听她乒乒乓乓地翻东西，估计她在开电脑，心想这一份小合同也把她忙成这样，倒也好笑。他在电话里说："安妮，别忙了，中午出来吃饭，我们边吃边聊。"

"好的好的，"乔莉说，"我赶紧看看，有什么问题中午再问你。"

"我现在就有问题。"

乔莉一愣，"什么问题？"

"你中午想吃什么？"

乔莉又是一愣，中午想吃什么，这算什么问题？詹德明见她没说话，笑道："中午我们去吃泰国菜吧，我特喜欢咖喱，提起咖喱，我的口水都要流出来了。"

"好啊，"乔莉忙笑道，"在哪儿？"

"我开车来接你，"詹德明说，"十二点小区门口见？"

"好。"

"不管有什么需要，随时电我，"詹德明的语气又严肃又调侃，"我随时待命。"

乔莉根本没听明白他话中的一语双关之意，急急忙忙地打开了邮箱，果然，一封由詹德明发出的、标明为合同的邮件赫然在目。

她连忙打开了合同，也顾不上坐下，身体前倾，站着伸着食指指着屏幕，一条一条地仔细查看着。合同非常清晰：新达集团下属公司新信科技发展有限责任公司，要从赛思中国购买一百二十万元的软件和硬件产品，条条款款，权利义务全都写得合理合情，没有任何问题。

她找出计算器，劈里啪啦地核算产品价格。价格怎么说呢，低是低了点，可似乎也不是完全不能接受。这个詹德明，分寸把握得真是好。乔莉暗自赞叹，突然间想了起来，不由得笑了：他是赛思中国的老销售，他对这份合同的把握，恐怕比自己强多了。

她放下计算器，再看了一遍合同，一百二十万！她要开单了！她不再是个"零销售"！就算她马上面临跳槽，她也可以在简历上写下一笔，寻找再次当销售的机会。

她又检查了一遍合同，确实没有问题。她怕自己看得不准，站起来活动了几下，又坐下去仔细地看了一遍，还是没问题。这份合同她还要转发给弗兰克，弗兰克会同意吗？按照目前的情况，应该没有什么问题。可万一他不批呢？乔莉有些焦虑，也许不会吧，这是一份正常的合同，他似乎没有理由不批。

最好能赶在弗兰克回来之前把合同签掉，以免发生什么变化。乔莉看着电脑屏幕，她干了半年的销售，其中的辛苦只有自己清楚，现在到了这个时候，千万千万不能再出错了。这时手机响了一声，她一看，是詹德明的短信，"准备好了吗？我到了。"

她看一眼时间，果然已经十二点了，她还没有刷牙洗脸。她冲到洗手间，飞快地洗漱化妆。她听见外间的手机又响了一声，冲过去一看，是詹德明的，"乔总，我在楼下，你不用着急，慢慢地换衣服。"

乔莉用最快的速度穿好衣服，背着电脑包下了楼。她到了小区门口，詹德明见她肩上背着大包，手里又提着一个电脑包，不由得乐了，"乔总，您上哪儿加班？"

"我是怕万一要商量合同，"乔莉笑着上了车，"你干吗老叫我乔总？"

"你这么关心业务，游车河还要讨论销售技巧，"詹德明嘴角一挑，笑道，"女人里面你还是第一个，你不当乔总谁当乔总？"

"算了吧，"乔莉说，"我能把销售当好就万幸了，可没想过要当什么总。"

"哦，"詹德明看了她一眼，"你真这么想？"

"能干好眼前的这点工作，我就满足了。"

詹德明有点意外，又打量了她一眼。她穿着一条牛仔裤，外面套着一件呢料外套，虽然休闲，但也太过朴素。心想这安妮是真的假的，怎么有点兢兢业业、不解风情的架势，难不成是个专门扮猪吃老虎的？看着也不完全像嘛。詹德明嘴角的笑意更深了，凡事有挑战才有刺激，他倒要看看，这个所谓的小销售道行能有多深。

二人来到一家泰国餐饮，简单地吃了一些。詹德明素喜咖喱，放了许多，乔莉很不爱吃。她也不说破，把咖喱当小菜，吃了一碗米饭。詹德明问："你下午去哪儿？"

"合同真的没有需要修改的吗？"乔莉问。

"你怎么说来说去全是合同啊，说点别的，"詹德明乐了，"要不我们去看电影？"

"电影？"乔莉觉得这是一百年前的词吧！她想了想，"最近有电影吗？"

"什么时候都有电影，"詹德明又乐了，"我们去看《赤壁》？"

"哦，"乔莉犹豫了，"我得回去给弗兰克写邮件，这份合同得让他批呢。"

"你的合同，"詹德明暧昧地笑了，"他不会不批吧？"

乔莉愣了愣，"这不一定，万一要是不批，就得等他回来了。"

詹德明听她说来说去都是工作，不由得索然无味，身体往后一靠，懒洋洋地说："那我送你回去吧。"

"谢谢，"乔莉说，"合同一批下来我就给你打电话。"

"这你得信任我，"詹德明道，"我拟的合同，他一定会批。"

"可价格放得有点低。"

"不错，"詹德明笑了，"可也只是低了一点点，现在赛思业绩不好，到处着急开单。你又是个新人，弗兰克怎么着也得签吧。"

"但愿如此。"

詹德明又坐直了身体，"说说看，合同签下来怎么谢我？"

"我请你吃饭。"

"吃饭不行，还得看电影。"

"都行。"

"那我们说定了？"詹德明伸出手，"拉钩！"

乔莉怔住了，她不大适应詹德明的方式，不过，她还是伸出了手。詹德明凑近了，用小拇指钩住她的小拇指，用力钩了钩，"我们说定了，拉钩上吊，一百年不变。"

乔莉不觉脸一红，"好。"

詹德明微微一笑，哈哈，这样就上钩了，太容易了吧。原来这个安妮吃纯情牌。他松开手，规规矩矩地坐好，"那我送你回去，你好好工作，有什么不明白的，就电话我。"

"好，"乔莉说，"今天下午就不好意思了。"

"我也正好回去看资料，平常白天一群人忙工作，晚上回去一个人忙工作，难得有机会想放松一下，"詹德明故作孤独地叹了口气，深情款款地说，"幸好有你在，可以一起吃顿午餐，有问题就找我，我等你。"

"你一个人吗？"乔莉有些惊讶。这样的男人没女朋友？

"当然一个人，平常太忙了，哪有时间找女朋友。"

乔莉的心微微一动，不禁多看了詹德明一眼，这个人身量不高，但精明能干，事业也不错。哎哎，她在心里提醒自己：你现在马上就快失业了，饭碗都保不住，其他的事情还是别想了。她笑了笑说："我们走吧。"

詹德明站起身，替她拿过衣服，二人走到餐厅门边，他又拉开大门，走到车边时，又帮她拉开车门。乔莉不得不承认，这种绅士风度，确实让人很舒服，但不知道为什么，也许很少有人为她这样做吧，她觉得特别不习惯。

詹德明把乔莉送回了家，这才拿起手机，把无声开成了振动。手机上有十三个未接来电，全是三个月前认识的女朋友打来的。詹德明觉得很厌烦，女人为什么要这样呢？只不过谈谈情、说说爱、上上床，两三个月的时间，干吗搞得这副模样，又要见父母又要结婚，又不许和别的女人接触，她是谁啊？她有什么权利去对自己的生活指手画脚！

电话又响了，他拿起来一看，又是这女孩打来的，他摁了接听键就吼："我在加班，你烦不烦啊？一会儿打了十几个电话，有你这样的女朋友，我还能好好工作吗？！"

对方没想到他会是这样理直气壮的表现，一下子蒙了，几秒钟后带着哭腔说："乔治，你在哪儿？我想你，我今天一直打不通你的电话。"

"今天打不通，以后也别打了。"

"你……"对方的声音一阵颤抖，"你什么意思？"

"分手！"詹德明最不喜欢这个时候，他盼望这种过程越短越好，恨不能一秒钟结束。

"德明，我错了。"女人开始服软。

"我再说一遍，分手！"说完，他直接挂了电话，然后关机了。

乔莉回到家,第一件事就是给陆帆写邮件。今天是周六,离下周四只有五天半的时间。她必须争取到这个机会。怎么向陆帆开口呢?她先写晶通项目如何不顺利,又写如何开拓客户新市场,最后又绕到新达集团下面的新信科技。她越写越别扭,删了重写,写了又删,最后,她反应过来了,她这是做贼心虚啊,明明好好的一桩业务,因为走了施蒂夫这个途径,她就有些不自然了。

她刷新了一下页面,公事公办地写下了这封邮件。第一,新信要购买产品;第二,和他们的沟通非常顺利;第三,由于客户那边要得急,希望能尽快批准这个合同。她写完后又看了一遍,没有什么问题,就把合同附在后面,给陆帆发了过去。

随着邮件发送,乔莉心中升起了一线希望。只要陆帆能批下这个合约,她就什么都不怕了。可是如果他不批呢?

他会不批吗?乔莉心里一点底也没有,不管怎么说,签合同总是好事情。她想给陆帆发个短消息,提醒他自己给他发了邮件,转念一想也没必要,索性等吧。她打开了招聘网站,搜索一堆销售的职位。没有这个合同,就算有了面试机会,她也过不了关。可是她一天不投简历,新工作就减少了一天的时间与机会。她焦虑至极,觉得每一分钟都那么难耐。怎么办?她坐在沙发旁,想给家里打个电话,又觉得心乱如麻,没有办法装得非常高兴。不行,她长出了一口气,无论如何要放松下来——她的神经太紧张了。

她揉了揉脸,是不是很久没做过面膜了?还有,她的头发是不是应该修剪一下?她走到洗手间,洗了洗脸,撕开一张面膜贴在脸上。清凉的感觉让她的心情轻松了不少,她又冲了杯咖啡,选了张音乐碟,坐在沙发上,平躺了下来。

沙哑的歌声在空中响起,乔莉觉得自己的心宁静了一点,这是一首英文歌曲,是一个老牌爵士歌手演唱的。歌声起承转合,让人觉得既沧桑又多情,充满了人生的感叹。

丁零零,手机响了,她一下子跳了起来,拿过手机一看,却是个陌生的号码,"喂!"

对方说了个陌生的名字,原来打错了。乔莉挂了机,看了一眼短信,又看了一眼邮箱,空空如也,陆帆没有任何消息。

她强迫自己又在沙发上躺下,命令自己不要再去想这件事情,放松一下,只需要放松一下,事情一定会向好的方向转变的,她一定能渡过难关!这时,手机又响了,她拿过来一看,还是个陌生的号码,"喂。"

"安妮,是我。"陆帆疲惫的声音响了起来。

"老板!"乔莉一下子翻身坐起,一把扯下脸上的面膜,急忙摸出遥控器,啪的一声关上了音响。

"我看到你的邮件了,"陆帆问,"这个新信是怎么回事?"

"他是我原来的客户新达新收购的一家公司,要买一批软硬件产品。"

"是他们主动找来的？"

"是啊，"乔莉一愣，"是的。"

"哦，"陆帆咳了几声，"你感觉怎么样？"

"挺好。"

"安妮，我这几天事情非常多，你和杰克商量一下，你觉得好吗？"

乔莉一听"商量"这个词，心里一沉，"老板，有什么不妥吗？"

"价格稍稍低了点，"陆帆说，"不过，也不是完全不能接受。"

"是啊是啊，"乔莉说，"价格虽然低，还是可以接受的，关键是客户要得很急，你能批吗？"

"这……"陆帆犹豫了一下。

"老板，"乔莉急中生智，"他们说，如果下周一不能确定合同，他们就去找其他公司了。"

"哦？"陆帆一愣，"我考虑一下，你把这份合同转给杰克。"

"好。"

陆帆沉默了几秒，似乎想说话，又似乎不知怎么开口。隔了一会儿，乔莉听见了陆帆的手机铃声，陆帆说："我有电话进来，有事情再联系。"

"好。"乔莉挂上了电话。她坐在桌边，心神不宁地想了一会儿，拨通了詹德明的手机。

"嗨，乔总，"詹德明笑道，"有什么吩咐？"

"是这样的，我需要你给我发一封邮件。"

"邮件？"

"我想请新信说明一下，你们对这次的购买十分着急，如果在下周一之前，赛思中国不能确定这份合约，你们就选择其他公司采购。"

"哈哈，"詹德明一下子猜到了其中的关键，"弗兰克没有批？"

"他是要批，"乔莉含糊地道，"是我比较着急，我想让他批得快一点。"

"为什么？"

"不为什么，我就是心急呗。"

"你？"詹德明笑了，"我怎么没看出来？"

"詹总，这忙能帮吗？"

"没问题！"詹德明心想，你真幸运，现在是我刚刚开始动心的时候，我这个人就是这样，刚喜欢上一个女人，就是上天摘星星都行，发邮件算个屁。詹德明说："你放心吧，我马上把邮件发给你。"

"谢谢你。"

"不用谢，记得有问题就打给我，我支持你！"

几分钟后，詹德明煞有介事地把邮件发到了乔莉的邮箱。她仔细地看了一遍，什么问题都没有，比预想的还要好。她在电脑前坐了整整二十分钟，然后，她把詹德明的邮件转发给了陆帆，接着，又连同上一封邮件，一起转发给了云海。

陆帆坐在宾馆的书桌前，正在等一位特殊的访客。连续多日出差，让他感觉十分疲惫。春节过后，他已经三十七岁了。真是岁月不饶人，他居然也有累的时候。他冲了杯咖啡，用冷水洗了洗脸，稍稍伸了伸胳膊，做了一个扩胸的姿势。等回到北京，他得去办张健身卡，要恢复中断很久的锻炼了。

他调整完毕，打开了邮件系统，乔莉的新邮件夹在一堆 CC 邮件中。他打开一看，是乔莉关于新信急需这批产品的说明，新信公司在邮件中声称，如果下周一之前，赛思没有确切的回复，他们就选择另外的公司。陆帆看了一眼时间，这封邮件是半小时前发出的，也就是说，是在他和安妮通完电话后，新信公司才发给安妮的。陆帆眉头一皱，会有这么巧的事情吗？

他打开新信的合同，又仔细地看了看，几乎没有什么问题，除了价格。也许安妮急于签单，去求着新信？可新达很少和赛思中国打交道，她怎么会认识那边的人？再说她刚从石家庄回来不到一个多月，能干出什么惊天动地的事情？难道新信真的急需这批产品？他想想不放心，拿起电话，给云海拨了过去。

"嗨，"云海气喘吁吁地说，"你见过他了？"

"没有，"陆帆说，"你在忙？"

"跑步，"云海说，"有事？"

"你知道新信公司吗？新达集团下面的？"

"哦，知道，"云海说，"听说是刚刚被新达收购的，原来是家小公司，老板也是销售出身，而且是赛思出去的。"

"赛思的销售？"

"对，好像姓詹，叫什么记不住了，怎么了？"

"难怪！"陆帆释然了，也许这个前赛思销售和安妮原来就认识。他笑了笑说："新信要买产品，安妮发了份合同过来，也转给你了，她很着急，让我在周一之前批给她。我说那个价格怎么会卡得那么好，原来是个行家。"

"周一之前？"云海问，"多少钱？"

"一百二十万，软硬都有。"

"哦，"云海想了想，"新达集团本来就是安妮的客户，似乎没什么问题。"

"本来问题不大，"陆帆说，"主要施蒂夫现在盯着安妮，她出的任何一点差错，都会说到销售部。安妮开单是好事，合同我也没有理由不批，不过事情还是防着点好。"

"那我回去就看看邮件，"云海说，"周一我再问问安妮，估计他们签约之前我还会去一次，到时候再看看。"

"嗯。"

"你的进展怎么样？"云海问，"和周雄谈完就可以回北京了吧？"

"差不多了，"陆帆说，"这一个月太累了，销售部还好吗？"

"还好，各人做各人的事情。"

"当心施蒂夫，他正等着抓小错呢。"

"放心，有我呢。"

陆帆还要再说，听见了敲门声，"我约的人到了，再聊。"

云海合上了电话，看了一眼健身房外晴朗的天空，心里升起一丝说不出的感受。虽然欧阳贵已经分身配合琳达去打BTT，其他各区也在全力打单，但是销售部的人手还是个大问题。自从去年美国的次贷危机以来，公司总部就收紧了各项用度，尤其是空缺（opening），控制得非常之紧。弗兰克和他看好的几个销售，都因为暂时没有职位，不能够立即进入公司工作，这给赛思的销售业绩带来了巨大的损失。为今之计，只能在各个大项目上多下赌注，同时，把现在的团队逼得更狠一点了。

云海坐在休息区，喝了会儿咖啡，心中主意已定，这才回到家。他打开电脑，详细地看了安妮的邮件，又查了新信的资料，除了事发突然，似乎没什么不妥。云海回复了一个"I think it is ok（我觉得没有问题）"，发给了乔莉，同时转发给了陆帆。陆帆一直和来人开会，傍晚又到楼下的餐厅边吃边谈，大约晚上十一点，他带着酒意与倦意打开了邮件，看见了云海的回复，便直接把批复的邮件发给了乔莉。

乔莉一直守在电脑旁，几乎无法安心做任何事情。她在等待。因为是周末，MSN上几乎没有什么人，就连树袋大熊的头像也是灰的。她慢慢地收拾着房间，准备着晚饭，不时地回到桌边，看一看电脑屏幕。时间过得如此之慢，大约八点多的时候，她听见了手机短信提示音，拿起来一看，原来是父亲老乔，"周末愉快。"

乔莉心中一暖，连忙给父亲回了一条，"还好，明天给你和妈妈打电话。"

短信没有再回。乔莉稳住心神，又看了一会儿资料。也不知过了多久，她打开邮件，看见了陆帆的回复："同意，可以下单。"

乔莉看着这六个字，大约有三四秒的时间。她觉得心里有点酸，眼睛眨了一下，却没有什么眼泪。她立即打开了公司的系统，开始下单。

十分钟后，她写完了订单、配置和价格，终于完成了。她长长地舒了一口气，看了一眼时间，现在是北京时间十一点五十分，也许陆帆正在忙，或者他已经休息了，总之，今天她是等不到结果了。

她觉得有点累，还有点小小的担心，又在网上闲看了一会儿，大约十二点二十分，她准备关机休息了，又习惯性地看了一眼邮箱，一封公司系统发出的新邮件赫然在目，她飞快地打开来，实在太让她意外了，五分钟前，陆帆已经批准了她的合同。

她有一种麻木的感觉，原来第一次开单，既没有欣喜若狂，也没有感慨万千，而是一种麻木。她累了，而且，她还有事情没有做完。

她连忙给詹德明发了封邮件，说合同已获批准，如果周一新信能安排时间，她就去一趟，把合同定下来。

这一次，她又等了半个小时。她当然没有得到回音，詹德明正和几个哥们，带着各行业的一票美女在同一首歌大K歌艺。乔莉收拾完电脑，洗漱上床，她很怕自己因为兴奋而失眠，而实际上，她不到十分钟就进入了梦乡。大约凌晨两点，High翻了的詹德明拿出手机，给她发了一条短信："刚刚开完会，很累，祝你好梦。"

乔莉第二天一早看见了詹德明的短信，她回了一条短信，却没有回音。詹德明彻底醉了，到了下午，他才给乔莉回了电话。乔莉问周一有没有时间，她想带上销售经理去公司拜访他。詹德明知道这是工作流程，便约她中午过来，大家一起吃个便饭。

乔莉连忙给云海打了个电话，弗兰克不在，他就是最大的销售主管。云海看了看自己的工作安排，周一中午虽然有点紧张，还是能排出时间的。他在电话里笑道："那就周一中午吧，你把新信的相关资料全部转一份给我。"

"谢谢你，杰克，"乔莉说，"我马上就发。"她连忙给云海发了邮件，接着又把新信的合同转发给了售后与财务部。一切忙完，她见天色不早，稍稍定了神，给杭州的父母打了电话。她和乔妈妈聊了会儿家常，老乔接过了电话，"晶通电子的业务谈得怎么样了？"

"不怎么样，上边好像放弃了。"

"哦？"老乔一愣，"是因为什么？"

"没有钱吧。"

"谁没有钱？"

"晶通电子。"

老乔没有说话，难怪女儿这段时间少有电话，看来晶通电子很不顺利。乔莉说："爸爸，我要签新单子了。"

"是新客户？"

"是的。"

"恭喜你，"老乔感慨道，"不容易。"

"谢谢爸爸，"乔莉说，"你身体还好吧？"

"还行，我帮你找些国企改制的资料，明天给你寄过去。"

"不用了，晶通的业务结束了。"

"唉，"老乔耐心地说，"就算结束了，你也可以学习一下嘛。"

"好吧，"乔莉说，"那你寄过来，以后别忙这些了，调整身体要紧。"

"我身体挺好，不过是老毛病了，"老乔说，"你要好好开展工作。"

乔莉没有再多说，听乔妈妈唠叨了一会儿后，挂上了电话。马上要签单了，她为什么没有喜悦之情呢？不知道为什么，父亲得知晶通电子被放弃之后的语气，让她十分难过，父亲似乎猜到了她的困境，而她的新单子，显然没有让父亲引以为荣。

第二天中午十二点半，乔莉与云海准时来到了新信公司。四月初春天气，乔莉盘着头发，穿着一件黑色羊皮小立领大衣，云海则是一身西服，外面套着一件黑色短大衣。詹德明的秘书把他们迎进了办公室。

"安妮！"詹德明喜笑颜开地站了起来。

"詹总，"乔莉介绍说，"这是我们公司的销售经理杰克，今天特意来拜访您。"

狄云海双手递上了名片，詹德明忙回递了一张，两个人不约而同地先看了一眼名片，再抬起头。云海笑道："早就听说了新信的詹总是 IT 业了不起的精英，久仰大名啊。"

"什么久仰，"詹德明哈哈一笑，"我不是和安妮一样，都是赛思的销售嘛。"

"哦？"云海想了想，"那这么说，你们是……"

"工友？"詹德明眨了眨眼，"既然在一个学校上过课就叫校友，那我们在一家公司上过班，就叫工友！"

"我们是给公司打工，您可是给自己打工，"云海笑道，"区别很大啊。"

"哪里哪里，"詹德明说，"我这不是被并购了嘛。"

两个人呵呵笑了。云海问："您在北京多少年了？"

"十几年了，"詹德明回答，"上大学就在这儿了。"

"哪个学校？"

"北航。"

云海站起来，又伸出了手。詹德明不明所以地看着他，乔莉一下子想起云海的简介，笑道："原来你们是校友。"

"哦！"詹德明伸出手，"你是哪一年毕业的？"

"九七年，你呢？"

"我是九九年，"詹德明说，"接着又读了个研究生。"

二人又聊了一会儿，詹德明说："你们中午别走了，大家一起吃个饭，我请客，工作餐。"

"哪有让客户请吃饭的道理，"云海笑道，"我们来吧。"

"我们是校友，按照道理，你还算我学兄呢，"詹德明说，"等安妮的合同一签，我们就是合作伙伴了，大家都是朋友，谈不上你请我请，今天我尽点地主之谊，改天你们再请我。"

听詹德明这么说，云海也不再推辞。詹德明带着他们参观了一下公司。新信公司被收购后，新达把原来闲置的一层楼全给了他们，虽然坐不满，但看起来很有规模。凡詹德明走过的地方，必有员工站起来称他"詹总"。云海见怪不怪，乔莉觉得詹德明煞有介事，不觉暗暗好笑。走完了一层楼，詹德明带他们去了新达餐厅的一间包间，一个漂亮的女领班笑靥如花地问："詹总，今天想吃点什么？"

"三份套餐，"詹德明说，"一瓶红酒。"

云海与乔莉对视了一眼，云海笑道："詹总，中午能喝酒吗？"

"今天我们首次合作，"詹德明笑道，"又是二友相逢，大家意思意思。"

"说起红酒，"云海笑道，"我真没什么研究，不过我们的总监弗兰克，是真正的红酒专家，改天有机会，我们找个时间聚一聚，他在几个俱乐部都有存货，估计你会喜欢。"

"陆总吗？"詹德明嘿嘿一笑，"他还在忙晶通电子？"

"哦，"云海反问道，"詹总知道晶通电子？"

"你们和 SK（Siltcon Kilo）打得热火朝天，我们天天在行业里泡着，多少听说了一些，"詹德明问，"怎么样，有戏没有？"

"大项目嘛，"云海说，"总得慢慢来。"

"唉，当年我在赛思当销售的时候，没少和付国涛开仗，"詹德明笑道，"以前我的老板和付国涛一个脾气，一个暴，另一个更暴，当时差点没把我们两家公司的销售逼死。现在不一样了，早听说陆总是慢工出细活，这俩一个快，一个慢，这戏有得唱了。"

云海微微一笑，心说这个詹德明对赛思听说了不少。乔莉还是第一次听詹德明评说晶通电子，正好奇地听着，冷不防云海问："詹总，这批产品怎么要得这么急？"

乔莉吓了一跳，詹德明微微一笑，"我们在做开发，需要赛思的软件，集团让我们帮忙买点硬件，要得是急了点。我们买谁的不是买？当然要照顾老东家了。"

云海点了点头。詹德明趁云海不注意，对乔莉眨了眨眼睛。乔莉感激地笑了笑。云海又问："詹总，如果合同没有什么问题，什么时候签呢？"

"明天，"詹德明说，"签完合同还有一堆事情，要尽快执行。"

云海举起杯子，"那祝我们合作愉快。"

三个人轻轻一碰，因下午都要工作，只是象征性地碰了碰嘴唇。詹德明虽然爱酒，也不敢多喝，大家吃罢饭，又聊了一会儿，便匆匆结束了。乔莉赶回公司，便开始收售后与财务的邮件，等这两个部门都回复后，又忙着联系售后，安排项目经理，并确定时间。如果没有什么差错，她明天再去一次新信，合同就要正式签了。

她忙到快下班的时候，才休息了一会儿，她觉得这事还是要谢谢施蒂夫，但发邮件总是不好，等到销售区走得只剩她一个人的时候，她给施蒂夫打了个电话。

"喂，"施蒂夫的声音响了起来，"哪位？"

"施总，我是安妮。"

"有事吗？"施蒂夫明知故问。

"是这样，新信的那个单马上就要签了，我想和您说声谢谢。"

"好啊，"施蒂夫说，"恭喜你开单成功。"

"谢谢您，"乔莉说，"非常感谢您的帮助。"

"哪里，"施蒂夫说，"我一向欣赏年轻人，有事随时给我打电话。"

乔莉挂上电话，又打开了自己的简历。等到明天合同一签，她就可以为自己的简历加上重要的一笔。但乔莉还是隐隐地不安，担心施蒂夫会有什么不好的安排，可是，她不是也干不了几天了吗？再说，就算陆帆知道了新信业务是施蒂夫介绍的，也不是什么天大的罪过吧？

她决定把心放下来，好好为新信服务。合同一签，靠的就不再是价格和关系了，她得尽心尽力把服务做好。不管怎么样，这是她销售生涯的第一单业务，她至少得全心投入，让客户与公司都能满意。

第二天，乔莉和售后部门沟通后，确定了一位项目经理。两人一起来到新信，这是正式地签订合同了。詹德明工作日程排得非常满，只给了她二十分钟时间。乔莉先把项目经理介绍给他，然后取出合同，双手递给詹德明。

詹德明接过合同，凝神看了一遍，见一条一款都没有改动，这才笑着签了字，又安排财务去盖章。

乔莉看着合同被秘书拿走，不一会儿又送了回来。她接过来一看，合同少了一份，显然是留在新信了，其他几份，全部盖着红色的章，还有詹德明龙飞凤舞的签名，乔莉知道到了此时，这份合同，算是正式签约了。

她恍惚之间，有一种不真实的感觉。詹德明说："行了，合同我签完了，我知道赛思中国的规矩，我们会先付 70% 的定金。"

乔莉把合同装进包里，"好的，詹总，下面我们会安排给您发货，有什么需要，您及时告诉我。"

詹德明看了眼时间，"行，今天就到这儿，我们改日再约。"

乔莉与项目经理起身告辞。回到公司之后，乔莉又忙着协调相关的工作，不知不觉就忙到了下班时间，她这才到招聘网站修改了简历，然后又投了几个职位。她觉得心里有一点轻松，便收拾好东西，到公司附近的美发店，修剪了头发，又吃了点便饭。她说不清自己是什么心情：平静？冷淡？不管怎么样，她又过了一关，周四陆帆的归来，已经变得不那么可怕。而晶通电子的失去，施蒂夫奇怪的人情，又让她心绪复杂，不知是高兴，还是惭愧。

此后的几天，乔莉忙着协调售后的订购与发货，时间一晃便过去了。这天，她刚刚到公司，便看见秦虹披着米白色的大披肩，提着一个米色的大包，站在电梯口。"这么早，"乔莉笑道，"才刚刚八点。"

"你不是也很早？"秦虹说，"听说你签了一个单子，恭喜啊！"

"小单子，"乔莉说，"没有什么。"

二人到了楼上，便各自分开，往座位上走。乔莉放下包，打开电脑，然后端着杯子来到了茶水间。她一进门，便看见一个人微微驼着背，坐在窗前，不知向远方望着什么。

乔莉愣了愣，只一个月的时间，她忽然在陆帆的背影上读出了沧桑的感觉。陆帆回过头，脸上的表情迅速从忧伤调整成了职业性的微笑，"嗨。"

"嗨，老板。"乔莉心中一软，手一颤，差点拿不稳杯子。她走了进去，站在操作台旁，接了一杯咖啡。

"坐，"陆帆朝旁边让了让，"这么早？"

"你不是更早？"乔莉没有坐在他的身边，而是坐在了他的斜对面。她看了一眼窗外，灰灰的北京笼罩在一片淡淡的晨光中，间或零星地夹着一点点绿。

"我昨天夜里到的北京，"陆帆的声音略有些嘶哑，"怎么也睡不着，就索性来公司了。"

"你，"乔莉看了他一眼，"出差顺利？"

"顺利，"陆帆沉默了几秒说，"你呢？"

"顺利。"

两人默默无言，把咖啡喝了下去。不知过了多久，陆帆突然站起身，"今天下午四点，我和你，还有杰克，开个碰头会，你准备一下。"

"好。"

陆帆转身要走，乔莉突然问："弗兰克，我要准备什么？"

陆帆奇怪地看了她一眼，没有说话，转身走了。乔莉看着他的背影转出了茶水间，长长地叹了一口气。今天下午的会，也许就要自己离开了，和陆帆在车上初遇，在办公室关于卖冰棍的交谈，还有一次一次去晶通的过程，像过电影一样在她的脑海中闪现。也许今天是自己在赛思中国的最后一天了，乔莉忽然有一种想流泪的冲动，但她只是站起来，把咖啡杯放进水池，慢慢地走了出去。

第三章

峰回路转

摸着石头过河

这一天乔莉分外沉默，她整理好办公桌，把不用的资料放在一边，能带走的、能用的放在一边；办公用品在桌子上排好，抽屉收拾清爽了，至于电脑，要用的都备份了，不用的都删除了。她想下午走的时候，越快越好，不和任何人打招呼，也不和任何人交流。

午饭后，她接着整理电脑，突然手机响了。

她拿过来一看：王贵林。王贵林？！她觉得这不可能是真的，王贵林怎么会给她打电话？她连忙摁了接听键，"喂，王总。"

"乔小姐，怎么春节走了之后就没有消息了？过得还好吧？"

"好。"

"是这样，"王贵林似乎没有听出乔莉声音中的无奈，乐呵呵地说，"我想请你和陆总到石家庄来一次，大家要保持沟通嘛。"

"去石家庄？"乔莉有些惊讶，"有什么事情吗？"

"没有特别的事情就不能请你们了？"王贵林说，"我这一周和下周都有时间，你问问陆总，看你们什么时间有空，好吗？"

"好。"乔莉答应了一声，王贵林道了声"谢谢、再见"，就挂上了电话。乔莉有些不知所措，这是什么意思？晶通电子主动邀请，可陆帆还能同意吗？不管了，她摇了摇头，下午开会的时候汇报一下就是，反正要走了，也不在乎多说几句。

下午四点，乔莉第一次没有带电脑，而是空着手进了会议室。她打开门，见秦虹坐在里面，她以为自己走错了办公室，"凯茜，是你们要开会吗？"

"是啊，"秦虹笑道，"老强马上到。"

乔莉刚想退出去，强国军和云海走了进来，云海招呼她赶紧落座，她不知道发生了什么，只得在靠边的位子上坐好。众人还没有来得及叙话，门又被推开了，陆帆走了进来。

秦虹还是第一次见到陆帆，不由得看着云海。云海介绍说："这是我们的销售总监弗兰克，这是新来的售前凯茜。"

秦虹忙站起身，笑着伸出手，"你好，陆总。"

陆帆微笑着点头，握了握她的手，示意她坐下。他看了看云海、强国军与乔莉，微微一笑说："我开门见山地说吧，今天这个会，是为了晶通电子。"

乔莉心中一跳，只是看着他。陆帆又说："老强，你最近在跟琳达做 BTT，如果让你回来跟安妮，问题大吗？"

"哦？！"强国军吓了一大跳，不明白陆帆的态度为什么突然一百八十度大转弯。陆帆见他迟疑，想了想说："这样吧，晶通电子一时也到不了做解决方案的时候，你先配合琳达，晶通先交给凯茜，如果她有什么不明白的，你要及时跟进。"

强国军连忙点头。陆帆看着秦虹，"凯茜，你虽然只有两年工作经验，又刚刚到公司，但是我看过你的简历，你的技术很不错，你暂时做强国军的助手，配合他做晶通的售前工作，有问题吗？"

"没有问题。"秦虹连忙答道。

"技术上有什么不懂的，你请教老强，"陆帆说，"和销售配合方面，你多听安妮的意见，晶通电子一直由她负责。这也是我们销售部最大的项目之一，希望你在这个项目中有好的表现。"

"我会的，陆总，"秦虹说，"我会配合安妮，做好销售的工作。"

乔莉不能相信自己的耳朵，她不明白是自己如坠梦中，还是如梦初醒。就连秦虹对她点头微笑，她也一时不知如何回应。陆帆转过头，看着她，"晶通电子最近怎么样？"

乔莉觉得口里发干，说："王厂长打过一个电话，希望我们近期去一下晶通。"

"哦？"陆帆与云海对视一眼，"具体什么事情？时间定了吗？"

"他说只是希望见面聊聊，"乔莉机械地汇报着，"时间我们定。"

"今天周四，"陆帆微一沉吟，"周末怎么样？"

"好，"乔莉说，"我和他联系！"

陆帆点点头，看着云海，"杰克，你说说吧。"

"陆总说得很明白了，晶通电子是我们重要的项目之一，大家要一起努力，"云海笑了笑说，"现在的团队里面，只有凯茜是新同事，老强和安妮，你们都要带她，大家要一起把项目做好。"

强国军与乔莉都点了点头。云海微微一笑，"我没有什么可补充的了。"

"好，"陆帆说，"今天只是简单地碰个头，大家先回去吧。"他又看着乔莉说："安妮，你留一下。"

乔莉的心又是一惊，这是要谈什么呢，要自己走吗？可为什么刚才要说跟进晶通？这时强国军与凯茜走了出去，云海也端着茶杯出了门，只剩下陆帆看着乔莉。

乔莉望着他，也许是疲倦吧，他的眼睛看起来不那么年轻了，也不那么骄傲。她不知要说什么，就听陆帆问："晶通电子，你还有什么想法？"

"我……"乔莉努力让自己回到职场中的状态，"我，我想知道市场部要怎么办。"

陆帆眉头一皱，看来施蒂夫的邮件给了她巨大的压力，但是他的表情依然冷淡，"这是我的事情，他需要的是我的解释。"

"我……"乔莉看着他，不知道为什么鼓起了勇气，"我想知道，晶通电子为什么停，现在为什么继续？"

"我从来没有说过它停了。"

"可是整个公司都没有人再谈论它，"乔莉既困惑又惊诧，"无论是你、杰克还是何总，你们都……"

"你是负责晶通电子的销售，"陆帆打断了她，"安妮，如果你承受不了这样的压力，那么晶通电子就在你的层面结束了。"

乔莉张了张嘴，半晌才说："你是说，是我的问题？"

"我告诉过你，"陆帆说，"你先看其他的客户，但我从来没有说，晶通电子要停下来；我们在为季度数字努力，我们很忙，但是晶通电子，一直在你的手上，不是吗？"

乔莉没有说话。陆帆接着说："如果你因为大家的态度，自己先动摇，那么谁也没有办法。"

乔莉依然没有说话，陆帆不知道她在想什么，只觉得她努力平静的面孔下，藏着委屈、疑问与痛楚，他不忍心再责备她，暗暗叹了口气，放软了语气，"不管怎么样，你做得很不错，而且开了单，这是一个不小的进步。"

乔莉苦笑了一下，看着陆帆，这就是她担心了一个月的谈话吗？告诉她晶通电子从来没有停止过，一切都是她的误会？陆帆慢慢地说："安妮，你还记得，我曾经问过你，卖软件和卖冰棍的区别吗？"

乔莉一怔，心里滑过一丝冰冷，"我想它们没有区别，都是在卖东西。"

"你这么想？"陆帆有些吃惊，"那么分为几个层次？"

"分为四层，"乔莉公事公办，把公司培训课的内容背了一遍，"第一步，发现客户需要；第二步，做解决方案；第三步，签合同；第四步，实验。"

"安妮，"陆帆恼怒地把身体朝后一靠，然后用一秒钟让自己冷静下来，再坐直了身体，耐心地说，"公司的培训课是一个基本套路，但是越基本的东西，实现起来，往往越难。晶通电子一路跟到今天，我知道你很不容易，但是，我不希望你把销售就定义为把东西卖出去。一个好的销售，不是售货员，而是推销员，但是晶通这个项目，甚至远远超出了推销员的层面。王贵林提出的是七个亿的要求，这个要求，不管我们赛思中国，还是 SK（Siltcon Kilo），都是无法实现的。"

乔莉听着售货员与推销员之类的话，心里似有所解。陆帆说："卖东西和卖东西有很大区别，你明白吗？"

"明白了，老板。"乔莉完全回到了现实，晶通电子没有结束，她和赛思中国也没有结束，天啊，她刚才都说了什么？她结结巴巴地说："那……那我下面要怎么办？"

"一方面，我们要去晶通摸清楚情况；另一方面，要把钱和技术结合，"陆帆耸了耸肩，"这是一个复杂的问题。"

乔莉感动地点了点头。一时之间，她感觉自己有多么热爱晶通电子这个项目，有多么渴望在这样一个大项目中学习历练，她有多么感谢陆帆没有放弃它，没有放弃晶通电子。"老板，"乔莉发自肺腑地说道，"我错了，我应该更努力地跟进晶通。"

陆帆听懂了她的意思，很好，那个充满干劲、灵活努力的乔莉又回来了，现在，他可以说几句实话。他笑了笑，说："这一个多月，我们一直在为晶通电子努力。有些消息，不要说你，就连我这个层面也打听不到。我们不仅要了解 SK（Siltcon Kilo）的动向，还要了解晶通电子和几家券商的实力。所以看起来，晶通电子就像暂停了，如果你问我，为什么不继续鼓励你，让你也蒙在鼓中——"陆帆看着她，表情沉重，"我们下面的工作压力会非常大，我想知道，你到底能不能行。"

乔莉吃惊极了，难道这一个多月的压力，只是一场考试吗？"我，行吗？"

"你很好，不仅顶住了压力，还开了单，"陆帆想了想说，"我没有存心要考你，一切都是自然的。"

"我明白。"

"安妮，"陆帆想起她这一个多月承受的压力，语气不禁稍稍温柔起来，"如果你想放弃，现在是个机会。"

乔莉只是看着他。陆帆说："你可以趁新信的机会转做其他客户，但是如果你真的想坚持下去，就必须一做到底，不管遇到什么，即使你想放弃，环境也不会允许你放弃了。"

"我没有问题。"乔莉飞快地答道。

陆帆没有吱声，半晌才说："你应该慎重。"

"我不用考虑，"乔莉说，"我真的没有问题。"

陆帆看着她。"老板，"乔莉坐正了身体，"我不会放弃的，我不仅想当销售，我还要当一个有本事的销售，不管下面怎么难，我都会坚持。"

"这是你的选择？"

"是的，我的选择。"

"那么，"陆帆沉声问，"不管你遇到什么，你能信任我吗？"

乔莉看着他，"我信任你。"

陆帆没有说话，乔莉紧接着轻声说："我一直信任你。"

陆帆看着她，她也看着陆帆，一时之间，两个人都觉得有什么在变化，但仅仅一秒钟后，陆帆的声音让两个人回到了现实，"这一次我们去石家庄，你会见到一个朋友，但是这个朋友，除了你、我、杰克之外，你必须对公司所有人保密，包括秦虹。"

"朋友？"乔莉一愣，"他是……"

"他是我们的金融顾问，也是国企改制方面的专家，"陆帆说，"晶通电子现在情况复杂，对改制也是方向不明。这位专家，你可以直接和他联系，向他请教问题。但是，我们任何的消息，你都不能外泄，这一点，一定要记住。"

乔莉点了点头。陆帆说："除了我和杰克，谁问都不能说，就连何总和欧总也要保密，明白吗？"

"明白。"

陆帆点了点头，"我没有要说的了，你好好准备，我和杰克还有事要谈，你去叫他进来。"

乔莉站起身，走了出去，不一会儿，云海走进了会议室。

乔莉没有回到座位上，她悄悄地上了顶楼，站在一层台阶之上。她还不能意识到，她今天的决定对她未来命运的影响。但是她已经意识到，自己还是一个傻乎乎的职场新兵，稍经风雨便困惑彷徨，偏离了应有的方向。新信的单子在她的心中，埋下了一点阴影。天下没有免费的午餐，她将警惕着市场部的一举一动。不管这事她有没有两头得利，能不能顺利过关，这一个多月的沮丧与慌乱都表明，她离成熟还很远很远。

陆帆与云海在会议室又谈了半小时，快下班的时候，两个人来到了何乘风的办公室。何乘风让阿姨煮了几杯咖啡，不一会儿，浓香的咖啡送到了，何乘风说："这是最好的哥伦比亚咖啡。"他笑了笑，"我一直等着你们。"

陆帆端起杯子尝了一小口，"何总，我和杰克已经开了碰头会，关于中亚永通和联欧国际的方案，我们都倾向于中亚永通。"

何乘风喝着咖啡，点点头，示意他说下去。

"中亚永通的方案比较传统，而联欧国际的方案，则比较，"陆帆想了想，找了个准确的词，"比较 aggressive(激进)！联欧国际的方案，会让晶通电子更快更好地走入市场，但是改制的难度会比较大；而中亚永通的方案实施起来会很容易，但是，从长远来说，无异于慢性自杀。"

"哦，"何乘风放下了杯子，"你的意思是，这个方案只能解决短期资金问题，却无法真正地清理包袱？"

"是的。"陆帆说。

"选择联欧国际，讲了经济，就不能讲政治，"何乘风缓缓地说，"选择中亚永通，讲了政治，就不能讲经济。"他摇了摇头，"也难怪王贵林无法选择。"

陆帆与云海没有接话，何乘风看着他们，"说说看，王贵林为什么要把我们和SK（Siltcon Kilo）拖下水？"

"我是这样想的，"云海说，"中亚永通与联欧国际都只懂资本运作，却不懂电子公司的具体运营，更不用说先进的IT解决方案带给公司的机会。所以，他们的方案只能解决资金问题，却解决不了企业发展问题。王贵林可能希望我们能帮助晶通电子解决长远问题。"

"也就是说，"陆帆接着说，"他想选择中亚永通的，这样对政治有利，然后他希望我们能介入进来，解决后续发展问题。"

"唔——谈何容易，"何乘风摇了摇头，"太不容易了。"

"这个事情，"云海说，"恐怕不是我和弗兰克这个层面可以解决的。"

"呵呵，何止是你们，"何乘风微微一笑，"不论我还是汪洋，站在两家大外企的中华区的立场，我们也解决不了。"

"虽然目前解决起来很难，"陆帆说，"但我们还是想继续跟进，一方面没有到最后放弃的时候；另一方面，现在琳达和付国涛在BTT项目上打得不可开交，这样可以牵扯精力，最重要的是不让市场部做文章，为我们的销售数字争取时间。"

"你说得很对，"何乘风说，"我们不仅要继续跟，还要深入地跟下去。现在经济形势已经有些不好，如果我们拿不出好的数字，是会有很大麻烦的。至少，我们要让美国总部相信，晶通电子，我们有很大的机会。"

陆帆与云海点了点头。

何乘风晃了晃杯子，看着杯子里旋转的咖啡，"王贵林这个人很不简单，原以为他的目标是改制，但现在看来，改制不是目的，他的目的到底是什么呢？"他嘲讽地笑了笑，"可能他自己都不知道，或者，他目标清楚，却把我们都拉下了水。"

云海和陆帆不明白他话中所指，何乘风脸上的笑意更深了，"摸着石头过河。"

云海扑哧一声苦笑起来，接着陆帆也笑了，三个男人互相看着，呵呵地乐着，这笑容之中，充满了复杂的滋味，又或者，这笑里什么滋味都没有，只是一种表示和参与。

乔莉和陆帆在周日下午再次踏上了石家庄之旅。正是四月初，石家庄满街的槐树都吐出了新芽，整个街道看起来焕然一新。二人驱车来到晶通电子的厂门外，陈秘书已经笑容满面地等在门口了。陆帆停下车，陈秘书拉开车门坐在了后座位上，"陆总、乔小姐，多日没见了啊。"

　　"陈秘书，"乔莉笑道，"你最近好吗？"

　　"忙都要忙死了。对了，王厂长在省里开会，他让我先来陪你们，晚上一起吃饭。"

　　"今天是周末，"陆帆说，"怎么好意思让你加班。"

　　"没关系，"陈秘书说，"有朋自远方来，不亦乐乎嘛。"

　　陆帆深知机关、国企的秘书一类人，和外企的秘书大有区别。虽然都称为秘书，但是权力大为不同。机关、国企的秘书通常都是领导的知心人，看上去类似跟班，其实无形的权力很大，对领导的决策有影响；而外企的秘书，就是个负责贴报销发票、订机票定日程的助手，只是工作流程中的一员，不可能参与任何有决策的事情。

　　所以这个陈秘书虽然职务低、年纪轻，陆帆一点不敢大意。乔莉从小耳濡目染，跟着老乔在机关长大，自然也知道这秘书的重要性。二人心照不宣，看似陈秘书陪他们，其实是他们俩陪陈秘书吃饭。

　　"陈秘书，"陆帆知道他酒量不错，陪他干了几杯，"你当秘书几年了？"

　　"两年，"陈秘书说，"您叫我小陈就行了。"

　　"你原来学的什么专业？"

　　"中文。"

　　陆帆微微一笑，"学中文好啊，有文化。"

　　"嗨，万金油嘛，陆总您呢？"

　　"我学的工商管理。"

　　"乔小姐呢？"

　　"叫我安妮就行了，"乔莉笑了笑，"我学的也是经管。"

　　"学经济好，"陈秘书说，"不像我们，到了今天还要从头学。"

　　"哦，"乔莉问，"是为了改制吗？"

　　"是啊，"陈秘书说，"不仅是我，就连我们王厂长也是每天学习，这么大的厂子，责任重大啊。"

　　"陈秘书，"陆帆看了乔莉一眼，阻止了她继续再问和改制相关的问题，问，"你进晶通的时候需要面试吗？我很好奇，不知道国企的面试和外企的有什么不同？"

　　"当然要面试了，我试了好几层呢。"

　　"哪几层？"

　　"人事部门要面试的，副总要面试的，当时我们还有党委书记要面试的，纪委书记也要面试的，当然了，最后还有王厂长。"

陆帆与乔莉笑了，乔莉意识到，陆帆想打听陈秘书与王贵林的关系，便顺着问："那也是层层把关呀，最后谁拍的板？"

"当然是王厂长了。"陈秘书与陆帆又喝了一杯，露出一丝小小的得意，"当时他们都想找个懂经济的，我就想，经济有什么难，就学了几个月，尤其是电子工业方面，所以王厂长面试我的时候，我谈了电子企业要怎么发展、未来的方向，虽然谈得不好，不过王厂长说，我这个人有学习能力，所以拍板要了我。"

陆帆笑了，"看来和外企面试没有什么区别，只要准备充分，就一定能成功。"

"哪里哪里，"陈秘书笑了，"我们国企待遇不高，比不了你们外企。"

"哦？"陆帆笑了笑，"你想进外企？"

"也想过，不过外企不好进，"陈秘书说，"现在国企也不保险了，没有一劳永逸的大锅饭，不过，如果我们晶通能改制成功，下面也很不错的。"

陆帆点点头，"厂里的工人都盼望改制吧？"

"怎么说呢，"陈秘书想了想说，"像我这样的年轻人，肯定希望改，改了有发展，我们也能有前途，不过有些年纪大一点的，或者竞争力弱一点的，就不太喜欢了，毕竟像现在这样，大家都勉强有饭吃。"

陆帆与乔莉对视一眼，都感到陈秘书这番话发自肺腑，是真心的想法。聊到现在，陆帆对陈秘书已经有了一个基本的判断。不过，他也不想轻易地下结论。三个人聊到九点多，结束了饭局。陆帆与乔莉送走了陈秘书，又返回了大厅。陆帆说："你十点钟来我的房间。"

乔莉一愣，"开会？"

"带你见那个朋友。"

"好！"乔莉心中暗喜，对于这个"朋友"，她一直很好奇，却又不敢多问，没有想到，来晶通的当天晚上就能遇见。她匆匆回到房间，补了点妆，来到陆帆房门外，敲了敲门。陆帆打开门让她进去，然后烧了一壶水，二人面对面坐在沙发上。

"新信的单子没有问题吧？"陆帆问。

"嗯？"乔莉吓了一跳，"没，没问题。"

陆帆没有说话，只是看着她。乔莉心里有些发毛，假作平静地问："新信的单子怎么了？"

"没什么。"陆帆刚想说话，门铃响了。乔莉忙站起身，走过去打开了门。一个个头略高、身材壮实的男人站在门外。大约那人没有想到开门的会是乔莉，愣在了原地。

"你好，"乔莉笑着让开路，"你是找陆总的吗？"

"哦，是。"他疑惑地走进屋，看见陆帆便释然了，陆帆笑着伸出手，两个人握了握。陆帆说："给你介绍一下，这位是安妮，是负责晶通电子的销售。"

乔莉伸出手，"我的中文名字叫乔莉，英文名是安妮。"

来人高兴地伸出手，握住了乔莉的手，"我叫周雄，英文名叫卡尔。"

二人双手相握，乔莉发现，这位卡尔先生的手特别大，比一般人的大很多，几乎能将自己的手包在手心里。周雄似乎了解自己的这个特点，忙轻轻地松开了。

陆帆说："大家都坐吧，我们时间紧张，只有一个小时。"

乔莉不明所以，周雄解释说："我一小时后就要走，明天一早在北京有会。"

乔莉点点头，周雄打开电脑，"杰克已经把情况说得非常清楚了，我来谈谈对这几个方案的意见。"

陆帆与乔莉坐到了他的旁边，乔莉见电脑页面上显示着一堆数据。周雄简单地拉了一下鼠标，"这两个方案你们都看过了吧？"

"看过了。"陆帆的精神一振，而乔莉却莫名其妙，什么两个方案？她也不好开口问，只默默地听着。

"中亚永通的方案从表面上看，虽然包袱比较重，但是它为社会承担了更多的压力，比较容易得到各方支持；联欧国际虽然能够让企业更轻松地走上市场，但是会让社会的压力比较大，可能不会得到政府和老百姓的支持。"

"这种情况你们遇到得多吗？"陆帆问。

周雄沉吟片刻，说："挺多的，也很难判断，而且大国企本身的情况也会比较复杂。"

"这么说，从方案上来说，无法作判断？"

周雄摇摇头，"我看不出来。"

陆帆没有再问。乔莉突然问："周先生，如果以你个人的喜好呢？"

周雄一愣，看了她一眼。他沉默了几秒后说："我们的专业不看喜好，只看客户需求，同时看风险与回报。从短期效果上说，我倾向于中亚永通。"

"哦？"陆帆问，"为什么？"

"你们看，联欧国际的方案，是要把原来的包袱全部甩掉，把企业不好的部分做死，非主业的医院、学校等方面，全部还给社会，如果照这样的改制，最后剩下的部分，就是它最精华的部分，然后再把这部分重新包装，用以上市，那么这样一来，晶通电子就全盘皆活，但是那些被放弃掉的部分，就会很惨了。"

乔莉心中一动，忽然想起以前在晶通看到的厂医院、厂学校，还有冬天去上访的老人们。这时周雄又说："中亚永通的方案相对来说，就温和得多了。它是曲线救国，一方面成立两个子公司，把盈利的部分归于一家，把亏损的部分归入另外一家；另一方面集团母公司，也可以承担部分债务和非主业中推向社会的一部分，然后他们再把好的子公司拿出来，盘活上市，为整个集团争取大量资金，用以运营和周转。这样虽然盘子大，经营起来比较累，而且能不能盘活一家子公司，都是一个未知数。

但至少在短期内，对于大部分的工人来说，是有一定保障的。"

乔莉的大脑跟着周雄高速运转，虽然她没有完全明白，这一个多月，晶通电子和赛思中国的高层们到底都做了什么，但是可以确定的是，这两个方案都让所有人感到为难。而且从陆帆的语气看，他对晶通电子的方向并没有把握，那么王贵林——那张黑黑胖胖却让人看不清楚的圆脸在乔莉脑海中闪过——他会是什么样的想法呢？

难道确定了改制方向，就能确定技术改造的方案吗？那么问题是，这两个改制方案，和赛思中国与 SK（Siltcon Kilo）的技术改制方案，又有什么必然的联系呢？

"陆总，"周雄笑了笑说，"你们既然可以拿到这样的方案，自然可以知道中亚永通和联欧国际的进展，你们知道了他们的进展，不就知道晶通电子的态度了？"

"他们现在也没有进展，"陆帆说，"大家都卡在这儿了。"

"哦，"周雄沉吟片刻说道，"这么说，晶通电子暂时改不了制了。"

"怎么讲？"

"有的客户对改制持保守态度，会拖很长时间。"

"这个倒不像，"陆帆说，"晶通电子的财务不容乐观，改制与上市，对晶通电子是很重要的一步。"

"这就奇怪了，"周雄说，"其实还有一个问题，我一直想不明白。"

"你说。"

"如果现在只是改制方案的选择问题，晶通电子为什么要把你们和 SK（Siltcon Kilo）牵扯进来呢？"

陆帆摇了摇头，"我们也没有完全弄明白。"

"他们是想让你们参与改制吗？"

"参与改制？"陆帆问，"怎么参与？"

"这个也不大像，"周雄说，"晶通电子是电子行业，要拉你们 IT 公司参与改制本身就会遇到问题，不知道他们是怎么想的。"

难道……乔莉在心中飞快地画了五个公司，一个是晶通电子，一个是赛思中国，一个是 SK（Siltcon Kilo），剩下的两个，分别是中亚永通和联欧国际。晶通电子位于中间位置，它的一头出去两条线，直指赛思中国和 SK（Siltcon Kilo），另一头又出去两条线，直指中亚永通与联欧国际。她不禁慢慢开口说："从电子工业往 IT 行业转很难吗？"

"什么？"陆帆一愣，"你说什么？"

乔莉走到写字台边，从抽屉里找出笔和纸，在纸上画出了五个方块，填上了五家企业的名字，然后在五家企业的一头写上了电子工业，一头写上了 IT 与电子。

陆帆与周雄看着那张图，周雄问："你的意思是……"

"周先生，我对改制完全外行，"乔莉问，"我想知道，让赛思中国或者 SK（Siltcon Kilo）参与改制是可行的吗？"

"从理论上说，谁参与都可以。"

"那好，"她点了点头，"如果王贵林希望晶通电子转向和 IT 行业相关的方向，那么，他也许会希望看见，有这样的大外企在帮他做事。如果他想选择中亚永通，那么他就会希望我们帮他的企业带来长期的利润，如果他选择联欧国际，有了资金与实力，当然还是希望和一家大外企长期合作比较好。"

乔莉思虑片刻，用笔画向中亚永通、联欧国际，再画向赛思中国，"如果王贵林的最终目的是改制后的晶通，那么他这样做，就非常合理了。只是，谁又能答应他后面这么巨大又长期的合作呢？"

周雄的脸上露出了笑容，"精辟！"他惊诧又欣赏地看着乔莉，"你说到点子上了。"陆帆则坐在一旁，沉默不语。他不得不承认，乔莉的分析，正是这一个多月来，他和云海、何乘风共同的感受，同时也是他们在工作中努力的方向。但是只是听到周雄对两个方案的解说，她就用一张图解的方式说了出来，陆帆很惊讶她的分析能力。

陆帆看着乔莉，乔莉似乎完全被分析后的喜悦占据了身心，连眼睛都闪出光彩来。这个女孩心思之缜密，完全出乎了陆帆的意料。看来把晶通电子放在她的身上，也许是正确的。她并不太需要保护与怜惜。只是他怎么也忘不了，第一次见面时，她在车上面对卖报纸的人时，那种单纯又善意的笑容……乔莉见他不说话，忍不住问："陆总，你觉得呢？"

陆帆慢慢地点点头，"你的分析很有道理，但是还需要去具体地了解情况。"

周雄见陆帆面色不是十分愉快，不知道乔莉说错了什么，突然，他的手机定时响了，他连忙摁掉声音，看了一眼时间，"陆总，我必须告辞了，一会儿我还有事。"

"今天十分感谢你，"陆帆说，"你下面的工作忙吗？"

"忙，"周雄说，"不过我们可以保持联系，我给你们一个私人的 MSN，有时我会在线，线上联系也可以。"

他俯下身，在乔莉画的那张纸上写下了一个 MSN 地址：koala928@msn.cn。乔莉一愣，这个地址实在是太熟悉了。就听周雄问："你们的地址是多少？"

陆帆说："我是'弗兰克'的全拼，到时候我加你。"

"我也加你吧，"乔莉慌乱地说，不禁又看了周雄一眼，想到他数次想让自己请他吃熊掌，还有如此巨大的一双手，脸上一红，抿嘴一笑说："周雄先生，我们线上联系。"

等周雄离开，陆帆对乔莉说："你的 U 盘呢？我把这两个方案拷给你。"

乔莉从口袋里取出一个 U 盘，交给陆帆。陆帆一面复制文件，一面说："这两个文案除了我、杰克和你，没有第三个人知道，你不可以外传，更不能通过邮件等任何形式发送出去。"

"好的。"

陆帆看着她，脸色郑重，"如果通过你的邮箱发出去，会引来法律上的问题，你明白吗？"

乔莉心头一震，点了点头。陆帆顺手拿起她画的分析图，"你刚才说的关于晶通的这几条线，不要再对别人说，除了我和杰克。"

"是，老板。"

陆帆沉默了几秒，眼睛看着电脑屏幕，似乎不经意地问："你平时想问题，就喜欢复杂化吗？"

乔莉一愣，没有想到陆帆会这么问，"复杂？"她惊讶地说，"我只不过多想了几步。"

陆帆转过头，笑了笑："能多想几步不容易。"

"是吗？"乔莉猜不出他的意思，"我觉得，这和下棋差不多。"

"你下棋？"

"学过一点。"

"什么棋？"

"象棋。"

"哦，"陆帆点点头，把U盘递给她，"你先回去吧，明天我们要见王贵林，记住，少说、多听。"

"好的，老板，"乔莉站起来，"我先回去了，明天几点去厂里？"

"九点。"

乔莉拿着U盘回到了自己的房间，迫不及待地打开了电脑，打开了这两个神秘的方案。真是一个有收获的夜晚，她仔细看着方案，不由得想起了周雄高大的模样，还有宽厚的手掌。树袋大熊就这样出现了，以她从没有想过的方式！人生真是奇妙。虽然她和树袋大熊约了无数次，可她觉得，他们两个人并不想真的见面。有这样一个人在身边，可以倾诉、交流，却又不和你的任何关系网发生交集，从某种程度上说，是一种轻松的释放。

乔莉想起树袋大熊说过，他是做金融的，再想起之前发给她的一些资料，一一印证了，他就是周雄。只是，他是怎么认识陆帆的，又怎么介入到晶通电子项目中的呢？

如果她没有转入销售，如果她没有接下晶通电子，他们还会这样相遇吗？乔莉的眼睛盯着方案，心却走了神。人生真的有缘吗？这一年的商战惊天动地，难道只是为了把她和树袋大熊一点一点地拉近，然后，这样相识了？

一个非常熟悉却初次见面的人，一个不能浮出水面的战友。乔莉的脸红了，心也有点慌。她摇摇头，快步走到洗手间，打开冷水，用手掌捧着拍到了脸上。这样重复了几次后，她抬起头，看见了镜子中的自己：脸不红了，眼睛却很亮。

不，现在不是动感情的时候，晶通电子即将开战，新信暗藏隐患，还有，还有什么呢？一种淡淡的莫名的感伤阻止了她内心情感的涌动。她心绪低落，忽然朝镜中的自己笑了笑。她想起郭德纲那个著名的相声段子：我要成功。

她不觉伸出手指，模拟相声中的场景，"乔莉，你是一个伟大的人！你要记住，你今年虚岁二十七，你不能犯错，你要好好奋斗。"

说到这里，乔莉心中一酸，险些落泪。我这是怎么了，她暗暗吃惊，居然这样地情绪化。她擦干脸上的水，回到电脑旁，重新注册了一个 MSN。登录后她添加了周雄、陆帆、云海等常联系的人。

现在还不到和周雄相认的时候，他们以前在 MSN 上聊得太多了，她不想周雄对她心生警惕，同时，她还希望原来的老 MSN 可以从另一个角度，听到周雄对晶通电子的判断。

叮！手机短信响了，是几天没有问候的詹德明，"你在忙吗？"

乔莉回了一条，"出差。"

"你还好吗？"

"挺好，谢谢詹总关心。"

"回来我带你去吃饭，有家饭馆不错。"

"谢谢詹总。"

詹德明没有再回。乔莉想了想，追了一条："单子没有问题吧？有问题随时告诉我，我虽然不在北京，也可以处理。"

"没问题。"詹德明回了三个字。他觉得乔莉很奇怪，为什么张口闭口就是谈工作，似乎完全不解风情。难道她和陆帆，还有和施蒂夫，都没什么特殊关系？可是施蒂夫让自己把这笔单子给她，除了能帮她开单之外，还能有什么好处？他总不会为了帮销售部增加数字吧。

詹德明有点索然无味，把手机装进口袋，和朋友喝起酒来。

第四章

联欧国际

天下没有免费的午餐

　　第二天一早，陆帆与乔莉来到了王贵林的办公室。这里的陈设几乎没有变化，但乔莉与陆帆都注意到，王贵林的办公桌上多了不少国企改制的书和资料。看来王贵林一直在学习。

　　"陆总，乔小姐，"王贵林也不避讳，呵呵笑道，"这段时间我是天天学习，可是当一个国企改制的专家，太难了。"

　　"王总有这样的精神，"陆帆笑了笑道，"值得我们学习，以后我们在国企改制方面有什么不懂的，还要向您多多请教。"

　　"请教我不行，"王贵林摆摆手，"今天正好有个财务顾问要来，他是专家，比我内行多了。"

　　陆帆一怔，难道王贵林约了券商？是哪一家，中亚永通还是联欧国际？他看了乔莉一眼，乔莉笑道："王厂长，什么专家呀，这么神秘？"

　　"他是为我们做改制方案的专家之一，他嘛，"王贵林话音未落，一个极瘦极高的人站在了门口。由于背光，陆帆和乔莉看不清他的长相，只觉得他高高矗立着，几乎顶到了门框。王贵林站起身，"来来来，给大家介绍一下，这位就是联欧国际的杨列宁先生，这位是赛思中国的销售总监陆帆先生，还有客户经理乔莉小姐。"

　　杨列宁此名一出，陆帆与乔莉不由得微笑了。这时，杨列宁进了屋内。陆帆见他皮肤白净，身穿浅灰色西装，鼻梁上架一副金色细边眼镜，很像一个香港商人。杨列宁见陆帆虽然面容憔悴，但风度翩翩，乔莉娇小清秀，但一双眼睛炯炯有神，哈地笑道："陆总、乔小姐，你们叫我小杨就可以啦，或者，也可以叫我列宁呀。"

　　众人都笑了。陆帆与乔莉都听出，他的普通话里有一股香港味。陆帆笑道："杨总，你这个名字很了不起。你叫我弗兰克吧。"乔莉也笑道："列宁先生，我的英文名是安妮，你叫我乔莉或安妮就可以了。"

三个人笑着交换了名片。这时，小陈走了进来，对王贵林耳语了几句。王贵林示意他先出去，然后笑道："对不起了几位，省里突然来了人，我得去一趟，这样吧，你们都是我的贵客，麻烦你们先互相陪一陪，聊一聊天。我十一点半回来。今天中午我请客，去晶通宾馆吃饭，到时候再向三位赔罪。"

陆帆、杨列宁、乔莉都站了起来，送走了王贵林。三个人心中均想，省里来人，这么巧？为什么要把他们留在一起呢？陆帆暗想，难道他倾向联欧国际的方案？杨列宁暗想：难道他想选赛思中国作为技术合作伙伴？乔莉则看了看陆帆与杨列宁，心想：难道王贵林是想让我们与联欧国际合作吗？

陆帆与杨列宁都急于更进一步了解对方，但表面上不露声色，慢慢地寒暄起来。

两人互相询问对方是哪个大学毕业，读什么专业，哪里人，等等。原来杨列宁祖籍东北，在上海读大学，然后去英国留学，读完硕士后在香港工作了四年，后转回北京。他一直从事金融方面的工作。半年前,他跳槽到联欧国际，接手了晶通电子。二人聊着聊着，杨列宁话题一转，"陆总，你们晶通的技术方案做了多长时间？"

"半年。"

杨列宁微微一笑，"赛思中国是著名的 IT 企业啦，在技术改造方面是专家呀，如果我有这方面的问题，还要向你多多请教啦。"

"你客气了，"陆帆笑道，"我要是有什么改制方面的问题，还要向你请教。"

"王厂长有没有提过，"杨列宁问，"技术改造想什么时候开始？"

"提过，"陆帆说，"等改制工作正式开展，技术改造就可以开始了。杨总，王厂长有说过改制的具体时间吗？"

"有啊，"杨列宁笑了，"他说准备好了就可以啦。"

二人都知道这句"准备好了就可以"等于什么都没说，却又真实可靠，不觉暗自苦笑。杨列宁看了看陆帆，"晶通电子有赛思中国这样的大外企支持，还有什么事情是办不成的？"

"哪里，我们的支持算什么，联欧国际是大券商，"陆帆说，"有你们的支持，晶通才能有更好的发展。"

"这么说，"杨列宁笑了笑，"技术交给你们，财务上交给我们，晶通电子，就满盘都活了呀。"

陆帆点了点头，"希望如此。"

杨列宁神色一振，却不再往下说了，话锋一转，问："陆总，你喜欢红酒吗？"

陆帆一怔，看了他一眼，答道："喜欢。"

"真的？"他夸张地笑了起来，"我也是红酒爱好者。"

"是吗？"陆帆笑了。

"当然！"杨列宁和陆帆聊起了红酒的口感、产地、年份、包装等，陆帆不时打断他，谈起自己的看法与感受，二人聊得不亦乐乎。乔莉也插不上话，只能静静地听着。她第一次听陆帆聊这些，感觉他像换了一个人。

"我有个香港朋友，"陆帆说，"他家里藏了一万多瓶酒，是真正的爱好者，我实在算不上。"

"你说的是不是米歇尔先生？"杨列宁也兴奋起来，"陆总，你们很熟吗？"

"很熟，"陆帆笑道，"下次去香港，我们可以一起去他家品酒。"

"我在杂志上看过他的介绍，"杨列宁惊叹道，"他家的藏酒还有他自己设计的藏酒架，实在是太棒啦！"他迫不及待地伸出手，"陆总，我们一言为定。"

"好，"陆帆与他握了握手，"一言为定。"

"我这次出差，没有白来呀，"杨列宁说，"能交到陆总这样的朋友，就算不能合作，也是一件大好事。"

"合作不合作也不一定，"陆帆笑了，"你说呢？"

"对啦，"杨列宁嘻嘻一笑，"只要准备好了就可以啦。"

二人呵呵笑了。乔莉没有吱声。一方面，她听出了两个人的弦外之音；另一方面，她觉得自己应该丰富一下业余爱好，增加各方面的谈资，万一遇到这样的局面，可以聊聊其他。

到了中午时分，陈秘书把三个人带到了晶通宾馆的餐厅，王贵林匆匆赶到，陪他们吃了顿便饭。杨列宁下午和晶通电子还有一个会议，陆帆与乔莉反客为主，把王贵林、杨列宁、陈秘书送出了餐厅，然后两个人站在宾馆大堂，陆帆突然问："你下午有安排吗？"

乔莉一愣，"没有。"

"工作上还有事情吗？"

"有些邮件要处理。"

陆帆看了看表，"两点半，我们在大厅碰头。"

"好的，"乔莉问，"我们有会还是见什么人？有什么要准备的？"

"都不是，"陆帆笑了笑，"我想出去走走。"

乔莉又是一愣，猜不透陆帆要做什么。她点了点头，回了房间。

下午两点半，乔莉准时站在了酒店大堂。大堂外有一处花坛，一株紫色玉兰已经全部盛开。这种花开时无叶，满树的花朵配着强劲的枯枝，阳光灿烂，春意盎然，乔莉盯着它，不觉被吸引了，默默地看着。

"咳。"一声轻咳，打断了她的思绪。她转过头，看见了陆帆。他脱去了上午的西装，内穿一件米色羊毛 T 恤，外套一件米色格呢西服，显得十分清爽。乔莉看了看自己，还是上午的套裙，还有一双半高跟的皮鞋，她不好意思地笑了："我不知道要出去走走，没有带休闲服。"

"没关系，"陆帆笑着伸出脚，露出一双黑皮鞋，"我也不知道有这样的机会，也没带休闲鞋。"

两个人笑着，肩并肩走出酒店。正是四月好时节，两人走上大街，满街的槐树都开出了小花。陆帆朝两边看了看，问："你知道这附近有茶馆吗？"

乔莉想起去年冬天和刘明达去过的广场茶馆，她一指方向，"朝那边走一段就有一家了。"

陆帆抬脚朝她指的方向走去，乔莉跟在旁边。陆帆走得不紧不慢，悠闲地看看街上的风景。乔莉从来没有和他这样漫步过，心里不觉有点紧张，不知道此时要和他说什么。

"这段时间工作很累吧？"陆帆突然问。

"还好，老板。"

陆帆看了她一眼，"叫我弗兰克就行了。"

"好的，老板。"

陆帆停住脚，看着她，乔莉不好意思地笑了。两个人又继续往前走，也不说话，只是这样走着。渐渐地，都觉得默默无言，只是走着的状态非常舒服和放松。不知走了多久，转了两个弯，乔莉望见前方的茶馆，说："马上到了。"

陆帆看着茶馆，笑了笑，"我还以为我是个内向的人，没想到你比我更内向。"

"我？"乔莉惊讶地问，"我内向吗？"

"这样也好，"陆帆微一沉吟，"做销售的人面对客户永远是销售性格，私下里内向一点，反而比较真实。"

"什么叫销售性格？"

"客户需要我们什么样，有时候我们就是什么样的，"陆帆看了看她，"但是好的销售会在变化中影响客户，这又有所区别。"

乔莉不太明白他后一句的意思，却听懂了前一句。她琢磨着"销售性格"，觉得自己是不是过于沉默了。两人进了茶馆，迎宾员把他们带到一处靠窗的位置，乔莉把茶水单放在陆帆面前，"弗兰克，你先点吧。"

陆帆点了一杯蓝山，乔莉点了杯姜丝可乐。两人面对面坐着，乔莉说："上午听你说红酒，真的特别有研究，以后这方面我要向你学习。"

陆帆笑了笑，"我不是你的客户，你用不着变成我。"

乔莉也笑了，"你是我的老板。"

"现在是非工作时间，"陆帆笑道，"你可以表现得像平时一样。"

乔莉点点头。陆帆打量着她，突然问："你现在做什么最舒服？"

"现在？！"乔莉不觉转过头，看了一眼窗外的阳光，慢慢地说，"现在什么都不做，靠在这儿晒晒太阳，喝一杯咖啡，最舒服了吧。"

"你喜欢什么咖啡？"

"摩卡。"

陆帆点点头，叫来了服务员，"一杯摩卡。"服务员转身要走，他又问："有杂志吗？"

"在门口，你可以随便拿。"

陆帆看着乔莉，"你去拿吧。"

"什么？"

"杂志，"陆帆拿出了手机，打开游戏界面，"你可以靠在这儿喝咖啡、看杂志，什么都不用想，什么都不用做，就当我不存在。"

乔莉睁大了眼睛，"那，那你呢？"

"我下棋。"

"下棋？什么棋？"

陆帆嘴角向一边微微挑起，"象棋，你想吗？"

乔莉的眼里闪出了光彩，"杀一盘？"

"好！"陆帆说，"去拿棋！"

乔莉赶忙答应，跳起来去找服务员，不一会儿，捧着棋回到了桌前，几下就摆好了，"弗兰克，你先请。"

陆帆忍住笑，"你让我先？"

乔莉一愣，"你的意思，还要让车马炮？"

陆帆再也忍不住，乐了起来，"安妮，做销售可要处处表现谦虚啊。"

"哎呀，"乔莉恍然大悟，捂着嘴偷笑了，"不好意思啊，那请你让我车马炮吧。"

"我可不干，"陆帆笑道，"你杀气腾腾的，水平不低，我们先走一盘吧。"他一手举起红子，"当头炮。"

"马来跳。"

二人你来我往。陆帆摆出的是炮马连环攻，乔莉毫不示弱，居然走同样的炮马连环局。以前乔莉在杭州，每每和父亲对阵，都是老乔以守为攻，她以攻为守。虽然父亲常叮嘱她，善守者为长胜，却不阻拦她好战的棋风。乔莉有一次询问父亲，老乔说："做人做事要顺其自然，你知道你的弱点即可，刻意去改反而不好。"

这一次她与陆帆对阵，让二人都有刮目相看之意。乔莉觉得陆帆虽然有点冷傲，但没有想到他的棋风如此强硬，看来这位儒雅的老板，也是好战之人。而陆帆也觉得乔莉棋路老辣，作战顽强，与平常的娇俏判若两人。

一局战平，二局陆帆险胜，三局下到残局，走了不知多久，两个人的咖啡都凉透了。突然，陆帆的手机响了，他拿过来一看，脸上露出了胜利者的微笑，"嗨，列宁同志。"

　　乔莉一愣，半晌才从棋局中醒过来。窗外已满是落日余晖，杨列宁，他为什么会在这个时候给陆帆打电话？！

　　陆帆伸出手，拿过桌上茶馆的名片，说了地址，"那我们在这儿恭候你了。"

　　他挂上电话，看了看棋盘，轻松地问："还下吗？"

　　"杨总要来？"

　　陆帆点点头，"他果然来了。"

　　"你……"乔莉明白过来，"你一直在等他？"

　　"对，"陆帆看着棋局，又挪了一颗子，"将军！"

　　乔莉这才明白陆帆下午要"走走"的用意，原来是为了等杨列宁，一丝失落掠上心头，但棋局当前，岂容她分心。陆帆抢先一步，几下将死了她的老帅。乔莉勉强笑了笑，"老板，我输了。"

　　"你下得不错，"陆帆笑道，"以后有空可以常下。"

　　不论乔莉的内心如何，这两个多小时的棋局，倒是让陆帆从重压之下解脱了出来。他精神抖擞，等待着杨列宁。"老板，"乔莉忍不住问，"你怎么知道杨总会找我们？"

　　"你猜猜？"

　　乔莉听出陆帆的意思，是让她用棋路的方法去思考。她想了想，说："联欧国际也需要 IT 联盟，他肯定会来找我们，也会去找 SK（Siltcon Kilo）？"

　　陆帆点点头，"王贵林不会无缘无故安排我们和杨列宁见面，你想想，我们打晶通已经半年时间，而在春节之前，就连何总和欧总都没有打听到有中亚永通和联欧国际这两家公司，说明了什么？"

　　乔莉摇了摇头。

　　"说明这两家公司一直和王贵林在做私人接触，只要拿到工厂层面操作，我们就不会没有一点消息。"

　　"你是说，这两家公司都是王贵林信任的人？"

　　"也不能这么说，"陆帆说，"现在很明显，他想一家 IT 公司与一家券商合作，但他又不知道我们要怎么合作，所以他就落后一步，等我们去商量。"

　　"如果是这样，他也会把中亚永通的人介绍给我们了？"

　　"放心，迟早会来的。"

　　这时，陆帆看见杨列宁的身影从暮色中匆匆赶来。他笑了笑，对乔莉说："一会儿沉住气，千万要表现出：我们不着急，要稳坐钓鱼台。"

　　乔莉会意地一笑，伸手把棋盘摆好，先走了一步。陆帆也是一笑，跟着走了几步，就听见了杨列宁的港味普通话，"陆总、安妮，好舒服呀，在这里躲轻闲也就算了，居然还在下棋取乐。"

陆帆忙放下棋，"杨总，你看看，我们忙着下棋，居然没有看见你。"两个人握了握手，乔莉朝旁边让了让，给杨列宁让出一个空座。杨列宁坐了下来，笑道："和美女同坐，三生有幸啦。"

乔莉笑了，"杨总，您喝什么？"

"咖啡。"杨列宁看着陆帆，"陆总，你晚上有什么安排？"

"没什么安排。"

"我们一起吃饭？"

"好，这附近有什么饭店？"

"饭店很多，"杨列宁说，"就看陆总的喜好啦。"

陆帆笑了笑，"看我的喜好没有用，还得看大家的口味。"

"是吗？"杨列宁也笑了，"一个人一个口味，现在我们三个人，三个口味很难办，要么女士优先，让乔小姐拿个方案；要么，我和陆总商量一个方案？"

"她？"陆帆看了一眼乔莉，"她没有主见，每回吃什么都不清楚。"

"那还是要交给我们了？"

"好的，我想吃本地菜。"

"我也想吃本地菜，"杨列宁笑道，"乔小姐有意见吗？"

乔莉摇摇头。陆帆与杨列宁一问一答，都暗指晶通电子。这时咖啡到了，杨列宁喝了几口，便请他们来到一家本地菜的菜馆，要了间小包间。三个人东拉西扯，不管这弯子绕得有多远，谁都没有先提晶通电子的事情。

一时饭毕，三个人信步往回走着。没走几步，一辆车呼啸而过。虽然离人行道有一点距离，但也把三个人吓了一跳。

陆帆皱了皱眉，他装着要和杨列宁说话，绕到了乔莉的外面。杨列宁不知他是要保护乔莉，以为他想和自己密谈，忙凑近了一步，低声问："陆总，晶通电子，你有没有特别的想法？"

陆帆也压低了声音，"您有什么好建议？"

"我们联欧国际的方案非常完美，把晶通电子最好的资产放在一家子公司里，然后想办法融资上市。"

"是吗？"陆帆笑道，"那是好事情，恭喜你们。"

"但是如果有你们的加入，我们就可以想办法去海外上市，到时候可以融到更多的钱，这是其一；第二，晶通电子也希望将来转入和 IT 相关的电子行业，我们拿到钱，就可以把公司做大，从这个角度，我们也很需要陆总这样的人才。"

陆帆停了下来，用眼光示意乔莉跟远一些，他看着杨列宁，"这是王厂长的想法？"

"不，"杨列宁说，"这是我的想法。"

陆帆没有说话。杨列宁紧紧盯着他，将声音压到不能再低，"陆总，你真以为，王贵林会为晶通电子谋福利？"

陆帆不动声色，"他是一厂之长，又是共产党员，做事情会有很多顾虑。"

"哼哼，"杨列宁冷笑一声，"他是拿不准这块肉到底有多肥、他到底能捞多少，只要我们合作，方案完美无缺，操作顺利进行，他一定能同意。"

略顿了一下，杨列宁看着陆帆说："融资上市的公司，你个人也可以参股，陆总，这可是一份大事业。"

"你们的方案，能顺利执行吗？"

"陆总，我们的方案非常经典，而且我们没有做任何违法的事情，国家要改制，必然有所牺牲，精简的部分我也很惋惜，可不这样的话，企业怎么发展？中亚永通的方案，根本是慢性自杀，就算你们和 SK（Siltcon Kilo）都愿意奉陪，最后的结果，等于是大家一起被拖死。"

"哦，中亚永通的方案怎么了？"

"他们要保住所有工人的利益，同时还要放弃市中心的地皮，就算从里面剥出一块好肉，怎么包装它？！你们和 SK（Siltcon Kilo）虽然是大外企，可也背不了这么大的国企吧？"

"也许我理解错了，"杨列宁继续说，"王厂长是真心希望工厂能好，但是，中亚永通的方案并不现实，选择联欧国际是迟早的事情。"

陆帆点了点头，他忽然发现，杨列宁刚才的谈话中，港式口音不见了，普通话十分标准，还有一股东北味道。看来人在最紧张的时候，会不自觉地回到最初。陆帆想了想说："这件事情是这样，第一，我要向何总汇报；第二，我想知道你们方案大致的内容，如果你们方便，可以透露一些给我；第三，我们今天说的话，我已经忘记了。"

"好，"杨列宁笑了，"陆总爽快，你放心啦，我们刚才说了什么，我一句也想不起来啦。"

陆帆笑了笑，杨列宁的口音又是香港味了。陆帆转过头，朝乔莉喊："安妮，快点。"

乔莉几步走近。杨列宁说："安妮，怎么走这么慢呀？"

"不好意思，我穿着高跟鞋走不快，"乔莉笑道，"两位老总也不等等我。"

三个人哈哈一笑，没有再多话。回到宾馆后，杨列宁先回了房间。陆帆对乔莉说："回去好好休息，明天一早回北京。"

"几点？"

"五点出发，争取八点左右赶到公司。"

"好。"

"安妮，"陆帆突然问，"你听到了什么吗？"

"哦，"乔莉一愣，"没有听到什么。"

"如果听到什么，就忘记吧。"

"明白了。"乔莉点了点头。陆帆转过身走了，乔莉回到了自己的房间。陆帆与杨列宁在路上的耳语，她隐约听到了几句，陆帆好像提到了共产党员，是指胖头鱼王贵林吗？

这一次来到晶通，形势明显发生了变化。无论从专业知识，还是工作经验，都远远超出了她的范畴。她唯一能做的，就是谨言慎行，不给陆帆添麻烦。她顺手打开了电脑，习惯性地登录了公司的邮箱。又是一堆 CC 文件。忽然，一封由施蒂夫转出的邮件引起了她的注意。她刚想打开，房间的电话响了。

她连忙走到床头柜前，拿起了电话，"喂？"

"安妮，"陆帆直截了当，"新信的单子到底是怎么来的？"

乔莉一愣，"什么？"

陆帆沉默不语，显然在等她回答。乔莉知道出事了，她刚才看到的邮件一定和这件事有关，但是她不知道发生了什么，不知道怎么解释，"我……新信的单子……"

"你别再说了，"陆帆突然叹了口气，"现在你听我说，第一，新信的总裁詹德明曾经是赛思的销售，你们原来就认识；第二，新达集团是你负责的客户，新信作为它的子公司，需要购买产品，自然是你关注的范围；第三，你之所以会给新信一个最低的折扣，是因为新信的执行总裁，原来也是公司的销售，对价格比较清楚，同时你考虑到新信是新公司，未来有可能会购买更多的产品，所以你才给出了一个偏低的价格。你听明白了吗？"

"听明白了。"

"现在按照我说的，给施蒂夫回邮件。"

乔莉一言不发，挂上了电话。她打开了施蒂夫的邮件。

这是一封 CC 的邮件，由施蒂夫直接发给美国总部，里面举出了销售部的几份合同，折扣都偏低，这样一来直接损害了公司的利益，二来会影响市场定价。市场部一直紧密地观察此事，而销售部的新人乔莉，第一次开单，就定出了这样的价格，并且获得了销售总监陆帆的批准，说明销售部在销售折扣方面，确实存在着问题。施蒂夫建议，以后销售的折扣到达一个低价位时，需要通过市场部的批准。

美国总部将这封邮件 CC 给了何乘风。

何乘风的回复是：同意，请市场部尽快报上核准价格的产品经理名单，并定于明天召开销售部与市场部的高层会议，商讨这个问题。

施蒂夫！你这个老狐狸！

乔莉心头燃烧着熊熊的怒火，一方面愤怒施蒂夫的卑鄙，一方面愤怒自己的无知与脆弱，就这样被利用了！

如此一来，整个销售部就要受到市场部的牵制，所有的销售都会大为不满，乔莉啊乔莉，你怎么会天真到认为施蒂夫真的会帮你开单，你怎么能没有大脑呢?！

她把手放在键盘上，压制着微微的颤动，按照陆帆的意思写好一封邮件，回复过去。然后，她给陆帆打了一个电话。

"邮件发了吗?"

"发了。"

"好，早点休息，明天五点就出发了。"

"老板，"乔莉喊了一声，"我想告诉你，新信的单子……"

"新信的单子我已经解释过了，"陆帆沉声说，"你要记住，天下没有免费的午餐。不管这个事情有多糟糕，你毕竟开了单，但是你要清楚，不是每件事情的后果，我们个人都能承受的，你要事事用下棋的心去判断。明白吗?"

"老板，"乔莉又惭愧又感动，她想哭，却没有一点眼泪，慢慢地说，"对不起。"

"你没有对不起我，"陆帆冷冷地说，"价格受限制，对每一个销售都没有好处，你对不起的人，只有你自己。"

"我明白。"

"你也不用太自责，"陆帆轻叹一声，柔声说，"该来的总会来，这是我的事情，你要把晶通的事情做好，不受任何人、任何事干扰，可以吗?"

"我一定。"

"晚安。"陆帆挂上了电话。乔莉一个人坐在床头，房间里亮着灯，她的心却沉入一片黑暗。在这无尽的孤独与黑暗中，却有一点昏黄的豆大的光：晶通电子。还有一个人，或者几个人，那是她的战友与同事。

第五章

内耗式合作

这是一件没有办法的事

第二天一早，乔莉与陆帆离开了石家庄。陆帆开车，乔莉坐在旁边。陆帆开车时一向不喜欢多话，乔莉心中有愧，又担心施蒂夫的伎俩，一路不敢多说，直到车离北京越来越近，她才问："老板，市场部那边……"

"没问题。"陆帆简短地说。

"新信……"

"新信的单子你接着做好，既然已经签了合同，就要让客户满意。"

"好。"

陆帆看了她一眼，"你有话要说？"

"我……"乔莉沉默了两秒，"我很抱歉。"

"价格低了也不能怪你，"陆帆说，"我也有责任。"乔莉听他到这时还能为自己考虑，不觉更加难过。陆帆突然说："有些人是因为不聪明上当；有些人上当，是因为太聪明了。"

乔莉的脸红了："老板，我太笨了。"

"你不笨，"陆帆慢慢地说，"你只是没有经验。"

"是我太担心了，"乔莉看着他，"我怕成为一个零销售，我怕自己被公司开除了找不到工作，所以我就觉得新信是个好机会，我……"

"好了，"陆帆打断了她，"别说这些了，想想以后的事。你听着，我们在石家庄见杨列宁的事儿，谁都不能说，就算云海问你，你也得先经过我的同意才能回答。明白吗？"

"明白。"

"这事儿不是儿戏，"陆帆说，"如果不小心，会惹上大麻烦。"

"我知道。"

"你不知道，"陆帆沉着脸，"新信你只是犯了个小错误，虽然会给销售部带来大麻烦，但毕竟是公司内部的斗争，但是晶通电子你不能犯错，我们每个人都在走钢丝，你懂吗？"

"我……懂。"乔莉说。

"不仅有商业的钢丝，还有法律的钢丝，"陆帆看着前方的路，"打起精神来，我昨天就说了，现在对你来说，最重要的是晶通电子，不要受任何人、任何事影响。"

乔莉一下子理解了陆帆的态度，她振奋了一下精神，"放心，老板，我会事事小心的。"

陆帆点点头。不管怎么样，乔莉的快速反应始终能让他满意。虽然她自作聪明惹出不少麻烦，但她的敬业、好学、顽强，都令他欣赏。

"老板，"乔莉问，"我们这么快离开晶通，没有问题吗？"

"王贵林这几天都有会，"陆帆说，"再说他让我们来的目的，已经实现了。"

"我要经常和他们保持联系吗？"

"要保持，如果他们叫我们去，我们要随时赶往石家庄。"

两个人说话间进了北京城，还不到八点，环路已经堵得水泄不通。陆帆把车开到一个地铁站，和乔莉坐地铁赶到了公司。二人一进楼下大堂，就遇见了薇薇安。

"弗兰克！"薇薇安穿着黑色风衣，背着新款 LV 皮包，笑嘻嘻地打招呼。

"薇薇安，"陆帆点头微笑，"出差刚回来？"

"是呀，"薇薇安笑道，"我刚刚从香港回来。"她斜了一眼陆帆身后的乔莉，"你们呢？"

"我们刚从石家庄回来。"陆帆说。乔莉连忙跟了一句："薇薇安好。"

薇薇安笑了笑，对陆帆说："我赶回来，是因为今天上午市场部和销售部要开高层会议，弗兰克，你知道为什么事情吗？"

"不知道，"陆帆说，"可能例会吧。"

"这种例会可是头一回，anyway，"薇薇安满怀深意地笑了一下，"Good luck."

"Thanks."

乔莉跟着陆帆与薇薇安到了公司，等薇薇安去了市场部，她不禁小声问："老板，你们的会议是因为定价吗？"

陆帆看了她一眼，"你写个报告，把石家庄的情况做个总结。"

乔莉不敢再问，忙点点头，回到了座位上。

公司里静悄悄的，同事们各自工作着，只有乔莉心如乱麻。不知道施蒂夫在会上要如何表现，如果她能够信任陆帆与云海，能够依靠自己的力量拓展客户，就不会被施蒂夫几句话、一顿饭就轻易拿下了。她损害了整个团队的利益！一想到这儿，她就心惊肉跳，满脸发烧。

"安妮。"一个声音传过来，她一抬头，看见了秦虹。

"你们从石家庄回来了？"

"是啊，"乔莉勉强笑道，"早上到的北京。"

"中午有约吗？一起吃饭吧。"

"好，"乔莉见她满面春风，似有喜事，便问，"我们俩？"

"还有老强、本尼、翠西，以及人事部和财务部的两个同事。"

"哦，有什么事情吗？"

"没事，就是聚聚。"

"好。"

"那中午见，在悠美茶餐厅。"

"悠美？"

"一家新开的，听说原来叫小四川。"

乔莉哦了一声，没想到春节过后没有多久，小四川就关门了。都说经济不好，中午大家都窝在食堂里，还有同事开始带饭了。公司附近餐厅的生意都大不如以前。她公事化地写完了报告，然后去了茶餐厅。

"我们的销售来啦！"翠西一见她就亲热地站起来，拉着她并肩坐下，"安妮，我们很久没有逛街了，怎么样，哪天去国贸？"

乔莉见她对自己如此亲热，不禁有些奇怪，后来明白过来，她一定是听说晶通电子又开始继续了，这才转的风向。乔莉笑了笑，"好啊，哪天约了去逛。"

"你们就是好，"财务部的一个女员工说，"买衣服都能去国贸，不像我，连去都不敢去。"

"为什么呀？"翠西明知故问。

"那儿的东西我可买不起，"财务部女员工一撇嘴，"什么都能上万呢。"

"就是，哪儿比得了我们的销售，"翠西笑着问乔莉，"对吧？"

"我也买不起，"乔莉笑道，"我在北京无房无车的，挣的钱还不够买厕所，最多去看几眼吧。"众人都笑了起来。有人说："听说奥运会过后房价还要涨呢。"

"涨吧涨吧，"有人说，"反正我也不打算买房了，涨多少也和我没关系。"

众人又笑。乔莉问秦虹："今天吃饭到底什么由头？"

"没原因，"秦虹笑道，"我进公司多亏大家帮忙，所以想请大家聚聚。"

"凯茜，"人事部女员工说，"你再不说，我就说了啊。"

"好吧，"秦虹笑了，"今天我生日。"

众人都哄嚷起来，要为她庆祝生日。有人说："这饭我们怎么吃，凯茜生日。"

"这样吧，"乔莉说，"旁边就有蛋糕店，我们大家凑点钱，买个生日蛋糕吧。"

"好，"刘明达说，"我去买，你们先吃。"

秦虹看了他一眼，微微一笑，刘明达的脸便红了。他急忙出了餐厅，来到蛋糕房。有一款粉玫瑰的生日蛋糕吸引了他的注意。蛋糕店的女服务员见他驻足观望，忙向他推荐，又说满三百可以送十天的早餐券。刘明达灵机一动，买下了蛋糕，十张早餐券则收入了钱包。

他想接下来的十天，可以每天帮秦虹买一份早餐，如果她问自己，就说是因为送券。刘明达想起秦虹高挑的身材、乌黑的发梢，心头便是一热。虽然没有看出这女孩在技术上有什么天分，但美女是肯定的。而且这位美女工作安稳踏实，不用像乔莉那样在社会上出入，也不用像翠西等人，在市场部混来混去。搞技术的，又是美女，教育背景又那么好，年纪，又是那么轻！

秦虹如此合乎条件，不由刘明达不动心。最关键的是秦虹的工作性质，简单清楚，总结起来两个字：省心。

刘明达已经悄悄地面试了两三家外企，只要职位一定，他就跳槽了。他想趁快走的这段时间，给秦虹留个好印象。天赐良缘，如果自己不跳槽，夹在她和乔莉之间，还真不好做什么。幸好他没有向乔莉表白清楚。刘明达看着服务员包装蛋糕，暗自庆幸，如果当时说了什么，还真不好往回收。

他对乔莉暗生一丝怜悯。这女人现在二十七了，在北京没有个家，又没有户口，每天跟着销售跑来跑去，唉，这种日子什么时候是个头啊。

不管了，他想，看在当初曾经喜欢过她，能帮就帮一把吧，而他对她的感情，只能说是有缘无分。

他提着蛋糕，带着复杂的情绪，同时怀着甜蜜的期待，回到了餐厅。

乔莉惦记着销售部与市场部的高层会议，强装笑脸吃罢午饭，忐忑不安地又工作了一个下午。晚上回到家，也心绪不宁，早早地休息了。

第二天一早，乔莉来到公司。还未进销售区，便吓了一跳。十几个人或站或坐地待在销售区里，有的在说话，有的在看电脑，琳达正和两个主要销售在闲聊。出了什么事情？！乔莉大惊失色，怎么赛思中国在北京的所有销售都到了，几乎一个不差！

她连忙走到座位，打开电脑，看见昨天夜里发来的邮件，通知所有的销售今天上午十点半开会。乔莉敏感地意识到可能是市场部的问题。销售的消息都很灵通，一个销售说："批个价也这么烦，以后生意怎么做啊？"

"烦死了，"另一个销售说，"今年本来行情就不好，都说要金融危机，公司还搞这一套！"

"马上要奥运嘛，"又一个销售说，"以后做生意，就两个字：重在参与！"

"去！"乔莉听见了琳达娇滴滴的声音，"那是四个字好不好？！"

几个人笑了起来，有人说："琳达姐，现在越来越漂亮啦！"

"什么琳达姐，"琳达笑道，"叫琳达就行了。"

这时，有封新邮件提示，乔莉打开一看，是欧阳贵发来的，大意是说，为了公司产品销售价格更加合理，以后单子的定价超过一定折扣时，须得到市场部相关产品经理的批准。

周围的闲话声渐渐低了下去，接着又渐渐高了上来。很明显，大家都看见了新邮件。开会的时间到了，乔莉进了会议室，坐在最角落的地方。

陆帆与云海已经坐在了里面。不等陆帆宣布会议开始，一个销售经理说："陆总，我们的定价没有问题，客户的情况多种多样，我不可能所有的价格都定得高，也不可能所有的价格都定得低。"

"是啊，"另一个销售说，"我的单子是有特殊情况的，凭什么拿这个说事。"

"就是，"众人纷纷附和，"以后还让我们怎么做生意啊？"

"我看也是，"琳达说，"安妮那个单子定得虽然低，可乔治（詹德明）本来以前就是我们公司的销售，他整个儿一门清，价格能卖得上去吗？"

乔莉没有想到琳达会突然开口为自己开脱，而且入情入理，不由一呆。她感激地看了琳达一眼，琳达却浑然不觉，"BTT那个单子，我们打得死去活来，可是价格不能让，我们就会被动，以后生意不好谈呐！"

众人七嘴八舌，说了一通，陆帆等大家说得差不多了，这才说："市场部既然提了意见，公司也做了这个决定，大家就不要再说了。销售部门应该配合市场部门的意见，大家分工协作，把事情做好。这也说明了，我们的销售部需要好好管理，尤其是和市场部门沟通协作这方面，大家要做得积极主动一些。以后大家凡是大的折扣，都要报市场部的产品经理去审核。"

"陆总，"不待其他人再说，琳达嫣然一笑，"您这话说的，我们天天在外面谈生意，和市场部沟通，我们怎么沟通？天天发邮件汇报工作？"

"是啊，老板，这实际操作起来有困难。"

"公司已经想到了，"陆帆说，"考虑到大家说的情况，我们会在销售部增加一个职位，专门用来和市场部协调。"

众人一愣，有的没有明白过来，有的已经暗暗发笑。琳达心想，难怪何乘风和欧阳贵答应得痛快，原来在这儿等着，这摆明了是要找个人专业对付市场部。

陆帆接着说："从 title（职位）上说，他是 sales operations manager（销售运营经理），汇报给我，具体工作就是协助大家与市场部合作，以后大家和他多沟通。"

"他什么时候到？"琳达问。

"就这两天吧。"

"他是什么样的人，"琳达格格笑道，"陆总透露透露？"

"这我还真不知道，"陆帆也笑了，"他是何总招进来的。"

此言一出，众人面面相觑，慢慢地都不再说话了。陆帆看了看云海，云海又说了一些其他的事情，陆帆便宣布散会。乔莉端着电脑，跟在人群最后，出了会议室的门。她坐在座位上，觉得沮丧，也觉得意外。沮丧是因为果然造成一个恶果，而意外，是没有想到大家都没有责备她，连一向说话不客气的琳达，都能站在一个公正的立场替她说话。

好险啊！她忽然想，如果不是詹德明在赛思做过销售，那大家会怎么想呢？她不禁打了个冷战。

这时，她听见琳达和一个同事边走边说："新来的不知道是谁，听起来来头不小。"

"关键看能不能应付得了市场部……"另一个人晒笑几声，渐渐听不清楚了，只留下一阵夏奈尔 5 号的香风。乔莉心中疑云窦生，一个销售总监手下的人，有多大的权限？而且还要何总亲自招聘，这个人是谁呢？能有这么大的能耐？

陆帆对这个神秘的下属也很好奇，他曾经问何乘风，何乘风只说是他认识的人。他想破了脑袋，也不知道哪个朋友被何乘风看上了，要来担当这样的职位。这个职位说实话并不高，做的又是得罪人的事情，谁会愿意呢？

这天下午，他应约来到何乘风办公室。他一进去，便看见一个熟悉的身影，不由得愣住了。

何乘风笑道："弗兰克，来，给你介绍你的新下属。"

陆帆走到近前，宛如身在梦中。车雅尼那张只有在黑夜才出现的脸，此时显得清晰而清新。她的头发没有披下来，而是高高地盘在脑后，越发显得头发乌黑，肤色苍白，这白中不带一丝血色，仿佛常年不见阳光，让人一见不能忘，或者，我见犹怜。

"嗨。"车雅尼淡淡一笑。

"嗨。"陆帆应了一声。

"这是负责和市场部对接的员工，"何乘风看着陆帆，"怎么样？"

陆帆明白了，何乘风说要在销售部插一颗钉子，和市场部纠缠，指的就是车雅尼。他不知道何乘风为什么要做这样的安排，这样一来，他们就等于和付国涛公开翻脸了。

"你离开 SK（Siltcon Kilo）了？"陆帆问车雅尼。

"是的，"车雅尼避重就轻，"我随时可以来上班。"

"工作的内容？"

"何总已经交代了，"车雅尼轻声细语，"我会努力的。"

陆帆看了一眼何乘风，何乘风双目含笑，似乎很满意这个安排。陆帆点了点头，"如果你明天可以上班，我就把你介绍给大家。"

"好，"车雅尼轻盈地站起身，朝陆帆伸出手，"谢谢陆总。"陆帆觉得她的手指软而细长，盈若无骨，不禁心中一软。车雅尼朝何乘风点点头，"何总，没什么事我就先回去了，明天我来报到。"

"好的。"何乘风点点头，车雅尼转身出了门。陆帆看着何乘风，脸上写满了疑问。何乘风说："她的事情被付国涛发现了，付国涛打了她。"

"哦……"陆帆不自觉地发出了声音。

"我让她来，第一，是因为她是个聪明的员工，她能胜任这份工作；第二，是因为她最了解付国涛，我们和 SK（Siltcon Kilo）在晶通电子上面，还有很长的路要走；第三，付国涛脾气暴躁，你招了车雅尼，他就会步步紧逼，"何乘风微微一笑，"人一急就会犯错，你说呢？"

陆帆愣了两秒钟，笑了笑，"是的。"

"让她配合云海，去和市场部的人纠缠，"何乘风说，"你带领你的团队，拿下应该拿下的。"

陆帆点点头。何乘风突然把身体朝前倾了倾，看着陆帆的眼睛，柔声问："你和付国涛不一样，对吗？"

陆帆一怔，马上明白了何乘风所指，"您放心，我不喜欢办公室恋情。"

何乘风点了点头，心里却微微打鼓。他第一次看见陆帆跟车雅尼相处，不知道为什么，他觉得陆帆对车雅尼的态度，和对其他女员工不同。这个不同是什么，何乘风也说不上来，也许是老男人的直觉吧。他不禁有点后悔招车雅尼进来，这个女人十分难缠，陆帆要是惹上了她，就麻烦大了。

现在只能走一步看一步。何乘风从抽屉里抽出一枝雪茄，放在鼻子下面闻了闻。自从十年前医生警告说，如果他再抽烟，他的肺就会纤维化，变成一团干木材，永远不能呼吸，他就戒了烟。但愿车雅尼只让施蒂夫头痛，不会让陆帆头痛。职场最容易控制的，是利益；最难控制的，是感情。

车雅尼曾经背叛过 SK（Siltcon Kilo），也许也会背叛赛思中国。背叛并不可怕，可怕的是她的背叛完全因为感情，与利益无关。

不可捉摸的女人。何乘风叹了口气，他嗅了嗅烟草的香气，施蒂夫啊施蒂夫，这可是你自找的，陪你玩完这场游戏，我也要走自己的路了。

车雅尼的到来，在陆帆的心中投下了一颗小石子。三十七岁，还没有一个稳定的家，陆帆心中不是没有想法。但是，他周围的女性大都是同事，一来他不喜欢办公室恋情，二来他也没有机会和女同事充分交流。到了他这个年纪，已经不想再随便谈恋爱了。

这个和戚萌萌完全不同的女人，并没有看出会是个良伴佳侣，但是，却无法让他像对乔莉、瑞贝卡、翠西等人那样，只把她们当成同事。车雅尼身上有一种与众不同的柔弱，就算她在公司，也还是会让他觉得不一样。

当年戚萌萌打动他的，可能就是那股在职场女性身上难得见到的热情。陆帆克制着自己。他现在已经能了解自己的弱点，若是对一个女人动了心，他就很难办。在这一点上，他很羡慕云海。云海的恋爱很正常，健健康康、平平安安，虽然结果不好，但属可理解范畴。

第二天一早，陆帆把介绍车雅尼的邮件CC给了所有销售和市场部的员工。其他的内容大家还不在意，但是SK（Siltcon Kilo）销售总监付国涛的前手下，却引起了关注。凡和SK（Siltcon Kilo）熟悉的，都知道她和付国涛关系非比寻常。这样的一个女人，怎么会突然来到赛思中国，又成为陆帆的手下呢？

因为SK（Siltcon Kilo）和赛思中国打得最激烈的单子，一个是晶通电子，另外一个就是BTT，所有的销售，都变着法儿地向乔莉和琳达打听。乔莉从早晨来到公司，就接了好几个电话。接着刘明达也跑来了，问她知不知道车雅尼的情况。

"我真的不知道什么，"乔莉都快晕了，"天呀，我都被问了好几遍了。"

"她以前跟付国涛的，和付国涛有一腿。"

乔莉吓了一跳，"真的？"

"这是SK（Siltcon Kilo）公开的秘密，"刘明达说，"怎么，你老板没告诉你？"

乔莉摇摇头。

"这事儿SK（Siltcon Kilo）和赛思都传遍了，"刘明达凑近了些，悄声叮嘱，"都说这女人有一套，你小心一点，当心变成你老板娘。"

乔莉默不作声，"付国涛的女人"，怎么会来到赛思，怎么会跟着陆帆？她疑问百出。这时，一个清亮的女声响起："安妮，本尼，聊什么呢？"

刘明达闻声色变，直起了身体。乔莉见秦虹落落大方地站在旁边，笑了笑说："没聊什么，说几句技术上的事。"

刘明达看着秦虹的脸色，秦虹不理他的目光，只看着乔莉，"有什么需要帮忙吗？"

"不用了，已经解决了。"乔莉说。秦虹嫣然一笑，回了自己的座位。刘明达忙跟了过去，想向秦虹解释，又不知道要解释什么。正思量间，见秦虹忽然从抽屉里取出自己送的早餐，打开来咬了一口。刘明达不禁心中一暖，朝她笑了笑，秦虹突然也回过头，朝他轻轻一笑，还点了点头，似乎说了一声"谢谢"。

因为大部分销售和琳达都熟，又都知道她人脉广、消息灵通，便个个向她探听。

琳达心想，你们这帮兔崽子，探听就探听吧，偏偏前面还要加几句客套话，什么最近好不好，生意怎么样，弄得不胜其烦！她也奇怪，车雅尼是何方神圣，不仅搞得付国涛面上无光，还要何乘风亲自招聘。她抽空给欧阳贵打了个电话，绕了几句弯子，欧阳贵岔开了话题，也不多说，她就更奇怪了。

她刚挂了欧阳贵的电话，又接了一个老客户的电话。那人哼哼哈哈笑道："琳达，听说你们总监把付国涛的小情人挖过去了，接的还是原来的职位，哎，不是我八卦，你们公司也太损了点吧。"

"你还不八卦？！"琳达扑哧笑道，"不就是一个人跳槽吗，有什么大惊小怪的。"

"我说琳达，你也是江湖上的老人了，这道理怎么不懂？本来是一双破鞋，扔也就扔了，可被另外一个男人当宝贝捡回去，这就叫不合适。"那人嘻嘻笑道，"琳达，是不是你们陆总先下手为强，先把人搞了？"

"去去，"琳达哈哈直乐，"行了您呀，嘴别太损了，当心牙疼。"说完，她挂上电话，打开了电脑。其实今天她到公司什么事情也没有，陆帆的邮件上说车雅尼中午报到，她特意来看看，这女人到底长成什么模样。

今天的销售比平常多来了不少，估计都是冲这事儿来的。想必付国涛这时的心情肯定不好受，IT圈就这么大，这种事情还不在一小时之内就传遍了？琳达一面幸灾乐祸，一面等着车雅尼。

市场部并没有因车雅尼的到来产生多少震动。施蒂夫和薇薇安在香港出差，瑞贝卡正沉浸在婚礼的忙碌中。其他人哪管销售部增加一个人手，唯有翠西听周祥提过车雅尼和付国涛的关系，有心打听兼看热闹，上午来绕了两圈。

中午时分，翠西和瑞贝卡吃罢午饭，一边聊一边回公司。二人一进电梯，就发现陆帆站在一角，翠西笑道："陆总，中午好。"

"好。"

"弗兰克，"瑞贝卡笑道，"我那儿有个酒水单，是婚礼上用的，知道你是品酒专家，给点意见吧？"

"好，"陆帆笑道，"你发邮件给我。"

"谢谢了，"瑞贝卡说，"你帮忙参考参考，过几天我给你发请柬。"

"什么时候？"

"五月十一号。"

"恭喜。"

"恭喜可不行，"瑞贝卡吃吃笑道，"您得来参加才行。"

陆帆第一次听瑞贝卡撒娇，觉得有点尴尬，点了点头。这时翠西发现，陆帆身边的那个女人似乎是和他一起的。她的头发虽然束在脑后，但还是有些松散，额前几缕头发挡住了脸颊。她个子很高，而且苗条，一只手闲闲地搭在chanel黑皮包上。

那手非常的白，白得几乎透明，手指纤细修长，搽着淡淡的指甲油。

　　翠西猛地意识到，这就是传说中的"付国涛的女人"。她连忙侧了侧头，可还是看不清。这时电梯门开了，陆帆礼貌地让女士先走，瑞贝卡与翠西出了电梯，翠西一回头，看见了车雅尼。她不能算漂亮，但是她很有感觉。翠西觉得一阵妒忌，这女人不是标准美女，个子又高，可偏偏有种说不出的妩媚和柔弱，男人都吃这一套。翠西撇了撇嘴，车雅尼可不是省油的灯！

　　车雅尼似乎没有注意她的目光，掠了下头发，跟着陆帆走进了销售区。瑞贝卡问："这是谁？"

　　"销售部新来的，"翠西说，"你早上没看邮件？"

　　"哦，"瑞贝卡反应过来了，"我想起来了，她叫车雅尼，英文名叫什么来着？"

　　"米兰达。"

　　"有这个名字吗？"

　　"自己取的吧。"

　　"名字不错，挺好听。"

　　"是吗？"翠西冷笑一声，"你先走吧，我要打个电话。"她目送瑞贝卡离去，躲进楼道，给周祥打了一个电话。

　　周祥自从离开赛思中国，到了那家中不溜秋的瑞恩公司当销售总监后，才知道中小公司的总监有多难做。一无平台，二无权势，全凭销售在外打单。他想到陆帆在这里创的佳绩，这才发现自己原来的销售总监弗兰克确实是个人才。

　　他不再妄想和赛思、SK（Siltcon Kilo）竞争晶通电子，但是也要做点文章。翠西很卖力气地帮他。她知道周祥花心自大，但他家里有权，要是能嫁给他，再凭自己的才干，在北京活得有钱有势是不成问题的。

　　"Joe，"翠西嘻嘻笑道，"那个女人到公司了，你不是说她叫妮妮吗？怎么叫米兰达？"

　　"英文名字，"周祥说，"给公司起的，又不是祖宗封的，今天叫这个，明天叫那个，怎么叫不行？"

　　"我觉得她还是叫妮妮合适。"

　　"你别管她叫什么，盯着点儿，看看弗兰克为什么要挖她。"

　　"嗯。"

　　"哎，她长得漂亮吗？"

　　"漂亮——"翠西拉长了声调，"你喜欢？"

　　"算了吧，"周祥冷哼道，"我不喜欢公交车。行了，不多聊了，我还有事。"

　　翠西挂上电话，悄悄走到销售区。陆帆与车雅尼站在中间，乔莉与琳达等人也都站着，可能在介绍新同事。翠西正准备离开，突然有人拍了她一下，她差点尖叫起来，回头一看，是云海。

"翠西，看什么？"云海似笑非笑。

"没什么。"

"忙？"

"忙！"翠西赶紧抽身，"我还有事，再见。"

云海看着她的背影，露出一丝意味深长的微笑。他转身进了销售区，陆帆连忙招手示意，把他介绍给车雅尼。车雅尼早就听说过狄云海，初次见面，她觉得这个男人和陆帆有本质的不同。如果说陆帆总有微妙的情绪能让她抓住，那么云海脸上深不可测的微笑，则让她感到不可捉摸。幸好这个男人不是自己的对立面，她一面伸出手，与他相握，一面暗想，否则自己会被他不露声色地搞掉的。

云海握着车雅尼的手，觉得她的手指纤弱冰冷，慵懒的神色中暗藏精明。这个女人不好对付，云海暗暗心惊，虽说这样一来，市场部会集体头疼，可把这样的女员工安在陆帆身边，对陆帆不是什么好事情。

他一面微笑着站在一旁，继续听陆帆向众人介绍车雅尼，一面侧过身，悄悄打量着乔莉。乔莉感觉到他的目光，转过头朝他一笑。云海在她的脸上没有看出任何担心，似乎发自内心地在欢迎新同事。云海悄悄地叹了口气，乔莉再修炼几年，才能到车雅尼的份上？

云海并不了解，乔莉对车雅尼的欢迎，是因为她真心希望，车雅尼的加入能解决市场部的问题；但另一方面，她也不免惊艳于车雅尼的柔美动人。尤其是，她直觉地感到今天陆帆有些不一样。他还是衣着清洁、举止有礼，但是他的眼睛有另外的光彩，这是她从来没有见过的。

乔莉看着陆帆与车雅尼，一个英俊儒雅，一个温柔多情，好一对天成佳偶。她又高兴又难受又惭愧，笑着笑着，竟不知是何等滋味了。

琳达也觉得车雅尼很奇特，不是因为她的姿色，而是因为她的气质。琳达在IT圈混了这么久，还难得见到这样气质出众的女人，说不出什么，但真的很吸引人。

一时之间，众人都见到了SK（Siltcon Kilo）付国涛的前任"小秘"，也看到了她和陆帆肩并肩站在一起的模样。同样的职位，却是不同的男人、不同的公司。这种八卦令众人感觉又香艳又刺激。这哪里是销售大战，简直直追港台偶像爱情剧啊。

赛思中国销售部就这样在有些香艳的氛围中度过了一天。一晃到了下班时候，乔莉收拾好东西，刚准备下电梯，却看见陆帆与车雅尼双双从公司大门中走了出来。

"老板、米兰达，"乔莉笑了笑，"下班？"

陆帆嗯了一声，车雅尼笑了笑。电梯到了，三个人进了电梯，陆帆按了一层。

车雅尼懒散地站着，似乎很累，很寂寞。陆帆问："你不舒服？"

"没什么，"车雅尼轻声说，"有点饿。"

"是吗？现在是吃饭的时候了，"陆帆的声音更温柔了，"你想吃什么？"

"无所谓。"

"没胃口？川菜怎么样？"

"也行。"

"要不清淡一点，淮扬？"

车雅尼似乎更累了，只疲惫地点点头。认识陆帆这么久了，乔莉从未见他这般温柔过。整个电梯下降期间，不时地停一个楼层，不时有人进出，但陆帆的目光再也没有离开过车雅尼。人越上越多，车雅尼站在边角，似乎不能承受电梯上来这么多人。电梯到了一层，陆帆护着车雅尼走了出去，根本没有在意电梯里还有一个乔莉。

乔莉机械地伸出手，按了一个二十九层。电梯一层一层上去，人进人出，她漠然地站着，直到顶层。

这是一种没有来由的空虚，还有伤心与痛苦。乔莉颓然地坐在顶层楼道。原来陆帆不是一个冷傲的人，原来他也会对女人笑、对女人关心，眼睛会温柔地看着一个女人，关心她是不是饿了，是不是渴了。原来——他只会对她冷傲！

她只觉得很难受，很挫败。难道我喜欢陆帆？不可能！如果办公室恋情处理得不好，就会让桃色新闻和你的职业生涯一起发展。就像车雅尼，被大家说得多难听！她可不想将来被人指着说，她靠这种手段上位！

再说这样一个冷冰冰的人，有什么可爱？！乔莉想起陆帆白净而清晰的轮廓，因为冰冷而紧闭的嘴角，便恨恨地咬了咬牙。算了，他的冷冰冰，也是要看人的。她不会这样没来由地喜欢自己的老板。谁说过，爱情，需要合适的人、合适的机会……

丁零零，手机响了。"安妮，我是杰克，"云海的笑意透过电话都能传出来，"你搭顺风车吗？"

乔莉心头一暖，"好，你在哪儿？"

"我在办公室，马上下楼。"

"我也在下楼，"乔莉说，"我们停车场见。"

乔莉振作起精神，下到停车场。这时，云海已经坐在了驾驶室里。乔莉上了车，云海看了看她的脸，"今天很累？"

"还好。"

云海发动了车子，"新来的米兰达，感觉如何？"

"还行。"

"她虽然负责对你老板 report（汇报），又是负责和市场部对接，不过你不用担心，你有事还是要直接汇报给弗兰克，"云海慢悠悠地说，"尤其是晶通电子。"

乔莉一愣，看来他要她搭车是假，提醒她晶通电子要回避车雅尼才是真。是因为她和付国涛的关系？乔莉忍不住问："你对米兰达感觉怎么样？"

"不错，"云海嘻嘻笑道，"一个美女。"

乔莉哑然失笑，半晌才说："大实话。"

"我从来不说假话。"云海又笑道。

乔莉扑哧乐了，"但也从来不说真话。"

"不，"云海的神色郑重起来，"我从来都说真话。"

"是吗？"

"是的，"云海无奈地笑了笑，"只不过，很多人听不出来。"

就在云海与乔莉"爬"在三环的时候，陆帆与车雅尼坐在了附近的一家餐厅。车雅尼靠在椅子上，眼中茫然无物，痴痴地打量着窗外的街景。

"你怎么会决定来赛思？"陆帆突然问出一句。

车雅尼把脸正了回来，慢慢地说："为了生活。"

"你是何总招进来的，我作为你的老板，想知道你的想法。"陆帆觉得车雅尼身上有股职场之外的气息，这让他不知所措，很不习惯。

"哦，"车雅尼轻描淡写地，像背书一样说，"因为SK（Siltcon Kilo）已经不再合适我的发展了，我希望能到赛思中国继续我的职业道路，能和赛思中国一起进步、一起努力，能够和好的团队、好的老板一起发展。"

陆帆苦笑了一下，"我想听真实的理由。"

"没有理由。"

陆帆的脸色阴沉了，"我是你的直接老板，妮妮，你严肃一些。"

车雅尼端起杯子，小口地喝着，柔软的嘴唇在透明玻璃杯边压出两个可爱的形状。陆帆把眼光挪开了些，听见车雅尼说："陆总，我已经不叫妮妮了，我叫米兰达。"

陆帆觉得自己拼命端起的架子，在她面前全然倒下。他长叹一声，"你的工作就是向我报告，我希望你有一个合作的态度。"

车雅尼微微笑了，"我是在向你报告，可我说为了生活，你不相信；我背书，你也不相信。你觉得我难缠，可何总招我进来，就是为了让我和市场部缠来缠去。"她轻叹一声，"弗兰克，你想知道真实原因吗？因为我失业了。付国涛把我赶出了SK（Siltcon Kilo），而且，他打了我。"

陆帆看着她，眼神里流露出疑问。车雅尼嘴角一挑，"你想验伤吗？"

"不，"陆帆飞快地问，"你们分手了？"

"我们，"车雅尼想了想，迷茫地问，"在一起过吗？"

陆帆沉默不语，良久才说："你为什么和他在一起？"

"喜欢。"车雅尼答。过了半天又说，"也许他比较优秀。"

陆帆有种不舒服的感觉，付国涛他也能算优秀？一个贪功冒进、脾气急躁的销售总监！他想了想，说："我还有个问题，你为什么要出卖他？"

"因为他有别的女人。"车雅尼轻言细语，却理直气壮。

陆帆吸了一口凉气。他很想告诉车雅尼，职场是职场，生活是生活，如果把这二者混为一谈，那么职场和生活都会很糟糕。这时，他不禁想起了与戚萌萌失败的婚姻，虽然他们不是同一家公司的，却也是因为工作而认识的。

车雅尼似乎猜出了他的想法，慢慢地说："我也知道和老板恋爱不好，我也知道职场和生活要分开，"她凄然地笑了笑，"可我跟着他的时候，每天都要加班，一天十几个小时都和他在一起，到最后，我都分不清什么是职场，什么是生活了。"

陆帆喟然长叹，举起了面前的玻璃杯，"欢迎你加入销售部，希望我们合作愉快。"

车雅尼端起酒杯，两只杯子砰地碰在一起，发出清脆的一响。

车雅尼的难缠很快崭露头角。市场部、销售部大会小会斗了十几次，薇薇安的神经质、瑞贝卡的认死理、翠西的算计，都挡不住她似弱又强的厉害。施蒂夫本以为通过产品经理批折扣，可以从销售部夺权，却不料成为市场部一件天大的麻烦事。

销售们必须汇报给产品经理的，车雅尼除了汇报，还能找出一堆理由，逼着他们批准；不必要找市场部的事情，她也能找出一堆又一堆。每天十几个小时，她可以发无数邮件、打无数电话，要合作、要支持。你说她错，她全是对的，可你要说她对，那简直就是疯了。

市场部每天要处理车雅尼堆积如山却又屁事没有的事情，偶然有人疏漏，车雅尼必大做文章，不是给施蒂夫发邮件，就是给欧阳贵发邮件。因为销售这个季度数字还过得去，陆帆暗示销售们不必急于签单，众人也抱着瞧好戏的心态，看车雅尼和市场部斗法。而每当车雅尼应付不了时，她就会把皮球踢给云海，云海总能稳稳当当地发无数乱七八糟的邮件，打无数纯属浪费口舌的电话，把事情一点一点地扳回来。

很快，市场部便被车雅尼与云海的"内耗式合作"搞得疲惫不堪。其他人尚可，瑞贝卡正在筹办婚礼，更是一团混乱。转眼清明节，她本想趁假日办点事情，不料，车雅尼又发来一堆邮件，节日期间，一天加开两个会议，要协调根本不需要协调的事情。

瑞贝卡觉得快疯了！她去找薇薇安，薇薇安满心想回香港度假，没等瑞贝卡开口，她先用英文抱怨起来："哦，瑞贝卡，我真是恨死北京了，马上我就要回到香港去了，太好了，终于有个地方可以呼吸了。"

瑞贝卡心想你恨死北京来北京干什么！她赔笑道："老板，这三天假期，销售部有几个协调会议，我实在去不了，能不能再安排一下？"

"哦，不行，翠西要陪我去香港，其他人都不合适。"不等瑞贝卡再开口，薇薇安又开始抱怨，瑞贝卡沉默不语，觉得自己从小就梦想的婚礼，几乎不可能实现了。她心灰意冷，木然地听完薇薇安的抱怨才离开办公室。她走到楼梯口，给男友打电话，希望有些事情让男友来做，还没有开口，男友说："瑞贝卡，告诉你个好消息，清明节我妈要来，你新房布置好了没有，她要住。还有，这几天你陪她在北京逛逛，买几身衣服，她就不回老家了，一直住到我们婚礼结束。"

瑞贝卡一阵凄苦，半晌才说："清明节我要加班。"

"哦，"男友想了想，"那你加吧，我抽空陪她。"

"可是婚礼还有些东西要准备，还要和婚庆公司去谈，还有好多事情呢。"

"事情从简不就行了吗？"男友不悦地说，"我妈难得来，你总不会让她陪着我办这些事情吧？"

"可婚礼这一辈子就一次。"

"我最烦听到这样的话了！"男友不耐烦地说，"不就是结个婚吗，你至于吗？！"

"你？！"瑞贝卡又怒又伤心，却不敢再多言。过些日子就是婚礼了，她不想惹是生非，"那我自己想办法吧。"

"你给我妈买个礼物，要显得热情些。"

"好。"

男友挂断了电话，瑞贝卡身子一软，靠在了墙上。这婚不结了！她的脑子一闪念，就立即想起已经印好的喜帖，已经拍好的婚纱照，还有，已经买好的婚房。那房子可有她工作七年来所有的积蓄，还有父母给她的陪嫁金！要是不结了，别的人还好说，只怕爸妈那一关，她就过不去啊。

连日劳累，加上心情跌入谷底，瑞贝卡觉得站立都有些困难。她扶着墙挪了几步，也顾不得脏，坐在楼梯上。

"瑞贝卡，"有人轻轻推她。瑞贝卡睁眼一看，是乔莉，"你怎么了，不舒服？"

"没事！"瑞贝卡强忍着说，可是眼泪却不争气地落了下来。乔莉连忙问："出什么事情了？"

"没什么，"瑞贝卡说，"我就是太累了。"

"这样，"乔莉叹了口气，"过两天就放假了，你好好休息。"

"休不了了，三天都要加班。"

"你们现在这么忙？"乔莉惊讶地问，"三天全加吗？"

"那个米兰达，"瑞贝卡咬牙说，"每天给我们找一堆烂事，不知道她脑子是不是有问题！"

乔莉早已听说，车雅尼把市场部搞成了文山会海、邮件太平洋，她想笑又不敢笑，劝道："现在事情是比较多。"

"这女人太缠了，"瑞贝卡呻吟道，"我还要准备婚礼，累死我了。"

"你男朋友呢？"

"他？"瑞贝卡觉得一堆不良情绪如鲠在喉，不吐不快，"他也管不了了，再说，他妈来了，他要陪他妈。"

"也对啊，"乔莉说，"他妈妈难得来，肯定要好好陪了。"

"可婚礼一辈子就一次啊。"

"不就是个婚礼嘛，"乔莉说，"只要你们两个人过得开心就好啊。"

瑞贝卡一下子被噎住了。她又恨又气又好笑，狠狠地说："你这么好说话，也没见哪个男人来娶你！"

乔莉一愣，不由得乐了，"所以嘛，还是你幸福！"

瑞贝卡看着她的笑脸，叹了口气，"还是你幸福，单身真好！"

两个人聊了一会儿，瑞贝卡离开了楼道。乔莉站着活动活动脖子和腰。晶通电子的再次邀请如期而至，清明节一过，就要和陆帆再去石家庄。上次见到了联欧国际的杨列宁，这一次看来会是中亚永通了。

这场销售大战，自春节晚宴王贵林说出"谁给我七个亿我就和谁合作"的话之后，变得越来越扑朔迷离。乔莉一边学习国企改制，一边完成新信的单子。詹德明偶尔给她发发短信，或者吃顿饭，周雄不知在忙什么，几乎不登录 MSN。当初高压状态下每天忙碌，乔莉觉得挺辛苦，现在才知道，这种纠结的思量与等待，才更让人难熬。她一面活动，一面想着瑞贝卡的话：单身真好！

真的好吗？她摇摇头，婚姻也许有很多问题，可爱情，一定是幸福的事情。

"小乔小乔接电话"，乔莉笑了，这是杭州家里的专用铃声。"喂，"传来父亲老乔的声音，"这些天怎么样？"

"还成，瞎忙着。"

"业务顺利？"

"不错，那个七亿大单又开始忙了，还有两个几十万的单子，在谈着，现在生意不好做。"

老乔听女儿老气横秋地说生意不好做，不禁莞尔，"我寄的国企改制材料你好好学习。"

"好的，谢谢爸爸。"

"前几天杭州有家国企招聘，你妈看到了，说那个职位不错，"老乔慢慢地说，"你有想过回杭州吗？"

"什么？！"乔莉讶然，"老爸，你怎么会想到这个？"

"我没有别的意思，"老乔说，"我是想告诉你，工作压力不要太大，能做就做，做不好就换工作，实在不行就回杭州。现在的社会，只要你肯努力，谁都不能主宰谁的命运，就算是你老板也不能，你至少可以辞职不干。"

"爸，"乔莉笑了，"你不是教我造反吧？"

"我是告诉你，做人要轻松，道理说得容易，做起来很难。"

"好的。"

"北京有合适的男孩，你可以考虑，不过单身也好，没有感情牵挂，你要是想回来，这样更容易。"

"哎呀，"乔莉乐了，"你什么时候说起老妈的话题了。"

"我的出发点和你妈不一样，"老乔笑了，"我是从实际出发，而且我认为婚姻这种事情不能着急。婚姻幸福不是以结婚为目的，而是以结婚为开始，如果急着出嫁就舍本逐末了。"

乔莉心中一暖，她赞成父亲的理论。是啊，嫁人如果不幸福，那真的不如单身了。

第六章

错综复杂

一切都是谜！

清明节乔莉的安排很简单：打扫卫生，做客户方案；同时应约和詹德明吃泰国菜。詹德明新迷上了一位售楼小姐，只是售楼小姐节日回了老家，他不想一个人闲待，就约了乔莉。

詹德明看惯了美女高贵娇艳的模样，对着不施脂粉的乔莉，不禁意兴阑珊。二人吃到中途，詹德明忍不住说："安妮，说句不应该的话，你年纪也不小了，应该多打扮打扮。"

乔莉看了看自己：牛仔裤，羊毛衫，短风衣外套，问："有什么问题吗？"

"问题大了，"詹德明说，"我把你当朋友才说的，你看看你，出来吃饭，脸上要化妆，你的手，也要去做保养，把指甲修得漂亮些；还有衣服，你个头不高，还是穿裙子漂亮，牛仔裤虽然好，太学生气了。"

乔莉乐了。她忽然想起去年方敏给她介绍的阿士利，那个精致无比、最后连一毛钱也要 AA 的上海男人。她眨了眨眼，问："这很重要？"

"重要，"詹德明差点一拍大腿，"对男人来说，尤其重要。"

"还有呢？"

"你得性感一点。"詹德明呵呵笑了，自从听说了施蒂夫拿着定价的事从销售部夺权之后，他对乔莉的态度就有了改观。他想了想，"得学学琳达，要会发嗲。"

乔莉哈哈笑了。詹德明看着她快活的模样，觉得她也有她的味道，自成一派，忍不住问："你老实告诉我，你对我有过想法吗？"

乔莉嘴一张一合，差点咬到舌头，"乔、乔治，"她结结巴巴地说，"你不会认为我……"

"算了算了，"詹德明一挥手，"我知道你全部心思都在工作上。不过之前施蒂夫帮你忙，我还以为你和琳达一样，后来才知道原因。你啊，太嫩了！"

乔莉的脸红了。詹德明冷笑一声，"我以为你献身搞定了他，原来被人利用，报了一箭之仇。你也不吃亏，白赚了一个单子。对了，你老板没看出什么？"

"看出了，"乔莉感慨地笑了笑，"但他没说什么，只说事情不能完全怪我。"

"你老板不错，"詹德明吃了一口菜，一边嚼着一边说，"这职场如战场，男人玩玩还可以，女人没必要拼命，听我一句劝，赶紧找个好男人嫁了吧。你这小模样还凑合，学着打扮打扮，钓金龟婿你是没戏了，找个能过日子，让你不上班也饿不死的，估计问题不大。"

乔莉又乐了，"你呢？你怎么想？"

"我？！"詹德明看了看她，"我肯定不找你这样的，像我这种身家收入，怎么也得找个大美女，关键还得年轻。"他眨了眨眼，"不能超过二十五。"

"切，"乔莉笑道，"庸俗！你是不是有对象了？"

"有一个，条件不错。"

"你是不是动真格的了？"

"也谈不上，走一步看一步。"

乔莉轻轻叹了口气，"你这人看起来不像好人，其实人蛮不错的。"

"我？！"詹德明摆出要昏过去的模样，"我肯定不是什么好人！但你人不错，记住，嫁人要趁早，其他都是废话。"

乔莉带着"女人要打扮"和"嫁人要趁早"这两句总结回到了家。时间一晃一年，她自认为时光没有在她的脸上留下太多的痕迹，怎么到了旁人那里，就成了洪水猛兽？怎么打扮才叫打扮？她觉得自己还好。至于"嫁人要趁早"，她还是赞同父亲的意见，婚姻是以结婚为开始，结婚本身不是目的。

乔莉在网上等候树袋大熊。以前不知道他是周雄的时候，她很自然地找他，诉说工作和生活的烦恼。如今知道了，反而不知道要怎么联系，有时候说起话来，也怪怪的，加上这一段两个人都忙，聊得少多了。

晚上，树袋大熊上线了。乔莉一阵心喜，忙和他打了招呼。

"节日快乐，"周雄写道，"这个节是不是不能祝贺？"

"哈哈，"乔莉写道，"清明节，怎么祝人快乐？"

"节怎么过的？"

"瞎忙。你呢？"

"做方案，"周雄写道，"没完没了的方案，这段时间太忙，加上还要帮朋友的忙，就更忙了。"

乔莉一愣，"什么方面的忙？"

"一个改制的案子。"

"哦，做到哪一步了？"

"唉，也没有到哪一步，两家都联系着。"

"两家都联系着是什么意思？"

"一言难尽，"周雄写道，"对了，你那个单子也和改制有关吧？"

"哦对，"乔莉一阵心跳，忙岔开话题，"我的不复杂，主要是我一窍不通。"

"现在到处改制，"周雄说，"是得了解了解这方面的知识。"

乔莉无言，发了个笑脸。周雄忽然问："你不是说，开了单请我吃熊掌，怎么样了？"

乔莉心里咯噔一下。自己和周雄，见还是不见？！她其实有点想见，周雄给她的第一印象不错，可是见了，她就再也无法这样了解消息。凭着一年多的聊天经验，她知道周雄是个做事认真的人，肯定不会私下透露消息。

"哎，说到请我吃饭就没动静了，熊掌不贵啊，哈。"周雄打出一行字。

乔莉不知如何回答，电话响了，她拿起一看，是陆帆。她连忙发了一个电话的图片，表示自己在电话上。

"老板。"她接听了电话。陆帆低沉的声音响了起来，"安妮，收拾一下行李，明天我们去石家庄，我开车来接你。"

"不是说后天吗？"

"我有事，要早一点，"陆帆轻咳了几声，似乎十分疲惫。乔莉问："老板，你不舒服？"

"我没事，明天见。"

乔莉挂了电话，愣了下神，这才发现周雄发了一行字："我明天晚上没事，要不我请你吃熊掌吧，怎么样？"

乔莉苦笑，一切都是天意。她回了一行："刚刚接到电话，明天出差。"

"真的假的？"周雄打出一个大大的笑脸，"一吃熊掌就出差？"

"真的，"乔莉笑了，回了一行字，"我才没这么小气。"

"那等你回来吧，"周雄写道，"五一节如何？"

"不知道到时候出不出差了，"乔莉写道，"你喜欢什么东西？"

"怎么？"

"我出差给你寄礼物吧，明信片？"

"算了，"周雄写道，"你又不知道我的地址。"

乔莉一笑，瞧自己糊涂得，她连忙写道："我先买了存着，请你吃饭的时候带上。"

"我喜欢沙和尚，"周雄写道，"老实忠厚，本领也不小。"

"晕，哪有沙和尚卖？"

"是啊，"周雄写道，"你还是早点请我吃熊掌吧。"

"好的好的，"乔莉写道，"一定一定。"

二人东拉西扯，聊得挺晚才休息。第二天一早，乔莉收拾了行李，给家里打了电话，又给方敏打了电话。方敏正在家保胎，无所事事，抱着电话聊了半天。下午一点，她提着行李来到小区门口，这才想起，都忘记问陆帆出差几天。

出差的次数多了，就好像很平常了，一天也是这样，几天也是这样，无所谓了。

陆帆的车准时到达，乔莉上了车，两个人打完招呼，不再多话，一路朝石家庄飞驰。上了高速后，乔莉问："为什么今天走？"

"小陈给我打了一个电话，告诉我中亚永通的顾问今天到石家庄，明天他们和中亚永通有会议，希望我们旁听。"

"真的？"乔莉又惊又喜，"我们今天赶去，是为了见中亚永通的顾问？"

陆帆点点头。过了一会儿，乔莉问："老板，晶通安排我们见这两家券商，会安排 SK（Siltcon Kilo）见吗？"

"会。"

"为什么都感觉不到他们？"

陆帆转过头，瞄了她一眼，"谁？"

"付国涛和薄小宁，"乔莉说，"春节前感觉他们和我们咬得很紧，步步相逼，现在几乎感觉不到了。"

"你要想打倒一个人，就要比他快，"陆帆说，"可节前他们抢先一步，反而吃了亏。这一次，他们想步步跟后。"

"步步跟后？"

"王贵林安排我们见的券商，也会安排他们见，但是现在要怎么做，大家都没有底，最好的办法，就是步步跟后。"

"那我们为什么不这样？"

"我们没有时间，"陆帆冷冷地说，"SK（Siltcon Kilo）的销售数字一直不错，总部没有压力。"他看了乔莉一眼，"你的其他业务还在跟进吗？"

"在，"乔莉说，"刚做了方案。"

"加油吧，"陆帆说，"销售工作做顺了，无非是努不努力的问题。"

"是的。"

"米兰达来了之后，"陆帆突然问，"你感觉怎么样？"

"米兰达？"乔莉看了陆帆一眼，他神色如常，就像说起一个同事。乔莉想了想，笑了起来，"她来了挺好，就是市场部多出好多工作。"

陆帆也笑了，他轻咳一声，"不要幸灾乐祸，都是为工作。"

"别人都还行，瑞贝卡忙着要结婚，搞得很辛苦。"

陆帆叹了口气，转着方向盘，"这些都是公司内耗，纯属资源浪费，可是不这样也不行。"

乔莉点了点头。陆帆又说："晶通电子的事，只能和我沟通，或者杰克，你明白吗？"

"明白。"乔莉不禁有些惊讶，车雅尼不是他们找来的吗？为什么从云海到陆帆，都要提醒自己，晶通电子要对她保密，是因为她和付国涛的关系吗？

陆帆没再说话，乔莉默默地看着风景，半晌才问："欧总最近忙什么，一直没见到。"

"他去了美国和台湾，有几个单子要处理，还有 BTT 的事。"

"BTT 有进展吗？"

"去年付国涛在晶通吃了亏，有部分原因是因为琳达在 BTT 上拖了后腿，今年晶通暂缓，他把火全撒在 BTT 上了，你别看琳达有说有笑，她和付国涛打得很惨，欧总也在支持她。"

"原来如此，"乔莉叹了口气，"那多亏了琳达。"

"团队就是这样，有人要有所牺牲，有人要有所得。琳达没有拿到晶通电子，又被派去苦战 BTT，就是她的牺牲。所以欧总也好，我也好，我们都全力支持，如果她能拿下 BTT，也是一笔大单。"

"希望她能顺利。"

"这也是我们要快的原因，晶通只要给我们一点风声，就要把它吹成大浪，这样，也会动摇付国涛在 BTT 上的精力。"

"付国涛一手抓两个大案？"乔莉有些不解，"不是很吃亏？他为什么不派人去打 BTT，再把晶通放给薄小宁？薄小宁比我有经验。"

"BTT 是他最老的客户，晶通电子又是一个大单，他已经有了二百五十万美金的成本，"陆帆说，"付国涛用人，往往重才干不重人品，所以，他的手下能做事，却得不到他的信任。表面上看，他喜欢用人，实际上更喜欢亲力亲为，这是他的毛病。"

"老板，人品和才干哪个重要？"

"人品很重要，这是一种价值观，最后就是团队的文化，"陆帆说，"所以付国涛不会把 BTT 交出去。他用人，不是建立在信任的基础上。"

"用人不疑，疑人不用！"

陆帆点点头。乔莉看了他一眼，忽然笑了，"老板，你把晶通放在我这儿，不会是因为我人品好吧？"

陆帆转过头，瞄了她一眼，见她笑得灿烂，不由心头一暖，"我们第一次见面的时候，"他直视着前方，"你花一份报纸的钱，买了半份报纸，明知上当，却心怀善意。"

乔莉愣住了，她没想到当时在车上闭目养神的陆帆，其实在观察自己。选择一个炮灰级的销售，非她莫属，让她意外的是，这其中也有美好与善意。她与七亿大单的职场机缘，原来因为一份报纸与一元钱的善良。乔莉不禁说："那是一件小事。"

"中国有个成语，叫见什么知什么，"陆帆笑了，"我的中文真糟糕。"

"见微知著。"

"对，是这个意思，"陆帆说，"当然了，这不能代表全部。"

"什么？"

"如果把一块钱变成一百万，也许你不会这样；如果变成一亿，也许你会是另一个样子，但是，你有做人的基本准则，这个准则会左右你。"

"如果一个人只有人品或才干，你选哪一个？"

"人品。"

"真的？"

"对！"陆帆说，"就像一个产品没有质量，光有一堆性能，你会买吗？"

乔莉彻底明白了，她笑了笑，不再打扰陆帆。陆帆也不再多言，车直抵石家庄晶通宾馆。

两个人安顿下来，乔莉给小陈打了一个电话。小陈热情地说："你们到了？不好意思，因为中亚永通的顾问也在，所以晚上我可能要陪他们。"

"没关系，"乔莉笑了笑，"这么巧，他们也住晶通？"

"他们住602，我们约好了。中亚永通的徐顾问不喜欢人多，所以没约你们。"

"没事，"乔莉说，"我们自己解决。"她挂上电话，和陆帆说了情况，"需要我给602打电话吗？"

陆帆想了想，"打。"

乔莉拨了602的房间号，一个年轻男人的声音传了过来。乔莉问："徐亮先生在吗？"

"稍等。"不一会儿，一个略带沙哑的男声响了起来，"哪位？"

"徐先生您好，我是赛思中国的销售，姓乔，叫乔莉。"

"乔莉？！"徐亮迟疑了一下，"你好。"

"我和我的老板陆帆在晶通电子出差，听陈秘书说您住602，不知道您一会儿有空吗？我想，我们可以正式见面认识一下。"

"这……"

"本来陈秘书说约我们和您一起吃晚饭，"乔莉听他迟疑，忙说，"结果我们临时有事，所以想现在和您认识一下，您方便吗？"

徐亮思忖了两秒，"方便。"

"我们去咖啡厅？"

"这样吧，我们去一楼大堂，半个小时。"

乔莉放下电话，陆帆点了点头。二人下到楼下大堂，不一会儿，徐亮和那个年轻男人也到了。四人互相介绍，徐亮是中亚永通的财务顾问，那个年轻人也姓徐，叫徐卫，在跟着他实习。

徐亮看着陆帆和乔莉的名片，"两位的大名我都听过，久仰。"

"徐总客气，"陆帆说，"很高兴认识您。"

"听说明天的会议你们也参加。"

"是的。"陆帆说。

"你们是晶通电子技术改造的专家，我们只是财务顾问，"徐亮公事公办地说，"按照道理说，我们的工作互不相干，不过晶通改制的任务相对比较紧，又牵涉到改制后的发展方向，所以，也希望你们多提意见。"

"是，"陆帆说，"晶通改制拖了这么长时间，是应该快点。"

徐亮点点头，没有再说话。

"徐总，"陆帆问，"你们和联欧的方案，晶通倾向哪一方？"

"这不好说，"徐亮说，"我们只把自己的事情做好，至于客户选择，我们无法左右。"

陆帆点了点头："你们的方案如果在技术方面有需要，可以随时联系我。"

徐亮看着他，"陆总，如果晶通电子能及早确定技术改造方，对我们的改制方案是有帮助的。我想反过来对你们也一样，如果晶通电子尽早改制成功，对你们的技术改造也会有帮助。现在两个方案都不确定，确实两难。"

陆帆试探着问："您有没有想过，把两个方案联合起来？"

"这不合规矩，"徐亮摇了摇头，"也牵涉到法律问题。"他看了一眼陆帆，又看了看乔莉，"两位的来意我很清楚，但是，我只喜欢做好手中的事情，至于晶通电子到底如何选择，还是要尊重晶通的意见。"

陆帆点点头，伸出手，"徐总，很高兴和您认识，以后我遇到改制的问题，还希望能向您多请教。"

"请教不敢当，我们互相请教。"徐亮慢慢地说，"没什么事情我就上去了，明天会上再见。"

四个人站了起来，陆帆与乔莉送走了徐亮与助手徐卫。陆帆沉默不语，乔莉低声问："老板，中亚永通拒绝合作吗？"

"不，他不是拒绝，"陆帆说，"他是比较小心。"

"那联欧国际……"

"每家公司的情况不一样，"陆帆说，"先找地方吃东西，晚上早点休息，明天还要开会。"

第二天一早，乔莉与陆帆来到晶通电子会议室。王贵林、方卫军、陈秘书都在，还有几个党委成员、一位纪委书记、一位工会主席。不一会儿徐亮与徐卫到了，大家互相介绍、攀谈，刚刚落座，又有两个人进了会议室。

乔莉一愣，忙看了陆帆一眼，陆帆面无表情。这时，付国涛与薄小宁也看见了他们，脸上闪过一丝惊讶。付国涛盯着陆帆，咧开了嘴角，似笑非笑，"陆总、安妮，幸会。"

乔莉忙笑道："付总、薄经理，你们好。"

陆帆站了起来，脸上露出微笑，"付总，最近生意忙大了吧？这么长时间，连招呼也没有。"

"哪笔生意还有这笔大，"付国涛笑道，"这不，我们又碰头了。"

"碰头好，"陆帆笑道，"英雄所见略同。"

付国涛哈地笑了，薄小宁、乔莉也笑了。四个人一团亲热，心里都暗暗吃惊王贵林的安排。付国涛与陆帆不好说什么，乔莉不敢说什么，薄小宁有些忍不住，"王厂长，今天您这儿是高朋满座啊。"

"都坐都坐，"王贵林乐呵呵地对徐亮说，"徐顾问，我把两大 IT 公司的技术顾问都请到了，大家都来听听您的课。"

王贵林话一出口，陆帆与付国涛都愣住了，难道王贵林是想告诉他们，他倾向中亚永通的方案？

"大家既然都到了，"陈秘书说，"我们先请王厂长说几句吧。"

"我就不说了，"王贵林说，"我又不是专家。"

"厂长，"纪委书记说，"您就说几句吧。"

众人纷纷附和。王贵林呵呵笑道："那我说几句。我们今天这个会，是听中亚永通财务顾问讲改制的方案。今天来的都是重要人物，大家都认识了。还有一个人特别重要，就是我们的工会主席林东。之所以要请他来，一方面，我们希望改制透明化，不要瞒着工人，让工人放心、安心；另一方面，改制是个复杂的事情，不是一个会、两个会、十个会、二十个会能决定的。会上的不同意见，还要请林东逐步向工人传达。不要在工人中造成恐慌情绪，林主席您说对吗？"

"厂长，"工会主席忙说，"您放心，作为厂领导和工人的中介，我会有分寸的。"

"分寸没有用，"王贵林摆了摆手，"公正才最有用，你把心放在一个'公'字上，你就能做好这个事。"

工会主席默默点头，气氛陡然沉重起来。王贵林笑道："徐总，你们开始吧。"

徐亮点点头，打开了电脑。他的介绍清楚明晰，逻辑极为缜密。乔莉一边听一边记，这个方案，果然和当初从周雄那里了解的差不多，它十分强调工厂的稳定以及工人的利益，一方面成立两个子公司，把盈利的部分归入一家，把亏损的部分归入另外一家；另一方面成立集团母公司，把部分债务和非主业推向社会的一部分继续承担下来，然后再把好的子公司拿出来，盘活上市，为整个集团争取大量资金，用以运营和周转。

会议持续了很长时间，将近中午，王贵林问："大家还有什么意见吗？"

"王厂长，"一位党组成员说，"这个方案虽然好，可是将来的集团，负担还是特别重，国家既然让我们改制，就是希望我们能轻装上阵，以全新的面貌来经营好国企，让企业真正在市场上有竞争力，虽然说子公司上市能弄到钱，可是沉重的负担如果不借这次机会推出去，将来还是有很大的麻烦。"

"是啊，"另一个人说，"这个方案短时间是解决了问题，长期呢？虽然现在是把工人推向了社会，可社会有社保，并不是不顾工人的死活，这也是合理的。"

"我也同意这个说法，"纪委书记说，"我们虽然保证了工人一部分的利益，但无形当中，我们也阻碍了工人走向市场的道路。前几年，有些工人办理了停薪留职，工厂的钱是拿不到了，可现在怎么样？十个人里面，有七八个人发家致富了。现在是市场经济，不能再让工人们一直停在原来的老观念上踏步了。"

王贵林看了看工会主席，林东说："这倒是事实，不过，也有不少工人在社会上碰得头破血流，又回到厂里。如果工人们在社会上没有能力，厂里又不再接手他们，他们真的没什么活路。"

几个班子成员都没接话。坐在一旁的方卫军说："林主席这话也有道理，以前跟我的小舒，挺聪明的一个人，自己跑出去开公司，没闯出来，欠了很多债，最后跳楼死了，家里的孩子只有四岁，真可怜！"

乔莉与陆帆都是第一次听到这些内容，乔莉一直在国内，又长在机关，感觉并不突兀，只是觉得沉重。陆帆对这一切非常陌生。这种非商业的内容，涉及道德与社会责任，还有从计划经济转向市场经济的种种困难，他突然觉得这间会议室里讨论的内容，和他在北京赛思中国的日常工作，就像两个世界，可是，发生在同一个国家、同一片土地、同一段时间。他看了王贵林一眼。王贵林的表情十分沉重，他对徐亮说："徐总，您说说意见。"

"几位老总说的都很有道理，改制本来就是一个改变的过程，如果改得太快，把所有的负担都扔掉，可能会给企业带来一些不利的影响，比如工人们的情绪、社会的安定等等，"徐亮慢慢地说，"但是不改，也确实不行！像刚才几位领导说的，不仅对企业不好，对工人们走向市场也不好。我们这个方案虽然把推向社会的问题保留到了集团公司，但也有好处，一来可以平稳过渡；二来到了集团公司之后，还可以实行新的办法，比如一些愿意去创业的工人，可以通过一些手续，让他们尝试和社会接轨，举办一些就业培训等等，甚至可以延伸出一些产业，进行内部消化，比如家政、维修。渐变总比一次变到底要稳妥。"

乔莉暗暗点头，陆帆却暗暗吃惊。话是没有错，可摊子到底有多大？靠一家子公司上市融来的资金，又能背多久？到时候是彻底的市场化运作，如果在市场中集体死亡，或困难重重，再陷困境，不如使用联欧国际的方案：一了百了，以绝后患。

徐亮又说："目前有些工人已经证明了，他们有能力在社会上生存，其他实在不能够依靠自己力量生存的，集团也可以背负一些责任。一下子把他们全部推出去，社会的压力太大。社会压力大了，就会反过来给企业改制带来困难。中亚永通做过很多国企改制，这个方案为什么会是保守的，就是因为我们的经验告诉我们，慢慢改看起来负担重，实施的时候，反而更顺利，会有利于事情的推进与执行。"

陆帆听到这里，瞄了付国涛一眼，付国涛面无表情，也打量着他。二人都没有从对方脸上看出什么内容。陆帆暗想，如果我是付国涛、汪洋，我会赞成联欧国际，还是中亚永通？如果徐亮对我是拒绝的态度，那么他一样会拒绝付国涛的合作。而联欧国际的方案确实可取，而且，它从现在就讲求联合，不管对赛思中国，还是SK（Siltcon Kilo），都会从中得到利益！只是王贵林的态度，似乎很倾向于中亚永通。

他是表面上做做文章，希望我们暗地和联欧国际谈妥条件，还是在向我们表明，他要选一个没有保障的未来，希望我们提供帮助？

一切都是谜！

陆帆观察着王贵林，可他厚厚的眼镜片就像一道天然的屏障，挡住了他所有的思想与情感！与此同时，乔莉的思路也陷入了迷局，徐亮拒绝合作，杨列宁竭力谈合作，王贵林安排赛思中国和SK（Siltcon Kilo）旁听中亚永通，这一切要害到底在什么地方？

今天晚上无论多晚，都要给父亲打个电话，乔莉暗想，也许只有老机关，才能猜透老国企！

会议进行到下午一点，所有人原地吃了盒饭。因为晶通电子午休时间非常长，很多人都有午睡的习惯，午饭后，王贵林宣布休息一个小时，除了陈秘书，他和党组成员们全部各回办公室午睡，下午两点接着讨论。

券商的工作十分繁重，没有午睡的时间。外企也没有午休的习惯，通常匆匆吃完午饭就开始工作。于是徐亮、徐卫、付国涛、薄小宁、乔莉在陈秘书的陪伴下坐在会议室里。众人精神满满、无事可干，只有陈秘书满眼困倦，强打着精神。

大家聊起天来，付国涛和陆帆说了一些外企的八卦，说得徐亮呵呵直乐。薄小宁与乔莉、徐卫也聊一些不相干的内容。乔莉聊着聊着，忽听付国涛说："徐总，你不知道，陆总是我们 IT 业著名的钻石王老五，我有个女下属，因为喜欢他，不惜辞职到他手底下上班了。"

徐亮笑了笑，没有说话。乔莉与薄小宁都变了脸色，两个人知道，这说的是车雅尼。陆帆微微笑道："付总，你过奖了，外企就是这样，人员流动性比较强。"

"是吗？"付国涛哼哼一笑，"那她有没有近水楼台先得月？！"

"哪儿的话，"陆帆不想徐亮听出他和付国涛之间有什么桃色事件，哈哈笑道，"你这话说的，让徐总听了，还以为我们干 IT 的，都公私不分呢。"

"徐总，"乔莉嘻嘻一笑，接过话来，"你们公司单身男士多不多？我们公司有好多单身女员工，都发愁找不到对象。"

"怎么，"徐亮问，"你还没有男朋友？"

"没有呀。"

"你看我们徐卫怎么样？"徐亮诚恳地说，"他也没有女朋友。"

乔莉一怔，脸腾地红了。徐卫也有些不好意思。薄小宁也担心付国涛再生事端，忙笑道："徐卫，你多大了？"

"我，八零年的。"

"二十八，"薄小宁说，"安妮，年纪相当啊。"

"薄经理，"乔莉嗔怪地说，"你也拿我打趣。"

"我关心你嘛，"薄小宁哈哈一笑，"你是不是追的人太多了，不知道选谁？"

"选择很重要，"付国涛阴阴地一笑，"你说呢，陆总？"

陆帆笑着点点头，没有再说话。突然，手机响了一下，他打开一看，是付国涛的短信："那双鞋我穿旧了，你想要就拿，千万别嫌破。"

陆帆的脸色刷地变了。他看了一眼付国涛：冷静！冷静！陆帆压住怒火，心想他是拿准了自己不会当着徐亮的面和他翻脸，所以借机恶心、挑逗自己，自己要是表现出一点难受，就等于受了他的摆布。

陆帆的脸上显出微妙的笑容，他顺手删除了短信，轻松地和大家聊着天。乔莉坐在他身边，忽然发现陆帆的右手紧握成拳头，手背青筋暴突。她不知道他为何震怒，难道因为付国涛含沙射影说了车雅尼？！她怕陆帆失态，忙笑道："你们别八卦这些恋爱问题了，谁叫我们这些女孩干了 IT 呢，认命呗。"

众人哈哈笑了。陆帆也在笑，以前车雅尼说付国涛打过她，他一直不相信，认为车雅尼难缠，现在他相信了。他又怜又恨，怜的是车雅尼为什么会爱上这样的男人；恨的是，付国涛当众侮辱他，他却不能反击。

付国涛，我们在案子上见吧，等我打垮了你，看你怎么办！至于这些男女小事，我陆帆是不会放在心上的！

这场会一直开到晚上七点才结束。王贵林设宴，请众人吃饭，自己却没有出席，一顿饭吃完，九点已过，一行人回到宾馆。陆帆与乔莉这才发现，付国涛与薄小宁也住晶通，四个人同一个楼层，各在两头的房间。乔莉暗自苦笑，这仗打得这么辛苦，说白了，他们四个人都是王贵林手中的棋子。

可这盘棋不管你怎么下，你总得定一家。乔莉心想，只要能拿下七个亿，这点苦又算什么。她回到房间，收拾好心情，拨通了杭州家里的电话。老乔正在看电视，被女儿从故事片中拉回了现实。

乔莉细细地讲述了晶通目前的情况，包括两个方案，以及今天的会议。老乔仔细地听着，心中大惊。他想不到女儿在这个案子当中涉及的部分和深度，远远超出了卖软硬件的范畴。但是有一条，女儿的精神状态比以前好了很多。老乔等乔莉全部说完，这才问道："你怎么想？"

"我想听听您的意见。"

"人在局中迷，"老乔说，"你们还是应该关心晶通电子真正的需要。"

"现在看起来，他是希望我们能给改制后的企业带来发展。"

"那么在你这个层面，显然是无法完成的，要看你们公司的意见。"

乔莉长长地出了一口气，"事情越来越复杂。"

"这样也好，可以学到东西，"老乔说，"不过凡事不要太深入，有些事情，还是不知道为好。"

"哦，"乔莉问，"爸爸，你在担心什么？"

"不知道，"老乔说，"我也没有这方面的经验，你让我想一想。"

"好的。"乔莉挂上了电话，本来想从父亲这里听到意见，但显然，父亲也陷入了困惑。凡事不要太深入，不知道为好？父亲听出了什么危险吗？

乔莉有些不明白，老乔则陷入了隐隐的不安：一场七亿大单的竞争，一个大国企的改制，自己当初就不应该支持女儿接下这个单子。这段时间，他找了不少相关的资料，又找到相关的朋友了解了一些改制的项目。虽然女儿的晶通项目现在还看不出有什么名堂，但绝对不会那么"干净"。他相信女儿的老板不会蠢到让这个职场新人介入太深，可是，女儿毕竟是负责的销售，有很多事情她得承担责任。还有比找这样的职场新人背黑锅负"责任"更容易的事情吗？

老乔觉得脊背发冷，密密地出了一层冷汗。他立即拿起电话，拨打乔莉的手机，刚拨了几个号，他又挂上了。女儿的个性他很清楚，贸然劝她放弃，她肯定不会同意。要想好怎么说，从哪个角度说，要一击而中，不能仓促行事！

第二天一早，乔莉与陆帆回到了北京。中午，瑞贝卡约乔莉去餐厅吃饭，商量婚礼细节。两个人吃完饭出来，路过赛思中国楼下的星巴克，乔莉无意中看见陆帆坐在一个拐角，而陆帆对面坐着的那个男人，她一眼认出了，正是周雄！陆帆找周雄谈什么？乔莉心中暗想，刚刚从晶通电子回来，他们是急于谈中亚永通的方案吗？

坐在拐角的陆帆身体前倾，周雄也尽量靠前，两个人把声音压到最低。陆帆详细地叙述了徐亮对于中亚永通方案的解释，并告诉周雄，中亚永通拒绝和赛思中国合作。周雄仔细地听着，等陆帆说完，他沉默良久，抬起头看着陆帆说："中亚永通这个方案，无异于慢性自杀，如果他们愿意合作，那表明他们对这个方案还有一些信心。现在他们一口回绝，我认为他们做了一个只能改制的方案。"

"你说得再清楚一些！"陆帆看着周雄。

周雄微微苦笑，"他们的改制方案，确实在改制期间可以让事情顺利进行，但改制完成后，几乎很难将企业盘活。也就是说改制是可行的，但发展是不可能的。"

"你是说，中亚永通要把晶通电子做死？"陆帆惊讶地问。

"他们可能只想赚改制的钱，对后续的事情没有想法吧，"周雄犹豫地说，"但是现在下结论太早了。不过联欧国际的方案我认为也不可取。"

"说说看？"

"联欧国际的方案从执行上来说难度太大，当然了，如果能够按照这个方案成功改制，后续的企业是可以发展的。可是，这么大难度的改制，我认为几乎不可能完成。"

"你是说……"陆帆皱起了眉头。

"联欧国际的方案如果执行，晶通电子等于快速自杀，中亚永通等于判了一个死缓。"

陆帆没有说话，心里倒吸一口凉气。他看着周雄，"有没有第三种方案？"

"恕我直言，"周雄说，"第三种方案可能就是指你们和 SK（Siltcon Kilo），当然了，从券商的角度还可以拿出第四种、第五种、第六种方案，但是晶通电子真把自己逼上了绝路。他们放弃了地皮，又把所有的债务背在身上，不管换哪种方案，换哪个券商来做，成功的可能性都很小。除非他们愿意清除一部分负担，或者愿意留下市中心的地皮。"

"据我所知，"陆帆说，"这是不可能的，这是王贵林成为晶通电子第一把手的原因。"

"陆总，"周雄看着陆帆，"这个案子你们还要再跟吗？风险太大了，几乎是个无底洞。从朋友的角度，我劝你们放弃。"

陆帆点了点头，"谢谢你的支持！今天你的意见我会转告云海，同时汇报给老板。晶通电子要不要跟，我一个人决定不了。"

"总之，一切小心。"周雄看了看手机，"我下午还有会，告辞了。"

两个人站起来，互相握了握手，陆帆目送周雄远去，心中无比沉重。他迅速上了楼，找到云海，将周雄的意见说了一遍，云海建议他立刻将情况汇报给何乘风，陆帆想了想说："我估计何总会和我意见相同。"

"哦?"云海问，"什么意见?"

陆帆笑了笑，"就算晶通电子没有希望，我们也要打下去，要给总部一个信心，要给销售部一点时间。"

"可是如果要跟，"云海说，"会牵扯你大量的精力。"

"我向何总汇报完再说吧。"

何乘风的指示果然与陆帆相同，不管怎么样，都要在晶通电子上继续跟进。一方面要给总部信心，也为整个销售部争取时间；另一方面也为和市场部的内部斗争争取权力，同时也为 BTT 等其他案子分散 SK（Siltcon Kilo）的竞争压力。

就在赛思中国一群人为了晶通电子忙碌时，付国涛与薄小宁停留在石家庄，与联欧国际的杨列宁深谈。杨列宁详细地指出："中亚永通的方案表面上容易执行，其实是一条死路，于情于理，王贵林都不会选择这样一条路。晶通电子一旦改制，就会面临市场化运作，他要一个毫无生机的企业有什么用? 就算他想要政绩，把一个生机勃勃的企业活活做死了，难道又是什么好事吗? "

付国涛与薄小宁面面相觑，这段时间他们也了解了不少关于国企改制的案例、事件，接触了相关的朋友，对于中亚永通的方案他们也听到了相似的意见。付国涛问："你说中亚永通的方案是个死方案，你的方案就真的能执行吗?"

"我的方案执行起来确实有难度，"杨列宁说，"但至少可以让晶通电子活下去。至于这个难度怎么来克服，这要看改制之后的晶通电子能够给大家带来多少好处，如果这个好处够大，我相信再大的困难也有办法克服。"

杨列宁看着付国涛和薄小宁，"二位，我们在职场打拼不就是为了自己的一份事业吗? 现在晶通电子就可以给大家这样的机会。你们看，我们把所有的不良资产全部做死，只留下一块优质的资产，如果 SK（Siltcon Kilo）愿意和这块优质资产进行整合，并加以相互合作，那么这块资产我们很容易将它包装上市。有 SK（Siltcon Kilo）的背景在里面，我们甚至可以拿到海外去上市，这样一来，这个企业不仅大有发展，而且不可限量。"

付国涛哼哼一笑，"听起来不错，可我们有什么好处?"

"我可以帮王贵林和你们分别在这个企业里持股，只要企业一上市，你们就会发大财。"杨列宁笑了笑，"当然了，我个人也希望在其中占一点股份。"

付国涛与薄小宁对视一眼，付国涛说："你这个想法够大胆的，不过能不能做，我一个人说了不算。"

"付总，"杨列宁说，"只要你愿意合作，我们私下还有得商量。但最关键的还是要得到汪总的支持。中亚永通一心要把晶通做死，他们对你们和赛思中国都不会有兴趣，只要我们能够合作，就是我们和你们，或者我们和晶通电子，拿出一个全盘皆活的方案，这样王贵林一定会接受，晶通电子就会满盘皆活。"

"话不能这么说，"付国涛说，"我看他对中亚永通的案子很有兴趣。"

"那是他没有办法，如果他现在就接受我们的方案，那他这个厂长恐怕连命都没有了。"杨列宁冷冷地说，"这种例子我看多了，开始的时候是什么样？最后是什么样？能差十万八千里。"

付国涛沉默着，看了薄小宁一眼，薄小宁笑道："杨总，这样吧，您的意思我跟付总都明白了，我跟付总回到北京，把这件事汇报给汪总，至于将来怎么样，我们还要听老总的意思。"

"可以，"杨列宁微微笑道，"我就等二位的好消息了。"

付国涛与薄小宁点了点头。

杨列宁又加了一句："你们得快，不然陆总那边我不好交代。"

付国涛眉头一皱，"陆帆也知道这些吗？"

杨列宁嘿嘿笑了，"付总，看你说的，我既然能给你说这样的话，也能给陆帆说这样的话。不瞒你说，我听说陆总今天一早回了北京，想必是和何总商量去了。"

付国涛脸色微微一动，继而笑了，他看着杨列宁，"你这个滑头，这不是摆我们一道吗？"

"这叫明人不做暗事，"杨列宁说，"事情怎么样，还要看两家大外企如何选择。我只不过是棋盘中的一颗棋子，怎么敢隐瞒信息呢？"

付国涛与薄小宁告辞出来。薄小宁说："付总，他真的会和陆帆商量吗？"

"会，为什么不会？"付国涛冷冷地说，"姓陆的做事一向后发制人，这次却跑到我们前面去了。赛思中国数字压力巨大，我看他们是等不及了。"

"那我们就跟在后面，"薄小宁说，"看他们什么举动之后再动手。"

"没问题，"付国涛笑了，"不过我们已经慢了一步，不能再慢第二步。"他大踏步地朝车子走去。薄小宁喊："去哪儿？"

付国涛挥了挥手，"回北京。"

第七章

信私不信公

每个人都需要一条出路

  当天晚上，付国涛、薄小宁在汪洋的办公室开了会。付国涛把这次去晶通电子和中亚永通开会、和杨列宁接触的过程原原本本汇报给了汪洋。汪洋仔细听着，眉头深锁。这位年仅四十五岁的 SK（Siltcon Kilo）大中华区执行总裁，虽然只比付国涛年长几岁，但看上去就像付国涛的长辈一般。他等付国涛叙述完毕，看着薄小宁，"你有什么要补充的吗？"

  "付总的介绍很清楚，"薄小宁说，"赛思中国的陆帆也和杨列宁接触过，但是我们不知道中亚永通会不会拒绝他们，但中亚永通的徐亮明确地拒绝了我们。"

  汪洋微微一笑，"看来这个烫手山芋没人愿意接啊。国涛，你打算继续吗？"

  "我听您的意见。"付国涛说，"但是，杨列宁说的方案确实很吸引人。"

  汪洋摇了摇头，"如果真像他说的那么吸引人，不要说我们，赛思中国，随便一家大外企都会愿意跟他合作。国企改制向来是很复杂的，牵涉到政府，还牵涉到民意。这样冒天下之大不韪做出的企业，又在石家庄这个相对保守的地区，我认为是不可行的。如果我们不仅动用 SK（Siltcon Kilo）的资源，同时以私人名义参与在里面，事情做成了也要冒着败露的危险，不仅要承担法律责任，还要承担 SK（Siltcon Kilo）公司的责罚，还有可能会受到美国商业法的追究。事情如果做不成，"汪洋看着付国涛，"你我这一辈子的职业生涯就会断送了。"

  付国涛从牙缝里吸了一口凉气，然后看着薄小宁。薄小宁也目瞪口呆！二人在回北京的路上曾经探讨过汪洋的态度，他们都认为谨慎的汪洋不会这么快答应杨列宁的方案，但没有想到汪洋不仅是断然拒绝，而且把后果说得如此严重。薄小宁问："汪总，照您这么说，我们现在就要放弃吗？"

"现在当然不能放，"付国涛恨恨地说，"就算为了拖住赛思中国，也要在晶通电子上跟他们一决高下。"

"说得好，"汪洋说，"赛思中国现在销售压力巨大，总部对何乘风是很有意见的，如果我们撤出晶通电子，对何乘风有百利而无一害。依我看，我们不仅要继续跟进，还要抢先一步。国涛，你去找杨列宁，假意答应他的条件，让他先做合作的方案。"

"汪总，你的意思是……"

"先乱赛思中国的军心，让他们把所有的精力都转移到晶通电子上，现在，他们的数字压力大过我们，一旦发现我们先动手，很可能在这个事情上会失去应有的判断。如果陆帆或者何乘风在晶通电子的方案上签了字，那也就意味着他们的职业生涯的结束。当然了，事情还要从另一面看，如果我们两家共同推进，确实能够推动一个特别好的方案，也不妨碍我们和晶通电子合作，重新找到一条出路。"

"汪总，我有点明白了。"薄小宁想了想说，"您的意思是我们表面上处处先下手为强，实际上是观察赛思中国的动向，然后再做决定？"

汪洋温和地笑了笑，"螳螂捕蝉黄雀在后，我现在要你们既当螳螂又当黄雀。"

"好主意！"付国涛兴奋得一拍大腿，"我们就是打，也要把陆帆活活打死在赛思中国销售总监的位置上。"

"国涛，"汪洋眉头一皱，不悦地说，"不是我批评你，做事要公私分明，女人的问题要放在一边，现在我们是商业竞争，商场如战场，不要夹杂个人恩怨。"

"好，好，"付国涛尴尬地笑了笑，"我知道。"

薄小宁坐在一旁没有说话，说实话，他对付国涛为女人和陆帆较劲，心中也颇为不屑。他觉得在这方面，陆帆要比付国涛大气。女人归女人，职场归职场，他同意汪洋的意见。

付国涛第二天一早，给杨列宁打了一个电话，告诉他汪洋对和联欧国际合作的事情既没有赞同，也没有反对，但是他个人很希望能够和联欧国际合作，同时愿意在公司内部为联欧国际争取合作。杨列宁似乎信以为真，问他要怎么干。付国涛让杨列宁先做一个合作方案，哪怕是一个初步的方案，但是要让汪洋看到方向，同时看到诚意。

"付总，"杨列宁问，"你有把握说服汪总吗？"

"现在不是我说服他，而是你能不能说服他。"付国涛笑道，"杨总，我也看了，你这么热衷此事，也是因为你个人在其中能得到好处，我们现在统一战线，你要用你的方案来支持我，我在公司内部动用资源支持这个方案。"

杨列宁嘿嘿笑了，"付总，既然你这么说，你放心，我一定支持你，你就等着我的方案吧。"

两个人分别挂断了电话。付国涛觉得杨列宁的态度有些古怪，而杨列宁根本没有相信付国涛的鬼话。他觉得付国涛答应得太快了！他只不过说了一个方向，并没有拿出具体的数字，告诉他如何盈利，盈利多少，仅凭一个方向，SK（Siltcon Kilo）就贸然同意合作，似乎显得不够谨慎。

杨列宁盘算很久，觉得可以在赛思中国和SK（Siltcon Kilo）之间再烧一把火，不管你付国涛是什么目的，我要一把火烧两家，让你们都热得团团转。想到这里，杨列宁直接拨了陆帆的手机，陆帆正在和一个客户对接方案，见来电显示是杨列宁，连忙走了出来，接了电话。

"陆总，"杨列宁哈哈笑着，"没有打扰你吧？"

"没有，"陆帆说，"但是我一会儿还要开会，杨总有什么事情吗？"

"我上次和陆总建议的方案，陆总有什么想法？"

"哦，这个方案我们还在考虑。"

"是吗？我有个消息，觉得不告诉陆总可能不好。你们的竞争对手SK（Siltcon Kilo）已经有合作意向了，如果陆总这边确实没有什么想法，可能联欧国际就会加紧与SK（Siltcon Kilo）的合作。"

陆帆拿着手机，猜不准杨列宁说这番话的意图，于是沉默不语。杨列宁接着又说："陆总，我们是一见如故，虽然作为联欧国际的员工，我希望和一家大外企合作，然后促成晶通电子的改制成功，但是作为我个人，我是很倾向你的，如果我不向你通报一些消息，我怕你将来不认我这个兄弟，那么，去香港品红酒就没有我的份了。"

陆帆哈哈笑了："行啊，杨总，这样吧，你能告诉我SK（Siltcon Kilo）和你们要进行什么样的合作吗？"

"深入合作。"杨列宁说，"晶通电子所有的优质资产都在那家子公司，我们一起把子公司做活，海外上市。"

"是吗？"陆帆说，"既然你愿意把这个消息透露给我，说明联欧国际也很希望跟我们合作。这样吧，我把这个事情向何总汇报，有什么消息我们随时联络。"

"好啊，"杨列宁笑了笑说，"但是要快，你也知道，SK（Siltcon Kilo）的付国涛一向很快。陆总，你可要抓紧啊！"

陆帆挂上了电话，这个杨列宁真是有备而来，他和自己一见面就能聊起红酒，刚认识付国涛就知道他做事一向求快，可见他在之前就对赛思中国和SK（Siltcon Kilo）做了深入的分析。现在唯一不清楚的，就是SK（Siltcon Kilo）真的愿意跟他们合作吗？他立刻给云海打了电话，并向何乘风汇报了这件事。何乘风立刻召集会议，要求陆帆处理完手上的事情马上赶回公司，下午两点在他的办公室与云海、欧阳贵召开一个小会。陆帆给云海发了一条短信："我要开会，你先好好琢磨琢磨。"云海回了一条："放心。"

中午时分，陆帆回到公司。下午两点，陆帆准时来到何乘风的办公室，云海因为有会，拖到了两点十分，接着，欧阳贵到了。陆帆与云海都已经两个多月没有见到欧阳贵了，此时的北京，已经很热了，欧阳贵还戴着一顶帽子。可能在外奔波久了，他有些黑瘦，下巴显得更长，眼睛更加凹陷，让人过目难忘。

"欧总，"云海和陆帆看见他，立刻站了起来。

"坐，"他从喉咙里发出像刀片刮过一样的声音，顺手从皮包里取出两包雪茄，一包扔给陆帆，一包扔给云海，"我从美国带给你们的。"

"谢谢欧总！"陆帆和云海点头致谢。

何乘风笑道："大家都别客气了，三点我还有会，时间紧迫，弗兰克、杰克，你们先说说你们的想法。"

陆帆看了云海一眼，云海说："我先说吧，我有几个想法：第一，我认为SK（Siltcon Kilo）不会这么快和联欧国际合作，付国涛去年春节因为抢快，已经赔了二百五十万美金，就算现在他想快，汪洋也不会同意。他们这是将计就计，要乱我们的军心；第二，也有可能是SK（Siltcon Kilo）想看看联欧国际到底会拿出什么样的合作方案，所以投石问路，让他们先做一个试一试；第三，联欧国际的人既然主动把消息透露给我们，就说明SK（Siltcon Kilo）并没有提出相当有利的条件，他们仍然希望在两家当中能够择优而选；第四，联欧国际提出的想法其中有部分是不合法的，我个人并不太赞同。"

何乘风微微一笑，"说得好。"

欧阳贵坐在一旁，一言不发。

陆帆接着说道："我同意杰克的想法。而且我认为既然SK（Siltcon Kilo）能将计就计，我们也可以将计就计，假意答应联欧国际的合作，探听出他合作的方向和细节，便于我们做出判断。"

何乘风点点头，看着欧阳贵，"欧总，你到美国走了一圈，北京已经是柳暗花明又一村了，你有什么想法？"

"机会是个好机会，要看怎么干。"欧阳贵冷冷地说。

"美国那边局面如何？"何乘风问。

"你上次提到的外包项目，我在总部和很多人聊了，总部确实一直有这个想法，"欧阳贵看着何乘风，"这和联欧国际的方案有关系吗？"

"和联欧国际没有关系，"何乘风笑了，"和晶通电子有一点关系。弗兰克、杰克，不知道你们有没有听说，赛思中国总部其实一直想在中国寻找条件合适的外包公司，来承接每年大量的硬件生产业务。之前，我们的硬件主要在美国生产，但美国的成本比中国高得太多，所以这次趁欧总在美国，我又请他询问了相关的事情。看来总部对这个项目还是很关心，而且后续的资金支持会非常优越。"

"没错，"欧阳贵说，"总部有上百亿的资金放在账户上用不出去，现在美国的经济形势越来越不好，赚钱的项目很难找，怎么对股东们交代？"

陆帆与云海大为吃惊，二人都受过良好的商业教育，立即猜到何乘风说这番话的用意。但是二人都不知要说什么：事情太大了，远远超出了他们的经验！陆帆说："何总，这么说，您认为我们和晶通电子的合作是可行的？"

"很多事情都是可行的，也都是不可行的。"何乘风没有正面回答，"关键是团队。"

"那 SK（Siltcon Kilo）的汪洋……"陆帆问。

"汪洋不会冒这个险，"何乘风微微笑道，"你们对汪洋都不够了解，他的父亲是美国一个很大的企业家，整个家族在美国都很有背景。我不知道他到底因为什么会来到中国，在几个大外企任职，但是我知道，他随时可以离开外企，回到美国，到他的家族中接手很好的管理工作。所以他行事非常小心谨慎。这种谨慎可以说是他的性格，也可以说他比在座的任何一个人都不需要钱。"何乘风的脸上浮上了一丝有意味的微笑，"一个不需要钱的人，怎么会为钱去冒险呢？"

"何总，"欧阳贵嘶哑的声音响了起来，"他不是不需要钱，是不需要小钱。"

"晶通的合作方案肯定不是小钱，"何乘风说，"但是他不会为了这些钱去做非法的事情。他将来是要回到美国去的。"

陆帆和云海面面相觑，要不是何乘风谈起，二人还真不知道汪洋的家族背景。陆帆说："如果何总您判定 SK（Siltcon Kilo）不会这样冒险，那就是说他们现在这样做，完全是为了干扰我们？"

"我这么说，一是因为我了解汪洋，二是因为我对 SK（Siltcon Kilo）的美国总部也相对比较了解，SK（Siltcon Kilo）的经营一向比较良好，业务增长很快，没有意向在中国寻找什么大项目，确实也没有给汪洋提供一个合作的平台。我看他们现在这个方案，主要是为了干扰我们，当然也不排除有一定的合作的可能，如果联欧国际的合作方案确实非常完美，完美到不违法能赚钱，仅汪洋个人的能力就能帮他融到很大的资本。所以……"何乘风想了想，"不管 SK（Siltcon Kilo）的想法是什么，我们都要快，我们快的目的不是为了合作，而是为了稳住王贵林。"何乘风看着欧阳贵，"欧总，你的想法呢？"

"需要我去一趟石家庄吗？"欧阳贵问。

"不，"何乘风摇摇头，"这一次我亲自去。"他看着陆帆，"告诉乔莉，让她联系石家庄，就说我要和王厂长当面谈一谈。"

这时，三点到了，何乘风与欧阳贵还有下一个会要开，陆帆和狄云海双双走了出来，二人都觉得有点千军万马过独木桥的意思，不知道该说什么。云海看着陆帆，"弗兰克，这次去石家庄，你要小心。"

陆帆点点头，"外包的事情，我先去搜集一点资料。"

云海说："这不是小事，我们都要慎重。"

"好，"陆帆点了点头，"你要留意车雅尼的动向，不要让她过分参与。同时如果乔莉有任何问题，你要帮助她。下面的事情会越来越复杂，我有点担心。"

云海也不知道要说什么，拍了拍陆帆的胳膊以示鼓励。陆帆回到办公室，给乔莉发了一封邮件，说明何乘风要去晶通电子的意思，并让乔莉立即准备。乔莉看到这个邮件时，几乎不能相信自己的眼睛，这才从石家庄回来多少个小时啊，何总就要去？她想起昨天中午在星巴克看到陆帆跟周雄的情形，不禁暗暗猜测，难道是周雄说了什么确定了陆帆的决心？

她很想找周雄谈一谈，但周雄一直没有上网，因为身份没有暴露，所以她也不好给周雄打电话，只能按捺着。她先与小陈联系，陈秘书听到这个消息，非常高兴，半个小时之后就给她回了电话，说王厂长非常欢迎何总，何总什么时候去，王厂长就什么时候有时间。乔莉照此给陆帆回复了邮件，陆帆CC给了何乘风，何乘风的回复是明天中午出发，晚上到石家庄，吃完饭连夜赶回北京。

乔莉在MSN上等候了周雄一个晚上，但周雄没有出现。第二天中午，乔莉、陆帆、何乘风三个人两辆车开往了石家庄。下午四点，他们到了晶通电子的厂门外。王贵林、陈秘书、晶通工会林主席和纪委书记都在厂门外等候着。陈秘书为何乘风打开车门，何乘风一下车，王贵林就迎上来，紧握双手，"何总，您能来到晶通电子真是我的荣幸啊！上次见面还是春节，现在石家庄的槐树花全都开了。"

何乘风呵呵笑道："我早就听说这里的槐树花很有名，特意来看看，也顺便看看老朋友，您不会介意吧？"

"哪里，哪里。"王贵林把何乘风介绍给大家，众人簇拥着何乘风往里走。王贵林边走边说："何总，今天我们要不醉不归。"

"哎，我不能喝酒，"何乘风连忙摆手，"你想喝酒，下次我把欧总带来，让你们两个人喝个够。"

"那何总这一次来就是视察我们的工作喽？"王贵林呵呵笑着，"不瞒您说，现在为了两个方案的问题，我是一个头两个大，两个方案各有所长，选哪一个，不选哪一个，我真的是很难决定。"

"改制的事情，我不是专家。"何乘风笑道，"但是既然你们改制以后，要转到和IT相关的电子行业，我还是可以提一些意见的。"

"哦？"王贵林满脸堆笑，"何总愿意指导我们，那我们求之不得。"

一行人有说有笑来到会议室，由陈秘书介绍了两个改制方案的优势与劣势。何乘风也象征性地谈到了目前电子行业相关的IT领域有发展的几个方向，其中侧重谈到了外包问题。众人虽觉得何乘风谈得有点远，但都听得饶有兴趣，这种热烈的气氛一直持续到晚饭以后。王贵林似乎为了表达对何乘风的感激，一定要亲自送何乘风回宾馆，工会主席、纪委书记等都告辞而去，只剩下陈秘书陪着王贵林。王贵林与何乘风肩并着肩走进晶通宾馆的大堂，何乘风笑道："王厂长，您今天听了我的建议有什么感想？"

王贵林沉默片刻，忽然看着何乘风，"何总，您要听我的真心话吗？"

"当然是真心话，"何乘风笑了，"虚情假意，我来这里做什么？"

"晶通电子马上要改制，改制就是市场化运作。"王贵林嘿嘿一笑，厚厚的眼镜片在大堂里看不出任何表情，他把头微微偏向何乘风，压低了声音，"到了那个时候，我就信私不信公了。"

"姓私不姓公？"何乘风一愣。

"不是姓名的姓，"王贵林说，"是相信的信。"

何乘风点点头，"我明白了。"

"那我就送到这里了，"王贵林笑道。他和陈秘书把何乘风、陆帆、乔莉送上电梯告辞而去。电梯一路上行，何乘风对陆帆笑道："你知道刚才王贵林给我说了什么吗？"

"说了什么？"陆帆问。

"他说他信私不信公。"

陆帆一愣，"相信的信还是姓名的姓？"

何乘风微微一笑，"是相信的信。"

陆帆又是一愣，警惕地看了乔莉一眼，乔莉正看着陆帆和何乘风，她见陆帆望着自己，连忙转过目光，微低下头。陆帆不明白，何乘风为什么要当着乔莉说这样一句话。而何乘风认为，乔莉是负责晶通电子的销售，有些事情是必须让她知道的。他从不欺骗下属，但下属如果不能根据实际情况做出正确判断，他就没有理由不被上司指责。

乔莉独自回到房间，觉得晶通电子正在朝一个方向飞速变化着：首先是何乘风到了石家庄，其次是何乘风介绍和电子行业相关的 IT 的方向，最后是王贵林的那句话：信私不信公！

这是什么意思？她百思不得其解，想来想去，还是给杭州的父亲打了一个电话。老乔这些天正为乔莉的事情忧心不已。告诉女儿晶通电子有风险没有真凭实据，劝她跳槽没有理由，要她回杭州是不可能的事。老乔不便和乔妈妈商议，只能通过朋友找一些国企改制失败的案例，以及触犯法律的事件，以总结经验，找乔莉谈心。他正在伏案工作，乔莉的电话就到了。老乔默默地听着女儿的叙述，当女儿说到何乘风的动向，以及王贵林那句信私不信公的话时，老乔大惊失色。很明显，这桩国企改制的背后，一定会有另外的企业产生，王贵林信私不信公正是此意！不能再让女儿继续跟进这个案子了，老乔当机立断，"乔莉，我劝你从现在开始，放弃晶通电子。"

"爸爸，你说什么？"乔莉吓了一跳，"退出晶通电子？"

"对，立即退出，马上。"

"为什么？"

"晶通电子很有可能会有非法的交易，而且交易数目之巨大是你不能够承受的。"

"你是说王贵林他们在谈行贿受贿？"

"还不是行贿受贿的概念，改制牵涉到重组，牵涉到新公司的成立，牵涉到上市，这里面的每一个环节都有大量不可控的内容。"

"这和我有什么关系？"

"你是负责这个案子的销售，不管将来他们出了什么问题，追根溯源都要从你这儿下手，你还想在北京好好地工作和生活吗？而且到时候，哪家外企愿意雇用一个有问题的销售？"老乔语重心长，"你听我说，这段时间我收集了不少这方面的案例，也找了几个朋友，细问了这其中的事情，你作为负责的销售是很危险的。爸爸从来没有管过你的事，但这件事爸爸一定要管，你也一定要听我的！从现在开始，你要想尽办法离开晶通电子，如果有必要，你就跳出赛思中国，甚至你可以回杭州。"

"爸爸，"乔莉难以掩饰内心的震惊，父亲的话击中了她在晶通电子项目中最可怕的部分。她不否认父亲的话有道理，但是让她立刻离开晶通电子，离开北京，她办不到。"爸爸，"乔莉想了想，"你说的这些太突然了，给我时间，让我想一想。"

"女儿，"老乔太了解乔莉了，"你听我说，第一你不能心存侥幸，第二你不要贪图这个案子当中能给你的东西，哪怕一些经验和知识，听我的话，立即撤退，你还来得及。"

"爸爸，"乔莉说，"为了这个案子，我已经辛苦了快一年，而且暂时还没有你说的这些危险，你给我一点时间，让我好好想一想。就算我要跳槽，我也需要时间来准备。"

"那么，你承认爸爸说的这些严重性了？"老乔知道硬扭不得，只能转了一个方向。

"我知道你说的这些都有可能。"

"所以你要答应我，要慎重考虑，同时在你没有决定之前，永远不要在任何合同上签字，你能办到吗？"

"我能办到，"乔莉说，"你放心，爸爸，我会好好保护自己。"

"记得你刚转销售时，我对你说过什么吗？"老乔说，"你只在自己的船上，你要小心。"

"我记得，"乔莉说，"但是你也对我说过，要和别人同舟共济。"

"是的，"老乔说，"可你在这条同舟共济的船上太微不足道了，要保护好你自己的船，要小心，法律是无情的，不要牵连进去。"

"放心吧，"乔莉说，"我会小心的。"

"和我保持联系。"老乔说,"有任何问题,随时给我打电话,家里的电话、我的手机,二十四小时你都可以打。"

"好的。"乔莉觉得此时的父亲好像和自己并肩作战,不禁在心底涌上一股暖流,"爸爸,你也不要为我的事太多操劳,我已经是成年人了,我会注意。"

"人生路,犯不起错,"老乔说,"一步错,步步错,你要三思而后行。"

乔莉挂上了电话,默默地坐在宾馆房间里。这时,房间的电话响了,她这才想起,一个小时后要在楼下会合,他们还要连夜赶回北京。乔莉连忙收拾好行李,来到楼下,陆帆和何乘风已经在等她了,乔莉尴尬地说:"何总、陆总,对不起!"

何乘风笑了笑,陆帆没有说话,三个人上了车,朝北京绝尘而去。

乔莉回到北京的时候已经是深夜了,她极度疲倦,却无法入睡。父亲的话像一个巨大的警钟在她的心中敲响。退出晶通电子,退出赛思中国,甚至退出北京,她心有不甘,可留在北京,她就要做出跳槽的决定。现在的工作太难找了,从春节后到晶通电子重新启动前,那一个多月找工作的艰难,与她大学刚毕业时简直不可同日而语。现今之计只有拖,一方面尽快开些小单,另外一方面要投递简历,最重要的,她还是想看一看晶通电子这个项目到底能怎么进行。只要她不签合同,她就不负法律责任,应该没有太大的问题。

同样一夜未眠的还有何乘风,他相信王贵林的信私不信公是一句心里话,同时,这话也说到了他的心坎上。整整一夜,他都在考虑一个周密的方案,从方案方向、执行团队到执行的步骤,想得他兴奋不已,索性起来喝了杯红酒。天蒙蒙亮时,他才闭了会儿眼睛。八点钟,他又出现在公司,上午有好几个会。中午何乘风亲自给陆帆打电话,让他通知云海,晚上八点在何乘风家里开一个重要的会议。

陆帆将这个消息告诉了云海。云海一直在琢磨王贵林说信私不信公到底是什么意思,他觉得晶通电子的事情将会超出很多范畴,他不知道陆帆能不能接受,但是他隐约感觉,这将是他人生最大的一次挑战。

晚上八点,欧阳贵、陆帆、狄云海应约来到了何乘风的家。何乘风住在北京朝阳公园旁边的一个别墅区内,房子是上世纪九十年代中期买的,小小的三层楼,既宽敞又别致。由于紧挨着朝阳公园,空气清新。何乘风的儿女都在美国,只有太太和他同住。因为晚上要开会,何乘风特意请夫人暂时回避,他让阿姨泡好咖啡,煮好茶,准备好雪茄,全部放在书房内,然后让阿姨回家了。

整幢别墅只有四个大男人坐在里面。云海坐在最靠角落的地方,端着一杯茶,陆帆和欧阳贵坐在沙发上,两个人都抽着雪茄,面前放着咖啡。何乘风怕闻烟味,坐得离他们稍微远一些。在书房的一面墙上,何乘风特意挂上了一块小黑板,在黑板上,他写上了王贵林说的那五个字:信私不信公。他看着眼前的三员爱将,呵呵笑道:"今天我找你们来,就是为了谈这个问题。"

"何总,您对此有什么想法,不妨直言。"陆帆说。

"晶通电子这个项目到目前为止,已经有大半年的时间了,我认为这是王贵林说的唯一的一句真话。"何乘风娓娓道来,"他信不过我们,也信不过 SK(Siltcon Kilo),准确地说也信不过中亚永通和联欧国际。中亚永通的方案是要把他做死,联欧国际虽然能做活,但是先置之死地而后生。SK(Siltcon Kilo)总部没有大的外包项目以做支撑。所以到目前为止,只有我们可以和他进行合作。但是在合作之前,他说出了他的顾忌,也就是说他要把我们在场的每一个人绑在同一条船上,一荣俱荣,一损俱损。"

"而在我看来,这个想法是公平合理的。"何乘风看了一眼坐在角落的云海,"不是对他公平合理,而是对我们公平合理。诸位,你们都是 IT 行业的精英,弗兰克和杰克受过良好的商业教育,欧总身经百战,人生经验之丰富,只怕比我有过之而无不及。现在我有一个想法,我想和各位一起来说一个故事,这个故事要说给赛思中国的美国总部听,要说给赛思中国的大中华区的员工们听,要说给晶通电子听。我们用七个亿的外包项目来支持通过中亚永通改制完成后的晶通电子,只要改制完成后的晶通电子可以和赛思中国公司通力合作,并且顺利地在资本市场完成运作,那么这个故事就是一个成功的故事。"

"而无论是王贵林还是欧总、弗兰克、杰克和我本人,我们都可以通过券商在改制完成后的这家公司持股,我们每个人,都可以赚到我们应赚的钱。但是赚钱不是目的,因为不是人人都能够在商业领域去说一个故事,也不是人人都能让这个故事成功,一个故事要有开始、有发展、有高潮、有结束,晶通电子给我们开了一个好头,我们要让它发展下去,然后全力支撑它上市,最后我们还要成功地全身而退。有时候我想,它更像一个奇迹,但需要我们一起来完成。"

何乘风的话音一落下,整个房间寂静无声。欧阳贵的雪茄一点一点冒着红色的火星,陆帆只看着自己的咖啡杯,云海低着头,一言不发。何乘风观察着每一个人,等待着他们的表现。欧阳贵第一个放下雪茄,嘶声说:"老何,你要玩一票大的?"

"对。"

欧阳贵的脸上第一次露出了真心实意的笑容:"我跟你兄弟这么多年,你终于想玩一票大的了,我奉陪到底。"

何乘风呵呵一笑,看着陆帆,陆帆抬起头,看着他,又看了看欧阳贵:"何总、欧总,我想问一个问题。"

"什么问题?"何乘风道。

"牵涉到法律的部分怎么办?"

"可以违规,"何乘风说,"但是不违法。"

"这是你的原则吗？"陆帆问。

"弗兰克，"何乘风说，"这不仅是我的原则，也是我寻觅了三十年的出路。为什么你要去创业？你在创业失败后答应回来帮我，难道我就相信你会一辈子留在赛思中国？就算你做到我的位置，做到程轶群的位置，只要美国人一句话，你随时就会滚蛋。从这个角度上说，我什么都不是，程轶群什么都不是，你更什么都不是。所以王贵林说信私不信公，就是这个道理。我们都是打工的，打工皇帝依然是打工者，依然是为别人卖命。为什么美国人要派施蒂夫来，为什么他们要支持市场部牵制销售部的折扣？就因为我们是打工的，没有信任只有牵制。既要我们为他们赚钱，又要抓住我们的手和脚。弗兰克，我戴着这副镣铐已经三十年了，你希望走我的老路吗？"

陆帆听了这段话，内心震动不已。而云海一样心绪复杂，何乘风所说的这一切，他们不是没有想过，出路，是啊，在外企打工，真的能有出路吗？或者去国企，而国企的出路又在何方呢？

何乘风说："这是你和杰克创业的好机会，我和欧总都老了，公司早晚是你们的，就算你们不想要这家公司，你们也有资本去做自己想做的事情。我在这里答应你，不违法可违规，已经是我能做的最大的保证了。但是，你想你的人生第一桶金赚得像天使一样纯洁，我想这只是一个梦，是永远不可能实现的。"

陆帆咬了咬牙，"何总，我支持你的决定，我希望来说这样一个故事。"说完，他看着云海，"杰克，你的意思呢？"

云海抬起头，眼睛里闪动着迟疑和痛苦，他沉默了几秒，"何总、欧总、弗兰克，你们都是我最信任的老师和朋友，但是这件事情事关重大，我希望三位能给我一段时间，让我好好考虑。同时我也向三位保证，我会保守秘密。"

何乘风点点头。欧阳贵、陆帆与云海的反应，全在他的意料之中。以欧阳贵的冒险性格，只怕自己不干，哪里还会表示反对。陆帆天性中的承担，一定会让他愿意讲这个故事。只有云海，他一定会三思而后行。一个天生的冒险王，一个当机立断、人品端正的高管，一个凡事都能三思而后行的臂膀，这样的团队恰恰是他所需要的。何乘风的脸上露出满意的微笑，"现在我们可以谈一谈技术的问题。"他端起杯子，喝了一口白开水，呵呵笑道，"比如——外包？！"

这场谈话一直持续到凌晨，欧阳贵、陆帆、云海告辞出来。欧阳贵开自己的车，云海坐陆帆的车，两个人在车上继续这个话题，陆帆问云海，"你是担心事情有违法的成分吗？"

"这只是一个方面，"云海说，"事情太大也太突然，我总觉得应该仔细想一想。"

"两周时间够吗？"

"差不多吧。"云海说，"你的感觉呢？"

"杰克，"陆帆说，"如果没有你，我一个人没有把握能去讲这样一个故事，我希望你能和我并肩作战。"

云海笑了，"这也是我希望的，所以我要把前前后后、左左右右的事情都想个清楚。以前何总不是也说，临危受命、拍案而起，我不如你，但要说到考虑周详、左思右想，那你就不如我了。"

陆帆听他这么说，也不由得笑了。

云海看着窗外慢条斯理地说："还有一件事情，如果我们真的要去说这个故事，安妮还在其中吗？"

陆帆心中一凛，云海说的事情他还没有想到，不错，乔莉是负责这个案子的销售，不管故事说得好与不好，她都是有责任的。他看了一眼云海，"你怎么想？"

"我不知道，"云海说，"所以我要想。"

陆帆点点头，直视着前方，"那你把每个细节都想清楚，我也慎重考虑。"

"不过我很同意何总的话，"云海说，"要么打工，要么创业，这就是我们的职业生涯。"

就在云海三思的期间，乔莉也没有闲着。她一面加紧和客户联系，一面在网上守候树袋大熊。她要探听晶通电子到底发生了哪些变化。五一休假第一天夜里，她和树袋大熊擦身而过，只收到了他在 MSN 上的留言："五一快乐，我天天加班，希望你的节日是轻松愉快的。"乔莉只好给他留言："你最近什么时候有空？我们网上见面吧。看到信息后请给我留言。"可自此之后，树袋大熊再也没有消息。

第八章

生命的意义

除了升职加薪，生活还有另外的内容

瑞贝卡的婚礼，在东五环外的一个城堡酒店举行，这里以红酒闻名北京。婚礼当天，凌晨四点半，乔莉就赶到了瑞贝卡家。瑞贝卡一直很担心，她的伴娘服是一件香槟色的小礼服，乔莉穿在身上，很是清新。瑞贝卡说："样式不错，就是质地差了点。"

"我为了弄这件衣服，已经花了不少银子，"乔莉笑道，"你就饶了我吧。"

"这算什么，我给你看一件衣服。"瑞贝卡把乔莉拉进卧室，取出一套内衣。这衣服上身几乎透明，下身又窄又薄，背后有两根白色绸带，系成蝴蝶结。乔莉伸手一拉，软滑的绸带立即松开。"我的天啊！"乔莉惊叹，"你这是给人穿的，还是给人脱的？！"

"你懂什么？"瑞贝卡红了脸，"这套内衣，一千九百八呢。"

"太贵了，"乔莉问，"你在哪儿买的？"

"MISNONO，"瑞贝卡说，"你没有听说过吗？一个专卖国外大牌内衣的网站。"

"没有，"乔莉摇了摇头，"不过为了新婚之夜也值得。"

这时，化妆师、摄影师、摄像师都到了。化妆师开始为瑞贝卡化妆，他用假刘海修饰了瑞贝卡宽长的额头，在她的左发髻上方，簪上一只白色蝴蝶。精雕细琢的化妆技术让瑞贝卡的脸顷刻生动起来，当她粘好假睫毛、抹好唇彩、整理好曳地长婚纱时，乔莉简直不敢相信自己的眼睛：她太漂亮了！

瑞贝卡站在落地镜前，端详着自己，不禁有些激动：七年苦恋，几个月苦撑，一切的一切，就是为了今天。她始终认为，婚礼是每个女人的终极梦想。她从少女时期就开始梦想今天：她要光彩夺目，她要蜕化成蝶，她要把这一生唯一的一次宠

爱自己、挥霍美丽的机会，发挥到极致。

瑞贝卡看了一眼乔莉素面朝天的脸，觉得和自己实在是不相配，便对化妆师说："你给她也化化吧。"化妆师点点头，给乔莉化了点淡妆，又给瑞贝卡的母亲抹了点口红。乔莉笑道："阿姨你真漂亮。"

"没你漂亮。"瑞贝卡的母亲看着乔莉，"你皮肤真好，化了妆真漂亮。"她环顾四周，又看了看美得不太真切的瑞贝卡，感慨地说："可惜她爸爸身体不好，不能来北京参加婚礼，不然多高兴啊。"

"妈妈，"瑞贝卡鼻子一酸，"大好的日子，干吗说这个。"

"不提了不提了，"瑞贝卡的妈妈说，"我去准备东西。"

瑞贝卡的妈妈带化妆师到客厅喝茶，只剩下乔莉与瑞贝卡坐在房间。"安妮，"瑞贝卡说，"今天你是伴娘，刘明达是伴郎，你可要抓住机会。"

"天啊，"乔莉笑道，"你是新娘子还是媒婆呀？"

"不，我说真的！"瑞贝卡正色道，"现在社会上的人都很现实，女人一过二十五，就是剩女，过了二十七，就是滞销货。我说这话不是打击你，是我切身的体会。现在的女人，就得学会自降身价，还得学着忍气吞声，这样才能把自己嫁出去。"

乔莉笑了，"可如果我们自己都觉得自己是滞销货，又怎么能找到如意郎君呢？"

"什么？"

"你想啊，"乔莉说，"一个习惯买正品的人，怎么会去打折区？如果我们把自己放在打折区，只能被喜欢买滞销货的人买走，说白了，他们也不会太优秀。"

瑞贝卡心头更加不快，觉得乔莉话中有话，似乎在讽刺自己。她冷笑一声说："就算买正品的男人，也不是那么好糊弄的，年轻漂亮能干，人家哪条不想占？女人最重要的，就是家庭。不会妥协，哪里会成功？"

"对，对！"乔莉看她有些不高兴，忙笑着说："我要向你学习，事业家庭双丰收。"

瑞贝卡这才舒服了，她拉住乔莉，"今天我就要结婚了，和你说的每句话，都是心里话。刘明达的条件真的不错，而且你没听说吗，那个新来的售前凯茜，和他关系已经不一般了，你不把他当回事，拿他当回事的人可多了去了。"

"可是我真的没有感觉，"乔莉笑道，"你为一个人付出，至少是因为喜欢吧。"

瑞贝卡一愣，想着自己为男朋友的这几年，除了急于出嫁，也确实是喜欢他。她轻轻叹了口气，"那你也得抓紧啊。"

乔莉看着瑞贝卡，也叹了口气，"我知道你说这些，是真心为我好。我们都不容易。"她振作起来，快乐地笑了笑，"不过今天你是新娘子，你就别管我的事情了，专心地办好今天的婚礼。"

一提起婚礼，瑞贝卡立即兴奋起来，她走到镜前，左右照着，"我这个发型、妆、衣服，都没问题吧？！"

"没问题，"乔莉笑，"美极啦！"

"我的妆试了五次，"瑞贝卡说，"头几次都不满意，他们弄得太老气了，一直换到这个化妆师我才满意。"

"天啊，"乔莉说，"化妆师没被你折磨死？"

"一辈子一次嘛，"瑞贝卡说，"当然要尽善尽美。"

这时，公寓的门铃响了一下。"是他们来了？！"乔莉从板凳上蹦了起来。

"别紧张，"瑞贝卡看了一眼时间，"是我请的几个婚礼公关。新郎他们还在路上，至少半个小时以后才能到。"

"婚礼公关？"乔莉一愣，"这是什么职业？"

"就是专门为婚礼的流程做事情的人呗，他们可以代替亲友，比如陪伴新娘啊，或者在里面的一些环节做事情啊，比亲友团要专业。"瑞贝卡笑了笑说，"我大学没在北京上，所以这边除了同事也没有什么朋友，找来找去，只找到你一个伴娘，平常还忙得要死，幸好现在只要肯花钱，什么都办得到。"

她话音未落，几个穿粉红色套装的女孩走了进来，她们首先向瑞贝卡恭喜，接着训练有素地忙碌起来，有的准备堵门，有的把新娘鞋藏在某个地方，有的拿出一打问题准备为难新郎，不一会儿便布置得井井有条。

乔莉还是第一次见到这种阵仗，觉得很是有趣。众人忙碌完毕，喝了一些茶，刚好半个小时，便听见外面敲门声一片，"开门！开门！"

婚礼公关立即示意乔莉与瑞贝卡回房。二人连忙逃进房间，乔莉好奇，不肯关上门，开了一条缝张望。只见四个婚礼公关守住大门，瑞贝卡的母亲站在旁边，脸上笑容满面，一个婚礼公关明知故问："谁啊？"

"接新娘子。"好像是刘明达的声音。

"拿红包来。"婚礼公关小姐高声叫道。很快，门缝里塞进一个小红包。公关们叫不够，但外面的人却不给了。此时换了一个略带沙哑的声音，"我有一个大红包，门缝太小塞不进去，你们把门开一条缝。"

瑞贝卡扑哧一笑，乔莉回过头问："是你老公？"

瑞贝卡点点头，乔莉便叫："别上当啊，不能开门。"可不管婚礼公关们如何再要求，外面的人坚持要打开门缝给红包，眼看时间一分一秒过去，几个年轻的婚礼公关扛不住了，"开条门缝可以，你们保证不冲进来！"

"保证保证。"外面的人连声答应。乔莉心想这下坏了，没等她再喊出声，门已经开了一条缝，只听一声呐喊和一片尖叫，外面的人一拥而入。乔莉连忙关上门，落了锁。

没过几秒，便听见刘明达在外面敲门，"安妮，我知道你在里面，快开门！"

"不开！"乔莉笑着叫道。

"大家都是同事嘛，凡事好通融嘛。"刘明达说，"你开个价，要多少红包？"

"你算了吧，"乔莉说，"同事也不行，红包拿来。"

刘明达从门缝里塞进一个红包。瑞贝卡一拉乔莉，"为难为难他们，婚礼公关都没有用上。"

"怎么为难？"乔莉悄声问。

"问问题，"瑞贝卡兴奋得脸都红了，眼睛晶晶闪亮，"关于我的。"

"好！"乔莉站起身，清了清嗓子，大声说："伴郎你先让开，叫新郎上前说话！"

那个略带沙哑的声音响了起来，"什么事情？"

"我问你，"乔莉说，"瑞贝卡的生日是几月几号？"

"九月十六号。"

"她喜欢吃什么菜？"

"川菜。"

乔莉望了望瑞贝卡，瑞贝卡幸福地笑着，冲着她点头。乔莉灵机一动，"你们结婚之后你能保证永远对她好吗？不管你们吵架，不管是谁对谁错，你都能宽容她、体谅她、永远照顾她吗？"

"行，没问题！"新郎一口答应，语气却不耐烦起来，他敲敲门，喊起了瑞贝卡，"瑞贝卡，现在已经九点了，我们路上还要一个小时，万一路上堵车就不好办了。我可不想迟到！"

乔莉一愣，看了一眼瑞贝卡。瑞贝卡尴尬地点点头，乔莉也不敢再要红包了，连忙打开门。新郎笔直地走了进来，连笑容也没有给她一个，倒是刘明达连连冲她微笑，二人乘瑞贝卡和新郎不注意，互相做了一个苦脸，意思都很明确：这新郎太吃定瑞贝卡了！

新郎催促瑞贝卡赶紧走，但瑞贝卡的一双鞋却被婚礼公关藏了起来。几个年轻的女孩大约没见过这样的新郎，也不敢废话，连忙找出鞋，给瑞贝卡套上。新郎走出了房门，瑞贝卡紧跟其后，二人疾步到了客厅，新郎见到瑞贝卡的母亲，停住了脚步。

"妈，你放心，我会好好对她的。"

"哎！"瑞贝卡的母亲一时不知说什么好，眼圈红了。瑞贝卡的眼泪也往上涌，她怕弄花了妆，忙竭力忍住了。新郎抬脚又往前走，她连忙跟上，乔莉和刘明达大步跟在后面，二人都想，这新郎虽然脾气不好，但刚才的那句表白，还是很让人感动。看来瑞贝卡要嫁他，还是有一番道理的。

众人浩浩荡荡地开往城堡酒店。酒店已经在草坪上搭了一个帐篷，帐篷里摆满白色的靠背椅，每张靠背椅上都布置着金色的香槟。乔莉估计这就是举行婚礼仪式的地方了。

她陪着瑞贝卡走进帐篷，发现不少同事都已经到了。除了市场部的人，销售也来了不少，陆帆、云海等都散坐在帐篷里。最让瑞贝卡头疼的车雅尼，居然也到了。她身穿一条蓝色小礼服裙，浑身上下并无装饰，但两条白皙修长的双腿，在人群中异常夺目。

这时，翠西上前拥抱了瑞贝卡，称赞她漂亮，并把一个红包交给她。瑞贝卡顺手把红包给了乔莉。乔莉连忙装进随身背的小包。于是来宾们纷纷上前，把红包递给新人。乔莉的小包迅速鼓了起来。陆帆上前交了红包后，也不离开，只站在一旁，看着乔莉微笑。乔莉以为他有事情，抽了个空快步走过去，"老板，有什么指示？"

陆帆乐了，"今天你的老板是瑞贝卡，小心钱包。"

乔莉扑哧笑了。陆帆看着她蓬蓬松松的头发，一双贴了假睫毛忽闪忽闪的眼睛，不由得夸奖道："今天你很漂亮。"

"谢谢！"乔莉一愣，见他穿着淡灰色西服，打着一条银蓝色领带，便说，"你今天也很帅。"

陆帆不觉有些尴尬，"快去吧，"他低声笑道，"做好你今天的工作。"

乔莉一笑，迅速回到瑞贝卡身旁。一时仪式开始，程序非常顺利，只是当主持人宣布证婚人上台讲话时，施蒂夫站了起来。乔莉不想和他同台做戏，便稍微往旁边靠了靠。施蒂夫拿着话筒，站在台上，用英文向大家问好，接着又用英语发表了祝福。

主持人大概英语不好，只是笑着看着他讲，一句也不接。台下新郎与新娘的母亲们也都面露迷茫，不知道他说些什么。幸好来宾大都在外企工作，英文没有问题，对付了个大概。乔莉在台上暗自好笑，心想他又不是不会讲中国话，不知要拽什么。一时礼毕，酒会开始。瑞贝卡的主要任务是换衣服与敬酒，她准备了四套衣服，走马灯一样进进出出，把不同的礼服穿上又脱下。乔莉几乎没有机会坐下吃饭，一直跟着忙个不停。

直到两点，婚礼方告结束。乔莉把小包交给瑞贝卡，胡乱吃了口蛋糕，走出了酒店。结婚真累啊！不要说新人，就连她这个伴娘都已经吃不消了。她一出门，见刘明达和几个售前站在一起，便上前问："本尼，你走吗？"

"我……"刘明达看了秦虹一眼，"我和凯茜跟老强的车走。"

"哦。"乔莉点点头。

刘明达问："你呢？"

"我回家。"

刘明达点点头，不再说话了。秦虹和强国军也沉默不语，乔莉没来由地觉得有些尴尬，不知哪里不对了。她走也不是，不走也不是，突然有个声音在后面响了起来，"回家跟我走吧，我有顺风车。"

乔莉一回头，看见了云海，只见他脱了西服，穿着一件蓝色衬衫，大概有点热，衬衫的第一个扣子也解了，领带也不知所踪。她扑哧一笑，"好呀，我搭顺风车走。"

她跟着云海走到停车场，便看见了陆帆与车雅尼。陆帆还是穿得一丝不苟，车雅尼也是如此。四个人见面相视一笑，陆帆看了乔莉一眼，"安妮，回家？"

"是啊，弗兰克，"乔莉说，"你们呢？"

"我们找个地方坐坐，"陆帆说，"天气太热了，你们要不要去？"

"我下午还有事，"云海说，"安妮你去吗？"

"我不去了。"乔莉笑了笑，"我还是跟顺风车走吧。"

乔莉上了云海的车，等陆帆的车先走之后，云海这才启动了车。云海一边开车，一边不时地看乔莉一眼。乔莉诧异地问："怎么了？"

"没什么。"云海笑了，"你今天和平时不太一样。"

"化了妆嘛，"乔莉说，"还贴了假睫毛。"

"化妆还挺神奇，"云海笑道，"立刻更漂亮了。"

"平时最多化一点点，"乔莉乐了起来，"哪儿比得了化妆师。对了，明天你有时间吗？"

"怎么？"

"我要去一次新信，他们可能有后续的业务。"

"不错，"云海说，"看来上次的单子开了个好头，明天你什么时候？"

"上午十点半。"

"十点半，"云海想了想，"没问题。"

第二天上午，乔莉和云海去了新信，詹德明介绍了另一家子公司的人给他们认识，大家一起吃了顿便餐，乔莉与云海这才往公司赶。云海开着开着，忽然觉得方向盘一滑，车身摇晃了一下，乔莉向前轻轻一撞，忙伸手扶住车门，"怎么了？"

"不知道，"云海惊诧地说，"难道避震器坏了？"

"不会吧？"乔莉感觉了一下，"现在很平稳。"

二人又开了一段，云海的手机响了，乔莉听到一个女孩尖叫的声音，"哥，刚才地震了！你在哪儿？有事没事？！"

"地震？"云海一愣。

"刚才我们公司大楼都晃了，电梯也停了，我是从十九层走下去的，现在好多人都在楼下，太恐怖了！"乔莉和云海对视了一眼，突然想起"避震器"的问题。

"你待在原地，我在开车，有事就打电话。"云海放下手机，乔莉问："刚才是地震吗？"

"可能。"云海笑了笑，"北京每年都会有一两次地震，没什么大问题。"

半个小时以后，两个人回到公司，公司楼下一片平静，既没有人围聚，也没有人惊慌。二人都觉得是云海的妹妹小题大做了。乔莉上了楼，回到座位，刚打开电脑，便见MSN上人头闪烁，跳出了十几个对话框：

"乔莉你还好吗？北京没事吧？"

"上海地震了！我们大楼都晃了，北京怎么样？"

"四川大地震，还记得我们的高中同学吗，那个小四川，他现在联系不上，我们正在分头打电话！"

乔莉万分惊讶，立即开始Google，此时关于地震的消息已经铺天盖地。就在瑞贝卡婚礼结束之际，四川发生了地震，波及北京、上海等多个地方。乔莉开始给家人和朋友打电话，杭州没事，上海没事，她开始给四川的老同学打电话，电话显示无法接通。这时有人在MSN上问她，和四川的同学联系上没有？他们已经打了半小时的电话，始终没有人接。

乔莉哪里还有心情工作，开始询问其他部门同事们的情况。有几个川籍同事因和当地家人朋友联系上，或联系不上情绪激动，紧接着又有人得到家中有人死亡的讯息。公司的MSN、电话乱成一团，就在这时，乔莉的手机响了，是瑞贝卡。"安妮，"瑞贝卡的声音带着哭腔，"今天晚上你来陪我吧。"

乔莉吃了一惊，"你在说什么？"

"我老公是四川人，他和他家里人联系不上，他要订机票赶回去，他妈也回去，他们要坐飞机去成都。

"现在那边情况不明，他们走得了吗？"

"不知道。"瑞贝卡的声音既痛苦又无奈，"总得试试吧。"

"如果他们走了我就过来陪你，如果他们走不了，你就安心待在家里，现在四川情况很严重，我也有同学联系不上，你别太着急。"

"你说我怎么这么倒霉，我好不容易才结了婚，刚过一天，就出这样的事情！"

"算了，天下的事都很难说，"乔莉说，"再说昨天不止你一个人结婚，你不要因为这个难过。"

"我太倒霉了，"瑞贝卡说，"我就不应该结婚。"

"你在说什么啊。"乔莉说，"你昨天刚结婚。"

"我老公一点都不疼我，刚举行完婚礼，他就要赶回去，赶回去也不要紧，可是你不知道他的态度！"瑞贝卡哽咽着说，"我觉得真没意思。"

"他家里出了问题，所以着急，"乔莉想着上午那个男人接新娘时强硬的态度，说，"他只是不太会表达关心。"这时，她见又有电话进来，忙说："我在等四川的一个消息，回头再聊。"

她挂上了电话，回拨了过去。原来四川的那个老同学找到了，人暂时平安。乔莉走出座位,到了茶水间。茶水间已是人满为患。云海问:"你有亲戚朋友在四川吗?"

"有一个老同学。"乔莉说,"刚刚联系上。"

云海默然不语。同事们都谈论着四川,聊着各自有没有亲朋或者认识的人身陷灾区。有一个销售,昨天刚到的成都,这会儿已经联系不上了。陆帆打电话给云海,让他亲自安排电话销售,每隔五分钟给他打一次电话,直到打通为止。

"去四川的销售找到了吗?"乔莉问云海。云海摇了摇头。窗外的天色渐渐黑了下来,大楼内灯光惨白,压在每个人的心头。地震、死亡、杳无音信。突然降临的灾难让每个人无所适从,又觉得心有所感。每天的奋斗与挣扎在此时毫无意义——只要大自然轻轻发怒,就可以把一切立即取消,生活除了升职加薪,是否还有另外的内容?

瑞贝卡的电话又到了,她告诉乔莉,丈夫和婆婆没有走成,所有通向四川的交通都中断了。她丈夫和婆婆沮丧至极,并抱怨这场婚礼是不吉祥的预兆。

乔莉在瑞贝卡焦虑的声音中无语。她想着昨天早晨在瑞贝卡家欢天喜地的场景,想到那套性感的内衣,觉得人生的无常实在无法表达。而这时,陆帆和车雅尼正坐在一家公司楼下的咖啡厅。他们是过来开会的,结果临时接到通知,说客户有事,会议延后一小时,二人便在下面的星巴克喝点东西,没想到刚刚坐下,就被大地震的消息淹没了。

陆帆非常担心去四川出差的销售,他不断地给他打电话,希望能够得到平安的消息,但是每一次都是无法接通。他看了一眼车雅尼,她正悠闲地坐着,嘴里叼着一根吸管,轻轻地吮吸着咖啡,似乎这一切都和她没有关系。

陆帆不禁问:"米兰达,你是哪里人?"

"四川。"

"什么?"他大吃一惊,"你亲戚朋友都没事吗?"

"我父母早死了。"车雅尼无所谓地笑了笑。

陆帆一愣,"还有什么亲戚吗?"

"我没有亲戚,也没有朋友。"车雅尼冷冷地说。

陆帆又是一愣。车雅尼看着他,语气缓和下来,"我十四岁就是孤儿,我姑妈救济我读到大二就死了。"

"是吗?"陆帆不知如何安慰她,慢慢地说,"有时候生命是无常的,就像现在,所以做人要珍惜现在。"

"对!"车雅尼说,"譬如朝露,只争朝夕!"

陆帆心中一冷,这话说得多么残酷,还有一种极度的孤独,他看着眼前这位外表柔弱、内心寂寞的女孩,一时语塞。这时,他听见了短信的声音,发件人是戚萌萌!

几个月没有联系,她怎么样了?不知有没有危险?陆帆连忙打开短信,看到了一句无论如何也想不到的话：各位亲友，我于今天下午一点十分顺利生下一个儿子，体重六斤七两，母子平安。

真想不到啊！戚萌萌当妈妈了，而且是在这样的时候。看来她在医院应该没有听说这个消息。陆帆面含微笑，心绪既幸福又复杂：这个曾经和他爱过、恨过、闹过、无数次纠缠过的女人，居然成为了一个母亲。可是孩子的父亲，却是另外一个人。

自从她怀孕以来，就很少再找自己了，也许从此他的生活就和她没有关系了。就像一条路，终于出现了一个分岔口，朝两个方向慢慢地延伸开去。

车雅尼默默地看着陆帆，这个男人脸上的表情突然有了变化，而且这变化如此暧昧，说不清道不明。她淡淡一笑，假装不经意地问："这是谁的短信？"

陆帆抬起头，看见了车雅尼的眼睛，他笑了笑，"一个朋友，她生了一个儿子。"

"今天？！"车雅尼嘴角一挑，"那你真要好好恭喜恭喜她！"

"是啊，"陆帆说，"我应该好好恭喜她。"

第二天早上，去四川出差的销售和公司恢复了联系。他打电话给陆帆，说想请一个月的假，跟着一群志愿者徒步去北川支援。陆帆同意了。赛思中国开始发起一场募捐，除了公司的捐赠，每个员工也自发地参加了一些救助工作。有两个员工申请假期，要驾着自己的车参加救助队，把自备的物资送往四川。

当然也不是所有的人都对这场灾难感同身受。这不过是场天灾人祸，既然没有降临到自己的头上，又与自己何干呢？

乔莉收到了周雄在 MSN 上的留言："地震了，你还好吗？"

她也留了言："我很好，一切平安，你呢？"

关于晶通电子的内幕，此时她不想探听，除了公司组织的捐款，她还取出一个月的工资，捐到了红十字会。

大地震的余波在新闻与人的心里反复起伏，可是生活与工作，却要正常继续。乔莉自从上次从晶通回来之后，便一直等着下一步的举动。既然王贵林说信私不信公，那么何乘风等人应该会有相应的动作吧。可是这一等，便是十多天，公司上至何乘风，下至陆帆与云海，都没有再提这件事。不过，现在的乔莉比春天的时候镇静多了，她意识到，晶通电子会牵涉到很多问题，就连陆帆他们也都是摸着石头过河，每一步都需要谨慎与耐心。所以，她有的是耐心与毅力。

而陆帆则一直等待着云海的决定。不管何乘风说的故事有多好，陆帆太清楚自己的优点与缺点了，如果没有云海的参与，仅凭他一个人，是不可能做好的。只有他的决断与执行，加上云海的深思与韧性，才能有成功的把握。

但是他知道，云海做事一向深思熟虑，除非他自己想好，否则很难说服他。整整两周时间，陆帆没有问过云海一次关于"故事"的考虑。两人几乎天天见面，讨论公司的工作。但陆帆从来不提晶通电子，就算涉及也是就事论事，从不多问。

五月末的北京，完全像是夏天，又到周末，而且是云海答应给出答案的最后一个周末了。陆帆一边工作，一边忐忑不安，究竟他到底是怎么想的呢？这时，电话响了，是云海，"弗兰克，明天你有时间吗？我想和你谈一谈。"

"有。"陆帆竭力让声音很平静。

"去哪儿？"

"来我家吧。"陆帆想了想，"家里地方大，也清静。"

"好，明天上午九点，"云海呵呵一笑，"我直接去敲你的门。"

陆帆挂上了电话，心头略略有一丝轻松，不管云海考虑的结果是什么，他终于等到了一个答案。而这个答案，也会对他的答案有所影响。人的命运，有时候就取决于几个小小的片断。很难说这些片断的力量到底有多大，或者，到底能影响多深。

第二天一早，陆帆起了床，收拾整洁后，煮好咖啡坐在家中等云海。九点钟，云海准时到了。他进了门，四处张望了一眼，见陆帆的屋子收拾得整整齐齐，不由笑道："你家真行啊，这么干净，真像一个家。"

"还家呢，"陆帆也笑了，"我这里没什么人气，不过有阿姨定时收拾。"

"有阿姨收拾也不错，不像我那儿，乱得像猪窝。"

"猪窝也比旅馆好，"陆帆无所谓地说，"这和酒店有什么区别？"

云海摆摆手，拒绝了陆帆递过来的咖啡，自己走进厨房，从冰箱里摸出一听可乐，"等你找到了结了婚，不就像一个家了？"

"找什么？"陆帆说，"现在哪里有谈恋爱的心情，还是等不忙的时候吧。"

云海打开可乐喝了起来。陆帆说："你知道吗？戚萌萌生了一个儿子。"

"噗！"云海险些把可乐喷出来，他连忙抽出一张餐巾纸，一边擦嘴一边笑道："我的天！你在说谁？戚萌萌？"

陆帆见云海吃惊，不禁想起戚萌萌以往撒娇撒泼的模样，"对，就是戚萌萌。"

云海笑着念了一声佛，"阿弥陀佛，原来太阳真的可以从西边出来。"

"喂，喂，喂，"陆帆说，"说话不要太过分，她毕竟是我的前妻。"

"幸好是前妻，"云海笑道，"看来她终于变成前妻了。"

"一个人总会长大，她也不例外。"陆帆笑道，"你呢？个人问题怎么样？"

"她坚持不回来，她又找到一份新工作，说又可以继续留在美国。"

"美国身份就那么重要？"

"对她来说是吧，"云海笑了笑，"可我喜欢国内，五光十色，纸醉金迷。"

"是啊，不像美国，一个大农村。"

两个人呵呵地乐了起来。

"我们言归正传，"陆帆问，"你考虑得怎么样了？"

"我想了很久，何总的故事，其实很冒险，我一直很犹豫，可是地震之后，我就在想，人生真的很短暂，我当初不就是因为喜欢冒险，所以才回国的吗？"

陆帆看着他，云海的脸上流露着少见的沉重，"我花了那么多时间，读了那么多的书，我不想庸庸碌碌地在外企打一辈子工。我也不为了发财，但如果我拒绝了这个机会，我这一辈子可能都不会去讲这么大的一个故事。它真的很大，弗兰克，一旦我们有所失误，你我这一辈子都很难再回外企了。我们再想混一混，拿点高工资就很难了。"

陆帆看着云海高大壮实的模样，微微笑了，"你决定冒险？"

"决定了。"云海说，"但是我们得补上一个漏洞。"

"漏洞？"陆帆皱起眉，"是什么？"

"我觉得我们还应该再成立一家公司。"

"说说看。"

"如果像何总说的，我们来运作赛思公司与晶通电子合股成立外包公司，我们最多的利润就是通过券商去持股，这对何总和欧总来说，都不是问题，但我们两个没有这么多钱，所持股份非常有限，而一旦这个故事讲不下去，何总大不了退休，欧总大不了离开外企，我们的损失就太大了。"

陆帆隐约猜出了云海的所指，"那你成立公司的目的……"

"我们自己做一家公司，专门为晶通外包提供配件和技术服务，只要晶通外包的故事可以继续，我们就源源不断地赚钱。而一旦这个故事失败了，我们至少可以在这个基础上搭建一个平台。"

"好想法！"陆帆拍手叫好，"这半个月，我也想了很长时间，也觉得这个故事少了一个环节。"他打开电脑，抽出一枝雪茄，"我们好好地规划一下！"

两人边说边聊，直到下午两点才出去吃了午饭，接着又回到陆帆家里，继续聊新公司方案。这一聊便是深夜，陆帆留云海住下，云海也不客气，睡在客房。云海虽然心思缜密，却天性豁达，白天聊了一天，他早已疲倦，倒在床上就睡着了。陆帆翻来覆去不能入眠，直到天亮才闭了一会儿眼睛。

第二天一早，两人各自爬起来，云海胡乱洗了把脸，就坐在书房里修改方案。陆帆虽一夜未眠，但还是仔细地洗漱，又换上一套干净利落的衣裳，才进了书房。两人这一聊，又是大半个白天，直到下午四点，才筹划完所有细节。云海放下笔，陆帆合上电脑，两个人相视一笑。

"这件事，"陆帆说，"我们是先跟何总谈，还是后跟何总谈？"

"先谈比较好，"云海说，"外包公司的初期业务肯定全部源于赛思中国，如果何总和欧总大量持股，很有可能会派欧总本人监管这家公司，我们既然想和他们做生意，偷偷摸摸不是长久之计，现在就要把条件谈好。"

"没错，"陆帆说，"有可能他们也会想到这一步。"

"那我们就四方持股，"云海说，"但我们要多出百分之一。"

"没问题，"陆帆说，"我去谈。"

"何总一定很希望我们两个人都加入进去，"云海嘿嘿一笑，"我想他一定会同意我们的方案。"

"有一个问题，"陆帆问，"公司放在谁的名下？"

"找一个信得过的亲戚，落在他名下。"

"你妹妹怎么样？"

云海点点头，"没问题。"

陆帆抽出一枝雪茄，点燃后吸了几口，忽然看着云海笑了，"以后给你改个名字，叫狄三思？"

云海乐了，"其实是何总提醒了我，他说得没错，我们每个人都需要一个出路，晶通外包就是他和欧总最好的出路，但不是我们的。"

陆帆点点头，"想不到我创业失败来到赛思中国，刚刚一年时间，又要再创业。"

云海笑了，"我也没有想到，当初你请我进赛思中国帮忙，我说可以帮你一年时间，我会找机会创业，现在过了多久？差不多刚好一年吧。"

"一年不到。"陆帆想了想，"你还记得我们最早说创业是什么时候吗？八年前还是九年前？"

"是在加州吧？"云海说，"差不多那个时候。"

"弗兰克，"云海喝了一口可乐，"我还有一个问题。"

"你说。"

"我们还要安妮继续接这个案子吗？"

"安妮？"陆帆眉头一皱。

"如果还让安妮继续跟进晶通，她就是最后在合同上签字的人。"云海看着陆帆，淡淡地说，"你毕竟是她的老板。"

陆帆沉默不语。晶通外包的故事如果能够成立，对乔莉来说是奇功一件。但如果失败，则意味着乔莉要承担无法想象的责任。何乘风所说的违规不违法，到底能在法律的钢丝上走多远？陆帆没有把握。可是，换下乔莉，谁又合适接这个项目？

"杰克，"陆帆问，"你有什么想法？"

"不管把谁放在这个案子上，都无法预知后果，"云海说，"时间很长，执行的人也很关键。"

"换下乔莉，一时也找不到什么合适的人。"陆帆说，"而且，一旦在乔莉这个环节产生变故，恐怕会在公司内部造成不良影响，对大局非常不利。"

云海点点头，没有说话。

"走走看吧。"陆帆说。

"也只能如此了。"云海苦笑了一声。

就在云海与陆帆商议这个对他们的未来，甚至对乔莉的未来，都有决定性影响的"故事"的时候，乔莉度过了一个难得的清闲的周末。她打扫了卫生，做了饭菜，还逛了逛街。以往只要有时间，她就会给父母打电话。但今天不知为什么，她很是迟疑。父亲老乔总是劝她放手晶通电子，甚至离开赛思中国。她不是没有犹豫过，可一方面觉得事情没那么严重，另一方面也觉得因为恐惧而向后退缩，实在有违自己的天性。

她坐在家里，回复公司的邮件，打了几个电话，然后一边吃饭，一边闲闲地看着电视。突然，座机响了，她走过去一看，是家里的号码，她拿起电话，"喂？"

"小囡，你今天忙不忙？"乔妈妈的声音传了过来，"怎么在家里呢？"

"还好，"乔莉说，"没出差。"

"你爸爸说要跟你谈谈，也不知道他什么事情那么神秘。"

"好啊，"乔莉笑了笑，"爸爸人呢？"

乔妈妈笑了，"他说他一会儿去书房给你打电话。你们父女俩玩什么神秘？为什么躲着我？"

"不躲着你怎么行？"乔莉说，"你整天就知道唠叨找对象的事情。"

"找对象是大事，"乔妈妈说，"没有比这更重要的了，你们父女两个，一个不坚决执行，阳奉阴违；一个在我面前说好好好，支持支持，一给你打电话，就说什么婚姻不是结束，是一种开始，你们爷俩要把我气死了。"

"我的妈呀，"乔莉说，"你怎么一打电话就说这个呀？你这样，我先接老爸电话，商量正事，找对象的事，我们以后再说。"

"你甭喊妈，"乔妈妈笑道，"你妈在这儿呢，你记好了，这件事情是正事，别的事都无所谓。"

"好，好，好，"乔莉说，"那我们先把那些无所谓的事情商量完了，再来办您的正事，成吗？"

"我的正事？我都几十岁了，还有什么正事？是你自己的正事，你要抓紧，要放在心上。"

"OK，OK，OK，唐僧大人，您先把电话放下，先让我跟老爸说一会儿吧。"

乔妈妈笑着挂上了电话，不一会儿，父亲老乔的电话就打了进来，"乔莉，最近忙不忙？"

"还好，爸爸。"乔莉说，"最近事情不是很多。"

"我前两天参加了机关的募捐活动，他们组织了一批人，又去了灾区。"

"是啊，"乔莉说，"我们公司也还有募捐活动。"

"人生苦短，"老乔说，"有些事情要当断则断，不然就反受其乱。"

"我知道，"乔莉心头一阵烦乱，"我会小心的。"

"你上次从晶通回来以后就再也没有去过？"

"没有。"

"要小心，"老乔说，"王贵林公然地说信私不信公，就意味着他和赛思中国的幕后交易可能很快了。我还是坚持我的意见，希望你能及早退出，以免惹祸上身。"

"爸爸，现在就撤，是不是太早了？第一，事情还没有那么明显。第二，到了要签字的时候再撤，我也是来得及的。"

"到了快签字的时候，他们肯定会用各种办法留住你。"老乔说，"做事情要防患于未然，我们只是杭州的普通家庭，真要出了什么大事，爸爸也帮不了你。"

"我知道，"乔莉说，"爸爸你放心，不管他们幕后有什么交易，我都不会参与进去。"

"很多事情是说不清楚的，"老乔说，"虽然你的合同没有问题，但你是负责的销售，你如何向大家证明你的清白呢？"

"法律是讲证据的，"乔莉说，"我没有参与就是没有参与。"

"是的，"老乔慢慢地说，"可你有没有想过，你等于和一件很复杂的事情牵扯上了关系，到时候你怎么去跳槽？又有哪个大外企或者大国企会雇用一个像你这样的人？你的职业生涯会受到影响。"

"我明白，"乔莉说，"我尽量提前撤出。但现在要走，我怕会损失很多学习的机会。"

"做人只要贪心就会上当，"老乔摇头叹息，"有些人贪图钱财，有些人贪图美色，可有的时候，梦想也是一种贪婪，你要引以为戒。"

"爸爸，"乔莉撒娇说，"你不是说我随时可以回杭州吗？到了那个时候，我就离开北京，回到杭州，陪着你和老妈过日子。"

听了这话老乔长叹一声，"小囡，你为什么这么固执？"

"谁叫我是你女儿呢？"乔莉说，"你一直教我，想做的事情就要去坚持，能坚持就不要轻言放弃。我向你保证，在签字之前我会慎重，但是现在，你就让我继续跟进这个项目吧。"

"唉，我是教你不轻言放弃。"老乔无奈地说，"但是，你知道吗？君子不处危境。"

"什么叫君子不处危境？"

"就是说一个人要有自己的判断能力，不管在什么情况，都能够独立地判断、思考，分析事物的本质和自己的能力，"老乔说，"能够时刻让自己处在平安、快乐的状态，这就是君子。如果为了不放弃而不放弃，不过是一个粗人。"

乔莉沉默不语。老乔接着又说："你做事一向如此，只知前进不知后退，下棋也是这样。小囡，以退为进，才是上上策。"

"可我也面临很多实际情况，"乔莉说，"现在工作非常难找，跳槽不那么容易。就算我决定现在撤出，短时间内也是不可能的，我需要时间找工作。"

"你记住我的话，"老乔说，"不处危境、以退为进。带着这样的想法，边工作边分析。你是成年人，我也不逼着你做什么决定，但是你要理解我说的话。"

"我理解，"乔莉说，"爸爸，你就放心吧。"

"你妈妈每天担心你的个人问题，"老乔说，"这个事情，你看时机抓紧，也不要错过了。"

"好的。"

父女二人各自挂上电话，都心情沉重。乔莉知道自己的毛病：倔强、好强，凡事只知进不知退。老乔则了解女儿的性情，看起来像一个勇士，实际上只是一个很情绪化的、勇敢的女孩。就像下棋，她只知顽强作战，拼命进攻，并且在厮杀中激动不已，却体会不到下棋的乐趣本在运筹帷幄、知己知彼、计划得当、用兵自如。

感性主义害死人啊！老乔这么多年来，第一次对乔莉的生存能力产生了怀疑，现在还只是事业问题，他日遇到感情问题呢？如果她还是一味只知进不知退，她迟早会遇上大麻烦。

他觉得自己不能坐在杭州，眼睁睁地看着女儿惹上大麻烦。对！要去一次北京，要当面和女儿把这个问题谈清楚。想到这儿，他转过头，看着乔妈妈笑道："今年八月北京开奥运会，我们去一次北京吧。"

"去北京？"乔妈妈愣了，"怎么突然这么想？"

"你看，"老乔温和地说，"小囡在北京住了这么久了，我们也应该去看一看。"

"我早就想去了，"乔妈妈说，"都是你一直拦着，说小孩子大了要让她自己闯，怎么，现在不放心了？"

"我不是不放心她，"老乔说，"这是中国第一次开奥运，我带你去看看，支持支持嘛。"

"我对奥运会没兴趣，"乔妈妈笑道，"要是去看女儿，我双手赞成。"

乔莉哪里想到，因为晶通电子，父亲要计划一次北京之行。这个意外她肯定猜不到，不过生活的意外有时候到处都是。周一一早，她正常来到公司，刚刚坐下，就收到刘明达的短信："中午一起吃饭，悠仙茶餐厅。"

乔莉回："什么事？"

"重要的事，十二点半，空吗？"

"好的。"乔莉发出了短信。不知刘明达找自己什么事情，不过他最近总是有点怪怪的，难道，是因为秦虹？可自己和秦虹一向关系不错，能有什么事情呢？不管了，听听再说。乔莉上午忙完事情，中午来到楼下茶餐厅，刘明达已经坐在了一个拐角，乔莉扑哧乐了，好像他每一次单约自己，都是坐在拐角处。

"嗨，"刘明达看见了她，笑道，"你想吃什么？我刚点完午餐。"

乔莉叫来了服务生，也点了一份午餐。等服务生走后，她望着刘明达笑道："你找我什么事情？"

"我要离开公司了，"刘明达压低了声音，"过两个季度，我就去另一家公司。"

"你跳槽成功了？"乔莉惊讶地问，"升职了吧？"

"也没什么，"刘明达嘿嘿一笑，"就是个项目经理。"

"恭喜你。"

刘明达看着乔莉的脸，这位当年的"前台仙女"，自从转入销售部之后，脸色一天不如一天。他不禁有些感慨，"安妮，还有一件事情，我想和你谈一谈。"

"什么事？"乔莉睁大了眼睛。

"其实，其实，我对你的感觉一直不错，我也一直认为你是一个比较优秀，不，是很优秀的女孩，而且你的优秀不是一般的女性可以比的。"刘明达结结巴巴地说。

乔莉睁大了眼睛！

"你聪明、努力、漂亮，也还算年轻，"刘明达看着她，"我敢打赌，会有很多优秀的男人喜欢你。"

"喂喂喂！"乔莉听不下去了，"本尼，你干什么？"她想了想，"你经济上遇到问题了？"

"不是，"刘明达皱起了眉头，天啊，原来拒绝一个女人比追求一个女人难多了，"我只希望你能理解，我对你的感觉，是一种男人对女人的欣赏，所以，所以，你特别优秀。"

"你叫我来吃午饭，就是为了表扬我？"乔莉笑了，"你有话就直说，干吗这样？"

"有时候人和人的缘分真的很难说，"刘明达说，"不在于人优秀不优秀。"

"我知道啊，"乔莉看着他，忽然有些明白了，"你谈恋爱了？"

"对。"刘明达的脸一红，心一横，答道。

"我还以为什么事情，"乔莉呵呵地乐了，"那我要恭喜你。"

"你？"刘明达疑惑地看着她，"你还好吧？"

"我？"乔莉又一次睁大了眼睛，"我有什么问题？"

"哦，哦，"刘明达一阵失落，但也很庆幸事情会这样简单，"我只想告诉你，我之前对你不错，是出于对同事的关心，还有，我很欣赏你。"

"呵呵，"乔莉说，"这有什么，我们是好同事好朋友嘛。"

刘明达点点头，吃了一口饭，张嘴想说话，又不知说什么，就又吃了几口菜。乔莉见气氛尴尬，笑了笑问："你女朋友是哪家公司的？"

刘明达的脸红了，"我们公司的。"

"哈，办公室恋情，"乔莉说，"难怪你要走。喂，我认识吗？"

"你当然认识，"刘明达有些不好意思，故作轻松地说，"人还是你招进来的。"

乔莉恍然大悟，"凯茜？秦虹？你艳福不浅啊！"

"话也不能这么说。"刘明达见乔莉这么说，不禁有些洋洋得意，"我工作稳定，又是北京人，而且马上要买房了，我配凯茜还是绰绰有余的。"

"呵呵！"乔莉心里大喊晕倒，表面上却笑道，"可秦虹也是美女呢，工作也稳定，教育背景又那么强。"

"话不能这么说，"刘明达说，"安妮，我觉得你吃亏就吃亏在这儿，男人越老越值钱！女人就不一样，你就别把精力都放在工作上了，你应该去谈恋爱。女人最好的年龄就这么几年，做销售又不稳定，又不容易让男人产生安全感，这样下去，你会吃亏的。"

"本尼，"乔莉笑嗔道，"你跟女销售有仇吗？"

"没有仇，"刘明达正色说，"我是拿你当朋友才真心劝你的。另外，我想跟你说清楚，原来我经常帮你，也是把你当朋友，当成好同事，你不要误会。"

"误会？"乔莉一愣，"误会什么？"

"没什么，"刘明达尴尬地说，"你没有误会就好。"

"你，你不会认为我暗恋你吧？"乔莉又吃惊又好笑，"你这个人，什么都好，就有一样东西不好。"

"什么？"刘明达愣了。

"要听真话？"乔莉笑了。

"快点说吧。"

"你自我感觉太好。"乔莉再也忍不住，说了一句实话。她不觉为秦虹诧异：她为什么喜欢刘明达呢？这些外在的条件在乔莉看起来，似乎并没有什么，难道真的因为这些吸引了秦虹？

刘明达虽然因为乔莉的态度有点失落，但心中还是如释重负。终于跟乔莉讲清楚了！只要等他离开公司，他就可以对外公开跟秦虹的恋爱关系。现在追求秦虹正是关键时期，他不希望原来公司流传关于他喜欢乔莉的流言蜚语，影响秦虹的态度。刘明达忍不住端起茶杯对乔莉说："祝你好运！"

乔莉乐了，也端起茶杯，"祝你好运！"

这顿午饭，算是彻底了断了刘明达与乔莉的"缘分"。乔莉从那天开始，和刘明达说话、电话等都十分注意，生怕引来秦虹的误会。但是她觉得秦虹倒还好，相反刘明达很是紧张。所以干脆她所有的事情都去找秦虹，以免惹"祸"上身。

而陆帆和云海一直在修改他们那个"漏洞公司"的方案，二人打算等方案细化后就主动去找何乘风谈一次。这一天，何乘风突然给陆帆打电话，说要找他和云海开一次小会。由于工作繁忙，所以希望两个人在午饭时间去他办公室,边吃简餐边聊。

陆帆和云海应约而去。两人推开门，就愣住了，只见六月天气，欧阳贵还头戴一顶黑色棉帽，端坐在沙发上。虽然空调的冷气足够让他凉爽，可毕竟季节有所不同，看起来还是有点怪异。

何乘风指了指桌上的商务套餐，笑道："我已经订好了餐，一份鳕鱼饭，一份牛排饭，一份红烧肉饭，我比较简单，三杯鸡饭。"

陆帆微微一笑，伸手拿过他喜欢的牛排饭，云海拿过鳕鱼饭，欧阳贵拿过红烧肉饭，何乘风取过三杯鸡饭。"你们看看，这吃饭就能看出我们的不同。弗兰克一向怕麻烦，喜欢吃简单明了的，却是美国口味。杰克虽然也美国化，但是他喜欢吃麻烦的东西。欧总最中国化，喜欢吃中国式红烧肉，我呢，小时候母亲烧的菜都是台湾口味，所以我爱三杯鸡。"

陆帆与云海相视一笑，欧阳贵也咧了一下嘴。云海说："那说明我们的团队中西合璧，还有港台特色。"

"对，"何乘风说，"现在在中国，想把生意做好，就要理解这些特点。"他指了指饭盒，"我们先吃饭，孔子说食不言，寝不语，我们吃完饭边喝咖啡边聊。"

四个人很快吃完了午饭，阿姨进来打扫了，又把煮好的咖啡送进来。何乘风喝着咖啡，聊了点闲话，精神渐渐振作，"杰克，你上次说要仔细地考虑考虑，你想得怎么样了？"

"我正在做一个方案，"云海说，"这两天就能完成。"

"我给你一个参考的想法，"何乘风说，"这段时间，我和欧总反复商量着晶通外包的方案，欧总为了这个事情也去了几次石家庄，现在得到的消息是，如果事情切实可行，当地的政府会大力支持，这就意味着美国总部只要在初期投入少量的资金、足够的技术和人员，我们就有可能争取到非常好的条件，包括贷款、地皮的使用，等等。这样一来，赛思总部承担的压力就会小些，实施的可能性也更大。"

陆帆和云海点了点头，欧阳贵坐在一旁，沉默不语。

何乘风看了看陆帆和云海，微微一笑，"这些天我一直在想这个故事，这个故事到底有什么不完美的地方，让杰克迟疑呢？别的人迟疑我可能还不会多想，可是杰克不下决心，一定有他想的问题。我想着想着，就发现，我漏了一个环节。"

云海心中一动，看了何乘风一眼，陆帆没有表情，欧阳贵也没有表情。何乘风说：

"弗兰克,杰克,我要请你们原谅我。这个故事不仅是我和欧总的,也是你们两个人的,最终,肯定属于你们。我们是一个团队,缺少了谁都不可以。"

"如果你们和我、欧总一起来做这件事,你们不可能像我和欧总那样,拿出大量的资金去持股。当然了,我可以借给你们钱,等股份上市之后,你们可以把本金还给我。但问题是,如果这件事失败了,我可以正式退休,欧总可以随时离开外企,但你们怎么办? 你们的职业生涯从外企开始,也一直在外企发展。离开外企这个平台,你们怎么办?"

陆帆和云海面面相觑,何乘风继续说:"如果你们不反对,我和欧总想出一笔资金,和你们合股开一家公司,这家公司成立之后,由你们当中的一个人负责管理,为未来的晶通外包提供配件和技术服务。"

到底姜是老的辣,这样一来,一是做了人情;二也能掌握这个"漏洞";第三,这个"漏洞"公司赚的所有的钱,都要分他们一份了。陆帆不露声色,心中赞叹不已。云海则呵呵一笑,说:"何总,我和弗兰克谈过您的想法,如果晶通外包能够运营,那么为它提供原材料和技术服务的公司还是十分重要的。我们因为一直在做方案,所以没跟您汇报。"

"对,"陆帆接着说,"何总,我们觉得有一家公司对晶通的配件和技术服务,会有相对的保证。我们一直在做细化方案,本打算方案一出来,就要和您跟欧总商量的。"

"那么英雄所见略同了,"何乘风微微一笑,"弗兰克说的我同意,由你们成立公司,为晶通外包提供配件和技术服务,我们的外包质量才有保证。欧总,你说呢?"

欧阳贵点了点头。

"这样就好了,"陆帆笑道,"有了您和欧总的支持,我们的业务就能顺利开展起来,关于公司的股份,您和欧总有什么想法?"

"你们都是我最信任的人,"何乘风说,"这笔资金是我和欧总支持你们的,而且未来公司也要靠你们去完成,股份的大小和多少由你们决定。"他看着欧阳贵笑道,"欧总,您有什么要补充的?"

欧阳贵端起了咖啡,嘴里哼哼着发出一个笑的声音,然后才说:"这家公司如果能顺利运营,那么前期大部分的业务都是从晶通外包给出的,我没什么可担心的。至于股份,你和云海看着办吧。但是,我有一个条件。"

陆帆和云海看着他,何乘风也是微微一愣。云海笑道:"欧总,您有什么条件?"

"我要弗兰克跟我去外包公司。"欧阳贵简洁明了地说。

何乘风没有说话。陆帆说:"外包公司如果能够成立,我想外方的经理一定是您吧?"

"对,"欧阳贵说,"我会争取这个职位,但是我不太懂技术,也信不过晶通那帮人,加上我们的技术与原材料提供，都要从自己的公司走，所以，我会想办法让他们对外招聘中方经理，到时候我希望你能竞聘。"

陆帆看着欧阳贵，再看着何乘风，心里有些吃惊，"您想让我离开赛思中国？要这么快吗？"

"快总比慢好，要我说最好外包一成立，你就能过去，"欧阳贵说，"你是最合适的管理者，懂技术，懂运营，只有你去，才能把外包公司真正做起来。到时候我们兄弟联手，就没有办不成的事情。"

陆帆沉默了，他看着何乘风。何乘风想了想说："这么安排确实是合适，不过欧总，你去做外方经理，弗兰克去中方，云海肯定也要离开，去负责提供原材料与技术服务的公司。那么赛思中国怎么办？公司内部……"

"这么做是麻烦了一点，"欧阳贵说，"但是外包的事情十分重大，如果做不起来，我们都会很麻烦，只能在这段时间，想办法找合适的人。"

何乘风默然不语，看着眼前的三员爱将，半晌，他长叹一声，"大家都各自留意吧，时间已经很紧了。"

陆帆与云海点了点头。陆帆看了一眼欧阳贵，虽然他承认，离开欧阳贵很多事情是办不成的，可是他实在也有点不习惯，和欧阳贵"兄弟联手"，他能"联"得起来吗？

何乘风看了他一眼，像是猜到了他的心思，"弗兰克，你和杰克要借外包创业，不管是你竞争中方经理，还是杰克提供服务，你们都要和当地方方面面打交道，有了欧总的帮助，你们就不会有水土不服的问题。"

"我知道。"陆帆点了点头。

"我们就像那四盒饭，"何乘风笑了笑，"各是各的味道，合在一起，才是一个团队。"

欧阳贵点了一下头，冷冷地说："何总这话有道理，没有你们的帮忙，我也做不好这笔大买卖。"

陆帆和云海都觉得心里一冷，双双点了点头。云海暗想，他和陆帆到目前为止，算是真真正正地被何乘风和欧阳贵绑在了晶通电子上。除非他们放手不干，甘愿损失人生的一次好机会，否则，他们以后和晶通是脱不了干系了。

"那就先这样，弗兰克、杰克，"何乘风说，"关于晶通外包项目，你们要拿一个初步的预算给我，我要向总部汇报。"

"汇报总部？"陆帆吃了一惊，"可晶通电子还没有答应全面合作。"

"有了总部支持，这个项目才能够推进，现在就算晶通答应全面合作，如果总部不批准，一切还是等于零。"何乘风说，"我们先走第一步，来表达我们的诚意，如果晶通电子不接受这么好的外包项目，拿到中国任何地方，我们都能推行。弗兰克，方案由你和杰克去写，我会协助你们修改，总部那边由我亲自去跑。你们多长时间可以把方案给我？"

"十五天。"陆帆说。

何乘风点了点头，"这事儿先说到这儿，一旦我向美国总部汇报了这件事，消息就会走漏出去。SK（Siltcon Kilo）的外包已经在东南亚了，不可能转入中国市场。到时候汪洋他们知道了我们的消息，肯定会有一些反应，你们做好准备。"

"凭我们手里的这张王牌，管他什么反应都不在乎。"

"话是这么说，"何乘风说，"有了外包项目，王贵林不管是选择中亚永通的方案，还是选择联欧国际的方案，都会非常好。这样一来，我们就等于帮他解了围。不过，毕竟是七个亿的项目，数字太大了，我想SK（Siltcon Kilo）不会轻易地放手。"

"兵来将挡，水来土掩，"欧阳贵说，"我们见招拆招吧。"

何乘风点了点头，看着陆帆说："那个联欧国际的券商杨列宁还在找你吗？"

"是的，"陆帆说，"他一直希望能够帮我们和晶通电子搭好桥、铺好路，可是我看他们的方案太过激进，只怕王贵林不会选他，现在又加上我们的外包，只怕他更没戏了。"

"尽量脱开他们，"何乘风说，"在我们的外包方案通过董事会之前，不要和券商和SK（Siltcon Kilo）纠缠，以免引来纷争。公司内部也要求稳。"

欧阳贵、陆帆和云海分别点了点头。何乘风又说："弗兰克、杰克，你们现在开始，一是做预算方案，另外尽快组建公司，找一个信得过的人，落在他身上。"

"云海的妹妹就可以。"陆帆说。

何乘风点了点头，没再多说。陆帆和云海见他似乎和欧阳贵还有话要谈，便起身告辞。两人出了办公室大门，一路无话，直到走进了陆帆的办公室，云海这才呵呵笑道："孙悟空还是没有跳出如来佛的手掌心。"

陆帆也笑了，"这样也好，一来我们前期的资金有了保证，二来后期的业务也没有问题。这样稳赚不赔的生意确实没有地方找。杰克，至于公司股份你有什么想法？"

"你刚才没听欧总说吗？"云海压低了声音，轻轻笑道，"公司所有的前期业务都是从晶通来的，他根本不怕我们。"

"你的意思……"

"我们俩各占26%，加起来是52%，何总和欧总各占24%，加起来是48%。"

"那还是我们控股，"陆帆想了想，"我觉得可以。"

"现在我们和他们互为依赖，"云海说，"何总他们会理解的。"

陆帆点点头，"我有点担心安妮。"

"为什么？"

"刚才何总突然问到她，你也知道她的性格，如果单子签了我们还在赛思，可能问题不大，如果我们都走了，我怕她会出一些状况。"

"应该不会吧，"云海说，"我们这个单子虽然运作得比较多，但是很干净。"

"现在干净不代表以后干净，"陆帆轻轻皱起眉，低声叹道，"以欧总的性格，很难说。"

"要是换销售现在就换，"云海说，"拖了不好，不过，你现在找谁来比较合适？"

"一时也找不到人，"陆帆思量片刻，摇了摇头，"杰克，我们都得留意一下，有没有合适的销售，如果我们都走了，只剩何总一个光杆司令，那公司的很多事情都会有麻烦。晶通外包，还要他这个大中华区总裁撑个几年呢。"

"我会留意的，"云海正色说，"这事儿还得抓紧。"

陆帆沉默不语。云海见气氛沉重，笑了笑，问："我听说 BTT 是关键时候，现在怎么样了？"

"哦，"陆帆回过神来，"琳达用了她最厉害的一招，付国涛都快被她气死了。"

云海一愣，"最厉害的一招？"

"就是黏人战术，"陆帆脸上浮现出笑意，"她现在每天都到 BTT 刘俊的办公室上班，都快成了 BTT 的总裁助理了。"

云海想着琳达那副招摇的模样，再想着付国涛那张发黑的脸，不禁呵呵笑了起来。

第九章

说一个故事

"美好"未来的开局

有女人的地方就有麻烦,这在最近成了付国涛的信条。先是车雅尼背叛自己,转投陆帆的怀抱,接着琳达仗着有几分姿色,在 BTT 和他死扛到底。都说女人是弱者,可付国涛觉得,女人天生就有优势。这种优势是他一辈子都无法拥有的。

琳达已是刘俊办公室的常客。刘俊的秘书也早就习惯这位 IT 界著名的黄金剩女,每天坐在老板的办公室"上班"。琳达不仅熟悉了刘俊的办公流程、刘俊的客户,甚至也熟悉了来找刘俊的家人,其中有刘俊的母亲,还有刘俊十一岁的女儿。

这个四十六岁的男人,离婚长达七年,却一直没有再婚,就是为了女儿。琳达向来不喜欢小孩,但不知道为什么,她很喜欢刘俊女儿眼中透出的精明。这个小女孩显然看穿了父亲对琳达的用意。她没有像别的小孩那样充满敌意地看待琳达,而是和琳达聊天,要琳达带她去吃饭,甚至向琳达索要礼物。与其说琳达在观察她,不如说她在观察琳达。

刘俊女儿的早熟让琳达无所适从,她不知道如何和一个小姑娘竞争,也不知道如何向一个女孩表现母性。虽然年近三十八,可琳达觉得自己身上还有很多年轻人的天性。她一直没有放弃结婚的愿望,尤其像刘俊这样,有身份、有地位,也有财产的男人。但是她从来没想过,嫁人之后她还要承担母亲的责任。

刘俊并没有对她有任何明确的表示,琳达也表现得像个普通朋友。两人一直只是朋友式地交往、吃饭、喝茶、聊天,但由于这样的交往过于密集,又拉了一个过长的战线,加上两个人都刻意保持冷静、互相观察,等到 BTT 项目又面临签单之时,两人之间的了解,只怕比一般恋人还要深入。

这一天,快下班的时候,琳达应约到了刘俊的办公室。刘俊说要请她吃法国晚餐，她陪着刘俊下了班，和刘俊一起开车到了那个餐厅，两人各自点好单，刘俊向琳达推荐了一个风味特别的法式冰淇淋。它做成了一个棒棒糖的样子，外面是一层糖，里面是一团各种口味的冰淇淋。两个人边吃边聊，等冰淇淋端上来的时候，琳达拿起那个棒棒糖，不觉笑了。她像个小女孩一般，将棒棒糖拿在手里，不时地将糖果放进嘴里，动来动去地品尝。

刘俊从未见她如此模样，不由得笑了，他忽然问："琳达，我想问你一个问题。"

"什么问题？"

"BTT 的单子对你重要吗？"

"当然重要了。"琳达把棒棒糖从嘴里拿出来，"拿下这个大单，我能拿不少奖金呢。"

"如果有十倍这个项目的回报给你，而且时间不是半年，是十年、二十年，甚至更长，你愿意接受吗？"

琳达听了一愣，突然红了脸，她听出了刘俊的弦外之音。刘俊观察着她的表情，这恰恰是他想要的，一个职场女强人的另外一面，一种害羞与不好意思。这是每一个女人都应该具有的可爱的一面。

"我不懂你在说什么。"琳达娇嗔着说，"哪有这样的项目？"

刘俊从口袋里取出一个丝绒盒子，把它放在餐桌中间。琳达看着那个精美的盒子，觉得心脏一阵狂跳。她曾无数次地幻想，有人坐在她的对面，拿出这样一个盒子。这么多年过去了，有的是人不合适，有的是时机不合适，她从来没有等到过这一幕。琳达极力克制着自己，装作平静地看着刘俊。

刘俊又从包里取出一个文件夹，放在小盒子的旁边，他看着琳达，娓娓道来，"这个小盒子里，装着我对你和一个家庭的承诺，如果你愿意接受我、嫁给我，成为我的太太，我会向你保证你以后的生活，以及你的幸福。如果你不愿意接受我的求婚，那么作为这么长时间你极力争取的一个客户，我出于对你的私人感情，我会帮你争取我们 BTT 的合同。虽然我们和 SK（Siltcon Kilo）合作良好，但是，所有的技术核心都压在一家供应商身上，对公司来说未必是件好事情。但是我希望你能明白，婚姻和这份合同不能兼得，原因是什么，我想你很清楚。"

琳达觉得太意外了！她的第一个意外是刘俊的求婚；第二个意外是 BTT 的合同。至于刘俊说不可兼得的原因，她当然清楚。如果她答应了求婚，就是刘俊的太太，刘俊不可能把公司的业务签给自己的夫人。刘俊看着琳达，她的目光一直在小盒子上盘旋。很明显，合同和婚姻比起来，还是婚姻的魅力比较大。

琳达看着刘俊，"如果我接受你的请求，我还可以继续工作吗？"

"当然可以。"刘俊温柔地笑了，"但你的工作不可以再和 BTT 有关系。"

"我可以继续当销售吗？"

刘俊耸了耸肩，"有什么不好吗？"

这是琳达的第三个意外，"很多人都不喜欢自己的太太做销售。"

"那是很多人，"刘俊说，"不是我。我第一次见你的时候，就很喜欢你。"

琳达困惑地看着他，"为什么？"

刘俊意味深长地笑了，他想了想，说："因为我想找一个年龄相当的女人，可大部分这个年龄的女人，不是别人的太太，就是已经离了婚。我这个人，又比较自私，希望我的太太在婚姻中能全身心地属于我。所以我不想找一个重组的家庭，希望与一个单身女性组成新家庭。在我看来，你很合适。"

琳达轻轻一笑，"照你这么说，我年龄大倒是优势了？"

"对我来说是这样的。"刘俊笑道，"我不喜欢老牛吃嫩草。"

"这我能看得出来。"琳达格格地笑了，"可是你知道吗？我也有很多过去……"

"没有哪个成年人的历史是清白的，"刘俊立刻打断了她，"我不想知道过去，我只希望如果能组建新家庭，双方都能带着真诚的态度，并且在新家庭中保持忠诚。"

琳达不知道说什么好。自从见刘俊的第一天起，她就知道，这绝对不是一个平庸的男人，不仅仅因为他的成绩，更因为他的人生态度。她感动地看着刘俊，"我能考虑几天吗？"

"可以。多长时间？"

"还有半个月，BTT 的合同就必须要签了。"琳达笑了笑，"到时候我告诉你我的选择。"

琳达把合同拿起来，翻了一翻，交还给刘俊。然后，她又拿起盒子，似乎想打开，又不忍心打开。她盯着小盒子，看了两秒钟，毅然把盒子还给了刘俊。

刘俊没有立即接过来，"你不想打开看看？"

琳达摇了摇头，"我怕一打开，就舍不得还你了，你不知道钻石是所有女人的梦想吗？"

刘俊假意无奈，轻轻叹了一口气，嘴角却挂着幸福的微笑。他相信她会同意的，他期待着她的答案。

晚饭过后,刘俊送琳达回家。琳达住在国贸附近的一座公寓里，她很爱这套房子，布置得相当漂亮。她觉得这个房子就是自己的家，不管外面的男人如何变化，家只有一个。以往她带回家的，有男人的味道、酒的味道、商业的味道，但今天，她带回家的，有幸福、爱情和快乐。

她当然愿意嫁给刘俊，可她还有一些不确定，一个人自由自在惯了，就会体会出单身的好处。何况，她能不能当好一个"母亲"，还是一个巨大的难题。她思来想去，拨通了欧阳贵的手机。欧阳贵像刀片刮过的、沙哑的声音响了起来，"你去约会了？这么晚了还不睡？"

"你怎么知道我去约会了？"琳达嘻嘻一笑。她和欧阳贵已经很长一段时间没有在一起，欧阳贵虽然外表凶恶，但对女人，却有一种老派的绅士风度。他希望每个和他好过的女人都有好结局。当欧阳贵觉察到刘俊在追琳达的时候，便不再与琳达约会，琳达也意识到这一点。两个人现在倒像朋友，甚至琳达觉得，欧阳贵常对她拿出长辈的风范。

"我有个事情想跟你商量，"琳达说，"刘俊向我求婚了，但他有个条件。"

"条件？"欧阳贵的声音冷了冷，"什么条件？"

"如果结婚，就不能签 BTT 的合同，如果签合同就不能结婚。"

欧阳贵嗯了一声，"你怎么想？"

"签合同是公司的事，跟我有什么关系？"琳达的声音有些撒娇，"你说刘俊那人到底怎么样？"

欧阳贵听她的声音充满喜悦，不觉笑了，"你都想好了，还问我干什么？"

"你说我跟刘俊合适吗？结了婚我就不自由了，你说结婚到底有多好？为什么女人一定要结婚？"

"哼哼，"欧阳贵发出像哭一般的笑声，"你真想听我的意见？"

"对呀，"琳达说，"你有什么建议？"

"我这个年纪的人，当然觉得你应该结婚！刘俊在这个行业当中，一向名声不错，低调又有才干。"欧阳贵冷笑道，"我奇怪他为什么看上你，所以中国有句古话说得好：好汉无好妻，赖汉配仙女！"

"喂！"琳达大发娇嗔，"你这样说，就是我配不上刘俊了？"

"你知道就好。"欧阳贵说，"能抓住的赶紧抓住，这样的好男人再落到哪个女人手里，就不会还给你了。"

琳达觉得受到了打击，但欧阳贵如此称赞刘俊，还是让她有几分开心的。"那 BTT 这个单子，我就不打了？"

"打！"欧阳贵说，"接着打！至少能牵扯 SK（Siltcon Kilo）的精力，我要你一直打到他们签合同的那一天。"他顿了顿，接着又说，"你记住，男人可以没有家，女人却不能。BTT 丢了可以再打新单子，刘俊丢了，你想再找一个，就不容易了。"

"这话听起来可不像赛思中国的 VP 说的。"琳达笑道。

欧阳贵也笑了，他慢慢地说："现在是下班时间，我没有和你谈工作。"

琳达脸色一变，"我知道。您放心，我不会告诉别人的。"

时间一晃，已是六月初，陆帆和云海完成了外包最初的预算方案。何乘风带着这个方案飞向了大洋彼岸。

美国加州的天气永远风和日丽，充满着干净的空气、适宜的温度和灿烂的阳光。

何乘风与詹姆斯来到加州的一个高尔夫球场。詹姆斯是赛思公司的 CEO，比何乘风小十岁。他的祖父是澳大利亚人，祖母是英国人。所以他常开玩笑，说他的身上既有澳大利亚人的精明狡诈，又有英国人的绅士风度。

他和何乘风是校友，也是老朋友。由于何乘风来得匆忙，詹姆斯告诉他工作日程都已排满，不过周末有一场高尔夫球会，请何乘风一起参加。何乘风欣然同意。

两个人边打球边聊，何乘风说了外包计划的想法，詹姆斯听完后看着何乘风笑道："何，你是我见过的胆子最大的中国人。"

"呵呵，"何乘风说，"为什么？"

"1986 年的时候，你在 NV 公司，已经做到了市场总监，前途大好，你夫人工作也很稳定，可你突然辞职，跑到了中国，"詹姆斯笑道，"上帝，当时我们想，这个人肯定疯了，为什么要去一个如此落后的地方？"

何乘风微微一笑，没有接话。詹姆斯说："可是二十多年过去了，你现在是中国 IT 行业最需要的人才，赛思公司离开我，随时可以；赛思中国离开你，很困难。"

何乘风哈哈大笑："詹姆斯，你说错了，赛思公司离开你，很困难；赛思中国离开我，很容易。"

"我马上就要干满三年了，"詹姆斯挥出一杆，"还有三百六十五天的时间。"

"三百六十五天创造一个奇迹，"何乘风说，"足够了。"

"但你知道我担心什么吗？"詹姆斯问。

"CFO 的态度？"何乘风耸耸肩，笑道，"我想他一定会说：如果你们这样冒险，我们会死的。"

"哈哈，"詹姆斯大笑道，"In the long run, we all die（从长远来讲我们都会死）！"

"精辟，"何乘风耸耸肩说，"确实如此！"

"你知道今年美国经济有多糟糕？我们的数字一直在下滑。"詹姆斯看着何乘风说，"何，我们需要这个故事，虽然我知道，这个故事会花掉股东的很多钱，可如果不花，我们就要和他们分红，我们的公司就没有办法扩张规模，所以，我必须把钱用出去。"

"美国经济虽然不景气，但中国市场却一直很活跃，而且充满了机会。不管在哪个时代，我想没有人会愿意放弃这个市场，我们迟早都要进入中国，早进总比晚进好。中国有一个成语叫高瞻远瞩，"何乘风说，"这个故事虽然冒险，但未必不会成功。也许对赛思公司来说，这是往前迈进的一大步。"

"成功？当然，至少要成功一年！"詹姆斯微微一笑，"总部这边你放心，我会让 CFO 做一个有倾向性的预测。我要向董事会和华尔街的分析师讲一个动听的故事：在美国经济走向萧条的时期，中国市场依然保持着良好的活力。在全球化趋势中，我们只有通过外包才能够降低成本。而现在，我们不仅可以通过这样一个外包业务降低我们的成本，扶植我们在中国有力量的合作伙伴，同时我们还可以交换到价值一个七亿人民币的中国业务。我们会让赛思公司的数字在华尔街变得相当漂亮，如果赛思的股票在美国这样一个严峻的形势下，不仅不会下跌，反而上涨，"詹姆斯看着何乘风，"我们就成功了！"

"詹姆斯，"何乘风说，"谢谢你愿意支持我。"

"那么，"詹姆斯看着何乘风，"我们还有必要去办公室谈吗？"

"天啊！办公室，"何乘风笑道，"我自从去了赛思中国，就再也没有休过假。我很高兴能来美国，和你比比高尔夫。"何乘风望着远处碧绿的草坪，"詹姆斯，你要加油，现在到我了。"

当晚，何乘风和欧阳贵通了电话。"欧总，我们可以加快步伐了。"何乘风说。

"谈得顺利？！"欧阳贵的声音虽然一成不变，但听起来也暗含一丝兴奋，"这样说来，就要尽快请总部派人，和我们一起完成外包方案了。"

"石家庄的政府关系，你还要加紧。"

"放心。我会把这个美好的故事讲给大家去听。"

何乘风听了欧阳贵说出"美好"两个字，不由得微微一笑。这的确是美好的。对石家庄来说，这会是一件很有意义的事情。而对于晶通电子，一池死水盘活了，一盘死棋即将反败为胜。

这是中国历史上很特殊的一个夏天，从没有在这片土地上召开过的奥运会，将在这一年的夏天在北京召开。由于长期的治理，北京的空气逐渐变得清新，呼吸起来也让人心情愉快。施蒂夫很喜欢这段时间的北京，每天他早早就起床，洗漱之后穿上衬衫、钉上袖扣、打好领带，由于炎热，他一般把西服带到办公室，然后会穿着一整天。服装是人的一件武器。施蒂夫觉得，只有穿上西服，他才是重权在握的赛思中国的VP。

这天，他刚刚来到办公室准备工作，电话响了，美国长途。这时候美国应该快下班了，会是谁呢？他接起电话，一个声音响了起来，"施蒂夫，你知道吗？何乘风要把总部的生产业务转到中国，转到一个叫做石家庄的地方，和那家晶通电子合作，据说这样做可以增加七亿人民币的销售业绩。"

这是怎么回事？！施蒂夫大惊失色，"什么？！上帝！晶通电子是一个陈旧的中国国营企业，还在改制当中，怎么能做我们赛思公司的全球合作伙伴？！"

"你还不知道！"对方恶狠狠地说，"何乘风已经到美国了。詹姆斯要求CFO指定人员和北京联系，与何乘风一起完成方案。"

"妈的！"施蒂夫用英文骂了一句脏话。

"詹姆斯很倾向他们，你要想办法。"

"您说，"施蒂夫恭敬地说，"要我做什么？"

"这个项目绝不是清白的，我不相信何乘风，不相信中国人，我要你找到他们违法的证据。"

"好的。"

"不惜一切代价，要快。"

"好！"

"你记住，在事情没有弄清楚之前，不要暴露你的立场，不要打草惊蛇。"

"是！"

对方挂上了电话。施蒂夫看着窗外，天空刚才还是晴朗的，现在阴沉下来。自从来到赛思中国，他和何乘风数次交锋，事关晶通电子就有几次，第一次何乘风利用乔莉发邮件去总部告状，从此结下了恩怨，后来他利用乔莉急于开单的心理，抓了销售部的把柄，插手销售的批价权，但何乘风又搞来一个车雅尼，把市场部缠得精疲力尽。

本来只是销售部和市场部的权利斗争，但这一次数目巨大，不仅牵涉到全球公司的利益，还牵涉到美国总部的权力斗争。施蒂夫好像嗅到了一雪前耻的机会，既痛快又恐惧。他是想一把扼杀何乘风，但他又担心漩涡太大，把自己卷进去，绞杀在其中。

要查何乘风、欧阳贵的幕后交易，这事可不容易，销售部没有眼线，何乘风做事又滴水不漏，晶通电子也没有任何联系，怎么能追查呢？如果在公司内部掀起一些风浪，倒是可以探听消息，可现在又要暂时保密。施蒂夫灵机一动，为了争夺晶通电子，何乘风竞争最激烈的对手就是 SK（Siltcon Kilo），听说那个车雅尼原来还是 SK（Siltcon Kilo）的销售总监付国涛的情人，如果能和 SK（Siltcon Kilo）联手，那么追查这件事就要容易一些。

可付国涛一定会想办法探听何乘风他们的行动，而且事关公司机密，万一传了出去，总是不好，如果从乔莉身上下手，找一个突破口——施蒂夫想了又想，还是觉得不妥，上次介绍她开单，她也只是签完单之后说了声谢谢，后来一直躲着自己，想必她猜到是自己利用她争夺销售部的批价权，自己再找她谈，只会让她更加戒备。一旦她跑去告诉了陆帆，何乘风就会知道自己在插手这件事，还是走外围的路线比较好。

市场部这些员工当中，最忠心的就是薇薇安，但她虽然忠心，办事却不灵。可不交给她，其他的人，还真的信不过。万一扯出什么不利的消息，自己的麻烦就会很大。施蒂夫思来想去，叫来了薇薇安，把事情透露给她。薇薇安一听就崩溃了，"哦，上帝啊！"她用两只手捂着嘴，可能嘴巴张得太大，颧骨向上提起，在眼睛的下面挤出无数的鱼尾纹，怎么会有这样的事情？！这简直是卖国，不对，是卖公司！

我们怎么能把我们美国的生产业务，交给这样一个毫无经验的中国企业，还在石家庄这么偏远的地方！"哦！上帝！哦！我简直难以想象！"

"冷静，冷静！"施蒂夫皱起眉，勒令薇薇安，"你想让所有人都听见吗？"

"哦，老板，"薇薇安的声音一下降了八度，"我只是太激动了。"

"现在我要你想办法，打听出他们做外包公司的内幕，看看能不能查出有违公司规定的证据。

"这，这太难啦。"薇薇安的声音又高了起来，"销售部那边跟我们关系一向不好，我们怎么能查到？！"

"嘘——"施蒂夫沉下脸，"所以才让你去想办法！"

"是的是的，"薇薇安回过神来，看来这件事情靠眼泪和尖叫是糊弄不过去了。她连忙说，"越是困难的事情，越是要我们去做，这就是我们在向公司证明：我们热爱公司，我们有能力把事情做好。老板，你放心吧，我会调查出谁在幕后指使晶通电子业务。"

"负责晶通电子项目的是乔莉，背后是陆帆、狄云海、何乘风和欧阳贵，幕后指使的就是这四个人，还需要你去查吗？"

"那我去找乔莉谈谈，"薇薇安说，"她没有经验，也没什么大脑，我去从她那里套出话来。"

"你才没有大脑，"施蒂夫又气又无奈，"你去和她谈话，万一她把你的话告诉了陆帆，就等于告诉了销售部我们要插手这件事。"

"那要怎么去查？"薇薇安愣住了。

"你听着，"施蒂夫说，"你想办法和 SK（Siltcon Kilo）的付国涛去联系，他们在这件事情上吃了陆帆不少亏，听说，那个米兰达原来也是他的女人。"

"您的意思是……"

施蒂夫点点头。

薇薇安想了想，"我去和付国涛联系吗？这种事情传出去可不大好听！"

"你不去难道让我去？"施蒂夫沉下了脸。

"当然应该交给我去，"薇薇安满脸堆笑，"这事，我不说，您不说，谁会知道？您放心，我立即想办法和他联系。"

薇薇安出了施蒂夫办公室大门，觉得双腿发软，浑身发颤，这事可怎么办好呢？这些年她在职场的经验，就是拼命地压榨下属，让他们把所有的事都替她做完，然后她腾出精力，替自己的老板处理各种各样的私事，或购买老板心爱的各种物品。其余时间，她都在为自己的感情问题伤脑筋。可这事，施蒂夫又不想别人知道，再说，传出去了，也特别不好，好像他们联合外面的公司一起坑害自己的销售部似的，可她一个人，怎么能对付付国涛那样的老江湖？薇薇安走回办公室，不禁悲从心中来，去年此时，还有一个台湾来的帅哥和她似有若无地谈着感情，结果那人也走了，她孤家寡人一个，连个商量的人都没有。为了事业，她忙到了四十岁，没有婚姻，没有孩子，一把年纪还要惧怕上司的权势，去做这种见不得人的勾当。想到这里，她的眼泪就止不住哗哗地流了下来，连忙从抽屉里取出一大盒纸巾，放在桌子上，一张一张地擦去眼泪。

薇薇安在办公室伤心了一个下午，最后还是给付国涛打了电话，付国涛弄清她的身份之后吓了一跳，一来她是赛思中国的市场总监；二来，他久闻这位单身老美女神经兮兮，喜怒无常，而且最喜欢纠缠单身男士，他有点害怕，"薇薇安，吃饭就不用了，有事您直说，能帮忙的我一定会帮。"

"我们还是见面聊吧，"薇薇安说，"就算你不想和我吃饭，也想多知道知道赛思中国的事情吧？"

付国涛心中一动，看来是无事不登三宝殿了，早听说赛思中国市场部和销售部打得一塌糊涂，陆帆把车雅尼弄到手，放在身边，也是为了让她对付市场部，付国涛哈哈一笑，"行，那什么时候？"

"越快越好，今天晚上你空吗？"薇薇安报出一个饭店的名字。

"空，"付国涛说，"七点半，我们在那儿碰头。"

"不见不散，"薇薇安吃吃笑道，"我等你噢。"

"好，好。"付国涛连忙挂上电话，薇薇安最后那一声撒娇的声音让他起了一身的鸡皮疙瘩。

薄小宁坐在他身边，见他脸上的笑容异常，不禁问："付总，谁打电话？"

"没谁，"付国涛说，"一个女朋友。"

薇薇安约付国涛见面的地方，是北京一家以隐秘著称的饭店。薇薇安坐在包房，等了差不多十五分钟，付国涛才到。

薇薇安连忙站起来，"付总，你怎么才来呀？我等了很久了。"

"不好意思,让美女等我了。"付国涛看着眼前这位 IT 行业最具神经气质的美女，她个子很高，打扮也很时尚，但在昏黄的灯光下，还是看得出浓妆的痕迹。

"今天我冒昧邀请，难得付总肯赏光。"

"哪里哪里，久闻赛思中国市场总监是个大美女，今天一见，果然名不虚传。"

"那也比不上付总年轻有为，是商界里著名的钻石王老五。"

"我这个王老五可比不上你们销售部的王老五。"付国涛冷哼一声。

"你说弗兰克啊，"薇薇安笑了一声，"付总，你不要怪我多嘴，那个米兰达，真的是你的女朋友？"

"要是和我上过床的都是我的女朋友，那我付国涛的女朋友就太多了。"付国涛笑了笑，"人在职场也没有办法，男人有点钱，总挡不住女人往上扑吧。"

"是啊，"薇薇安笑道，"现在的女孩子，都不知道自重。你可不知道，自从她进了赛思中国，仗着弗兰克护着她，每天对着我们市场部耀武扬威的。付总，我还想请教请教你，这个车雅尼有什么办法对付她吗？让我们也轻松轻松嘛。"

"这个女人的出身很苦，"付国涛冷笑道，"做事情很不择手段。"

"很苦？"

"她是个孤儿，从小在福利院长大。"

"哦，天啊！"薇薇安开始画十字，"上帝保佑她。付总，说实话，以你的人才，弗兰克怎么和你比？你不知道，我们市场部的女生，都赌晶通电子项目，你一定能赢呢。"

"哦？"付国涛眯起眼睛，终于说到正题了。早就听说何乘风与施蒂夫不和，看来这个薇薇安是想从自己这里搞点作料，好给陆帆"煲汤"吧。"晶通电子真不好说，"付国涛说，"这项目很麻烦，开始不久，副厂长于志德就跑到国外去了，唉，七个亿的大项目，谁知道里面都有什么？见不得人的事情太多了。"

"还有见不得人的事？"薇薇安夸张地一拍手，双手托住脸颊，朝付国涛眨眨眼睛，"你说说，都有什么见不得人的事？"

付国涛看不得薇薇安"纯洁"的姿势，不得不向后靠了靠，"晶通电子原来在我们和赛思中国之间很难选择，后来加进了两个券商，一个叫中亚永通，一个叫联欧国际，"他眉头一皱，计上心来，"我听说，弗兰克他们和券商打得火热，这里面的钱就更不清楚了。"

"什么？为什么他们要和券商打得火热？"薇薇安继续惊讶地眨着眼睛。

"按照道理，券商竞争券商的，我们竞争我们的，应该是互相不交集，可是我听说，陆帆他们要拿出赛思中国的资源，与晶通电子搞什么合作，将来让这个券商运作上市，这其中的黑钱，就数不清了！"

"哦，上帝！"薇薇安惊叫出声，"难怪他们要做外包公司，原来是因为这个！"

"你说什么？"付国涛面色一紧，立即放松下来，嘻嘻一笑说，"你们公司这点破事，全 IT 行业都知道了，搞外包哪么容易，赛思的生产都在美国，就算往中国转，也得转到北京、上海，怎么可能转向石家庄那个地方？"

"就是，"薇薇安说，"可是总部相信他们，真是没有办法。"她看了一眼付国涛，不敢肯定自己是不是说得太多了，媚笑一声说，"付总，我对赛思中国可是忠心耿耿，要是你听到了什么，可一定告诉我哟。"

付国涛心说，要是你忠心就不会把这么重要的消息泄露给我了，可是，万一这是何乘风使诈呢？他呵呵一笑说："没有问题，我一定会的。"

"你们销售的话，最不老实了，"薇薇安又媚声一笑，"付总，你和我说老实话，你是不是也不干净呀？"

"我？我这个人最清白了！"

薇薇安心想，你清白？你清白天下就没人清白了。看来这七亿大单背后果然不干净，何乘风和陆帆一定在里面大捞了一笔。付国涛刚才听她说出一句外包，心中不敢大意，打起十二分精神，陪她喝酒聊天，哄得微薇安十分开心。两个人聊着聊着，付国涛不经意地问："我听说弗兰克是何乘风一手弄进来的？"

"是啊，"薇薇安喝了点酒，满面春色，"那可是他的爱将。"

"我说呢，"付国涛说，"要不然他怎么敢和晶通搞外包，"他伸手指了指天花板，油腔滑调地说，"上面有人啊。"

薇薇安格格笑了，"付总，你可真风趣。"

"有了何总支持，美国总部肯定会批准，弗兰克就等着赚大钱了。"

"也不一定，"薇薇安说，"外包方案哪那么容易，你别看何总飞了美国，也不一定能谈下来。"

"是啊是啊，"付国涛见套出了一点内容，怕引起薇薇安的警觉，忙笑了笑说，"薇薇安，你条件这么好，肯定有无数的男人追啊。"

"哪里哪里，"薇薇安哈地笑了，"我们香港女人，别的不说，第一，够苗条；第二，够能干。可是要说男人，唉，内地优秀的男人太少了，优秀的男人都在香港和美国。"她说到这里，不禁有些悲从中来，"可是我又必须在这里工作，唉，付总，我真是太惨了！"

付国涛心想，你惨个屁，就你这点能耐，要不是施蒂夫抬着你，占个什么香港身份，你凭什么在北京拿着百万年薪？我们内地的人才，比你又次了多少？他呵呵一笑，"我身边要是有什么顶级精英人才，就给你留着，我们加强交流，加强合作。"

"好的，哈哈，"薇薇安已经没有意识到自己之前说了什么，而是完全沉浸在男女的问题中，"那一定要顶级精英才行，否则怎么能配得上我？"

"一定一定！"付国涛连声答应。两个人心怀鬼胎，各自认为套出了自己需要的资料，把酒言欢，聊得十分投机。晚饭一结束，薇薇安在洗手间就迫不及待地给施蒂夫打电话。虽然她什么话也没有套出来，但施蒂夫对她的工作态度还是很满意的。美国总部应该在短时间内不会批准何乘风的外包项目，他们还是有时间去查证一些的。他叮嘱薇薇安不要打草惊蛇，继续慢慢调查。然后，施蒂夫给美国打了一个电话，汇报了薇薇安的进展。对方没有流露出喜悦，因为薇薇安确实没探听到什么。但是施蒂夫只是想表明一个态度：我和我的手下，都在为此事努力。

而离开了饭店的付国涛，同样没有休息，他第一时间打电话给汪洋，汇报了今天晚上的事情。汪洋听后，长时间沉默不语，以外包换合作？这难道就是何乘风对七个亿的选择？

"汪总，"付国涛实在按捺不住自己，"如果赛思真的拿出这个方案，我们七个亿就没戏了，您现在方便吗？我想找您谈谈。"

"国涛，"汪洋说，"你不用着急，这个事情还没有肯定下来。"

"那他们的外包转到中国，有可能吗？"

"可能性是有的，"汪洋说，"赛思公司的硬件生产一直在美国，如果转入中国市场，确实可以降低成本。不过，这里面还牵涉到资金、人员、技术，方方面面的问题。"

"就是说，是有可能了？"

"有可能。"

"妈的！"付国涛忍不住骂了一句，"如果他们真的这么干，我们拿什么和他们竞争？七个亿不要说吃肉，连汤都喝不上了！"

"国涛，"汪洋沉声说，"你这么着急干什么？第一，事情还没有确实，第二，就算确实了，我们还是会有机会。"

"汪总，我们 SK（Siltcon Kilo）的外包早就转到东南亚市场了，质量一向很稳定，成本也不比中国市场高，我们拿什么去和他们比？"

"要比的话，永远有得比，"汪洋冷笑一声，"你现在冷静下来，回家好好睡一觉，从明天开始，你联系那个券商杨列宁，带他来和我谈一谈。"

"找他？"付国涛调整了一下情绪，"他能帮上什么忙？"

"如果何乘风给出外包方案，"汪洋说，"王贵林很可能会选择中亚永通的改制方案，所以我要找他来谈谈。"

"汪总，"付国涛困惑地说，"我还是没有明白。"

"你先回家休息，然后照着做吧，"汪洋说，"事情慢慢地做，一步一步就清楚了。"

"好。"

"还有，不要过多参与赛思中国的内部斗争，那个市场总监的话是真是假，我会想办法找人在赛思美国总部核实。说话一定要小心。"

"好！"付国涛想挂上电话，汪洋突然又问："BTT 的项目怎么样了？"

"那个也难办，"付国涛恨声说，"我同学说那个琳达和刘俊打得火热，两个人形影不离，汪总，不是我喊冤，这个单子丢了您不能怪我，我就是再有本事，我也不能变成一个女人向刘俊献身吧？"

汪洋笑了，"刘俊做事一向低调，这次闹得满城风雨，可能是动了真心。你的单子不一定会丢，真丢了，我也不会怪你。这几年一直由我们向他们提供核心技术，刘俊就算另有考虑，也是应该的。"

付国涛应了几声，又向汪洋说了晚安，这才挂上电话。他从手机联系人中调出杨列宁，想给他打电话，又想着自己急躁的性格，还是忍住了。他关上手机，狠狠地把手机扔在了汽车后座上。

而汪洋此时则陷入了沉思。赛思公司的业务一直在下滑，听说美国总部的 CEO 詹姆斯还有一年任期就结束了。如果他想用晶通外包的项目继续留任，并且用这个项目的数字来保证他这一年任期的业绩，也是很有可能的。虽然对赛思公司来说，把外包转入中国市场，不在是福是祸，而在能否保证质量与各方面的内容。但对晶通电子来说，和赛思合作成立外包项目，只要能运营成功，结果都会相当不错。

汪洋凝神闭目，仔细考虑着：这么好的一个项目，如果真的落到石家庄，当地的开发区、银行、政府都会大力扶持，那么无论是解决贷款、地皮或者政策，都会很容易。可何乘风如果能从总部搞出这样的项目，为什么要和晶通电子合作呢？北京、上海、江浙都有非常好的高新技术开发区，为什么要落到石家庄？

晶通电子一没有人才，二没有技术，汪洋的脸上绽开了微笑，何乘风这位当年的老师，看来是为退休在做打算了。以他的才干，加上欧阳贵的势力，再加上陆帆、狄云海等一批人才，只要全线转移到石家庄，那么晶通外包很难说是属于晶通电子和赛思公司，还是属于何乘风。他要玩一票大的，那 SK（Siltcon Kilo）怎么办？总不能让我陪在里面玩了大半年，白白损失了二百五十万美金，最后眼睁睁地看着他发大财吧！

汪洋轻轻地睁开眼，微微笑了一下。

赛思公司的 CFO 很快指定了一个人员，与何乘风一起草拟关于在中国进行外包业务的项目方案，与此同时，云海以妹妹的名义成立一家公司，并草拟了一份股东协议，他和陆帆各占 26%，何乘风、欧阳贵各占 24%，四个人签订了一份私下的股东协议书。为了庆祝新公司的成立，同时商量下一步的工作方案，四个人聚在一起，吃了一顿饭。

"现在总部的意见已经非常清楚，"何乘风说，"石家庄政府那边，欧总也谈得非常投机。弗兰克，你现在要放开手脚去和王贵林谈。"

"有了我们的外包方案，"欧阳贵说，"我看任何事情都能拿下，要是没有我们的加入，不管他是选中亚永通的方案，还是选联欧国际的方案，都是泥菩萨过江，自身难保。我估计王贵林改制期间就要去跳楼。"

"欧总，言重了。"何乘风笑容满面地说，"我们也要感谢晶通电子，能给我们一个机会，让我们把一个故事说起来。"

"老何，"欧阳贵说，"我们有了赛思外包这样一个项目，就算王贵林不跟我们合作，有的是人要跟我们合作，现在各地方政府都有政策要扶持外包，不缺钱、不缺地，缺的就是我们这样的资源。"

听到欧阳贵如此强势的话，何乘风暗自忧虑：赛思公司提供了项目、技术、资金、人员，虽然强大到让晶通电子没有拒绝的理由，可这种强大也实在令人不安。以王贵林的性格，他会这样甘居人后吗？将来晶通外包成立起来，他和欧阳贵如果两不相让，很可能会两败俱伤。但他不想当着陆帆和云海的面和欧阳贵争论，只笑了笑说："我们既然做销售，就要多为客户考虑，考虑得多了，自然就能争取到单子。"

陆帆和云海听了这话，都似有所获。何乘风又笑道："就算我们不为晶通考虑，也要为公司考虑，如果赛思的生产业务挪向中国，能够顺利生产，还能保证质量，那么我们就真的为公司降低了成本。对于这样的一个大企业，我们还是贡献了一点力量。"

"行行行，你高明。"欧阳贵哈哈笑道，"来，我敬你一杯，你天生就是一个大赢家。如果这个合作能够谈成，晶通电子赢了，赛思中国赢了，赛思美国总部赢了，我们这四个老少兄弟也会发一笔大财啊。"

云海和陆帆也举起酒杯，"何总，我们敬您！"

四个人喝了一杯酒，陆帆说："春节时候在石家庄，听王贵林说，谁给他七个亿，他就和谁合作，我当时心都冷透了，真没想到他会提出这么苛刻刁钻的条件，但让我更没想到的是，这个条件反让何总穿针引线，为我们带来今天这样一个局面。"

"哪里，"何乘风笑道，"我不过因势利导罢了，你们对总部都没有我了解，如果你们了解的情况和我一样多，也会做出同样的判断。"

"还记得我在美国上班的第一天受到的培训，"云海说，"销售的最高境界是和客户互相依赖，我做了这么多年，直到今天，才真正理解这句话。这不只是双赢的概念，还是共生共荣，共同进退。"

"所以王贵林说信私不信公，也是这个意思，"何乘风看了三个人一眼，一语双关地说，"不过，有时候面对客户还是不能太强势，恰到好处即可。"

欧阳贵端着酒杯，似乎没有听懂他的话。陆帆和云海还以为他只是轻轻的点评。陆帆问："何总，你觉得王贵林会选择哪个改制方案，联欧国际还是中亚永通？"

"对我们来说，如果他能执行联欧国际的方案，肯定是最轻松的。但是我估计不可能。"何乘风说，"王贵林在官场的根基并不深，联欧国际的方案太冒险了，如果能做，他早就执行了，不会等到今天。现在有了我们的支持，他一定会选择中亚永通。我现在倒不担心王贵林不答应，而是……"

"哦？"欧阳贵的声音嘶哑起来，"你担心 SK（Siltcon Kilo）？"

"不知道 SK（Siltcon Kilo）会有什么举动？"何乘风微微叹息，"如果春节前他们没有损失二百五十万美金，他们不会逼得太紧。但他们一来损失了钱，二来我又把车雅尼调进了公司，只怕这件事他们不会善罢甘休。"

云海看了陆帆一眼，陆帆面无表情。"为了钱和女人，"欧阳贵哼哼地笑道，"确实可以狗急跳墙。"

何乘风摇摇头，"虽然付国涛比较冒进，但汪洋不会小题大做，要他这么轻易放弃七个亿的单子，恐怕不容易。他在美国的根基又深，詹姆斯的底细他也比较清楚，总部为什么要支持我们做外包，瞒得了别人，恐怕瞒不了他。"何乘风微一沉吟，说，"欧总、弗兰克，我看对 SK（Siltcon Kilo）我们还是要小心。"

陆帆和云海点了点头。欧阳贵端起了杯子，"何总，你不用太担心了，有了外包的方案，再加我们在石家庄的关系，不可能有什么意外。"

何乘风笑了笑，端起了杯子，他看着陆帆和云海，还有欧阳贵，"那就祝我们顺利。"

四只杯子在空中碰了一下，欧阳贵满饮了一杯，心情很是愉快。陆帆和云海都隐约觉得何乘风似乎心有所忧，却不知道他具体的担心是什么，只是浅浅地抿了一下。

天气越来越热，乔莉的心情也越来越好。自从她来到北京，虽然多次邀请，但是父母一直不肯到北京游玩。这让她很遗憾。她以为父母是觉得她在北京没房，来了会给她增加负担，于是一再解释，她现在租的房子虽然不是特别好，但也是一室一厅，厅还比较大，住三个人是没有问题的。这样说了很长时间，没想父母突然决定要来，而且还可以看北京奥运会，岂不是一举几得！

除了这件好事，她最近的工作也很顺利。秦虹的技术，和她逐渐打开的局面，让她连续开了两笔小单，加上之前的新信，也有几百万的成绩了。由于晶通电子重获重视，上个月她又陪着总裁去了石家庄，所以同事们的态度也大有改观，强国军虽然一条腿在 BTT，一条腿在晶通电子，但一改过去的不闻不问，对她事事关心，有时秦虹技术达不到的地方，他会及时地提出意见，并帮助修改。

虽然晶通电子的七亿大单让她有不少的压力，父亲老乔又唠叨着让她退出项目，甚至转跳公司，但她觉得，事情根本没有严重到那个地步，父亲想得太多了。虽然她代表公司签字，但合同是需要层层审批的，怎么会把责任压到她一个人的身上？

人年龄大了，就不愿意往前闯，她一向不赞成父亲守成的性格，要不然以他的资历和才干，也不会做到一个有限的职位就早早地退出了。

这天晚上，她用原来的 MSN 账号登录上去，刚一上线，树袋大熊的对话框便亮了起来。

"嗨，花毛小兔，最近忙吗？"

"还好，没有前一段忙。"

"你现在开了几张单了？"

"两三张吧。"

"你什么时候请我吃熊掌？"

乔莉一愣。她每次用工作的 MSN 账号登录，碰到周雄，他说话都很公事公办，偶尔她询问晶通电子，周雄的回答总是很含糊，似乎他现在也不帮什么忙，只是早期解释方案的时候，他提供了一些专业知识。从她识破周雄的身份到现在，已经三个多月了，如果再不点破，日后知道了，恐怕就显得她心机太深。可一直不点破，岂不就真的成为一个网友？！

不如借这个机会，和他把关系说破，就当交个朋友了。乔莉想了想，写道："可以啊，我请你吃熊掌，在什么地方？"

"我这几天就要出差，可能到下个月才能回来。这样吧，我请你参加一个很有意义的活动，你请我吃顿普通的熊掌，就算我们扯平了。"

"吃熊掌还普通啊？"乔莉写，"什么约会比吃熊掌还有意义？"

"我有两张奥运会开幕彩排的门票，"树袋大熊写道，"你想去吗？"

"去看奥运会开幕彩排？！"乔莉又惊又喜，"太棒了，你从哪儿弄的票？"

"我自有办法。"树袋大熊发了一个笑脸。

"没问题！没问题！"乔莉想了想，又问，"你有几张票？"

"两张。"

"太好了，谢谢你。"

"那下个月，我们鸟巢见了！"树袋大熊连发三个灿烂的笑脸。

"好的，我们鸟巢见。"

"我要穿什么衣服？手上要拿什么东西？"

乔莉扑哧乐了，写道："我们又不是地下党接头，穿什么衣服？拿什么东西？"

"可是你不认识我，我也不认识你，"树袋大熊写道，"我们又没有见过面，你怎么知道我是我？我又怎么知道你是你？"

乔莉眨了眨眼睛，回了一个笑脸："你不是树袋大熊吗？总得有一只熊掌吧？"

"大夏天的，我戴不了熊掌手套，太热了！"树袋大熊一本正经地写道，"这样吧，我给你一个手机号，你到了那边给我电话。"

"好。"乔莉答应了。

树袋大熊写了一个手机号码，乔莉一看，果然是周雄的。树袋大熊问："你的手机号呢？"

"我的手机号，"乔莉想了想，写道，"暂时保密，到时候你就知道了。"

"好，我们到时候见！我先下了，晚安！"

"等等！"乔莉突然喊住了树袋大熊，"万一见了面，你发现我们认识怎么办？"

"这不可能！"树袋大熊发了一个笑脸，"我 MSN 上就你一个人没见过面，其他人我都认识。认识你肯定不会！"

乔莉没有再解释，只是确定了约会的时间与地点。

人逢喜事精神爽，好事一桩就会引来另一桩。乔莉心情大好。不仅父母要来，而且还会和树袋大熊有一场有意义的约会。人和人的缘分，实在太奇妙了。当时他们在网上偶然认识的，互加了 MSN，似聊非聊地聊了一年，才渐渐地聊得有些深入。自从她转入销售之后，两个人聊了又差不多有一年时间，没想到，在晶通电子的项目中居然遇上了。

乔莉想着周雄高大的身影，和那只宽厚无比的大手掌，不觉有些脸红心跳。相比前几个月难熬的日子，这一个多月，过得还真是顺利啊。

美国总部 CFO 指定了一个工作人员，通过电话和邮件，与陆帆和云海制定将美国总部的生产转向中国市场的外包方案，同时计算方案需要的各种数据。

随着这个方案的制作，施蒂夫受到的压力也越来越大。他根本无法插手这件事，又如何能找出所谓的"证据"？这几乎成了他多年职场生涯中最棘手的一件事情。他一面暗中找到一些朋友，通过渠道去查证，一面不断地给薇薇安施加压力，让她在公司的内部与外部，想办法收集情报。

施蒂夫一向认为薇薇安够忠心，而且认为，她虽然有些神经质，但还是有工作能力的。他没有想到，这让薇薇安陷入了一场噩梦。失恋，加上工作压力巨大，她几乎到了崩溃的边缘。每天都恐惧地坐在办公室里，回到家中就整夜地失眠，偶尔睡着，也会在梦中哭醒。

她痛恨公司，痛恨施蒂夫，痛恨何乘风、欧阳贵、陆帆等所有的销售，同时，她也越加痛恨自己的下属。为什么不帮她排忧解难？！虽然她的下属无人知道这件事，但她总是认为，她们没有及时体谅上司的心情，至少看到她烦恼，要向她询问。

于是市场部所有的人都成为薇薇安心情的牺牲品。半夜三点，她会发邮件，通知第二天早上七点开会，夜里在睡梦中没有看到她的邮件的人，就会在早上七点接到她痛骂的电话。最倒霉的是瑞贝卡和翠西，这两个人和她的关系最近，三天两头被她叫到办公室中，因为一些莫名其妙的事情，被她用英语、粤语、港味普通话轮番训斥。这让瑞贝卡和翠西也陷入了噩梦，其他市场部的员工，尤其是几个男性产品经理，恨不能连走路都躲着薇薇安。

赛思中国的老剩女总监发了疯的八卦，在公司内部，甚至公司外部迅速流传开来。瑞贝卡和翠西深受众人同情。可是同情归同情，工作还是要继续做下去。

这天晚上，瑞贝卡在梦中被手机铃声惊醒。她第一个反应是跳下床去，直接扑向手机。但还是晚了一步，她的老公不耐烦地骂道："又是你那个精神病老板吧？这么晚了打电话，你是死人啊，不会投诉她？"

瑞贝卡拿着手机，一边摁下接听键，一边光着脚便往厕所跑，"喂，薇薇安，我是瑞贝卡。"

"瑞贝卡，"薇薇安的声音一反平常的强势，虚弱无力地说，"我不想活了，我想从这儿跳下去！"

"什么？！"瑞贝卡顿时焦急万分，"你在哪儿？你别做傻事！你在哪儿？！"

"我在家里，"薇薇安又开始哭泣，"我不想活了。"

"把你家地址给我，快点告诉我！"

薇薇安哽咽着说出一个地址。瑞贝卡说："你千万别激动，我现在就过来。"她急忙跑回床边，推醒老公，"你快起来，送我去我老板家里，她要自杀了！"

"什么？！"瑞贝卡的老公腾地坐了起来，光着脚跳到衣架边，一把抓过裤子，三下两下往身上套，嘴里嘟囔着骂道："女人都是神经病！你们公司没有人请了，请这样一个人来。"他抬眼看着瑞贝卡，"你发什么愣啊？快穿衣服，救人要紧！"

瑞贝卡觉得自己刚才很激动，也没有想会不会招老公反感，就直接把他推醒了，没有想到他会是这种反应。一时之间，她觉得自己几年的委屈没有白受，平常的忍气吞声也算不上什么了，男人，还是要在关键时候才能看出来。她突然抱住他，"老公，我没有嫁错你！"

"神经病！"瑞贝卡的老公一把推开她，催促道，"快点穿衣服，快点！"

两个人跌跌撞撞地下了楼，开了车，直奔薇薇安住的小区。到了小区，瑞贝卡的老公示意瑞贝卡下车，"你赶紧去看她，有事给我打电话。"

"你不上去？"

"她一个女人，"瑞贝卡的老公顿时黑了脸，"我怎么好随便上去？你快去，有事打电话！"

"你呢？"

"你怎么这么磨叽？我在停车场等你！"

瑞贝卡看着老公拉长的一张疲惫又生气的脸，甜蜜地笑了，"谢谢老公。"说完，她掉过身，朝薇薇安住的公寓狂奔而去。

瑞贝卡奔到公寓楼前，按下了门铃，不一会儿，门开了，她直奔进去，上了电梯，到了公寓前，摁响了门铃。门开了，翠西拿着一条毛巾站在面前。

"翠西？"瑞贝卡吃惊地说，"你什么时候来的？"

"刚到，"翠西低声说，"薇薇安在里面。"

瑞贝卡走了进去，只见薇薇安只穿了一条睡裙，披头散发坐在沙发上，她眼睛红肿、皮肤松弛，看上去一下子老了十岁。

"薇薇安，出了什么事情？"瑞贝卡问。

薇薇安看了看翠西，又看了看瑞贝卡，"要我告诉你们也可以，你们要发誓不能随便说出去。"

"我们发誓，"翠西不假思索地说，"到底出了什么事情？"

"是销售部，他们搞幕后交易，施蒂夫让我查他们的证据……"薇薇安一边哽咽，一边把施蒂夫如何逼迫她寻找证据，销售部如何拿美国总部资源在外面换销售业绩的事情说了一遍。她说得不清不楚，瑞贝卡和翠西也没有听得太明白，不过销售部搞黑钱，以及拿外包换销售数字，这些她们却听明白了。"我这段时间心情太糟糕了，我已经有了重度的抑郁症，"薇薇安说，"我没有办法了，我不想活了。"

"老板，"翠西说，"这个事情你应该早点告诉我们。"

"是啊，"瑞贝卡说，"这些销售也太不像话了。"

"施蒂夫不让我说，"薇薇安哭着说，"你们也知道，销售部根本打不进去，一个米兰达，已经难缠到家了，怎么查他们的证据？"

"要我说，薇薇安，"翠西说，"这事儿我们就应该说出去，施蒂夫不是想要证据吗？我们说得全公司都知道了，各个部分有点什么风吹草动，不就能听着点儿？"

"这，不大好吧？"瑞贝卡说，"对了，安妮不是负责这个项目的销售吗？可以找她谈谈。"

"施蒂夫有合适的机会，他要找安妮谈，"薇薇安说，"他不想惊动弗兰克他们。"

"那个安妮也不会说实话的，"翠西说，"依我说，就把消息走漏出去，搞得公司上下都知道。就算施蒂夫问了起来，事情是销售部干的，怎么能说是我们说出去的呢？"

瑞贝卡在一旁不吱声，薇薇安看着她，"瑞贝卡，你有什么好建议？"

"薇薇安，实在不行还可以想想别的办法。"

"什么办法？"

"找私家侦探？"瑞贝卡说，"让我们查，我们怎么能查到？"

"这个想法好！"薇薇安如同抓到了一根救命稻草，"这个事情就交给你办吧。翠西，在公司探听的事情就交给你办了。只要你们把这件事情办好，我一定在施蒂夫面前推荐你们。还有，年底的时候，我带你们去香港出差 shopping（购物）。"

瑞贝卡看了翠西一眼，心想我只是好心跑来，又好心建议了一句，结果摊上这么麻烦的差事。你倒好，只不过去公司乱说一气就完了。翠西哪里去管瑞贝卡，又是给薇薇安倒水，又是给她按摩，忙活了个把小时，这才把薇薇安安抚上床。

"你们回去吧，"薇薇安这时的心情真的轻松了不少，终于把事情全部摊派下去了，"明天开始要加紧工作，尤其是你瑞贝卡，要努力地查出证据，不惜一切代价！"

瑞贝卡点了点头，"晚安。"翠西笑了笑说："晚安呀薇薇安，有事电我哟。"

两个人出了门，翠西问："瑞贝卡，你开车来了吗？"

"我老公送我来的。"

"你老公真好，能送我回去吗？"

瑞贝卡暗生闷气，不过夜已经很深，她也不好拒绝，便带着翠西到了停车场。

等车子开到翠西家门口，看着她下了车，瑞贝卡这才恨声说："老公，今天晚上真的不应该来！"

"什么事情？"瑞贝卡老公不耐烦地说。

瑞贝卡絮絮叨叨地说了一通。"你就是神经！"瑞贝卡老公说，"不想管就不管，她让你做你就做？什么都由着她来！实在不行还可以换工作。"

"哪儿这么轻松，"瑞贝卡说，"工作说换就换？"

"那就别啰唆，"瑞贝卡老公说，"听你们公司的事情就头痛，除了斗争，你们能不能做点正经事？"

第二天中午吃饭的时候，翠西约了三个市场部的人，来到餐厅僻静的角落，悄悄地把这件事说了一遍，众人都觉得有些不可思议。翠西说："你们想想，这样的话公司根本没有钱赚，只会把所有的钱都白白扔在那个烂摊子的国企身上。"

"我们在美国的硬件生产，"一个人问，"他们要全部挪到中国，而且都放在晶通电子？"

"天哪！"另一个人说，"是销售部疯了，还是美国总部疯了？"

"各位，你们知道这种投入是多少吗？销售部为了开单简直是不惜代价。"

"方案能申报上去吗？"一个人说，"公司可能不会批的。"

"这不一定，"翠西悄声说，"你们没听说吗？何总飞到美国都几次了。"

"怎么会有这么冒险的事情？"

翠西长叹一声，"晶通电子那种破国企，一下子拿到这么多外包业务，不是天上掉馅饼吗？我看销售部要发财了。"

三个人面面相觑，有两个人没有吱声，另一个人悄声说："销售部弄了个米兰达，把我们累得要死要活，他们却在背后搞这样的事情。"

众人都不敢再往下议论，默默地吃着饭。不到两小时，这个不是秘密的秘密，以想象不到的速度，夹杂着各种人的想象，迅速传遍了整个公司。事情越传越邪，也越传越简单，最后听起来，就像是销售部要牺牲整个公司的利益去换取一笔七亿大单。

刘明达在第一时间把消息告诉了秦虹。秦虹觉得不可思议，"这是什么意思？"

"不知道，"刘明达说，"你没有听安妮说过什么？"

秦虹摇了摇头。

"这个项目你还是当心点，"刘明达说，"突然说得这么吓人。"

"我只是售前，"秦虹说，"有什么责任也不关我的事情。"

"话不能这么说，"刘明达小声说，"毕竟不太好，将来跳槽、升职都会受影响。"

秦虹沉默不语，弯弯的头发挡在脸颊前，半晌说："我去找安妮谈一谈？"

"找她谈估计没有用，"刘明达说，"她那个人……"

"她那个人怎么了？"

"没怎么，"刘明达看着秦虹，"我担心你嘛。"

秦虹微微一笑，"第一，这不是公司的传言，如果是真的，至少销售和售前要知道吧；第二，就算用外包换七个亿，也不关我们的事，只要公司同意就好了；第三，就算公司损失了，我们也照拿工资和奖金；第四，我只是售前，又不在合同上签字，担什么责任？进公司时间不长，就能跟下一笔大单，这个机会难得得很。"她看着刘明达，"本尼，你不用太担心，我看没事。"

刘明达有些发愣，他一直觉得秦虹是外表时尚，内心单纯，就像她的工作，只和计算机打交道。这个时候，他相信了一句话，做技术的女孩，十个有九个不灵，灵的那个，一定是最厉害的。

他不禁有些沮丧，之前内心巨大的优越感，不免受到了一点打击。秦虹瞄了他一眼，"怎么，你担心安妮？"

"我没有，"刘明达说，"幸好我要走了，不然这么麻烦的事情，纠缠在里面很讨厌。"

第十章

一击不中

为什么要拒绝一个最好的方案？

秦虹虽然和刘明达说得轻松，但心里还是有些打鼓。傍晚时分，她打开MSN，见乔莉在线，便发了一个笑脸，"有时间吗？我要找你谈谈。"

乔莉一愣，写道："有，去会议室还是在这儿？"

"去个隐蔽点的地方，"秦虹说，"五分钟后在公司顶楼等你。"

上顶楼？乔莉笑了，这可是自己的专利，什么时候也变成了秦虹的地盘？乔莉合上电脑出了公司大门，上到公司顶楼，刚刚站定，便听楼梯上一阵脚步声。秦虹穿着一套细条纹的套裙，走到了面前。

"嗨，凯茜，衣服很漂亮！"乔莉笑道。

"安妮，我问你，"秦虹一脸的严肃，"我听说晶通电子要用七亿外包换七亿销售？"

"什么？"乔莉一愣，"七亿外包换七亿销售，你听谁说的？"

"公司上上下下都在议论，"秦虹说，"而且我听说方案已经做出来了，何总为这事儿还去了美国，"她打量着乔莉，"你一点都不知道？"

"我不知道，"乔莉尴尬地笑了笑，"如果真的是这样，至少会通知销售吧？"

"奇怪，"秦虹皱起了眉，"那怎么说得那么真？"

乔莉想了想，问："你什么时候听说的？"

"今天下午。"

"谁告诉你的？"

秦虹微微一怔，"一个同事。"

乔莉已经猜出了，肯定是刘明达，她迅速地在心里做出判断：刘明达一向喜欢这类的八卦，那么是谁告诉刘明达的呢？陆帆、云海，都不可能，更不可能是欧总和何总了。如果事情需要这么机密，连她这个一线销售都不能告诉，那么结果只有两个，一个是根本没有；另一个，是能接触到高层的人要从中弄出一点风波，目的是什么不清楚，但显然来者不善。公司能接触到高层的人，只有一个：施蒂夫！

她看了秦虹一眼，笑了笑说："如果真的能用外包换销售，有什么不好吗？"

"不好倒没有，"秦虹看着她，"安妮，你是销售，我是售前。这单子你得想好了，别将来出点什么问题。"

"能出什么问题？"乔莉说，"合同是需要层层审批的，有问题也得从上往下查。凯茜，依我看，说这种话的人要么是真觉得不好，想提醒我们，可提醒我们为什么要先传得沸沸扬扬？要么，是觉得七亿大单实在是让人眼红。这种流言蜚语说大不大，可也最能伤人。"

秦虹心里一紧，跟乔莉这么久了，还是第一次发现，她心思如此缜密，而且如此镇定。乔莉又说："我是个新销售，你是个新售前，我们不用管那么多，只要踏踏实实地把这个项目做好，就是奇功一件。我记得去年春节前，在石家庄，欧总对我说过一句话，他纵横 IT 业十几年，还没有一个刚入行的销售能创造这个奇迹。"她看了秦虹一眼，"原来我以为，这个奇迹会属于我一个人，因为毕竟弗兰克、杰克、老强他们都算老员工了。可你来了之后，我就知道，这个奇迹不仅属于我，也属于你。"

乔莉转过头，望着顶楼外的城市，"七个亿的单子，只可遇不可求。"

秦虹没有说话。她不是没有计算过，如果乔莉拿下七个亿，她作为售前，能获得的有形和无形的回报，但是乔莉的话，依然让她动容。这个在传闻中勇于当炮灰又似乎有些腼腆的女同事，今天第一次让她觉得不可小视。甚至，还让她觉得有些压抑。毕竟乔莉只比她大一两岁，但这话，却实在有些城府。

"凯茜，"乔莉转过头，朝她笑道，"你放心吧，如果这个案子真的有点什么，我会考虑的。就算不为你考虑，也会为自己考虑。"

"我当然放心了，"秦虹笑了笑，环顾一眼四周，"怎么样，我发现的地方还可以吧？"

"很好。"乔莉微微一笑。

两个人结伴下楼，乔莉觉得自己刚才的语气有点像老板，为了缓和气氛，她说："你穿的衣服都很漂亮，过段时间有空，也帮我挑一件吧。"

"有用吗？"

"有用。"

"是约会？"

乔莉笑着点了点头。

"不是我八卦，"秦虹笑道，"是哪个公司的，干 IT 的吗？"

"到时候就知道了，"乔莉笑着说，"他不是我们这行的。"她还要再说，电话响了，是陆帆。她立即接听了，"老板！"

"今天是周三，我们明天晚上走，去石家庄。"

"几天时间？"

"不一定。"

"好的，什么时候？"

"六点，下班之后直接出发。"

"需要我和陈秘书联系吗？"

"已经联系好了。"陆帆说，"你和我走一趟就行。"

乔莉挂上电话，秦虹看着她，"去晶通？"

乔莉点点头，秦虹又问，"方案需要再准备吗？"

"暂时不用，需要的话，我再告诉你。"

　　乔莉回到座位，默然不语。五月份陪着何乘风去往石家庄，王贵林说出信私不信公，接着陆帆与云海忙了快两个月，然后公司突然传出晶通外包的流言。如果外包是真的，陆帆没有理由瞒着她，这次去又会谈些什么？

　　她没有多问，而且刚才和秦虹的谈心，她对自己很满意。虽然她不是秦虹的老板，但明显她有些安慰和鼓励秦虹的意思。这大概就是所谓对人的管理吧。乔莉回想自己从去年进销售部后的所作所为，不禁微微发笑。陆帆当初管理她，肯定也伤了不少脑筋。

　　要当一个好士兵，看来还要理解将军的难处。乔莉没有多问去晶通的细节，只是收拾好行李，第二天带着行李上班，下班时候，就和陆帆一起驶向了石家庄。

　　两个人上了高速，车流明显快了起来。乔莉笑道："奥运会你去看现场吗？"

"去看一场篮球。"

"开幕式呢？"

"没有票，"陆帆看着她，"怎么，你搞到票了？"

"没有，一个朋友请我去看彩排。"

　　陆帆瞄了她一眼，见她满面光彩，不用多说，这个朋友肯定是男的了。他没有搭话。乔莉见谈话中断，便把话头继续朝晶通上引，"不知道奥运会对晶通项目会不会有影响。"

"有什么影响？"

"不好说，全民奥运嘛，"她笑了笑，问，"我们这次去石家庄，主要谈什么？"

"谈方案。"

"技术改造方案吗？"

"不是。"

"那是什么方案?"

陆帆又瞄了她一眼,"你也参加奥运会?"

"什么?"乔莉没听懂他的意思。

"奥运会开了,全民兴奋,你的话也比原来多多了。"

"唉,"乔莉没来由被他刺了一下,又好气又好笑,不知道陆帆为什么心情不爽,便索性沉默一会儿,听听他会说什么。

车往前开了一段,高速上的车辆比之前少了许多,陆帆平稳地驾驶着,说:"我们有可能要把美国总部的生产业务转一部分到中国,今天我去石家庄,就是和王贵林谈外包方案。方案比较复杂,而且还在初步阶段,等会儿谈的时候,你要多听、少问,明白吗?"

乔莉惊诧万分,"这么说是真的了?"

"什么真的?"

"公司上下都传开了,说销售部要用七亿外包换七亿销售数字。"

陆帆的眉头皱了起来,"谁告诉你的?"

"凯茜,听说是本尼告诉她的。"

陆帆半晌没说话,停了一会儿,问:"你怎么看?"

"这毕竟是公司行为,"乔莉说,"我不过是销售,服从命令听指挥。"

陆帆诧异地看了她一眼,服从命令听指挥?想想也对,她还是比较听从命令的,要是换了一个老销售,早就闹出一堆事情了。

"这个事情关系重大,而且能不能得到总部的支持,目前仍然是个问号。所以你不管听到什么、看到什么,包括在公司,都要装作不知道,你明白吗?"

"明白。"

陆帆专心开起了车。乔莉想了想,说:"老板,我想问一问,把美国生产转一部分到中国市场,是不是可以说,我们用外包业务跟他换七个亿技术改造?"

"不能这么说,"陆帆耐心地说,"这是两个概念,不是说我拿七个亿的外包业务,去跟他换回七个亿的技术改造,而是说我们把生产转到中国市场。如果晶通电子愿意接受这样的合作,那么赛思就可以和晶通组成一个子公司,这样一来,晶通电子就是我们的合作伙伴。为了外包业务的实施,我们要向他们投注资金、人力和技术。而既然是合作伙伴,整个晶通电子的技术改造业务,自然会由我们来完成。这不是一个简单的交换,你明白吗?"

乔莉似懂非懂地点了点头。

"而且这件事,不是在我们这个层面能解决的,"陆帆说,"就连何总这个层面,也需要做许多的功课,我们能做的就是执行。所以,在事情没有到一定程度的时候,我们连你都没有告诉,就是不希望在公司内部搞得满城风雨。"

"你觉得会是谁把消息泄露出去的？"

"销售部的人应该不会。"

"会不会是市场部的施？"乔莉说，"他一向盯着我们。"

"盯着我们没事，"陆帆一语双关，"你别给他盯上就行。"

"哎呀，"乔莉脸红了，"我知道了，而且我也没太亏。"

陆帆见她不好意思，呵呵一笑，"有空可以多看看外包资料，不要一问三不知，万一别人问了答不上来，就闹笑话了。"

"是的，老板。"

两个人一路开车一路聊天，陆帆借这个机会，大致给乔莉讲了一下外包业务在中国所需的方方面面的条件。今天他的心情非常之好。现在在美国总部，有詹姆斯和董事会的支持，在公司外部，欧阳贵最近和石家庄政府及当地银行都谈得非常不错。整个外包方案的初步计划，到目前为止，还是非常顺利的，就差晶通电子点头了，可是面对这样一个销售案例，又有哪个客户能够拒绝？！而如果这个项目能够运作成功，那就堪称经典了！

乔莉竖起耳朵，仔细地听着。一路下来，她基本理清了关于外包的思路。如果这就是所谓七亿大单背后的运作，那还是一件非常了不起的事情的！她从心里有些佩服陆帆和何乘风，"老板，我们拿出这样的方案，对王贵林来说太有诚意了，他一定会签给我们。"

"话别说得太满，"陆帆笑道，"天下没有什么是一定的。"

"我还有一个问题，"乔莉说，"SK（Siltcon Kilo）能拿出这样一个方案吗？"

"不大可能，"陆帆说，"他们的生产已经包到了东南亚，往中国转，几乎没有可能。"

"这么说，他们岂不是要退出竞争了？"

"理论上是这样，"陆帆说，"可我们的外包还在初步阶段，以后还很难说。"

乔莉点了点头，"老板，方案您都准备好了？"

"嗯，"陆帆说，"在我的电脑里。"

由于夏天的白昼较长，两个人到达晶通宾馆时，天色才刚刚擦黑。陆帆想早点休息，第二天早上八点半就约了王贵林等人开会，还是养足精神要紧。乔莉虽然对那个初步方案充满了好奇，但还是忍住没有开口向他要。两个人在各自的房间里想着明天的会议，一个不知道到底方案是什么，充满好奇；一个不知道方案的效果到底会有多好，也不禁有些兴奋；加上平日都晚睡惯了，两人各自都翻来覆去很久才进入梦乡。

第二天一早，两个人收拾一新，在楼下餐厅碰头。到了餐厅，两个人愣住了，只见乔莉身着灰蓝色短袖套裙，陆帆是蓝色条纹衬衫加灰色西裤，虽然都格外精神，但实在有点像情侣装。他们都故作没有察觉，只是相视一笑，忙着吃早饭、喝咖啡。两杯咖啡下肚，二人都是精神一振，陆帆看了看表，用餐巾纸擦了擦嘴，"走吧！"

二人开车直接到了厂办公区，然后上了楼，走进会议室。小陈秘书已经在等他们。不一会儿，王贵林、两位副厂长，以及工会主席林东相继走了进来。因为晶通电子没有投影仪，所以陆帆就打开了电脑，翻动着PPT，一页一页地跟大家讲解。

在这个方案中，说明了赛思公司每年有大量的业务需要进行生产，为了配合这个生产，需要建设厂房、招募员工、购买生产线，保证原材料与技术支持，这是一笔很大的投资。初期，赛思公司会投入先期资金，而石家庄所在的某开发区以土地方式进行入股，会提供给这个项目三年免费的基地使用权。同时某银行河北省分行将提供低利率的贷款，用于支持这个项目。而晶通电子作为合作单位，所需要的就是成立分公司，在晶通改制的新厂房的基础上，购进生产线，培训新员工，在由赛思公司进行管理的前提下，保证每年的生产。

太完美了！乔莉怎么也没有想到，陆帆会拿出这样一个方案。她看了一眼王贵林，王贵林聚精会神地听着，圆圆胖胖的脸上似乎波澜不惊。难道他不为这样一个方案激动吗？乔莉心想，如果我是他，我会高兴得跳起来。有了这样一个方案，哪怕改制之后他没有一分钱，也能顺利地渡过难关。而且这对于石家庄政府以及石家庄本地的软件事业，都是一个强有力的影响和促进。

陆帆介绍完毕，看着众人，"王厂长、几位领导，不知道你们有什么想法？"

"陆总，"陈秘书说，"这个方案是改制前还是改制后？"

"这个方案可以和改制同时进行。我们的这个外包计划，对晶通电子十分有好处，如果你们选择中亚永通，那么这个外包计划就可以解决后续的资金问题；如果你们选择联欧国际，那么我们的外包计划，只会对联欧国际的方案起到锦上添花的作用，而且我们添的可是一朵大红花。"陆帆笑道。

"陆总的方案很精彩，"王贵林说，"但是你得给我们时间，让我们好好地想一想。"

"好的。"陆帆不禁一阵失望，王贵林的态度太平淡了。欧阳贵说的石家庄政府，以及当地银行听到之后的反应，恐怕都比他强烈。

"今天的会就到这儿吧，"王贵林说，"大家先散会。"

乔莉愣住了，同样表现得有些惊诧的，还有晶通电子的其他领导，工会主席林东嗫嚅着说："王……王厂长，这个项目不用再多讲讲？"

"是啊，"纪委书记说，"这个项目不错，如果真有这么大的生产业务，我们的工人就有地方解决了。"

"呵呵，"王贵林笑道，"现在的时间已经是十一点了，就算我们不要休息，陆总他们也需要休息一会儿。我们换个时间再讨论。"

众人不好再说，面面相觑。王贵林看着陆帆，又说："陆总，我知道这段时间你们费了很多心思，包括你们跟我们当地的政府、银行等一些部门的谈判，我都有所耳闻。恕我直言，你们这个方案确实太难得了，就算晶通电子不和你们合作，石家庄任何一家企业都想和你们合作。我作为晶通电子的厂长，希望你能给我一点时间，让我好好地考虑。"

"王总这么说，是合情合理的，"陆帆听了这话，更不明白他在想什么，但脸上依然笑容满面，"这个初步的方案如果要执行，还需要一个初步的意向书，是不是要签这个意向书，肯定需要一点时间考虑，我们愿意等待。"

"那就散会吧，"王贵林说，"小陈啊，中午你陪陆总他们吃饭，好好招待。"

"好，"陆帆朝小陈笑道，"那就辛苦陈秘书了。"

"不辛苦不辛苦，"小陈连忙笑道，"餐厅我都订好了，中午十二点，我在包间等你们。"

乔莉一听这话，公然地是请他们暂时离开了。她看着陆帆，陆帆站起身，朝众人点了点头，收好电脑往外走。乔莉跟在后面，两个人下了楼，上了车。陆帆忍不住轻轻拍了一下方向盘，喇叭短促地响了一声。

"安妮，"陆帆问，"我们今天来晶通电子的事，你告诉过哪些人？"

"秦虹，"乔莉说，"就她一个。"

"哦？"陆帆一边开车，一边慢慢地说，"我们今天来晶通，我只告诉了你、云海、何总、欧总和陈秘书。"

"怎么了？"乔莉问，"你怀疑……"

"可能有人泄露了消息，我看王贵林的态度，有些奇怪。"

"会不会是陈秘书通知了其他人，他们泄露出去的？"

"那两个副厂长、纪委书记、工会主席……"陆帆摇摇头，"他们和我们联系并不多，收买他们肯定没有用。如果是陈秘书……"

"你怀疑 SK（Siltcon Kilo）？"

"自从我们开始做这个外包计划，SK（Siltcon Kilo）就再也没有动静，就算他们慢慢跟后，也会有些动作。"

"可我们拿出这样一个方案，"乔莉说，"他们怎么还能跟呢？你不是也说，SK（Siltcon Kilo）的外包不可能转入中国市场。"

"拿不出好计划不要紧，怕就怕他们搅局，"陆帆说，"除了他们，谁还会为了我们的方案费心思？"

"不知道他们怎么搅局？"乔莉皱着眉，"如果他们收买了陈秘书，我们就麻烦了，他可什么事情都知道，王贵林又信任他。"

"等吃饭的时候，听听陈秘书说什么，"陆帆说，"我不相信，王贵林会对我们的方案无动于衷。"

等陆帆和乔莉离开了会议室，会议室里的气氛一下子热烈起来，除了小陈，众人都七嘴八舌地询问王贵林，为什么不表个态，晶通的外包项目实在太难得了。

"不是我不表态，"王贵林说，"你们也不想想，我们晶通一无人才、二无技术、三无资金，合资是好事，可我们拿什么和他们合？"

"厂长，"一个副厂长说，"他们很明显，是想换我们七亿的技术改造。"

"这样想也没有错，"另一个副厂长说，"到时候都是一家人了，不给他们做，给谁做？"

"是啊，这么大的生产量，"林东说，"实在很有好处。"

"你们都不用着急，"王贵林厚厚的镜片闪着光，"事情是好事，所以才要想想清楚。小陈，等会儿吃饭的时候，你的态度一定要热情。"

"我知道。"陈秘书说。

众人见无法说服王贵林，只好站起身离开了。王贵林和小陈回到办公室。王贵林在屋子里走了几步，对小陈说："一会儿你吃饭的时候，可以向他们透露一些消息。"

"您是说，昨天晚上付总来的事情？"

"对，"王贵林说，"但是方案一定要保密。"

"您觉得付总那个方案靠谱吗？"小陈面露难色，"厂长，我觉得陆总他们那个方案真的很好，千载难逢的好事，我们不上，有的是人等着上，我怕……"

王贵林摇了摇头，"你不用怕，他们已经付出了这么多，不在乎多等一段时间。现在这个局面，我们之前也没有想过，走一步看一步，终于有了一个开始。但是你要记住，这仅仅是开始，一定要稳住，把这一仗打好。"

"我会的。"小陈定了定神，"我会注意分寸的。"

"我们还得招人啊，"王贵林说，"厂里的工程师，没有一个懂 IT 的，过些天有空，我们去一次北京，和我们 IT 行业的顾问团聊一聊。我们不能光听赛思和 SK（Siltcon Kilo）说，得把事情摸清楚。"

"可我听说，赛思中国的欧总和政府、银行都在说这事，"小陈说，"时间来得及吗？"

"这么好的项目，他们为什么着急？"王贵林说，"事情肯定有原因，只要他们着急，我们就拖，他们越着急，说明我们越有机会。"

"还有一点我不明白，"小陈说，"我们为什么不把方案透露一点？要是 SK（Siltcon Kilo）知道赛思的方案这么好，没准还能提高点条件。"

"不，"王贵林说，"漫天要价的事情我们不能干。我问你，付国涛找你谈的时候，有没有说要赛思的方案？"

小陈摇了摇头，"他只是说，有消息随时通知他。"

"那就只告诉他消息，"王贵林说，"陆总的那个方案，动静这么大，不用我们说，付国涛那边也会知道。"他又在屋子里走了几圈，忽然觉得呼吸有些困难，背部一阵剧痛，险些栽倒在地上。

"厂长，你怎么了？"小陈连忙扶住他。王贵林慢慢挪了几步，坐在沙发上，示意小陈打开包，取出速效救心丸，含了几粒在嘴里。过了半晌，他才吐出一口气，有气无力地说："不知道怎么办的时候，着急，现在有办法了，可这办法都这么大，我更着急。"

"厂长，"小陈眉头深锁，眼里流露出焦虑和心疼，"没必要这么考虑，哪家能用就用哪家。"

"你不懂，"王贵林费力地说，"他们的项目都好，可钱从哪儿来，他们能投多少？不过是前期投入一些，把架子搭起来。大头还不是要靠银行贷款？就算照他们说的，股市上能圈到钱，可如果圈不到钱呢，拿什么还贷款？还有，股市就这么好玩吗？又不是我们开的。"

"我看您是太担心了，"小陈说，"现在的企业，不都是这么玩吗？"

"我们没有玩过，"王贵林说，"也玩不起，唉，没有人才，我们真的寸步难行。"

"厂长，"小陈说，"厂里其实有不少人还是很有才干的。"

"我知道，"王贵林说，"可他们都没有机会在现代企业最前沿学习工作，不少人都闲了一两年了，现在是信息时代，知识更新得很快，"他干咳了几声，喘了几口粗气，"我们只有改了制，有了好的梧桐树，才能招来金凤凰，才能把我们的人都带动起来。项目的事情，你要留心两家的态度，还有，你也要多多学习 IT 知识。"

"我会的，厂长。"小陈见王贵林面如死灰，圆圆胖胖的一张脸看起来像浮肿了一般，不由得心头一阵难过，差点哽咽起来。

"你爸爸和我是出生入死的战友，"王贵林说，"我信得过他，就信得过你。你去联系林东，把厂里一些有想法、有才干的年轻人组织起来，悄悄地进行 IT 知识的培训，人不要多，要精。剩下的事情，你们都要稳住，尤其是你，你是我的秘书，大家都看着你。"

"我知道，"小陈说，"您放心吧。"

"你中午去好好吃饭，"王贵林说，"我吃了药舒服多了，你不用管我。"

小陈哪里放心得下，找到一个工人，让他看着王贵林，这才急急忙忙地赶往晶通宾馆。

陆帆和乔莉已经坐在了包间。小陈赶到之后，分宾主落座，服务员很快上了冷盘。小陈笑了笑说："两位，不好意思，王厂长心脏有些不舒服，怠慢了。"

"他身体不舒服吗？"乔莉连忙问道，"有问题吗？"

"没什么问题，"小陈说，"吃了药，休息一会儿就好了。"

"改制不容易，"陆帆说，"可能是太累了。"

"是啊，"小陈有些动情，"他是太累了，人累，心更累。"

陆帆心中一动，"陈秘书，有个问题我想问你。"

"您请说。"

"SK（Siltcon Kilo）的付总，最近来过石家庄吗？"

小陈看了看他，"来过。"

"什么时候？"

"昨天。"

乔莉一惊，怎么会这么凑巧？！

"他问你我们什么时候来晶通，"陆帆笑了笑说，"你告诉了他时间？"

"对，"小陈笑笑，"就像您今天问我，我也说了，都一样的。"

"他们来谈方案？"

小陈点点头。陆帆又问："和我们的方案比，哪个更好？"

"陆总，"小陈推心置腹地说，"说实话，你们两家都是世界五百强的大企业，眼界高，见过的世面广，运营的能力和我们这个一直挣扎在生死线上的国企比起来，真的不在一条水平线。不要说厂长，我也有点糊涂，真的需要时间，理清思路，才能一步步地往下走。"

"他们的方案，是什么内容？"

"这我不能说，但也不错。"

"和我们的方案一致吗？"陆帆问。

小陈摇了摇头。陆帆看了乔莉一眼，乔莉笑道："陈秘书，你可以透露一个大致的方向，看看我们能不能补充一些内容，把我们的方案尽量完美。"

"我说句实话，"小陈说，"不是我不想透露，是真的说不出个所以然，而且只是付总口头说说，也没有一个方案，怎么说得清呢？"

"他们没有方案吗？"陆帆沉声问。

小陈摇了摇头。陆帆微微一笑，"不好说就不说了，我们一起吃饭吧。今天你们也辛苦，王厂长还不舒服，你早点回去，还可以照顾他。"

小陈点点头，"陆总，我希望您能体谅王厂长，他真的不容易。"

"我会的，"陆帆说，"也请你转告王厂长，今天大家听到的，只是一个初步的方案，这个方案，需要赛思公司美国总部的支持，如果他有任何疑问，我想最好的办法是与何总当面沟通。作为我的层面只能谈到这里，我不清楚 SK（Siltcon Kilo）开出了什么条件，但是我想条件只是条件，能不能实施又是另外一回事。我希望王厂长能找相关的人咨询一下，看看那些条件能否变成现实。恕我直言，目前在中国的几大外企当中，能够开出我们这样的条件的，只有我们一家。从我这样一个 IT 行业的销售总监的角度来说，我认为其他人开出的条件，尤其是外包，都是可疑的。"

"我会转达的。"小陈郑重地说，"你们在晶通再住几天？"

"我们今天下午就走。如果晶通和我们的合作能够成功，我们很可能变成同事，"陆帆笑了笑，"如果有什么消息，还希望你尽早通知我。"

小陈没有说话，过了几秒说："放心，陆总，我会尽力的。"

午饭过后，陆帆和乔莉收拾好行李，又踏上了回北京的道路。两个人的心情都有些沉重。第一，不知道 SK（Siltcon Kilo）到底和王贵林谈了什么；第二，他们都认为，他们拿出的方案，几乎到了完美无缺的地步。

"老板，"乔莉说，"我们怎么才能知道 SK（Siltcon Kilo）的方案？"

"不需要知道。"陆帆冷冷地说。

"为什么？"

"因为我们给出的方案是最好的。"

"那他们为什么要拒绝一个最好的方案？"

陆帆看了看她，"他们没有拒绝，只是要想一想。"

"会拖很久吗？"

"不知道。"

"我能做什么？"乔莉看着他，问。

"你做好一件事情，"陆帆说，"你不要告诉任何人你听到的方案，包括秦虹。公司既然已经有些流言，你就更要稳住，至于付国涛那边，我去解决。"

乔莉点了点头，"其实拖一段时间未必就不好了，等到他们相信 SK（Siltcon Kilo）的方案实行不了的时候，他们自然会转过头求我们。"

陆帆摇摇头，"你不懂，做生意的机会稍纵即逝。有时候没有就没有了。"

"为什么？"

"因为总部那边的人事变动。"陆帆说，"我现在不想说话，让我专心开会儿车。"

乔莉沉默了。她还是没有理解陆帆的"机会稍纵即逝"的含义，但是听完这个方案，她对签订七亿大单产生了信心。这个七亿大单不是一个简单的买卖，也不是一个简单的交换，至少，她没有听到行贿、受贿等任何商业犯罪的内容，而是一种商业运作、资源整合，是一笔很有智慧的生意。

陆帆赶回北京之后，立即给何乘风打电话，要求当面汇报。何乘风见他没有说出什么好消息，便预感有问题。开完会之后，他立即让陆帆去他的办公室。

陆帆推开门，在何乘风的办公桌前坐下。何乘风微微一笑，"这一次辛苦了。"

"我和王贵林详细地开了一个会，讲解了整个方案，但是他一点都没有表现出喜悦或者惊讶，"陆帆说，"就把我们打发回来了。"

"你分析是什么原因？"

"我觉得 SK（Siltcon Kilo）可能赶在前面，和他们谈过了。"

"SK（Siltcon Kilo）？"何乘风沉默不语，"他们现在，能拿出什么方案去谈呢？"

"不知道，我问了陈秘书，他说没有书面的方案。"

"没有书面方案？"何乘风的右手手指轻轻点击着桌面，过了一会儿，说，"你能确定吗？"

"陈秘书是这么说的。"

"只有知道方案，才知道到底出了什么事，"何乘风思量着说，"汪洋一向谨慎，不会贸然拿一个方案去谈，而且他们的外包都在东南亚，也没有理由去谈外包。不知道是他的想法，还是付国涛从中搅局，"何乘风说，"另外，也不排除我们的方案太过强势，包括最近欧总在石家庄的活动。"

"您是说……"

"客户不依赖，不是好事，如果让别人太过依赖，别人也会不安心，"何乘风笑了笑，"如果我是王贵林，我也不会很快做出决定。这样吧，我让欧总想想办法，看看能不能拿到 SK（Siltcon Kilo）的方案，或者问出 SK（Siltcon Kilo）到底想如何合作。"

"好的。"

"实在不行，我们还可以在外部制造一些压力。"

陆帆点点头，"还有一件事情，我们做外包的消息，公司上下不少人都知道了。"

何乘风微微皱起眉，"之前你告诉过安妮？"

"没有，"陆帆说，"这一次去晶通的路上，她主动问我的。"

"美国那边一直有人盯着詹姆斯，要不然，也不会把施蒂夫派给我，"何乘风说，"他们说他们的，翻不起大风浪，我们不用理会。以后晶通的事情，再小心一些。"

陆帆点点头，然后笑了笑说："本以为这次去晶通，会有重大突破，没想到……"

"好事多磨。"何乘风说，"有时间你和陈秘书多多沟通，我让欧总再查查他的底细，这个人深得王贵林的信任，我们还是要慎重对待。"

陆帆离开石家庄的第二天，王贵林接到了省里的通知，让他去汇报晶通电子的改制近况。

王贵林来到了某领导的办公室，详详细细地汇报了中亚永通和联欧国际的改制方案，领导听完后频频点头，"这两个方案都各有可取之处。贵林啊，我听说你未雨绸缪，现在已经和两家大外企谈合作的方案了，怎么样？他们各自的条件是什么？"

王贵林赶紧将赛思中国的外包方案细细地讲解了一遍，领导仔细地听着，"这么好的方案，不仅会让你的晶通电子渡过难关，也会给石家庄的经济发展带来很好的促进，贵林，你还有什么困惑的吗？"

"是这样，领导，"王贵林犹豫了一下，"另外一家大外企SK（Siltcon Kilo）提出了一个合作可能，听起来也很不错。"

"什么方案呢？"

"暂时也不好说。"

"商业秘密？怎么，连我也不方便说？"

"没有，没有，"王贵林连连摇手，"不瞒您说，他们也没有拿出方案，只是在这里谈着，所以，也没有什么可说的。不像赛思中国，他们不仅拿出了方案，而且在石家庄，已经和一些部门及银行做沟通工作了。"

"那说明他们很有诚意，他们是做外包，那SK（Siltcon Kilo）又是做什么呢？"

"我还真说不清，"王贵林苦笑道，"领导，我再去和他们谈，一旦弄清楚了，我第一时间向您汇报。"

"好吧，"领导笑了笑，"你把赛思中国的方案发给我，我仔细地研究研究。"

王贵林连忙示意小陈，把赛思中国的初步方案拷贝给领导。然后又汇报了厂里的其他情况，才告辞而去。

与此同时，欧阳贵带着晶通电子的外包初步方案，在北京、上海、江苏等几个城市和地区的高新技术开发区走了一遍。赛思中国要把生产计划转到中国市场的消息，在全国各高新技术开发区不胫而走。欧阳贵每到一处，都受到众人的欢迎，各开发区更是纷纷拿出优厚的条件，希望能够让赛思的外包在当地落户。如此一来，石家庄开发区的领导们，怎么也坐不住了。

这天王贵林正在办公，就接到了省国资委的电话，要求他立即去一趟。王贵林连忙带着小陈，坐车赶到省国资委。刚一进门就看见了开发区的两个主任，王贵林和他们打了招呼，屁股还没有落座，两个人就焦急地说："王厂长，我们听说赛思中国和你们谈外包业务，你们没有谈妥，究竟是怎么一回事？"

"不是没有谈妥，"王贵林笑了笑说，"是因为SK（Siltcon Kilo）和赛思中国都给出了比较好的条件，所以我们要在两家当中选择一下。"

"那你总得赶紧定一家，"一位主任说，"你知道吗？赛思中国的欧总，拿着外包方案，已经和广州、江苏的高新技术开发区在谈条件了。我们本来这方面就不如北京上海，包括江苏、广州，如果能够借晶通电子引进这样一家龙头企业，我们的包括技术、人才、资金等等，那我们就有了自己的龙头企业，我们的高新技术开发区就能够进一步招商引资，吸引更多的人来到这里。"

王贵林一愣，心想欧阳贵这么心急，变着法地给自己施加压力，这项目是有什么问题，还是他们太过强势？

"贵林啊，"省国资委的主任说，"你跟这两家大外企打交道也有一段时间了，到底哪家的方案好，哪家的方案不好，你也可以请几个专家论证一下，总得做出一个选择。想要兼得鱼和熊掌，我看是不可能的，但是如果总是犹豫不决，恐怕会错失良机啊。"

"是啊是啊，"开发区的一位主任说，"那家 SK（Siltcon Kilo）到底给的什么条件？到现在，也没有个具体方案，我看还是赛思中国有诚意。"

"他们有诚意，我们却不热心，"另一个主任说，"这也由不得人家要去别的地方。现在各地都纷纷搞外包，我们没有优势，王厂长，你还是应该慎重。"

"各位主任，"王贵林呵呵笑道，"我已经找了几个 IT 方面的专家，正在听取他们的意见。你们不要着急。这样吧，我出面和欧总再沟通一下，尽量再表达一下我们的合作诚意，让他等一等。几位看这样行吗？"

"对，对，"开发区的主任说，"哪怕晶通电子不合作，也要代表我们石家庄开发区向他们表示诚意，我们还有其他的企业，不管怎么样，要把他们留在石家庄！"

"如果你这边不行，"省国资委的主任说，"让开发区的主任再出面和他们谈谈，现在的原则是，不是你们合作不合作，而是要想办法，把他们留在开发区。"

王贵林点了点头。"那就这么办，"省国资委领导看着王贵林，"你们的改制方案现在确定了？"

"如果赛思中国或 SK（Siltcon Kilo）的方案能定一家，"王贵林说，"那我们可能就要开职工代表大会，就两个改制方案，大家进行讨论和通过了。"

"所以说嘛，"省国资委的领导说，"当初，你用七亿大单牵制住两家大外企，思路是对的，可是现在已经把人逼到这个份上，也要见好就收，不能再拖延。你看，马上奥运会就要召开了，我们也要加紧步伐，争取早一点完成改制，建好新企业，让政府和工人都能够安下心来。"他语重心长地说，"对于你本人来说，也是这样，新企业早一天步入正轨，你就早一天能减轻身上的担子。"

"领导说得对，"王贵林呵呵笑道，"我会用实际行动来证明的。"

"对，对，"开发区的主任说，"这事你早定下来，也算庆祝奥运嘛。"

王贵林出了政府大楼，觉得屋外阳光耀眼，刺得他心脏一阵难受。赛思中国频频的攻势，像一块巨石，压得他喘不上气来。而晶通本身的改制，现在看起来，也容不得他再犹豫。他询问小陈："这两天厂里的车有人要用吗？"

"没用。"小陈观察着他的脸，"厂长，您不舒服？"

"我想去一次北京。"王贵林答非所问。

"去北京？"小陈一愣，"什么时候？"

"明后天看看能不能走。"王贵林说，"你帮我给赛思中国的欧总或何总打个电话，就说我要去北京拜访他们。另外，也约约 SK（Siltcon Kilo）的汪总，最重要的是我在见他们之前，要听到顾问团的意见。"

小陈打开包，摸出一粒药递给王贵林，"我这就去安排。"

小陈开车把王贵林送到晶通厂家属区门口，王贵林口含了一粒救心丸，还觉得有些不踏实，可能天气太热，最近又太忙，两条腿又麻又涨，像灌了铅一样沉重。他对小陈说："今天就送到这儿，我自己走回去。"

"厂长，您行吗？"

"没问题。"王贵林呵呵一笑，"这算什么。"

他独自一人，提着包，慢悠悠地往家走。太阳热辣辣地照着他，但北方就是这样，到了傍晚就会有些凉爽，不比中午时候。王贵林走了没多远，似乎听见有人叫自己，转过头，是两个不太面生的中年男人，其中一人开口说："厂长，今天走路下班回家？"

"对。"王贵林笑了笑，厂子里的工人太多，他并不能全叫上名字。

"听说我们以后都要做 IT 了？"一个男人问，"这是真的吗？"

"有可能。"王贵林笑了笑。

"IT 我们也不懂啊，真转过去了，还会用我们吗？"

"现在还没有确定要转，"王贵林说，"就算真转了，厂里的工人肯定要接受培训，会成立培训公司的。"

"这东西培训了也学不会，"另一个年纪大点的人说，"电脑我根本就不会，看着就害怕，我儿子教我学开机，我学了几次还没有学会。"

"搞 IT 不是让你开电脑，"王贵林笑了，"里面的工种很多。"他一边走一边问，"现在工人们对改制怎么看？"

"大伙儿都盼着呢，听说厂里要用那个好方案，把我们都接收下来？"

"方案没有好坏，"王贵林看着他们，"但是工人肯定会留下来。"

"厂长，其实咱们厂这块地，把它留下来多好啊！怎么着也能卖一笔钱，"那个年轻些的说，"还给国家太可惜了。"

"把地交出去都是有条件的，"王贵林说，"政府的一些债就能抵掉，还能在开发区拿土地，不像你想的那么简单。"

"就是，年轻人屁也不懂，"年纪大点的人说，"还是厂长懂。"

王贵林笑了笑，和他们一起走了一段分开后，他独自走上了路边的小道，将身体隐在槐树的树阴下。此时正是厂家属区最有活力的时刻，下班的和没班上的工人，还有家中的老人、小孩，都在这个时候出现了。他们在小路上散步聊天，或者提着菜篮子匆匆而过，还有放学的孩子，背着书包在路上玩耍……王贵林觉得压力更加巨大，赛思中国和 SK（Siltcon Kilo）给出的条件都那么好，可晶通电子有什么？除了后续的那七个亿，他们还是一无所有。

他慢慢地走着，回到了家。一推开门，闷热无比的空气扑面而来，妻子和岳母正守在电视机前，一台旧风扇对着她们呼呼地吹着。王贵林满头大汗地说："这么热，你们为什么不开空调？"

"我们开着电扇呢，不热，不热。"妻子站起身，递给他一条毛巾，"你今天怎么回来得这么早？厂子里没有事？"

"没什么事情。"王贵林看了一眼妻子。平时自己天天早出晚归，半夜回家，妻子已经入睡，早晨妻子还没有醒来，他已经穿戴整齐到厂里上班了。他发现妻子的脸色很难看，天气越热，越发显得有些黄弱。王贵林看了看电视，电视里正在播北京为奥运做准备的节目。他又看了一眼坐在沙发上的老人，突然问："其实石家庄离北京也不远，你们有没有兴趣去看看鸟巢？"

"去北京？"王贵林的妻子吃惊地问。

"我要去一次北京，"王贵林说，"自从晶通电子要改制，我一直没有时间陪你们，妈妈身体不好，我也无暇照顾。这次你们跟我一起去北京吧，顺便看看鸟巢、水立方还有国家大剧院。"

"可是，妈妈的身体不好，不能走路。"

"我们开车去，"王贵林说，"然后让车陪着你们在街上转一转，看看风景你们就回来。"

"那你呢？"

"我要在北京和几家公司谈点事情，你们不用等我。"

"那我们什么时候走？"

"反正也不用过夜，只是白天去转转，"王贵林说，"明天我们就启程。"

"贵林，"妻子看着他，"你们改制的事情是不是不顺利啊？"

"挺顺利的。"

"今天有人跟我打听，说我们要和北京的大外企合作，搞什么外包，这事，我怎么没听你提过？"

"哦，谁跟你打听的？"

"几个老工人，"妻子说，"这事在厂里传得挺厉害的。"

"我知道了，"王贵林说，"你们看电视吧，我出去抽枝烟。"

他从裤子口袋摸出一包烟，站在了阳台上。夕阳正在西下，他点燃了一枝烟，默默地抽了起来。

晶通电子的改制已经不能再拖，无论政府还是工人，都等到了极限，而眼前纷乱的商业迷局也逐渐清晰：首先是改制，接着是改制后的资金与运营问题。如果赛思中国的外包业务能填充进来，它将成为晶通电子改制之后的第一桶金。可是 SK

（Siltcon Kilo）的项目，要怎么运作会比较好呢？他们是真的有诚意合作，还只是为了和赛思竞争？

一定要想办法把何乘风和汪洋都彻底地捆在里面，他哪一个机会也不能放过，既然摸着石头走到了这一步，他也没有退路可以走了。如果晶通改制之后发展不起来，他们这些外资说走就走，这一大摊子又能怎么办？！抛开这些表面的道路不谈，他苦苦支撑这么几年，就为了能在改制后做一个真正的企业家。七十年代他是军人，八十年代他爱好文学，现在这个时候，只有商业英雄才是真正的英雄，他要让这两千多名工人，能脱离贫穷，过上好日子。

第十一章

多方会谈

无利不起早

即将迎来奥运会的北京，空气越来越清新，街道越来越干净。久未进京的王贵林，悄悄带着自己体弱多病的岳母和妻子来到了首都。他先陪着她们，坐着晶通电子的汽车，在鸟巢、水立方附近缓缓地转了一圈，接着又带她们看了看天安门和北海。到了中午，又陪着妻子和岳母吃了一顿烤鸭。岳母显得非常高兴，坐在餐桌前笑容满面地看着厨师在一旁削烤鸭。妻子忍不住说："你当厂长这么多年，我们今天可沾着光了。"

王贵林一阵辛酸，淡淡地说："等改制完成以后，我们有的是好日子。"

"好日子不敢想，"岳母说，"什么时候改完，什么时候就阿弥陀佛了。"

"妈，您这话说的，"王贵林笑道，"改制不就是为了能把企业做好，大家赚大钱，过好日子吗？"

"那就好，那就好。"老人看着送上来的烤鸭，笑容满面地说，"我也尝尝正宗的北京口味。"

吃完午饭，王贵林让厂车送老人和妻子回石家庄，他带着小陈打车赶到了中关村。两个IT方面的专家，已经在一家咖啡厅等他们了。

几个人坐了下来，小陈之前已经通过电话和大家沟通了赛思中国的初步方案，这时又取出电脑，将赛思中国的方案打开来，请两位专家一一过目。

这两位专家，一个是北京某外企的市场总监；另一位是某国营IT企业的副总裁。两个人看完之后，市场总监说："SK（Siltcon Kilo）的方案到底是什么？"

"一时之间也不好说，"王贵林说，"他们现在还没有拿出方案。"

"他们不会也是外包吧？"副总裁说，"他们的外包已经在东南亚了，一般情况下，是不会转到中国市场的。王厂长，他们的方案到底是什么？"

"不瞒两位，"王贵林呵呵笑道，"省里的领导也问过我很多次，他们只是说，可以尽一切可能合作，但是具体怎么做，我们还在谈。"

"那我谈谈赛思中国的方案吧，"市场总监说，"这个方案虽然很大，但似乎得到了总部和董事会的支持，而且各种数据非常清楚，在未来资金方面，也谈到了政府支持和银行贷款，等等。如果 SK（Siltcon Kilo）没有这样的一个方案，那我觉得他们还停留在意向阶段，也就是说，不知道到底会提供什么样的资源合作。但是赛思中国显然是很有诚意的。"

"我同意他的说法。"副总裁说，"王厂长，IT 行业其实不神秘，就是这么一大圈人，做事情的流程也无非这些，如果 SK（Siltcon Kilo）没有给你们切实的方案，那证明他们还没有进入这个流程。但是赛思中国的意向是很明确的。你们现在是在等 SK（Siltcon Kilo）的方案吗？"

小陈看着王贵林，王贵林点了点头。

"那没有看到方案还真难给出意见，不过，赛思中国这个方案很吸引人啊，他们真打算把外包落到石家庄？"

"有这个打算，"王贵林说，"我们当地政府也很支持。"

"那我们公司的一些产品，将来可以和你们合作。"副总裁说，"既然你们要做外包生意，肯定需要大量的原材料。王厂长，只要你能合作成，将来我们还是可以经常沟通沟通，有什么生意，大家带着一起做。"

"一定，一定。"王贵林点头笑道。

"我还有一个问题，"市场总监说，"你们晶通电子原来是一个电子行业的国营企业，你们有什么特殊的条件吗，让赛思中国愿意跟你们进行这样的合作？"

"我们后续有一些技术改造的业务，如果能够进行这样的合作，可能我们就把技术改造的整个业务都给他们。"王贵林说。

"哦，原来是这样。"市场总监点了点头，又忍不住看了赛思中国的方案几眼，"王厂长，看来赛思公司的人还是蛮费心思的，至少他们很想跟您合作。这个方案里的每一步都要耗费人力去做，同时还要得到总部的批准。据我所知，在北京的这些大外企，能拿出这样方案的，恐怕只有一两家，其他的无论从条件或者机会，或者其他什么方面来说，都是很难的。"

"这么说，"王贵林不禁有些紧张，"这个方案十分珍贵了？！"

"那当然了，"副总裁笑道，"这个项目你们要是不接，他们随便找一家企业，人家都求之不得呢。"

王贵林和小陈面面相觑。市场总监说："SK（Siltcon Kilo）那边到底有没有诚意？有些销售很鬼的，没准，他们拿不出赛思中国这么好的条件，在里面拖后腿，也是可能的。"

"有可能，"副总裁说，"王厂长，你要当心啊。"

王贵林又向他们请教了许多细节问题，晚上请他们吃了一顿饭，这才分开。他和小陈回到了宾馆房间。小陈给他泡了一杯淡淡的绿茶，王贵林坐在床上，吃了一颗降血压的药，说："小陈啊，以后我们要经常来北京走动，不能再坐在家里，等别人上门了。"

"怎么，您觉得这次出来收获很大？"

王贵林点点头，"我看这样，回去之后，我们就做一点聘书，下次来北京呢，我送给今天见面的两个专家，另外再找一些。以后我们每隔一段时间就来一次北京，请人家上课，上课的地点也不用受限制，饭店、茶馆都可以，每次给别人一笔费用。或者请他们去石家庄，把厂里的领导、中层干部都组织起来。我们不要天天都陷在改制里，改制一结束就要搞经营，你看看，我们完全是 IT 的外行啊。"

"厂长，您不用太担心，"小陈笑道，"我们本来就是外行。"

"我们以前是外行，从现在开始就要变成内行了，"王贵林语重心长地说，"不然上了当、受了骗都不知道是怎么回事。我年纪大了，学东西慢，你和厂里的青年骨干，要从现在开始，拼命地学习知识。"

"是的是的，"小陈笑道，"我们一定努力。"

"靠嘴说没有用，要靠实干，"王贵林说，"你想一想，我们是和这些大外企搞合资，外方是人家的经理，我们中方也要出人啊，可我们厂里这些人，没有一个能把这种公司管起来。我们得尽快培养一批骨干，不然到时候，公司怎么做，都由别人说了算。就算搞垮了，我们有可能都不知道怎么垮的。"

"唉，"小陈的脸色严肃起来，"落后就要挨打，这话真是硬道理。厂长，您说，SK（Siltcon Kilo）是骗我们的吗？"

"现在说不好。"

"他们有那么损吗？自己得不到，也不让别人好过，"小陈说，"这又不是大姑娘吵架，要是我就不会。"

"哦，为什么？"王贵林圆圆的镜片在灯下闪着光。

"既然没好处的事情，耗在里面，不是和自己怄气吗？不如丢开手，什么赚钱干什么。您刚才也说，他们是大外企，会想不明白这个道理？"

"道理是道理，"王贵林说，"不过这种 IT 的商战，我们也不清楚，不要随便评价。"

"那明天我们见了 SK（Siltcon Kilo）的付总，"小陈说，"要不要催他方案的事？"

"明天你陪他把酒喝好，"王贵林说，"方案的事情先听他怎么说。最重要的，是和欧总、何总把时间确定好，我要亲自上门，把面子给他们给足了。"

小陈笑了笑，没说话。王贵林也笑了，"当初是人家求我们，现在是我们求人家，这就叫三十年河东、三十年河西。"

"厂长，这是您豁达。"

"你刚才还说，做人不要怄气，什么赚钱干什么。"王贵林笑道，"欧总能为了让我们加快速度，去把各地的开发区都谈一遍，我们亲自上个门，向人家表示一下诚意，又算什么？"

"厂长，赛思中国方案这么好，万一被别的地方的高新技术开发区抢去了怎么办？"

"你没听今天那个市场总监问我吗？"王贵林说，"他们方案这么好，为什么还愿意跟我们谈？就因为我们手上有七个亿的技术改造，我觉得这七个亿不是小数字，换谁不愿意呢？又做生意又开单子，这是两全其美的事。"

小陈乐了，他看着王贵林，忽然说："为了厂里改制的事情，您真不容易啊！好多厂子说改就改了，砍了债务，把工人推向社会，既完成了改制任务，又得了好处。哪儿像您，省里催了那么多次，您硬是扛在这儿，一点一点地磨。要是真的能借大外企的势，把企业做起来，您就是晶通电子的大功臣！"

"那是他们不真正地讲政治。"王贵林呵呵一笑，"作为一个国企厂长，我讲政治，就是要把经济建设做好，把厂里的效益做上去，要让工人赚钱，要当好厂领导，当大企业家。不然为了改制去改制，不是有违改制的本意吗？"

第二天一早，小陈拨通了陆帆的手机，告诉他王厂长已经到了北京，不知今明两天，哪天欧总和何总有空，王厂长想亲自上门拜访。

陆帆之前已经向何乘风和欧阳贵做了汇报，说王贵林这一两天就到北京，他没有想到，他们来得这么快，连忙将这件事通知了何乘风。不一会儿，何乘风告诉他，让他去接王贵林，去欧阳贵的一个会所见面，他暂时不出面接待，除非王贵林和欧阳贵能谈出一个初步的结果。

陆帆想，就自己去接王贵林，似乎不够热闹，便又通知了乔莉。乔莉连忙背着电脑包，跟着陆帆，去王贵林和小陈住的宾馆。二人到了门口，才发现这是一家经济型酒店，条件似乎还没有"如家"好。

他们坐电梯直接到了王贵林的房间，小陈打开门，与他们热烈地握手。乔莉笑道："王厂长、陈秘书，你们怎么会突然来到北京？"

"我们来北京办点事，"王贵林笑道，"顺便拜访拜访你们。"

"您太客气了，"乔莉说，"应该我们去拜访您。"

"我们边走边谈吧，"陆帆说，"欧总已经在那边等我们了。"

"哦，"王贵林说，"何总呢？"

"他今天上午有个会，"陆帆笑道，"先派我们和欧总接待您。"

"那赶紧走，"王贵林说，"不能让欧总等我们。"

四个人上了车，乔莉问："陈秘书，你来北京，有去看鸟巢吗？"

"走的时候去看一眼，"小陈说，"办事要紧嘛。"

"乔小姐最喜欢什么体育项目？"王贵林问。

"花样滑冰和花样游泳。"乔莉说。

"那个很美啊！"小陈问，"陆总你呢？"

"篮球。"陆帆随口一说。其实他也喜欢看花样滑冰和游泳，但是乔莉已经说了，他就不好跟着再说。不一会儿，四个人到了会所，陆帆把他们带到一个巨大的包间，里面完全是中式的陈设，淡青色的地毯上摆放着咖啡色的简洁的明式家具，一只落地的青花瓷瓶放在屋子一角，茶几上放着一套青瓷茶具。除此之外，只有屋顶上吊下的一只咖啡色水晶灯，光灿灿明艳艳，为整个房间做了一点点缀。

王贵林不觉吸了口气。小陈忍不住说："这地方真清雅。"

"不只清雅，还很高级，"王贵林呵呵一笑，"欧总呢？"

话音未落，欧阳贵从里面一道小门里转了出来。乔莉已经很久没有见到他，只见他身穿蓝格子短袖衬衫，头戴一顶白色麻布鸭舌帽，显得十分洋派。乔莉笑道："欧总。"

欧阳贵点了点头，脸上咧出一个笑容。他看着王贵林说："王厂长，终于把你盼到北京了。"

"哪里，"王贵林快步上前，滚圆的身体扭动了几下，"是我早就想来看望欧总。"两个人紧紧握手，欧阳贵说："今天你我兄弟约的不是时候，中午公司不让喝酒，饭菜是好的，但是只能以茶代酒。"

"不喝酒没关系，"王贵林呵呵笑道，"等你去石家庄，我请你喝个够。"

二人相视一笑，在座位上坐下来。小陈、乔莉、陆帆纷纷入座。欧阳贵早就点好了菜，因为时间还早，一个穿着唐装的服务员走了进来，蹲跪在茶几旁给他们冲功夫茶，然后一杯一杯给他们递到座位上。

王贵林说："欧总，我听说您最近去了好几个开发区，动静大得很吓人啊。"

"没有办法，"欧阳贵叹道，"我们的外包已经被总部批准了，总得找个地方把项目落实啊。"

"你看，我们石家庄，虽然条件不好，但合作的诚意很大，政府和银行都给出了优惠的条件。我们晶通电子也和你们谈了这么长时间，一直希望能够好好合作，欧总还是要多给我们一点机会。"

"是吗？"欧阳贵看着陆帆，"弗兰克，这就是你不对了，你怎么能说，王厂长还在我们和 SK（Siltcon Kilo）之间犹豫呢？"欧阳贵微微转过身体，直视着王贵林，他的下巴上翘，显得十分怪异，"王厂长，做生意讲的是机会，把这个时间拖过去了，我们大不了跟总部说不做了，可对您来说，就等于回到了原点。"

"呵呵，"王贵林说，"欧总的意思是，有人在拖时间？"

"原来于厂长的事情您很清楚，"欧阳贵直截了当地说，"如果 SK（Siltcon Kilo）把我们的项目拖黄了，就还有可能在晶通电子头上争取到一些业务，弥补上次的损失。如果拖不黄，以他们目前的处境，根本没有办法和我们的方案竞争。但是我们也等不了这么久，总部给出的方案是有期限的，若过了一定时间不能执行，就证明我们的执行力或者说是方案本身有问题。"

"欧总，"王贵林脸上的笑容又增加了几分，"您也知道，在 IT 方面我是个外行，还需要你们多多提携。有时候，也很难分清楚真真假假。"

"是吗？"欧阳贵冷笑一声，"这很简单，谁来谈，你让谁出方案，然后拿这个方案找有关方面的专家，一打听就知道了。"

"是是是，"王贵林赔着笑脸，"是我们疏忽了。"

"如果他真心想合作，自然不害怕落在纸上的东西；如果他只是为了跟我们打时间差，他大可以把事情讲得天花乱坠。王厂长，你也当了这么多年的厂长，也上过战场打过仗，我想缓兵之计你还是能明白的吧？"

"王总，"陆帆见欧阳贵的话越讲越强势，王贵林脸上的笑容越来越满，似乎马上就要从圆胖的腮帮子边流出来，连忙说，"何总欧总为了这个项目，飞美国就飞了好几次，我们对晶通电子，实在是充满了诚意，希望您能理解。"

"我理解，理解，"王贵林看着欧阳贵笑道，"欧总，如果 SK（Siltcon Kilo）真的像您说的，是为了拖延我们的时间，那搞到最后，您去和别的开发区合作，我呢，一无所有，那岂不是让他们满意，让我们兄弟受损失？这个事情您放心，我会尽快把各种工作做好，尽快地和你们达成合作意向。和您说句真心话，我最希望的，就是和赛思中国合作，别的不说，就冲欧总您这个人，对兄弟来说，就足够了！"

"唉，"欧阳贵长叹一声，"我去找别人谈，是因为时间有限，兄弟我实在没有办法，但是我们的诚意，在方案当中可表现得清清楚楚。反正，如果没有机会合作也没关系，将来大家还是哥们儿，还可以争取合作。"欧阳贵举起茶杯，"王厂长，我以茶代酒，敬您一杯。"

"我敬您！敬您！"王贵林也端起杯子，两个人轻轻一碰，各自抿了一口。

"王厂长，"陆帆说，"关于我们的外包方案，有什么不理解的，随时找我，我可以向您详细地解释。"

王贵林笑了笑，"陆总，我年纪大了，也不是特别专业，您要是有时间，能再给我讲一遍吗？"

"没有问题，"陆帆说，"一会儿吃完饭，我们在这儿喝点茶，我再讲给您听。"

"好，好！"王贵林连连点头。

"快点吃菜吧，"乔莉见状笑道："这里的海参十分有名，一会儿凉了就不好吃了。"

陆帆看了她一眼，微微一笑，因为他刚才瞟见乔莉在用手机上网，查这家饭店的资料。众人吃了起来，午餐结束后，又都挪到了沙发座上。服务员把之前的茶叶倒了，重新烧水给他们泡茶。陆帆打开电脑，找出关于赛思公司向中国投放外包业务的初步方案，一页一页向王贵林解释：首先，赛思中国每年的硬件生产业务大致有多少；其次，美国成本与中国成本的比较；第三，如果在中国市场开辟外包业务，那么每年的投放量大致是多少，需要多大规模，每年承接的业务量又有多少……

王贵林的身体伏在桌上，因为近视加老花，他不得不努力让眼睛和电脑屏幕保持一个适当的距离。小陈坐在旁边，聚精会神地听着。

陆帆讲述完毕，喝了口茶，"您对哪方面不是特别清楚的，我再给您解释。"

王贵林摇了摇头，看着欧阳贵和陆帆，"欧总、陆总，我很感谢你们做出这么详细的方案，如果这两天方便，是不是能安排我跟何总再见个面，大家聊一聊？"

"哦，"欧阳贵说，"你什么时间有空？"

"我明天下午和晚上都可以。"

欧阳贵点点头，"那就让弗兰克和何总联系吧，有消息他会直接通知你。"

王贵林和赛思中国的午宴，一直吃到下午四点才结束。他和小陈在附近的一家茶馆休息，王贵林又吃了一颗降压药。小陈本想和他谈谈晚上如何与SK（Siltcon Kilo）谈判，但见他神色疲惫，便没有开口。大约五点过后，二人又赶往一家五星级酒店，今天晚上，付国涛和薄小宁要请他们吃晚餐。

"小陈，"王贵林在车上说，"今天晚上吃饭，我们要有战略和战术。"

"哦？"小陈说，"厂长您说。"

"战略是，SK（Siltcon Kilo）迟迟不肯拿出方案，一定有文章，要想办法套出来；战术就是你先上，陪他们喝，等你不行的时候我再上，务必把他们灌醉。"

"呵呵，"小陈乐了，"那他们今天晚上可惨了，喝酒我一般，不过您是千杯不醉。"他忽然想起王贵林近日身体欠佳，又担心起来，"厂长，您还吃着药呢，我至少有八两的量，喝倒他们应该不成问题。"

"酒量可不分企业，"王贵林笑了，"你看赛思的欧总，那就是个海量。你不用管我的身体，今天晚上是打仗，只许胜不许败，明白吗？"

"明白！"小陈一口答应。坐在前排开车的司机师傅笑了，他操着一点天津口音的普通话说，"两位，您这是去谈生意吧，求着客户买东西？"

"不是，"小陈笑了，"是他们求着我们买东西。"

"那您还费什么心，他们求着您花钱，您是黄世仁，他们是杨白劳啊。"

"现在不一样了，"小陈说，"黄世仁、杨白劳，谁求谁可不一定。"

"怪！"司机师傅乐了，"太阳还能打西边出来？！"

与此同时，薄小宁开着车，与付国涛正堵在二环路上。

"靠，"付国涛说，"再不动我们就要迟到了。"

"现在这么堵，奥运会怎么办？"

"有专线。"付国涛一边望着远处一排纹丝不动的车队，一边说，"今天晚上的饭可得陪好了，赶紧动啊！"

"付总，"薄小宁说，"晚上吃饭我们谈什么？又不知道汪总到底要拿什么计划，没有方案，怎么谈啊？"

"谈吃谈酒，谈足球谈女人，谈车谈房谈股市，再不然就猛谈奥运会，"付国涛说，"千万别谈合作，别谈方案。"

"汪总葫芦里到底卖的什么药？"薄小宁摇了摇头，"这晶通电子，越做越不知道味道了。付总，您前两天不是陪汪总去了趟石家庄吗，汪总到底说了什么？"

"我不知道。"

"蒙我，"薄小宁说，"得，上层的事情，我们底层员工不知道也好。"

"你小子，"付国涛说，"晶通电子现在打的可不是热闹，何乘风连赛思的老底都兜出来了，汪总的算盘，总得精打细划吧。"

"要我说，就别打了，我们赶紧开单，把亏空补上。过两天，东北省里有领导到北京，你跟我一起去见见，那个搞不好是笔大买卖。"

"你说得轻巧，七个亿，就这么让给何乘风了？"付国涛的脸色冷下来，"亏了我们那么多钱。"

"付总，你跟我说句实话，你是不是为了那个女人气不过？"薄小宁没有看到付国涛的脸色，只顾手忙脚乱地起步再刹车，"要我说，一个女人没了就没了，凭你的条件，再找一个，不是分分钟的事情？"

付国涛没有回答。薄小宁有些诧异，转过头一看，见付国涛冷冷地盯着他，不由一愣，忙笑了笑说："兄弟话说重了，您别生气，我也是为您好。"

"这是兄弟说的话吗？"付国涛说，"我什么时候失过恋？妮妮跑了，我说过一句难过吗？我只是觉得，她那样去赛思中国，是陆帆在拆我的台。小宁你记住，我再生气也不会把公司的事情牵扯进来，"付国涛脸色肃穆，"我这个人脾气不好，但工作的事情我不马虎，你以后不许再说这种话了。"

薄小宁尴尬地笑了，"Sorry，我以后不说了。"

"今天晚上你开车，"付国涛说，"我负责喝酒，一对二，要是我不行了，你就上，二对二应该可以打个平手。你到时候把车存在酒店就行。我们今天把他们的酒喝好、天聊好，然后我们就撤。"

"OK！"这时车队松动了一下，薄小宁看了一眼时间，"终于动了，只要能动，就还来得及。"

付国涛和薄小宁赶到酒店包间时，王贵林和小陈已经到了很久。四个人连忙互相招呼，薄小宁说："王总、陈秘书，不好意思，北京的交通太麻烦了。"

"北京现在就是一座堵城，"付国涛笑道，"真没有办法。"

王贵林笑着表示没有关系，北京的交通不好，说明了城市的发达。付国涛请他们坐下后，便叫来服务员，不停地点菜，什么贵点什么。王贵林笑了笑，说："付总，不用客气。你们到石家庄我招待得也不好。

"这是我们汪总特意吩咐的，"付国涛笑道，"他晚上有事不能陪您，让我要好好地招待您，我怎么敢马虎。"他一边点菜，一边心想，这王贵林是老一辈的人，白酒应该很好，红酒度数太低，想到这儿，他看了看王贵林和小陈，"这是我们第一次在北京招待你们，这样，我们开瓶洋酒，庆祝一下！"

"洋酒？"小陈有些发毛，"不用了吧，红酒或者白酒都行。"

"没事儿，洋酒也没有度数，和红酒差不多。"付国涛笑着点了一瓶自己常喝的洋酒，并且吩咐只加冰块，不加饮料。薄小宁知道他喝这种酒比较有量，微微一笑，没有作声。不一会儿，酒菜都上了，薄小宁称自己要开车，没有动杯，王贵林倒了一些，小陈和付国涛各自倒上，这才举杯开席。

王贵林说洋酒的口味奇特，喝得不多，小陈则是频频举杯，敬付国涛和薄小宁。付国涛他们不想提方案的事情，王贵林和小陈也绝口不提。四个人一会儿聊奥运会，一会儿聊些新闻，包括美国的次贷危机，等等等等，真是东拉西扯，聊得不亦乐乎。

洋酒下了小半瓶，小陈有些扛不住了，小脸通红，连眼白都红了起来。王贵林一尝这洋酒，就知道它的度数不亚于白酒，而且小陈明显有些喝不习惯。他看了小陈一眼，端起了杯子，"付总，我要敬你一杯，感谢你们为晶通做了那么多的事情。"

付国涛哈哈一笑，看了薄小宁一眼，"小宁，你不就开个车吗？大不了不开了，你也倒上。我们要好好地陪陪王厂长。"

薄小宁笑了笑，示意服务员给自己倒上。王贵林透过厚厚的眼镜片，打量了他一眼，心想你们现在不要说上一个人，就是上两个人，也喝不倒我。他端着杯子，左手边敬薄小宁，右手边敬付国涛，绝不占这二人一点便宜，几乎是杯杯见底、左右开弓。不要说付国涛和薄小宁喝得目瞪口呆，小陈在旁边看得惊心动魄，就连服务员也傻了，她只顾忙着倒酒，连饭桌也来不及收拾：见过这样喝白酒的，还没有见过这样喝洋酒的，这风格，太吓人了！

二十分钟不到，一瓶洋酒见了底。王贵林面不改色心不跳，"付总，这酒不错，我很喜欢。"

"王厂长，您真海量，"付国涛的舌头开始打结，他不再点酒，有些不好意思，可再喝下去，他实在没有把握，薄小宁已经完全醉了，坐在一旁乐呵呵地笑着，一句话不讲，"要不，我们喝点果汁？"

"果汁？"王贵林笑了，问服务员，"你们这里还有什么酒？"

"还有红酒，年份不错的。"服务员见机立即推销起来。付国涛哪敢再喝红酒，忙说："还给我开一瓶这样的洋酒，我们慢慢喝，喝不下就存在你们这儿。"

洋酒拿来了，服务员问开不开，王贵林也不说话，只是看着付国涛。付国涛暗暗叫苦，脸上满面笑容，让服务员打开来。王贵林也怕把他完全喝醉，便陪着他慢慢地喝了起来。

"付总啊，"王贵林扶了扶眼镜，"你知道吗，上次汪总来，提出的计划很有意思，可有一点我不明白，为什么你们要和联欧国际合作呢？"

"他们是中间人嘛，"付国涛哈哈笑着，舌头拐着弯说，"王……王厂长，如果没有他们，我们……我们也很难把事情推进……这一步！王厂长，我说话你别怪我，你那个中亚永通的方案就是慢性自杀！"

"可我得考虑民意啊。"

"就算……就算要考虑……考虑民意，也没有必要，把自己搞得这么困难。"付国涛说，"您想想，如果您把晶通电子最好的优质资产保留起来，再和我们SK（Siltcon Kilo）一合作，通过联欧国际在海外一上市，那我们大家就发财了！"

王贵林呵呵笑了，"付总，如果因为现实的问题，我依然采取了中亚永通的方案，不知道汪总和SK（Siltcon Kilo）方面有什么考虑？"

"不可能！"付国涛大笑道，"王厂长，您这是开玩笑，我和您打赌，您绝不可能这么做。"

"我没有开玩笑。"王贵林说。

"如果您坚持用中亚永通的方案，就意味着晶通电子会面临资金链的问题，那谁会和您合作？"付国涛话音一落，小陈的脸色就变了，薄小宁也有点回过神来，呆呆地看着付国涛。付国涛只觉得一股冷流从头顶直冲而下，立时酒醒了一半。

他连忙借着醉意，又补充说："但是没有那个方案，您也不用担心，我们SK（Siltcon Kilo）不是也拿出计划和你们合作吗？只要我们一上市，晶通电子就不是一个空壳了，想做什么都可以。"

"付总，"王贵林笑了笑说，"那您什么时候能给我一个方案呢？"

"方案？这个方案我正在日夜兼程地做啊，"付国涛强打精神，笑着说，"您不知道，做个方案有多麻烦，首先要和美国总部沟通，要做可行性报告，要报董事会批准。哎呀，反正流程众多。"

"哦，"王贵林问，"那要多长时间？"

"至少三个月。"

王贵林摇摇头，"太长了！"

"这么大的一个项目，"付国涛说，"牵涉到人员、资金，这不是一件小事，三个月我都说得很少了，还需要我们通力合作、积极争取，按常理说半年或者一年，都是有可能的。但是您放心，我们会努力的。"

王贵林看了小陈一眼，小陈问："付总，你们的外包已经在东南亚生产了，还需要转入中国市场吗？"

"这和我们的合作是两件事情，"付国涛说，"王厂长，您要相信我们的诚意。"

王贵林点了点头，"付总，我相信你们。"

"那就好，那就好。"付国涛觉得酒意又开始上涌，不敢再坐下去，忙叫上了水果，埋了单，借说有事，稍坐了一会儿便告辞了。

他已经半醉，薄小宁还没有清醒，于是他们把车存在酒店，叫了辆出租，先把王贵林和小陈送回酒店。等王贵林和小陈进了大堂，付国涛推了推薄小宁，说："小宁，你怎么样？"

"还行，"薄小宁抱着头，"我的天啊，你点的酒也太烈了。"

"你的酒量真不成，"付国涛说，"刚才在酒桌上，全让我一个人唱独角戏了。"

"我不行了！"薄小宁瘫倒在后座上，"付总，晶通电子我看就算了吧，赛思中国拿出这么大一个方案，我们肯定没戏。"

"没戏，也要拖他时间嘛，"付国涛这会儿清醒了一些，"再说这也是汪总的意思。"

"他们不可能白白地等着，"薄小宁说，"他们也不是笨蛋，肯定会找人询问意见。要我说，我们早撤早好，哪里的钱不是钱，何必跟他们耗在这上面？"

"你又来了，"付国涛说，"七个亿，白白便宜他们？！"

"我们也没白便宜他们，"薄小宁说，"他们搭上了一个女销售，BTT 的案子还不是签给了我们？再说晶通外包如果做成了，将来也有机会和他们做生意，我们拖他们时间太狠了，到时候就没法见面了。还是见好就收。"

"行了，你小子，喝了酒说真话了。"付国涛呵呵笑道，"这事我有数，你也最好有个数，我这都是按汪总的意思在办。"

"好，好。"薄小宁不说话了。

付国涛闭上了眼睛，迷迷糊糊地对司机说："你开快点，明儿一早我们还要上班呢。"

而这个时候，王贵林和小陈已经走进了房间大门。王贵林亲自拨通了陆帆的手机。

"王厂长，这么晚了还没有休息？"

"陆总，"王贵林说，"我想和何总亲自面谈，至于你的方案，我会和何总面谈之后给你一个答复。"

"好的，王厂长，我这就和何总联系，争取明天下午就安排你们见面。"

王贵林挂上电话，和小陈在房间里默默地坐着。

"厂长，"小陈说，"你觉得赛思中国说的那个方案能行吗？"

"到目前为止，只有这个方案才能行得通，"王贵林说，"SK（Siltcon Kilo）没有任何诚意。"

小陈没有说话，王贵林说："你明天抽时间，再和李部长的秘书联系，尽量争取让我拜见一下。"

"我今天联系过了，"小陈说，"他说李部长周六上午有半天空。"

"今天是周几？"

"周四。"

王贵林点点头，"看来，我们要为外包做准备了。"

付国涛醉醺醺地回到家，第二天一早，忍着头疼来到了办公室，屁股还没有坐稳，汪洋的电话就到了，"你到我的办公室来一下。"

付国涛努力振作了一下精神，来到汪洋的办公室。

"昨天谈得怎么样？"汪洋看着付国涛发青的脸，笑了笑问。

"还成，"付国涛说，"他们老是催着做方案。"

"你怎么回答的？"

"我说至少要三个月时间。"

汪洋的神色有些凝重。付国涛小心翼翼地说："汪总，有句话我好像说错了。"

"什么话？"

"他问我，如果他们坚持选择中亚永通的改制方案，我们会怎么想。"

"你怎么回答的？！"

"我说，晶通电子的资金链会出现问题……"

汪洋沉默了半晌，脸上没有任何表情，心里却在压抑着愤怒：这个付国涛，一点轻重都没有！半晌，汪洋问："他在北京再留几天？"

"不知道。"

"你今天和他联系，告诉他，我要亲自和他谈一谈。"

"好，"付国涛说，"汪总，这话后果很严重吗？"

"国涛，"汪洋说，"我很高兴你的坦白，不管事情有多严重，我想我出面谈一谈，还是能挽回局面的。"

付国涛一阵感动，"谢谢汪总。"

"你和小陈谈得怎么样？"

"他只是说，愿意告诉我赛思中国的人大致什么时间和他们联系，别的他不肯多说，我觉得他对王贵林还是很忠心的。"

"没问题，"汪洋说，"那就听听他的价钱，没有什么是办不到的。"

第二天中午，陆帆一个人开车到宾馆，接到了王贵林和小陈，还是去了昨天的那个会所。何乘风请王贵林和自己并肩而坐，陆帆笑了笑说："两位老总慢慢谈，我去大厅坐吧。"

王贵林笑道："小陈，你跟陆总去吧，陆总是IT精英，你要向他好好学习。"

小陈点头笑了笑，跟着陆帆走出了房间。

何乘风吩咐服务员开始上菜。服务员之前已经被他告知，每上完一道菜就离开房间，站在外面候着。何乘风看着王贵林，微微一笑，"王厂长，今天我们知无不言，言无不尽了。"

"一定，"王贵林说，"很感谢何总能安排这个机会。"

"您对我们的方案，还有什么想法？"

"还是那句话，"王贵林说，"信私不信公，现在公肯定没问题了，私怎么办？"

"这个私，"何乘风看着他，"到底指什么？"

"我们有两千多名工人，未来的工作、福利，就是生存，都指着改制，还有以后的发展。何总，仅凭一纸合同，说句实话，我心里不踏实。"

"你是希望……"

"我希望您和欧总都有私人的利益投在晶通外包里面，越多越好。"

何乘风呵呵笑了，"这可有点违规。"

"是违规，"王贵林说，"听说在美国还是违法的，不过不这样，要是外包做不下去，您和欧总走了，我们怎么办？中国有句古话，无利不起早，我们和赛思合伙做外包，您和欧总都没有私人利益，这不是让我吃不下饭、睡不着觉吗？"

"说得好，"何乘风说，"如果我们能成立外包公司，晶通电子和赛思公司都有股份，但是以赛思的投入，显然不足以长期支撑，如果想用外包利润来维持这么大的投入，短期内不可能实现。所以晶通外包既是一个企业，也是一个故事，我们必须尽快通过券商在国内上市，接着去香港上市。您刚才说信私不信公的问题，也正是我想谈的。在签订晶通的外包协议之前，我要跟您谈一个私人持股的问题。也就是说，我们谈外包合作时，必须谈公司上市，我和欧总会私人持股。而王厂长您，也必须在其中持有股份。"

"我本人持股？"王贵林的眼镜片微微一闪。

"改制之后，您是集团的董事长了，"何乘风笑道，"晶通外包只是集团下的公司，但是您既然想把企业做好，就要把大家捆在一条船上。大家各自投资，分别持股，一荣共荣、一损共损，这个事情才能做起来。"

"可是……"王贵林沉吟着。

"保密您不用担心。"何乘风说，"至于持股所需的资金，我和欧总会想办法，只需要您的协议，等股票上市之后，您可以再还给我们。"

王贵林端起杯子，喝了一口酒，把酒杯放下，忽然又端起来，接着又放下。他看着何乘风，"您还有什么条件？"

"晶通外包的外方经理，我们会派欧总担任，至于中方经理，由于目前晶通电子内部没有这样的人才，而从外面引进人才，我担心有些事情不好管理，所以必须用我们信任的人。这个人，你也认识。"

王贵林想了想，"你是说陆总？"

何乘风点点头，"我想由晶通集团出面，对社会公开招聘中方经理，我会安排弗兰克去应聘。然后你们出面雇用他。"

"他不需要私人持股？"

何乘风摇摇头，"除了管理团队应有的股份，他不会参与幕后行为。他所做的一切事情必须合理合法，这是我答应他的条件。"他看着王贵林，"私人持股只有我们三个人，只要公司一上市，我们都能发一笔大财。"

王贵林点了点头，半晌才说："何总，话既然说到这一步，我也有个条件。"

"您说。"

"陆总确实是个人才，但是晶通电子毕竟是石家庄本土企业，作为中方代表，他管理技术和运营肯定没问题，但是能否协调整个公司的关系，可能会有困难。这样吧，作为集团董事长，我会兼任晶通外包的中方经理，由陆总出任副总经理，同时，晶通外包的财务和人事，也始终要由我掌握。"

"没有问题，"何乘风微微一笑，"本来晶通电子就是大股东，我们当然要尊重你们的意见。"

"外包公司什么时候能启动？"

"越快越好。"

"那我们的改制会和外包公司的成立同时进行，如果因为挂牌问题，在公司成立期间遇到什么困难，我会特事特办，请求政府方面的支持。"

"好，"何乘风端起面前的酒杯，"王厂长，这么说我们的合作已经达成了！"

王贵林也端起杯子，"何总，我要谢谢你，不仅代表自己，也代表晶通电子两千多名工人。"

何乘风知道他事事要把工人利益摆在前面，也不点破，微微一笑，两只杯子轻轻碰了一下。二人都感到万里长征走出了第一步，不免很是高兴，同时，又觉得未来困难重重，有些困难还不可知，而有些困难，目前已经显而易见了。

"王厂长，我也要谢谢你！我年轻的时候，几度创业都没能成功，心里一直很遗憾。而且，我现在自认为还是年富力强，可惜啊，美国人不这么看了。"何乘风呵呵笑道，"我怕赛思中国如果干不下去，我就会彻底失业了，所以我还得谢谢你，给我提供了一条后路。"

听到这话，王贵林不由一愣。他没有想到，何乘风会把一张底牌亮给自己。他不安的心略略轻松了。看来何乘风对晶通电子还是有所依赖的。何乘风观察着他的表情，知道这个话已经打动了他，便聊了许多外企职业经理人的出路问题。

何乘风说这些的目的，是为了让王贵林放松。这是他今后几年一个重要的合作伙伴，他不希望是一方依附于另一方、一方恐惧另一方，而是能彼此尊重、彼此依附。

就在何乘风与王贵林在房内密谈的时候，小陈和陆帆也在大厅一角聊了许多。陆帆说："陈秘书，晶通外包成立之后，你们中方公司肯定需要大量的人员，到时候我们还需要您多多支持。"

"陆总，"小陈说，"您说这话就见外了，我对 IT 行业比较外行，如果真有什么要帮忙的，我还想请您能够多多培训培训我。"

"呵呵，"陆帆说，"陈秘书太客气了。你对 IT 行业有兴趣，我们求之不得。只要外包公司能够成立，很快就会谈到上市。到时候所有能进入管理层的人，都会有机会持股。这可是一笔小小的财富。"

小陈笑了笑，他看着陆帆，"可我这个外行要学好几年，才能赶上你们的脚步。"

"你做管理，又不是做技术，"陆帆笑了笑说，"陈秘书，如果你愿意为晶通外包在中方管理上尽一点心意，那我也愿意助你一臂之力。"

小陈端起酒杯，"那这么说，我就要谢谢您了！"

陆帆和他碰了一杯，"现在 SK（Siltcon Kilo）的情况怎么样了？"

"他们说，要拿出最好的资源来合作，可是这个资源到底是什么，他们也不愿意多谈，"小陈看着陆帆，"陆总，外包的事情还是得加快。"

"他们不愿意出方案？"

小陈摇了摇头。陆帆觉得有些蹊跷，难不成 SK（Siltcon Kilo）真会意气用事，为了拖赛思中国的时间，把自己耗在里面？就算付国涛这么愚蠢，汪洋也不至于吧。

"现在 SK（Siltcon Kilo）和你们谈的，是付总还是汪总？"

"付总。"

陆帆点点头，这就难怪了，也许汪洋根本不知道这些事情。他陪着小陈边吃边聊，推杯换盏。小陈以前见陆帆不怎么喝酒，以为他酒量有限，其实陆帆的酒量非常好，不知不觉小陈喝得有点高了。他尽力控制着自己，但还是说了一句实话，"陆总，"他看着陆帆说，"你知道我在晶通电子，苦苦熬了这几年，为什么吗？"

"为什么？"

"我就是等着它改制。希望改制之后，我们这些年轻人能有机会做一点真正的事业。"

"陈秘书，"陆帆微笑着说，"你说得很对，男人一定要有自己的事业。晶通外包就是最好的机会！"

　　何乘风与王贵林的谈话进行到这里，晶通外包方案算是基本达成了口头协议。王贵林当天晚上赶回了石家庄，第二天一早，他首先和中亚永通的徐亮商量外包上市的可能性，接着又到开发区向区里的管理层汇报，下午又马不停蹄地赶到省国资委，汇报和赛思中国的谈判结束。众人都既兴奋又高兴，催着王贵林尽快落实。

　　王贵林联系陆帆，希望尽快敲定合作意向书。陆帆就此向何乘风做了汇报。第二天一早，何乘风再次飞向美国，向詹姆斯做了详细的汇报。

　　而在此时，陆帆、云海配合美国总部的CFO，已经做好了一个非常有倾向性的投资回报分析。在这份报告中，充分肯定了在美国经济逐渐萧条的时期，在有着良好活力的中国市场，一方面可以通过外包降低成本，扶植在中国有力量的合作伙伴，同时还可以获取价值七亿人民币的中国业务。这是一件值得一做的事情，具有很高的商业价值。

　　尽管赛思的董事会有强烈的不同的声音，但方案还是获得了批准，詹姆斯继续连任，履行他与赛思公司签订的管理合约。他要何乘风立即回到北京，正式启动赛思中国与晶通电子的外包合作。

第十二章

谁是黄雀，谁是螳螂

从双赢到多赢

　　由于中亚永通的改制方案用集团公司名义，承接了大量的债务，同时对工人的利益基本上做了保证，省国资委等相关部门对这个方案表示了满意。而赛思公司作为全球五百强之一，愿意和晶通电子合作，并把在美国的生产业务转到中国来，放在石家庄，这让石家庄政府又惊又喜。晶通电子的改制方案，不仅通过了政府，也顺利地通过了职工代表大会。改制终于提上了日程。

　　这一天，王贵林接到了某领导的电话，"赛思外包的事情十拿九稳了？"

　　"是的，赛思中国的 CEO 亲自跟我谈过了，"王贵林恭敬地说，"方案也得到了董事会的批准。"

　　"他们有什么要求吗？"

　　"他们的要求就是晶通电子改制之后，所有的技术改造等业务都要和他们承接。"

　　"那是当然了，他们的投入也不小，作为回报是应该的。"某领导想了想说，"王厂长，市里计划，等这个项目做起来后，我们会在开发区以你们公司为龙头，打造石家庄的高科技产业园。如果这件事能做好，你们对石家庄就有了巨大的贡献。"

　　"领导这么说，我们一定努力。"

　　"我听说，还有一家大外企在跟你们谈合作，叫 SK（Siltcon Kilo）？"

　　"对，"王贵林笑了笑，"我们最后还会再跟他们进行一些洽谈，会谨慎对待。"

　　"慎重抉择是对的，要尽力把好每一关。"

　　"对，对。"王贵林连连点头。

　　"SK（Siltcon Kilo）没有外包业务，他们主要是谈什么？"

　　"他们就是拿不出像样的方案，所以才没有竞争过赛思中国，"王贵林笑道，"耳听为虚，眼见为实，总得落在纸面上。"

"一个方案都没有？"

"他们口头上同意做，做了这么长时间了，也没有切实的方案。"

"那看来，确实是在拖延时间了。"

王贵林心中一动，话语里却不露声色。电话挂了之后，他叫过小陈，"周末汪洋要来的消息，其他人知道吗？"

"暂时没有人知道。"

"你听着，"王贵林说，"这件事，要对所有人保密，就算上面有领导问起来，也只说不知道。"

"好的。"小陈看着他，"厂长，怎么了？"

"没事，"王贵林说，"外包的业务，你已经在学习了吗？"

小陈点点头，"本来计划周末去一次北京，结果汪总要来。"

"他来他的，"王贵林摆摆手，"你要尽快地带着他们一起去学习。晶通外包一成立，如果我们拿不出像样的人才，所有的事情都要靠别人。"

"那汪总来……"

"我会和他联系的，你不用担心。"

"好的，"小陈说，"那我和林东他们几个人，照计划去北京学习。"

"给专家的费用要充分，不要小气，"王贵林说，"这钱买的是知识和经验，值！"

小陈默默地点了点头。他何尝不知道，一旦晶通外包成立，谁多了解一些 IT 行业知识，谁就多一些机会。现在，他需要争分夺秒地学习，不仅是为了和晶通的同事们站在同一条起跑线上，面对超前太多的赛思中国 IT 精英，他一样需要追赶。

周六的上午，付国涛陪着汪洋，无声无息地来到了石家庄。这一次，他们没有住晶通电子，而是住在石家庄的一家四星级酒店。

王贵林也没有要人陪同，自己打了车，赶到了酒店的房间。他敲了敲门，汪洋把他让了进去。付国涛给他泡了一杯茶，说要去楼下看看餐厅，便离开了。

"王厂长，"汪洋笑说，"现在来一次石家庄，可不那么方便了。"

二人相视一笑，心照不宣。现在的石家庄，上至政府部门，下至晶通的员工，可能都有赛思中国的眼线。王贵林说："赛思的方案太强了，我看大家也是真心希望他们能和我们合作。"

汪洋点点头，"王厂长，你还记得春节时候说的话吗？谁给七个亿，你就和谁合作。"

"我当然记得。"

"赛思中国给了七个亿？"

"虽然没有七个亿，和七个亿也差不多，"王贵林呵呵一笑，说，"想必汪总也听说了，他们要和我们成立公司，承担赛思公司的生产业务。"

"王厂长，做外包业务不是那么容易的，"汪洋说，"牵涉到资金、技术和人员，赛思虽然是大公司，不知道能拿出多少资金投给你们？能不能真的执行呢？"

"汪总，"王贵林微微一笑，"只要我们跟他们签订了合同，还是有必要执行的吧？"

"王厂长，如果赛思公司真的跟你们合作，晶通电子的前途在别人看起来，是不可限量，在我看起来，就很危险了。"

"哦，"王贵林胖胖的脸上毫无表情，声音却很惊讶，"为什么？"

"您还不了解何乘风这个人，"汪洋笑容满面地说，"我曾经做过他的下属，这个人高瞻远瞩、老谋深算。他手上有这么好的方案，为什么要和你们合作，除了那七个亿，就没有别的内容？"

"什么内容？"

"恕我直言，你们一无技术、二无人才、三无经验。我敢肯定，只要晶通外包成立，他们除了会派人担任外方经理，还一定会以你们落后为由，找人出任中方的运营经理。到时候，晶通外包公司到底是晶通集团的公司，还是何乘风的公司，恐怕都要打一个问号了。"

汪洋看着王贵林，"就算您在这个项目中，能有一些实际的利益，但是我认为，这些利益，同您把晶通外包做起来，盘活整个晶通集团相比，实在是微不足道。

"难道您希望除了晶通外包落在了石家庄，除了在工厂上班的工人还会有一些是晶通工人，其他的，都和您没有关系吗？如果晶通外包大权旁落，那我也不认为何乘风会把晶通外包所有的资金和技术都拿出来，支援晶通集团。王厂长，您辛辛苦苦做了这么多年，难道就是为了把晶通电子变成别人的公司吗？"

王贵林的脸上阴晴不定，似乎没有听懂汪洋的话，又似乎全都听明白了。汪洋又说："如果您真的能拿下赛思外包合同，那么我可以说服 SK（Siltcon Kilo）总部，和晶通集团再合作一次，为你的企业再添一块砖，加一把火。"

"哦？"王贵林看着他，"汪总，您指什么？"

汪洋笑了，"王厂长，我对七个亿不感兴趣，我感兴趣的，是其他内容。您在国企待了这么多年，制衡的重要性，您肯定比我更加了解。"

"制衡？"

"如果晶通集团愿意和 SK（Siltcon Kilo）合作，不仅可以运营新的项目，而且有了我们的加盟，你们就拥有了 IT 最前沿的技术和人才，到时候晶通外包有什么问题，可以从我们这里解决。这是第一；第二，王厂长，做外包投入很大，您等于手里拿着一颗炸弹，一旦资金链出现问题，后果不堪设想。可是，"汪洋顺手从桌上拿起一只苹果，放在了王贵林面前，"如果再有一颗炸弹，可能两颗炸弹都不会再响了。"

"你是说……"王贵林看着他。

汪洋点了点头。

"那我多长时间才能够看到SK（Siltcon Kilo）的合作方案？"

"等你们和赛思公司签订完合同的那一天。"

"这……有点长吧？"

汪洋微微一笑，"如果你们的改制不成功，赛思外包的合作不能达成，我们的项目也很难得到总部的支持。可如果何乘风知道，您还有这个计划，我相信，他是不会同意的。"

"螳螂捕蝉，黄雀在后，"王贵林不由得叹服，"汪总，您年纪轻轻，实在厉害。"

"您说错了，"汪洋说，"我只不过是把双赢改成了多赢，而且如果我们SK（Siltcon Kilo）可以成功，将来集团的资金就会非常雄厚，对赛思外包不见得没有好处。"

王贵林沉默了。汪洋看着他，轻轻喝了一口白开水，"可惜，我在外企当总裁，不然，我个人可以和您谈一笔大生意。"

"大生意？"王贵林惊讶万分，"是什么？"

"那就当说着玩吧，"汪洋笑道，"我投资给您开家公司。您占49%，我占51%。"

"做什么呢？"

"很简单，为晶通外包提供原材料和技术服务，"汪洋笑道，"晶通外包能不能做成，是个问号，可是这家公司能够赚钱，可是个惊叹号！"

王贵林恍然大悟，"您是说……"

"没错，这才是真正赚钱的买卖。晶通外包的前期，有赛思公司的投资、当地政府与银行的支持，中期可以在国内上市，融到大量的资金。所以说，向一家不缺钱的公司提供原材料和技术服务，是稳赚不赔的买卖。"

"呵呵呵……"王贵林发出了一连串的笑声，真是有意思，自己手上一文不值的烂摊子，在这些具有商业头脑的经理人看来，原来有这么多可以发财的地方。他想了想，"汪总，您的第二个建议我会放在心上，就算我们不能合作，我也感谢您的提醒。在改制与外包公司成立期间，我会非常小心。但我相信，我们未来有很多合作的可能。"

"没有问题。"汪洋笑着站了起来，"那么我就赶回北京了，北京还有很多事情。"

"这么快？"王贵林再次惊讶了，"至少吃了午饭。"

"我和国涛去吃吧，尝尝你们河北风味。河北风味还是很不错的，至少没有辣椒。"

王贵林笑了，"那我陪你去。"

"人多眼杂，"汪洋制止了王贵林，"王厂长，和何乘风与欧阳贵合作，事事都要小心。"

王贵林呵呵乐了，心中却有些不快。这种合作哪里叫合作，几乎让他完全没有招架的能力。虽然他不得不承认，赛思的方案很完美，但这种强势真的让他不舒服。汪洋的提议，每一条都说在了他的心坎上。只有这样，晶通集团才不会成为一个烂摊子与空壳，至少，要用两家好企业把它支撑起来，而且可以互相制衡。

奥运会即将在北京召开，气氛越来越热烈，施蒂夫的内心，也越来越焦躁。美国的电话几乎一天一个，催促他尽快查出实情。之前电话还有规律，逐渐地，连规律也没有了。这天，施蒂夫正和市场部的人在开会，突然手机响了，又是美国电话。他连忙站起来，离开了会议室。

"施蒂夫，查得怎么样了？"

"还在查。"

"你要抓紧，董事会已经批准了这个方案，如果再找不到证据，我们就很难阻止了。"

"销售部很难控制，"施蒂夫说，"几乎是滴水不漏，我们市场部真的很难。"

"所以我才让你想办法，"对方的语气十分不悦，"我不管你从公司内部还是外围渠道着手，总之你要抓紧时间，就算你对公司的损失可以无所谓，难道你希望看到何乘风接手你的市场部？"

"什么？他接管我的市场部？"

"我听人说，何乘风在詹姆斯面前说了市场部的很多问题，说他要从别的地区重新调一位市场总监，施蒂夫，你自己小心吧。"

施蒂夫不知这话的真假，但还是忍不住怒火中烧，他按捺着自己，"您放心，我会尽力的。"

施蒂夫回到会议室，继续召开会议，会议结束之后，他把薇薇安叫到了办公室。"老板，"薇薇安低声说，"我找的那家侦探公司不肯再调查了。"

"为什么？"施蒂夫说，"这已经是第二家侦探公司了。"

"我不知道，"薇薇安说，"不过有件事情我怀疑是真的。"

"什么事情？"

"公司一直有人在传，说欧阳贵有黑社会背景，我看侦探公司不敢接我们的业务，跟这个有关系。"

"这帮销售！"施蒂夫皱起了眉头，"那你要想办法，一方面继续和付国涛联系，还要继续找侦探公司的人。这个项目何乘风一个人做不来，欧阳贵不好惹，我们就不要惹他，从弗兰克和杰克那里找找突破口。"

"上次拍的那些照片不行吗？"

"那些是王贵林的生活照！"施蒂夫有些忍不住，"我要的不是这些东西，我要的是他们幕后交易的证据！"

"我知道，"薇薇安又恐惧又委屈，"可现在没有证据能证明他们在幕后做了交易。施蒂夫，我们不能冤枉他们。"

"你说什么？"施蒂夫怒道，"你没有脑子吗？看看那些照片，看看那些环境，这绝对不是一个有实力的合作伙伴，为什么赛思公司要给这样的一家企业投资？薇薇安，你太让我失望了，你要加快动作，加快！"

"是的是的，我一定加快！"薇薇安忙点头哈腰地表示决心。

施蒂夫暗暗摇头，这位市场总监除了拍马屁送礼物可以排第一之外，论才干真是不如销售部门的那几个人。看来，自己得抓紧时间调派人手进入公司，薇薇安这种白痴是指望不上了。

还有，可以从乔莉那里，再试一次，看看能不能再做一次突破。

这一天，因为市场部与销售部的联谊活动，乔莉和几个销售去某行业峰会参加会议。会议结束之后，乔莉拿着包，刚刚走出饭店的门口，手机就响了，她一看屏幕，不禁皱起了眉头，是施蒂夫。乔莉的心轻轻一拧：他不是和薇薇安坐在一起的吗，怎么会给自己打电话？

"安妮，你有时间吗？有兴趣喝一杯吗？"

"这……施总，您有什么事吗？"

"没有什么事情，我就是想请你喝杯咖啡。"

乔莉暗暗冷笑，果然是无事不登三宝殿，不知道又要拿自己干什么。她笑了笑，"施总，您在哪儿，我一会儿过来。"

"我现在快到大堂了。"

乔莉挂断了电话，来到酒店大堂，施蒂夫已经站在了一个角落。他朝她挥手，乔莉走过去坐下，点了咖啡。此时窗外光线正亮，乔莉抬起头，看着施蒂夫，这位负责市场的 VP 虽然精心保养，但脸上还是流露出衰老的痕迹，两鬓也露出了些许白发。一个瞬间乔莉忽然有了自信，不管施蒂夫有多少职场经验，他毕竟是个老人了，又怎么能操纵自己的未来？

"施总，您找我聊什么？"乔莉微微一笑。

"你对赛思公司投资晶通电子发展外包的事情怎么看？"施蒂夫悠闲地喝了一口咖啡。乔莉看着他，心说你用不着一副胜军之将的模样，你不知道士别三日，当刮目相看吗？

"我知道。"

"你有什么想法？"

"这很正常，"乔莉说，"赛思公司要把自己的外包业务转到中国，降低企业成本，而晶通电子恰好要改制，改制的方向又是和 IT 有关，我想这就是销售当中所谓的双赢吧。"

"是吗？"施蒂夫喝了一口咖啡，"在北京、上海甚至中国各省都有自己的软件园，那里有很多有实力的外包公司，有资金，有政府支持，有技术人员，为什么不选择他们而选择晶通电子？"

"晶通电子即将改制，"乔莉说，"之后会有上亿的技术改造工程，这对公司来说也是一种回报。"

"可是这种回报和我们要在晶通电子投入的成本相比实在太少。"施蒂夫看着乔莉，"安妮，你不会认为这的确是一桩合理的买卖吧？"

"那么，它有什么不合理的地方呢？"

"你入行销售多少年了？"

"一年左右。"

"如果我没有记错，是一年不到吧？我刚来赛思中国的时候，你刚刚转入销售，负责晶通电子，不要说在这个职位，即使在这个行业，你的经验也远远不足。这样的一笔业务，它肯定有不为人知的东西。你还年轻，难道你要为一笔业务毁了终身吗？"

乔莉笑了："施总，我想您说得太严重了。"

"是吗？"施蒂夫扬起眉毛，"你是最后要在合同上签字的人，只要这个合同执行下去，你就要负起责任。三年、五年，也许十年、二十年，不管出现什么问题，不管你是否在赛思中国，你都是最初要查证的那个人。"

"那我只能告诉大家，"乔莉哈哈一笑说，"我问心无愧！"

施蒂夫看着她，就像看着一只浑身是刺的刺猬。他笑了笑，柔声说："你问心无愧和你要承担责任是两回事。安妮，我们的命运注定有一些联系：我刚到赛思中国，你就通过发邮件的方式来为销售部争取权利；我介绍新兴的业务给你，因为折扣问题，又把你牵涉进来。你像一个年轻的战士，虽然奋勇向前，却看不到身后的危险。我是一个老员工，虽然看出了问题，却很难得到你的信任。

"你想过没有，何乘风和陆帆把你放在晶通项目上，目的就是要找一个替罪羊。晶通电子和赛思公司成立外包公司，谁去做管理？晶通电子没有这方面的人才，肯定要从赛思中国抽调人员，如果我没有猜错，那一定是陆帆或者欧阳贵。安妮，在这场精心设计的……"施蒂夫想了一想，"故事或者什么，你可以当一个棋子。但如果最后的结局，你不仅一无所有，而且要被团队抛弃，要为团队承担责任，并且看着团队的其他人在别的地方飞黄腾达，我不知道你能否平衡呢？"

乔莉端起咖啡，轻轻地喝了一口，"是吗？施总，可是合同是需要层层审批的。"

"聪明！"施蒂夫说，"如果我没有猜错，很可能在外包公司成立之后，陆帆、云海，甚至欧阳贵都会离开赛思中国，那么承担责任的人只有两个，"他看着乔莉，"你，还有何乘风。"

乔莉格格地笑了，"施总，您是说，所有的人都走光了，只剩下何总，"她不知如何形容，调皮地说，"光杆司令？"

"好兵好将有的是地方寻找，"施蒂夫说，"但是承担晶通责任的，只有你一个了。"

"是吗？"乔莉觉得他不是疯了就是有病，笑了笑说，"您有什么好的建议？"

"我没有什么好建议，"施蒂夫说，"公司不是哪一个人的。站在一个公正的立场，我认为让赛思公司为晶通电子投入大量的资金和人员，是相当错误的，这是对公司和股东不负责任，是某些人为了个人利益不择手段的结果。

"安妮，我觉得你是个正派的人，应该有正确的判断。我作为赛思中国分管市场的 VP，我的手机 24 小时你可以拨打，我市场部的大门永远向你敞开。如果你确定你要和他们并肩作战到底，那我倒可以给你一个建议，算一下你得到了多少，这个得到和你的付出……"施蒂夫扬了一下眉毛，"准确地说是在未来要承担的法律责任，你到底值不值得？"

乔莉心中微微冷笑，这就是所谓的职场了，她不被何乘风利用，就要被施蒂夫利用，这可不是她想要的结果。她微微一笑，"施总，您的话我记下了，有什么我会随时给您打电话。不过，好像这个项目得到了美国总部的支持，对此您又怎么看呢？"

施蒂夫一愣，笑了笑说："支持这个计划的是赛思的 CEO 詹姆斯，他还有一年任期就要满了。而其他的声音，我想在你这个层面是听不到的。"

"哦？"乔莉佯装惊讶地问，"哪些层面呢？"

施蒂夫不知如何回答，他想了一想，"公司是由很多人组成的，在赛思中国不可能何乘风一个人说了算，美国也一样。"

"那么，您需要从我这里听到什么？"乔莉问。

"我想知道这个项目背后都有什么交易？"

"现在，我只能告诉您我不知道。"

施蒂夫点了点头。他觉得这次和乔莉的谈话与上次不同，也许是大堂的灯光太过明亮，这个女孩身上的活力实在有些抢眼，这是二十多、三十岁职场中人身上所具有的努力和冲劲。只是这种冲劲未免有些幼稚，会让年轻人犯下很多错误。对此，施蒂夫很了解，他也曾这般打拼过。虽然乔莉的眼神看起来镇定自若，还有种莫名的自信，但施蒂夫却觉得，自己今天这番话，是要利用她不假，可如果她真的能听进去一点，对她来说，只怕是件大好事。

有钱的地方就有交易，何况，是七个亿，或者远远不止七亿的数字。

再单纯、再有理想的人，在这些数字面前，也会有变化。

这就是人性，也是一种人生。

"安妮，不管怎么样，"施蒂夫语重心长，"记得我的大门，永远为你敞开。"

"谢谢。"

乔莉走出大堂，走在北京的大街上。风吹过她的脸庞，她觉得施蒂夫的话真假参半，尤其是，晶通外包成立之后，所有的人都跑光了之类的话，他当自己没有脑子吗？她微微地笑了。施蒂夫说，美国总部的CEO詹姆斯还有一年的任期，这个时间，足够让晶通外包项目完成最初的合作了。但如果真的像施蒂夫说的那样，自己是最后留在这个项目上的人，自己还敢签吗？

看来，现在公司内部的斗争，已经不是何乘风和施蒂夫之间的那么简单，还牵扯到了美国总部。想不到啊，她这个赛思中国最前沿的小销售，居然还能接触到高层之上的高层斗争。

"我是最后一个人？"她想想又乐了，"这怎么可能？！"

这时，她的手机响了，她赶紧接听了电话，"妈妈！"

"我和你爸爸的车票订好了，这周六的早上，我们到北京。"

"真的？"乔莉高兴地说，"太棒了！我去接你们！"

"不用接，"老乔在分机那头说，"我们按照地址找过去。"

"哪儿能，我要去接的。"

"你就好好休息吧，"乔妈妈说，"我们自己能找到。"

"好的好的。"乔莉嘴上答应，心中却决定，周末一早去接父亲和母亲。

乔莉连续几个晚上把家里打扫得干干净净，又去超市给父母买了干净的薄被。北京的夏天再热，晚上也是凉爽的。周六一大早，她算着火车到站的时间，赶到了火车站。

火车站外人来人往，她焦急地等待着。不一会儿，有穿着真丝旗袍的年轻女人走了出来。这是江南夏天常见的服饰，乔莉拦住她，用家乡话问："请问，你是从杭州过来的吗？"

"对呀，"女人说，"Z10车。"

"谢谢你。"乔莉笑了，连忙朝人群张望着。不一会儿，两个熟悉的人影随着人流走了出来。乔妈妈穿着一件淡黄色真丝上衣，乔爸爸穿着一件米黄色T恤，一个背着旅行包，一个拖着拉杆箱，虽然神采奕奕，但乔莉还是没来由地一阵心疼。

"爸爸，妈妈，"她快步上前，接过老乔的拉杆箱，"给我。"

"你这个小囡，"乔妈妈笑道，"不是叫你不要来的嘛，一大早跑来干什么呢，我们又不是找不着。"

"来都来了，"乔莉笑道，"你们就跟我走吧。"

她领着父母排队，打了一辆车，去她住的地方。汽车在北京宽阔的大街上飞驰，乔妈妈说："我都好几年没有来北京了。"

"北京好不好？"乔莉问。

"路很宽，"乔妈妈笑道，"不过哪能比得上我们西湖的美景。"

乔莉和父亲老乔一起笑了起来。不一会儿，三个人到了家。老乔和夫人不免留意起小区环境怎么样，公寓大不大。乔妈妈第一时间看了厨房和卫生间，见地方明亮，而且收拾得整洁，这才长出了一口气，"蛮好蛮好，不是很小。"

"你以为我在北京充军呀！"乔莉从冰箱里取出饮料，递给乔妈妈，她素来怕热，喜欢冷饮；又泡好一杯热茶，递给父亲，父亲一生爱茶，从不喝饮料。她看着父母二人肩并着肩坐在格式沙发上，感到一阵幸福。这是加工资、放年假都比不了的幸福。

"北京现在很干净，"乔妈妈对老乔说，"比前几年干净多了。"

"奥运会嘛。"老乔有点心不在焉。一方面，他对女儿生活起居的地方比较满意，孩子很会照顾自己，让他放心；另一方面，他盘算着怎么慢慢地谈出换工作的问题。

乔莉拿出一包东西，放在父母面前，"这是北京地图，我明天陪你们玩一天，后天我上班，你们就要靠地图出行了。上面的地铁线路，包括我们这个小区，都标出来了，还有一些重点旅游线路，都替你们标好了，你们看一看。"她打开地图，又取出两张卡，"这是北京公交卡，给你们充好了钱，你们遇上上下班高峰，就可以坐地铁，比较快，不会堵；还有，遮阳帽两顶、遮阳伞一把、水壶一只，这壶可以保温，而且不会漏，"她拿起来摇一摇，调皮地说，"而且超轻哟，这样爸爸出门，就可以带茶水了。"

乔妈妈和老乔都非常意外。他们虽然知道女儿比较自强，但女儿如此体贴细致，却是他们从来没有发现的。两个人同时暗想，将来哪个小伙子娶了她，她虽然个性强点，但也不太吃亏啊。

"你们好不容易来了，一定要多玩几天，"乔莉欢天喜地，撒起娇来，"至少，要陪我一起看奥运会开幕式。"

乔妈妈心里不禁有些难受，看得出来，女儿有多盼望父母亲来到身边。老乔也有些感触，算了，索性多住些日子，一来解解妻子对女儿的思念，二来孩子这么高兴，还是不要多谈工作，慢慢地再说吧。

乔莉忙进忙出，给父母煮酒酿元宵当早点。乔妈妈悄悄指着老乔说："我警告你，你不许和孩子多谈工作，要多谈谈生活，她一个人过得再好，也不如多个人互相照顾强。"

老乔呵呵笑了，拿起一块巧克力递给妻子，"遵命，夫人。"

第二天，乔莉陪着父母在外面玩了一天，又品尝了两家不同风味的餐厅。三个人很晚才回到家，老乔和乔妈妈想着她第二天还要上班，赶紧收拾休息。乔莉睡在客厅的沙发床上，觉得又累又幸福。父母来了，就在身边，她还可以尽一点孝心，陪他们四处玩玩。而后天晚上，就是和树袋大熊约了看彩排晚会的日子，生命真美好！

突然，她想起了一个很关键的问题，要穿什么衣服去见树袋大熊呢？她的每一次约会，都会遭到男生的批评，从那个阿什利到詹德明，不是批评她发型不够精致，就是批评她衣着过于随便。还有化妆的问题，也不能过于清淡。

上班的衣服太职业，牛仔裤太休闲。还有两天时间，乔莉上要解决头发，下要解决服装，怎么办？对了，去找秦虹，让她明天中午陪着自己买衣服去。

第二天一早，乔莉便电话秦虹，要她陪着去商场。秦虹算了一下时间，中午她们可以边走边吃，下午的会议正好又晚了十五分钟，这样，她们正好有一个小时的时间。二人约定，中午十二点，准时从公司楼下出发。至于要买什么，路上再商量。

到了中午，二人准时朝三环边的一个商场走去。秦虹办事一向讲求效率，她的办法很简单：一、分析问题；二、提供解决方案。她边走边询问乔莉：要买一件什么样的衣服？为什么场合准备？是上班穿还是周末穿？是晚上出席宴会穿，还是私人约会穿？

"我的天！"乔莉说，"就让你陪我买一件衣服，用得着分那么细吗？"

"那当然，什么场合穿什么衣服。"

"我看演出穿。"

"什么演出？歌剧？电影？演唱会？"

乔莉无奈，说了实话，"奥运会彩排。"

"哈，"秦虹笑了，"你一个人？"

"你不认识，一个朋友。"

"肯定是男生喽，"秦虹笑道，"说说，他喜欢什么颜色，红色、绿色、蓝色？"

乔莉开始头疼，"小姐，你的问题真多。"

"所以我效率高，"秦虹问，"他喜欢什么风格？清纯的、妖艳的还是贤淑温柔的？"

"我什么都不知道。"乔莉说。

"没有办法设计程序，那么，我们只能按标准程序打扮你了。"

乔莉扑哧笑了，"什么叫标准程序？"

"就是大众情人型，"秦虹说，"要健康、漂亮，还有一点性感。"

"你这都什么逻辑？"乔莉说，"在哪儿学来的？"

"你不知道吗？"秦虹说，"关于什么是真正的美人，电脑早有了软件分析，所以关于什么是大众情人，也是可以用标准化来衡量的。"

"哎哟哟，"乔莉装作头痛欲裂状，"你们搞技术的，可真行，以前我觉得刘明达怪，现在我觉得你比他更怪。你们两个真是：不是一家人，不进一家门。"

"去去去！"秦虹的脸红了。

乔莉笑着问："你说说刘明达有什么好？"

秦虹竖起了手指头，"第一，工作稳定；第二，北京户口；第三，年龄相当；第四，身体健康；第五，他不算花心。"

乔莉不觉笑了，点头叹道："我终于知道了，什么叫做合适，你们俩太合适了。"

秦虹没有答理她，而是在大脑中迅速分析设定，一位大众情人去看体育式彩排，穿着应该具备哪几条标准。她给乔莉挑了一件淡蓝色短袖 T 恤，下面是一条白色的牛仔裙，裙子有点包身，还有一点短。然后她让乔莉在约会之前，在理发店梳一个发型，要求独辫子，加一点变化，健康但要有一点时髦。化妆两个人都没法解决，只挑了一款颜色红一些的口红。秦虹问："这个男生条件怎么样？多大年纪？"

"我不知道。"乔莉说。

"什么？你不知道？那你就和他约会了？"

"我们认识很久了，一直在网上聊天。"

"天啊，网友见面。"秦虹看了一眼乔莉，"不过你挺漂亮的，应该不会见光死。"

乔莉呵呵笑了，秦虹又问："他知道你的职业吗？"

"知道。"

"没有意见？"

"没有啊，他觉得不错。"

秦虹点点头，"那你最好把他的年龄、家世、身份都问清楚，现在网上什么人都有，你要当心。"

"放心，放心，"乔莉笑道，"我不会出问题的。"

"下次我设计一个什么样的男人最合适的软件，"秦虹笑道，"那我就发财喽！"

"美女，"乔莉又开始头痛，"我们是人，不是计算机。"

"那是你不够了解计算机，"秦虹不屑地说，"人和计算机没有区别。"

乔莉当天晚上，提着新衣服回到了家，陪父母吃罢晚饭，三个人坐在沙发上看电视。乔莉问："爸、妈，明天晚上，你们有什么想法？"

"没什么想法，"乔妈妈说，"你们附近有超市吧，我想买点菜回来做，天天上饭店，油水太大，有点吃不消。"

"我有两个建议，"乔莉说，"一呢，你们可以去长安街走走，看看北京的夜景；另一个呢，我这儿附近有个电影城，你们多少年没有看电影了，去看一部吧。"

"长安街还可以，电影就算了。"乔妈妈说。

老乔看了乔莉一眼，"你明天晚上要加班？"

"不是，"乔莉的脸一红，"我，我要去看奥运会彩排。"

"看彩排呀，"乔妈妈的眼睛顿时亮了，"好呀，你一个人去？"

"人家请我的。"

"是谁呀？"乔妈妈的眼睛又亮了三分，"是个男生吧？"

"妈妈，"乔莉说，"是个普通朋友，他正好多出一张票。"

乔妈妈想着乔莉拿回来的新衣服，不由得心花怒放，"他是哪里人？今年多大了？在哪儿工作？父母都还好吧？"

"唐僧啊！"乔莉捂着头，做晕倒状，"老妈，我们只是普通朋友，明天晚上我们第一次出去。"

"第一次约会？！"乔妈妈顿时又紧张起来，"你穿什么衣服？要化一点妆的，你有什么化妆品，快拿出来我看看。"

"老妈，"乔莉扶住她，"衣服已经买了，化妆品也买了，现在你告诉我，明天晚上你们有什么安排。"

"我们简单，"老乔说，"这两天一直在外面吃饭，很不舒服，明天晚上我和你妈去超市看看，买点小菜自己回来做。"

"那也好，"乔莉说，"我不管你们了。"

"不用管，不用管，"乔妈妈说，"在外面多玩些时候。"

"妈，"乔莉大笑，"哪儿有你这样的妈妈，我看你巴不得你女儿被男人拐跑了呢！"

"去！"乔妈妈嗔道，"谁叫女大不中留呢，我怕把你留在家里，留成了仇人，还是赶紧嫁出去好！"

第二天中午，乔莉在公司附近的理发店梳了发型，她按照秦虹的指示转述给发型师，发型师果然把她的刘海和发尾做了一点处理，扎了一个活泼俏丽的独辫子。下班之后，乔莉换上T恤和紧身牛仔裙，脚上换了一双白色运动鞋，然后坐地铁前往鸟巢。

地铁十号线横穿东北三环，其中有一站连接着奥运直通专线，出了地铁往前走一点，乔莉便看见了一个硕大的、银色宽边勾连而就的建筑，这就是鸟巢了。

鸟巢四周是绿色的草坪和各种树木，傍晚的余晖照耀着银色的建筑，在绿色的花草中很具有现代的美感。乔莉加快脚步来到场馆门前，这里已经是人山人海。她四下张望，没有看见周雄，便拨打了周雄的手机。

"喂，"周雄接了电话，"乔小姐你好！"

"你好，周先生，你在哪儿？"

"我在看演出，有什么事情吗？"

"你在哪里？"

"我在鸟巢。"周雄更加诧异，"你到底有什么事情？"

"我也在鸟巢附近，你在哪儿？"

"我在服务区，"周雄说，"专门卖饮料的地方。"

"我这就过来。"乔莉挂上电话，快步走向服务区，远远地就看见周雄穿着白T恤和牛仔裤坐在一张圆桌旁。乔莉走过去，周雄忙站了起来，伸出手，"你好，乔小姐，幸会！"

乔莉伸手和他一握，笑着说："幸会，幸会。"

"这么巧，你也来看彩排？"

"对。"

周雄看了看她身后，"你一个人？"

"不，我还约了一个朋友。"

"我也约了一个朋友。"周雄看了看时间，她还没有到。

乔莉看他这副模样，不觉淘气起来，"你约了男朋友，还是女朋友？"

"哦，一个女朋友。"

"她怎么还没有来？好像快开场了。"

"不知道啊。"周雄有些焦急，四下张望着。

"你怎么不给她打个电话？"

周雄笑了笑，没有回答。他忽然问："你的朋友到了吗？"

"我正准备给他打个电话，告诉他我到了。"乔莉拿出手机，拨通了周雄的号码。周雄看着电话，皱起了眉头，"你怎么打我的手机？"

"对啊，这是我朋友在MSN上留给我的。"

周雄的脸色微微一变，"你是……你是……"

乔莉笑了，"我就是那个要请你吃熊掌的人。"

周雄的脸上闪过一丝尴尬，同时还有一种不知所措，花毛小兔怎么可能是乔莉呢？他看着乔莉，觉得她的脸上没有一丝的惊奇，难道她早就知道是他了？他突然想起，他们第一次见面的时候，他给乔莉写过一个MSN，看来就是那个时候了。周雄笑了笑，再次伸出手，"你好！安妮。"

"你好！树袋大熊。"乔莉伸出手，"你没有生气吧？我没有告诉你我的身份。"

"没有，"周雄说，"你有两个MSN？"

"对啊，"乔莉说，"我的私人朋友都在花毛小兔那里，我上班的时候用的是另外一个。"

周雄点了点头，取出门票，"那我们进去吧。"

"要买杯水吗？"乔莉问。

"不用，这里面不准带水。"

两个人边说边往里走，进了大门口，巨大的场馆呈现在乔莉面前，他们围着场馆走了好一会儿，才找到一个 H 入口。从 H 口进去，接着又向上走，他们才找到自己的座位。两人坐下来，乔莉觉得那坡度有点陡，坐在上面很不适应，她笑了笑，说："这个座位可不合适恐高的人坐啊。"

"是有点高，"周雄说，"不过坐在上面的感觉应该更高吧。"

乔莉抬起头，往上看了一眼，密密麻麻的人群从她的头上一排一排排了过去，整个场馆巨大又开阔，环绕在绿色的草坪四周，他们还要再说，开幕彩排已经开始了。这的确是一场精彩的演出，重要的是除了演出内容，还有坐在旁边的人，除了刚刚相认时的尴尬，现在他们已经完全适应了，有说有笑，很是亲密。当头上竖着高高的雉尾的古代士兵在场地里跑来跑去的时候，周雄靠近了乔莉，笑道："你看像不像兵马俑？"

乔莉乐了，"还真挺像。但是兵马俑头上怎么会有羽毛呢？"

周雄答不上来，只是看着她乐。两个人借着五彩的灯火彼此看了一眼，这距离太近了，超过了普通朋友的范畴。周雄见乔莉眉清目秀，而且今晚的打扮格外清新动人，不觉心中一动。而乔莉见周雄五官端正，面容大方，不觉也脸上一红，两个人各自往两边让了让，恢复了正常的距离。此后，虽然常常交谈感受，但都刻意保持着不要离得太近。等到节目结束的时候，已经是晚上十一点了，两人随着散场的人群往外走。周雄问："你饿吗？"

"有一点。"

"我知道这附近有个烤肉馆，相当不错，我请你去吃烤肉吧？"

"好啊！"乔莉笑着，点头答应。

两人来到烤肉馆，找了一个靠窗的位置，面对面坐下，周雄问乔莉："你吃牛羊肉吗？"

"吃啊。"

"我喜欢吃。"周雄笑道，"我是西安人，比较爱吃这些。你呢？你是哪儿人？"

"我是杭州人。"

"那你来北京几年了？"

"我大学毕业以后到的北京，一晃也有三四年了。"

"我上大学的时候就在北京了，"周雄说，"连头带尾算算，已经十多年了。也算半个北京人。"

二人相视一笑，乔莉说："我们好像刚刚认识。"

"对啊，"周雄笑道，"我们在网上从来没有说过这些。你干吗起名叫花毛小兔？"

"随便起的，"乔莉说，"那你干吗叫树袋大熊？"

"因为我喜欢考拉。"

"对啊，考拉好可爱。"

周雄点点头，"我喜欢它是因为它一天可以睡二十个小时，我常常只能睡四个小时。"

乔莉格格笑了，她看了看周雄的手，那手又大又粗，几乎和熊掌无异。周雄见她盯着自己的手，不觉也笑了，把筷子放下，伸出手，冲乔莉比了比。

乔莉说："把你的手切下来，放在这里烤了，就是熊掌。"

周雄嘿嘿地乐了，"烤我的手还了得？我的手可值钱了。"

"一只熊掌而已，"乔莉笑道，"值什么钱？"

"我的手天天帮人家做改制方案，你说值钱不值钱？"

听到这话，乔莉一愣，她笑着问："你不是说你是做金融的吗？原来也是券商啊。"

周雄也笑了，"做金融的和券商有区别吗？"

"倒也是，差不多。"乔莉问，"你怎么认识陆帆的？"

"是杰克介绍我们认识的。"

"你是云海的同学？"

"也不是，认识的时间比较长吧。"

话说到这一步，乔莉觉得就算自己问问晶通电子，也是可以理解的事情。她眼珠一转，淘气地笑道："树袋大熊，你给我透露点秘密，晶通电子到底怎么样了？"

周雄一愣，连忙说："这事还真不好说，一来，我是弗兰克的顾问，有一些话要说的话，得经过他的允许。二来，你们晶通电子这个项目，不可能很简单地就完成，我这个层面也解决不了太多的问题。"

"哦，"乔莉听他话中有些隔阂，便转开了话题，"上次在石家庄，你说你比较喜欢中亚永通的方案？"

"从技术上说不喜欢，从情感上说很喜欢。"

"真的？"

"真的。从技术上说，中亚永通的方案不利于晶通电子未来的发展，但从感情上，我觉得这样的改制比较稳定吧，对工人来说，相对有一个缓和期。"

乔莉叹了一口气，"真不知道，这个项目会用什么样的方式来结束，我们已经打了一年了，看这个样子不知道要拖多久。"

"这种事情说快也快，说慢也慢，你不用着急。"周雄看着她，忽然笑道，"你说实话，你是不是看见我的 MSN 就认出我了？"

乔莉嘿嘿笑了，"是啊，我是认出你了，但我没好意思告诉你。"

"为什么？"

"因为我没有决定要不要跟你见面。"

"那今天怎么想起来和我见面？"

"奥运会彩排，这么好的机会，我为什么要错过？"

"原来是为了一张门票。"周雄假装失落。他看着乔莉，"不过你今天晚上看起来跟平时不太一样。"

"怎么？有什么不一样？"

"比平时活泼吧，"周雄说，"还是这样好看。"

"那是，按照大众情人的程序设计出来的。"

"你说什么？"周雄乐了。

乔莉说了秦虹的所谓的美丽的标准以及设计程序，周雄听得哈哈直笑，"我觉得你们搞IT的女孩也蛮可以的，不比其他行业的差。"

"怎么？你还和其他行业的女孩接触？"

"也不是，就是认识一些朋友。"

乔莉很想问周雄有没有女朋友，可有点不好意思。周雄笑道："你来北京四年了，没有男孩追你？"

乔莉摇摇头，"没有。"

"是你眼光太高吧？我听说现在的女孩，无房无车是不会跟你见面的。"

"那你呢？"乔莉笑了，"有房还是有车？"

周雄伸出两只手，"除了熊掌，我一无所有。"

乔莉乐了，"再加上一张破门票。"

两个人哈哈大笑，聊得很是投机。周雄对乔莉很有好感，但乔莉目前是负责晶通电子的销售，他又受云海所托，为赛思中国晶通电子项目做金融顾问，若要在这个时候介入一段感情，肯定是不合时宜的。另外，周雄觉得乔莉认出他三个月时间才和他见面约会，固然有她说的原因，可晶通电子的因素也必定包含在其中。他觉得和乔莉的距离还是要保持在原来的程度比较好。可以等晶通电子的项目有了一定的眉目之后再慢慢地加紧了解。所以周雄虽然和她聊得高兴，但并没有发出再见面的邀请。他开车将乔莉送回了家，临下车的时候，乔莉看着他，欲言又止。

周雄能感觉出来，乔莉很盼望自己说点什么，但他的理智战胜了感情。他笑了笑说："今天很高兴，我们有机会再见面。"

"好的，"乔莉说，"今天也很开心，谢谢你请我看彩排。"

周雄点点头，看着乔莉下了车，便掉转车头，驶向了北京的夏夜。

乔莉不觉有些遗憾，什么叫有机会再见面？难道他对自己没有感觉吗？可看演出的时候以及吃烤肉的时候，又分明聊得很高兴。她忍不住给周雄发了一条短信："我到家了，晚安！"发出之后又很后悔，自己分明是到家了，这话说得真多余。

她有些沮丧，但又满是喜悦。她回到了家，乔妈妈和老乔已经睡了，但两个人都没有睡着，耳朵听到乔莉开门进家的声音，这才放下心来。乔妈妈实在忍不住，爬了起来，假装出来喝水，看着乔莉说："回来了？"

"嗯。"乔莉见周雄没有回短信，微微有些失落。

"玩得高兴吗？"乔妈妈观察着她。

"挺开心的，"乔莉不想让母亲担心，脸上露出很高兴的模样，"我们看完演出，还吃了点消夜。"

"哦，他做什么的？"

"金融。"

"多大了？"

"妈，"乔莉忍不住撒着娇推她，"你赶紧去睡吧，你好唐僧啊。"

乔妈妈被她推进了卧室，突然，乔莉听见了短信的声音，她连忙过去一看，果然是周雄："我也到家了，晚安！"

乔莉一阵甜蜜。自己还没有达到恐龙的地步，见光就死。她很希望周雄能有更多的表示，可是之后几天，周雄虽然有上网，但他在 MSN 上的态度还是一如既往，不过关心几句她的生活、身体和工作，闭口不谈晶通电子。

乔莉忍不住问了他一句，周雄连忙解释，说晶通电子牵扯到太多方面，所以不能跟她多讲。乔莉有些疑惑，难道因为晶通的事情，他才不愿意再次开口，和自己约会？又或者，周雄知道了晶通电子的"幕后交易"？不可能吧。

乔莉见周雄的态度如此，便也努力不多想，顺其自然地回到了原来网上的状态。她不想破坏她和周雄之间的联系。反正也没到签合同的时候，慢慢地走着看吧。

第十三章

人之常情

真正的罪魁祸首，是人心的欲望

奥运会开幕的晚上，乔妈妈做了不少好菜，乔莉又买回一瓶红酒。一家三口守在电视机前，一边看电视，一边喝酒聊天，十分的惬意。奥运会正式开始之后，老乔和乔妈妈也不怎么出门，白天在家看比赛，晚上做点饭，等乔莉回家一起吃晚餐。这是乔莉自从来北京之后，过得最温馨的一段生活。有家人在，就有了家的感觉。她脸上的笑容多了起来，连五官的轮廓都柔和了。

老乔每天晚上和女儿谈谈工作，再谈谈生活。交谈得也不深入，不给乔莉一点压力，让她慢慢地放松。父女二人得了空，不是聊体育就是下棋。老乔发现，女儿的棋风有点变化，她出棋的速度比原来要慢。看来生活是最好的老师，实际的工作经验还是教育了她。

而父亲的态度也让乔莉感到奇怪。父亲一直没有提让她退出晶通电子，或者转行的事情。难道他同意了，还是他忘记了？开始的时候，父亲不提，她心里还有点惦记，慢慢地，连她自己都不再注意这件事了。

老乔和乔妈妈一连住了半个月，这天晚上，下了场雨，气温顿时降了下来。乔妈妈打开窗，凉爽的空气吹了进来。老乔说："小囡，走，陪我出去转转。"

"好呀。"乔莉看了父亲一眼，拿起一根皮筋，绑好头发，换上一双凉拖，陪着父亲下了楼。父女二人在花园里漫步，随意地聊着天，说着说着，老乔问："小囡，你跟爸爸说说，晶通电子的项目进行到哪一步了。"

"我不是说过了？"乔莉笑道，"现在我们公司要把美国的生产业务转到中国来，用这个交换，嗯……也不能说是交换，你暂时这么理解吧，七亿的方案。"

"你们公司要和晶通电子合资吗？"

"是啊。"

"再联合上市？"

"对呀，"乔莉有些惊讶，"老爸你可以呀，懂得不少。"

"我这段时间，一直在学习改制的案例，"老乔说，"你对这个事情怎么看呢？"

"这是件好事，"乔莉说，"爸爸，你不是一直担心吗？这样一来，您就不用再担心了，这是个公平合理的买卖，没有什么肮脏的交易。"

"可是这个项目，一天两天做不完的，"老乔说，"你如何保证呢？"

"爸爸，"乔莉说，"其实上次我们电话里说得比较深，这次您来，我也想借机会和您解释一下，签一个合同不是那么简单的，我们要在公司的系统里下单，要上面的老板层层审批，这些都是有记录的，不可能我签了一份合同，所有的事情都要我扛。您不用担心。"

"是这样。"老乔说，"那多少要好一些。"

"我觉得这个项目让我学到了很多东西，"乔莉说，"公司的平台好，确实不一样，我如果在家小公司，根本接触不到这些内容，所以爸爸，您就不用管了，我今年都二十七了，很多事情我自己能负责。"

"话也不能这么说，"老乔说，"小公司有小公司的好处，小公司用不起废人，一个人当一个人用，你可能接触不到赛思的这些东西，却没准能完整地把握一些项目。你这个想法，要彻底地改改。大公司上班，要学习好的经验，不要有大公司的习气，什么事情都讲大平台、大经验，时间长了，人就会务虚。我看，你大学毕业就一直在大公司，将来有机会，应该去小公司锻炼锻炼，好好地学习怎么务实。"

"爸，"乔莉乐了，"人家父母亲都巴不得儿女在大公司、大机构，有口安稳饭吃，哪有你这样的。"

"大公司、大机构，"老乔笑了笑，"你没听古人说吗，家有万亩良田，不如薄技在身。大公司再好，是你的吗？万一有一天，公司不在了，你不是还要去社会上另谋生路？有本事在身，才最安稳，其他都是假的。"

"我知道，"乔莉撒娇说，"那我们说定了，将来我有机会，会去小公司锻炼自己，但是晶通电子的项目，您支持我跟到底。"

"小囡，爸爸也不说出哪里不好，"老乔说，"其实我来北京，就是想当面和你讨论这件事情，电话里说，总是容易误解。我在家的时候，很不放心你，怕你误在这个项目中，但是我到了北京之后，看你在生活上井井有条，工作上也处理得不错，尤其是你下棋，棋风有变化，所以，我还是放了一些心。"

"棋风有变化？"乔莉笑了，"变得怎么了？"

"你经常会直起身体，"老乔说，"看看全局，分析棋路，比以前能稳住劲了。"

"真的？那你要表扬我哟。"

"当然表扬！"老乔长叹一声，"现在这个时代，变化太快了，有时候我们当长辈的，真的没有经验给你。比如你说签合同，还要下单，还要系统里批，这我之前听都没有听过。这是第一；第二，什么改制啊，上市啊，爸爸也是初学者，和你一样，都是现在才接触到。但是有一条，爸爸希望你记住，而且一定要记住……"

乔莉在路灯之下，见父亲神色凝重，忙问道："什么东西？"

"人之常情！"老乔说。

乔莉沉默了几秒，"爸爸，之前你就说过。"

"是的，"老乔说，"可要记住太难了，尤其是人们有欲望的时候。人心一旦有了欲望，就会把不正常的事情看得正常，把非常情的事情当成人之常情。人，就会上当、受骗、犯罪。等到如梦初醒的时候，大部分都会怪别人、怪骗子，其实真正的罪魁祸首，就是自己的欲望。"

"欲望？！"乔莉在心中咀嚼这两个字，半晌才说，"爸爸，您是说贪婪吗？"

"那就更可怕了，"老乔说，"你身在职场，职场是什么？就是名利场。欲望、贪婪无处不在。不管是你的同事，还是你自己，都有这些。"

"可是没有欲望，"乔莉说，"可能很多人都不会再奋斗吧。"

"所以一代人和一代人不一样了。"老乔说，"我们那一代人，有我们的信仰，今天看起来很可笑，但足够我们支撑自己渡过难关。小图，要牢记你的信仰，没有信仰，要牢记你最初的愿望，不要陷入贪婪，陷入你原来根本不想要的东西。"

"爸爸，"乔莉说，"你放心，不管晶通电子有什么，只要是违法的内容，我绝不会参与。"

老乔沉默了几秒，"有时候你不想参与，别人也会让你参与。"

"为什么？"

"因为你的职位，"老乔看着女儿，"我早早地退下来，也是因为有些事情我不想参与，只要不参与，我就不能在那个位子上，"他微微一笑，"不参与，有时候就是挡别人的财路，你说可恨不可恨？"

"爸爸，"乔莉看着父亲，突然一阵感动，"你是我见过的最好的人。"

老乔摇摇头，"你错了，爸爸一样有私心，一样做过一些不好的事情。没有私心，没有欲望，我就不是一个正常人。你要警惕你的欲望，你就能更好地判断事情，而且你要记住，职场如此，情场一样如此。"

"情场？"乔莉睁大了眼睛，"老爸，你真会用词。"

"这有什么问题吗？"老乔淡淡地说，"钱、爱情，都是人最想要的东西，也最容易让人失去理智。"

"所以要记住人之常情，"乔莉思量了一会儿，突然说，"爸爸，你的意思是，这个七亿数字太大了，不可能没有黑幕？"

老乔点点头，"你说呢？"

乔莉想了想，"反正我保证是清白的。"

"你在最基层，"老乔笑了，"你的保证太无力了。"

"那倒是，"乔莉格格地乐了起来，"我凭什么保证七个亿的清白？我只能保证我拿的那点工资是清白的！"

"好好保护自己。"老乔看着女儿，她在灯光下的脸神采奕奕，和当年那个要去上大学的小姑娘，区别并不大，但是，她的眼神有些坚毅，那种单纯的热情已经再也看不见了。他拍了拍女儿的肩膀，"你记住，你是最好的能保护你自己的人。"

"要学会信赖自己，"老乔说，"让自己更加成熟和强大。"

乔莉一直默默地思索父亲在花园中说的那些话。她的信仰是什么？这似乎是个很有高度的问题；那么她最初的愿望呢？从前台往销售转的时候，她怎么和程轶群谈的？她说，一个公司的销售没有多少，却保证了公司正常的运转。她说她想做有挑战的工作，要成为有用的人。这难道就是她最初的愿望？

自那天晚上父女二人交谈完了之后，老乔没有再提晶通电子。他没有继续支持，也没有再反对。这有违他来北京的初衷，可是，他在北京观察着女儿的生活，听女儿谈论外企的工作与制度，他知道自己有些经验达不到了，可能自己给出的建议反而是错误的。他所能谈的，只剩下一些人生的感悟与体会。

奥运会结束后，乔莉送走了父母，恢复了之前的生活。父亲给的建议，让她对自己与周围的事物有了警惕之心。她暗想，周雄对自己刻意保持着距离，可能和晶通电子有关。他和陆帆、云海之间，也许远远不止朋友之间的互相帮助。

她越来越觉得自己需要清晰的判断。既然从周雄这里得不到有用的信息，也许可以请教一下老销售。这个老销售，还得是个局外人，那不用讲了，除了詹德明，还能有谁呢？

她给詹德明发短信，约他周末一起吃饭。詹德明虽然正在热恋，但有女人主动相约，他真的很难拒绝。两个人约定，周六中午去之前那家泰国餐馆，一起吃午饭。

到了周末，乔莉不想让詹德明批评自己素颜朝天，特意换上了一条连衣裙，化了点淡妆。果然，她到了餐厅后，詹德明一见她就眉开眼笑，"今天打扮得不错啊，称得上是美女了。"

"我原来不是吗？"乔莉也乐了。

"原来是，现在就更是了，"詹德明说，"快点坐下，我已经点好餐了。"

二人一边吃一边聊，都莫名觉得彼此之间的聊天非常轻松愉快。也许，乔莉想，是因为彼此之间没有欲望吧，所以就特别自然。想到这儿，她不禁笑了，"你的大美女女朋友怎么样了？"

詹德明掏出手机，给她看一张两个人黏在一起的照片，乔莉一看，果然是个大美人儿，"不错嘛，看来你敲定是她了？"

"差不多，"詹德明嘻嘻一笑，"不过还没有完全到手呢，这次追得，比较辛苦。"

"辛苦才会珍惜呀，"乔莉笑道，"省得你东飘西荡。"

"话也不是这么说。"詹德明叹了口气，"人年龄一大就没劲儿了，觉得飘着没什么意思。你呢？有消息吗？"

"没有，"乔莉说，"说实话，我有事情想请教你。"

"看上谁了？"詹德明哈哈一笑，"这事儿问我靠谱。"

"不是的，"乔莉说，"你听说了赛思总部要和晶通电子合作外包的事吗？"

"听说了。"詹德明一副嬉皮笑脸的样子，"你们公司好大的手笔啊。"

"你知道，我是负责晶通电子的销售。"乔莉看着詹德明。

"是啊，"詹德明也看着她，"你这笔业务肯定没问题了，等着拿奖金吧。"

"詹总，如果你是我，你会在这个合同上签字吗？"

"你说什么？"詹德明的脸色一变。

"你会在七亿的技术改造合同上签字吗？"

"哈哈，"詹德明看着一本正经发问的乔莉，冷笑一声，"安妮，要是你害怕，你就别玩；要是你想玩把大的，你就签。你要问我的意见？我没有意见。"

乔莉皱起了眉头，"我没听明白。"

"七亿的销售额，出道一年，就有这么好的成绩，是每个销售梦寐以求的。"詹德明看着她，神色阴沉，"而且你不要否认，这里面有不少奖金。可你又要马儿好，又要马儿不吃草。七亿的单子，有那么干净吗？我劝你，做人不要太贪心，要赚钱立功，又不想冒一点风险，这太过分了！"

"你这么想？"乔莉惊讶万分，"我贪心？！"

"对！"詹德明说，"你太贪心了！你要知道，对很多人来说，一辈子都没有这样的机会。有些人一把抓住，不问风险；有些人明明白白地选择放弃。你两头都想要，我问你，你凭什么？"

"乔治，"乔莉说，"我凭努力工作，打单子拿奖金，有错吗？为什么要承担另外的风险？"

"简直是笑话！"詹德明又好气又好笑，"这是销售说出来的话吗？做生意，做买卖，有那么干净吗？你已经算运气了，你老板没有潜规则你，客户也没把你怎么样，一不用陪酒，二不用陪睡……"他看着乔莉吃惊的脸，挥了挥手，"你听我说完，还有这么大的项目作支撑，要我说，你的运气已经好上天了。安妮，要是你真的这么贪心，你可能什么都得不到。"

乔莉的脸色冷了下来，虽然她理解詹德明说的这些话，完全是为了她好，可言辞中的残酷，实在令她不能接受，"做生意就要陪吃陪睡吗？"

"大部分时候，"詹德明无所谓地说，"是这样的！"

"没有不陪吃不陪睡的生意？"

"有，"詹德明说，"你已经遇上了，还要它干净、透明、毫无风险，小姐，你知道面对的是多少钱吗？七个亿！一张一张连起来，能从北京排到纽约，一摞一摞码起来，这家餐厅都放不下！你居然还要它干净？！你不是太笨，就是太单纯，要不然，就是你这个人太贪心！"

乔莉半天没有说话，艰难地吐出几个字，"所以，我问你的选择。"

"我为什么要告诉你我的选择？"詹德明冷冷地说，"这件事情没有落在我头上。我早就告诉过你，职场是男人的游戏，女人最好不要介入太深，如果你想介入，你就要承担得起。"

乔莉紧紧地抿着嘴唇，"我明白了，谢谢你。"

詹德明的语气缓和下来，"我把你当朋友才告诉你，"他忽然笑了，"但愿你能听进去。"

"我知道，"乔莉笑了笑，"谢谢你的真话，我想我要好好考虑考虑。"

"安妮，"詹德明看着她，"找个人结婚吧，你们公司很多单身汉，远的不说，陆帆和狄云海都不错，一个没有女朋友，一个女朋友有名无实。我要是你，就抓住这两个男人，随便哪一个，都比晶通电子强。"

"这是你们男人的观点，"乔莉笑道，"为什么女人要依附于男人？"

"那你就依附自己！"詹德明的语气又冷了下来，"如果你能承受得住。但是我觉得，你的学习用错了方向。"

"什么？"

"女人要学的东西，你一样不会；你学的东西，都是男人应该学的，"詹德明看着她，"现在我明白了，女强人就是这么造就的，世界真奇怪啊。"

"哦，"乔莉好奇地问，"女人应该学习什么？"

"女人的学问很大，"詹德明说，"学温柔，学大方，学漂亮，学性感！学讨男人欢心，学着让男人花光钱，还要感动得涕泪横流。这些，都是本事！"

"这……"乔莉愣了，长这么大，她还是第一次听到这样的言论，"这不是有违平等吗？大家应该互相尊重、互相照顾。"

"那男人凭什么累死累活地挣的钱都交给你？外面有花花姑娘，也不能随便上床，到点要回家，回家还要哄你开心，凭什么？！"詹德明说，"安妮，如果你有这个心态，你就麻烦大了，一个不会讨男人欢心的女人，除非她足够漂亮，否则，她就一无是处。"

乔莉看着他，愣了半天，问："我想知道，是你这么想，还是天下男人都这么想？"

"男人的想法都一样，"詹德明说，"就像你们女人，都想着嫁个好老公，有钱有相貌有人品，没有区别。"

"那，那要怎么学？"

"学着打扮，"詹德明说，"你今天就很好，穿了裙子化了妆，还要会撒娇，要让男人对你想入非非，然后为你做事，要知道，男人付出得越多，他才会越珍惜你。"

"就像，"乔莉结结巴巴地说，"就像，你现在的女朋友？"

"对，"詹德明说，"你以为我喜欢她，就因为她漂亮？我喜欢她，是因为她够女人，够女人的聪明。她让我花钱、让我做事、让我等待，这说明她了解男人。得不到的，才是最好的。等我的付出超出一定的上限，就算我得到了，我也不会想失去。"

"因为，你付出得太多？！"

詹德明点点头，"她是个聪明女人，这样的女人再加上美貌，我没有理由不珍惜。"

乔莉觉得詹德明这话很有道理，她想了想，又问："女人是单纯好？还是聪明好？"

詹德明摇了摇头，"女人的聪明和单纯没有关系，聪明是天生的，或者从小有那样的妈妈，就会有这样的女儿。有些小女孩，很小就会察言观色，利用男生做事情。有些女人世故极了，可她们一点都不聪明，只会靠自己苦干，或者独自生活，她们不了解男人，但她们不单纯，她们是：很无知！"

"你不是想说，"乔莉看着他，"我是后一种女人吧？"

"你现在还不是，"詹德明乐了，"如果你再不学习，你就快了。"

"喂喂，"乔莉说，"那我想在社会上独立，有什么错？"

"没有错，"詹德明一语双关，"一个独立的女人，不妨碍成为聪明的女人。聪明的女人不会太贪婪，不会要求自己的男人十全十美，懂得抓住机会，懂得把握机会。聪明的女人，更容易独立，而且往往，很难失败。"

乔莉完全听懂了他的意思，是进是退，是得是失，自己不可能计算得那么清楚。没有十全十美的买卖，也没有十全十美的男人，人生机会难得，要么紧紧抓住，要么尽快放手，其他的，都没有意思。

她看着詹德明，这个男人难得如此严肃，到底哪一个才是真实的他？詹德明正把一块海螺肉夹进嘴里，无意中一抬头，瞄见了乔莉的眼神。他似乎一眼看穿了乔莉的想法，哈哈一笑，一边嚼着肉一边说："你也别把我说的全都当真，男人嘛，总要在女人面前装装样子。这是男人的学问，叫装老大！"

乔莉扑哧笑了。詹德明又说："我难得糊涂一回，说的什么我都忘了，你可别往心里去，看你这位美女人品还算端正，所以说几句昏话，吃菜、吃菜，唔……这螺肉真不错！"

乔莉夹起一块，冲他微微一笑，把肉放进了嘴里。

詹德明的话，为乔莉无意中打开了另一个世界：男人的世界。这个世界她之前从来没有想过，会和她的有什么不同。从来没有男人发自肺腑地和他说说男人的想法。小时候没有兄弟，父亲自然不会和她讨论这些。乔莉不禁回想以前的初恋，似乎也完全没有詹德明说的内容：她从来没有讨过男朋友的欢心，也没有在男朋友面前表现性感、温柔和大方。她干什么了？好像每天都忙着疯玩：看电影、吃好吃的，还有用大学时代有限的钱去外地旅游。

陆帆虽然没有女朋友，可公司似乎隐约地在传他和车雅尼的绯闻。云海的私生活比较神秘，公司没有什么人知道。可和他们接触，不就成了办公室恋情了？剩下的，只有一个树袋大熊，可也因为晶通的案子僵在这儿。唉，乔莉不由得头疼，这一件事带动了几件事，实在太麻烦了。

她在纷乱的心情中度过了周末。周一一大早，她来到公司，刚进门就遇见了琳达。只见她新烫了一头长发波浪，染成了今年最流行的巧克力色，身穿一件咖啡色白圆点连衣裙，脖颈上挂着一条珍珠项链，显得又大方又温柔，还有一分的纯情！

"安妮，"琳达看着她，笑容满面地走了过来，递给她一张红色的卡片，"下个月十号，我的婚礼，你一定要来哟。"

"琳达！"乔莉惊讶地张大了嘴，"你要结婚吗？"

"是啊，"琳达心情大好，不去计较乔莉吃惊的态度，"我要嫁人了。你什么时候呀？"

"你和……"乔莉连忙拆开卡片，见新郎的名字上赫然写着刘俊！"你真的和刘俊呀？"乔莉说，"太好了！恭喜你！"

"你是得恭喜我，"琳达说，"这可是极品好男人，"她略略一甩头发，眼睛里波光流转，伸出一根葱白的手指，指甲抹着粉色的甲油，"现在，他归我了。"

乔莉从来没有见过她如此风情万种的模样，不由得呆了。她猛地想起詹德明说的，女人要学漂亮、学性感。原来，她身边就有这样的女人。

琳达见她直愣愣地盯着自己，不禁笑了，"你看什么呢？"

"哦，没什么，"乔莉回过神来，"你真漂亮！"

"要当新娘的女人都漂亮，"琳达吃吃地笑着，低声说，"春天的时候，瑞贝卡不也这样？小销售，你可要加油，赶紧找个好男人，和他签张结婚合同。"

乔莉扑哧乐了，"好的，好的，恭喜恭喜。"

琳达转身走了。乔莉看着卡片上的地址：中国大饭店，这级别可够高的。瑞贝卡结婚的时候，每个同事都分别给了红包，这一次可能也是这样吧。她又开始琢磨詹德明的话：温柔、性感，对了，要说这两条，公司的女同事中，车雅尼可无人能比啊，难怪弗兰克喜欢她。乔莉暗暗叹息，就算自己是个女人，有时候看到车雅尼，也会忍不住升起我见犹怜的感受。

琳达的婚宴安排在中国大饭店最好的宴会厅，赛思中国上至总裁下至前台，都收到了请柬。BTT刘俊那边的合作伙伴，包括SK（Siltcon Kilo）也会有重量级人物到场。传说酒席有近百桌，极其盛大和奢华。赛思中国公司的女员工，都因为琳达的婚礼而无心工作，她们谈论着琳达的婚纱价值三十万人民币，是法国某品牌手工设计和手工缝制，又有人八卦说那件婚纱不过两千八，是北京一个小作坊做出来的；有人说琳达的婚戒足有五克拉，有人说只有三克拉，还有人说是水晶的，假货！有人说刘俊的女儿会当花童，伴娘是北京电视台某知名女主持人……总之，众说纷纭，婚礼还未开始，已经传为这几家大公司的一件盛事。

到了婚礼这一天，除了赛思中国、BTT公司的大部分人，其他公司的人也来了不少。上有总裁级的，下有管理级的，职场新人也不少，光是赛思中国、BTT的前台，就有好几个。现场之热闹，几乎人满为患。琳达不少客户都是IT圈的，不少人也认识刘俊，所以都纷纷要去捧场。还有很多人想着，这场婚礼的宾客都是几家大公司的，顺便联个谊也不错，大家互相拉拉交情、打打关系。除了交际需求，还有人真心表示祝福，有人碍于刘俊的面子，要去观个礼，也有人好奇想看刘俊到底是个什么样的男人，娶了这样一位三十八岁的黄金剩女。也有人好奇想看琳达，这位潜规则女王，到底用了什么手段，最后钓上这样一位金龟婿！结果不少人来了之后，发现彼此都认识，或者听说过，再不然打听打听，都认识哪家公司的某某，或者和某某公司都是合作伙伴。

陆帆和云海结伴而来，到了现场一看，不仅汪洋、付国涛、薄小宁都在，就连瑞恩公司的周祥、顾海涛也都到齐了。云海朝陆帆眨了眨眼睛，"赶上行业峰会了！"

陆帆扑哧一笑，"我看，比行业峰会还齐全。"

众人按照各个圆桌的姓名，一一落座。何乘风、汪洋等几家公司的总裁坐在一桌，其他人分别按公司分配。赛思中国销售部的陆帆、云海、车雅尼、乔莉等人坐在一桌，强国军、刘明达、秦虹等人坐了一桌。市场部施蒂夫因为身份不同，和何乘风坐在一桌，薇薇安、瑞贝卡等人坐在一桌。这情形，和上班开会差不多，比开会又轻松又热闹，众人说说笑笑，就听满场都是嗡嗡的聊天声、笑声、招呼声，连背景音乐都听不见了。

付国涛和SK（Siltcon Kilo）的同事们坐在一起，冷冷地望了车雅尼一眼，只见车雅尼坐在陆帆和云海中间，一会儿和陆帆说话，一会儿和云海说话，不由很是不爽。他忍不住拿出手机，给车雅尼发了条短信："无耻！"

车雅尼拿出手机，微微扫了一眼，远远地斜了付国涛一下，便不再理会。付国涛也不再看她，只顾和众人打招呼，不一会儿，他听见手机短信响，打开来一看，是车雅尼发出的："是你先不要我的。"

付国涛不禁有些得意，他把手机放在口袋里，不回也不看车雅尼。车雅尼等了一会儿，实在有些闷气，这个付国涛，到底是真心喜欢自己，还是根本没把自己当回事？为什么她就是把握不住这个男人呢！

她还怕现场太吵，错过了短信，不时拿出来看一看，但是付国涛再也没有联系她。她一赌气，把手机关了，放进皮包里。

"你没事吧？"坐在一旁的陆帆早发现她有些异样。

"没事。"车雅尼闷闷不乐，又朝付国涛的方向睨了一眼。

陆帆的眉头微皱，他以为是付国涛在骚扰车雅尼，哪里知道车雅尼此时的微妙心思。他心中不快，也不便发作，不露声色地和云海聊天。可是他这个小小的举动，却没有逃过乔莉的眼睛。乔莉不禁摇了摇头，想起詹德明说的"女人的学习"，车雅尼总是能令人操心，这也算一种"聪明"吧。她正胡思乱想，婚宴开始了。一位当红的女主持人走到了台子中间，落落大方向大家问好，然后介绍新郎、新娘入场。

婚礼进行曲响起，全场响起掌声和欢呼声，尤其是 BTT 公司的人，几乎叫翻了屋顶。只见琳达穿着一件露肩式紧身长鱼尾婚纱，衬得她越发高挑明艳，两排闪亮的钻石耳环，从她的耳朵几乎垂到肩膀，看起来华贵又简洁！而恰到好处的妆容，也使她一改平日的职场风味，显得十分妩媚。陪在她身旁的刘俊，身穿藏青色西服，虽然没有什么出众之处，但神态从容，面含微笑，一看就不是个普通人物。众人见了这两人的风采，越发鼓掌叫好，连主持人的声音也被盖了下去。

"唉，"翠西长叹一声，贴着瑞贝卡的耳朵说，"一块好肉，就这样被这女人叼走了。"

瑞贝卡笑了，也贴着她的耳朵说："你还没有结婚，有的是机会。"

翠西远远地瞄了周祥一眼，嘿地笑了一声，心说，和刘俊比起来，周祥明显次了不少。看来，自己还得加紧修炼，不能贸然地决定婚事。而周祥此时正和顾海涛私语，顾海涛悄声笑道："哥们，你看，欧阳贵没来，他们俩肯定有一腿。"

"嘘，"周祥碰了他一下，做了个抹脖子的动作，"你不想活了？"

"哎，还是女销售强啊，不仅能销产品，还能顺便把自己销出去。"

周祥扑哧乐了，"你也把自己销出去，不就完了？"

"我倒是想销，可 IT 这行能拿上台面的女总裁有几个？小公司的成把抓，哥们没兴趣。大公司的，唉，都人老珠黄喽！"

"人老珠黄也未必要你，我看你就滞销吧！"周祥笑道，"不行就降价处理。"

"妈的，"顾海涛说，"这刘俊太亏了，有钱什么样的女人娶不到？周老板，你得赶紧带着哥们儿发财啊。"

"你别着急，"周祥说，"赛思要和晶通搞外包了，凭我在石家庄的关系，还怕拿不出点什么业务？先慢慢来，等他们成立了再说。"

"没劲，没劲，"顾海涛唉声叹气，"女人我们当不了了，有钱人又没当上，做个男人太冤枉了，下辈子投胎，要么当个成功人士，要么当个美女，两样当不了，干脆当猪，也比活受罪强。"

"当猪要挨刀的，"周祥笑，"你就别啰唆了，像个怨妇！"

"我是怨夫！"顾海涛笑道，"还不如怨妇呢。"

舞台之上，开始上演王子和公主浪漫的婚礼场景，舞台之下，众人的心情却各不相同。有艳羡的，有妒忌的，有无奈的，还有伤心的，各种人生滋味，此时一起打翻了，在每个人的心头荡漾。乔莉坐得离婚礼主桌不算太远，依稀能看见四个看上去年龄很老的老人。只见他们满面欢笑，不时地交头接耳。乔莉不禁心生感慨，不管婚礼是什么样的，不管婚礼的主人公怎么样，但最开心的人其实是父母亲！如果说婚戒、白纱，以及白头偕老的誓言令人羡慕，那这婚礼带给父母的欢笑，才是人生最大的要义。

三十八岁的琳达出嫁了，自己的幸福又在哪儿呢？乔莉看了一眼陆帆，陆帆正和车雅尼私语，她又看了一眼云海，云海正在拿着手机发短信。她心中一阵失落，不由拿出手机，给周雄发了一条短信："在忙什么？"

短信没有人回。乔莉不禁茫然，自己到底是为了什么？难道就是为了当个销售？还是为了能成为这种"高端"的结局？成功的目的到底是什么……还有生活的意义……

一时婚宴开始，众人开始吃喝，互相敬酒。场上气氛分外热闹。婚宴中途，乔莉起身去给其他桌的同事们敬酒。敬到市场部，被翠西拉住喝了几杯，但乔莉很快发现，瑞贝卡有点不对劲，她坚持不喝酒，坚持不吃辣，有个男同事刚刚点起香烟，就被她尖叫着制止了。

乔莉问："你怎么了？"

瑞贝卡附耳笑道："我怀孕了！"

"恭喜你啊！"乔莉笑道。

"什么事情？"薇薇安开始追问，于是瑞贝卡说明了原因，大家纷纷表示祝贺，抽烟的男士也都躲到了外面。乔莉看着瑞贝卡喜气盈盈的样子，淘气地拉住她，小声问："你的那个内衣派上用场了啊？"

瑞贝卡的脸顿时红了，她咬着牙，看着乔莉笑道："是啊，派上用场了，下次，要不要我送你一套？！"

．"你们在说什么？！"翠西猛然听到一句，转过头来，"你送她什么？不行，也要送我一套，我也要的哟。"

乔莉和瑞贝卡面面相觑，呵呵笑了起来。乔莉又坐了会儿，这才回到座位上。

这时，刘俊和琳达还在敬酒，估计还有很长时间才能轮到这边。大家也不着急，只管吃着喝着聊着，结果一个半小时之后，刘俊和琳达才走到他们面前。

"弗兰克、杰克、米兰达、安妮……"琳达一一为刘俊介绍。刘俊到底是沙场老将，虽然已经疲惫不堪，但表面上还是容光焕发，一一和众人打招呼，挨个碰杯，又和陆帆、云海寒暄了几句，五分钟之后，他才陪着琳达走向市场部那一桌。

"婚礼真是个体力活，"云海扬着眉毛说，"一桌敬五分钟，十桌五十分钟，他们一共六十二桌，都敬完了恐怕要到晚上了。"

"你结婚的时候请几桌？"陆帆笑道。

"我坚决不请，"云海笑了，"到时候我旅行结婚，有这个体力，不如去哪儿玩一趟。"

"那你完了，"旁边有人笑道，"至少一半以上的美女，都不会嫁给你。"

"是吗？"云海看了乔莉一眼，"那可不一定。"

何乘风和施蒂夫同坐一桌，新人们早就敬完了酒，只是几个总裁忙着应付下属的敬酒。等下面的人差不多走完了一轮，何乘风看着施蒂夫笑道："施总，一会儿有什么安排？"

"没什么安排。"

"今天公司有个重要的客户，"何乘风说，"就住在中国大饭店，施总要不要去见见？"

"哦？"施蒂夫说，"什么公司？"

"你去了就知道了，就在楼上。"

施蒂夫想了想，点了点头。何乘风见众人都有散的意思，便和大家打了招呼，与施蒂夫离开了宴会厅。二人走出饭店，乘电梯上了十六楼，何乘风走在前面，施蒂夫走在后面，在一个宾馆房间门前，何乘风停住了脚步，按了一下门铃。

一个青年男人打开了门，朝后微退一步，将两个人让了进去，随后关上了门！

施蒂夫跟着何乘风走进去，顿时愣住了，就见欧阳贵穿着白T恤、牛仔裤，头戴一顶蓝色的鸭舌帽，斜斜地靠在房间客厅的贵妃椅上。一个三十多岁的男人站在他身后。

"欧总，"施蒂夫惊讶地说，"你也在这儿？"

欧阳贵的下巴朝上微微昂起，像刀片刮磨刀石的声音在沙发里面响了一声，"对，我在等你。"

"等我？！"施蒂夫莫名其妙，他看了看欧阳贵，一转头，见何乘风已经退到房间的另一边，坐在一张沙发椅上，而房门旁边，站着刚才那个开门的青年男人。

施蒂夫突然感到一阵恐惧，他竭力稳住自己，笑了笑问："欧总找我有事？"

"我要跟你借样东西。"欧阳贵说。

施蒂夫略略放下心，"借什么？"

"你的手机。"

"什么？"施蒂夫说，"手机？"

欧阳贵微微扬了下下巴，说时迟那时快，那个年纪略大的男人两步迈到施蒂夫的身旁，几乎贴着他的身体，一动不动地站着。

施蒂夫本能地打个了激灵，觉得身上的汗毛立即竖了起来。看来，这是早就安排好了的，如果他反抗，可能会比较难看，先顺着他们的想法，看看再说。如果他们要伤害自己，也不会安排在这种地方。想到这儿，他慢慢地掏出手机，递给那个男人。

男人拿过手机，走到欧阳贵身后，两下就把手机电池卸了下来。然后，他把手机放在了旁边的壁柜上。

"你再查查，"欧阳贵微微一笑，嘶哑着嗓子，"施总有没有相机、录音笔什么的，一并拿出来。"

男人往前迈了一步。"何总、欧总，"施蒂夫到底有些按捺不住，"你们想干什么？这里是饭店。有话好好说。"

"我们三个老总难得有空闲，"欧阳贵点头示意，"大家坐坐聊聊天。"那个男人继续上前，顺着施蒂夫的身上摸了摸，确定没有别的设备之后，点了点头。

"我今天没有时间，"施蒂夫又恨又怕，"我一会儿还有事，司机在下面等我。"

"施总，"何乘风坐在角落微微一笑，"其实今天是我的主意，因为之前欧总发现了一些事情，就找到了我。我总觉得我们是一个团队，事情闹大了不好，还是应该让你知道知道，不然对你太不公平了。"

"对我不公平？"施蒂夫站在房间中间，感觉欧阳贵与何乘风虽然坐着，却高高在上，而自己像个受审的犯人，他又不敢发作，只好忍耐着问："什么事情？"

"让施总坐。"欧阳贵说。

年轻男人搬了张靠背椅，放在施蒂夫身后。施蒂夫坐了下来，理了理西服。欧阳贵转过头，长长的下巴向前伸着，嘴巴向颧骨两边咧起，朝两个男人看了一眼。两个男人转过身，走出房间，关上了大门。

欧阳贵又把头转回来，看着施蒂夫微笑。施蒂夫看不得他阴森森的模样，把目光挪向旁边，"你们有什么话快说吧。"

"我有一张单子，"欧阳贵说，"想念给你听听。"

"好的。"

"2008 年 1 月 15 号，快春节的时候，麦方公关公司送了你一瓶好酒，价值 2000 美金。2008 年 4 月 16 号，麦方公司送了你太太 LV 当季限量版的皮包，价值人民币

38000 元……"欧阳贵看着施蒂夫，"施总，我这里还有很多，要我一桩桩地念出来吗？"

施蒂夫有点怀疑自己的耳朵，他甚至怀疑自己现在是不是做梦。他的脸色一阵红一阵白，半晌才说："你这是……是诬陷！"

"是吗？"欧阳贵说，"可我每一桩都有证据，不仅有人证，还有物证。如果我没有记错，2008 年 7 月 13 号，麦方公司的老板陪你出去的时候，你们还叫了小姐。"

施蒂夫死死地看着欧阳贵，觉得背上有一层冷汗密密地渗了出来，而愤怒又让他的脸上一阵一阵泛出潮红。他哼了一声，"你们查我？"

"是啊，谁叫我们没干这么龌龊的事情呢，"欧阳贵嘶着嗓子，嘿嘿一笑，"小姐的滋味怎么样？"

"我什么都没有做，"施蒂夫说，"是他们叫了小姐，我又退回去了。"

"哦？"欧阳贵说，"你拿什么证明？"

施蒂夫有些明白过来了，"这些人都是你们安排的？麦方公司，还有其他的？"

"其他什么？"欧阳贵厉声说，"你公然地向客户、下属索贿，桩桩件件都价值上千美金，施总，你说我们安排，我们的安排你为什么要接受？你是个成年人，我想，我们没有本事让你做出这种事情。"

施蒂夫脸上的肌肉突突地跳动着，他长时间地沉默着，突然，他的背一松，人瘫靠在椅子上，颓然地问："何乘风、欧阳贵，你们到底想干什么？"

"施总，"何乘风微微笑道，"你要这么说，可就见外了。欧总拿到你这些证据，不仅没有告发你，反而转过头找我商量，这就证明了，他对你非常有善意。你想听听我的意见吗？"

施蒂夫苦笑了一声，"何总，您请说。"

"我的意思是，我们三个人都是赛思中国的老总，有什么事情不能在我们三个人之间解决？为什么非要拿到公司的层面，甚至法律的层面去解决呢？这不仅会毁了你的职业生涯，毁了你的声誉，还有可能毁了你的家庭，"何乘风呵呵笑道，"我们同事一场，怎么能够不为你考虑呢？"

施蒂夫点了点头，眼睛看着地毯，隔了几秒，他抬起头，望着何乘风，"你们想要什么？"

"我们想要一个名字。"欧阳贵说。

"名字？"

"谁叫你来查我们？"欧阳贵说，"美国总部的什么人？"

"我没有查你们。"

"是吗？"欧阳贵冷哼一声，"你派到石家庄那些三流侦探，是来干什么的？"

施蒂夫愣了，他看着欧阳贵，再看了看何乘风，知道自己这次惹上了大麻烦。如果自己再继续坚持，只怕他们就会先下手为强，把自己一路告上美国总部，甚至商业法庭。他们之所以没有这么做，恐怕一是因为自己有利用之处，二是不想在晶通外包合作的时候，闹出什么事件。想到这儿，施蒂夫解释说："我只关心公司的利益，并没有要查你们。"

"施总，"何乘风微微一笑，"我明明白白地告诉你，晶通电子的业务到目前为止，干干净净，没有任何违法的事情，也没有任何所谓的幕后交易。"

他看着施蒂夫，脸上的笑容渐渐隐去，"你作为赛思中国的 VP，不仅不相信我作为赛思中国最高执行官的人品和职业操守，甚至去找低劣的私家侦探对我进行调查。您这样做，我很失望。我不需要用晶通外包跟你交换什么，但我知道，以你个人的意愿，以我们的关系，你是不会这么做的，所以，我相信一定有人在幕后指使你，这个人是谁？"

"不，没有人指使我。"

"这么说，是你针对我了？"

"不，不不，不是我要针对你，是我觉得公司对晶通电子进行投资是错误的，仅此而已。"

何乘风看着施蒂夫，沉默不语。欧阳贵说："既然这样，何总，那我就把这些证据提交美国总部。"

"不，欧总，"施蒂夫看着欧阳贵面无表情的脸，又转过头看着何乘风，"告诉你们我有什么好处？你们能把这些材料都还给我？"

"没问题，"欧阳贵说，"我不仅会把材料还给你，我还会祈祷你在赛思中国 VP 的位置上长治久安。"他把嘴角咧向颧骨，露出了没有笑容的微笑。

"我为什么要相信你们？"施蒂夫不想看他，也知道他完全听命于何乘风，于是继续向何乘风发问。

"第一，你没有选择，"何乘风说，"你二，你有你的价值，如果晶通外包成立，欧总很快就要离开赛思中国，前往石家庄，出任外方经理，我希望你能协助我管理好赛思中国，同时，我也希望在晶通外包问题上，我们销售部和市场部能够达成一致。"

施蒂夫没有及时回答，何乘风的话听起来很有道理，这样的话，大家就犯不着鱼死网破，争得那么难看。何乘风长叹一声，"施总，你我都是黄皮肤的中国人，何必为了美国人打得头破血流？中国市场这么大，大家内部一团和气，外部各自做好业绩，不是一件好事嘛！说白了，你们都不再年轻，还能干多少年？又何必为了小事伤了和气。"

施蒂夫点点头，"我可以告诉你们名字，也可以配合你们做好晶通外包工作，但我还有一个条件。"

"什么条件？"

"我有个老下属，现在一家外企做销售，他的工作能力很不错，但现在的工作机会不是很好，我想介绍他来赛思中国。"

"哼哼！"欧阳贵冷哼一声，便要发作。何乘风看了他一眼，轻轻摇摇头，然后看着施蒂夫，"他多大年纪，哪里人，什么背景？"

"他今年三十四岁，香港人，毕业于香港大学商学院，名叫孙诺。"

何乘风点点头，"听起来很不错，我们销售部一向需要用人，有机会你介绍他和我聊聊。另外，我们销售部的米兰达，一直和市场部对接，我认为她对接得很不错，而且她主要负责让市场部批价格的问题，工作范畴也属于市场部，这个人很有能力，你看要不要直接把她转过去？"

施蒂夫飞速地在心中盘算，以孙诺的资历，进到销售部怎么也得是个经理，这就成功地安了一个钉子。车雅尼再怎么样，职位较低，加上她在销售部，一直扰得市场部不得安宁，倒不如放在市场部，反而好控制。如果不是薇薇安愚蠢，也不至于被这样一个年轻的女员工玩得团团转。

"那我们一言为定。"施蒂夫说。

何乘风笑了，"谁让你查我们？"

"托马斯。"施蒂夫报出人名。何乘风看了看欧阳贵，点了点头。欧阳贵将一包资料放在了施蒂夫的面前，他觉得何乘风根本不应该让施蒂夫在销售部安插人员，嘶声说："施总，只要我们井水不犯河水，就能合作愉快。你是香港人，我是大陆人，何总是美国 ABC，ABC 做事讲法律，香港人讲商业，我讲情面。情面这个东西，最让人费心。如果有人不给我脸，我就让他不要脸！"

施蒂夫在心中连连冷笑，恨得咬牙，面子上却一团和气，"对对，情面最重要。"

欧阳贵看了看何乘风，"何总，我们晚上还有事，是不是先告辞了？"

何乘风点了点头，"施总，如果你需要，就在房间里休息休息，这个房间订到了明天中午。"说完，他走到施蒂夫面前，与他握了握手，这才和欧阳贵转身离去。

施蒂夫等二人一关上门，就立即打开资料。里面有几封打印出的邮件，还有证人证言，全部是律师签了名的取证资料。施蒂夫长出一口气，心中越加愤怒不安，他们会把所有的资料都销毁吗，还是会留着一手，以防自己做出不利的事情？

赛思中国不是久留之地了，以何乘风的性格，只要不去犯他，他是不会太过分的。而欧阳贵就不保险，如果晶通外包做不成，他会不会把自己扯出来，大家一起难看？唉，是走也不合适，不走也不合适。再说，自己供出了总部的 VP 托马斯，又没有拿出过硬的证据，不知道以后还能不能得到托马斯的支持。

他坐了良久，慢慢地站起身，大约腿有点麻，他一边揉着大腿，一边走到壁橱边，装上手机电池，按了开机键。

他拨出一个电话，"薇薇安，晶通外包的事情你不要再查了，到此为止。"

"为什么？老板，我们查得很顺利，"薇薇安尖声说，"我们找到了第四拨侦探。"

"我说不用就是不用，"施蒂夫狠狠地说，"你让所有的人都停下来。"他想开口问薇薇安付国涛的手机号，转念一想停住了，"总部要我们配合销售，做好外包项目，我们得执行。"

"哦，好的，"薇薇安一听这话，觉得一块石头落了地，忙又表功说，"老板你放心，我会全力支持的。"

"支持就好，"施蒂夫说，"就这样吧。"

他挂上电话。现在市场部的人没有一个是得力的，看来自己得出面，找付国涛谈谈。坐以待毙可不是好办法，总得拿到一点什么证据，以免欧阳贵到时翻脸。此人凶神恶煞，还是防着一点比较好。

与此同时，欧阳贵与何乘风已经上了车，欧阳贵说："何总，你就不应该答应他进人。"

"没关系，"何乘风笑道，"人是给我用嘛，你不放心他，还不放心我？"

"我们有那么多资料，"欧阳贵说，"何必和他谈条件。"

何乘风摇摇头，"狗急还要跳墙，何况他是赛思中国的VP。欧阳，有时候少林铁拳也要稍微温柔一些，不要逼得太紧啊。"

"你这是美国人的想法，"欧阳贵说，"只怕你给他活路，他不给你活路。"

"这是中国人的想法，"何乘风笑了，"凡事都留余地。"

欧阳贵嘿地一笑，没有说话。何乘风也没有继续再说，他觉得欧阳贵低估了施蒂夫的承受能力，就如同自己，可能高估了王贵林对晶通外包的依赖性。这位强势的VP，肯定会因为强势搞出一些麻烦。但是，何乘风也不指责欧阳贵，一是指责没有用；二是，正因为欧阳贵的强势，他才有了今天。人的优点就是人的缺点，有时候无须改正。

虽然何乘风料事如神，却也想不到，施蒂夫这个善搞办公室政治斗争的香港VP，比他预料的还要强硬一些。他和欧阳贵下午的举动，是不得已而为之，为了晶通外包，必须要保持内部与外部的平稳。但这个举动，彻底激怒了施蒂夫，并且让他深为不安。施蒂夫决定要做点什么，以便在关键时刻保护自己。

第十四章

再见晶通

从"铁"饭碗到"金"饭碗

北京的奥运会很快结束了，接着是残奥会，这个城市的天空变得如此蔚蓝，甚至在路上行走时，也能看到远处的青山。北京不再像北京，而像一个南方城市。

晶通电子的项目，就像北京的空气，越来越透明，越来越看到美好的一面。外包方案彻底获得了批准，而晶通电子也通过了中亚永通的方案，开始正式改制。这一天，乔莉刚刚来到公司，就接到了会议通知，何乘风、欧阳贵、施蒂夫、薇薇安、陆帆、狄云海、瑞贝卡、翠西、秦虹、强国军等销售与市场部成员，全部参加了会议。会议由陆帆主持，他先汇报了晶通电子的基本情况，初定一个月之后，赛思中国将代表赛思公司和晶通电子举行一个盛大的签约仪式，双方签订一个合作意向书。

陆帆介绍完毕，由何乘风说话，何乘风微微笑道："赛思公司一直希望在中国找到自己的合作伙伴，降低生产成本。这次我们和晶通电子的合作，是一次全新的尝试，我希望各位都能够配合陆帆，把工作做好。至于签约仪式，我和欧总、施总都会前往，希望大家能看到外包公司对赛思公司的未来的重要性。从签订意向书第一步开始，就能让它有好的开始，并且稳步地发展。"

何乘风说完，示意欧阳贵讲话。欧阳贵摇摇头，"我没有什么补充意见。"他看着施蒂夫，咧开嘴，露出一个笑容，"施总，您有什么要补充的？"

施蒂夫微微一笑，"今天市场部的骨干都在，大家也听到了何总说的重要性，我希望市场部要配合销售部，把签约工作做好，把相应的宣传工作做好，除了签订合约，还要乘此良机，进行一次公司品牌形象的宣传。"

三位老总发言结束，陆帆也对销售部作了部署，除了其他人，乔莉作为晶通电子销售，负责和晶通电子的外联工作，强国军和秦虹作为售前，协助乔莉做好相应工作。

两小时后，会议结束了。三个老总一起起身，离开了会议室。销售部与市场部的员工立即热闹起来。有的人向陆帆表示祝贺，七亿大单马上就要实现了。有的人调侃乔莉，做成了这么大的买卖。强国军和秦虹因为在这个案子当中，所以售前们也对他们表示祝贺。陆帆笑道："大家先不要这么说，等合同签下来，才算定了呢。"

"陆总，"薇薇安尖着嗓子说，"意向书马上要签了，你还有什么可担心的？哦，上帝，这可是七亿大单，我们赛思中国要创造奇迹了。"

翠西自从接到薇薇安的命令，要求停止调查晶通外包之后，就知道公司的风向又转了。她见薇薇安向陆帆示好，连忙凑上前，"弗兰克，这次去石家庄，可要好好地热闹热闹，我们市场部做完了事，你可得请客哟。"

"我请客，"陆帆说，"薇薇安，不如这样吧，等晶通外包意向书签订之后，我们销售部与市场部联谊一次，地点就在石家庄，我来安排？"

"好呀，"薇薇安一转身，伸出手指在空中划了一下，"大家都听好了，这次事情做好了，可有人请客。"

众人哄笑叫好。也有人觉得，最近市场部和销售部的关系有些微妙，站在一旁冷眼旁观。瑞贝卡早早地退了出去。自从薇薇安告诉她不用再查销售部之后，她身上的负担一下子轻了许多。她不知道为什么市场部突然与销售部和解，而且把车雅尼也调入了市场部。她只是觉得很累。这累是源于身体上的：她怀孕了，反应挺强烈。而另一方面，还有心理上的，她觉得职场变化太快，竞争太黑暗。一会儿背后下刀子，一会儿握手成朋友。她很抑郁。

她回到座位上坐了一会儿，许多同事才陆续回到办公桌。她不想和众人待在一起，又起身去了茶水间。一进门就见到乔莉。乔莉正在打水，看见她忙说："瑞贝卡，喝点什么？"

"不喝什么！"瑞贝卡硬邦邦地说。

"你脸色不好，身体不舒服？"

"没有！"瑞贝卡看着乔莉容光焕发的模样，心情越发地痛苦，七亿大单，到底被她签了去。争来争去，自己倒是嫁了人，也怀了孕，也升了一级，可是有什么光荣比得了乔莉的这一单呢？她冷着脸，什么话也不想多说。销售部的黑暗她不想多管，至于乔莉的成功，她觉得什么都算不上，只能算无耻加黑暗的产物吧。

乔莉不明白瑞贝卡为什么生气，以为只是她孕期的一个症状。乔莉不敢再多说，打了水回到座位上。刚打开电脑，MSN的黄灯就亮了起来，乔莉一看，是秦虹，只见她写着："我们这次去石家庄，只签外包协议，技术改造的合同会签吗？"

乔莉抿嘴一笑：可真心急啊。她写道："暂时还没有提到。"

"什么时候签？"

乔莉忍不住和她开了句玩笑："你不是希望我谨慎吗？"

"公司总部已经批准了，还有什么可怀疑的？依我看越快越好，毕竟七个亿呢。"

"好的，"乔莉写，"我会抓紧时间。"

她关上MSN对话框，轻轻地叹了一口气。这可不是郁闷的叹气，而是欣喜加说不出的感慨。随着晶通外包一步一步推进，公司流言蜚语少了许多。秦虹在MSN上催问过几次签单的事情，强国军也以BTT的合同没有签约成功为理由，转回到乔莉这边，再次成为晶通电子的售前。人人都盯着这笔七亿大单，想着它未来可能产生的奖金与收益。只有乔莉，她一方面沉浸在成功的喜悦中；另一方面，也觉得这份喜悦其实并不属于她：她还没有完全决定，到底要不要玩一把大的，在这个项目中继续下去。

时间一晃到了十月初。赛思公司和晶通电子的签约仪式即将举行。这次活动由赛思中国、晶通电子联合举办。因为这是石家庄最大的外包业务，所以政府部门非常重视。当乔莉再次踏上去石家庄的路上时，明显感觉到了气氛的不同。

首先，这一次去，赛思中国的人，可说是兵强马壮。不要说公司的三大老总、销售部的总监和经理、市场部的总监和干将，就连售前都去了好几个。浩浩荡荡十几辆车，排成一队，朝石家庄进发。其次，晶通电子的接待规模也不比以往，当十几辆车驶到晶通电子厂门口时，乔莉吓了一跳。只见厂门两边围满了工人，还有工人鼓乐队，打着鼓吹着号。晶通电子厂办校的学生们，拿着鲜花排成一排，你推我搡地站在街边，嘴里喊着：欢迎欢迎，热烈欢迎！而晶通的领导们，王贵林、两位副厂长，一位纪委书记、工会主席、陈秘书，全都簇拥着石家庄的政府领导，站在厂门外欢迎着他们。当赛思中国众人走下车时，锣鼓声与欢呼声不整齐地响了起来。

乔莉觉得一下子回到了上世纪八十年代，她想笑又不敢笑，又觉得十分感动，只是跟在陆帆后面，忙着和晶通电子的熟人招呼。赛思中国的销售与售前经常与企业打交道，还不觉得怎么着。瑞贝卡和翠西等市场部员工，因为办仪式的事情，都在一周前来过晶通电子，商量活动细则与媒体宣传，所以也不觉得怎么样。只有薇薇安，完全被这样的阵势吓坏了。她去年来石家庄出差，是住在五星级酒店，她本来以为这次活动会安排在酒店，后来翠西告诉她去工厂，她虽然有所准备，但还是不能接受眼前的现实。

明明太阳温热，秋高气爽中还留着一点夏天的尾巴，薇薇安却穿着长裤长袖，头上裹着爱马仕丝巾，蒙住了大半个脸，手上戴着一副长手套。她生怕厂区的灰尘会毒害她这位来自香港的高级总监。她左边站着怀孕的瑞贝卡，右边站着翠西，两个人一左一右"保护"着她，跟着施蒂夫往里走。薇薇安一边走，一边惊恐无比地打量着街边的工人，不停地用英文抱怨："哦！My God！简直土死了！这些人都疯了吗？我的天啊！我们什么时候才能回北京？我恨死这个地方了！我再也受不了了！"

瑞贝卡默默忍受着。翠西一边搀扶着她，一边小声安慰，"哦，快了，就快到礼堂了，再坚持一下啊。"

陆帆和云海走在她们的身后，两个人不时听到薇薇安的声音，暗暗摇头，表面上就像没有听见一样。乔莉和秦虹等人跟在陆帆的后面。乔莉越往里走，发现晶通电子的人越来越多。以往冷冷清清的厂区，此时到处都是人。不仅有青壮年男女工人，还有老人、抱小孩的妇女，和成群结队的小孩子们。天啊，乔莉这才发现，两千多名工人，不是一个虚拟的数字，而是一个可观的人群，或者说，是一个可观的大家庭。

从晶通电子厂区大门到晶通电子大礼堂，不过十五分钟路程，但因为围观的人群太多，加上众人边走边聊，王贵林又不时地向施蒂夫等人介绍晶通电子的历史和环境，众人走一走、停一停，二十多分钟之后，才来到了大礼堂门口。乔莉抬头一看，只见礼堂上挂着两条巨大的红色条幅，一条是：热烈欢迎赛思公司各位领导莅临晶通电子；另一条是：热烈庆祝召开赛思公司与晶通电子项目合作签约仪式。

秦虹用手轻轻碰了碰乔莉，"那个是什么字啊，各位领导什么临晶通电子？"

"莅临。"乔莉说，"就是欢迎我们的意思。"

秦虹还是第一次到石家庄和晶通电子，她环顾左右，悄声说："这厂子可真土啊。"

乔莉笑了笑，没有吱声。

众人纷纷进了大礼堂。大礼堂里更是座无虚席，除了空空的主席台，就连过道上也挤满了人。这时，一个穿着时髦、化着浓妆的中年女人站在台上，用播音员的语调邀请市政府领导、赛思公司与晶通电子的领导们上台入座。

主席台很大，摆了三排桌子。乔莉等人被带到舞台的一侧，然后鱼贯上台，在各自的座位卡前落座。主持人依次介绍道：石家庄某领导，赛思中国总裁何乘风，赛思中国副总裁欧阳贵、施蒂夫，赛思中国销售总监陆帆，销售经理狄云海，赛思中国市场总监薇薇安，市场经理瑞贝卡，赛思中国客户经理乔莉，市场助理翠西和售前支持强国军、秦虹。她每介绍一个人，台下必然发出热烈的掌声。介绍完所有的来宾之后，她才开始介绍晶通电子的领导。当她说到厂长王贵林时，台下的掌声更加热烈起来。

乔莉坐在主席台最后一排，只觉得四面八方都是人影和掌声。礼堂里的空气不是特别流通，舞台顶上的灯光明晃晃地照耀着他们。薇薇安脸色苍白，简直要昏了过去。她半蹲在座位前，不肯落座，但又惧怕台下众多的目光，正无奈之际，翠西眼明手快，把自己的小外套脱下来，给她垫在座位上，她这才坐了下去，嘴里不停地小声念叨："我恨这里，我恨这里！"

云海坐在她的旁边，表面上微笑着，似乎没有注意到她的表现，心里却强忍着厌烦。而乔莉看着台下众人热烈的目光，不由得想着自己去年冬天来到这里时，在家属区看到的那些老人们：他们为了改制，为了维护自己的权益，毅然冒着清冷的冬日晨光，拖着病弱的身体去市政府请愿。想起这里，乔莉心里不觉一片酸楚。

她每天担心的就是这七个亿能给自己带来多少好处，又能给自己带来多少坏处。可对于台下的很多人来说，一个企业如何改制，改制之后又如何发展，直接关系到他们的生存空间。是她太自私了，还是说，她在没有确实地面对这么多工人之前，根本无法体会改制对他们来说，到底意味着什么？

主持人小姐宣布，晶通电子与赛思公司合作意向书签订仪式正式开始。台下又是如潮的掌声。她含笑示意了几次，工人才停止鼓掌。她清了清嗓子，首先请政府领导讲话，领导讲话完成后，她又请王贵林讲话。工人们的掌声又高了起来，还夹杂着口哨声与尖叫声。

王贵林拿过话筒，觉得坐着不够高，一下子站了起来。他望着台下的众人，觉得胸中激情澎湃。这都是他的工人，都是他要负责任的对象。有了他们，他才是一个真正的企业家，才能用空城计唱进来两大外企，才能把政府的支持、银行的贷款，包括未来的股市，都纳入自己的城池。谁说工人一无是处？有人的地方，就有生产力。

此时的王贵林觉得自己真的是个英雄，比当初在越南战场上更加神勇。他不仅从于志德手中夺过了大权，而且用赛思公司的外包方案，为晶通电子谋得了第一桶金。而且还有 SK（Siltcon Kilo）！在未来，台下的这些工人，会拥有自己的上市公司，会拥有在石家庄最出色的外包企业。他，王贵林，不仅改变了一个企业的历史，还将改写两千多名工人的生活与生存状况。王贵林再也忍不住，轻咳了一声，台下的声音顿时如潮水一般退去，几秒钟的工夫便寂静无声。工人们都仰头看着他，目光中有希望，有敬仰，当然也有怀疑和试探。

王贵林说："亲爱的工人们，我们的改制已经启动了。大家都选择了中亚永通的方案，都会过渡到新的晶通电子集团。以后，我们不是国营企业了，是股份制公司。也就是说，以后我们再也没有铁饭碗了。那么，我们为什么要改制？改制就是要把我们的铁饭碗变成金饭碗！这个金饭碗怎么来的？就是从今天来到我们晶通电子的，赛思公司的各位领导和同仁中得来的。首先我想请晶通电子所有的工人，对他们的到来报以热烈的掌声，谢谢他们给了我们晶通电子一个真正的金饭碗！"

他话音一落，全场响起了热情的掌声。王贵林随着掌声转过身，对着何乘风和赛思中国众人深深地鞠了一躬。何乘风慌忙站起，微笑着鼓掌，以示还礼，赛思中国的众人也连忙跟着站了起来。一时台上台下掌声一片，主持人只得出面请大家落座，请王贵林接着发言。

"我们感谢完了北京来的客人，现在，要感谢我们石家庄的客人。我们要特别感谢政府领导的支持和鼓励。是政府给了我们政策，给了我们在开发区的新土地，和新的优惠政策，没有政府，就没有晶通电子的今天，我们大家要对政府领导表示热烈的感谢！"说完，他对着石家庄政府领导，又是深鞠一躬。台下的工人们也同样报以了掌声。

"我还要感谢你们，我的工人们，是你们的信任让我坚持到今天，是你们对工厂的热情、对未来的热情、对美好生活的愿望，让我们共同坚持到了今天。我要感谢你们，不管是晶通的工人，还是晶通的家属，我们晶通改制的这场战役，是你们打下来的，胜利属于你们！"说完，他对着全场的工人们深鞠一躬，并且久久没有抬起腰。工人们的掌声经久不息，整个礼堂激荡着一股热情与感动。台上的众人也忍不住鼓起掌来。何乘风暗想，王贵林平常话语不多，没有想到是一个演讲的高手。欧阳贵则心潮激荡，不管企业真正的原始动力与未来发展是什么，这番话还是够爷们！

"最后，我也要告诫大家，做外包，我们都是小学生，我们不懂。但是不懂没有关系，我们可以学。现在，不仅有老师教我们，而且老师都把家搬进了工厂里。我们当好了学生，就捧好了金饭碗。我王贵林在这里也说一句不客气的话，以后晶通外包成立之后，谁要是不当好学生，要砸我们晶通外包的金饭碗，我就砸谁的铁饭碗，毫不留情！"

"好！"台下前排的人听到这里，不由得叫起好来。众人又是一片掌声。王贵林说："我们是主人，话不能太长，现在大家用热烈的掌声，请赛思中国大中华区总裁，请把金饭碗送到石家庄的何乘风何总发言。"

台下掌声如潮。工人们的目光一齐聚集在了何乘风的身上。何乘风纵然身经百战，但面对这样的场景，还是第一次。他接过话筒，一方面心中感慨万分，另一方面也不想输给王贵林，他非常绅士地开口道："各位工人，我是生在美国、长在美国的中国人。在美国，他们叫我们 ABC，又叫我们香蕉人，就是说我们外面黄、里面白。但是我要告诉大家，我何乘风不仅外面黄，里面也黄，我是个不折不扣的中国人。"

此话一出，虽然语气不激烈，但台下的掌声顿时响了起来。何乘风等掌声稍小，又说："我是 1986 年回到中国的，当时我的汉语不好，看不了中文小说，这二十多年来，我和中国 IT 行业一起成长，我现在不仅可以读《红楼梦》，还可以用汉字写长长的信件给我的朋友和家人。但是我一直觉得，我还不够深入了解中国这片土地。因为我一直在外企，我为美国人做事，为美国公司赚钱。但是今天，我非常高兴，能有这样一个机会，和你们在一起。赛思公司和晶通电子的全面合作，将意味着晶通电子向 IT 行业的转变，同时也意味着我，作为一个 ABC，可以向中国的国企贡献一份力量，可以和所有的国企工人们一起奋斗。我是一个职业经理人，我将用我最好的方式向祖国证明，我不是一个香蕉人，我是中国人！"

台下掌声、尖叫声、叫好声响成一片。薇薇安小声地对翠西说："何乘风可是美国籍，真虚伪！"

"就是就是。"翠西连声附和。

薇薇安又用英语连声轻骂："Sonofabitch（卑鄙）！"云海皱了皱眉，只得假装没有听见。

台下的声音平息，何乘风接着说："我是赛思中国的大中华区执行总裁，在未来，我和大家打交道的机会并不多，但我们公司会向晶通外包委派一位外方的经理，这位经理今天就在主席台上，他就是我们赛思中国分管销售的副总裁欧阳贵先生，大家一定想听听他的意见吧？"

"想！"台下齐声答应，接着是掌声一片。赛思中国的员工们，除了陆帆和云海，都是微微一愣，怎么欧阳贵要出任外方经理？难道，他要离开赛思中国吗？这时，何乘风把话筒递给了欧阳贵。欧阳贵将肘部朝主席台上一放，话筒跟随着他的动作发出了巨大的嘭的一声！整个会堂里的人都吓了一跳，顿时安静下来。

乔莉等人都领教过欧阳贵在公司会议上的表现，各自在心中暗暗咋舌，唯有薇薇安不知死活，又用英语嘀咕："哦，天啊，太没有风度了。"

不想这个时候，全场十分安静，她的这句英文被欧阳贵听见了。他微微斜过头，冷冷地扫了薇薇安一眼，薇薇安突然看到欧阳贵面露狰狞，一双眼睛像狼一样，似乎一口要把自己吞了，她吓得浑身一颤，加上翠西的小外套又很滑，她差点滑到座位下面。等她稳住心神，欧阳贵像刀片刮过的声音已经在全场响了起来，"各位，我是赛思公司的副总裁欧阳贵，也是未来晶通外包公司的外方经理，我很高兴和大家认识！"

台下的工人们全部愣住了，如果说王贵林的发言像个战斗英雄，何乘风的发言像个美国的绅士，这欧阳贵就有点让人毛骨悚然。这一看就是个不好讲话的主啊。

"我这个人有两个特点，"欧阳贵哼声说，"第一，我这个人下巴比较长；第二，我这个人声音比较难听。"台下的人听他这么说，再看看他翘在台上的下巴，不由得纷纷想笑，可一看到他扫视全场的眼睛，众人顿时又笑不出来了。

"说完我这个人的特点，我再说说对晶通外包的想法。"欧阳贵继续说，"晶通外包，是一次了不起的合作，就像你们王厂长说的，做好了，就把铁饭碗换成了金饭碗。金饭碗可不好端，刚才王厂长说了，大家不懂。要叫我看，不懂没有关系，只要有态度就可以了。"

说到这里，他又全场扫视一圈，此时会堂里鸦雀无声，连一根针落在地上都能听见。"什么叫态度？第一忠诚，第二专业。说白了，就是又红又专！但是红和专比，红更重要！只要忠诚，专业不好可以学。如果只有专业，没有忠诚，我就砸谁的金饭碗！"欧阳贵咧开嘴，露出一个笑脸的模样，台下第一排的人差点尖叫出来，这哪里是笑，比哭还难看。

全场上下回荡着欧阳贵的声音，"金子好像是砸不碎的，只能用火烧，可我欧阳贵，偏偏学过几天炼金术，我可以把金饭碗烧成水、化成灰。但是我也向大家保证，只要大家有捧好金饭碗的决心，不管专业上有多困难，我都和大家一起共进退，学一遍不会的，我们可以教十遍；学十遍不会的，可以教一百遍。我一定要让大家捧好这只金饭碗！"

台下的人还是大气不敢出，有听出滋味的，鼓了几下掌，却只是零零落落，众人继续屏气凝神，听他训话。欧阳贵又说："刚才何总说，他是 ABC，我和他不一样，我没有喝过洋墨水，早年也在国企上班，我比何总更了解你们，我知道你们不容易，所以我请求大家，和我同进同退，一起打造好晶通外包这只金饭碗！"说完，欧阳贵突然站起来，也朝全场深鞠一躬。台下的人一时愣住了，众人都觉得这位未来的半个老板，话说得威风不好对付，但也很贴心窝，像个自己人！有人开始鼓掌，接着是一片掌声，最后是热烈的掌声。

主持人站在台边，听着这三位老总一个比一个精彩的发言，连主持的事情都忘记了，傻乎乎地站在原地发愣，直到工会的人推了她一把，她才缓过神来，连忙几步上到台前，大声说："发言结束，签约仪式开始。"

听了这话，薇薇安、瑞贝卡、翠西一齐愣住了。因为按照职位高低，他们本来还安排了施蒂夫的讲话。没有想到，被主持人小姐的紧张给搞漏了。可这个时候也没有办法去补，只能眼睁睁地看着签约仪式开始。

施蒂夫也是微微一愣，但他迅速调整好脸上的表情，就当不知道自己要发言这回事。但是他的内心恼怒极了。没有想到，何乘风和欧阳贵居然敢公然地蔑视自己，拿他这个 VP 当什么？而主持人小姐的慌乱，除了打破了施蒂夫的发言，连市场部安排好的石家庄本地媒体、IT 相关专业媒体的现场提问环节，也全部给取消了。台下立即有媒体给瑞贝卡发短信，瑞贝卡忙一一回复，等会后安排采访。

这时，陈秘书已经将早早准备好的合同放在了主席台上，王贵林与何乘风分别在上面签了字。一时掌声雷动，台上台下感慨的感慨，高兴的高兴，摇头的摇头，叹息的叹息，骂娘的骂娘，真是个中滋味，只有人人自知。主持人把合同拿在手里，高高地向大家展示，台下又是经久不息的掌声。接着主持人宣布：签约仪式结束！但台下的工人们哪里愿意散去，纷纷围在礼堂里，在小陈等人的极力劝说下，人潮才慢慢朝外散去。小陈等人又组织工会的人，保护着王贵林、何乘风等人从礼堂走出来。乔莉等人出来一看，都吓了一跳。原来礼堂外也围满了工人，而且大门外还放了一个高音喇叭，可见刚才的话，外面是听得清清楚楚。

王贵林对何乘风说："何总，您是我们晶通电子的大英雄啊。"

"哪里的话，"何乘风笑道，"依我看，您才是大英雄。"

"我已经安排了饭局，"王贵林笑道，"我们今天晚上，可要不醉不归！"

"没问题，"何乘风大笑道，"我把欧总带来了，你们两个酒逢对手，要好好地喝一次。"

晚上的饭局安排在晶通宾馆，王贵林、何乘风、欧阳贵、施蒂夫以及市里领导等人坐在一桌，陆帆等人坐在另一桌，北京来的几个媒体由瑞贝卡和翠西等人陪着，单开了一桌。晶通电子的中层干部们在大包间的外面也开了几桌。这顿饭吃得热烈异常。尤其是王贵林与欧阳贵的酒量，实在让众人开了眼界。一顿饭的工夫，两个人喝了两瓶茅台，还居然都面不改色心不跳。

薇薇安和陆帆、云海坐在一桌。她在席间不停地用英语抱怨，也实在让众人领教，众人只当没有听懂，全部卖了一只耳朵给她。席间陆帆几次打岔，想让她说点正常的话题，结果都没能实现，陆帆索性不再管她，与云海各自用餐。

晚饭之后，王贵林要亲自送何乘风、欧阳贵回房间。小陈和厂里领导要陪他，他连声说不用，让众人去送市里的领导。他一手拉着何乘风，一手拉着欧阳贵，似乎有些微醉，又似乎有些舍不得分开。众人觉得有趣，便让他们三个人一同走了。

王贵林把何乘风送回了房间，欧阳贵也坐在房中相陪。何乘风烧了一壶水，请王贵林小坐一会儿，休息休息。三个人随意地聊着天，聊着聊着，不知怎么又聊起了外包。王贵林突然问："何总，外包公司成立之后，会有大量的原材料和技术服务需要，这方面您是怎么考虑的？"

何乘风心中微微一动，不由打量了王贵林一眼。他是喝多了无意中提及，还是早有此意，只等着机会开口？欧阳贵也是一愣，只是阴沉沉地坐着，看着何乘风。

何乘风微微一笑，"王厂长，这个您不用担心，提供原材料和技术服务的公司很多，我们一定会根据比质比价的原则，挑选最合适的公司和最合适的人来完成。"

"是吗？"王贵林也笑了笑，"这样就好。"

两个人转开了话题，再也没有聊到这个。但何乘风觉得，王贵林已经察觉到了什么，或者说有人提醒了他什么。王贵林又稍坐了一会儿，喝了杯水，似乎酒意上涌，便要告辞。何乘风与欧阳贵把他送到了电梯口，他执意不许再送，两人只得作罢。他们目送王贵林，等电梯门关上，这才又折回何乘风的房间。欧阳贵一关上房门便说："我们外包业务还没开始，王贵林怎么会问这个问题？"

"他想到这个问题，也很正常。"何乘风想了想说，"他也不可能只听我们的一面之词，肯定外面也有专家帮他论证。确实做外包会牵涉到这些。欧总，云海的公司刚刚成立，将来怎么能由这家公司向晶通外包提供原材料和技术服务，还需要你多多费心。"

"依我看，让云海尽快离职，"欧阳贵说，"公司的资质，还有增资扩股等许多事情要打理，还要想办法在这个之前组织一个团队，能从外面接点活儿回来，把团队理理顺，不然等到外包的时候，就有点晚了。"

"你说的这个有道理，"何乘风说，"另外还有件事情，晶通外包公司，除了赛思公司和晶通电子，还有几家公司要进行合股，股份占得倒不多，但是这些公司的背景还是应该调查清楚。"

"这件事情我去办，"欧阳贵冷笑道，"现在晶通外包可是一条肥鱼，谁都想咬一口，你放心，我一定把这些人的背景、来源查得清清楚楚。"

何乘风点点头，"以后你的工作重心基本放在石家庄了，弗兰克要走，云海也要走，公司内部你有什么想法？"

"要尽快找到能接手的人，"欧阳贵说，"我有个人可以推荐，不过，推荐给别人我不敢，推荐给你，哼哼。"

"怎么，这个人比较麻烦？"

"你连我都能用，什么人不能用？"欧阳贵笑了笑，"这个人原来是南方一家公司的销售总监，犯了点事情，离开了公司，我帮他解决了一点问题，又安排他在北京休假。这个人做事比较贪，但是也比较狠，是个人才。"

"他叫什么？"

"白重。"

"本土人才？"

"除了出差，没离开过中国。"

"多大年纪？"

"三十九岁。"

"有家吗？"

"有家，有个儿子。"

"他最大的毛病是什么？"

"太狠，"欧阳贵说，"尤其对手下，但是也出成绩。"

"改天约了见见。"何乘风说。

欧阳贵点点头，"施蒂夫现在表现不错，不敢多啰唆了。"

"欧阳，"何乘风耐心地说，"做生意矛盾少不了，你这个少林铁拳以后到了晶通，还是要温柔一些。"

"这是你第二次提醒我了，"欧阳贵看着他，"有什么问题吗？"

"没有，"何乘风笑了笑说，"有钱的地方就有争斗。"

"那当然了，"欧阳贵说，"但我很庆幸，没和你开打。"

"那我肯定打不过你，"何乘风哈哈笑道，"你这个少林铁拳，谁受得了？"

就在何乘风与欧阳贵商议事情的时候，薇薇安正在房间向翠西与瑞贝卡不停地抱怨，翠西年轻，加上身体无恙，倒不觉得什么。瑞贝卡本来就在反应期，加上大礼堂又热又闷，晚上吃得又不舒服，忍耐着听了一会儿，实在承受不住，突然冲到洗手间吐了起来。薇薇安这下子更加崩溃了，最后是翠西出的主意，她和瑞贝卡住在这间房间，薇薇安去她们的房间，这才平息了事情。

与此同时，陆帆和云海正走出晶通宾馆的大门，一边散步一边聊天。

"弗兰克，"云海说，"你对今天的大会有什么想法？"

"你呢？"陆帆问。

"其实氛围还是很感人，"云海说，"我能够感觉到一种求生存的气氛，还有一种发展的气氛。也许我们做这个外包公司，除了生意之外，确实做了件好事情。"

"我也有同感，"陆帆说，"只是这样一来，恐怕你很快就要离开公司了。"

"我看不是我一个人的问题，"云海说，"欧总不懂技术，对 IT 这块也很陌生，想把外包做好，可能很快也要把你派过来了。"

陆帆摇摇头，"可能没有这么快，你和欧总都走了，公司暂时会很需要我。这是一个方面，另一方面，我不可能作为外方代表进驻晶通外包，必须要以中方代表的身份，这个身份怎么安排，还要费些周折。"

"弗兰克，"云海突然笑了笑说，"你说我们做这个外包公司，包括未来上市，真的可以只违规不违法吗？"

陆帆一愣，"你说呢？"

"我真是不知道啊。"云海说，"我之前只是觉得人生短暂，做人不应该畏首畏尾，可今天我觉得这是一件很有成就感的事。可是同时，我也觉得几位老总讲得虽然慷慨激昂，但是，这背后的项目太大了，很多事情太难讲。"

"杰克，"陆帆说，"这世界没有什么救世主，如果没有利益，肯定不会有牺牲。而且你没有看出来，工人们根本不懂 IT，我敢打赌，晶通外包成立之后一定是困难重重。"

"是啊，"云海说，"让这些工人一下子适应外企化的管理模式，恐怕是很难。不过，你看看欧总今天这个架势，有这位铁腕把关，你会好很多。"

"我总觉得他太过强势，"陆帆说，"共赢表现得不够。"

"他就是那样的人，"云海说，"有他的强势，再加上你的运营，我在外面遥相呼应，这笔生意虽然风险大，但确实太吸引人了。如果做得好，我们可能很快就会创业成功，拥有自己的企业。"

"只怕到时候，想和我们合作的人太多，"陆帆笑道，"不知如何选择了。"

"呵呵，弗兰克，"云海说，"说到底，人都是贪心的。外包项目的供应商，稳赚不赔的买卖。我问你能否完全合规，也不过是糊弄糊弄自己。"

陆帆看着云海，"你真这么想？"

云海哈地笑了一声，"你不会觉得我很面（软弱）吧？"

"没有，"陆帆说，"凡事都有代价，只不过每个人对代价的理解是不一样的。"

"我总觉得人生应该慎重，但其实我一样抵抗不了欲望，"云海笑道，"发财做大事，对男人来说，太有吸引力了。"

"是吗？"陆帆突然觉得有些悲伤，"可我觉得人生是一种虚无，所以，当得到的时候就应该进取，否则时光就会被浪费，最值得纪念的东西就会消失。"

"什么东西最值得纪念？"

"回忆，"陆帆说，"一个过程。"

乔莉和秦虹这次来晶通，住在一个房间。秦虹洗了澡，和刘明达通完电话，见乔莉还坐在写字台前，不知在写什么，不由得问："安妮，你不累吗？"

"不累，"乔莉说，"我在回邮件。"

"我都快累死了，"秦虹说，"下午在晶通可真够呛啊，大礼堂都快把人闷死了。哎，你以前来的时候，他们也是这样吗？"

"不，"乔莉转过头，笑了笑，"我每次来的时候，这里都很冷清。"

"冷清？！"秦虹乐了，"不会吧？我觉得这里的人太热情了。"

"那是因为你不了解前面的事情，"乔莉说，"这个厂里的工人，已经很久没有工作了，一旦工厂改制，他们很怕面临失业、搬家、失去保障等所有的困难。"

"那又怎么了？"秦虹说，"现在国家有社保，他们在国企舒服了这么多年，回到社会上也是应该的。"

"哪有这么简单。"

"本来就是，"秦虹说，"社会要前进，总要有人牺牲，如果改革畏首畏尾，怎么能成功呢？"

"可有些东西是时代的问题，个人是可以承担，但也要有限度。"

"我不这么想，做人要审时度势，"秦虹说，"我爸爸原来也是国企的，后来他见事不妙，拔腿就跑，十几年前就在外面做生意，现在生意做得不能算大，但至少比上班强多了。一个不能适应时代的人，只能被时代淘汰，这没有什么可惋惜的。"

"从个人层面来说是这样的，"乔莉笑了笑，"从社会层面来说，是两回事。"

"每个人的看法不同吧。"秦虹笑道，"还有那个王贵林，看他黑黑胖胖的，想不到还挺会说话。但是我觉得，最厉害的就是我们欧总了，以前我就听他们说过欧总又红又专的论调，想不到他在今天这个场合，也敢这么说。"

乔莉笑了笑，没有吱声。

"哎，我问你，"秦虹说，"以前我听说那个王贵林搞什么鸿门宴，把你们和 SK

（Siltcon Kilo）的人都请去，真的吗？"

"是的。"

"今天一见，觉得他看起来很一般呐。"

"是啊，"乔莉笑了，"他就是一个普通人。"

"哎，安妮，"秦虹的眼睛里闪着光，"你有没有算过，我们签了这个七亿的大单，能有多少奖金？"

乔莉看了她一眼，"我没有算过，再说，这得看这个单子分多长时间完成，还有款能不能及时到位。"

"我知道有这些，"秦虹倒在床上，"但也可以算个总数吧，七个亿呢，多少人一辈子也卖不出这么多。"

"是吗？"乔莉说，"七个亿很多吗？"

"假话！"秦虹翻了个身，"七个亿还不多吗？"

乔莉眨眨眼，"谁提醒我，签这个单子要小心？"

"那时候我不是害怕吗，公司传得沸沸扬扬，什么七亿外包换七亿销售，现在看来，是一件很好的事情，总部也很支持，再说了，也为国为民，你还不赶紧抓紧？！"

乔莉看着她，"那你有没有算过，签了这个单，你能拿多少奖金？"

秦虹一愣，微微一笑，"我不过是个小售前，能拿多少？肯定没有老强拿得多。但是，也够很多售前梦想一阵子了。"

乔莉默然不语，半晌才说："不管这个合同签还是不签，对晶通工人来说，都是件好事。"

"你说什么？"秦虹一时没有听清，紧张地问。

"没什么，"乔莉说，"我去洗澡了，哎，等会你有没有兴趣出去走走？"

"现在？在这儿？"秦虹惊讶地说，"我可没有兴趣。"

"我想出去走走。"乔莉说。

"那你一个人去吧，我不陪你了。"

乔莉点点头，洗了澡，换了身衣服，觉得精神为之一振。她把头发披在肩上，让它自然地晾干，然后她背着包，走出房门，来到晶通宾馆外的大街上。秋天的北方夜晚空气清爽，星空高挂，一轮弯月在城市的上空斜斜地勾勒着。要不是时间太晚，她真想给父亲打一个电话，说说今天下午在晶通电子的盛况，还有那些工人的表现：他们的表情，他们的眼睛，他们的笑声与掌声……

这场七亿大单，不管对赛思中国、SK（Siltcon Kilo）、何乘风、陆帆和她来说意味着什么，她今天真切地在晶通工人的脸上看到了微笑。铁饭碗其实不铁，金饭碗其实也不纯，但人活着总要有希望。也许有了希望就是美好的吧。

她把玩着手机，不知道能给谁打电话，心绪不停地起伏。她忍不住拨通了周雄的号码，电话转到了秘书台。她又想了想，拨通了陆帆的手机。

"嗨，安妮，"陆帆很快接了电话，"这么晚了还没有休息？"

"我睡不着，在外面走走。"

"怎么了？"

"没怎么……"乔莉一时不知如何表述自己的心情，语塞了。

陆帆停了几秒，似乎能理解她的沉默。他柔声问："你在哪儿？"

"我在大街上。"

"是吗？"陆帆说，"我和杰克在我们上次的茶馆喝茶，你要不要来？"

"你们俩？"乔莉笑了起来，"行，那你们等我。"

"那就快来。"陆帆笑着挂上了电话。

乔莉好像突然找到了方向，快步朝茶馆走去。走着走着，她忽然有了一个感受：她和陆帆那种隔阂的上下级关系正在慢慢消除，或者说，她原来对陆帆还有一种敬畏，而不知不觉中，这种敬畏的感觉没有了，大家变得很亲切，甚至还有一点荣辱与共。

她不禁笑了笑，也许今天大家都很高兴吧！今天是个好日子，值得纪念！

第二天一早，乔莉还在睡梦中，便接到了周雄的电话，"安妮，昨天那么晚打电话找我，有事情吗？"

"哦，没有，"乔莉看了秦虹一眼，她还在旁边的床上熟睡，"我们昨天签了和晶通电子的初步合作意向书。"

"那要恭喜你们。"

"谢谢，"乔莉说，"昨天晚上可能有点兴奋，不好意思，那么晚给你打电话。"

"我昨天在开会，不方便接电话，等到方便的时候已经半夜两点了，就想着一早给你打过来。"

"这么晚？"

"是啊，你没有听人说，半夜一点下班的，是干 IT 的，两点是证券的，三点是投行的，四点……"周雄突然止住了。

"四点是什么？"

"小姐下班。"

乔莉扑哧笑了，她悄声说，"我不和你多说了，我人在石家庄，旁边的同事还在休息呢。"

"好，有事随时打电话。"周雄挂上了电话。乔莉把手机轻轻放在床头柜上，而秦虹早就被她惊醒了，但是她一动不动地躺着，听着乔莉打电话。看来，这位女销售是谈了恋爱了，这样也好，省得刘明达对她还有惦念之心。不管他是真没有了，还是真的有一点，只要乔莉恋爱嫁人，以刘明达的逻辑和性格，就肯定会死了那条心。

晶通外包的项目，成为 IT 业界一个不小的新闻。赛思中国与 SK（Siltcon Kilo）因为七亿大单的事打得你死我活，早已经成为几个 IT 公司不是秘密的秘密。现在经新闻这么一宣传，几乎所有的人都认为，这七亿大单，SK（Siltcon Kilo）肯定没有戏了。它的所有权，已经被赛思中国牢牢地抓在手上。

从晶通电子返回北京后，乔莉的工作变得异常的忙碌，晶通电子的项目，虽然在她这个层面，还没有正式开始，但也有很多事情需要她处理。而欧阳贵要离开赛思中国，已经不是一个秘密，大家都在等待着这一天的来临，并且纷纷猜测，谁会接替他，成为下一任分管销售的 VP 呢？

这天，乔莉正在公司上班，突然收到了一封何乘风 CC 给所有人的邮件，在邮件中，他向赛思中国所有员工正式宣布，VP 欧阳贵将离开销售部门，前往石家庄，代表赛思公司督促与晶通电子成立外包公司，并在公司正式挂牌后，出任晶通外包公司的外方总经理。

乔莉虽然明明知道他要走，但收到这样的邮件，还是一时之间回不过神来。这位铁腕级的神秘人物，就这样以一封邮件的方式，离开了销售部门？

就在她愣神的工夫，又有新邮件进来，她打开一看，是陆帆发出的，他说为了欢送欧总离职上任，整个销售部将举行一次联欢。乔莉忙回复表示参加。

"哎，你说，这人就这么走了，这样一来，赛思中国分管销售 VP 的位置就空下来了。"

"可不是，走得真快。"

乔莉听见旁边的隔段有几个销售在悄悄地议论，便竖起了耳朵。只听他们说："你们猜，谁会接替他的位置呢？弗兰克？"

"不会吧，跳得这么凶？"

"就是，直接上 VP 啊？不可能。"

"琳达嫁人了，欧总也走了，赛思中国的销售部变天了。"

"嗨，说到这儿我想起来了，自从琳达走了以后，我就想看看，赛思中国哪个女销售能变成琳达第二，看来看去还没有看到合适的人。"

几个人嬉笑起来，一会儿一个人又说："你说，欧阳贵走了谁来接班？"

"这话不要随便说。"另一个人说，"不过，我到现在还记得，当年欧总像竹联帮老大那样，稳坐台上说的那番话，"说着他学起了欧阳贵的语气，"又不红，又不专，就不要怪我欧某人不客气！"

几个人又笑了起来。有个人说："这话想起来我心里都发毛，幸好他走了，这哥们，太厉害了。"乔莉听到这里，想起欧阳贵当时在台上的威风，也不禁微笑了起来。

"当年程轶群在的时候，血洗了一批人，后来程轶群走了，何乘风来了，又进了一批新人，现在欧阳贵一走，再来一个分管 VP 的副总，就不知道是什么局面了。"

"哎呀，管他什么局面呢，血洗也洗不到你我兄弟头上，"另一个销售说，"我们一不是管理，二也不站队，不就是个销售嘛。都是卖东西赚钱，给谁卖不是卖？"

"说得也是，"另一个人笑道，"只要不把自己卖了就成。"

"卖自己，也得有人要啊。"几个男人悄声呵呵地笑了起来。

乔莉听到"不把自己卖了就成"，不由得心中一震。她忽然想起，施蒂夫曾经提醒过她，一旦晶通外包有了眉目，欧阳贵等人就会离开公司。这会是第一步吗？可她转念一想，欧阳贵去负责外包很正常，公司论职位、论管理经验，尤其是做事情的那股劲儿，不派他去，谁能做成呢？反正上面还有层层审批，只要不把自己卖了就成。现在已经是十月了，如果不出意外，怎么着再过两三个月，晶通电子七亿大单的项目，就要签字画押了。

第十五章

危机重重

将军和小兵，都互相需要

一晃到了周末，乔莉早早起床，打开电视机，直接摁到了中央二套。经济频道正在即时播报美国与欧洲股市不断下跌的消息，股指已经跌落到一个不能想象的地步。乔莉不由得坐下来，看了一会儿。看来美国次贷危机造成的全球性经济衰退还没有好转。她不禁有点心烦，关了电视，决定去超市买点东西。一进超市大门，她就愣住了，只见一个巨大的大米柜台放在超市的门前，上面挂着一个红色的大吊牌：4.98 元。乔莉怀疑自己看错了，绕到米柜的后面，再抬头看了一眼，没错，是 4.98。她问一个买东西的中年妇女："这是大米的价格吗？"

"是啊，"中年妇女说，"姑娘，要买赶紧买，过两天还要涨价呢。"

乔莉想着自己刚来北京的时候，这个超市的大米只有一元多钱啊，难道通货膨胀了？她继续往里走，留心着商品上的价签，她熟悉的物品价格几乎全部上涨了。在肉食柜台，因为猪肉今天降价，从二十元降到了十七元，居然排起了一条长队。在超市乔莉还从来没见过这种景象。她心中暗暗发寒，如果这场金融危机真的把中国也拖了进去，再加上物价飞涨，那以后的生活只怕会越来越难。

唉，难道真的要像张小盒漫画里画的那样，奋斗一年，钱够买厨房了，再奋斗一年，连买厕所的钱也不够了？

工资再涨，也涨不过房价，现在连物价也上去了。除非她能拿到那七个亿巨单的奖金，否则，她在北京的买房梦，是不可能实现的。

"小乔小乔接电话！"手机响了，她连忙接听了电话，"妈妈，是我。"

"小囡，我问你呀，北京的物价涨没有涨啊？"

"涨了，"乔莉说，"杭州怎么样啊？"

"涨啊，"乔妈妈说，"我告诉你呀，我和你爸现在在菜场，你晓得吧，现在茄子要八元一斤了，我们买了两只小茄子，要九块多钱。哎哟哟，涨得不得了。北京涨得凶吧？"

乔莉看了一眼物价，撒了个谎，"没有杭州那么厉害，只涨了一点点。"

"真的呀？北京还是不一样，杭州比不了，再这样涨下去，不知道要怎么办呢。"

"没关系，"乔莉说，"现在不是世界金融危机嘛，等经济好转了就好了。"

"我听说现在工作难找得不得了，你们公司还好吧？"

"我们公司很好。"

"那就好。"乔妈妈稍稍安心了些，"你现在个人情况怎么样了？上次去看了奥运会，就再也没有下文了。"

"还约着呢，"乔莉不想再谈这个话题，"妈妈，我在外面，声音太吵了，我回家再打电话。"

她挂上电话，长长地出了一口气。十一月末北京就会全城供暖，虽然暖气还没有来，可看着超市里人们疯狂采购的热度，她觉得暖气似乎已经到了，这会是一个怎样的"暖"冬？！

这场全球性金融危机的"暖"冬，导致了很多人资产的缩水。乔莉以为，只有在自己这种普通白领的身上，才能感觉到生存的危机。在城市里，没有钱，就等于一无所有。就算有了房子，可以安身，可开门七件事，每一件都要拿钱去换，还有水、电、气，等等。如果没有钱，在城市中活下去，几乎是不可能的事情。

她做梦也不会想到，这场"暖"冬的危机之火，已经烧到了赛思中国大中华区总裁何乘风的身上。

何乘风脸色阴沉，端坐在书房中。将寒未寒之际，秋风肃杀，窗外路灯下的树枝条满目灰黄，挂着干枯零落的树叶。有人敲了敲房门，"何先生，吃消夜吗？"

"不了，"何乘风对用人说，"你让阿姨吃吧。"

屋外的人走了。何乘风看着时间，现在是十二点，美国西海岸的九点。丁零零，电话响了，他略等了两声，拿了起来。"嗨，詹姆斯，"何乘风的声音保持着热情与活力，"早。"

"早，何，我很抱歉，那个事情恐怕没有办法了。"詹姆斯很少叫他的英文名字，当年他们认识的时候，詹姆斯学着叫他的中文的姓，那时候何乘风自己听着都别扭，但詹姆斯那会儿年轻调皮，一定要这么叫。后来何乘风回了国，大家先叫他小何，再叫何先生，现在都有人叫他老何了。他越来越习惯这个中文的姓被人用英文的方式称呼。

"詹姆斯，"何乘风说，"你很清楚，如果分管销售的VP不是由我招来的，而是总部那些人塞给我的，那么很多事情我根本就无法控制，这样一来，不仅直接影响到业绩，甚至会影响到晶通外包。”

“我知道，可是我没有办法，”詹姆斯说，“你也知道，董事会不是所有的人都支持我，我们刚刚做了外包这么大的事情，他们肯定不会放心把中国的权力交给你一个人。”

“他们没有交给我一个人，”何乘风耐心地说，“人事、财务都在他们的掌握之中，市场部的施蒂夫，也是他们派来的。”

“何，”詹姆斯说，“你们中国人有个词，叫天意。我觉得这件事情只能这样解释，一方面他们确实不放心你，一直想派人过去，我虽然尽力想办法阻止，可是谁知道，现在由于金融危机，公司把新加坡的分部撤销了，有些人是可以裁的，有些人，公司希望通过内部的方式消化，而你们正好又都在亚太区，所以他们要把这个人派给你，我真的没有办法。何，我希望你明白，我是支持你的，但是，我有我的问题。”

“OK，”何乘风说，“那么，我现在招一个销售总监，还来得及吗？”

“你要快，”詹姆斯说，“你只有二十天左右的时间，不过，也许空缺着会更好呢？”

“哦？”

“听我说，这是个新加坡人，一直在新加坡工作，我想，他在中国市场管理销售，恐怕不是一件容易的事情。”

何乘风何尝不知道詹姆斯说的情况，可是突然派一个人来，又是在这样一个关键的位置，只怕以后的内耗会更加严重。他不想分散任何精力，试图通过施压，让詹姆斯替他挡过这一局，现在看来是没戏了。

“以空对空，”何乘风想了想，“詹姆斯，你有办法再拖他半个月吗？”

“为什么？”

“我要在他来之前签下七亿的单子，不然来一个新VP，肯定事事都要翻个底朝天，必须在这之前，把大事情解决。”

詹姆斯沉默了几秒，“没问题，我会让他先到总部，拖他两周，你必须要快。”

“好的。”何乘风挂上了电话。然后他给欧阳贵打了一个电话。欧阳贵正在外面敲背，一边疼得龇牙咧嘴，一边说：“老何，找我？”

“你什么时候回北京？”

“怎么，”欧阳贵示意服务员停止，翻过身问，“有事？”

“公司要派一个新VP。”

“什么，新VP？他们派过来？”

“对，是个新加坡人，”何乘风说，“我们必须在一个月之内，签下这个七亿大单，詹姆斯那边，只能帮我们这个忙。”

"什么忙？"欧阳贵恶声恶气地说，"我们帮他搞定这么大的单子，现在还没有卸磨，他们就想杀驴了？"

"他有他的难处，"何乘风说，"你明天找机会回来一次，我们商量商量。"

"我明天上午去市政府，"欧阳贵说，"晚上到北京。要叫上陆帆和云海吗？"

"我来通知，"何乘风说，"明天晚上一起吃饭。"

欧阳贵挂上电话，示意服务员继续敲背。新加坡人？简直是扯淡！谁说老美单纯，搞起内斗来，不比中国人差多少！

第二天晚上，何乘风、欧阳贵、陆帆、云海在会所的包间里碰了头。陆帆点了几道大家爱吃的菜，不一会儿，菜就端了上来，服务员退到门外，几个人边吃边聊。

何乘风把事情陈述清楚，陆帆和云海面面相觑，这不是凭空多出来的麻烦吗？派什么人不好，派个分管销售的VP，还是个新加坡人。

"老何，"欧阳贵说，"外包公司挂牌的事情我会想办法盯着，争取特事特办，一个月之内把牌挂上。弗兰克，你们要把合同准备好，全部通过法务，只要这边牌一挂，那边就签合同。"

"那我和云海等到七亿完成之后，再离开公司？"陆帆问。

"不，"何乘风说，"你们要全部撤出去。"

"为什么？"陆帆和云海异口同声地问道。

"这个项目牵涉的面很广，"何乘风看着他们，"要你们提前撤出去，会损失不少奖金，但是也确保了你们的安全。尤其你们以后，一个是晶通外包的中方经理，一个负责供应原材料和技术服务，最好不要和七亿大单扯上关系。"

"对！"欧阳贵说，"钱哪里都能挣，麻烦越少越好。"

云海和陆帆又对视了一眼，两个人的头脑里都浮现出那句：只违规不违法！如果真的可以保证，何必要他们全盘撤出？已经走了一个欧阳贵，他们全撤，那么剩下的，只有一个乔莉。这时，何乘风接着说："詹姆斯提醒我，以空对空。我觉得非常好。你们有计划地撤出去，杰克先走，接着是弗兰克，"他的脸上浮现出灿烂的微笑，"等我们的新加坡VP到的时候，我们的销售部，是一个没有北方区总监的销售部。"

欧阳贵的眼睛闪了一下，嘴没有动，但陆帆分明在他的眼中看到了笑意。"我理解您的想法，"陆帆不放心地说，"可空出来的职位，还是很关键的。"

"我想过了，一来给他两个好的空缺职位，他会少找我们的麻烦，"何乘风说，"二来北京区的销售，都是我们的人，不用怕他。其他几个区，都是各自为阵，大区经理干了很长时间，他恐怕也很难做点什么。至于云海，你的职位是负责和各部门的协调，一直干得不错，我看恐怕很难找到合适的人代替杰克。"

"他是个新加坡人，"何乘风又说，"根本不了解中国市场，等到了之后再想办法招人，至少要两三个月的时间。这个时间正好是个真空，我把下面的人都清理一遍。"

"清理一遍？"陆帆看着他。

"欧总介绍了一个人，我已经谈过了，感觉不错，你正式走个流程，"何乘风对陆帆说，"让他进销售部当销售经理。另外，施蒂夫也介绍了一个人，这个人叫孙诺，家族在香港很有背景，也让他当销售经理。"

陆帆和云海一愣，施蒂夫介绍的人，怎么会进销售部，而且还当销售经理？云海暗想，这段时间市场部非常配合销售部的工作，难道是施蒂夫和何乘风之间达成了什么协议？不然，总部为什么会突然派出一个新加坡的VP？虽说事情有点巧，可仔细琢磨，这也有点一箭双雕的意思，一方面，解决了新加坡人员的出路，另一方面，等于在赛思中国又插进来一个眼线与钉子，而且又是个不折不扣的"洋钉"。

陆帆看着何乘风，刚想张口询问，忽然想到这段时间市场部的表现，便把疑问咽到了肚里。何乘风说："除了这两个人，琳达也升为销售经理。"

陆帆和云海微微一笑。欧阳贵的眼睛又闪了闪，哑着嗓子说："老何，你这样一搞，新来的VP至少要等大半年，才能给下面人升职啊。"

何乘风笑了，"我给他留了两个好职位。"

"哈！"欧阳贵的嘴没有咧开，却发了一个笑的声音，"反正很麻烦，现在公司也不从外面招人了，他一个新来的VP，加一个新来的销售总监，不是俩光杆司令吗？要想从下面提拔，你又把经理的位置占满了，能升的也升了。不过，就怕他们重新划分客户，可这也难啊，他们两个人单说不算，最后还得你决定。"

何乘风笑着没有回答，陆帆和云海也乐了。欧阳贵说："你英语好，下次给美国人发个邮件，就说是我说的：跟谁斗也别跟中国人斗！"

何乘风再也忍不住，哈哈大笑起来，"欧阳，你这话说错了，不是我想斗，是他们逼着我斗。"他想了想，不禁说，"不斗也难。唉！早年我听人说，最早进中国的外企，是晚清末年的壳牌石油公司，当时他们只招买办，没有公司，只是想着让买办在高价时把油卖出去，结果，买办在油价低时，联合中国票号和钱庄，囤积石油，高价的时候再卖出去。这样一来，老外就不满意了，大钱都给买办赚走了！于是他们就换买办，可换了一个又一个，还是这样，于是他们干脆就把公司搬进了中国。"

欧阳贵呵了一声，说："照你这么说，这外企进中国，还是有一定道理的。"

"是啊，可进了中国又怎么管理，怎么做生意？本土化的问题很难办。"

"我看他们进中国这么多年了，没有进步啊。"欧阳贵冷笑道。

"管理制度一直在发展，可最核心的东西最难改，"何乘风说，"我当时听到这个故事，觉得中国人狡猾，可等我回了中国，我就明白了，不管怎么样，生意是在中国做，市场是中国的市场，这里的人情与世故，就必须遵守。而最难的，还不是这些。"

"是什么？"欧阳贵嘶声问。

"人心的欲望！"何乘风说，"用道德去约束商业，是不合人性的。只有法律才能合理约束。可即便这样，也不能阻挡人们想发展的愿望。如果人们看到合理的钱可以赚，他们就没有理由不赚。就像我们，要成立外包公司，我们违法了吗，没有！但也许我们违反了一点点道德，可这个道德是什么呢？我们没有杀人放火，没有偷盗抢劫，我们不过是在合适的时候，把握了合适的机会，这本来就是商业发展的原因。"

陆帆和云海听到这里，都暗暗震动。陆帆慢慢地说："所以您答应我，只违规、不违法？！"

何乘风耸了耸肩膀，"我还能答应更多吗？"

房间里顿时陷入了一片沉寂。这时服务员敲了敲门，送进来一道汤，给他们每个人各盛了一碗，然后又退了出去。何乘风看着云海，呵呵笑道："杰克，我已经给你的离职想好了理由。"

"哦，什么理由？"

"大家都升，就你没有升，你说呢？"

"这理由不错。"云海笑着点了点头。

"弗兰克，"何乘风看着陆帆，"这次每个有机会升职加薪的人，你都安排他们和我谈一次，每个人十分钟。"

"好的。"陆帆知道，这是何乘风要在新VP来之前巩固人心，同时对下面的销售有一个整体把握，当下没有异议，立即答应了。何乘风看着他们，"你们还有什么问题？"

云海看了陆帆一眼，心想不知道他会不会提乔莉的事情，如果他不提，我在这个场合也不好随便开口，还是等以后再慢慢打算。陆帆想了想，问："我们都走了，安妮跟谁呢？"

"白重吧。"何乘风说。

"白重？"陆帆说，"安妮的职位虽低，可她分管晶通项目，再加上她这个人很有想法，如果贸然让她跟白重，会不会对项目不好？"

何乘风想了想，微微摇头，"安妮手上的业务太重要了，万一新来的VP让安妮跟他带来的人，我们就麻烦了。至于白重，你放心，他是欧总推荐来的，不会出大差错。"

陆帆看着欧阳贵，刚想说话，云海在旁边说："其实也可以让她跟琳达，琳达现在不怎么上班，跟她会比较轻松……"

何乘风惊讶地看了他们一眼，不明白他们是不是误会自己要让白重介入晶通项目，还是他们对乔莉有什么特别的感觉，想到这儿，他笑了笑，"琳达现在是刘俊的夫人，她可能做不了多长时间了。白重虽然是乔莉的老板，但是晶通的事情不会让他插手。你觉得呢，欧总？"

欧阳贵也不明白陆帆和云海为何紧张乔莉，也以为他们是没明白何乘风的意思。

他呵了一声说："这个人虽然是我介绍来的，但也不能算我的兄弟。我和他打过交道。这个人做事，一向重利轻义，七亿的事情，肯定不能让他介入，乔莉只是挂在他的名下，晶通的事情还是要老何做主。至于乔莉其他的单子，他要过问也无所谓。不过话说回来，白重的工作经验比较特别，国企、私企、外企都干过，安妮跟着他，能长不少见识。"

陆帆听了这话，点了点头。如果白重是这样的人，对乔莉来说，肯定初期不是一件好事，可如果她想在职场走得更远，倒也不失为一种磨炼。

云海也没有再说话。他暗自思量：虽然白重是欧阳贵推荐来的，但听他刚才这么说，这个人的素质恐怕不怎么样，安妮跟着他，肯定会吃苦头。不过只要晶通电子还在执行，何乘风肯定会"罩"着她，只要她自己能弄清楚关系就好。

何乘风看着陆帆和云海，"你们还有什么意见吗？"

两个人都摇了摇头。"那就这么决定，"何乘风说，"杰克，等新人进来之后，你就提出辞职。弗兰克，你等杰克走了之后，再以跳槽为名义，提出辞职。如果晶通中方经理来不及招聘，就让欧总出面，先把你要到外方，去石家庄辅助欧总工作，然后再说。"

欧阳贵、陆帆和云海纷纷点头。何乘风端起了酒杯，"那好，接下来我们只剩一件事情，就是快！"

周一一早，乔莉来到公司，刚坐下来打开电脑，进入公司邮箱，就发现了三封新邮件。都是陆帆发出的。第一封邮件，他向大家介绍了两位新的销售经理：一位叫白重，曾经是某国企三年销售、三年销售经理，民企五年销售总监，有丰富的销售经验；另一位叫孙诺，英文名马丁，毕业于香港大学商学院，七年外企服务经验，四年销售经理……

白重？孙诺？乔莉心中一动，这两个人是谁？没想到一下子来了两个销售经理。第二封邮件，是计划明天——2008 年 11 月 11 日晚上，在北京某饭店，为前往石家庄工作的欧阳贵先生钱行，祝贺他即将出任晶通外包的外方经理。

看来，这个聚餐，一方面是为了欢送欧阳贵；另一方面，还有介绍新同事的意思了。乔莉连忙回复参加。第三封邮件，是陆帆单独发给她的，让她今天上午十点五十，去他的办公室。乔莉不知道他找自己什么事情，回复 OK。正写着，一个销售走了过来，"安妮，明天晚上聚餐你去吗？"

"去。"

"你猜欧总走了，谁会当 VP？"

"这哪猜得出来。"

"我看八成是弗兰克了，"销售压低了声音，"又是进销售经理，又升琳达的职，不是要提弗兰克，是干什么？"

"你可真八卦，"乔莉笑道，"影子都没有的事，说得像真的一样。"

"哎，安妮，这你就不对了，我是好心提醒你，站了一个好队伍，你得加油。"

"我谢谢您了。"

"甭谢，哎，你们晶通项目现在怎么样了？"

"还成。"

"外包公司是不是要挂牌了？"

"现在不好说，一直说要等晶通集团先挂牌。"

销售点了点头，"最近经济不好，我买的股票全被套了，你买没买？"

"我只买了点澳元。"

"澳元最近还行啊。"

"前一段一直在跌，"乔莉说，"我当时以为能源国家的货币会保险，结果金融危机一来，大家都不消费了。"

"哈哈，我看这次金融危机要持续一段时间了，"销售压低了声音，"你知道公司为什么急着进人吗？我听人事说，公司可能要 freeze（冻结，指不再招人）了。"

"不会吧？"

"怎么不会，现在不裁人就是好的了。哎，我可听说了，公司茶水间以后不再供应点心了，要吃就抓紧啊。"

"这么严重？"乔莉叹了口气，"今年的形势越来越不好了。"

"你没关系啦，七个亿撑着你呢，至少几年不会饿死，我们就惨了。"

"那也不一定，"乔莉勉强笑了笑，"这不是还没签嘛。"

"早晚的事，"销售又悄声笑道，"我听我的售前说，强国军这些天都急坏了，你呀，赶紧把单签了，省得老强夜里做梦都梦七个亿。"

乔莉乐了，"哪有的事儿，签单还得一步一步来嘛。"

"要是我说，最不划算的就是刘明达，他前一段要跳，结果那家公司突然 freeze 了，七亿大单也没捞上，听说他又找着一家公司，不知道这次怎么样了。"

"他上次那家没成功吗？"乔莉吓了一跳，"难怪说要请大家吃饭，一直没有请。"

"现在不是跳槽的好时候，还是小心为上。"

乔莉默默地点了点头。她MSN上一共五个猎头，光转行就转了两个，剩下的三个，每天抱怨生意难做。时局不好，看来得加倍努力工作了。想到这儿，她赶紧回复了陆帆的邮件，销售也转身忙去了。

乔莉工作到十点五十分，准时来到陆帆的办公室。她敲了敲门。"进来。"陆帆说。乔莉一推门，见车雅尼站在陆帆的身边，不知给陆帆看什么资料。她身体前倾，轻轻垂下的发丝几乎挨着陆帆的肩膀。乔莉一愣，陆帆抬起头，朝车雅尼微微一笑，"还有别的事情吗？"

"没有了。"车雅尼站起来，朝乔莉笑了笑，"嗨，安妮。"

"嗨。"乔莉答应了一声。车雅尼走出去，关上了门。乔莉看了陆帆一眼，"老板，您找我？"

"坐。"陆帆说。

乔莉坐下来，陆帆看着她，只见她身穿一件白色开衫，脖子上系着一条银灰色丝巾，头发轻巧地系在脑后，显得十分干练。一晃一年过去了，她看起来和去年没有什么变化，但是眼神却显得很镇定，似乎比去年成熟了许多。为了找她谈话，他昨天晚上觉也睡得不沉，细细地想了很久。"自从欧总走了之后，公司没有分管销售的 VP，很多事情都要我操心，工作上的事情有些顾不过来了。所以，公司打算进两个销售经理，同时也升了琳达的职，以后销售都会分给他们带。"

乔莉点了点头，自从欧阳贵走了之后，陆帆确实比以前忙多了。陆帆又说："你和晶通电子项目，也会分一个经理。"

"哦，"乔莉一愣，"是谁？"

"白重。"

"白重？"乔莉又是一愣，"是新来的经理吗？"

"是的，"陆帆说，"白重是欧总介绍来的，工作经验丰富，而且有国企和私企的工作经验，可能在工作方式上会和我不同，但是跟老板，重要的不是老板的脾气性格，而是从老板身上能学到什么。我这个人最大的问题，就是受美国人的影响太深，一方面在美国待的时间太长；另一方面，因为一直在外企做事，有时候太过于外企化。"他看着乔莉，"我觉得你跟着白重，可以学到跟着我学不到的东西。"

"老板，"乔莉听了这些，心中一动，难道销售们的传言是真的，他真的要升 VP 了？想到这儿，她觉得有种说不出的遗憾。陆帆升职当然是好事，可是以后，他就不再是自己的直接老板了。她想了想说："弗兰克，这会影响晶通项目吗？"

"不会的，"陆帆说，"只是在这个项目中增加一个销售经理。"

"可是……马上要签单了，"乔莉想了想，问，"以后有事，我是直接向他汇报，还是向你汇报？"

"晶通这个项目，短时间内你只是名义上对他负责，实际上还是对我负责，明白了吗？"

乔莉放心了。看来，这只不过是公司的统筹安排，走一走过场。说实话，在这个时候换个老板，她自己都没有把握。她点了点头，"知道了，老板。"

"我还有一件事情，"陆帆问，"你到销售部有一年了吧？感觉怎么样？"

"挺好的。"乔莉看着他，不知道他为什么这么问。

"对自己的表现满意吗？"

"怎么说呢，"乔莉想了想，"我觉得这一年积累了很多工作经验，但是离一个好销售，我还很有距离。"

"哦，"陆帆笑了笑，"这么谦虚。谦虚好，能进步。"

乔莉不知道要说什么，陆帆接着说："我想给你升一级。"

"升一级？！"乔莉又惊又喜，又觉得似乎这是陆帆计划好的事情，"老板，你要给我升一级？"

"怎么，你不同意？"

"没有，没有，"乔莉连忙说，"升一级怎么会不同意？我只是太意外了，而且，我……"她把"我够不够格"的话咽进了肚里，改成了"我以后一定会更加努力"。

"这一年你的表现非常好，"陆帆慢慢地说，"你作为一个毫无经验的销售，能够坚持在晶通电子这样的项目当中，跟进客户，完成方案，配合团队，做出今天的规模，并且在大项目之外还能够自己开单，已经初步具备了一个好销售的素质。"陆帆看着她，"我想你现在可以分清卖软件和卖冰棍的区别了吧？"

乔莉一愣，"我……我其实一直在想这个问题，但是……"她想说这个问题一直在她的心头萦绕，但是她始终想不出答案到底是什么。

"你不要着急回答，"陆帆摆了摆手，"什么时候想好了，什么时候告诉我。"

"好。"乔莉点点头。

陆帆又说："你的工资会上涨百分之二十，我希望你能够继续努力，除了把晶通的项目做好外，其他的项目也要努力。"

加百分之二十！乔莉喜出望外，这样一来，最近上涨的物价亏空都可以补上了。真是天无绝人之路。这时她听见陆帆说："明天晚上我们欢送欧总，白经理也会来，你和他认识一下。另外，后天下午三点何总有时间，你去他的办公室，和他聊一聊，注意，你只有十分钟时间。"

乔莉愣住了，难道她一个小销售升一级，还能受到大总裁的接见？！陆帆看着她，"何总一向觉得你不错，我觉得他愿意给你十分钟时间，非常难得，你要好好把握。"

"好的，我会的，"乔莉忙说，"后天下午三点？"

"对！"陆帆看着她，微笑了一下。不知是为什么，自从上次在石家庄，晶通外包意向书签订的晚上，乔莉和陆帆、云海三个人喝茶夜谈之后，他们之间的感觉就和以前不一样了。乔莉好像不太怕陆帆了，陆帆面对乔莉的时候，也少了紧绷绷的感觉。如果说当初乔莉进销售部，陆帆和乔莉在一起，有点像成年人带着一个懵懵懂懂的小孩，虽然对乔莉不满意，但又能看到这个小孩的努力成长，那么现在他们的关系更像两个成年人，真正地像老板和下属，甚至，有点像彼此信任的老朋友。

"老板，我和何总谈，有什么要注意的？"

"真诚，"陆帆说，"不要表现，要实事求是。"

乔莉点了点头，是的，在何乘风那样的人面前表演，也许什么用都没有吧，反而会被他看穿，不如真实地说话，反而会为自己加分。她见陆帆在看手表，忙说："没什么事我就出去了，新信的兄弟公司要购买一批产品。"

陆帆点点头，"去吧！"

"老板，"乔莉站了起来，忽然说，"谢谢你。"

陆帆一愣，"谢我什么？"

"就是谢谢你，"乔莉微微一笑，"你是个好老板。"

陆帆没有说话，脸色有些阴沉。他注视着乔莉朝外走的背影和被她关上的房门，对她来说，他算个好老板吗？又或者，他"好"得有点过分了？

乔莉离开了陆帆的办公室，没有直接回到座位，她非常喜悦，还有一点兴奋。升了一级，涨了百分之二十的工资，这虽然重要，但不是重点，重点是她的工作能力得到了老板的肯定，虽然职位没有区别，但是她觉得，她接近了所谓的"正式销售"。

她拿着手机，走到公司门外的楼梯口，给家里打了一个电话。自从父女二人在北京奥运会期间长谈之后，他们的沟通就比以前顺畅多了。乔莉尽量注意自己的态度，多听父亲的想法，而老乔也尽量克制自己，不给女儿太多限制，凡事让她自己多拿主意。

"爸爸，"乔莉笑着说，"有个好消息。"

"哦？"

"今天我升了一级。"

"升一级？"老乔没有听懂，"你当经理了？"

"不是的，"乔莉笑道，"当经理是要管人的，怎么说呢，外企员工分级别，我升了一级，能涨一些工资。"

"呵呵，"老乔说，"你涨了一级工资？"

"是啊。"

"恭喜你啊，但是你的职位没有变？"

"是啊。"

"那你还是要加油啊。"

"呵呵，老爸，"乔莉笑道，"外企的职位是不通用的，不管现在做到什么职位，到了新公司就难说啦，不像你，成了处长，到哪儿都是处长。"

"好好好，"老乔不想和女儿分辩，"不管怎么说，恭喜你涨钱了！"

"你和妈妈想要什么？"乔莉得意地说，"我买单！"

"真的？"

"那当然。"

"你多买点香蕉吧。"

"香蕉？"乔莉愣住了，"为什么？"

"你还记得曹冲称象的故事吗？有人想让大象不断地往前走，就骑在象背上，拿着一串香蕉，吊在大象的眼睛前面，它就会一直向前。"

乔莉一愣，哈哈地笑了起来，父亲的用心真是良苦。"爸爸，您也太幽默了，"她娇嗔地说，"您放心，虽然升职加薪是好事，不过，我也不会被公司当成老象，不是有了好处，想让我干什么都成的。尤其是晶通电子，我会当心的。"

老乔也笑了，"好了，你去忙吧，有事打电话。"

"好的，"乔莉觉得心里又温暖又感动，她慢慢地说，"谢谢爸爸。"

第二天晚上，赛思中国在北京的销售，大部分都赶到了公司附近一家以川菜闻名的饭店。

这家饭店离公司比较近，地方也比较大，众人三三两两地上了楼，一进大厅就愣住了，平时这里熙熙攘攘、座无虚席，今天居然只有三四桌人，其他的位置全部都空着。

领位小姐引着众人往里走，一个销售问："今天人这么少？"

"是啊，"小姐笑了笑，"今天是光棍节。"

众人乐了，另一个销售问道："昨天人也这么少吧，最近是不是生意难做啊？"

"还好还好，"小姐岔开了话题，"你们在最里面的包间。"

乔莉跟着大家进了包间，一进门便看见了欧阳贵。天气刚一转凉，他就又戴上了他招牌式的黑色圆边薄呢帽。在他旁边还坐着一个人，这个人见大家进来，忙站了起来。乔莉见这人身穿一件长袖 T 恤，体形微胖，两颊微红，看起来不太像在外企工作过的人。难道他就是白重？她不禁感到有些失望。

众人纷纷和欧阳贵打招呼，陆帆介绍说："我给大家介绍一下，这是白重白经理，以后大家就是同事了。"

众人又忙向白重问好，白重朝大家微微一笑，"我叫白重，以后大家有什么要帮忙的，尽管吩咐。"

众人笑着答应了。陆帆又把众人一一介绍给他，介绍到乔莉的时候，白重看了她一眼，心说这就是自己以后的部下了，看这个姑娘眉清目秀，长得还算不错，带出去见客户，也不算丢人……正琢磨呢，就听陆帆对欧阳贵说："欧总，您说几句吧。"

"好！"欧阳贵咧了一下嘴，"今天到这儿的，都是赛思中国销售部的人才，按我的标准，你们都又红又专业。以后我不再分管销售部了，但我们还都是赛思的员工，是一个阵营里的弟兄，刚才白重说，有事吩咐，这话也是我想说的，有事要帮忙，尽管找我欧某人！"

说完，他看了一眼陆帆，"弗兰克，不是我要拆你的台，各位兄弟，晶通外包也需要人才，你们在北京干得不开心的，随时去石家庄找我，我欢迎你们！"

众人顿时哄笑了起来，云海笑道："欧总，您这可不像离任感言，像战前总动员了！"

"这好啊，"有的销售说，"现在经济形势不好，我们也多一条退路。"

"就是就是，"又有人说，"反正我们又红又专，跟着欧总肯定没错儿。"

"废话少说，"欧阳贵端起了酒杯，"能喝的就干了，不能喝的也沾个杯，我谢谢大家。"

众人连忙举杯，喝了一口。欧阳贵又端起杯，对着白重，"我走了，你才到销售部门，这都是我的同事，以后也是你的同事，大家有事，要互相帮着点儿。我祝你在这儿工作顺利。"

白重听了这话，既像提点，又像警告，忙笑嘻嘻地端起杯，干了一杯。众人看在眼里，都在心中暗想，说是要进两个销售，今天只来了白重一个人，又坐在欧阳贵的旁边，听这语气，分明是欧阳贵把他介绍进了公司。而且看这两个人说话的感觉，也真像一个"系统"出来的。只是不知道那个孙诺是什么来头，能在这个时候进赛思中国，而且今天晚上居然没有露面。

众人吃着喝着，互相敬酒，乔莉端起杯子，"白经理，我敬您。"

白重看着她，"行，那你先干为敬。"

乔莉一愣，陆帆和云海也愣了。乔莉笑了，"我没有什么酒量，干不了，喝一口吧。"

"那不行，"白重说，"敬酒要有敬酒的规矩，既然端了杯，就要喝光。"

众人听了这话，都愣住了。除了在客户的酒桌上，赛思中国内部吃饭，虽然会相互敬酒，但从来没有劝酒的习惯，更不用说经理命令员工喝酒，就算何乘风、欧阳贵也没有过。

"白经理，"乔莉笑着说，"那我分三次喝完，好吗？"

"不行！"白重脸上的笑意不变，心里已经不爽，这是什么态度？向领导敬酒，居然自己不喝光，以后见了客户，难道也是这种死相吗？是觉得在外企就高别人一等，还是怎么的？一点都不懂社会上的规矩！

气氛尴尬起来。众销售都是做惯外企的人，平常就不喜欢国企私企那套喝酒的作风，就算碰到这样的客户，不到万不得已，也不会把自己的酒量陪上去。白重刚刚来，就和女同事在酒桌上较劲，实在让人不舒服。众人都想，这哥们一直在民营干的，路数也太不同了。

云海看着陆帆，陆帆面无表情，只是冷眼旁观。云海一见便知道他想看看白重的反应，于是也沉默不语。众人见欧阳贵、陆帆、云海都不说话，也不便多言，都一起看着乔莉。

乔莉做梦也没有想到，自己新上任的老板会这般"强硬"，而且这种强硬，和她适应的企业文化完全是两种感觉。现在她彻底理解了陆帆找她谈话的意思。跟着白重，的确会学到在陆帆身上学不到的东西。

她笑了笑，"白经理，那这样吧，这一杯我干了。"说完，她一饮而尽。众人也不叫好，只是纷纷吃菜。白重心里更加不舒服，伸手拿过酒瓶，又替她倒了一杯，"你喝一杯不成，三杯才为敬嘛。"

销售们更加不高兴了，有的借打电话回避了出去，有的坐着看乔莉怎么处理。乔莉看了一眼欧阳贵，欧阳贵翘着下巴，一句话不说，也不看她。陆帆与云海也保持沉默。她飞快地想，如果是一年前，她肯定不喝这个酒，而且她没准会找人代喝，但是现在，这么处理一来驳了欧阳贵的面子；二来会让陆帆与云海难做；三来白重毕竟是自己的老板，日后还要相见。想到这儿，乔莉笑了笑，"那我自己再喝两杯。"

说完，她干了一杯，又给自己倒满了，再干一杯。"好！"白重拍了拍手，举起杯子，"这才是好同事，我回敬你一杯。"

乔莉的双颊在酒精的刺激下，已满是绯红。她微笑着与白重碰了碰杯，把第四杯酒干进了肚里。白重的情绪稍缓，见众人似乎有些不悦，也不想太不给大家面子，哈哈一笑，便把杯子放下了，"乔莉，安妮，是吧？好同志啊，爽快！来来来，你多吃点菜。"

乔莉微微一笑，自己拣了菜，吃了起来。这时陆帆端起了杯子，"欧总，我敬您三杯吧。"

欧阳贵心知白重此举已经得罪了陆帆，心说白重真是不知死活，凭你的酒量，三个都喝不过陆帆一个。销售中没人见过陆帆喝酒，都以为他酒量一般。只有云海亲眼见过，他在香港和一个老外打赌，一口气喝过十八个高度白酒、洋酒做的"深水炸弹"。

欧阳贵点点头，看着陆帆喝了三杯，又回敬了一杯。这样一来，酒桌上似乎定了这个规矩。白重也不以为然，敬了陆帆三杯，陆帆也回敬了他一杯。众人一看，心想我们没有必要这么喝吧。陆帆笑了笑，"白经理，应该敬的酒都敬完了，大家就都随意吧。"

"好的，陆总。"白重见陆帆发话，忙笑着点了点头。陆帆微微一笑，向每个人都敬了一杯，众人有的抿一口，有的喝半杯，反正各人随兴，陆帆一口气连干了八杯。转过头对白重说："白经理，你是我当销售总监以来招进来的第一个经理，我非常欣赏你的工作经验，来，我敬你一杯。"

白重端起酒杯，陆帆淡淡地说："我干杯，你随意。"

"那怎么行？"白重刚才已经有点尴尬，因为众人都没有努力地和陆帆干杯，现在他再不干，岂不是显得之前让乔莉喝酒很过分？白重将杯中酒一饮而尽，他以为陆帆还会找借口让他喝酒，但陆帆放下杯子，再也没有发话让他喝了。销售中有聪明的，已经意识到这是陆帆身体力行地告诫白重，在这儿喝酒，应该是一种什么风格。

　　白重默默地吃着菜，陆帆的举动让他有点意外。这个看起来和自己同龄，而且斯文帅气的老板，刚才的用意已经非常明显。看来这个老板还有点意思，虽然有点软弱，但还是敢出头。他看了乔莉一眼，难不成这个女人和陆帆有一腿，所以陆帆才出面警告自己？看来以后对她还得稍微注意一点……

　　云海将这一幕看在眼里，心中暗赞陆帆的雅量：喝酒虽然我很强，但是我不压制你，而是用实际行动向你证明，我是怎么办的。

　　欧阳贵也没有想到，陆帆会这样处理问题。他暗暗摇头，像陆帆这样的举动，虽然能压白重一头，但想让白重这样的人听话好用，靠以德服人根本没戏。乔莉与陆帆，虽然都在顾全大局，但都太软弱。将来陆帆进了晶通外包，出任中方经理，自己还得好好带带他。这个世界不是人人都讲道理的。当你和一些人讲道理的时候，在他们看来，你只是一场笑话。

　　晚饭在一种奇怪的气氛中散了席。云海因为要开车，晚上没有端杯，他看着陆帆，"弗兰克，我送你。"

　　陆帆点点头，"送一下安妮吧，她喝了不少。"

　　云海呵呵一笑，叫上了乔莉。三个人走到停车场，陆帆坐前面，乔莉坐后面。陆帆问："安妮，你没事吧？"

　　"还好，"乔莉脸上的红晕消了不少，但头还是有点晕，她笑着说，"我现在好多了。"

　　陆帆哼了一声，"以后不能喝酒就不要喝。"

　　"唉，"乔莉说，"我刚才不是怕尴尬嘛，再说白经理刚来，他以后又是我的老板……"

　　听了这话，陆帆更不高兴了，"安妮，你要是这么说，我就太失望了。"

　　"失望？！"乔莉一愣，"为什么？"

　　陆帆看着窗外不说话，生着闷气。乔莉丈二和尚摸不着头脑，只得软下语气，"老板，我没有明白。"

　　陆帆还是不说话。云海呵呵一笑，"安妮，你不知道何总的名言吗？"

　　"何总？"乔莉又是一愣，"何总说过什么？"

　　"如果你只能请别人吃饭喝酒，别人也会和你做生意，"云海一边开车，一边用调侃的语气说，"但只会和你做吃饭喝酒的生意，也就是说，让你赚个饭钱、酒钱。"

　　乔莉乐了，"真的？！"

　　"当然是真的，"云海说，"做生意不是拼喝酒，也不是拼吃饭，重要的是你有核心的竞争力。所以，弗兰克让你不能喝的酒不要喝。"

　　"可是……"乔莉想了想，"刚才不喝大家都难看，而且，以后我也不对弗兰克直接负责，白重刚来就得罪他，总归不大好。"

"你不是会下棋吗？！"不等云海再开口，陆帆没好气地回了乔莉一句。

乔莉被他顶得半天没说话，云海也默不作声。下棋？他的意思是，我完全有优势可以不对白重服软，可我的优势到底是什么？白重以后是我的老板，事情都要向他汇报……等一等，弗兰克这话已经是公然的暗示了，杰克也不好再说，难道，他们的意思是晶通电子？想到这儿，乔莉突然想起陆帆说过，晶通电子短时间内依然由他负责，那么长时间呢？

"弗兰克，"乔莉小心翼翼地问，"晶通的项目以后一直对你负责吗？"

"晶通电子是公司这几年最大的项目，"陆帆说，"你是负责的销售，应该对公司负责。"

乔莉心想，你这话不是等于没说？云海扑哧笑了，"安妮，你老板的老板是谁？"

"何总啊。"

"对，"云海慢悠悠地说，"那你只能对他负责嘛。"

乔莉恍然大悟，差点咧开嘴笑了起来。这一瞬间，她忽然觉得很幸福。自己初入销售跟的第一任老板，还有半个老板，都在真诚地帮助自己。不仅是业务上的，甚至还有职场上的生存之道。她哪里知道，陆帆和云海，此时在心中都对她有一丝或者半丝的愧疚，他们一方面在提点她，一方面也是为了减轻自己的负罪感。实际上，晶通七亿大单，他们已经注定要全身而退，只留下她一个阵前炮灰，抵挡未来可能出现的任何违法的法律责任。

车到了陆帆住的小区，陆帆下了车，乔莉在后座说："老板再见。"

陆帆冷哼一声，"你已经有老板了，不用跟我再见。"

乔莉一怔，心想这话什么意思？不会为了我尊重白重吃醋吧？！云海微微一笑，等陆帆走远了，才说："安妮，你看看你，拿白重当老板，弗兰克不高兴了。"

"我只是为了尊重新来的经理嘛。"

"只闻新人笑，不闻旧人哭，"云海哈哈笑道，"弗兰克这下惨啦。"

"杰克，"乔莉笑道，"你乱开玩笑。"

"我不是开玩笑，"云海说，"我是提醒你，白重永远不可能是你的老板。"

"我知道，"乔莉说，"我的老板是何总。"

"在晶通上是这样的，"云海说，"在其他的事情上，他也不是。"

"那谁是我的老板？"

"你自己，"云海呵呵笑着，"人不把自己当老板，怎么可能发大财呢？"

"我自己？"乔莉笑了，"我怎么可能是我的老板，又不是我自己给自己发工资。"

"你这样想就错了，"云海说，"很多人都觉得，公司发工资，所以老板就是公司的管理层。但事实上，我们一个人就是一家公司，我们只把自己当成自己的老板，要想清楚，我们是为自己打工，为自己发展，我们才能在职场上走得更好，也才能走得更远。"

乔莉听了这话，觉得入滋入味，一时没有说话。云海乐了，"你一向不就是把自己当老板的吗，怎么好像很吃惊？"

"我什么时候把自己当老板了？"

"那你为什么要当销售？"

"我……"

"为了赚钱？为了更快地赚钱？为了赚大钱？"

"不！"乔莉立即打断了他，"我只是为了做个有本事的人。"

"Excellent（好）！"云海说，"为了当自己的主人？"

"对！"

"所以，你是你自己的老板，你只对自己负责。"

乔莉又是一怔，这话多么耳熟！父亲说你只在自己的船上，听起来完全就是一个意思。她一下子领悟了，自己的立足点在什么地方。陆帆与云海说得没错，只要晶通电子在一天，不管是白重还是黑重，都根本动不了她。但是，以白重在私企与国企的工作经验，她肯定能学到不少东西。想到这儿，她格格地笑了一声。

"什么事这么可乐？"云海忍不住问。

"我们晶通项目是和国企合作，我又有了一个长期在国企工作的新老板，这样一来，以后所有国企的案子，我都敢接了。"

云海听了这话，欣然点头，他笑着问："有句话怎么说的，什么子可教？"

"孺子可教？"

"对，对，"云海真心实意地夸赞道，"你就是那个什么孺子！"

这话把乔莉乐的，她一边笑一边说："你把自己当孔子啊。"

"孔子又不懂 IT，"云海说，"他没有我强。"

两个人说说笑笑，不一会儿开出去很远，乔莉看快到家了，忽然想了起来，问："杰克，这个白重是欧总介绍来的吧？"

"嗯。"

"还有一个孙诺你见过吗？"

"没有，"云海说，"听说，他家在香港很有背景。"

"是吗？"乔莉惊讶地说，"那他干吗来打工？"

"不知道，"云海从倒车镜看了她一眼，"晶通外包快成立了。"

"是啊，"乔莉不禁轻轻地叹了一声，"快到签合同的时候了。"

云海看了看她，"怎么，好像不太开心？"

"没有，"乔莉摇了摇头，"但好像也不是特别开心。"

"为什么？"

"怎么说呢，"乔莉想了想，"可能麻木了。"

"你不想签了？"云海看着窗外，漫不经心地问。

乔莉笑了，"怎么会，再说这单也不是我一个人的。"

"哦？"

"到时候我下了单，你，还有弗兰克、欧总、何总都要批的，我怎么敢不签啊？"

云海一怔，没有回答。隔了几秒问："你为什么不买车？"

"我不喜欢开车。"

"有了车，是一种生活方式。"

"我也不知道，总觉得是种负担，"乔莉说，"可能女人爱房胜过爱车吧。"

"有道理，"云海说，"不过有车总是方便，不能老搭顺风车吧。"

"小气！"乔莉用开玩笑的语气说，"我也没搭过你几次车，别舍不得呀。"

"舍得，舍得，"云海笑了笑，"听说房价最近要跌，你要想看房，随时找我，我给你当司机。"

"好，"乔莉笑道，"不过，也得等我挣到钱的时候哟。"

这时，车已经到了小区门口。乔莉下了车，走了两步，忽然又折了回来。云海摇下车窗，乔莉弯下腰，笑道："谢谢你。"

云海笑了，"谢我什么？"

"谢谢你的真话。"说完，她转过身，轻快地走了。

云海脸上的笑容渐渐地隐去了。他启动了车，调了一个方向，慢慢地开着，一个声音在他心里响了起来：虽然我从来不讲假话，但有时候，我也不把真话说出来……

第二天一早，乔莉刚到公司，便看见陆帆和一个陌生的年轻男人站在销售区。乔莉走了过去，陆帆叫住她，"安妮，给你介绍一下，这位是我们新来的销售经理孙诺。"

"嗨，"乔莉伸出手，"我叫安妮。"

"你好，我叫马丁。"孙诺伸出手和她用力一握。乔莉见他个头不高，大约三十岁出头，眉目不算清秀，但牙齿非常洁白整齐，就像电视里的牙膏广告演员。乔莉觉得他看起来有点面熟，不禁觉得有些奇怪。陆帆又在介绍其他销售，这时翠西和车雅尼进来了，两个人是找陆帆有事情的，陆帆也一并介绍给了孙诺。

"这是孙诺、马丁，新来的销售经理，这两位是市场部的同事，米兰达和翠西。"

车雅尼和翠西分别与孙诺握了握手。孙诺刚才见了乔莉，觉得她身量适中，眉清目秀，看起来十分悦目，这会儿再见翠西与车雅尼，也是一对美女。而且这两个人个子很高，一个水蛇腰，杏仁眼，皮肤白净；一个眉目动人，头发微松，让人一见就想与她亲近，又觉得不敢过分亲近，直让人想好好地保护她、照顾她。

孙诺心中暗想：早就听说赛思中国的女销售和女员工都很漂亮，今天一见，果然名不虚传。他跟着陆帆穿过销售区，走到售前区域，这儿也坐着一个美女——秦虹。秦虹今天因为要和刘明达一起请公司的同事们吃午饭，为刘明达离开公司的事情和大家聚聚，所以刻意打扮了一番。她今天的打扮，是按照一个IT精英的白领女朋友的"程序"设计的：波波头精心吹过，正好遮住额头与脸颊，上身是一件立领白衬衫，外罩大V领灰色大背心，下身是一条五分黑色紧身裤，脚上是一双黑色高跟长筒靴。孙诺见了乔莉与车雅尼、翠西，还不觉得怎么样，不少市场部与销售部的女员工都挺会打扮，挺漂亮的，但见到秦虹，他真的有几分震惊了。做技术的女生如此漂亮，真的是太难得了。

孙诺最近正为找女朋友的事情发愁，家里人一直催他，他又不想找家里介绍的，可自己的工作一直很忙，也没有遇上什么合适的。现在太好了，在这样一家公司上班，还怕找不到女朋友吗？秦虹早就知道要来两个销售经理，这时见了孙诺，连忙笑道："马丁，中午我们要会餐，你来吗？"

"好啊，"孙诺笑道，"什么理由？"

"有个同事要走，"秦虹说，"大家聚聚。"

"好。"孙诺答应着，更觉得秦虹谈吐大方，与一般做技术的女生不同，心中不由得直起"小化学反应"，但他哪知秦虹请他，完全是为了自己在公司的发展，对他根本没有产生任何的"小涟漪"。原因很简单：秦虹是要在北京扎根的，所以北京之外的男生，已经在第一时间被她的"程序"排除在外了。不管他有多帅，条件有多好，按照秦虹的逻辑，既然第一步没有达到，后面十几步是不可能走下去的。

中午时分，乔莉、云海、孙诺、强国军、车雅尼、翠西、刘明达、秦虹等人，浩浩荡荡地来到赛思中国附近的一家饭店。除了销售与市场部的同事，人事部与财务部也来了两个人，刚好凑齐一大桌。孙诺的左边坐着云海，右边坐着翠西，刘明达和秦虹坐在一起。大家几句话说下去，孙诺已经隐隐听出来了，好像这个秦虹是刘明达的女朋友。

"你们赶紧交代一下你们的办公室恋情，"翠西笑道，"不然，这顿饭我们可不买单。"

"没什么可交代的，"刘明达幸福地笑道，"再说从这个月开始，我们已经不是同事了，哪儿有什么办公室恋情？"

"哎，哎，"翠西说，"你们俩好上了，这事儿我可早就听说了。别以为瑞贝卡今天不在，你们就可以装糊涂。"

"瑞贝卡的身体怎么样了？"刘明达问，"什么时候生啊？"

"过几个月吧。"车雅尼微微一笑，"怎么，你着急了？"

"天啊，"刘明达看着云海，"杰克，你可不能见死不救啊！"

"好了，好了，"云海举起杯子，"这样吧，我们大家举个杯，一来欢送本尼，明达，祝他事业顺利，二来欢迎一下马丁，欢迎他加入赛思中国。"

众人笑着举起了饮料，纷纷碰杯。孙诺心想：来之前施蒂夫告诫自己，说销售部情况十分复杂，人际关系极差，现在看起来，好像还好，没有他说的那么严重。至少表面上，大家都还过得去。他暗自打量刘明达，心中暗想：你最多也就是一个经济适用男，配秦虹好像差了点。不急不急，等我慢慢观察，如果觉得合适，你到时候再喊救命吧。

他正走神，冷不防翠西问他："马丁，我怎么看你好面熟呀？"

"是吗？"孙诺微微一愣。

"我觉得他长得像个拍牙膏广告的明星。"人事部的女员工说。

"是吗？"车雅尼微侧着头，眉头微微皱起，白得几乎透明的纤纤手指轻轻搭在脸颊上，"是牙齿像，还是人像？"

众人一愣，隔了几秒，有的人才回过神来，扑哧扑哧笑得一塌糊涂。还有人根本没有明白过来，不知大家为何发笑。车雅尼还是那副样子，似乎她刚才什么都没有说，只是轻轻地拿起杯子，喝了一口饮料。

"米兰达，"云海笑得几乎岔气，"你太冷了。"

孙诺也乐得不行，这就是那个传说中让两个销售总监争来争去的米兰达，果然与众不同！而且太能讲冷笑话了。就冲这份冷劲，估计和她难缠起来，会十分够呛。

"马丁，"又有人问，"你是不是拍过广告？真的很面熟。"

"没有，没有，"孙诺连忙摇头，"可能我长得面善吧，大家看我眼熟。"

"马丁，你姓孙？"人事部的同事问，"听说香港的孙万国是你亲戚？"

"怎么说呢，他是我的亲戚，但是隔得有点远。"孙诺笑着答道。

翠西听了这话，心突地一跳。孙万国可是香港有名的IT人士啊，原来和他是亲戚关系，管他有多远，也比没有强啊。她咯咯一笑，"马丁，你有没有洁白牙齿的秘方？"

"有啊，"孙诺一本正经地说，"不抽烟、不喝酒、不喝茶，"他晃了晃杯子里的矿泉水，"不喝有颜色的饮料。"

"有用吗？"

"有用。"

"那我试一个月，会有用吗？"

孙诺想了想，"如果你坚持刷牙，会有用的。"

众人听了这话，又呵呵乐了起来。"真的？"翠西心想，要你上套你还就真上套，"那我们打赌。"

"可以啊。"

"如果我试一个月，没有用的话，你就请我吃饭，要好酒好茶好饮料！"

"好！"孙诺一口答应。

翠西隔着云海，伸出修长的手指，停在孙诺的面前，"那我们拉个钩吧。"

孙诺一怔，伸出手，两个人小拇指钩住小拇指，拉了一下。

众人顿时哄笑起来。"你们两个在干吗呢？"有人笑道，"饭还没吃，就先把手拉上了？"

"翠西，你这样不怕有人会吃醋？"又有人调笑道。

"去！你们不要胡说！"翠西不想让孙诺觉得自己世故，假装不好意思，脸上却真的浮现了两团红晕。众人不知道她为何突然羞涩，但大家都不是傻瓜，见她这样，也没有人再提周祥，只哈哈一笑，便转聊其他话题了。

乔莉心不在焉地听着大家说笑，她不敢多吃东西，怕下午会犯困。她惦记着下午三点和何乘风的谈话。经过陆帆与云海的"点拨"，她很清楚，何乘风对晶通电子，以及未来自己在公司生存的重要性。他会谈些什么呢？只有十分钟时间，是谈晶通电子，还是谈自己对工作的想法与规划？

她不仅把晶通的方案背得滚瓜烂熟，还对着镜子练习了好几次，如何用自信轻松的态度，谈出自己的规划与想法。上一次和程轶群的谈话，无意中改变了她的命运，可那是毫无准备的十分钟，现在看起来，更像是真诚带来的运气。可这一次，她已经做不到心无旁骛了，她必须准备好，必须让何乘风对她的谈话很满意。

"安妮，"秦虹轻轻碰了她一下，"我和本尼敬你一杯。"

乔莉一惊，回过神来，看着双双举杯的刘明达与秦虹，忙端起杯子，"好啊好啊，我祝你们白头偕老！"

刘明达与秦虹一怔，众人顿时又大笑起来，财务部的女员工说："今天全是冷笑话，妈呀，冻死人了！"

乔莉不好意思地看着秦虹与刘明达，这两个人笑也不是恼也不是，秦虹嗔道："安妮，你存心整我呀。"

乔莉也笑了，"是啊，是啊，我就是看不得你们这么甜蜜。"她再次举起杯，"本尼，祝你工作顺利。"

刘明达笑着和她碰了碰，大家都哈哈一乐，也就混了过去。一时午餐结束，众人三三两两地往回走，云海走到乔莉身边，"嗨。"

"嗨，杰克。"

"你怎么了？吃饭的时候一直在走神。"

"我没事，"乔莉笑了笑，"可能是累了。"

"下午要和何总谈话？"

乔莉点点头。

"他虽然是你最大的老板，可他一样需要你努力工作，"云海笑了笑，"将军和小兵，都是互相需要。"

乔莉一愣，心情顿时轻松了些。她看着云海，想说一声谢谢。可不知为什么，她觉得说不出口。一个很细微的想法冒了出来：是云海一直在留心观察她，还是她自己太紧张了，以至于云海一眼看出了她的异常？

她深深地呼吸着，和云海聊些房子车子的问题，调整情绪。回到办公室，她立即投入工作，不想过多地去想谈话的事情。云海说得没有错，哪怕她是个最低等级的小兵，也会被将军需要。她应该有她的自信。

下午两点四十五分，乔莉理好头发，补好妆，准时来到何乘风的办公室。

"何总！"她精神奕奕地笑着，坐了何乘风的对面。何乘风把一杯冒着热气的咖啡推到她面前，"这是我让阿姨准备好的，也是你的老板弗兰克最喜欢的哥伦比亚咖啡。"

乔莉一愣，她没想到何乘风这么周道，只是和一个小销售谈十分钟啊。她惊喜地说："谢谢您。"

"十分钟，我们谈些什么呢？"何乘风微微笑道，"我刚进公司的时候，就听说了你的事情。听说程轶群临走前，把你调入了销售部。而且听说，你做前台的时候，曾经提出过辞职，也是程轶群挽留了你，把你调为总裁秘书。所以，我对你很好奇，因为我相信程轶群身为一个大公司的总裁，他对员工的眼光一定是独特的。"

何乘风看着她，"后来弗兰克要把晶通电子划给你，我也知道，这个案子数字惊人，说是给你，其实是要倾尽全公司的力量来谈判与运作。但是我也知道，这对一个职场新人是一个巨大的考验。从那个时候起，我就想看一看，你，乔莉，安妮，一个从没有做过销售的年轻员工，要怎么办？"

乔莉不禁有些激动，原来何乘风一进赛思中国，就对她了解这么多，而且，从工作一开始，她就在总裁的视线范围之内。"何总，我做得不太好，还请您多指教。"

"谦虚是好事，"何乘风笑了笑说，"但有时候也要表现自己，让老板和团队看到你的才能。晶通电子的业务，你能够坚持下来，并且配合大家完成，就是一件很不容易的事情。你做得不错。不过，我很好奇，当时是你主动提出要转到销售部的吗？"

"是的，"乔莉说，"是我主动提出的。"

"为什么想当销售？"

"我想做个有用的人。"

"哦，"何乘风问，"做其他工作就无用吗？"

"其实我刚才说的原因，是我以前做前台的时候那么认为的。"乔莉连忙笑着解释，"那时候，我觉得公司各部门都有很多人，只有销售部人员不多，可他们帮公司赚了很多钱，所以，我认为当销售最有价值。可是现在不这么想了。"

"说说看，现在怎么想的？"

"公司是由几个大部门组成的，"乔莉侃侃而谈，"人事、财务、行政、市场、销售、技术，缺一不可。不管是前期的产品开发、后期的技术服务，还是市场部对整个市场的把握、人事部门对人员的管理、财务部门的核算等，都是非常有价值的事情，而且每一种工作，都会对公司的利益产生影响。而销售，只是其中的一个环节，但是，怎么说呢，好比打仗吧，销售是前线士兵，能够第一线地接触客户，从员工的角度来说，这个工作确实锻炼人，但不代表销售就比其他部门的员工高了一等。"

何乘风点了点头，"对以后的工作，你有什么想法吗？"

"我想当一个好销售，"乔莉说，"目前来说，这是我唯一的想法。"

"哦，如果给你别的机会呢？"何乘风笑了笑，"比如去市场部，又比如去其他岗位。"

乔莉一愣，不知道他说这话是什么意思，她想了想，说："如果公司有需要，我愿意去其他的岗位，但是我不想脱离市场和销售。"

"为什么？"

"因为在市场部工作，也能从另一个角度了解客户的需要，还有公司对整个市场的计划，这对于销售工作是有帮助的。而且在市场部工作以后再转入销售，也能更好地理解部门之间的沟通与协作。但是像人事、财务、技术……"乔莉想了想，"一方面他们需要更多的专业知识，另一方面我想以后还是做前沿的工作，人事、财务、技术都属于后方的管理工作，从职业规划上说，缺少关联性。"

何乘风点点头，"你想过你的职业生涯做到最高、最好的时候吗？"

乔莉摇了摇头。

"现在设想一下？"

乔莉一愣，看着何乘风，今天这个谈话有的还在她的考虑范围内，有的完全脱离了她的设想。她笑着谨慎地说："虽然大家说，不想当将军的小兵不是好兵，可我通常只想最近的事情，因为只有把工作一件一件做好，才能实现远大的理想，不然，就是一个空想家。"

"那你觉得，工作中最重要的能力是什么？"

"执行力，"乔莉说，"还有人品。"

何乘风点了点头，"你最喜欢的体育项目是什么？"

"体育？"乔莉想了想，"跳绳，还有下棋。"

"哦，什么棋？"

"象棋。"

何乘风笑了，"弗兰克也很喜欢下棋，你们下过吗？"

"下过，"乔莉笑道，"我们打平了。"

何乘风哈哈大笑。他很喜欢这个年轻员工身上的活力，看来，程轶群的眼光还是很准的。她不仅能周详地考虑问题，而且热爱竞争、不惧压力，这在年轻人中，还不算是最好的品质，最关键的，是她愿意脚踏实地。他比较满意她的回答。

"现在公司正是用人之际，"何乘风说，"我想让你了解，虽然你是前任总裁提拔的，但是，却是在我的任期内开始成长的，我很欣赏你，希望你能在赛思中国走得更好。"

乔莉的眼睛一亮，"何总，我会努力的。"

何乘风站了起来，他打开柜子，取出一盒雪茄，放在乔莉面前。"你可能会觉得奇怪，我作为一个总裁，为什么要送你一盒雪茄。因为我的两任销售总监，包括你的老板弗兰克，都是雪茄爱好者，所以，我常常为他们准备。我知道你不抽烟，但是我想告诉你，这盒雪茄，代表了我对你的期望。"

"程轶群给了你一个当销售的机会，"何乘风微微一笑，"不过，那只是你职业生涯的第一步。"

乔莉很激动，很显然，她这次的十分钟，谈得非常成功。来自赛思公司最高执行官的激励，让她一瞬间充满了斗志与热情，"我知道，我会把下面的每一步都努力走好。"

"很好，"何乘风又说，"在赛思公司，我只给过两个人雪茄，一个是弗兰克，一个是你。你要保守这个秘密，也把我的期望放在心底。我希望你用工作成绩来表现。"他看了一眼时间，"我们的十分钟就要结束了，你还想说什么？"

"何总，"乔莉拿起了雪茄，两只手轻轻地握住烟盒两边，"不管我能不能做到，我都会努力。感谢您对我的鼓励，这是我收到的最好的礼物。"

何乘风笑着点头，目送乔莉离开办公室。他相信乔莉说的是真心话。希望她能把握好晶通外包的机会，迅速地成长起来。也许，这个成长中的风险太大了，但人生就是这样，没有免费的午餐，想要迅速发展，就一定会有代价。

乔莉拿着雪茄，回到了办公桌前。她先把雪茄放在抽屉里，想想不舍，又拿出来装进电脑包里，又担心压坏了，还是拿了出来。她左思右想，最后灵机一动，找出一个礼品盒，把雪茄放在里面，然后把礼品盒竖在办公桌上，正对着电脑。

这是一个莫大的鼓励，她要天天对着它工作。何乘风的销售总监？这是她的职业生涯的最高目标吗？她连想都没敢想过，但也许，她的内心也可以藏着这样一个野心与梦想。哪个人不渴望成功，不愿意为了梦想而努力呢？

第十六章

意料之外

性贿赂也是贿赂

晶通电子的改制，由于事前准备充分，涉及的矛盾面较少，又得到了政府和工人们的大力支持，其顺利程度令人惊讶。但因为改制后的集团公司尚未正式挂牌，所以晶通外包公司的成立开始特事特办。欧阳贵一直在石家庄忙碌，白重正式成为乔莉的销售经理。乔莉开始对他还有一些担心，但一周过去了，白重几乎不坐班，偶尔来一下就走，也不过问乔莉的工作。他也不喜欢发邮件，这一周，除了回复乔莉给他的邮件，他没有给乔莉发过一封新邮件。乔莉觉得这样倒好，大家各忙各的，省了麻烦。孙诺和白重的风格完全不同，他每天一早就来，打电话或者开会，或者和售前沟通方案，直到很晚才离开。

乔莉在陆帆的带领下，正在拟订晶通技术改制七亿方案的合同，合同中的每一个条款，甚至每一个字，都要仔细地商讨研究，请教法务部门。这对她也是全新的学习，整整忙了一个多星期，才把合同大致敲定，还有几条细节，在等晶通方面的回应。

这天是周四，乔莉正在忙碌，突然电话响了，"喂？"

"安妮，"秦虹说，"你看电子邮件了吗？"

"没呢，怎么了？"

"杰克要走了！"

"你说什么？！"乔莉愣了。她一面立即打开邮箱，一面问："你听谁说的？"

"你看邮件！"秦虹说。乔莉已经打开了云海发送给销售部每个人的邮件。在邮件里，云海叙述了自己到赛思中国一年以来的工作与成绩，对这次年中总结中，赛思中国琳达升职、几个销售获得提升和奖金表示了祝贺。同时，他正式提出辞呈，要求离开赛思中国。

乔莉迅速查证邮件中的每一个细节。这是云海十分钟前发送给陆帆，同时 CC 给何乘风和销售部的所有人员的。乔莉简直不敢相信自己的眼睛。云海虽然什么都没说，但明显是对这次的升职与加薪不满。怎么会呢，何乘风和陆帆没有奖励云海？从常理上说，欧阳贵离开了这里，他们对云海应该更加器重才对。

"你之前听说过什么吗？"秦虹问。

"没有！"乔莉说，"你今天见到杰克了吗？"

"我已经好几天没见到他了，你呢？"

乔莉这才想起，还是上次和何乘风谈话之前，她和云海有过交流。这几天她忙于晶通电子，确实没有再见到他。云海为什么会突然辞职？乔莉坐在座位上，盯着电脑，思绪却飞速地启动：之前有什么征兆吗？销售部运转一直正常，晶通外包意向书顺利签订，欧阳贵出任外方经理，白重与孙诺进到公司，琳达升职……"如果我没有猜错，很可能在外包公司成立之后，陆帆、云海，甚至欧阳贵，都会离开赛思中国，那么承担责任的人只有两个，你，还有何乘风。"施蒂夫的这番话，突然浮上乔莉的心头。

难道……真的会像他说的那样？晶通外包黑幕重重，先是欧阳贵，接着是云海、陆帆，他们会全部撤出去？！

这实在太不合理了。为了一个七亿的单子，云海不要奖金可以，为什么连工作都不要了？再说现在辞职，去哪儿找工作？情况这么不好。乔莉皱着眉，心想不应该是这样。她拿起电话，拨了云海的手机，"嗨，杰克，我是安妮。"

"嗨，"云海的声音听起来一如既往，"安妮，有事吗？"

"你要离开公司？"

"对啊，"云海呵呵笑道，"你看到邮件了？"

"为什么要走？"

"我去年来的时候，就答应了弗兰克，帮他一年，现在公司一切都稳定了，我也到了做我自己的事情的时候。"

"一年？"乔莉一愣，"你们有过这样的约定？"

"是的，"云海说，"等我和人事部办理完手续，到时候请大家聚聚，我虽然人离开了，可和大家都还是朋友。"

"杰克，"乔莉说，"你没有其他的原因吗？"

"哦，还能有什么原因吗？"

"哦，是啊，"乔莉笑了笑，"是没什么原因了。你找到新工作了？"

"我正在和别人谈一个项目合作，"云海说，"我一直想自己创业，现在是时候了。"

"好，"乔莉说，"那你什么时候回公司办手续，就找我一下，我们见见面。"

"好。"云海说，"那我挂了。"

"等一等，"乔莉说，"你什么时候有空，我请你吃饭？"

"有事吗？"

"没什么事，就是想聊聊。"

云海沉默了几秒。乔莉一向心思缜密，又深入晶通电子整整一年时间，自己突然离职，瞒得了别人，恐怕瞒不了她。这个时候见面？要自己当面撒谎，云海还是很犹豫。"这样吧，让我先忙几天，等回公司办手续的时候，我来找你。"

"好。"

云海听她的声音有些沉闷，呵呵笑道："等我忙过这一段，你要是想用顺风车，随时打电话给我。"

"好的。"乔莉笑了，"谢谢你。"

她挂上电话，觉得很不真实。她想着云海在这里进进出出，笑嘻嘻地和每个人打招呼，召集大家开会，发无数邮件，打无数电话……就像是昨天的事。今天一个邮件，这个人就要走了吗？这时，财务部的一个大姐悄悄地走进了销售部，来到乔莉的桌前，"安妮，"她悄声说，"听说杰克要走了？"

"你怎么知道的？"乔莉低声问。

"我刚刚听人事部的人说的，真的假的？"

乔莉点点头。

"到底为什么呀？"财务大姐问。

"我也不知道。"乔莉看着她，这位财务大姐和她一年都说不了几句话，没想到她居然会关心云海。

"你们销售部也真是的，什么人都留不住，"大姐说，"我听说，是为了升职的事？"

"没有吧？"乔莉说，"好像是为了创业。"

"这个时候创业，"大姐摇摇头，"行了，没事了，你忙吧，我去找售前。"

乔莉看着大姐的身影，心中一阵烦乱。她站起身，来到茶水间，还没有站稳，就被两个售后拦住了。"安妮，"一个售后焦急地问，"杰克要走？"

"是啊。"

"怎么事先一点风声没有？"另一个售后悄声说，"前两天我跟他说个事儿，他都安排得好好的，一点也没看出来。"

"我也不知道，"乔莉的心里一阵烦乱，"你们别问我。"

"他和你老板不是铁关系吗，"一个售后说，"怎么会一个人走？"

乔莉无奈地看着他们，"现在我老板不是弗兰克了。"

"你换老板了？"

"对，我现在的老板是白重。"

两个售后顿时不吱声了。乔莉拿了听可乐便往外走。她听见两个售后嘀咕着："好像是说，弗兰克要升 VP，容不下杰克了。"

"不会吧，他升 VP，杰克当总监，不是刚刚好？"

乔莉拉开可乐盖，咕嘟嘟喝了一大口。可乐缓解了空调燥热的暖风带来的不舒服的感觉。她一面喝着可乐，一面往前走，还没到销售区，就看见了挺着大肚子的瑞贝卡。肯定又是来打听云海离职的事情，乔莉心想：杰克啊杰克，你在公司有这么好的人缘，和弗兰克、何总的关系又那么铁，你到底接了什么项目，一定要离开公司？乔莉真是百思不得其解。

"安妮，"瑞贝卡迎上来，把她拉到一边，"杰克要走啊？"

"是啊。"乔莉有些冷冷的。

"为什么事儿？"瑞贝卡问。

"我怎么知道？"乔莉有些没好气，"这一会儿工夫，已经有四五个人问我了，我还想找人问问呢。"

"你们销售部有几个好人？"瑞贝卡说，"就他还不错，现在也走了。"

乔莉见她身怀六甲还在坚持工作，不由得心一软，"是啊，杰克走了，以后好多工作都不知道找谁商量。"

"唉，"瑞贝卡长叹一声，"说起来，他帮了我不少忙，现在就这样走了。他说他什么时候再到公司来吗？总要请大家聚聚吧。"

"我刚才也问了，他说忙完这几天，要请大家。"

瑞贝卡点点头。乔莉忽然想起来了，"杰克要走，你怎么知道的？"

"你不知道吗？"瑞贝卡惊讶地说，"公司上上下下都传遍了，杰克那个人，跟谁都不错，他说走就走，大家都觉得很奇怪。"

乔莉勉强笑了笑，"不说他了，你什么时候生？"

"明年一月份，"瑞贝卡说，"还有两个多月。"

乔莉点点头，无心与瑞贝卡再聊，便拿着可乐回到了座位。这时，MSN 上有人找她，她打开一看，是个小猎头。猎头给她发了一份简历。乔莉接收过来，打开一看，居然是这个猎头自己的简历。猎头在 MSN 上问："赛思中国人事部招不招人？如果招的话，帮忙推荐一下。"

"你要跳槽？"乔莉吓了一跳，问。

"是啊，现在很多公司都停止招人了，还有好多公司开始裁员！"猎头在 MSN 上写道，"我也卖不出去人了，赶紧找个大公司待起来。"

"现在有这么严重吗？"乔莉问。

"严重。"猎头写道，"你不炒股吗？我的股票跌得连五分之一都没有了。"猎头给她发了一个网址，乔莉打开一看，是一家知名企业裁员一千人的新闻报道。

在这么困难的时候，云海去创什么业呢？难道，他找到了一个稳赚不赔的好项目？还是说，他受不了晶通外包的黑幕，宁愿失业也要离开公司？乔莉无心工作，仔仔细细地把晶通电子的细节一项一项分析了一遍。

自从五月份她陪何乘风去过一次晶通电子后，后面的很多事情她几乎都插不上手。说到底，外包业务如何谈的，怎么谈成的，她还真有点一无所知。如果事情没有违法的内容或者没有幕后交易，为什么不能带上她这个小销售？现在欧阳贵走了，云海辞职，那么直接的责任人只剩下陆帆和她，还有何乘风……

她越细想，越觉得不安心。现在有个人能打开一个缺口，这个人也找过她几次，试图从她这里打开缺口。她拿起手机，走到公司门外的楼道，给施蒂夫打了一个电话，"喂，施总吗？我是安妮。"

"有事吗？"

"我想找您谈一谈。"

"我很忙，没有时间。"

"施总，是关于晶通电子的。"

施蒂夫沉默了几秒，"这样吧，我下班后会去九楼健身，你可以来找我，七点半。"

晚上七点半，乔莉来到楼下的健身会所。这时，施蒂夫已经洗完澡换好衣服，坐在休息区喝饮料。乔莉看见他，走了过去，"施总。"

"安妮，坐。"施蒂夫笑容满面，"你来找我，有什么特别的消息要告诉我吗？"

"您知道杰克要走吗？"乔莉在他对面坐下，小声问。

"知道。"

"他为什么要走？"

"他为什么要走，"施蒂夫笑道，"这个问题，你应该去问他。"

"施总，"乔莉看着他，"我知道您对销售部的工作一直很关心。但销售部所有新老员工，都是何总和陆总一手提拔的。如果您想知道对市场部工作有帮助的消息，我想您还需要其他的帮助。"

施蒂夫呵呵笑了，"安妮，我一直很欣赏你，但是我不明白你的意思。你有什么想法，可以直接说。"

"我想知道晶通电子更多的消息。"乔莉说。

"安妮，"施蒂夫笑道，"如果我知道了晶通电子更多的消息，我就不会坐在这里跟你喝咖啡，我应该飞到美国，去找总部摊牌。"

"是吗？"乔莉的脸色变了，"这么说，您坚持晶通电子有问题？"

"我没有说过，"施蒂夫继续微笑着，"安妮，晶通外包不是一个人的决定，是整个公司董事会的决议，这样的项目会有什么问题呢？作为负责这个项目的销售，你刚才说的话，如果被你的老板听到了，我想，你会非常非常麻烦。"

乔莉一愣，"您曾经告诉过我，这个外包业务如果有幕后交易，会给公司带来巨大的损失……"

施蒂夫伸出手摆了摆，打断了她的话，"安妮，作为员工，警惕公司的损失是好事情，可事情既然决定了，我们就应该好好执行。还有，我们不是平级的同事，你是另外一个部门的普通员工，我是分管市场的VP，你刚才说的话我都会保密，但是，请以后不要再这么说了。"

乔莉看着他，不明白为什么他的态度会一百八十度大转弯。施蒂夫温和地笑着，"你还有什么问题吗？"

"施总，"乔莉忽然说，"如果您是我，会在那个七亿大单上签上自己的名字吗？"

"哦，"施蒂夫说，"七亿！安妮，你算过吗？你的奖金是多少？"

"没有，"乔莉看着他，"我一直在算，它到底有多危险，会有多少法律责任。"

施蒂夫一怔，她能够理智、冷静地处理眼前的利益，就证明她还算不错。施蒂夫想，自己可不能让她生什么事端，现在和总部的运作已经差不多了，如果顺利，下个季度他就会离开赛思中国，去澳大利亚的公司分管市场。施蒂夫想了想，说："如果我是你，我就会在那个合同上签字。"

"为什么？"乔莉问。

"不为什么，"施蒂夫说，"因为我可以不相信一个老板，但是我不能不相信一个公司的董事会。"

乔莉的身体微微向后一靠，看了施蒂夫几秒钟。他说的是真话吗？凭女人的直觉，她觉得他在撒谎。可如果分析他的理由，又十分合情合理。施蒂夫笑了笑，"安妮，你记住我的话，一个公司的某个老板，可能会做出错误的选择，但是董事会的决定，通常会更加慎重，你看，连我都非常赞同了，你还有什么可担心的？我如果是你，就会好好地算一算，到底能拿多少奖金。"

"是吗？"

"是的，"施蒂夫说，"我们市场部会支持销售部完成这个业务的。"

乔莉知道再谈下去也说不出什么了，她笑了笑，"谢谢您，施总，没什么事我就告辞了。"

施蒂夫点了点头，他看着乔莉走出健身会所，不禁又摇了摇头。晶通外包真是个是非之地，自己要赶紧撤退，走得越快越好，越干净越好。乔莉已经摆明是个炮灰了，她能向自己提供什么有价值的情报？还妄想和自己交换条件，真是可笑啊！

手机响了，他拿起来一看，显示的是私人号码。他拿了起来，"喂。"

"嗨，"付国涛说，"施总，让您久等了。"

"没关系，"施蒂夫笑道，"我不过等了一个月的时间。"

"我们已经查到了，狄云海以他妹妹的名义，成立了一家公司。他们公司成立不久，就给一家公司的小外包项目提供服务。"

"哦？"

"如果我没有猜错，狄云海在公司待不久了。"

"他今天已经辞职了。"

"是吗？"付国涛哈地笑了一声，"看来，我们的猜测很准确啊。"

"没错，"施蒂夫说，"不过，他是用他妹妹的名义注册的公司，他现在也离开了，从法律上来说，他应该不负什么责任。"

"话是这么说，可是他的意图很明显。"

"谢谢，"施蒂夫说，"我给你的资料怎么样？"

"很好，谢谢您。"

"我们继续合作。"施蒂夫挂上电话。只要有了晶通外包的话柄在手上，何乘风就必须乖乖地放他走，而且以后也不能随时找他的麻烦。

乔莉下了楼，看了眼时间，已经是晚上八点了，应该吃点东西。她走到一家永和豆浆店，随便点了些东西。这时，手机响了，她一看，原来是在上海的方敏。

"嗨，老同学，"乔莉不想打扰一个孕妇的情绪，调整了一下心态，快乐地问，"最近怎么样？快生了吧？"

"我心情不好，"方敏说，"特别抑郁。"

"怎么？"

"我老公的公司开始裁员了，人事部这几天天天找他，要他自动离职，他就是不肯。"

"怎么可能？"乔莉惊讶万分，"你老公不是公司高管吗？"

"他们就是要把他整个部门裁掉，"方敏的声音听起来非常疲惫，"说是要从他开始。我们现在家里的收入都依靠他，除了日常开支，还有两套房子要付贷款。下个月我就要生了，要是他丢了工作，我们怎么办啊？"

"丢了工作再找嘛，"乔莉尽量把语气放轻松，"他条件这么好，总不至于找不到工作吧？"

"话不能这么说，前两天有家公司招前台，来了三百多个人。"方敏说，"现在什么世道？他们天天逼着我老公，要他带头离开公司，看这个样子，走也得走，不走也得走了。我老公愁死了，早知道这样，我就不要这个小孩了。"

"胡说，"乔莉说，"千万别胡思乱想。"

"早知这个情况，"方敏絮絮叨叨，"我就找家公司上班了，如果有公司，我现在怀孕了，他们也不敢拿我怎么样。"

"天下哪有这么便宜的事？"乔莉说。

"怎么没有？"方敏说，"你们公司是不是情况不错啊？我老公他们公司，有的女员工就找这个时候怀孕，他们部门一共二十多个人，有两个人怀孕了，现在这两个人就没事了，公司要一直养着他们。"

乔莉沉默不语，听方敏不停地诉说着经济不景气给家庭造成的影响。看来形势严峻啊，乔莉想，曾经花一两万买个皮包眼睛都不眨一下的方敏，居然会为了生计发愁。她很担心方敏，劝慰说："敏敏，你不要太担心，你想想，你们还有几套房子，每一套都价值上百万，你们都是地主了，还发什么愁嘛，总比我一穷二白的要好呀。"

"房子要交贷款，"方敏叹道，"你不欠债，不懂的。"她不想再说自己，便问乔莉，"你最近怎么样？七亿单子什么时候签啊？"

"快了吧，我正在考虑。"

"考虑什么？"

"签还是不签。"

"你说什么？"方敏激动起来，"现在这个时候，你还要考虑这个？能签赶紧签啊，这种单子签下来，不管以后经济是什么状况，你至少几年的工资奖金不用愁，你还考虑，还有什么可考虑的？"

"情况有点特殊。"

"能有什么特殊？"方敏说，"你别傻了，像我老公的一个朋友，他现在离开公司了，可他以前签的单子还没有结束，现在客户每和公司结一笔钱，都要给他提成，日子好过多了。"

"我知道了，"乔莉不想和她争辩，"我会小心的。"

"哎呀，要超过套餐时间了，"方敏忽然说，"不和你多聊了，浪费电话费。"说完，她砰地挂上了电话。乔莉坐在豆浆店里，看着面前的食物，觉得一点胃口都没有。晶通电子七亿大单如果能够签下，她到底会拿多少提成？她干脆从包里拿出小本子，慢慢地计算着。晶通电子的业务分为好几块，有设备改造，有设计采购，还有软件以及人员培训等，具体的提成，可能要等钱一笔笔到账，公司的业务完成之后，看收益才能计算出来。可是如果签了这个单子，她在未来几年，至少拿满全工资。这样一算也不少，一年怎么着也有三十万。三十万一年，就不是一个小数目了，再加上奖金，还有额外完成的任务……

可是，如果用收入换七亿大单背后的风险，到底值还是不值？……她觉得压力巨大，拿不准主意。她拿出手机，想打给詹德明，可一想到上次詹德明说的："能玩就玩，玩不起就撤"，她又觉得，詹德明把话都说尽了，还有什么可说的？她想了想，拨了周雄的电话，"喂，你好。"

"是你呀，"周雄笑道，"我刚刚下班，你在哪儿？"

"我在公司楼下，你什么时候空，我想找你聊聊。"

周雄看了看时间，现在是晚上九点。"你吃过饭了吗？"

"正在吃。"

"吃什么呢？"

"永和豆浆。"

"别吃了，出来吃饭吧，我请你。"

"现在？"

"不可以吗？"周雄笑道，"我请你吃熊掌。"

"这个世界上哪里有熊掌？"乔莉无奈地笑了一声。

周雄没有分辩，"九点半，我们在东直门碰头？"

"好吧，"乔莉觉得就算问不出什么内容，聊聊天、散散心也好，"什么饭店？"

"晶华酒店二楼餐厅。"

"好的，一会儿见。"

乔莉拿着包，正准备往外走，忽然想起了外表问题。糟糕，她满脑子想着晶通，把这么重要的事情给忘记了。她连忙走到一楼的洗手间，天啊，只见自己一脸灰蒙蒙的，一看就是多日劳累，没有好好休息。至于衣服，也是一件普通的小西服，加一件外套。

她连忙拿出湿纸巾，擦了擦脸，抹了些润肤霜在脸上，然后抹一点点隔离霜、一点点唇彩，气色顿时好了不少。至于衣服，她灵机一动，从包里取出一条粉色丝巾，系在脖子上。这还是前几天特意放在包里的，就是怕临时有什么活动。是谁说过，一条丝巾，就可以让女人立即鲜亮起来。乔莉照了照镜子，信心增加了不少。她整理好头发，走出大楼，打了一辆车，直奔晶华酒店。

这个酒店离赛思不远，不一会儿，乔莉便到了。餐厅在二楼，她走了上去，感觉整个大厅冷冷清清，除了两三桌客人，几乎看不见什么人。一个服务员问："请问几位？"

"你们现在还营业？"

"我们这里现在改时间了，营业到夜里两点。"

乔莉点点头，"两位。"

服务员把她带到靠窗的位置，不一会儿，周雄到了。他穿着一件咖啡色休闲外套，里面是一件米白色条纹衬衫、咖啡色背心，显得十分精神。他惊讶地看了看四周，对乔莉说："我一个多月没上这儿吃饭，就看不见人了。"

"是不是太晚了？"

周雄摇摇头，"这里原来是通宵，越晚人越多。"

"哦。"乔莉笑了笑。

"我以前约你的时候，老约不出来，这里的生意太火暴，几乎每天都是爆满，"周雄笑道，"这样也好，人少清静，可以说说话。"

"金融危机吧。"

周雄摇摇头，"是啊，现在经济特别不景气，希望 2009 年能一切顺利！"他叫过服务员，"一份红烧熊掌，一份美容养颜多菌汤。"他看着乔莉，"你想吃什么？剩下的你来吧。"

乔莉点了两个素菜，把菜单还给服务员，"你们这里真的有熊掌？"

"对，"服务员说，"这是我们这里的招牌菜。"

服务员转身离去，乔莉看着周雄，多日不见，他还是那个样子，笑嘻嘻地看着她，桌上"架"着一双异常宽大的手掌。乔莉笑道："真的有熊掌？这可是国家保护动物。"

"呵呵，"周雄笑道，"一会儿菜上了你就知道了。"

乔莉长叹一声。周雄看着她，"干吗叹气，不想吃熊掌？"

"你知道吗？"乔莉问，"杰克辞职了。"

"哦，"周雄笑了笑，"他想创业嘛。"

乔莉一愣，"你知道他要创业的事情？"

"他早就想创业了，"周雄说，"要不是弗兰克请他，他一年前回来的时候，就想创业了。"

"是吗？他想做什么？"

"他还能做什么，干 IT 呗，"周雄问，"有什么问题吗？"

"可你不觉得现在这个时候不太好吗？"

"话不能这么说，"周雄说，"经济形势不好，有时候反而有机会。"

乔莉点了点头，心里觉得轻松了不少。看来云海说的全是真话，他是和弗兰克有一年的约定，而且也确实会有机会。乔莉不禁笑了起来，"你说得也对啊。"

周雄本来见她愁容满面，忽然就开心起来，便好奇地问："什么事情这么高兴？"

"没事，"乔莉摸了摸肚子，"我突然好饿啊。喂，树袋熊先生，我们的熊掌什么时候到啊？"

正说着，服务员端上来一个正方形的白色盘子，里面有三四团晶亮饱满的肉类，放在乔莉面前。乔莉惊讶地问周雄："这是熊掌？"

周雄点点头，"你尝尝看。"

乔莉伸出筷子，夹了一小块，放进嘴里，那东西入口即化，味道鲜美，口感缠绵，乔莉说："好吃，好吃，不愧是熊掌，真正的美味。"

"这不是熊掌，"周雄说，"这是用别的东西代做的。"他刚想说这是什么东西，就被乔莉制止了，"你先别说，让我猜猜看。"她又夹了一块放进嘴里，"是牛的蹄筋吧?"她眨了眨眼睛,"细细尝还是能尝出来的。"

"你怎么知道?"周雄惊喜地问。

"哎呀,你玩了这么长时间神秘,就是带我吃赛熊掌啊。"乔莉乐了,"这是大众菜谱里经常提到的一道菜,所谓赛熊掌,就是用蹄筋代替熊掌,但又要做出熊掌的味道,你知道这个汁是怎么做成的吗?"

周雄摇摇头,又是惊讶又是欣喜。乔莉放下筷子,摆出专家的态度来,"要说起这个汁,可就大有来头了,所谓无鸡不鲜,无鸭不浓,无肚不白,要做赛熊掌,先取这三样东西熬成一锅浓汤,然后把蹄筋放在汤里面慢慢地炖,最后把蹄筋取出来调味。所以呢,要把牛蹄筋做成赛熊掌,难的不是肉,而是这个汤汁。"

"说得好,说得好,"周雄差点鼓起掌来,"真看不出,你还是个美食家。哎,你会做饭吗?"

"当然会了,"乔莉说,"不做饭,我吃什么呀?"

"真不错,"周雄笑道,"我也会做。"

"你会做什么?"

"快餐面、烤面包。"

两个人哈哈大笑。周雄说:"比不了你啊,会做饭好处多。"

"那当然,"乔莉顺口说,"我的好处多着呢。"话一出口,两个人都是一愣。乔莉不好意思起来,周雄看着她,觉得她现在的表情有趣极了,不禁替她夹了一块"熊掌"。"本来还可以经常请你吃饭的,不过可惜,我下个月要去石家庄工作。"

"去石家庄?"乔莉一愣,脸上的笑容隐去了三分,"做什么?"

"我们公司要在石家庄成立分部,我要去负责。"

乔莉默然不语,周雄说:"也就是半年的时间。"

"我想问你一个问题,"乔莉看着他,"你能保证讲真话吗?"

"当然!"周雄说,"什么问题?"

"你去石家庄,和我们赛思公司有关系吗?"

周雄摇摇头,笑了,"你想哪儿去了,只是比较巧。"

"是吗?!"乔莉觉得一切太巧了,云海提出辞呈,周雄要到石家庄搞分部,"你现在还是陆帆他们的财务顾问吗?"

"不是了。"周雄呵呵笑道,"其实之前也不能算,只是帮朋友们出出主意。不过,他们告诉我,你们的七亿大单马上就要签了,所以我这个财务顾问,也要下岗了。"

乔莉稍稍放下心来,笑了笑。周雄问:"你这么紧张这件事情?"

"是的。"乔莉又问,"晶通很快就要签单了,如果我想转给其他同事,你觉得怎么样?"

"你想把晶通电子转出去?"周雄吃了一惊,"为什么?"

"不为什么，"乔莉说，"这个业务太大，我怕自己执行不了，应该让有经验的老销售去执行。"

"你的想法真奇怪，"周雄觉得不可思议，"哪里有人怕业绩做不了要转给别人？"

乔莉看着他，"你觉得，我应该接下这个业务？"

"为什么不？"周雄说，"七个亿，会有多少人羡慕！"

"你真觉得我能做？"

"当然能，"周雄笑了，"你当然能做，执行嘛，是整个公司的行为，有什么不能？！"

乔莉点了点头。虽然她和树袋大熊难得见面，但他们聊天的时间已经超过两年，她相信周雄此时说的全是真话。周雄看着她的脸，不明白她为什么这么郑重，而且还要放弃晶通电子。

他觉得晶通电子的私人顾问项目已经告一段落，真是非常及时。要不然，只会把他和乔莉的问题拖得更长。既然七亿大单已经着落在赛思中国，他也算对得住朋友。何况，外企的情况他也了解，就算乔莉去签单，公司也会层层批复，她也担不了什么责任。

乔莉哪里知道，如果周雄猜到陆帆和云海会成立另外一家公司，对晶通外包提供原材料和技术服务，周雄就会暗示她慎重签单。但事情往往就是这样的，虽然施蒂夫的话以及云海的离职，已经让乔莉动摇，但猎头和方敏传递的金融危机的信息，加上周雄对晶通电子的肯定，又让乔莉有了决心。她觉得自己是不是太多疑了，也许晶通单子根本没什么问题。

这顿饭，乔莉和周雄吃到午夜十二点多，周雄送乔莉回家。乔莉在小区门口下了车，背着包往家走。北京初冬的寒风已经有彻骨的凉意，可是她觉得心里暖暖的，有晶通电子能签的因素，也有和周雄吃饭聊天的开心。这时，手机响了，难道是周雄？她拿起电话，显示的居然是白重。

"喂，白经理？"

"安妮是吧，"白重用不着调的英文说，"你明天上午几点到公司？"

"九点左右。"

"你去订一间小会议室，明天十点钟，我找你谈个事。"

乔莉一愣，订会议室的事情，一般都是员工打电话到前台。但是她什么都没有说，"好的，老板。"

白重挂断了电话。乔莉隐隐有些不安，白重找自己，会是什么事情呢？

第二天一早，乔莉人还没有到公司，就给前台打了电话，预定了一间小会议室。十点钟，她端着电脑到了会议室，白重人已经坐在了里面。乔莉打了声招呼，坐了下来。白重说："你去给我泡杯咖啡。"

乔莉站起来便往茶水间走。她没有向白重解释，这种事情在赛思中国很少见，就算何乘风也不会叫秘书去做。公司有负责端茶倒水的阿姨，但是她也理解，在有些企业，这是常见的现象。她想白重在公司时间久了，自然能分得清楚，她现在去说，也有些小家子气，不过是倒杯茶水罢了。她泡了杯咖啡，又帮白重拿了两包糖，送到了会议室。白重喝了口咖啡，"这个咖啡不够浓，下次注意。"

"好的。"乔莉答应了一声。

"你最近都在跑什么单子？"

"晶通电子。"

"听说你们这笔单子快签了？"

"合同还在商量，是不是快签了，也要看客户的需要。"

白重看了看她，他不喜欢乔莉说话的那种腔调，平起平坐的样子。"你跟我汇报一下，这七个亿是怎么回事？"

"这个案子是去年陆总分给我的，"乔莉一面组织语言，一面觉得白重突然询问这件事很奇怪，难道他对七个亿也有兴趣？还是把业务推到陆帆身上比较好，"这一年，一直是陆总和何总为主，在运作这个项目，我是分管的销售，但是怎么说呢，公司上上下下都知道，单子只是放在我这儿，我刚做销售，没有什么工作经验，跟在里面可以学习。"

"嗯，那你都学到了什么？"

"几个步骤吧，"乔莉把公司的培训背了出来，"第一步，了解客户需要；第二步，确定方案；第三步，执行方案；第四步，售后服务……"

白重打断了她，"除了晶通电子，其他客户你开发得怎么样？"

"有一个新信的单子，最近跟得不错，有可能要签单。"

"多少？"

"两百多万。"

"嗯，"白重又问，"你的客户里面是不是有家江河集团？"

"是的。"

"晚上你陪我去见见他们的副总经理，"白重说，"他和我是老关系。"

"他们有购买产品的需求？"

"需求是死的，人是活的，"白重眉头一皱，"晚上你打点起精神，只要能让他们高兴，买什么不行？"

乔莉听了这话，不觉心里一沉，她笑了笑，"晚上几点，在哪儿？"

"就在公司后面，上佳酒店五湖包间，"白重看着她，又训道，"晚上精神点、机灵点，听见没有？"

乔莉觉得他话里有话，心想今天晚上这个饭局恐怕不好应付。她点了点头。白重说："行了，没事了，你出去吧。"乔莉站起来，离开了会议室。她一边往座位走，一边暗想今晚如何应对,这时,她听见座位上的电话在响。她连忙走过去,却是陆帆,"安妮,你给小陈打个电话,问问合同最后的那两个异议,晶通内部有没有结果。"

"好的,老板。"

"如果有,你就赶紧改,然后抓紧时间报给法务。"

"好。"

"一定要抓紧时间,马上就是月底了,争取在十二月之前,把合同全部理顺。"

"好。"

乔莉放下电话,立即给小陈打了一个电话。小陈正忙得焦头烂额,接了电话便说:"乔小姐,我手上正忙着,你放心,合同的问题我最迟今天发给你,王厂长也在催我,我们争取这周把合同弄完。"

"好的,陈秘书,你先忙,谢谢了。"

乔莉挂上电话,又给陆帆打了过去,说明了情况。陆帆让她继续跟进,然后就挂上电话。他正准备发邮件,突然有人敲门,陆帆一愣,他没有约人来啊。"谁?"

门推开了,白重站在门外,"陆总,忙吗?我想找你谈谈。"

陆帆很意外,但也不好推辞。"进来吧,"他笑了笑,"坐。"

"陆总,"白重坐了下来,满脸的郁闷,"我有事想和你谈谈。"

"什么事情?"

"你看,我下面就两个销售,这两个人分的客户都不好。这也就算了,可那个乔莉,她等于是没有客户啊!"

"哦,"陆帆耐着性子,"为什么?"

"她的客户除了晶通电子,其他都没什么价值,说起来是集团客户,可都是零打小敲地买点货罢了。你把她分给我,可这七亿的单子算不算我的业绩啊?要算,兄弟我没有话说,我还得谢谢你!要是不算,这……"

"白重,"陆帆说,"乔莉手上的客户多数都是集团,属于大客户范畴。晶通电子项目是何总、欧总,包括我在内的整个销售团队运作进行的,而且马上面临签合同,只要签了合同,就会进入售后服务。我想对乔莉的工作,不会有太大影响。"

"话这样说没有错,"白重委屈地说,"售后服务也得销售跟在里面联系,麻烦着呢。"

"七亿的单子肯定没有办法算你的业绩了,"陆帆看着白重,"这样吧,我让乔莉盯着点其他的客户,你看可以吗?"

"为什么没法算,现在合同不是没有签吗?"

"很简单,"陆帆不动声色,"这个案子是算总裁直接负责的特别业务,不要说你,就连我,也算不上。"

"总裁特别业务?"白重一愣,苦笑一声,"那我要乔莉干什么?这不是占着什么不那什么吗？"他想骂占着茅坑不拉屎，可觉得这话实在和这间办公室有点不协调，于是改了改口。

"这样吧，"陆帆说，"这件事情我也做不了主，你找何总谈谈吧。"

"行。"白重点点头，嘀嘀咕咕地说，"我去找何总谈，带这样的销售有什么意思？她的客户还得我来开发，她又没有工作经验，长的也就那副德行。"

"白重，"陆帆压住火，他不明白白重的来意，是逼自己发火，还是他这个人说话就是这种习惯？"你是销售经理，你的工作职责就是配合销售做好客户的工作，同时对销售的工作进行管理，如果你的员工没有工作经验，就需要你去带他们，你明白吗？"

"行，行，明白了。"白重悻悻地说，"等有空，我再去找何总谈谈。"

陆帆看着他走出去，关上门，不禁摇了摇头。欧阳贵怎么会推荐这样一个人？他可真不适应。如果去晶通外包任中方经理，不知道还要和多少奇怪的人打交道。先不说晶通电子那边，单说能不能和欧阳贵在用人等方面达成共识，就够他烦心了。

晚上六点，乔莉来到上佳酒店的五湖包间。这个包间很大，她一个人到了之后，等了半小时，白重才推门走了进来。

白重看了一眼桌子，就愣住了，桌上空空如也，只有乔莉的一杯白水。"安妮，"他的脸沉了下来，"你到得这么早，为什么不点菜？"

"您没有说要点菜啊？"乔莉一愣。

白重气不打一处来，心说你是死人啊，我让你来这么早，你一不点菜二不上菜，幸好是我早到了，如果客户来了，也是这般模样怎么行？他坐下来，叫服务员，"小姐，上菜单！"服务员忙把菜单递给他，他点了凉菜、热菜，接着又点了酒水。刚刚放下菜单，想训乔莉几句，门被推开了，一群人走了进来。

白重连忙迎上前，"高总、胡主任、武厂长，你们怎么才来？"

"白总，给你介绍两位美女，"那个被称做高总的中年男人拉住白重，"我们新来的办公室秘书小张，张晶，怎么样，漂亮吧？那个是你的老朋友啦，赵大姐，风韵不减当年，啊哈哈！"他说着说着，眼睛在房间里来回扫视，一眼看见了乔莉，他碰了碰白重，"这是谁啊？"

"安妮，"白重连忙使了个眼色，"这是我下面的销售，乔莉，又叫安妮，怎么样，不比小张差吧？"

"不错不错！"高总哈哈大笑，"外企的女销售，不错不错。"

白重请高总坐下，然后看着乔莉，"你陪着高总坐。"

乔莉按捺住性子，笑着在高总旁边坐下。高总一眼看见乔莉脖颈上的丝巾，"哎哟，这条丝巾不错啊，"说着他的眼神在乔莉的脸上扫来晃去，乔莉很不舒服，但也只能忍耐。白重看了乔莉一眼，"你还愣着干什么？还不给高总倒酒？！"

乔莉一言不发，给高总等人倒酒。高总又问白重："白总，你现在在外企，有没有什么特别的小姐？"

"看您说的，"白重哈哈笑道，"女人不都一个样子？"

乔莉倒完酒，坐了回来。高总看了看她，又看了一眼张晶，"白总，你看看，虽然小张漂亮，可乔小姐的气质很特别啊！"

乔莉微微一笑，"高总，您是江河集团的吗？"

"对，对，"高总连忙从怀里掏出一张名片，"我是集团的副总。"

"我听说你们公司已经改制了，改完之后怎么样？"

"还不是那样？"高总意兴阑珊。

"你们对我们赛思中国的产品，以前有过了解吗？"

"乔莉！"不等高总回答，白重打断了她，"你见了高总，光倒酒，不喝酒，像什么样子？你先自罚三杯，然后再来说话。"

"哎哟哟，"高总笑道，"这多不好，哪里有这样罚人的？这样吧，乔小姐，我们先喝一杯。"

乔莉端起了杯子，"高总，我们初次见面，我敬您。"

"好，好。"高总和她轻轻一碰，两个人喝了一杯，饭局算正式开始。乔莉干销售已经有一年多时间，还是第一次上这样的饭局。不要说在赛思中国接触不到，就算在晶通电子，也从来没有遇到过。众人又说又笑又讲，话题左右不离男人和女人。白重更是和张晶比赛说荤段子。张晶年纪虽轻，讲起荤段子来却一个比一个厉害，众人笑得前仰后合，不一会儿，酒气、烟气就把包间里熏得乌烟瘴气！白重一个劲地让乔莉劝酒，乔莉留了心，不敢再喝。她手里拿着一条湿毛巾，每喝一杯，就悄悄地把酒吐在毛巾里。

酒过三巡，众人越喝越高兴，加上张晶又是发嗲又是尖叫，闹得一塌糊涂。不知白重说了什么，张晶把脸凑到白重面前，"你摸摸，你摸摸！"

"摸就摸！"白重伸手在她脸上摸了一把。

"高总，"张晶发起嗲来，"不行，他们外企的欺负我。"

"那我替你摸回来，"高总哈哈笑着，说完突然一伸手，在乔莉的脸上摸了起来，"哈哈哈，皮肤真滑啊。"

乔莉觉得那手又肥又厚，带着一股说不出的气息，令她作呕。她顿时心中大怒，可转念一想，真要翻脸的话，一来面子上不好看；二来他们人多，怕自己走不脱。想到这儿，她轻轻推开高总的手，"高总，你喝醉了？"

"哎呀！你装什么嘛，"高总满面通红，开始不耐烦了，"我到时候多买东西就是了！"

"乔莉！"白重连忙笑道，"你是个销售，不把客户陪好，怎么卖东西？"

"那怎么样才算陪好？"乔莉心中更恨，脸上的笑意更浓了。

白重心想，可能她确实不懂，还得自己把话说明白些，他哼了一声，"像高总这样的客户，你得陪吃陪喝，陪高兴了才成。"

"哎呀，白经理，"一旁的张晶在他的肩膀上拍了一下，"最关键的一条你没有说，那怎么行呢？"

众人哈哈大笑起来。白重伸手在张晶的脸上扭了一下，"你说，陪什么？"

"陪睡呀——"

众人顿时叫起好来，那个赵大姐一边笑一边说："乔小姐，你听听，这些都是什么人？不过，我们高总最喜欢漂亮女孩，你把他陪高兴了，买什么都不成问题。"

"好。"乔莉站了起来，"我出去补个妆，回来好好陪高总。"

"不用补了，"高总说，"已经很漂亮了。"

乔莉朝他轻轻一笑，伸手在他肩上拍了拍，高总顿时喜笑颜开，觉得乔莉明白了他的意思。乔莉走到衣帽架旁，拿了包走了出去。众人也不在意，以为女人的物品都在包里。过了十几分钟，张晶说："白总，你们那个姑娘去哪儿了？"

白重一皱眉头，心想她不会出什么事吧。他打了乔莉的手机，手机通了却没有人接。他叫服务员去洗手间看看，服务员不一会儿回来说："洗手间里没有人，刚才那位小姐好像下楼去了。"

"哟！"众人顿时奇怪起来。张晶说："白总，你的下属这么不听话，叫她喝个酒陪个笑都不肯呀，外企的姑娘就比我们高一头不成？"

白重连忙又是赔罪又是赔笑，又紧急打电话，叫了社会上的两个女孩过来，这才把一顿饭打发过去。等饭局结束，白重是怒火中烧，心想：你这个乔莉，自己的客户开发不了，我帮你开发，你还摆出这副嘴脸！你有什么好清高的？清高就不要当销售！仗着和陆帆睡过了就摆脸子给我看，哪天老子睡了你，你还不得乖乖地听话？！

乔莉从饭店出去，只觉得浑身发热。这虽然不能说是奇耻大辱，却也让她了解了刘明达以前的观点。为什么社会上有些人看不起女销售？如果女销售遇上的都是这样的客户，这个工作还是少干为妙。

白重是不能再跟了，如今之计，只有找陆帆。可陆帆能怎么办呢？给她换个老板？一个销售总会遇到这样那样的客户，总不能因为客户素质不高，就要换经理吧。她一边走，一边强迫自己冷静下来。她在北京的大街上走得飞快，以至于几辆空的士冲她摁喇叭，她都没有听到。不知走了多远，她拿出手机，给陆帆打了一个电话。不一会儿，陆帆的声音响了起来，"喂，安妮。"

"喂，弗兰克，"乔莉听着他的声音，竭力稳住情绪，"我有事要和你谈。"

"什么事情？"陆帆一愣，不知是因为外面冷，还是什么，她的声音听起来是颤的。

"白重今天一直在向我打听七个亿的事情，这个事情需要向他汇报吗？"

"不需要，"陆帆直截了当地说，"我早就和你说过了，他不需要知道这些事。"

"另外，今天晚上他让我陪客户，我提前从饭店出来了。"

陆帆一愣，立即问："他让你喝酒了？"

"我没喝，把酒都吐在毛巾上了。不过，他们酒喝得不少，白重说要陪吃陪喝……"乔莉咬了咬牙，"陪那什么，客户满意才能买东西。"

这个浑蛋！陆帆压抑着愤怒，"这是他的原话？"

"是的。"

"你现在在哪儿？"

"我在北四环。"

"你立即打一辆车回家，到家之后给我打一个电话。"

"好。"乔莉要挂电话，又听陆帆说："你先别挂电话，你上了车再说。"

这时，一辆空车朝乔莉摁了下喇叭，乔莉上了车，"弗兰克，我上车了。"

"到家给我电话。"陆帆挂上了手机，怒不可遏地对准面前的茶几踹了一脚。这是什么垃圾，居然把女同事当坐台小姐！幸好乔莉机灵，不然谁知道会出什么荒唐的事情。陆帆没有心思吃饭，随便吃了块面包。半小时后，乔莉的电话到了，"弗兰克，我到家了。"

"你写封邮件，"陆帆说，"把今天晚上的事情写清楚，然后发给我。"

"好的。"乔莉一口答应。

"这段时间，不管白重用什么理由，你除了在公司，不需要陪他出去见任何客户。"陆帆说，"就算是七个亿的客户，也不需要陪吃陪睡解决。"

"我知道了，"乔莉深深地吸了口气，"谢谢你，弗兰克。"

"好好睡一觉，"陆帆说，"就当什么事情也没有发生过。白重是欧总介绍来的，大家面子上还要过得去，你明白吗？"

"我明白。"乔莉挂上了电话，心里又气又怕，又觉得痛快。虽然有陆帆在，但听他的意思，换老板是不可能了。但至少这段时间白重不能拿她怎么样。现在，饭店里那些人肯定发现她不见了，不见就不见了。她半躺在沙发上，觉得前所未有的疲惫，还是何总说得有道理，如果仅靠吃饭喝酒做生意，那只会让自己陷入一个难堪的境遇。

第二天一早，白重就到了公司，他去找乔莉，发现乔莉居然没有来。他气咻咻地坐在办公桌前，从昨天晚上到现在，她就不接他的手机，这还有点下属的样子吗？他决定把乔莉等到了为止。这时，他的电话响了，他拿起来，没好气地说："喂！"

"白重，我是何乘风，"何乘风说，"你有时间吗？"

"何总，我有时间。"

"你来一下。"

何乘风挂上了电话。白重隐约有点不安：不会是这个臭丫头恶人先告状，把我给告了吧？告了我也不怕，销售陪客户，那是天经地义的事情！我等会儿也先发制人，先把你告了再说。

他来到何乘风的办公室，坐在何乘风对面，苦着脸嘟着嘴，满脸的不高兴。何乘风微微一笑，"白重，你怎么了？"

"何总，"白重说，"我再不好，也是欧总介绍给您的，您让我进的公司，现在这个活，我没法干了。"

"你说说看。"

"陆帆把乔莉分给我，说什么七亿大单不算我的业绩，是总裁特别业务，这也就算了，可乔莉手上那点客户，都是死客户，根本不会买东西。幸好江河集团的高总，跟我是多年的老朋友，我就把人约出来了。高总性格比较豪爽，开了她几句玩笑，您猜她怎么着，她一摆脸，就这么走了。您说说看，她除了这七个亿，根本没有什么业绩。我是她的经理，她没有业绩，等于我没有业绩。可如果我要开发客户，有了业绩还得算她一份，您说，我怎么干？！"

"我给你看一封邮件。"何乘风微微一笑，打开邮箱，然后把电脑转过来，面对着白重。白重一看愣了，这是乔莉连夜发出的邮件，题目是：我的经理说，销售就是陪客户睡觉！

何乘风看着白重，白重说："何总，您不能听她一面之词，这销售要陪客户，是天经地义的事情。客户是谁？什么样的人都有。我们不都是见人要说人话，见鬼说鬼话吗？像她那样，大小姐一个，什么委屈都受不了，那就别出来混，别当什么销售！"

"白重，"何乘风说，"你知不知道，安妮的这封邮件只是发给了她的老板，如果她再CC一下，转发给所有的销售，你很可能今天就会离开赛思中国，甚至将来任何一家外企，都不会再雇用你！"

"这……"白重不能置信地看着何乘风，"有这么严重吗？"

"有！"何乘风说，"曾经有家公司的总裁，因为没有带办公室钥匙，在休息的时间让秘书来开门，并且骂了秘书，秘书就写了封邮件群发给所有的人，结果在外企传为笑谈，没过多久，那个总裁就离开公司了。"

白重闻言一愣，一个秘书写封邮件，总裁就得走人，这是什么规矩？！何乘风说："我记得我们第一次见面，我就告诫过你，外企是外企，私企是私企，是完全不同的文化。你是欧总推荐来的，我总要给他几分面子。另外，你原来在私企和国企都有很好的业绩，我认为，只要你能够适应外企的文化，就可以在这里做下去。但是，你的表现太让我失望了。"

"何总，"白重说，"可现在那些客户根本不会买东西，不把他们哄高兴了，怎么有业绩？"

"如果你只会请他们吃饭喝酒，把女员工当妓女往上送，那他们只能让你赚个酒钱、饭钱、嫖娼的钱。公司销售的几个步骤，最底层的销售都能背出来，第一步，是发现客户需要，你以为，是靠吃饭送女人才能发现吗？！"何乘风厉声说，"再说了，你把公司当成什么？你不知道吗？性贿赂也是贿赂，就算乔莉肯，我还不肯呢！你想干什么，把大家都折腾上法庭？"

白重被他吓了一跳，他见过何乘风几次，觉得他和颜悦色，十分好说话，没想到他这时突然翻下脸来。但只是短短的一瞬间，何乘风的声音又归入了平静，他悄声说："白重，这种事情就算客户有需要，也有代理去做，你用得着让你的下属去做吗？"

"这，这是我没有想到的。"

"我看这样吧，"何乘风说，"乔莉的事情你暂时不要管了，让她专心把晶通电子做好。"

"可是何总，公司的客户都是分好了的，我又不能去抢，"白重万分委屈，"分给我的两个销售，客户都太差了。"

"现在这几个销售经理，"何乘风点了点头，语重心长地说，"琳达是女员工，孙诺对大陆市场没有你了解，将来陆帆如果升上去或者另有打算，我还想为自己物色一个好的销售总监，你的年龄和资历都没有问题，但是你的工作习惯……"何乘风微微皱起眉，似乎说不下去了。

"何总，"白重一下子听出了话音，立即打起了精神，"您放心，外企不就是这种企业文化吗？我改，我一定改。"

"你跟着我好好干，"何乘风点了点头，"当上了总监，一年年薪都有上百万，出来打工，不就是为了挣钱吗？"

"何总，"白重挺了挺肚子，"您这话一说，兄弟就明白了，我一定好好干。"

"以后不要兄弟长兄弟短的，"何乘风笑道，"兄弟是放在心里的，在公司就不要说了。"

"是是是，一定，一定。"

"乔莉的事情你不要再插手，"何乘风说，"我会找她谈清楚，让她把邮件压下来。至于其他的业绩，你先自己开发。这样吧，我把乔莉手上其他的客户先划给另外一个销售，你带着他去做。"

"行啊，何总，"白重连忙说，"有您这句话也成。您放心，我一定干出成绩来。"

何乘风笑了笑，示意他出去。等白重一出门，他立即给陆帆打了电话，半小时后，陆帆来到何乘风的办公室。何乘风说了解决的结果。陆帆沉默了几秒，问："何总，您为什么要留着这样一个人，是因为欧总吗？说实话，我觉得这个人素质很差，完全不适合在赛思中国工作。"

"留着他是有用处的，第一，让他占个职位，公司现在停止招人了，只有走一个，才能进一个；第二，新VP下个月就要来，他肯定要招自己的销售总监，我们这些老销售你也很了解，都自成一派干活的习惯了，只有白重，他不太了解外企文化，会在里面搅一搅浑水，反正我们有了七个亿，业绩不是问题，我就留着他试试新的VP；第三，他以前在私企的时候业绩很好，这说明什么？说明他还是有能力的。所以，有一些我们的员工不能适应去打交道的客户，他恰好合适。用人，有时候也不要太偏。"

陆帆点点头，"安妮那边……"

"她现在负责七个亿，让她跟别的经理，业绩又不算他们的，似乎对谁都不太好，就让她跟着白重。你找她谈一谈，让她把七个亿做好，暂时不要分散精力，有事直接对我汇报。"

"好的。"

"安妮做事够厉害，"何乘风欣赏地说，"你不用担心白重，他不能把安妮怎么样。"

陆帆一愣，"您说什么，她厉害？"

"你忘记了？"何乘风说，"去年我们让她状告施蒂夫，她是怎么干的？你看看这封邮件，'我的经理说：销售就是陪客户睡觉'，这话要是传出去，得有多大的影响？而且你注意到邮件的前面部分了吗？她说白重询问她的工作，打听她在七个亿中学到了什么。她这是干什么？这是提醒我们，要把白重调开。白重虽然社会经验丰富，但是安妮天资聪明，做事又有章法，虽然不见得斗得过白重，但也吃不了亏。"

陆帆沉默不语，一种说不出的难受在他的心里蔓延。他不喜欢乔莉身上这种莫名其妙的东西，每次她这么做，或者有人这么说的时候，他都觉得心被什么弄伤了。他忽然觉得非常非常寂寞。

第十七章

卖冰棍和卖软件的区别

没有优势的竞争毫无意义

十一月末，整个北京都因为集中供暖变得温暖起来，不管外面的天气如何阴沉，屋内的温度始终是高的。今天是十一月的最后一天，晶通电子价值七亿的技术改造合同，终于全部敲定。上午十点，乔莉在公司的系统里正式下了单，然后给陆帆发了一封邮件，说明了这件事。

陆帆一接到邮件，立即电告何乘风。何乘风正在外面见一个客户。他一开完会，就抢在午饭之前对晶通电子的合同做了批复，然后电告陆帆，让他们立即落实合同。陆帆收到邮件，走到了销售区。乔莉正坐在桌前忙碌。屋里的空调很热，她把头发高高地盘在脑后，淡蓝色的高领薄毛衫显得她人很精神。

她觉得好像有人在注视着自己，猛地一抬头，便看见了陆帆。不知道陆帆什么时候站在她的隔板旁边，就这么看着她。

"弗兰克，"乔莉吓得差点尖叫起来，她拍着胸口笑道，"你怎么无声无息的？"

"你在忙？"

"是呀。"

陆帆看了看她的桌子，桌上非常简单，一摞资料，一个水杯，一个精致的礼品盒。他笑了笑，"什么好东西？"

"哦，"乔莉不想让他发现自己收着何乘风送的雪茄，搪塞道，"一个小礼物。"

陆帆沉默了两秒，"有时间吗？"

"有啊。"

"我们到楼下坐坐。"

乔莉一愣，"现在？"

陆帆点点头，便往外走。乔莉忙关上电脑，跟着他下了楼。两个人来到星巴克，陆帆问："喝什么？"不等乔莉回答，他又对服务员说："两杯摩卡。"

乔莉一愣，忽然想起她告诉过陆帆，她喜欢摩卡咖啡。她站在旁边等拿咖啡，陆帆说："去找地方坐吧。"乔莉找了一个角落，不一会儿，陆帆端着杯子走了过来，把咖啡放在她的面前。

"弗兰克，"乔莉奇怪地看着他，"你有事找我？"

"晶通的单子何总批复了，你下午就把合同打出来，明天我们去石家庄。"

"这么快？！"乔莉又惊又喜。

陆帆点点头，看着她。乔莉不安起来，"你是不是有话想问我？"

"何总找白重谈过了。"

"哦？"

"以后你专心管晶通电子，除了在谈的，其他客户暂时交给白重，有事对何总汇报。"

"好，"乔莉说，"那什么时候开始新客户？"

"你先做着再说吧。"

乔莉点点头。

陆帆忽然说："这次你做得很好。"

"什么？"

"白重的事情，"陆帆感叹道，"去年发生方卫军那件事的时候，你答应过我，我们是一个团队，所以，你做得不错。"

"哦，"乔莉笑了，"你是我老板嘛。"

陆帆没有说话。其实现在说这些，已经没有意义了。明天晶通电子的合同签完，他就要离开这里，前往晶通外包，又何必再去强调什么团队？想到这里，他说："我不是你的老板。"

"对呀，"乔莉笑了起来，"你是我的总监。"

"不，"陆帆说，"在晶通电子这个项目上，你的老板只是何总一个人。"

"弗兰克，"乔莉看着他，"我没有明白你的意思。"

"白重刚来，这个项目的业绩不可能算在他的头上，而且将来不管谁做你的老板，都不可能占有这个业绩，所以，何总把它划为了总裁项目。这对晶通电子以后的执行非常有好处。"

"那你呢？"

"我，"陆帆耸了耸肩，"我只是北方区的销售总监。"

"弗兰克，"乔莉觉得哪里不对了，"你是说，晶通电子的合同你不会批复？"

"是的。"

"为什么？"

"因为它太大了，只有何总直接领导才不会出问题。而且将来，你肯定会换老板，换哪个老板，他们都不高兴你把大量的精力放在一个不会给他们带来业绩和利润的单子上。"

"可是给你有什么问题吗？"

"我说了，"陆帆说，"我现在不是你的老板，你的老板是白重。"

"可你是北方区的总监，"乔莉焦急地叹了口气，"弗兰克，晶通电子到底有什么问题？"

"什么？"

"你说的，我们是一个团队，那么，晶通电子到底有什么问题？"

"我听不懂你的话。"

"那好，"乔莉说，"欧总去了石家庄，杰克突然辞职，晶通电子现在成为总裁项目，你们一个又一个全部从这个项目中躲了出去，这是为什么？"

"欧总去石家庄是为了出任外方经理，云海是因为个人问题，把晶通划为总裁项目是为了更好地执行。公司马上要有新的VP，不管是谁分管销售部，把晶通电子的权力集中在一个人的手上，事情才好办。除了何总，还有谁最能让人放心？"

"公司要来新的VP？"乔莉一愣，"不是说……"

"说什么？"

"大家都在传，你要升VP。"

陆帆苦笑了一声，"没影子的事。"

"可是，"乔莉犹豫着，"我还是不放心。"

"那你不用签，"陆帆有些焦躁，"只要你愿意放手，公司有的是人愿意接过来。七亿大单，几年的销售额、全工资，还有奖金。"

乔莉低着头，没有说话。陆帆轻轻吸了一口气，"抱歉，我刚才话说重了。我只是不喜欢你这种说话的方式。"

"弗兰克，"乔莉突然抬起头，向前移动一点，直视着陆帆的眼睛，"你能保证吗？"

陆帆心头一跳，"保证什么？"

"晶通电子真的没有任何不法的行为。"

陆帆看着乔莉，轻轻吸了一口气，"你信我？"

"有人告诉我，可以不相信老板，但是要相信董事会的决议，"乔莉一个字一个字地说，"但是，我信你，也只信你。"

陆帆的眼睛轻轻朝旁边动了一下，似乎在躲避着什么。他很想问乔莉：你为什么要信我？这么重大又重要的话，你怎么能轻易地向我说出口？但是，他什么都没问，只是用轻轻的、坚决的语气说："我向你保证，晶通电子没有任何违法的行为，但也许会违反一些规定。"

"只违规，不违法？！"

"对！"

乔莉点点头，"足够了。"

陆帆一愣，"足够什么？"

乔莉微微一笑，"足够我签上自己的名字。"

陆帆坐在沙发上，就这样看着她。她的面庞柔和，眼神里透露着坚决，但在这柔和的坚决中，他分明品出了一份不安与凄凉。这个拼着全力自我保护、自我奋斗的女孩，因为他的保证，就踏上了另外一条路。他在心里暗暗发誓，如果晶通电子真的会有什么，只要他前往石家庄，他就会尽他的所有力量，把晶通外包做起来。不管他的力量有多大，或者有多小，但至少，他要对得起今天下午，她对他的这份信任。他在心里用英文说：I promise（我保证）！

第二天，乔莉的电脑包里装着与晶通电子的七亿合约，再次与陆帆踏上了前往石家庄的道路。两个人一如既往，陆帆开车，她坐在旁边，偶尔说几句话，有时笑几声。两个人没有什么太大的喜悦之情，也不觉得有什么轻松与愉快，陆帆焦虑着晶通外包，乔莉焦虑着七亿的未来，折磨了这么长时间，一旦决定要签这个合同，他们发现也就是如此了。

车到了石家庄，没有开进市区，而是上了另一条大路。乔莉说："我听小陈说，他们全部搬进开发区了，动作很快。"

陆帆嗯了一声。乔莉也没有再说话。两个人来到晶通电子集团现在的地址，发现这里已经在建新的厂房，一座简易的办公大楼矗立在路边。这里虽然离市中心稍远，但空气清新，而且街道整洁，已经建成的房屋也很漂亮。乔莉与陆帆下了车，走进简易办公楼，只见总经理办公室门外排了一队人。陆帆与乔莉要往前走，立刻有人说："排队排队。"

"我们约好的。"乔莉说。

"我们也都是约好的，"有人挥着手中的文件夹，"都是急事。"

这人话音未落，门开了，小陈从里面探出头来，他一眼便看到了陆帆与乔莉，连忙走出来，把他们带了进去。他一边走一边向众人打招呼，"各位别急啊，他们是早就约好的。"

陆帆与乔莉走进办公室，王贵林急忙上前，和他们握了握手，"欢迎你们来到前沿阵地。"

乔莉笑了，"王总，新工地的建设真是繁忙啊。"

"太忙太忙，"王贵林摸了摸下巴，"我都瘦了一圈，你们再看看小陈，都快瘦没了。"

四个人哈哈笑了。小陈说:"陆总,合同带来了吗?"

乔莉从包里取出合同,交给小陈,小陈把合同放在了王贵林的桌上。王贵林戴起一副老花眼镜,把头抬得高一点,离合同远一点,然后用食指指着合同,逐字逐行地看了一遍。他看完一页,就递给小陈一页,小陈又仔细地看了一遍。半小时后,两个人过完了合同。小陈把合同放在桌上,下面垫上一摞打印纸,王贵林在法人的地方签上自己的名字。他签一份,小陈取走一份,然后拿到旁边的桌子上,盖上公章。

六份合同签完,王贵林看着乔莉与陆帆,"你们……"

陆帆冲着乔莉点点头,乔莉从包里取出准备好的黑色签字笔,王贵林让开了座位,她坐了下来。小陈递给她一份合同,她翻到最后一页,在赛思中国的上面工工整整写下"乔莉"两个字。

她写完一份,递给小陈,小陈紧接着递给她第二份,第三份……第六份。乔莉签完,小陈拍了一下手,"好,签完了。"

乔莉站起来,让出座位,小陈把签好的三份合同递给她,她装进包里。王贵林伸出了手,"祝我们合作愉快!"

"合作愉快!"陆帆和他用力一握。

王贵林转过身,把手伸向乔莉,乔莉与他握了握。王贵林说:"乔小姐,后面的事情拜托了。"

"您放心,"乔莉说,"我一定做好售后服务工作。"

"你们今天住哪儿?"

"我们今天就回去,"陆帆说,"马上就走。"

"这,太匆忙了。"

"还好,"陆帆笑了笑,"回去很多事情要落实。"

"那我就不远送了,"王贵林呵呵一笑,"本来我们签这么大的合同,应该搞个仪式,再吃个饭,可我这里实在太忙了,每天都像打仗一样。"

"我们马上就是一家公司了,"陆帆说,"一家人不用客气,您也不用送,我们现在就告辞。"

"好,好,"王贵林说,"小陈,替我好好送送。"

小陈打开门,立即有一个人拿着文件冲了进去。小陈把陆帆和乔莉送出临时办公大楼,把两个人送上车,看到车子掉转车头,这才小跑着又回到楼上的办公室。

车朝北京方向驶去。乔莉坐在副驾驶的位置上,默不作声。陆帆看着前面的道路,"不想说点什么?"

"哦,"乔莉这才发现,自己一直用双手抱着电脑包。她情不自禁地拍了拍包,"这就是七个亿吗?"

陆帆没有回答。乔莉吐出一口气，"我好像什么感觉都没有。"

"正常，"陆帆说，"人有时候在事情中的时候，反而没有什么感觉。"

乔莉看了他一眼，"比如说呢？"

"比如说，你不得不做一件事情，或者决定不做一件事情。"

"喂，"乔莉笑了起来，"你还挺多愁善感啊。"

"男人这样不是什么好事情，"陆帆继续开着车，"这样不好。"

"哪样比较好？"

"像杰克那样。"

"一天到晚笑眯眯的，"乔莉说，"确实不错。不过，也许他心里的愁我们都看不到。"

"也许是吧。"陆帆觉得谈话偏离工作有点远，便说，"我还没有恭喜你，恭喜你签单。"

"谢谢。"

"晶通后续的事情是个大工程，包括收款和售后配合等，"陆帆说，"你要有心理准备，按流程一条一条把它做好。"

"好的。"

"你知道吗？"陆帆说，"你已经创造了一个奇迹。"

"什么？"乔莉一愣。

"做销售一年，就签下这么大的单子，我从来没有遇见过。"

"是吗？"乔莉笑了，"你签过最大的单是多少？"

"没有你高，"陆帆说，"三千万美金。你记住，以后不要随便问别人这种问题，别人会以为你在嘲笑他们。"

乔莉乐了。她把头靠在座位上，看着窗外流动的风景。她心里没有一点兴奋的感觉，甚至连喜悦也谈不上。要说兴奋，还是第一次跟着陆帆去晶通的时候兴奋；要说喜悦，还是去年春节，跟着何乘风与欧阳贵、陆帆一起来参加晚宴喜悦。那些时候，她是多么渴望签下单子，创造历史啊。可当真的达成的时候，她就知道了，原来成功并没有什么滋味。因为人生的征途，她只朝前迈进了小小的一步。

"到了北京你请我吃饭吧，"陆帆说，"庆祝你开单。"

"好啊，"乔莉说，"你想吃什么？"

"随便。"

"KFC？"

"喂，"陆帆看了她一眼，"再胡说我就把你丢在路上。"

"呵呵，"乔莉笑了，"你挑个好地方，我买单。"

"买单就不用你了，"陆帆说，"一大早就出门，找个地方吃点好的，顺便庆祝一下。"

当天下午，乔莉和陆帆回到了公司。长途跋涉一天，乔莉完全没有任何感觉，她既不觉得累，也没有任何激动和兴奋之情。她进了办公室，放下包，拿出一份合同，准备交到财务。

"安妮，"一个销售拍了拍一排桌子的隔板，"七亿合同签回来了？"

"是啊。"

"快，快，拿来看看。"销售说。

乔莉把合同递给他，他直接翻到最后，看了一眼，嘴里发出啧啧的声音，"不错不错，七个亿，到底弄回来了。"

这时，销售区的销售都围了过来，众人看着这份合同，眼神里有祝贺、羡慕、嫉妒……整整七个亿，不用说大家也能知道，接下来乔莉在赛思中国的日子会有多么好过；但同时，众人的眼神里也有嘲笑、忧虑、幸灾乐祸……七个亿，到时候这个小销售，死都不知道怎么死的……

乔莉从销售手中拿过合同，朝前没走几步，迎面就遇上了强国军。"安妮，"强国军看了她手上的合同一眼，"回来了？"

"回来了。"

"签了？"

乔莉点点头。老强的眼神中闪过一丝喜悦，他嗫嚅着说："去，去交财务？"

"对。"

"嗯，你……你……"他吞吞吐吐的。

乔莉诧异地问："怎么了？"

"我想请你吃个饭，大家庆祝一下。"

"不用，"乔莉笑了，"我请你吧，叫上凯茜。"

"秦虹出去了，晚点才回来，"老强说，"安妮，我想和你说句话。"

"你说吧。"

"之前的事情对不起啊，"强国军的脸刷地红了，"以后有事就找我。"

乔莉愣了，一下子明白过来，连忙笑道："你说什么呢，BTT 的案子也很重要，再说，这都是公司的安排。你是老售前了，以后有事情需要帮忙的，我还要找你呢。"

"好。"强国军还要再说，冷不防翠西从旁边闪了出来，"安妮，听说你签了那个单了？"

"是的。"

"不得了呀，七个亿，恭喜恭喜，你什么时候请大家吃饭？"

"找个时间吧，"乔莉说，"我请大家。"

"你当然要请了，"翠西说，"七个亿啊，喂喂，请十次可不可以啊？"

"什么七个亿，"乔莉笑着拍了拍手中的合同，"现在还没有钱到账呢。你呀，请你吃十次，你不怕发胖？"

翠西笑了起来，"我不怕，十次也吃不穷你嘛。"

"行，那就请你吃十次。"乔莉笑着离开了他们，到了财务部，自然少不了一顿七个亿的寒暄。她好不容易把合同交了出去，回到销售部，还没有进销售区，就遇上了孙诺和秦虹。

"安妮，"秦虹一见她，连忙问，"合同签回来了？"

乔莉点点头。秦虹两眼一片光亮，低声笑道："太棒了！"

"祝贺你。"孙诺向乔莉伸出手，两个人笑着一握。孙诺又转向秦虹，"也祝贺你。"秦虹笑着和他握了握。孙诺说："怎么样，你们晚上是不是要庆贺一下？"

秦虹一愣，看着乔莉，乔莉一点思想准备也没有，"下了班再说吧。"

"这么大的事情，怎么能不庆贺？"孙诺说，"我有几张酒吧的免费门票，我请你们。"

乔莉看着秦虹，秦虹满脸的兴奋，"去吧，安妮，我们去庆祝一下！"

"好。"乔莉点点头，"那我请你们吃晚饭吧。"

"好。"孙诺说，"那六点半，我们楼下大厅见。"

乔莉回到自己的座位，刚坐下，秦虹又走了过来。乔莉见她高兴得有点不能自抑，不禁笑了，"干吗这么高兴？"

"你不高兴吗？"秦虹不相信地悄声说，"七个亿啊！"

"我要说我不高兴，你信吗？"乔莉低声说。

"我肯定不信。"

"那我就高兴。"

"事情不顺利？"

"很顺。"

"那你为什么？"秦虹有些不解，"太不合逻辑了。"

"无法想象，"乔莉轻轻地叹了一声，"如果是一年前，我也不会相信，签下单子，怎么会不高兴呢？对了，你和马丁去见客户？"

"是啊，他有单子找我帮忙。"

"本尼在新公司怎么样，晚上要不要叫他？"

"他这几天出差，在那边不错，比这边忙。"

"当经理了当然了，"乔莉笑道，"晚上想吃什么？"

"随便，"秦虹说，"我好像大学毕业以后就再也没有去过酒吧，好想去动一动。"

"大学毕业，"乔莉皱起了眉头，轻声说，"天啊，我都毕业五年了，五年没有跳过舞，时间太快了。"

"那就去吧，"秦虹说，"晚上好好地疯一疯。"

"好！"乔莉笑着点点头，她不喜欢自己现在的情绪，像秦虹说的，不高兴是不正常的，她应该好好地高兴一下。

这天晚上，乔莉和秦虹跟着孙诺，在北京的一个酒吧狠狠地玩了一次。他们喝酒、跳舞，一直玩到深夜。第二天早上，乔莉起床的时候，还觉得脑袋隐隐作痛。

今天还有一堆的工作。乔莉洗漱完毕，收拾包和电脑包。忽然在电脑包里发现了晶通电子的合同，天，她居然把这么重要的两份合同带在身上！昨天又是去饭店，又是去酒吧，要是丢了就麻烦了。她连忙拿出一份，锁在写字台的抽屉里。还有一份要带回公司，落实好晶通电子售后服务的项目经理，把合同交给他。

她急急忙忙地往公司赶，刚从电梯里出来，就在大门口遇上了白重。自从上次她从饭桌上"逃"了之后，这几天两人都没有见面。乔莉看着他，笑道："白经理。"

白重哼了一声。昨天晚上他就听说了乔莉签单的事情。签了这么重要的一单，没有他的份也就算了，居然连个汇报电话都不给他打，有人撑腰就了不起了？何乘风说什么外企、私企文化不一样，要他看，都一样！女人如果能睡、愿意睡，走到哪儿都发财。

"听说你签单了，"白重暂时不想得罪她，嘻嘻笑道，"恭喜啊。"

"谢谢白经理。"

白重点点头，没有再说。他跟着乔莉往销售区走，盯着乔莉的腰、大腿，还有细高的鞋跟，心中暗暗发狠："你个不要脸的骚货，用不着春风得意！看我早晚怎么收拾你，就算收拾不了你，也得让你尝尝我的滋味。"

乔莉一边往前走，一边感觉背后有双眼睛一直盯着自己，她觉得脊背上的神经全绷了起来，感觉很不舒服。幸好，没有走太远，白重就拐弯去了自己的办公区域。乔莉舒了一口气，她也知道自己得罪了白重，但是有什么办法呢，实在是道不同不相与谋啊。

她在办公桌前坐下，忙忙碌碌的一天很快就过去了。傍晚时分，周雄上线了。乔莉一见到他，连忙发了一个笑脸。

"祝贺你！"周雄发了一个更热烈的笑脸。

乔莉一愣，"祝贺我什么？"

"签单！"

"你怎么知道的？"

"我听杰克说的，"周雄写道，"你们七亿大单签完，我的顾问工作也结束了。祝贺你。"

"谢谢。"乔莉心里闪过一丝微妙的感受，怎么云海都没有联络自己？连一个祝贺的短信都没有呢。她忍不住拿出手机，给云海发了一条短信："杰克，我签了单子，什么时候有空，请你吃饭。"

不一会儿，云海回短信说："我很忙，过些时候吧，祝你开心。"

祝我开心？乔莉看着手机，心说他到底还是没有祝贺我，是不是觉得这个案子他也付出了很多，最后一无所获呢？她放下手机，看着电脑，周雄问："你圣诞节怎么过？"

圣诞节？乔莉愣了，写道："还有大半个月呢。"

"有什么打算吗？"

"没有。"

"我有两张票，国贸的一个活动，24号晚上，你想去吗？"

乔莉想了想，"好吧。"

"那我们说定了。"

"好。"

"有空请我吃饭吧，"周雄写道，"签了这么大的单子，你是有钱人了。"

乔莉笑了，"我再穷也请得起你。行啊，什么时候有空？"

"今天晚上？"

"今天就今天，"乔莉写道，"老地方？"

"好，"周雄写道，"东直门那一带饭店多，我们去了再找。"

乔莉觉得，她的生活因为七亿大单，产生了一系列与她无关的变化。比如强国军、瑞贝卡、翠西等人对她的态度，公司各部门同事表达祝贺时的表情，还有MSN上很多人的询问。她一举签下一个七亿大单，好像成了一个了不起的英雄。可是只有她自己不仅觉得路途漫漫，似乎前方一片锦绣中，藏着说不清的烦恼，而且因为这种过度的被关心，让她情绪低落。她努力让自己从复杂的情绪中摆脱出来，每天给自己安排一堆工作。除了确定负责售后的项目经理，乔莉还要与晶通电子保持沟通，确定这七亿中哪一个项目需要提前准备，需要多少资金打入赛思中国，等等。如此折腾了大半个月，便是十二月下旬了，大街小巷已经矗起很多绿色的圣诞树，新年的气氛扑面而来。

乔莉忽然想，又到了给爸爸妈妈买新年礼物的时候了。时间过得真快啊，可是这一年，除了七亿大单，她的人生并没有什么进步。感情依然是一片空白，存折上的钱也没有增加多少，至于房子，那还是一个梦。而她到了现在，也没有把签单的事情告诉父母。她始终不想让他们太担心，尤其是父亲。

今年的圣诞因为经济不景气，显得不那么热闹。公司去美国出差的同事回来说，美国的情况更惨，饭店里空无一人，商场里到处是疯狂打折的物品。就连以前号称从不打折的世界一线品牌，也挂出了五折甚至三折的折扣。

"安妮，告诉你一个好消息。"乔莉刚进茶水间，就被翠西逮了个正着，"国贸在搞大清仓，很多品牌打折，你去不去？"

"不会吧，"乔莉说，"国贸？"

"对呀，"瑞贝卡挺着硕大的肚子说，"我昨天去了一会儿，到处都是人，好多女孩是用蛇皮袋去装货呢。"

"便宜吗？"乔莉问。

"能便宜吗？"瑞贝卡说，"打完折也要一两千。"

"一两千不算贵了，"翠西说，"我昨天看见一个女孩，光鞋就买了十几双。估计平时也就她一双鞋的价格。"

"你们想去？"乔莉问。

"下了班我想去，"翠西说，"可是瑞贝卡嫌人多，你去不去？"

"我不知道有没有会，"乔莉说，"怎么，你们最近不忙吗？"

"不忙，"瑞贝卡说，"现在销售部和市场部互相支持，有什么可忙的？"

乔莉笑了，知道她说的是之前两个部门打架，搞出一堆内耗的事情。翠西说："哎呀，安妮，下了班我们一起去吧，你既不要养家又不要养小孩，挣到钱干吗呀，不就是消费嘛。"

"喂，喂，"乔莉说，"我还没有挣到钱呢。"

几个人正在说笑，突然车雅尼走了进来。她头发散乱，脸色苍白，似乎很不舒服。翠西见了她，就像没有看见。瑞贝卡于心不忍，自从她怀孕之后，对很多人很多事，都有了爱心。"米兰达，"瑞贝卡问，"你怎么了？"

"我没事，"车雅尼淡淡地一笑，看了乔莉一眼，"怎么，你好像很开心呀？"

乔莉一愣，"大家聊天嘛。"

车雅尼走到咖啡机旁，一边放咖啡，一边漫不经心地说："你的老板要走了。"

"你是说白重？"乔莉一惊，继而一喜。

车雅尼转过头，笑了一下，"我忘记了，你现在已经不跟弗兰克了。"

乔莉的心往下一沉，"你说什么？"

"你没看邮件？"车雅尼继续笑着，额边的头发散下来，挡着她的脸，"你的前任老板，他辞职了。"

瑞贝卡与翠西面面相觑，她们简直不能相信自己的耳朵。瑞贝卡说："米兰达，你别乱开玩笑。"

"就是，"翠西说，"过圣诞节，又不是过愚人节。"

乔莉一言不发，转身便往外走。瑞贝卡和翠西喊了她一声，她只当没有听见。车雅尼没有在开玩笑，她知道。她不仅知道，而且一直担心着这一天：陆帆，他会撤出晶通电子，只不过她没有想到，他居然会撤出赛思中国。

她坐在座位上，啪地摁了一下电脑，屏幕亮了起来。该死！这么慢。她输入密码，启动了邮箱，一封新邮件赫然在目：为了晶通外包公司能够顺利开展业务，晶通电子特聘陆帆为晶通外包公司的中方总经理。考虑到陆帆本人的意愿，以及晶通外包公司对赛思中国长远的利益，赛思中国决定，准许陆帆离开赛思中国，希望他在晶通外包的项目中走得更远。落款人：何乘风。

乔莉一愣，"出任晶通外包的中方总经理"是什么意思？他没有离开这个项目，反而走得更近了？这时，隔板轻轻地响了一下。她抬起头，见车雅尼白得几乎透明的脸正对着她。"你看明白了吗？"车雅尼微笑着问。

"他是去晶通外包了。"

"不对，"车雅尼说，"他离开了赛思中国。"

乔莉皱起眉，"你是说，他要离开公司？"

"你是装傻还是真傻？"车雅尼温柔地笑着，"他是晶通外包的中方总经理，那自然是晶通集团聘用他。"

"是这个意思吗？"

"他们可真厉害，一个接着一个，"车雅尼的声音低了下去，脸上的笑意不改，但话中却透出一股冷冷的怨气，"为了这个七亿大单，他们的手段用尽了，现在一个一个逃得干干净净。可是你，安妮，你得在这儿，你走不了了。"

"米兰达，"乔莉突然觉得很恐惧，"你说什么？"

"没什么。"车雅尼直起身，轻轻地一笑，"我们都不过是他们的棋子。"说完，她转身离去。乔莉张了一下嘴，却没有发出声音。

纷纷乱乱、林林总总的思绪开始朝一个地方汇集，然后慢慢地成为一个思绪：他们果然全线从晶通电子项目中撤了出去。一个作为晶通外包外方经理，一个被聘为中方经理，还有一个去从事自己的事业。可是，他为什么要等到现在才走？一个月前，他们坐在楼下的咖啡店，陆帆说他们是一个团队，要荣辱与共，同进共退。那么他为什么现在才走？

乔莉的心阵阵发凉：他是在等！他要等她在这七亿的合同上签上名字，如一根钉子钉死在这个项目上，他才能放心离开！以前，她是那么地信任他，而他也不断地强调，她要信任他。他们是一个团队！可既然他们是一个团队，他为什么还要一次又一次地把她置身于最前沿，让她像炮灰一样，被人算计、被人笑话？现在，她完了，她陷入了七个亿的麻烦，在未来的几年之内，如果晶通电子出了问题，她就是第一个受调查的对象，就算所有的证据都证明她是清白的，也不会有一家外企敢再雇用她。断送了外企生涯还不打紧，最关键的是，她如何去保证，在未来几年，晶通电子在法律上是清白的？她，一个最前沿的小销售，用什么来保证？用她对陆帆的信任吗？！

乔莉觉得头皮发麻，怒火在心中熊熊燃起，几乎令她无法自制。她开始拨陆帆办公室的电话，没有人接。她又给陆帆打手机，手机通了，陆帆喂了一声。

"你在哪儿？我要见你。"

"我在回公司的路上，"陆帆听出她声音里的异样，"你怎么了？"

"你心里清楚，"乔莉冷冷地说，"你需要多长时间到公司？"

"我已经到停车场了！"陆帆的语气开始不悦，乔莉还是第一次用这样恶劣的态度跟他说话，"你去办公室等我。"

"不，"乔莉说，"我在公司大门口等你，你来之后，我带你去个地方。"

陆帆挂断了电话，不知道乔莉为何愤怒，难道何总已经把邮件发了出去？他停好车，上了电梯，上到赛思中国的楼层。电梯门打开的一刹那，他看见了乔莉：穿着黑色毛衣，胸前垂着一个闪亮的吊坠，可比那个吊坠更亮的，是她的眼睛。与其说她的眼睛炯炯有神，不如说她的双目燃烧着怒火。陆帆一步跨了出来，不等他开口，乔莉快步走过去，伸手拉住了他："走，跟我去一个地方。"

陆帆一愣，身不由己地跟着她走进了楼道。两个人手拉着手，或者说，乔莉拖住他的手，朝楼上疾走。

陆帆觉得乔莉的手干燥柔软，像有一股力量，让他不自觉地跟着乔莉。他们认识一年多，他一直认为乔莉是个谨慎、理智的女孩，这样的举动，简直令他不敢想象。

两个人咚咚地上了两层楼梯，来到大楼顶层的楼梯口。乔莉松开手，看着陆帆。

陆帆把手插进口袋，微皱眉头，"你把我拖到这儿，有什么事情？"

"你不是说我们是一个团队吗？！"乔莉毫不相让，"为什么你要离开赛思中国？"

"你说的是这件事情？"陆帆假装无所谓地耸耸肩，"一方面，晶通外包项目确实需要管理人才；另一方面，公司也不希望这个项目在未来会有什么闪失，所以，我决定接受晶通外包的聘用。"

"他们什么时候聘用你了？你什么时候参加面试了？"乔莉质问道，"什么时候？"

"安妮，"陆帆把脸一沉，"你是我什么人？我用得着向你汇报吗？"

"你为什么需要向我汇报？！"乔莉被他的话和他的语气刺伤了，"为什么？为什么？现在我来告诉你为什么！因为你们从一开始就设好了这个局。"她一伸手，指着从楼梯口向下的整层台阶，"知道我为什么带你来这儿吗？因为我们认识不久，你就让我接下了晶通电子这个项目，然后，为了带晶通电子的人去三亚开会，你让我发邮件到美国总部，炮轰施蒂夫，你知道我在哪里做出这个决定的吗？就在这里！我坐在这里，坐在这个台阶上，我想了很久很久。我在想，既然你、何总、欧总，都要把我当成炮灰，把我一炮轰向施蒂夫，那我，一个最底层的销售，一个没有靠山没有背景的职场新人，我可以选择吗？最后我想到了，既然你们要敲山震虎，为什么我不敲得它震天响？"

陆帆倒吸一口凉气，险些向后退了一步。他看着乔莉的眼睛，她的眼睛里流露出来的是他从未见过的神态。她离他如此近，近得让他害怕。陆帆困难地说："安妮，这个事情……"

可不等他说完，乔莉就打断了他，"就从这个楼梯开始，你们就把我操纵在棋局之中，你们利用我没有经验、没有人脉来打晶通电子，原因就是我好操纵。你们到石家庄开行业峰会，利用我向市场部传递假消息，致使付国涛抢在我们的前面，赔给于志德两百五十万美金。接着你们又利用我制造晶通电子已被放弃的假象，在幕后形成你们的交易。我虽然不知道你们到底是怎么谈成这笔交易的，但是我知道，在晶通电子重新启动后不久，在我们陪着何总去石家庄之后，所有的事情就已经不是我能听到、能看到、能接触到的了。"

乔莉看着陆帆，"我现在唯一后悔的，就是在决定签晶通电子的问题上，我不应该坐在你的对面，询问你，我到底是签还是不签，我不应该信任你！我应该想到你们有多么害怕我不签这个单子。如果我不签这个单子，我提出这个单子有问题，我认为这个单子有幕后交易，那么公司所有的人都会怀疑你们。所以欧总用他的方式离开了，云海告诉我他要创业，你告诉我你会保证这个单子绝对清白。你就是把我稳在晶通电子上，不管你们幕后的交易是什么，我都在你们的最前沿。"

陆帆的脸色铁青，"这是你的想法？"

"对！我的想法！"乔莉说，"我想的不是事实吗？或者这是事实的一部分？陆总，你想尽一切办法，把这把达摩克利斯之剑悬在我的头顶，而且一悬就是几年，甚至有可能是几十年，我不责备你的幕后交易，但你为什么向我保证？！为什么你坚持让我签这个单子？！"

"你说完了没有？！"陆帆恶声恶气地说，"你让我说什么？话都被你说完了。没有错，我把单子放在你的头上，是因为你没有经验，但我早就对你说过，也是因为我信得过你的人品。我再给你说一遍，晶通电子的幕后没有什么见不得人的交易，没有行贿，没有受贿，一切都是正常的商业法则，我，你的老板，在做生意，不是做交易！"

"好啊，那你拿什么保证？"乔莉说，"如果没有做交易，你们为什么一个一个逃得比兔子还快？"

"我们逃了吗？"陆帆恨声说，"我们都在晶通，我们都在石家庄！如果你开车，三小时就可以到，我们没有逃。安妮，到底是我在欺骗你，还是你把职场看得太黑暗？我现在怀疑你的人品，因为你太不信任别人，你太怀疑别人。"

"是吗？"乔莉冷冷一笑，用嘲讽的语气说，"那么对我未来的职业道路，您有什么建议，老板？！"

"我自己跟过老板，我也做过销售，"陆帆说，"你是我见过的最矛盾的人，我现在可以告诉你，晶通电子没有任何幕后交易。"说到这里，他突然停顿了一下，看着乔莉，"你能告诉我，你对交易的定义吗？"

"好，"乔莉说，"行贿、受贿，任何触犯法律的事情。"

陆帆摇摇头，"肯定没有。"

"用违法的事情为自己争取权益。"

陆帆又摇了摇头，"安妮，这一切都是生意，而且是合法的、合理的。你自己是个销售，同时，你也是个商人。如果没有生意，晶通外包公司就不会成立，晶通两千多工人到今天为止，还不知道何去何从。哪个做生意的人不想赚钱？我们用合理的方式赚到合理的钱，同时也让客户，让晶通的工人有自己的饭吃，有自己的发展前途，有什么不对？你现在告诉我，我们做错了什么？"

乔莉一愣，没有说话。陆帆接着质问："我现在问你，如果晶通电子背后没有交易只有生意，我让你在这上面签单有什么错？你是个销售，你付出了就要有回报。难道我让你在努力了一年之后，一无所有，或者直接因为没有业绩离开公司？！这样，你就觉得我是在关照你？！"陆帆看着乔莉的脸，"没错，我们是一个团队，可你不要忘记了，我是你的老板，我不可能什么事都跟你说，我要你信任我，并不表示我会把所有的事情都和你分享，你不是我的朋友，更不是我的亲人，你记住了：你是我的下属！"

乔莉觉得她和陆帆混淆了某个方向，这个方向她之前没有想过，但让陆帆一说又好像很有道理！她痛楚地看着陆帆，眼睛里流露出一丝困惑。陆帆迅速抓住了她的困惑，当机立断地说："如果你把我当成老师，那我想你会觉得感情受到了伤害。但我想，你是个很职业的人，你不会把我当成你的老师；如果你把我当成朋友，我也能理解，你认为你在情感上受到了伤害。但实际上，从职场的角度说，我们也在做生意，我是老板，我要求你为我做事、为我打工，然后，我付给你合理的报酬，仅此而已！"

乔莉彻底地沉默着。她突然觉得备受打击，甚至让她无地自容。是啊，她和这一切比起来，又算什么呢？她站了一会儿，转过身想走，陆帆一伸手，拉住了她的胳膊，"安妮，"他的声音听起来忽然无比的温柔，"我向你做的保证一定能够兑现。你头顶的达摩克利斯之剑也是我头顶的长剑。我会和你共同进退、荣辱与共，我也希望，当我离开赛思中国后，你可以把我当成老师，也可以把我当成朋友，如果你希望我在你的面前没有秘密，那么除了生意上的秘密和生活中的隐私，我可以对你完全敞开。"

乔莉站着不动，突然，两行泪从她的眼里流了出来。陆帆不禁伸出手，想替她擦去泪水，又觉得这似乎越过了职场的界限。他能理解乔莉心中翻涌的感情。乔莉点了点头，"谢谢老板！"不等陆帆再说话，乔莉一扭身挣脱了他，转身跑下楼去。

"安妮，"陆帆喊了一声，"你还记得卖冰棍和卖软件的区别吗？"

乔莉在楼梯口停住了，她抬起头看着陆帆。陆帆居高临下，见她倔强地站立着，头高高昂起，身形娇小，却像一种燃料，正在熊熊燃烧。陆帆觉得胸口一痛，有种被击中的感觉。

"我不知道，"乔莉大声说，"你告诉我？"

陆帆一步一步地走下来，走到她的身边，"你想一想，其实你全部参与了。"

"第一步，发现客户；第二步……"不等她再说，陆帆摇了摇头，"不要背书。其实卖冰棍和卖软件的区别，有四个层次，而这四个层次，你都经历了实际的案例。"

"真的吗？"乔莉强忍着泪水，"你还能说真话吗？"

"真的。"陆帆说，"我没有骗过你。"

"那你说。"

陆帆从口袋里拿出一包薄纸巾，抽出一张递给她。"第一个层次，"他娓娓道来，"就是完全依赖客户，或者说刚刚能迈进客户的门。就像你当初去找方卫军，像白重拉你去喝酒，所以客户可以提很多无理的要求；第二个层次，是你能够争取到客户的信任，客户愿意把生意交给你做，就像当初施蒂夫介绍詹德明给你，因为詹德明信任施蒂夫，同时他要卖施蒂夫这个关系，所以他毫不犹豫地就把单子交给了你；第三个层次，就是客户完全依赖于你，这也是为什么我们可以和付国涛竞争 BTT 的原因。"

"我们和付国涛竞争 BTT？"乔莉用纸巾吸去泪水，注意力完全被陆帆的话吸引了，"为什么？"

"因为 BTT 这几年所有的核心技术都是由 SK(Siltcon Kilo) 提供的，这就造成了客户对销售完全的依赖，但这样的依赖会让客户产生不安全的感觉。如果不是琳达和刘俊的特殊关系，我想，他们会对赛思中国有所考虑。"

乔莉一愣，"你是说，客户不愿意完全依赖销售？"

"有谁会愿意呢？"陆帆笑了笑，"这实在是一件让人很不安的事。"

"那么第四个层次就是互为依赖，互相相信了？"乔莉说。

"对，"陆帆说，"就像现在的赛思中国和晶通电子，晶通电子要依赖我们的外包完成改制后企业的发展与转型，而同时呢，我们也依赖于晶通电子提供的技术改造这个巨大的销售额，完成整个中国区的数字。而美国总部又通过外包的方式，降低了整个赛思产品的成本。这里面完全是互为依存，比之前的三个层次都要平等。"

乔莉若有所思，"卖冰棍是一个简单的买卖，卖软件需要我们和客户形成互相依赖的关系，或者说要找准那个平等的点？"

陆帆点点头，"靠所谓的喝酒，或者所谓的投其所好，并不是真正的销售。用这样的方式做生意，是很低端的，而且容易被人替代。今天你喝一斤酒，明天就有人喝两斤酒；今天你送一万块钱，明天就有人送十万块钱，这种没有优势的竞争毫无意义。"

乔莉忽然觉得自己有些明白了。楼道里的白炽灯光从顶上打下来，照得陆帆的脸那么的白，眉眼和她一年前所见的样子没有区别。"所以，"她结结巴巴地说，"在晶通电子这个项目中，只有生意，没有交易。"

"我向你保证，"陆帆看着她，"我们和晶通电子做的事情，没有任何违法的内容。就算真的有什么，我也向你保证，我不会参与，至少在我这个层面，我是清白的。"

乔莉觉得泪水不争气地又要往外流。她看着陆帆的眼睛，现在，她完全相信了他。既是因为他的理由，又是因为女人的直觉。她点了点头。陆帆说："你记住，不管我在哪里，你有任何问题，都可以第一时间找我，我的手机，二十四小时开机。"

第十八章

My way（自己的路）

成长之痛是人生必经的一个阶段

二十四小时开机？乔莉一愣，这意味着什么？她人生二十七年，还从来没有从一个异性嘴里，听到过如此温暖的话语。陆帆说："你先回去，洗把脸，镇定一下情绪。"

"好。"乔莉低着头，一步步地走了下去。陆帆看着她的身影在楼梯的拐角处消失不见，长长地出了一口气。他的感觉还是很不舒服，他想来一枝雪茄，或者一杯红酒，他想倒在一张沙发上，什么都不想，好好地睡一觉。他默默地站在楼梯口，不知过了多长时间，才慢慢往下走，回到了公司门口。

进了销售区，销售部的人看见了他，都站了起来。他看了一眼乔莉坐的地方，人不在，桌上也没有电脑，她躲在什么地方，还是离开了公司？

"陆总，你真的要走？"一个销售问。

"晶通外包是公司的大业务，我去支持也是应该的。"

"出任中方经理，你是在公司内部调动，还是……"

"既然是中方经理，当然是被晶通集团聘用，"陆帆笑了笑，"我要离开公司了。"

"可是，"一个销售看了他一眼，到底忍不住说了出来，"你等于离开了外企，去国企了。"

"国企很好，"陆帆说，"这几年国企势头很猛，将来未必不是一个方向。"

"说得好，"白重叫了一声，然后朝陆帆伸出手，"陆总，恭喜啊！"

陆帆微微一笑，和他轻轻一握，"没什么好恭喜的，都是为了公司。"

"大项目，大经理，"白重说，"总比当个总监强。"

众销售沉默不语，有的觉得白重什么都不懂，有的觉得他说得也有道理，有的则想，七亿大单刚签完，能跑的都跑了，这单子里到底有什么勾当？……这时，陆帆轻轻拍了拍手，"趁大家都在，我宣布一个好消息，明天是二十四号，平安夜，我请大家吃饭。有想来的，都报名。"

"真的呀，陆总？"翠西不知什么时候站在了人群之外，"我们市场部的能不能来？"

"没问题。"陆帆说。他又瞄了一眼乔莉的座位，还是没有人。让她平静一下也好。"大家都去工作吧，我会把明天晚上的地点群发给大家。"

众人听了这话，都散了开来，工作的工作，私下讨论的私下说去了。陆帆转过头，回到办公室，还没有走到门前，便瞧见了车雅尼。

"嗨。"陆帆心里一紧。他觉得自己是有点欠乔莉的，但他不认为自己欠了车雅尼什么，可每当他看到车雅尼的时候，他就有一种欠了她的感受。

"嗨，"车雅尼说，"明天晚上请客？"

"是啊，"陆帆说，"你来吗？"

"你想请我？"

"为什么不？"

车雅尼点点头，笑了一下，"我来。"

第二天晚上，赛思中国销售部、市场部浩浩荡荡十多个人，一起来到一家大酒店。陆帆在这儿买了二十张餐券，可以边吃饭边看表演。其他的节目还在其次，最吸引人的是郭德纲的相声。除了白重、孙诺、车雅尼、翠西等人之外，狄云海也到了。大家送陆帆也就罢了，见到云海，那份亲热又增了三分。翠西说："杰克，你来是欢送弗兰克呀，还是和老同事聚餐啊？"

"都有，都有，"云海呵呵笑道，"难得见到大家，特意过来凑个数，反正是弗兰克花钱，我不来白不来。"

众人哈哈笑了。云海又说："今天晚上还有郭德纲的相声，"他手朝上一举，学着相声里的话，"狄云海，你是一个伟大的人。"

众人笑得更厉害了。陆帆坐在一边，沉默不语。他没有云海的本领，可以很快令所有人欢笑而温暖，但是他很喜欢这种感觉。他拿出手机，看了一眼，没有乔莉的信息，连祝贺的短信都没有，不知道她现在怎么样了。

白重拿起酒瓶，"这酒不错，陆总，你发个话，今天晚上这酒怎么喝？"

"今天过节，"陆帆不想再操心了，"大家放开来喝，能喝多少就喝多少，开心就行。"

"好！"白重立即开始倒酒，"大家听着啊，这可是陆总说的，大家够兄弟的，就要把酒喝好。"说完这话，他就开始后悔，怎么又把"兄弟"这个词带了出来？他给云海倒酒的时候，云海哈哈笑着接过了酒瓶，"白经理，有兄弟在，怎么敢劳您大驾呢？"

众人一起乐了。白重心想，早就听说公司有个超级大好人狄云海，今天一见，果然名不虚传啊，是个和气人。云海给陆帆倒了大半杯，陆帆说："要倒就倒满。"

云海看了他一眼，心想今天你是主角，大家都会找你喝酒，你自己再要喝，岂不是麻烦了。他给陆帆倒了满杯，接着，又给车雅尼倒。车雅尼默不作声地看着云海，云海倒得很慢，等着她喊停，但一直等酒倒满了，车雅尼也没有说一句话。最后，她给了云海两个字："谢谢。"

云海觉得今天晚上有些异样，心想自己还是少喝一点吧，替陆帆把持一点大局。这时宴会已经正式开始，各桌的人都开喝起来。众销售有的想让陆帆多喝一些；有的听说陆帆虽然很少端杯，却是海量，想趁机试试他到底能喝多少；还有的纯属起哄，图个热闹。这一杯一杯地喝下来，不到半小时，陆帆已经连干了三十多杯，不要说云海，就连其他一两个销售也有些担心了。而白重却大为意外，他没有想到陆帆的酒量这么好，于是酒兴大起，不断地拉着陆帆喝酒，又找出各种理由，煽动在座的女士向陆帆敬酒。

酒越喝越多，陆帆的脸越来越白，在昏暗的酒店灯光中，越发显得他肤色白皙，不见一丝血色。云海见势不好，伸手拦住了众人，"我有个请求，请大家一定要答应我。"

众人一愣，"什么嘛，说说说！"

"马上郭德纲要表演了，大家能不能不喝酒、不说话，让我安静地听段相声？我可是钢丝啊。"

众人都乐，有的也知道，他是给陆帆挡酒。白重这会儿已经喝了大半斤白酒，舌头都开始打结了，"没……没问题，兄弟要听相声，改天我买张票，专门请你听。"他的话还没说完，全场已经爆发出一阵掌声与笑声。

圆圆胖胖的郭德纲走到台上，台下立刻响起"咦——"声，听着像嘘声，其实是喝彩。相声说：一个人为了体验一下当有钱人的感觉，一咬牙进了家大酒店，点了盘八十块钱的鱼翅炒饭。炒饭上来后，他没有吃到鱼翅，就把厨师找来了，厨师一鞠躬：我就叫鱼翅！

台下"咦"声一片，掌声一片，笑声一片。赛思中国众人笑得是前仰后合。云海轻轻一拉陆帆，附在他的耳上悄声问："安妮怎么没有来？"

陆帆苦笑了一下，在云海的耳边说："她在生气，觉得我们联合骗了她。"

云海一愣，"她这么想？"

"随她吧，"陆帆说，"过完新年再说。"

云海点点头，继续听相声。陆帆端起酒杯又喝了一口，杰克什么时候这么关心乔莉了？现在大家都在听相声，他却关心着乔莉……他把目光投到了台上。台上的相声正在把生活的无奈，说成一个又一个笑话，而台下的人们，正因为明白这种无奈，才能哈哈大笑。陆帆看着男女同事们推杯换盏、喜笑颜开，不禁一阵茫然。这样的生活到底有什么意思？突然，云海拉住他，"弗兰克，我妹妹找我，我得回去。"

"现在？"陆帆哈哈一笑，"杰克，美女有约吧？"

"真是我妹妹，她打了好几个电话。"

"走吧，走吧！"陆帆根本不相信他的鬼话，"美女约你就好好陪她吧！"坐在旁边的人听见了，都哈哈大笑起来。翠西打趣说："杰克，还没到十二点，就急着往回赶啊？"

云海看了看陆帆，一方面不知道妹妹和妹夫发生了什么，打电话来又哭又讲；另一方面，他很担心陆帆，觉得他今天状态有些不对，便说："弗兰克，你当心一点，别喝太多了，有事打电话。"

"行了行了，你走吧。"

云海又拉过一个不喝酒的销售，交代他看着点陆帆，晚宴结束后，开陆帆的车送他回去。销售满口答应，云海这才离席而去。陆帆看着云海的背影，心中一动，莫不是乔莉找他？以前在公司也是这样，乔莉有什么事情，都是找云海。她就像只浑身是刺的刺猬，只有扎在云海这个棉花包上，才没有效果。

陆帆觉得有些闷，一股酒意涌了上来，他拿起了杯子，"今天是过节，大家都要喝得高兴，我敬你们。"

众人一起叫好，都喝了一杯。"说实话，"孙诺说，"其实今天应该是全家团圆的日子，但是我家在香港，所以今天和大家一起过节，我很高兴。陆总，虽然你要离开了，但是我仍然感谢你请我来过节，我敬你一杯。"

"说得好，"陆帆的酒意更重了，"今天是合家团圆的日子，但我父母都不在北京，所以你们就是我在北京的亲人。"他举起杯，开始敬每一个人。大家听了这话，都不觉有些伤感，一些家在外地的同事，更是感触良多。大家都默默地饮了。这时台上开始唱歌，众人互相之间也听不清说话，满场的歌声乐声，但这一桌人的气氛却冷淡下来。

陆帆觉得莫名的悲凉，自己拣着菜、喝着酒。忽然，一只手从旁边绕过来，轻轻握住了他的手。他微微转过头，就看见了车雅尼。车雅尼满脸红晕，头发蓬松，一双眼睛柔柔地看着他。车雅尼把身体靠近陆帆，在他的耳旁轻声说："我是个没家的人，谢谢你请我过节！"

陆帆想起车雅尼是个孤儿，心中一软，用力握住了车雅尼的手。之后，众人又喝了将近一小时，直玩到节目结束，这才散了。在这几十分钟的时间里，车雅尼的右手一直没有离开过陆帆的左手。陆帆也不知道为什么，很喜欢这样被她握着，觉得有一种温柔的力量不断地传递给他。也许一个人寂寞，两个人就不再寂寞吧。

深夜时分，一行人歪歪倒倒地从酒店里出来，有家的人各自回家。翠西住得比较远，孙诺打车送她。那个不喝酒的销售虽然受云海所托，要照顾陆帆，但看陆帆和车雅尼的亲热劲儿，哪里好提替陆帆开车的事，直接打了个车就跑了。陆帆看着车雅尼，"我送你？"

车雅尼微微一笑，什么也没有说，她跟着陆帆朝停车场走去。几辆车先后离开了停车场，陆帆的车停得比较靠里，二人越走越远，浸没在北京的冬夜中。

车雅尼的手轻轻地伸到陆帆旁边，握住了他。陆帆觉得她的手又凉又细又软，赶紧用手包住她的手指，让她温暖一些。车雅尼轻轻贴近了他，将头轻轻靠在他的肩膀上。可能她穿得很单薄，陆帆觉得她瑟瑟发抖，似乎冷得厉害。他心里又是一软，伸手揽住车雅尼的腰，好让她靠近自己的胸膛。虽然隔着大衣，但他依然可以感觉到车雅尼腰肢纤细，柔如无物。他的心陡然跳动起来，浑身上下都有着火的感觉。

他转过头，车雅尼轻柔的发丝就在他的脸颊旁边，一双迷蒙的眼睛喝了酒之后，眼神越发地迷蒙，两片嘴唇带着晶亮的唇彩，微微张开着，在夜幕下发出诱人的光泽。

纵然你是百炼钢，也将你化成绕指柔。陆帆一下子明白了这句话到底是什么意思。他忍不住朝着那诱人的光芒吻了下去。唇是柔软的、冰冷的，然而人的反应是火热的。车雅尼轻轻地呻吟了一声，半靠在他的怀里。陆帆感觉她的牙齿打开了，一条柔软的舌头纠缠住他，舌尖灵活而热烈，让他不得不激烈地回应。这种回应，实在放纵，实在痛快，实在很爱，实在很无所谓……他抱住她，她的舌头是软的、腰肢是软的、手指也是软的。他想要她：现在！马上！

有振动的声音，而且贴着他的口袋，一遍、两遍、三遍……陆帆惊醒过来，一只手搂住车雅尼，另一只手拿出手机，"喂？！"

"弗兰克，你没事吧？"

"杰克？！"陆帆环顾着停车场，在黑夜之中，一辆一辆闪着光泽的汽车排在一片空地上，彰显着现代生活的气息。他逐渐被云海的声音拉回了现实，"有事吗？"

"没事，我怕你喝多了，你今天晚上喝了太多酒。"

"谢谢你，你怎么样？"

"小两口吵架，"云海哭笑不得，"也不为个事情，我回来说说他们，现在又和好了，出去吃消夜去了。"

"哦。"

"你自己开车？"

"没问题。"

"我不是让那谁替你开吗？他人呢，一个人先跑了？"

陆帆笑了，"我不用人照顾，我正要送米兰达。"

云海一愣，"送米兰达？哦，那你小心点。"

"没问题。"陆帆挂上电话，轻轻扶稳车雅尼，"走吧，我送你回家。"

车雅尼上了车，蜷缩在副驾驶的位置上，就像一只受了伤的大猫。陆帆开足了暖气，又将自己的外套脱下来，盖在她的身上。大约她喝了太多的酒，等陆帆开到她住的小区门口时，她已经睡着了。陆帆停好车，转过头，打量着她，只见凌乱的长发盖住了她的脸颊，洁白细腻的皮肤在车灯的照耀下，越发显得细致。他忍不住伸出手，轻轻替她拨开头发。车雅尼醒了，迷迷糊糊地问："到哪儿了？"

"到你家了。"

车雅尼坐起来，看了看窗外，又看了看他，"上去坐坐吧？"

陆帆轻轻吸了一口气，他很清楚，只要他上去就不会再下来。他在欲望和理智之间挣扎了几秒，看着她，"妮妮，我不能上去。"

车雅尼无所谓地轻笑一声，"随便你。"

她转身要下车，陆帆说："我不是那个意思，我觉得这样上去，很不尊重你。"

车雅尼回过头，凄凉地看着他，"是吗？"

"是的。"陆帆说，"如果我现在上去，我和付国涛没有区别。"

"哼，"车雅尼冷笑一声，"弗兰克，你不用把自己说得多圣洁，你怕惹上麻烦就怕惹上麻烦，不用找理由。"她看了陆帆一眼，"说到底，你是个男人，男人说不，考虑的永远是现实。"

"我不是这个意思，"陆帆说，"我现在要离开公司了，我会去石家庄工作，我希望我们能有一个过程。"

"过程？"车雅尼有些不能置信，"你是说，你，想和我谈恋爱？"

陆帆觉得自己解释不清了，他直截了当，"我不喜欢一夜情。"

车雅尼看着他，现在，她有点明白了，这个男人是想要弄清楚，到底是出于欲望，还是出于喜欢才愿意和她在一起。他说得没有错，他不适合一夜情，他已经过了玩的年龄，没有那个心情了。但是，他那个出了名的前妻，又是如何搞定他的？！是她车雅尼不够疯狂，还是说，他对那个女人一见钟情，发了疯一样地相爱？

看得出，他喜欢她，可她不想强迫他，更不想勾引他。如果她愿意赌得更大一点，也许她可以把这个好男人收入名下。车雅尼笑了笑，"弗兰克，我走了，晚安。"

"外面很冷，"陆帆说，"自己小心。"

车雅尼看着他，突然将身体挪过来，在他的唇上轻轻吻了一下，"晚安。"

陆帆心里一颤，轻声说："晚安。"

与此同时，乔莉和周雄离开了国贸的一个活动。两个人沿着三环向东边漫步。

"冷吗？"周雄问。

"不冷，"乔莉将大衣外的披肩裹得更紧一些，"你呢？"

"我不冷，"周雄套着黑色棉大衣，笑道，"刚才在里面真的很热。"

"是啊，"乔莉轻轻吐出一口气，那气立即变成了白色，在路灯下化为乌有。她咯咯一笑，"我已经很久没有这么晚出来散步了。"

"哦？"周雄说，"你还喜欢半夜散步？"

"我又不是鬼！"乔莉笑道，"我只是想起了大学时候，有一次和几个同学睡不着觉，半夜跑到街头走路。现在一算，都过去好几年了。"

"是啊，"周雄说，"我上大学那会儿，有一次夜里饿得睡不着，半夜爬起来找东西吃，结果怎么找都找不到。"

"不可能吧？"

"那是哪一年？"周雄想了想，"九七年？九八年？那时肯德基、麦当劳都没有二十四小时的，最后找到一家面馆，吃了一碗面。那面真好吃，现在想起来也觉得美味。"

"还是上学的时候好，"乔莉说，"那会儿真轻松。"

"怎么，"周雄细致地问，"七亿大单签了，不觉得轻松吗？"

"别提了，"乔莉说，"为了这事，我差点和弗兰克吵起来。"

"为什么？"周雄皱起了眉头。

乔莉说了怀疑晶通电子有问题，施蒂夫找她谈话，欧阳贵、云海、陆帆等人先后撤出项目等前因后果。周雄听后沉默不语。乔莉最后说："不过，弗兰克保证这个项目没有问题，我还是应该相信他，毕竟，他是我当销售以后跟的第一个老板。"

"你这样想也对，"周雄说，"不过……"

"不过什么？"

"一般这么大的单子要保证清白是很难的。我原来想，你只是一线销售，后面需要几个管理层面层层审批，有些事情你根本接触不到，所以，不会有太大问题。可如果单子只在你和何乘风这两个层面，多少让人有些放心不下。"

乔莉停住了脚步，"为什么？"

周雄欲言又止，"这怎么说呢，不过，你也不用太担心，只要很多事情你确实没有参与，我想不至于有什么危险。"

"希望如此吧，"乔莉摇了摇头，"把自己的命运交在别人的手上，这是不是很荒唐？"

周雄笑了笑，"工作上永远会有烦恼，你就不用太担心了。"

两个人一路聊着天，朝乔莉所住的小区方向走。话越说越多，但他们都没有再提晶通电子。差不多走了快一小时，乔莉到了小区门口。周雄问："明天晚上有安排吗？

"暂时没有。"

"我明天要出差，可能要元旦才能回来。"

"去哪儿？"

"上海。"

乔莉点点头。周雄说："等我回来，请你吃饭。"

"好啊。"

"那再见。"

"再见。"乔莉说完，转过身朝公寓走去。周雄看着她的背影，心里有说不出的担忧。为什么云海没有告诉他，陆帆也要从项目中撤出去？还有，审批的人只有何乘风一个人。晶通外包这么大的项目，接着又是七亿的技术改造，凭着陆帆的保证，不足以让周雄相信。这个单子会是什么生意，而不是交易，周雄觉得这根本是胡扯，骗骗乔莉这样的职场新人还差不多。幸好，他及时从这个项目中撤了出来，否则私人顾问没准也会"顾"出问题。听乔莉的口气，她似乎知道得很少，这样最好，这种事情，能少知道就少知道，最好是不参与。

她签了单，就得负责到底，这事儿很麻烦。周雄一边往回走，一边慢慢地想，现在过多地提醒她，反而不好，她的压力已经很大了；不如让她再做一段时间，看情况变化之后，再另做打算。

乔莉回到家，收拾完之后躺在了床上。现在已经是夜里两点半，很好，距离天亮只剩下三四个小时。这几天她天天失眠，每晚都是睁着眼睛到天明。直到现在，她都没有告诉父亲签单的事，只匆匆给妈妈打了一个电话，祝她和父亲节日快乐。她还没有天真到相信七亿的单子完全清白，但是她相信陆帆的保证。可是他的保证能否成为事实，她却没有任何把握。

是世界出了问题，还是她出了问题？这一年多来，所经历的事情，林林总总在她心头激荡，她很难承受一个不知道答案的结果。就像她自己说的，她把命运交了出去，这是一种多么大的折磨。她甚至不知道自己要何去何从。这几天来，她尽可能地忙碌，但心情却一直停滞在低谷。她甚至不想上班，不想见到熟悉的同事。只有到了晚上，她的心情才会好一些。

她看了看手机，里面有很多人给她发送的祝福短信，有陆帆、云海、甚至何乘风、王贵林、欧阳贵，但是，她一个人都没有回。

我们每个人都会在生命中经历这样一种痛：不知道是谁伤害了我们，可我们备受伤害；不知道我们伤害过谁，可我们敢确定，一定曾经伤害过别人。我们很迷惑，可我们又没有答案。我们很彷徨，却又没有方向。

如果我们持续一年或几年都陷在这样的情绪里，医学上称之为抑郁；但如果一个人一生中都没有遇到过这种痛，那我们只能说，这个人没有成长。

成长之痛是人生必经的一个阶段，就像蚕要破蛹、蛹要化蝶。我们总要学会承受什么、蜕去什么、裂变什么，才能更好地理解社会、理解自己。就像现在的乔莉，她知道，自己的处境已经不是一番话、或者谁来指点一下迷津就可以解决的。父亲曾经告诉她：你只在自己的船上，这不仅适用于职场，也适用于人生。找到自己的路，找到自己理解事物的方式，找到与自己和解、平衡的桥梁……乔莉的屋子里只开着一盏小台灯，这个二十七岁的女孩，或者二十七岁的女人，她在种种矛盾、迷惑、痛楚中沉淀。她想找到什么？她自己都不知道。但如果找不到那个东西，她一步也行动不了。

乔莉在成长的痛苦中默默挣扎，大约天亮的时候，她才迷迷糊糊地睡着了。

第二天，乔莉中午才到公司。公司里洋溢着节日的气氛。她忙了一会儿，来到茶水间，想给自己拿点吃的，进去一看，才发现冰箱没有了，里面原来免费供应的可乐、豆浆、酸奶统统没有了，呈现在自己面前的，只有一台咖啡机，还有一台自动售货机，上面标清了各种饮料的价格。一个售后正在往里面塞钱，只听哐当一声，掉下了一罐可乐。

乔莉目瞪口呆地看着他操作，他举了一下可乐，"天下没有免费的可乐了。"

"今天换的吗？"乔莉笑问。

售后点点头。乔莉说："节日真快乐啊。"

"是啊，"售后说，"不过别人担心，你不用担心，你有七个亿打底呢。"

乔莉苦笑一声，"花钱买可乐，不如喝免费咖啡。"

"你尝尝咖啡那股味儿。"售后摇摇头，"没钱啥都不灵啊。"

乔莉摇摇头，打了杯咖啡，还是觉得很饿，可什么吃的都没有，只能下楼去买了。她端着咖啡往门外走，陆帆恰巧走了进来。

"嗨。"陆帆打了声招呼。

"嗨，"乔莉说，"老板。"

"我不是老板了，"陆帆笑了一声，"节日快乐。"

"你也是。"

"昨天过得好吗？"

"挺好的，和一个朋友去参加一个活动，你们呢，玩得开心吗？"

"不错。"

陆帆从她身边绕过去，觉得有些尴尬，乔莉也觉得不知道应该说什么。这时陆帆的手机响了，是云海打来的，他连忙接了电话。

"弗兰克，"云海说，"告诉你一个好消息。"

"什么事？"

"何总介绍的，为一家公司提供技术外包的单子成了。"

"是吗？"

"真的，合同已经扫描发到你邮箱了，你赶紧看看。"

"好。"陆帆挂上手机。他转过头，这才发现乔莉不知何时已经离开了。这时，电话又响了，是何乘风，"弗兰克，告诉你一个好消息和一个坏消息。"

"什么好消息？"

"晶通外包已经正式挂牌，你尽快把手上的工作交接出去，争取新年后就去石家庄报到。"

"这么快，好事情！还有一个坏消息？"

"我们的新 VP 后天从美国出发，二十八号到北京。"

"呵呵，"陆帆冷笑，"他来得也不慢啊。"

"你帮我通知所有的销售，就说明天晚上我请大家吃饭，搞一次聚餐，到时候你也参加。"

"好。"

陆帆挂上电话。他不能再分心了，石家庄那边还有很多的事情要办，一个大国企，百废待兴，虽然有了先期的资金与项目，但是没有团队，没有过硬的技术力量，一切都需要从零开始。他回到办公室，立即查收云海的邮件，然后安排手上剩余的工作。差不多忙到晚上七点，他这才给所有的销售群发了一封邮件，通知他们明天晚上聚餐。

二十六号晚上，何乘风在一家会所宴请在北京的所有销售。

这一次的饭局和以往不同，没有分管销售的 VP，没有销售总监，最大级别的就是几个销售经理：白重、琳达等，陆帆只是象征性地陪坐在一旁。销售部里很多销售平常难得有机会与何乘风相处，大家也知道，一来这顿饭是新 VP 到来之前的凝聚餐，是为了把这个团队继续凝聚在何乘风周围；二来欧阳贵、陆帆、狄云海都走了，公司现在都不许随便招人，这也近似于何乘风的一次面试，看看其他人谁能成为他的新臂膀。所以，众人虽然围坐在饭店包间的大圆桌旁，但气氛不同以往，与其说是聚餐，不如说像一次部门会议。

何乘风微笑着看着众人，"我是做销售起家的，干过销售、销售总监，做过分管销售的 VP，直到后来，成为大中华区的执行总裁。今天的聚餐，我觉得很有意思，没有 VP 和总监，只有销售经理和销售。你们别把我当成总裁，就当成一个老销售好了。"

众人呵呵地笑了起来。"去年我刚到赛思中国的时候，销售部从总监到经理，走了不少人。今天坐在这里的人，不是在这一年中来到公司的，就是在这一年中，和我并肩作战的。现在，为了项目，我的VP和总监都要去石家庄工作。我想告诉大家，作为赛思中国大中华区执行总裁，我向各位保证，即使没有VP和总监，我也会全力支持你们，为以后的数字而努力。"

众人听了这话，都心里一紧，心想什么叫没有VP与总监？听说下个月人就要到了。"第二，"何乘风接着说，"现在经济形势不容乐观，IT行业裁员非常严重，赛思全球要裁五百人。我们销售部门有两个名额。"

众人顿时大吃一惊，心想赛思中国要裁员，这可不妙，销售部一共就十八个人，等于九个人里面裁掉一个？！"这两个人是谁，我现在还不知道，"何乘风说，"我会看你们的表现跟努力。如果大家工作都很努力，我会向总部提出申述。但如果有人做得不好，确实应该离开公司，作为大中华区的执行总裁，我也不会手下留情。

"第三，现在销售部有两个职位空缺，一个是分管销售的VP，一个是北方区销售总监。我提前告诉大家，新VP的人选已经确定了，是赛思公司原新加坡分部的负责人。他是个新加坡人，在美国读的学位，工作经验丰富，又是第一次到中国大陆来工作，我希望大家能配合他，把销售部的数字做好。大家记住，做销售，数字是第一位的。

"至于销售总监，我想听听新VP的意见。公司的意思呢，最好能从内部提拔，这样可以消化一个职位。我想说的是，不管是谁来负责，是从外面招还是内部消化，我希望大家都好好努力，不管怎么样，我们是一个团队。大家明白吗？"

众人纷纷点头，基本都听懂了何乘风的意思。白重心想：何乘风这话再清楚不过了，欧阳贵的职位是没戏了，陆帆的职位他很明显想从在座的人当中提拔；琳达是没心思，孙诺又是施蒂夫介绍到公司的，盘算来盘算去，舍我其谁呢？

何乘风又看了看年轻的销售们，"我知道你们在想什么，你们在想欧阳贵与陆帆的职位和你们没有关系。但是有句话说得好，不想当将军的兵，不是一个好兵。虽然你们可能一次性提不到这么高的职位，但经理升了，你们就有机会升经理。你们也许会说，当经理没有意思，当个销售能挣钱就行。但是当了销售经理，有了管理经验，才能当总监，才能一步一步往上升，才能当上大中华区执行总裁。"

他话音未落，一个年轻的销售鼓了一下掌，众人一愣，接着都举起了手，鼓起掌来。孙诺第一次参加何乘风主持的聚餐，觉得他的风采和谈吐远在施蒂夫之上。他暗想：凭借我的才干，如果施总暗中再能使点劲，我也能升到总监。而乔莉只是跟着大家鼓掌。这一年以来，她见惯了何乘风、欧阳贵、陆帆以这样的方式鼓动人心，不要说眼前的这些销售，就是晶通电子几千工人，不也为他们的话语激动万分吗？

"安妮，你在想什么？"一个女销售轻轻碰了她一下。

"没什么，"乔莉笑了一下，"我在想香蕉。"

"香蕉?"女销售愣了。

"指挥大象的工具。"乔莉微微一笑,胡乱解释了一句,没有再说。

这顿饭吃得虽然有些严肃,但气氛非常热烈。晚饭结束之后,众人走到饭店门口,何乘风看着大家,"琳达有夫人专车接送,弗兰克、白重、马丁,你们都有车。安妮,你和我顺路,我送你一程。"

"谢谢何总。"乔莉看了陆帆一眼,陆帆也回望了她一眼。两个人什么都没有说。乔莉跟着何乘风来到停车场,上了总裁专车。何乘风突然问:"我送你的那盒雪茄还在吗?"

"在,我把它放在我的办公桌上。"乔莉笑了笑说,"外面装了个礼品盒。"

何乘风微微一笑,"你多大了?"

"二十七。"

"当年SK(Siltcon Kilo)的总裁汪洋跟我的时候,只有三十二岁,是个销售经理。"何乘风感慨地说,"这个人,冷静沉稳、足智多谋。你看他今年才四十三岁,就已经是SK(Siltcon Kilo)大中华区总裁。虽然当年我很提拔他,但他的成功和他的努力、才干都有关系。

"未来三年,晶通电子的业务需要你一笔一笔地执行,而晶通外包,也需要赛思中国继续支持。"他看着乔莉,"晶通电子这个团队,原来有你、杰克、弗兰克、欧总,现在走掉了三个人,只剩下我们俩,一头一尾,一老一少。但是,我们可不是残兵游勇,而是一个充满经验,一个年轻有为,我们得把这个项目做好,不能让那三个中间派看我们的笑话。"

乔莉虽然明知这话无非是一串一串的香蕉,将她套在晶通项目中,但还是忍不住乐了,"何总,您放心,我会努力的。"

"我希望你信任我。我也信任你,"何乘风说,"你记住,我们是一个团队。"

乔莉一愣,这话真耳熟啊!她点了点头。何乘风又说:"执行一个七亿的单子不容易,你有任何问题,都可以随时找我。"

"好的。"乔莉连忙说。

"在公司,我是你的总裁,"何乘风呵呵一笑说,"不过,我已经快退休了,你可以把我当成你的老师。我希望在我离开IT行业的时候,为中国大陆再培养一个青年才俊。"

乔莉愣住了,不管何乘风说这番话的原因何在,但至少,她能够判断出,以何乘风今时今日的地位,根本不需要用这样的方式去拉拢她。这位大中华区总裁是真的欣赏她。她一阵感动,"谢谢何总!"

"改天有机会,我给你讲讲我的故事。"何乘风说,"我从八十年代来中国到今天,IT行业发生了翻天覆地的变化,我可以给你讲讲赛思中国的故事、SK(Siltcon Kilo)

的故事、程轶群的故事、汪洋的故事。当然了，每一代人的成长都不一样，但听了这些故事，也许会对你有一些帮助。"

"那太好了，"乔莉说，"那些故事一定很精彩吧？"

"精彩是肯定的，"何乘风说，"不过，中国 IT 行业从零开始的三十年成长史，'精彩'一个词，实在不能概括啊。"

2008 年 12 月 28 日，赛思中国的员工们收到了何乘风发出的邮件。这是一封向大家介绍赛思中国新 VP 的邮件：李俊超，英文名迈克，新加坡人……美国芝加哥大学 MBA，赛思公司新加坡分部负责人……爱好：足球、美食……

这已经是个毫无悬念的答案。欧阳贵、陆帆、狄云海都纷纷退出了销售部，新 VP 的上任，一方面预示着赛思中国刚刚稳定的团队又面临新动荡；另一方面，公司即将裁员和新 VP 上任是为了消化内部职位的传言，都让员工们更加焦虑。

"马上元旦了，"中午时分，秦虹与乔莉一起到食堂吃饭，秦虹忧心忡忡，"一点过节的感觉都没有。"

"怎么了？"

"本尼他们公司要裁员，还不知道怎么样呢。"

"他不是刚去吗？"乔莉惊讶地问。

"他真不应该走，"秦虹说，"如果留在公司，这七亿的单子他肯定要跟，这跟下来几年都不会有事。"

"这也难说，"乔莉说，"公司无非把我们开了，再找人做呗。"

"手上有业绩总比没有强，"秦虹说，"找新人代总是麻烦嘛。他要失了业，再找新工作就不容易了。"

"没那么夸张，"乔莉说，"再说，他家在北京，比外地来的要好很多。"

秦虹默默地吃着饭，一言不发。乔莉不禁问："你担心他？"

"安妮，你说我原来的程序是不是有问题？"

"什么？"乔莉没有听明白。

"你看，我原来设计的男朋友，要是北京人、工作稳定、工作性质不复杂、年纪相当、人品好、脾气好，"秦虹一一数着，"这六条下来，条条过关，不容易了吧？"

乔莉点点头。

"可是我现在觉得，好像也没什么意思。"

"为什么？"

"很难说清楚，"秦虹说，"我刚来赛思的时候，本尼每天给我送早餐，让我觉得他不错，可是现在经济形势不好，他就天天向我打电话抱怨，我觉得可能程序要改改。"

"他还给你送早餐?"乔莉乐了,"他可真行呀。"

"我觉得男人要有抗压的能力,以后社会动荡了,他才能负担起一个家庭的责任。"秦虹说,"如果把这一条加在后面:有应付生活变化的能力,我觉得他差了一些。"

"他只是心情不好,"乔莉说,"等事情顺利了,自然没事了。"

秦虹摇摇头,"你不知道,昨天晚上我们吵了几句,他居然说,如果不是他出来,七亿单子根本轮不到我跟。我觉得这个男人太小家子气了。"

"是不是你态度不好?"乔莉笑道,"他现在在困境嘛,你让让他。"

"我也说不好,"秦虹举着筷子,"我觉得是程序设计的思路有问题。"

"那你想怎么样?"乔莉做了一个杀鸡抹脖子的动作,"你不会想推倒重来吧?"

"如果程序的设计思路有问题,那我就是写上几百万条,最后还是没有结果,还是要重新来过。"秦虹镇定自若地看着她,"既然是这样,那为什么现在不重新设计?"

"凯茜,"乔莉实在不能理解,"写程序是写程序,你现在是谈恋爱,恋爱里的人就是要相互帮助、相互扶持,两个人要能同甘共苦嘛。"

秦虹不可思议地看着她,"你学文科的?"

"不是,我学管理的。"

"那你说话这么没有逻辑性?"秦虹耐心地说,"我说的,不是能不能和他同甘共苦的问题,我说的,是我在恋爱与婚姻的问题上,选择人的标准出现了问题。如果他具备抗压力的能力,我一样可以陪伴他。可是如果他不具备这个能力,我为什么要陪他呢?"

乔莉有些明白了,"你是说,你不喜欢他的性格?"

"也许吧,"秦虹说,"反正我要重新设计,等我设计完了,再看他合不合标准。"

"那如果你设计完了,"乔莉笑道,"金融危机也过去了,你怎么办?再设计一套平稳时期的程序?"

"你这个意见很有建设性,"秦虹说,"我得把各个时期都考虑进去。"

"凯茜,我快晕死了,"乔莉指了指心脏,"你谈恋爱,问问心就好了。"

"问心?干什么?"

"心跳呀,脸红呀!"乔莉说,"这就够了呀。"

秦虹看着她,"你中学时候没传过纸条?大学时候没谈过恋爱?喂,你不会到现在,没谈过恋爱吧?"

"怎么可能嘛。"

"那就行了,"秦虹说,"脸红心跳是小孩子玩的把戏,我们是成年人,成年人谈恋爱的目的是结婚。结婚就是要负责任的,有经济责任、抚养子女的责任、赡养老人的责任……"

"好好好，"乔莉做举手投降状，"你说的都没有错，可爱情不是这样的。"

"爱情是什么样的？"

乔莉一时语塞，是啊，爱情是什么样的？脸红心跳，她曾经有过吗？那是什么时候？是在办公室第一次见到陆帆的时候；是他们在石家庄一起散步的时候；是她站在楼梯口，听他说"手机二十四小时开机"的时候……

"你说呀，爱情是什么样的？"秦虹又问。乔莉一下子缓过神来，连忙定了定情绪。真见鬼，和秦虹讨论爱情，干吗想到陆帆那儿去？他是她的老板，不，是前任老板。乔莉胡乱吃了口菜，"爱情是什么样的我也不知道，我只知道要来新 VP 了，明年的工作，还不知道怎么样呢。"

"反正我们有七个亿，"秦虹笑道，"怕什么？"

"不知道，"乔莉说，"我总是很担心。不过这个新 VP 看简历，好像和何总他们蛮相投的，都在美国接受的教育，应该做事的风格会和欧总不一样。"

"可我喜欢欧总那样的。"

"为什么？"

"你不觉得他很男人吗？"

"天哪，你说欧阳贵吗？"乔莉小声笑问。

"对呀，我一到公司，就听说了他的故事，他那个又红又专的论调，在 IT 圈不要太有名哦。还有我们上次去石家庄，我觉得他真的挺厉害，男人有时候需要这种东西。"

"我可没觉得。"乔莉想起第一次跟欧阳贵出差，他的司机给她送来方卫军的地址与电话，"有些人，是很复杂的。"

"那也比没有能力强，"秦虹说，"对了，我把这一条加到新程序里，有男人气概。"

"我不和你说了，"乔莉无奈地笑道，"再说下去，本尼被你踹了都不知道原因。"

"我也不一定会踹他，"秦虹说，"在新程序没有设计完成之前，旧程序需要一直使用。"

"OK，"乔莉看着她，"我终于明白了，原来人真的可以像计算机一样，你，就是一台不折不扣的计算机。"

"谢谢，"秦虹不急不恼，笑道，"你这个认识很好，我喜欢。"

这时，乔莉的手机响了，她拿起一看，居然是詹德明，"嗨，乔治。"

"安妮，元旦在哪儿？"

"北京。"

"有什么安排？"

"没安排。"

"一号中午出来吃饭吧，我请客。"

"詹总，这么客气？"

"当然了，请乔总嘛，"詹德明嘻嘻哈哈地说，"十二点，我去接你。"

"好。"乔莉挂上了电话。

秦虹看着她，"这是第几号男主角？"

"哪有什么男主角，"乔莉说，"新信的客户，约了吃个饭。"

"那也不错，琳达不就是卖着卖着，最后把自己给卖出去了？"

"凯茜，"乔莉乐了，"你别乱开玩笑。"

"上次那个看奥运会的怎么样了？"

"老样子，吃吃饭、聊聊天。"

秦虹看着她，"改天给你设计一个程序，你就没问题了。"

"程序？什么程序？我有什么问题？"

"大众情人程序，"秦虹笑道，"管他是几号男主角，看见你统统晕倒。"

乔莉呵呵笑了，"你就胡说吧，你要真编出这种程序，你就发大财了，比尔·盖茨也比不了你。"

"那是，"秦虹说，"中国三十岁以上的剩女，人人买一套，光是中文版我就发财了。"

乔莉看着她，"你先在你自己身上试一下，看看好不好用。"

"我已经试了。"

"在哪儿？"

秦虹眨了眨眼睛，"根据统计，睫毛上刷了睫毛膏，然后增加一点眨眼睛的频率，会让男人的心跳加快，所以，我现在每天都用。"

乔莉乐不可支，"行了行了，程序大师，我们赶紧上去吧，下午还有一堆的事情，真是服了你了。"

一晃就是元旦了，乔莉没有什么过节的心情。七亿的压力巨大，周雄又在上海出差。她失眠的症状一点也没有减轻，她睁着眼睛从 2008 年最后一天的十二点，躺到了 2009 年第一天的凌晨四点，这才勉强入睡。

丁零零！丁零零！不知过了多久，她被电话铃声惊醒。她翻身下床，冲到电话机旁，"喂？"

"起床了没有呀？"乔妈妈在电话那头说，"今天 1 月 1 日，新年第一天。"

乔莉看了眼时间，早上八点，天，她只睡了三小时。"妈妈，新年快乐。"她有气无力地说。

"你还没有起床？"乔妈妈惊讶地说："你不是从来不睡懒觉吗？"

"昨天睡晚了。"乔莉睁不开眼睛。

"你加班?"

"嗯。"乔莉没说自己失眠,随口说,"加班。"

"你赶紧去睡吧,呀,等等啊,你爸爸要和你讲话。"她把电话递给了老乔。"喂,新年要有新气象,不管你昨天晚上加班到几点,早点起床,振作精神。"老乔说。

"好。"乔莉闻言心中一动……新年要有新气象……

"不管你昨天晚上多辛苦,昨天过去了,今天要开心过节,"老乔问,"北京天气好吗?"

乔莉拉开窗帘,晴朗的冬日天空让她心情一振,"好,大晴天。"

"那就好,"老乔说,"我跟你妈妈一会儿出门去,你自己好好照顾自己,2009年了,你二十八岁,大人了。"

"哎呀,老爸,"乔莉笑道,"你讲的好像我不是二十八岁,是十八岁。我不是大人了,我是剩女了。"

"不要乱讲,"老乔说,"祝你2009年一直顺利。"

"谢谢爸爸,也祝你和妈妈新年快乐。"

她挂上电话,不禁有一丝惭愧,今天是新年的第一天,怎么能让父母一大早第一个问候自己?自己应该起早问候他们才对。想到这儿,她到洗手间用冷水洗了脸,振作了一下精神。然后开始收拾房间,打扫卫生。这时,短信响了一下,她拿起来一看,是周雄,"上海工作忙碌中,祝你新年快乐。"她抿嘴一笑,回了一条短信:"节日快乐。"

上午十点半,乔莉把家里收拾得一尘不染。收拾完家,她开始收拾自己,洗澡、化妆。等到十二点的时候,她已经打扮整齐,背着包,站在小区门前。

詹德明的车也准时到了。看见她,他忍不住吹了声口哨。乔莉上车,笑道:"新年好。"

"新年好,"詹德明说,"一年不见,变漂亮了。"

"什么一年不见?"乔莉乐了。

"昨天是2008,今天是2009,不是一年没见是什么?"

"倒也是。"乔莉深吸一口气,"今天天气真好。"

"是啊,有些人签了七亿的单子,当然觉得天气好了。"

乔莉一愣,"你怎么知道的?"

"小姐,你签了七个亿,怎么会没有人知道?"

"没想到,"乔莉不知道应该高兴,还是应该不高兴,"七个亿影响巨大。"

"那当然了,"詹德明把车驶上了三环,融入滚滚的车流,"你说,我是应该恭喜你,还是应该为你掉眼泪?"

"恭喜我也行,批评我也行,"乔莉说,"我已经签了单子,玩了把大的。"

"单子是签了，大的可没玩，"詹德明笑了一声，"这没什么大不了的，哪个庙里不埋几个冤死鬼？好多人死得不明不白，你还好，死得明明白白。"

"乔治，"乔莉又气又乐，"你这是祝贺，还是幸灾乐祸？"

"那我怎么办呢？"詹德明说，"我一而再再而三地告诉你，七亿的单子不干净，要么撤，要么赌，你既然选择了赌，我就只能这么说了。"

"不过，"乔莉慢慢地说，"弗兰克保证这单子背后没有交易，只有一笔生意，合理合法。"

"哎哟哟，"詹德明说，"原来你是这种人！喂，你老板叫你去死，你是不是要去跳三环？！他跟你保证，他拿什么跟你保证？他能保证，他怎么不签？你们公司欧阳贵和狄云海干吗不签？奖金可不少啊。"

乔莉知道自己说服不了他，沉默不语。詹德明说："我看弗兰克也待不了几天了。"

"他已经辞职了。"

"什么时候？"

"前几天。"

詹德明斜着嘴笑了笑，"不错嘛，他有没有说去哪儿？"

"晶通外包的中方经理，他现在被晶通集团聘用。"

詹德明吹了一声口哨，"厉害！"

"怎么讲？"

"晶通电子那帮人，一不懂技术，二不懂资本运作，你们公司欧阳贵去了，现在弗兰克也去了，赛思中国又有何乘风把持；我看晶通电子改来改去，是为这几个人改的吧！"

"你什么意思？"

"他们一手抓美国项目，一手抓个中国国企，改制、上市，稳赚一大笔啊。"

乔莉轻轻咬着下嘴唇，隔了几秒说："这至少不算过分的交易。"

"这还不算？"詹德明说，"够上法庭了。"

"这是你的猜测，"乔莉说，"如果欧总和弗兰克不去，晶通外包能做好吗？再说，狄云海没有参与。"

"杰克？"詹德明冷笑一声，"他干吗去了？"

"他说要自己创业。"

"创业？"詹德明说，"他创业还不是为晶通外包做准备吗？安妮，你想一想，晶通外包有赛思公司的业务，当地的政府银行肯定支持，谁能长期为它提供原材料和技术服务，就是一笔稳赚不赔的大买卖。"

"是吗？"

"你说呢？"

"可是，"乔莉想了想，"我倒宁愿是这样的，这样至少交易的成分少一些。"

"哇！"詹德明说，"原来这个世界上真的有傻瓜，我还以为你很精明呢。我劝你从现在就开始，每天祈祷，晶通外包的生意都是干干净净、明明白白的，不管他们是上市还是做技术服务，都不要被人盯上。不然，你就麻烦大了。"

"可这个项目，我只是销售，"乔莉说，"是何乘风亲自批准的。"

"是啊，他批准的，可你拿什么跟人家比？"詹德明说，"他是美国人，你是中国人，他一把年纪了，家里有钱，社会上有关系，临退休还要赌把大的，就算被发现了，人家大不了国外一待，不回中国就是了。你呢？你是哪儿人？"

"杭州。"

"哦，你一个杭州的外企小销售，出了事去哪儿？出国？移民？恐怕到时候，你连外企的工作都保不住，哪个外企敢用你啊？"

乔莉没有说话。詹德明又说："我也见过销售签完单子就移民的，不过，人家那是赚够了，赚大发了！安妮，你老老实实告诉我，到现在为止，你赚了多少钱？"

"业务还没有开展，"乔莉说，"资金还没有到位，我哪儿来的钱？"

"是嘛，要换是我，让我担这么大的风险，至少先弄个几十万花花，剩下他们要干什么，还得在里面参与参与，大家分点好处。"

"我不想要这些钱，"乔莉冷冷地说，"我只拿我应当拿的。"

"什么叫应当？"詹德明的语气更冷，"他们玩了这一票全退出去赚大钱，就叫应当了？"

"他们退什么了？除了杰克，不都在赛思公司，或者在石家庄吗？"

"呵呵！"詹德明说，"欧阳贵已经不做销售，杰克创业，弗兰克去国企，他们不仅离开了赛思中国，甚至离开了外企。整个项目，只留下你和何乘风。"说到这儿，他又哈哈一笑，"不过话说回来，你也不吃亏，入行一年，签个七亿的单子，风光啊。"

乔莉一声不吭。詹德明的话，句句在点子上，她实在不知道说什么。詹德明又说："但愿你有这个命，能不出事地把项目执行完，那你真的交好运了。"

"是不是在你们这些老销售看起来，"乔莉问，"我特别可笑？"

"没有，"詹德明说，"我们都觉得你很勇敢，但是觉得你吃亏了，没有拿到自己应得的钱。"

"如果你是我，你怎么办？"

詹德明转过头，看了她一眼，"你真想知道？"

乔莉点点头。

"这七亿的单子没有走代理对吧？"

"对。"

"后面要分好几次执行，你有七个亿的项目在手上，还怕赚不到钱？"詹德明说，

"既然何乘风他们要依赖你，你就自己想办法。到时候他们赚他们的，你赚你的，大家井水不犯河水，我想，他们也不敢把你怎么样。"

乔莉觉得他的话里有话，轻轻转过头，瞄着他的表情。詹德明从口袋里抽出一支烟，啪地点上："怎么，听懂了？"

"难怪新年第一天请我吃饭，"乔莉说，"你不是想和我谈生意吧？"

"你现在手上有七亿的单子，"詹德明说，"正好新年第一天又应我的饭局，怎么着也可以看看有什么可合作的。"

"单子是要售后去执行的。"乔莉说。

"这个你就不懂了，"詹德明吐出一口烟，"我才是门儿清。"

"上次我问你的时候，"乔莉奇道，"你为什么没有说？"

"我哪里知道他们全撤出去了，"詹德明微微一笑，"只剩你一个人和何乘风，而且这么大的单子，你们居然没找代理。安妮，这事儿早着呢。你既然签了，就不要后悔，将来有发财的机会，大家一起赚钱。你没必要管陆帆的话，他说得对，不影响你挣钱；说得不对，你挣到钱干什么不行？就算要移民也可以。"

"这么说，"乔莉冷笑了一声，"我还签了一只肥羊。"

"是不是肥羊看你怎么选。"詹德明说，"我这个人有个特点，我是真小人，不当伪君子，跟我做事情，你大可以放心。"

"我看出来了，"乔莉笑道，"你还真会夸奖自己。"

"你放心，我虽然想借你的生意发财，但你要是不愿意，我也不勉强。我再给你指一条路。"

"什么路？"

"你跟陆帆说你也不想在赛思中国干了，跟他去晶通。"

"算了吧，"乔莉笑道，"那真的捆死在一条船上了。"

"你在赛思中国还不是捆在一条船上？唉，弗兰克真够狠心的。"

"他不像你说的这样，"乔莉说，"他说过，有问题随时可以找他。"

"真的？"詹德明瞄了乔莉一眼，见她的脸上荡漾出一股温暖，不禁哈哈一笑，"安妮，你喜欢弗兰克？"

"别胡说，"乔莉吓了一跳，"我怎么可能喜欢他？！"

"你当心啊，"詹德明说，"弗兰克也算个钻石王老五了，盯着他的女孩很多；凭你的身段模样，再加上你不入流的手段，想搞定他，你差得太远。"

"谁要搞定他了？"乔莉说，"狗嘴里吐不出象牙。"

詹德明朝乔莉眨眨眼，"你真没有兴趣？要不要我帮你，搞定这个温柔老男人？"

乔莉乐了，"谁是温柔老男人？你可真能胡说。为了做生意，新年第一天约我吃饭，你女朋友呢？不管人家了？"

"我跟她吹了。"詹德明说。

"为什么？"

"她嫌我挣钱太少，"詹德明无所谓地说，"遇见一个民营企业家，投怀送抱了。"

"原来如此，"乔莉笑道，"原来你被人踹了呀。"

"没错，"詹德明说，"出来混，迟早要还的。还她还谁都一样。我这个人从来不贪心，从我踹女人的第一天起，就准备好被女人踹。"

"你还真有自知之明。"

"这就叫现实，"詹德明说，"有梦想，但是不做梦。"

乔莉没有说话。有梦想但是不做梦，这也算一种人生。她望着窗外，街道两边是层出不穷的高楼和密密麻麻的窗口，前方是滚滚的车流，这座城市，看起来既熟悉又陌生，这就是世界吧，由很多人、很多房子、很多车组成。也许不是陆帆的错，也不是自己的错，更不是公司的错。世界本来就是多元的，她既然要当销售，就必须接受世界的不公平。陆帆是她的老板，必然会对她有所隐瞒，而既然身在职场，就必须想办法自我保护。晶通电子今天也许清白，但未来难说，不要说何乘风、陆帆与云海面临的诱惑，她今天不是也遇到了同样的问题？不是每个人都有梦想，但人人都有欲望。她想把詹德明的话改一改，有梦想，就一定要面对现实。她突然问詹德明："你听过一句话吗？"

"什么话？"

"你只在自己的船上。"

"这话是谁说的？"詹德明哼了一声，"够狠！"

乔莉把窗户摇开了一条缝，冬天的风从外面吹进来，她精神为之一振，不由在心里暗暗发誓：不管七亿大单是什么样的，我就是我，没有什么可以动摇。

车很快到了饭店。詹德明没有再提七亿的事，但两个人聊的话题，都是各个公司外包的案例。不知不觉，已经是下午三点。詹德明送乔莉回家。乔莉到家后，没有立即上楼，而是走到了小区的花园，拿出手机，拨通了杭州家里的电话。接电话的正是父亲老乔。

"爸爸，我要告诉你一件事。"乔莉镇定自若地说。

"什么事情？"

"我已经签下了晶通电子的七亿大单。"

"什么？"老乔觉得有些头晕，"你签了那个大单？"

"七亿大单。"

"什么时候？"

"刚签不久。"

"哦。"

第十八章 My way（自己的路）

"我没有及时告诉你。"

"是啊。"

"爸爸，你听我说，"乔莉说，"你不用太担心，到目前为止，这个单子在我这个层面，是合法合理的。我希望你知道，我能够好好地照顾自己，我既然决定要做销售，就会把这条路走好。不管这条路上有什么，都是我的选择。"

老乔沉默不语，半晌长叹一声，"你是我的女儿，你呀，不撞南墙不回头啊。"

"爸爸，"乔莉轻轻地笑了，"其实给你打这个电话之前，我已经想通了很多问题。人生有些事情，如果你想进一步，就要付出代价。虽然我是一颗棋子，但在这盘棋局中，我有我的价值。我不认为我就会被别人玩弄于股掌之间，我能保护好自己。"

"七个亿，"老乔的声音十分沉重，"你怎么也应该和我商量一下。"

"爸爸，"乔莉说，"棋子也有棋子的意志，我是自由的。我不告诉你，就是想凭自己的力量去做事情。"

"我明白了，"老乔慢慢地坐在沙发上，"你都快三十岁了，爸爸只能祝贺你。"

"谢谢。"

"你记住，"老乔说，"大不了你就辞职回杭州，杭州也很好。"

乔莉笑了笑，她想，如果她告诉父亲，这事真有问题，恐怕连杭州也回不去，那老爸不知道会有多着急。

"你真的不担心在未来几年你会承担什么后果吗？"老乔问。

"担心，但我不想放弃，"乔莉说，"我不想认输。而且现在经济形势不好，我不前进只有后退，我不想后退。"

老乔没有说话，半天才说出一句："2009年了，希望你在感情问题上也多加前进。"

乔莉笑了，"我会的。"

她挂上电话，慢慢朝公寓走去。花园旁有一户人家在放电影，由于音响的声音过大，窗户又开着，乔莉听出，那好像是电影《燕尾蝶》的主题曲。她不知道那首歌的名字，但她听出了旋律与歌词：I did it my way（我用我自己的方式做事）……

第十九章

前程似锦、如履薄冰？

兵家以奇招制胜

2008 年过去了，时间到了 2009。乔莉在新年后的第一天，迈入了赛思中国的办公室。这是全新的一年。陆帆从这个月开始去石家庄上班，云海自从辞职之后，再没有涉足这里，欧阳贵走了，难得一见。销售部里的新旧面孔，从程轶群时代到何乘风时代，只一年多时间，就换了三拨人。现在，又是新 VP 李俊超分管销售部了。

"你是安妮吗？"一个年轻的女孩走到乔莉面前。

"哦，我是。"

"你好，我是李总的秘书韩银美，你叫我莉莲吧，你上午有时间吗？"

"你好，有什么事情？"

"李总想约你谈一谈。"

"好，几点？"

莉莲看了看手上的本子，"上午十点四十？十分钟！"

"好的。"乔莉答应了一声。莉莲又走到另一个销售面前，与他商定面谈的时间。乔莉心想，这位新 VP 够可以的，刚来公司就一个一个谈话。

电话响了，乔莉连忙接过来，"喂。"

"喂，乔小姐，"晶通陈秘书热情地说，"新年好。"

"新年好，陈秘书，"乔莉说，"第一个执行方案还有什么意见吗？"

"没问题了，今天财务会把第一笔资金打到你们的账户上。"

"今天？"乔莉一愣，"这么快？"

"要做当然得快，"陈秘书的声音里充满了干劲儿，"生产线早日建成，我们也好早日开工啊。"

"呵呵，好的，"乔莉说，"你放心，资金一到，立即着手执行。"

电话挂上了。乔莉真的很意外，如果现在第一笔资金就能到位，那么她半年的销售计划就全部完成了，她可以领到公司的第一笔奖金。

这时，琳达从外面走了进来。"琳达，"乔莉笑道，"新年好。"

"好。"琳达满脸的不高兴。

"吃早餐了吗？"乔莉问，"要不要我去买点什么？"

"不用了。"琳达看着乔莉，这一年多的时间过去了，这位美女小销售成长了不少，知道看人脸色，也知道哄人了。她想了想，突然叹一口气，"我早上过来，是见新老板，现在老板见完了，我就回家了。"

"怎么，不顺利？"乔莉一愣。

"一个没有当过销售的人，就会觉得老板很重要、职位很重要，"琳达说，"但是通常一个老销售只会觉得客户重要、奖金重要、数字最重要。我们这个新VP原来是做人事的，他的思路一定很有新意。"

乔莉琢磨着琳达的话，觉得她想告诉自己什么。琳达微微一笑，"今天是2009年第一天，你是新人，要有新气象。"说完，她背起LV最新款大包，一扭身走了。

新人新气象……她是在提醒自己，这位VP并不看重数字，而是"新"精神吗？乔莉暗自猜度，如果是这样，以琳达的老销售资格，恐怕在他面前反而不讨好。这时一个又一个销售陆续地走进了销售区，估计都是等着和新VP谈话。

乔莉打开邮箱，又仔细地看了看李俊超的简历。等会儿重点谈什么呢？七个亿恐怕不能多谈……她一边忙碌，一边注意着时间。十点四十分，她准时来到李俊超的办公室门前，秘书莉莲替她通报之后，为她打开了门。

一个看起来十分儒雅的男人坐在一张桌子后面。他长得并不好看，但很有气质。乔莉走过去，伸出了手，"李总您好，我是乔莉，安妮。"

他站起来，与乔莉轻轻一握手。乔莉发现他的手很有特点，手心非常软，比很多女人的手还要软。

"坐吧。"他示意乔莉。乔莉坐了下来。他慢悠悠地说："能介绍一下，你是怎么进入销售部的，又做了哪些单子吗？"

"我原来是前任总裁的秘书，程先生离职的时候，推荐我进入了销售部……"乔莉尽量把话说得简短清楚，"七亿大单应该说是公司整体运营的项目，除了销售部，市场部也给予了大力支持，所以，顺利地签了下来，正在实施阶段。"

李俊超点点头，面无表情。乔莉看着他，"李总，还需要我介绍什么？"

李俊超摇摇头。乔莉想起琳达"新精神"的议论，便说："我干销售的时间不长，只有一年多时间，希望以后在您的带领下，可以把工作做得更好。"

李俊超又点了点头，然后看了一眼时间，"你的时间到了。"

"很高兴和您交流。"乔莉站了起来，伸手和他握了握，转身离开了办公室。她一面走一面想，这是什么谈话？只听不讲，一句话都不多说，这个人的风格真古怪。

而这时，李俊超正在一张表格上为乔莉打钩，上面有程轶群介绍她入销售部、陆帆安排她跟晶通电子、曾经邮件炮轰副总裁等八条介绍；李俊超在四项上面打了钩，在评价那一栏上写下：诚实度百分之五十，言谈低调，说话沉稳。在可用度那一栏上，他打了一个问号。

晶通电子的第一笔资金打入赛思中国后，乔莉完成了销售计划。由于第一项资金还是启动阶段，利润还没有完成，所以她只是拿满了全工资和象征性的一点奖金。今年的春节来得特别早，1 月 25 日就是大年三十了。她想着刚转入销售部时，她向父亲承诺，送他一台笔记本电脑，便在这天提前下班，去银行取了些钱，准备明天买好电脑后，收拾一下行李，后天就回家过年了。

乔莉办完事，刚从银行走出来，就接到了方敏的电话。方敏在新年生了个女儿，度过了短暂的产后抑郁期后，她的心情一天比一天好了起来，"喂，乔莉呀，是我，敏敏。"

"你不打给我，我还想打给你呢。你老公工作找得怎么样？"

"不怎么样，"方敏说，"先这么混着呗，我觉得挺好的，还能在家里陪我和宝宝。工作不着急，等过几个月看看形势再说。"

"难得休息一段时间也不错。"

"乔莉，我想自己在网上开个店，你有什么建议？"

"你想卖什么？"

"什么都行吧，现在不少人在网上开店呢。"

"我帮你想着点。你春节回杭州吗？"

"不回了，你呢？"

"我后天走，大年三十的飞机，到家吃晚饭。"

二人闲聊了一会儿，乔莉回到了家，忽然想起何乘风送她的那盒雪茄。春节长假，她不想把雪茄放在办公室，万一丢了多可惜。想到这儿，乔莉决定回一趟公司。她打车来到公司，上了楼。还有三天就是春节，公司上班的人不多，尤其是销售部，空荡荡的。她来到办公桌前，拿起那个礼品盒，打开一看，香烟静静地躺在里面。乔莉笑了笑，转身往外走。走着走着，她突然听到有人说话，似乎提到了"安妮"。她忍不住悄悄走过去，隐约听见一个男人边走边讲话："我会时刻盯着乔莉和晶通电子，只要能抓住他们的把柄，我们就有机会一把扳倒何乘风……"

乔莉激灵灵打了个冷战，闪到了一旁。这个声音很陌生，是谁呢？李俊超？不太像；施蒂夫？应该不是；孙诺？好像也不是……

这个人是谁？她不敢再待下去，连忙离开了公司。直到乘电梯下了楼，她才觉得恶心的感觉减轻了一些。晶通电子，你就像一场刚开始的游戏，有人想要在资本市场圈钱；有人要借机上市发财；有人组建公司，借此创业；有人要继续搜集证据，以进行办公室政治斗争……人的欲望如此贪婪！弗兰克，乔莉想着陆帆的保证，苦笑一声：你拿什么保证这七亿的清白？

她长长地出了一口气，一个声音从心底冒出来：乔莉、乔莉，从此之后，你既可说是前程似锦，也可说是如履薄冰。她从口袋里取出那个装雪茄烟的礼品盒，把它放进了包里。

北京的冬夜降临得很早，乔莉毫无目的地在大街上走着，没过多长时间，整个街道就华灯初上，沉浸在夜色之中。

她不想回家，也不想见到熟悉的人。虽然她确定人生就像一场战斗，她也愿意迎战，可她依然有些痛楚与迷惑。她给周雄打了一个电话。周雄的声音又低又慎重，"喂，安妮，我在开会，有事吗？"

乔莉听到他那边有人发言的声音，苦笑了一声，"没事。"

"我正在忙一个项目，估计年三十才能结束，等我有空我电你吧。"

"好。"乔莉挂上了电话。她走啊走啊，不知走了多久，突然抬起头，看见一个巨大的五彩大门。一个侍应生拦住他，"小姐，我们酒吧今晚女士免票，进去看看吧？"

她想起来了，她和孙诺、秦虹一起到这儿玩过。既然她不想吃晚饭，街上也越来越冷，不如进去坐一坐。乔莉走进酒吧，在存包处存了大衣和包，只拿着手机和现金，进到了大厅里。大厅里有不少空位，吧台边空着一些位置。她在高高的凳子上坐了下来，一个侍应生满脸微笑地看着她，"小姐，您想要什么？"

"橙汁。"乔莉说。侍应生的微笑更加甜蜜了，"小姐，我们这里有一种叫做柠檬草的饮料，里面加了几种洋酒，喝起来像果汁，但味道很特别，您想不想试一试？"

"可以。"乔莉点了点头。侍应生很快把一杯绿色的东西递给了她。她尝了一口，有点酸，有点甜，还有点淡淡的酒味。此时的酒吧，尚未开始狂欢，安静略带忧伤的音乐在大厅里飘荡，乔莉听着音乐，不知不觉喝了一杯柠檬草，又喊过侍应生，加了一杯。

慢慢地，吧台四周陆陆续续坐满了人，他们基本上是一个人来的，有男有女，偶尔用眼睛互相看一看。这是世界的一个部分，乔莉心想：去你的晶通电子，去你的七个亿！她想在这里沉醉，沉醉在这音乐和陌生人中。她不想去想那些问题，她只想好好地放松一下。

当她喝第四杯柠檬草的时候，侍应生告诉她，她可以买一瓶洋酒寄放在这里，以后再来的时候，他就用她买的酒和果汁帮她调饮料。

"多少钱？"乔莉问。

"三百八。"

乔莉从口袋里取出四百块钱，付给他。侍应生笑道："这瓶洋酒可以调好多种果汁，你还是很划算的。"

　　乔莉点了点头。她开始喜欢这里了，原来这儿的感觉这么好。上次和同事来的，对此没什么体会，只有一个人的时候，才能够放松下来。这时，灯光暗了下来，一道道绿色的射线穿过酒吧顶棚，一种快节奏的音乐随着鼓点响起，接着是令人躁动不安、想要摇摆身体的摇滚乐。酒吧的人们开始随着节奏摇晃身体，站着的、坐着的，无一例外。

　　乔莉看着周围的人，觉得他们都很可爱。也不知过了多久，一位面容清秀的男生站到了她的旁边。她转过头看着他，他很白，眉毛微微上扬，眼神里流露着一丝不耐烦。乔莉不禁笑了起来，难道人世间真的有两个相像的人吗？他太像陆帆了，看着他的面容，她就能看到二十多岁时陆帆的模样。

　　"小姐，"那个人把头埋在乔莉的耳边，大声问，"你是一个人来的？"

　　乔莉点点头，没有说话。那人似乎不知道要说什么了，只是端着酒杯，站在旁边。隔了一会儿，乔莉举起杯，他也把杯子举起来，两个人碰了一下。又过了一会儿，那人又把头俯下来，在乔莉耳边说："我也是一个人来的。"乔莉又点点头，两个人又沉默了。

　　乔莉随着音乐慢慢摇晃着身体，那人也慢慢地摇晃着手臂。过了很久很久，他才转过头看着乔莉，眼神中流露出奇怪的神色，他突然在乔莉耳边轻声说："你很骄傲。"

　　乔莉又笑了，她示意那个人靠近，那人把耳朵附了过来，乔莉在他耳边说："这是我想说的。"

　　那人的脸上流露出惊讶的神色，两个人再也不说话，却也没有分开，只是不时地碰一下杯子，喝一口酒。乔莉的酒越喝越多，越喝越多。不知为什么，她觉得有一种不吐不快的冲动。这个酒吧里并没有舞池，所有的人都在靠座位边的一点位置摇晃身体。乔莉碰了碰那个年轻男人，"我去打个电话，你替我看着位子。"

　　"什么？"那人把头附了过来，大声问。

　　"我去打个电话，你替我看位子！"乔莉说。

　　那人微微一笑，点了点头。乔莉摇摇晃晃地走出了酒吧，来到存包处。这里安静了很多。存包间对面放着一条长沙发，有一个女孩坐在上面。乔莉走过去，坐在她的旁边，拿出手机，直接拨了陆帆的号码，第一遍没有人接，第二遍没有人接，第三遍，电话通了。陆帆的声音非常惊讶，"安妮，我刚刚在洗澡，有什么事吗？"

　　"没什么事，"乔莉醉意朦胧，"我就想给你打个电话。"

　　陆帆听着电话那边乔莉的声音有些不对，而且似乎还有乱七八糟的音乐声，"你在哪儿？你喝酒了？！"

　　"你知道今天我去公司了吗？"乔莉说，"我去公司，去拿何总给我的雪茄，然后你知道我听到了什么吗？"

"何总给你雪茄烟?"陆帆心头一阵焦灼,"你在哪儿?你先告诉我你在哪儿?"

"你先听我说,"乔莉打断了他,"我听到一个人在打电话,但是我没有听出是谁,他说他会盯牢我和晶通电子,只要有证据,他就能一把扳倒何总。他说,他要把你们全部掀翻!"乔莉哈哈笑着,"老板,你知道我听了之后觉得我是什么吗?我就是那个问题的突破口,所以,他会盯紧我、盯紧我,晶通电子的销售,乔莉,安妮……"

"你看到他了吗?"陆帆沉声问,"他到底是谁?"

"我不知道,"乔莉说,"我看不见他,但我告诉你,不是施蒂夫,不是李俊超,我不知道他是谁。"

"你现在在哪儿?"

"就算当初是我要当销售,可我只是想用我的努力,换到我的未来。我想挣钱,这有错吗?我想要清清楚楚、明明白白地挣钱,我为公司卖产品,公司发我奖金,我想在北京有个家,我想向我的父亲证明我自己,我被他们养育了二十年,受了中国大学的教育,所以,我想向这个社会证明自己,我,可以活着,而且可以活得很好!"乔莉越说越激动,旁边的那个女孩惊讶地看着她。"我也想向你证明我自己。"此言一出,她突然哽咽了。

"安妮,"陆帆说,"你在哪儿?"

"我不知道我想向你证明什么,但我想向你证明我自己。你是我老板,你问我卖软件和卖冰棍的区别,我就想找到这个答案。"她觉得有泪从眼角滑下来,可她不想管,只想说话:"可你们为什么要把我拖入这七个亿?这是你们的战争,不是我的。我只想要自己的一个家,自己的一条路,弗兰克,你告诉我,你为什么要这么做?"

陆帆披着一件薄棉浴袍,站在阳台上。阳台上的信号好一些,但这里没有暖气,夜晚的气温冰凉如水,他不知是气还是冷,觉得腿、背、手,连他的牙齿都打起战来:"你到底在哪?"

"我在一个酒吧,"乔莉迷迷糊糊地说,"他们说,今晚女士免票。"

"你听着,"陆帆说,"我给你一分钟时间,告诉我你在哪儿。如果你不知道,就去问旁边的人,你旁边有人吗?"

乔莉转过头,看着旁边的女孩,"请问,我在哪儿?"

"你在夜色。"那个女孩似乎见惯了这样的事情,无所谓地说。

"她说我在夜色。"乔莉说。

"一小时之内,你不许离开那里。"陆帆说,"我现在要挂电话,十分钟之后我会再打过来。"

"你不能挂我电话,"乔莉说,"我的话还没有说完。"

"安妮,你听着,"陆帆说,"马上就要过春节了,我现在人在石家庄,但是我明天就会回北京,我们明天见面聊,我现在找人来接你。"

"不，不要明天，"乔莉坚持，"就要现在。"

陆帆狠狠地挂上了电话，转身回到了屋内。暖气的热度让他乍然难以承受，只觉得浑身不舒服。他用座机拨通了云海的手机，"杰克，你在哪儿？"

"我在家，"云海笑道，"什么事？"

"你听着，你现在马上去夜色酒吧，乔莉一个人在那儿喝醉了。"

"什么时候？！"云海立刻站了起来，开始穿衣服。

"就是刚才，她告诉我她听到有人打电话，说要盯紧晶通电子和她。"

"是谁？"

"她不知道。"

云海没有说话。陆帆说："你现在赶紧去接她，我每隔十分钟给她打一次电话，确保她还能够清醒。但是你越快越好，我不知道她的手机还有多少电。"

"我现在就出发。"云海说。

陆帆挂上了电话，看了一眼时间，现在是夜里十二点半。他的行李已经收拾好了，本来打算明天一早回北京。他回到床上，用被子盖住冰凉的身体，然后拿着手机，看着时间。十分钟后，他打通了乔莉的手机，乔莉"喂"了一声，他就把电话挂断了。他只想确认，她是否还能接电话，手机是否还有电。但是乔莉开始拨打他的手机，他只好按了接听键，"安妮，你听我说，你要保持手机有电，你现在把电话挂掉，不要跟任何人打电话，杰克一会儿过来接你。"

"杰克？"乔莉咯咯地笑了，"他不是去创业了吗？不是组建个公司和你做生意吗？为你提供技术服务，你们真是好兄弟，好搭档。"

"谁告诉你的？！"陆帆厉声问，"谁？！"

电话断了。陆帆隐约觉得事情有些不对了。乔莉怎么会知道成立公司的事情？还有，谁要借此扳倒何乘风？！他越想越不安，这觉是没法睡了！他想了想，索性翻身下床，开始穿衣服，收拾电脑。半小时后，他提着行李箱下了楼，来到停车场，发动了汽车，趁着乌黑的夜色向北京进发。

他盯着汽车上的时间，每隔十分钟就给乔莉打一个电话。乔莉似乎醉得更厉害了，开始还能够清楚地说话，渐渐就口齿不清了，最后，电话没有人接了。陆帆心急如焚，不知云海为什么还没有赶到夜色。

而此时的云海，已经站在了夜色大厅中。扑面而来的音乐声和五颜六色的人影震得他晕头转向。他沿着大厅开始寻找乔莉，不放过任何一个小桌，任何一个角落。然后，他又转到了大吧台，沿着正方形的吧台寻找乔莉，还是没找到。他打乔莉的手机，没有人接。云海拉过酒吧的一个服务员问："我来这儿找人，除了大厅和吧台，还有什么地方？"

"你说什么？"服务人员大声吼道。

"我来找人，"云海高声叫着，"我找不到她。"

服务生想了想，高声喊："女厕所。"

云海顾不上其他，又寻到了女厕所。他站在女厕所门前，见三三两两的姑娘们或坐在门口，或在门口进出。云海自出生以来，还没有遇到过这么尴尬的境况。他见一个女孩看上去像个学生，便上前问道："小姐，你能帮我一个忙吗？"

"什么事情？"女孩警惕地看着他。

"我有一个女朋友在这里喝醉了，"云海说，"我担心她在厕所里醉倒了，你能帮忙看看吗？"

女孩点点头走进去，几分钟后出来了，"里面没有醉倒的人。"

"你能确认吗？"云海说，"这样吧，我打她手机，你再进去帮我听一听。"

女孩点头走了进去，云海拨打了乔莉的电话，还是没有人接。

不一会儿，女孩走了出来，"里面没有电话铃声。"

一个浓妆艳抹的女人说："你去存包处看看吧，那儿有个长沙发。"

云海点了点头，往存包处方向走去。没走几步，电话响了，是陆帆，"杰克，我刚才打安妮的手机，已经没有人接听了，你找到她了吗？"

"我还没有找到，我现在去存包处。"他上了二楼，一眼便看见存包处对面的沙发上躺着一个人。云海过去一看，对着电话说："弗兰克，我找到她了。"

"安全吗？"

"安全，"云海苦笑一声，"一个人在沙发上睡觉呢。"

"你送她回家。"陆帆说，"你认识她家吗？"

"认识。"

"好。"陆帆挂上了电话，加大油门向北京驶去。

凌晨三点，陆帆开车到了乔莉所在的小区。车停下来，他才想起来，乔莉醉酒，应该在家中熟睡，他打电话上去只会惊动她，只有到明天再说了。给云海打电话，好像也太晚了。他有些不放心，把车停下，朝小区里走了几步，来到乔莉的公寓楼下。整个大楼一片寂静，只有几户人家亮着灯。陆帆觉得异常寒冷，他裹紧了身上的大衣，转身刚要离去，忽然发现云海的车停在公寓楼的旁边。陆帆一愣，拿出了手机，准备给云海打电话，他摁了几个数字，想想又取消了。他几步走到小区门口，上了车，朝自己家默默驶去。

与此同时，云海正从拐角的一个药房往回走。她醉成这样，明天肯定会头痛。云海心里有些内疚，要不是为了七个亿，她也不至于折腾成这样。希望她只是一时的失态。如果她不能承受这些压力，状态越来越不好，那么何乘风一定会把她替换出销售团队。到时候，她就得不偿失了。他默默地走着，回到了乔莉住的小区。

乔莉这一觉，直睡到日上三竿，才从朦胧中醒来。她睁开眼睛，发现自己没有穿外套，只穿着毛衣和长裤，睡在沙发上，身上还多了一床被子。沙发旁边还放着一个盆，估计是为她呕吐准备的吧。她是怎么回家的？她努力地想了想，发觉记忆是一片空白。她觉得难受，勉强坐起来，立刻感觉天旋地转、头痛欲裂，这时，她发现茶几上放着一杯水，水杯下压着一张纸。她勉强伸出手，拿过来一看，上面写着：安妮，我帮你烧了开水，买了芬必得，如果头痛，可以服用。祝春节愉快。落款是：狄云海。

乔莉开始有点意识了，昨天晚上她好像在酒吧，碰到了一个很像陆帆的人，她说她出去打电话，让他帮忙看座位，那这个人最后有没有帮她看座位？她想了半天，这才慢慢地把思绪凝聚起来。难道她给陆帆打电话了？陆帆又让云海来接她？是云海送她回来的？

乔莉百思不得其解。她站起身，摇摇晃晃地走到大衣旁边，翻出手机，打开了通话记录。天，手机里有几十条来电记录！不是陆帆就是云海，不是云海就是陆帆，其中还有两条是周雄的。她的脸一阵发烧：她都干了什么？

这时，手机响了，来电显示是陆帆，她连忙接了起来，"嗨，弗兰克。"

"你睡醒了？"陆帆没好气地说，"大半夜不睡觉，跑到酒吧去撒野。"

"我没撒野，"乔莉忍着头痛，"我只是去玩了会儿。"

"你这是玩了一会儿吗？半夜不睡觉，也不让别人睡觉。"陆帆的语气不善，"你这样胡闹，会让大家担心的，你知道吗？"

"弗兰克，我不是有意的，我可能喝多了，而且我保证，下次不会再发生这样的事情了。"

"谁需要你的保证？"陆帆说，"幸好昨天你打通了我的电话，杰克又在北京。你做事不考虑后果吗？"

"那你考虑后果吗？"乔莉被他说得心烦意乱，"你不是也把我拽到晶通电子里面了？"

"到了今天这个地步，你不用埋怨我，"陆帆没好气地说，"你没有加薪吗，没拿奖金吗？"

"弗兰克，"乔莉说，"我不想和你吵架，我想冷静一下。"说完，她挂上了电话。

不一会儿，陆帆的电话又进来了。"刚才我语气不好，我不对，"他的语气完全变了，"我只是担心你，明天就大年三十了，你什么时候回杭州？"

"我明天上午的飞机。"乔莉说。

"几点？"

"八点半。"

"明天上午我来送你。"陆帆说。

"不用，我自己打车走。"

"你今天晚上准备干什么？又出去喝酒？"

"没有，"乔莉哭笑不得，"我没安排。"

"那你好好在家收拾行李，休息休息。"陆帆说，"明天一早我开车来接你，老地方，六点半。"

"谢谢，"乔莉说，"真的不用。"

"我送你，"陆帆说，"正好和你聊聊晶通电子。"

乔莉听他说到晶通电子，不觉有些过意不去，"弗兰克，对不起，我刚才不应该埋怨你，这个事情是我自己的决定。"

"我知道你的压力很大，但你一定要坚强。"陆帆说，"我昨天一夜没睡，又受了凉，现在必须要好好休息，不然明天开车的劲都没有了。"

"你受凉了？"

"对，"陆帆说，"我在石家庄的公寓信号不好，昨天我一直在阳台接你的电话。"

乔莉的脸腾地红了，"对不起。"

"不用对不起，今天晚上别出去折腾就行了。"

"不会了，谢谢。"

电话挂了。乔莉头痛欲裂，几步走回沙发边，一下子栽倒在上面。不知为什么，昨晚这么一折腾，她觉得心情好了很多，该说的话说了，该掉的泪也掉了。现在，她得面对现实了。那个打电话的人是谁？肯定是赛思公司的人，而且，职位应该不低。可是多么陌生的声音啊，她确定以前没有听过。

手机响了一声，有短信发过来。她拿起一看，发信人是云海，只有三个字："醒了吗？"

"醒了，"乔莉连忙回复，"昨天谢谢你。"

"没事，"云海回复，"好好休息。"

乔莉撑起身体，服了一颗芬必得，把杯子里的水一饮而尽。然后她给周雄打了一个电话，周雄的手机没有人接，不一会儿，回了短信："我还在开会，昨天晚上打你电话没有人接，你都好吗？"

乔莉回复："挺好的。"

"我明天项目就结束了，一结束就电话你。"

"好的，"乔莉回复，"等你忙完。"她放下手机，躺在沙发上，不一会儿，就在昏昏沉沉中进入了梦乡。

与此同时，陆帆正躺在家中的床上，他觉得头重脚轻，浑身像散了架一样。去年春节感冒，不会今年春节再感冒吧。丁零丁零，手机响了，他拿过电话，是欧阳贵，"弗兰克，你回北京了？"

"对，现在在家。"

"我今天晚上回北京，我、你、杰克一起去老何家。"

"是聚会吧？"

"是晶通的事情，"欧阳贵沙哑着声音说，"你到了就知道了。"

陆帆一阵头痛，一点睡意顿时飞到了九霄云外，"出了什么事？"

"你来了再说。"欧阳贵挂断了电话。陆帆立即给云海打电话。云海正准备休息，接通了电话，"嗨，弗兰克。"

"欧总打电话了？"

"刚打过，晚上去何总家。"

"什么事情？"

"他不肯说。"

"昨天晚上安妮没事？"

"没事，只是醉了。"

"晚上见。"陆帆挂上了电话，觉得自己虽然异常疲倦，但根本睡不着。他翻来覆去，到了中午，起来吃了一点东西，索性也不睡了。给家中的父母打打电话，又安排春节期间的一些事情。直忙到下午五点，又洗了澡换好衣服，收拾得整整齐齐，这才驱车朝何乘风家赶去。而云海，则从上午一直睡到下午五点，在饥肠辘辘中醒了过来，随便吃了几片面包，胡乱梳了几下头，也往何乘风家赶去。

傍晚六点左右，陆帆与狄云海先后来到了何乘风家，被阿姨带到了书房。欧阳贵已经和何乘风坐在了书房中。欧阳贵头戴咖啡色礼帽，穿着一件咖啡色羊绒 T 恤，看起来十分精神。何乘风在书桌旁的小吧台上煮着咖啡。云海穿着一件休闲羽绒服，一件格呢衬衫，一条牛仔裤。陆帆虽然气色不佳，但穿了黑色的小西服，外面罩着黑色的短大衣，打一条银灰蓝色领带，显得十分精神。

四个人围坐在沙发旁。云海把咖啡端到了茶几上，陆帆第一个拿起来，喝了一口。这时阿姨把做好的菜送了进来。云海笑道："好啊，我都快饿死了。"

陆帆笑了笑，其实他更饿，从昨天夜里到现在，他只吃了一包快餐面。何乘风说："大家边吃边聊吧。"

欧阳贵拿起筷子，也不说话，只是闷头吃饭。何乘风给他倒了杯白酒，他就一边喝一边吃。陆帆与云海第一次见欧阳贵这副模样，都心想不知出了什么事。而何乘风就像他不存在似的，只劝陆帆与云海吃菜。陆帆不觉有些担心，吃了半饱就不动筷子了。云海可不管这些，先吃饱再说。等三个人都吃得差不多了，何乘风叫来阿姨，收了饭菜，又重新煮上了咖啡。

陆帆坐在沙发一角，慢慢地喝着咖啡。何乘风说："欧总，说说晶通的事吧。"

"我们晶通外包的股东除了晶通集团、赛思公司，另外还有省里几家大的公司。但是有一家公司规划不大，这次为了赶挂牌，我没有追得太紧。"欧阳贵的下巴朝下收着，脸上的光影拉得又细又长，"这些天，总算查清了他们的底细，这家公司里面，有个股东和汪洋关系不一般。"

陆帆微皱起眉，没有接话；云海也看着欧阳贵，没有吭声。

欧阳贵说："本来这也没什么，但是我起了疑心，让他们接着查，结果查的兄弟回来说，SK(Siltcon Kilo)在晶通会有大动作。我昨天夜里搞定了集团的副厂长，他说了一件事情。他说，SK(Siltcon Kilo)要和晶通电子做一家合资公司。"

陆帆还是保持着沉默，云海也不出声。两个人都还没有听明白欧阳贵的意思。什么叫再做一家合资公司？

"王贵林这个浑蛋，真够阴的！"欧阳贵说，"他先利用我们，拿了晶通外包的项目，在当地拿开发区的地、拿银行贷款，倒回头，SK(Siltcon Kilo)他也没放过。"

"欧总，"陆帆忍不住问，"他们做合资公司，做什么呢？"

"SK(Siltcon Kilo)要做一个适合中国市场的产品，由这家公司来做。"欧阳贵转过头，陆帆这才注意到，可能他的眼睛发炎了，红中有点肿，看起来格外丑陋。陆帆不觉朝旁边挪了挪。欧阳贵接着说："然后，他们要海外上市。"

"海外上市？"云海问，"牵线的券商是联欧国际？"

"不错，就是那个杨列宁！"

"这小子！"陆帆冷笑一声，"本事不小啊。"

"我们帮了王贵林那么大的忙，结果他居然又搞出一条船来！"欧阳贵看着何乘风，"老何，你说怎么办？"

"你别生气，"何乘风说，"现在晶通电子就是一个壳，有我们第一步在先，这个壳就盘活了，下面的人装什么都可以。我现在担心的是，他们这家公司什么时候成立？"

"已经迫不及待了，"欧阳贵说，"如果顺利，春天就能上。现在集团内部正在操纵这个事，就瞒着我们赛思的人。"

陆帆伸手揉了一下脸，心想，还以为他们拿出一个强势的方案，汪洋与付国涛会就此作罢，想不到，他们居然会以这种方式跟进。他之前只想到了付国涛的"快"，却没有想到，汪洋的"慢"是如此的惊人。他看着何乘风，"何总，这事SK(Siltcon Kilo)能做成吗？"

"以晶通集团目前的机会，加上SK(Siltcon Kilo)本身的影响，应该有可能。"何乘风苦笑了一下，"关键是，王贵林现在有钱，SK(Siltcon Kilo)有概念……"

"钱是我们的！"欧阳贵恶狠狠地说，"他凭什么？！"

"欧总，"何乘风说，"我看王贵林这样做，也有我们的原因。"

"什么原因？"欧阳贵问。

"我们的方案太强势了，如果他不把SK(Siltcon Kilo)拉进来，他恐怕睡觉都得防着我们。"

"用我们带来的钱，去给他自己发财，他就不防着我们？"

"很简单，"何乘风说，"他一不懂技术，二不懂管理，所有的条件都在我们手里拿着，只有笨蛋才会觉得是天上掉馅饼。但是现在，他引进了SK(Siltcon Kilo)，如果我们这边的管理出现问题，他随时有专业的人员可以替补。换言之，我们对于

SK(Siltcon Kilo) 也一样。"

"这个人，"云海突然冷笑了一声，"他不当皇帝太可惜了。"

"我认为他这样做，没有什么错，引入竞争嘛，而且，大家都发财。"何乘风苦笑了一声，"只是汪洋这一招，把我们害苦了。"

"为什么？"欧阳贵一愣。

"我们千算万算，没有把汪洋算进来。"何乘风说，"他一定是利用杨列宁居中搭桥，对王贵林晓以利害，再整合 SK(Siltcon Kilo) 的资源，说服他再做一个合资子公司。一来，可以牵制我们；二来，可以用概念上市发财；三来，晶通可以在海外市场再圈一笔钱。而对于 SK(Siltcon Kilo)，一来增加业绩；二来，汪洋本人在里面肯定也有图谋。而且，有我们在前打头阵，SK(Siltcon Kilo) 肯定不需要很大的投入就能和晶通把项目做起来。"

"您是说，"陆帆已经反应过来，惊出了一身冷汗，"以晶通目前的资金链，如果他们做不成，有可能会把我们的也……"

"靠！"欧阳贵一下子坐直了身体。

"晶通集团的财务，我们根本不可能把握。"云海也明白过来，只觉得脑袋一晕。这是一个巨大的失误。"SK(Siltcon Kilo) 这么做，如果失败，说起来是个大概念，其实只是损失了个小项目，可晶通外包怎么办？"

"你们别慌，"何乘风说，"我们想到的，王贵林未必想不到。他这是兵行险招啊。把我们引进来，他是拿了一颗炸弹，如果企业不能在国内上市，凭着我们初期的投入和银行贷款，是撑不了太久的。他引入了 SK(Siltcon Kilo)，就等于又引入一颗炸弹，如果 SK(Siltcon Kilo) 能在海外上市，他就是双保险，可如果 SK(Siltcon Kilo) 失败，他就有可能引爆两颗炸弹，大家都没有好下场。不过这里面，损失最大的就是晶通集团和我们。"

"老何，"欧阳贵说，"如果我们现在动手，还来得及。"

"不，欧总，"何乘风说，"事情没有到那一步，我希望在商言商，用商业的方式来解决。"

"何总，"陆帆看着他，"您是想……"

何乘风点了点头。云海说："只是到了这个时候，SK(Siltcon Kilo) 会愿意和我们同上一条船吗？"

"他们不是和我们同上一条船，是我们和他们一起上了晶通这条船。"何乘风说，"欧总，春节你安排一下，我要见见王贵林。"

"没有问题。"欧阳贵说，"我和他约时间。"

四个人在书房一直聊到深夜，才把晶通的事情聊出一个眉目。不要说陆帆、云海，就连欧阳贵与何乘风都在心底自责太过大意。没有想到，汪洋这一招后发制人，来得这么阴险，却又光明正大。他们连指责王贵林的借口都找不到。晶通外包从结构上说，是晶通集团的子公司,子公司怎么能过问总公司和谁合作,成立另外一家什么样的子公司呢?

凌晨时分,陆帆开车回家,他觉得自己累得快要虚脱了。他倒在床上,又疲惫又懊恼,身为一个销售总监,他太大意了!居然让汪洋在局外给自己杀了一个回马枪。本来赛思中国内部的事情就让他担心,现在再加上 SK(Siltcon Kilo),真是麻烦!一切结果,就要看春节何总和王贵林的谈判了。他躺上床,调好闹钟,闭着眼睛休息了一会儿。三点、四点、五点,陆帆睁开眼,虽然没怎么睡着,但人的感觉好了一些。他穿戴整齐,然后开车朝乔莉家驶去。

这是大年三十的早晨,空气清澈,马路上空无一人。陆帆觉得这时头脑清醒了一些,他飞快地行驶着。这时,手机一阵振动,肯定是乔莉吧。他接听了电话,"嗨,醒了?"

"弗兰克。"一个柔柔弱弱的声音响了起来。

陆帆心里一疼,"嗨,是你?"

"你以为我是谁?"车雅尼的声音在此时听来让人无法招架。

"我去送一个朋友,还以为是她打来的。"

"是吗?"车雅尼看了一眼时间,早晨六点半,什么朋友这么重要?她没有再追问。"弗兰克,你春节在哪儿过?"

"北京。"

"你父母来吗?"

"他们初二来。"

"那明天晚上一起吃饭吧,"车雅尼笑得很轻松,话里却透着无奈,"我不想一个人过节。"

"好,明天晚上我请你吃饭。"

"那你小心点开车,拜拜。"

"好的,"陆帆刚想挂电话,突然又问,"公司最近怎么样,新 VP 来了有什么举动?"

"你不知道?"

"快点说吧,"陆帆说,"我开车呢,速度很快。"

"那个新 VP 来了之后,就把销售一个一个叫进去谈话……"陆帆一边踩着油门,一边听她说话。忽然他发现迎面驶来的那辆车,不是一辆小轿车,而是一辆大货车,那车开得飞快,而且没有开大灯。他吓得猛踩了一脚刹车,方向盘朝右一滑,车便沿着马路转了出去,车轮不知道碰到什么东西,居然不受控制地继续滑行。陆帆连忙再踩了一下刹车,车的方向更加不受控制,几乎横了过来。陆帆看见自己的左右两侧,车灯闪烁,不知是从左边还是右边,都有车朝他呼啸而来。而电话里车雅尼已经听出不对,焦急地呼唤道:"弗兰克!弗兰克!你还好吗?!"

《浮沉》第二部 完